Warum plant eine junge Frau von Anfang vierzig, die glücklich verheiratet und Mutter zweier Kinder ist, ihrem Leben ein Ende zu setzen? Warum glaubt sie, in diesem Leben nicht mehr zurechtzukommen?
Mit der Hilfe von Dr. Robin Royston stellt sich Linda Caine noch einmal ihrer Vergangenheit, ihrer Kindheit und Jugend in Afrika, ihrer grenzenlosen Enttäuschung über die Mutter, die die Familie verlassen hat und auch Jahre später noch verleugnet. Aber da ist noch mehr, was sich in Lindas Träumen einen Weg an die Oberfläche bahnt. Ganz allmählich und unendlich schmerzvoll setzt sie die Bausteine ihres Lebens zu einem neuen Bild zusammen und findet schließlich den Weg zurück ins Leben.
Irritierend ehrlich und zutiefst ergreifend erzählt Linda Caine die Geschichte ihrer Kindheit und Jugend und warum sie heute wieder an das Wunder des Lebens glauben kann. Ein bewegendes Memoir in der Tradition von »Ich habe dir nie einen Rosengarten versprochen«.

Linda Caine, 1951 in Rhodesien geboren und aufgewachsen, lebt heute mit ihrer Familie in Kalifornien. Sie ist Malerin und ihre Bilder werden durch Galerien in England und den USA vertrieben.
Dr. Robin Royston hat zunächst Medizin studiert und sich anschließend zum Psychotherapeuten ausbilden lassen. Er praktiziert seit Jahren im The Priory Ticehurst House Hospital und ist Ehrenprofessor an der University of Kent in Canterbury. Robin Royston lebt mit seiner Familie in England.

Unsere Adresse im Internet: www.fischerverlage.de

Linda Caine
Robin Royston

Ich pflück dir den Mond vom Grunde des Meeres

Aus dem Englischen von
Christine Strüh

Fischer Taschenbuch Verlag

Veröffentlicht im Fischer Taschenbuch Verlag,
einem Unternehmen der S. Fischer Verlag GmbH,
Frankfurt am Main, Juni 2004

Lizenzausgabe mit freundlicher Genehmigung des
Wolfgang Krüger Verlages, Frankfurt am Main
Die Originalausgabe erschien 2002 unter dem Titel
›Out of the Dark‹ im Verlag Bantam Press, a division
of Transworld Publishers, London

Gesamtherstellung: Clausen & Bosse, Leck
Printed in Germany
ISBN 3-596-15871-0

Ich pflück dir den Mond vom Grunde des Meeres

Kapitel 1

JANUAR 1988

Linda Caine

Das Geräusch ist zu schwach, es weckt mich nicht ganz, aber ignorieren kann ich es auch nicht. Wie lange will Gary den Wecker denn noch klingeln lassen? Ich kann mir genau vorstellen, wie er oben in seinem Schlafzimmer im Bett liegt, die Decke weit über die Ohren gezogen, sodass nur sein zerzauster brauner Haarschopf hervorlugt.

Natürlich weiß ich genau, was er gemacht hat – er hat einfach den Wecker unters Kissen gestopft. Mein Sohn würde wahrscheinlich auch den Dritten Weltkrieg verschlafen.

Ich frage mich, was er heute Morgen vor dem Aufwachen wohl geträumt hat. Hat er mit Drachen gekämpft oder in Twickenham das Endspiel gewonnen? Welche irdischen Missstände hat er beseitigt, seitdem ich ihm gestern Abend seinen Gutenachtkuss gegeben habe?

Plötzlich herrscht Ruhe. Anscheinend hat Gary den »Snooze«-Knopf gefunden und gönnt sich jetzt nochmal zehn Minuten Ruhe, ehe der Wecker das nächste Mal losgeht.

Jetzt rührt sich auch Chris neben mir, und ich spüre seinen warmen Oberkörper, der sich an meinen Rücken schmiegt. Vorsichtig drehe ich mich um und sehe ihn an. Er drückt sein Gesicht ins Kissen, sein Mund ist leicht geöffnet. In seinen schwarzen Haaren sieht man ein paar graue Strähnen. Seit vierzehn Jahren sind wir verheiratet, kennen uns aber schon seit der Grundschule. Wie die meisten Jungs hatte Chris damals keine allzu gute Meinung von Mädchen, aber das änderte sich bald. Jetzt ist er nur zu gerne damit einverstanden, dass ich das Bett mit ihm teile.

Oben legt Garys Wecker von neuem los. Diesmal schafft er es, das Klingeln vollkommen zu ignorieren. Ich schlüpfe aus dem Bett und ziehe mir Jeans und einen dicken Wollpulli über. Als ich mir noch die Turnschuhe zubinde, macht Chris ein Auge auf.

»Warum haben wir Gary einen Wecker gekauft?«, fragt er verschlafen.

»Damit er morgens aus dem Bett kommt.«

»Aber es funktioniert nicht.«

»Offensichtlich.«

Oben auf der Treppe stapeln sich Farbtöpfe und ein paar kleine Läufer. Tapetenreste stehen aufrecht in einer Mischwanne, zusammen mit meiner Wasserwaage und dem schnurlosen Bohrer.

Unten in der Küche finde ich Christy, die schon am Frühstückstisch sitzt und die Beschriftung auf der Müslipackung studiert. Sie hat ihre Schuluniform an, ihre dunklen Haare sind zu einem Pferdeschwanz zusammengebunden.

»Hast du gesehen, wie viel Salz da drin ist?«, fragt sie mich ernst.

»Nein.«

»Wir sollten lieber eine Marke mit weniger Salz kaufen, finde ich.«

»Okay.«

In unserer Familie ist es ziemlich normal, dass man von einer Neunjährigen Lektionen über gesundes Essen zu hören kriegt. Christy ist unser moralischer Kompass – sie bestimmt, welche neue Sorte Thunfisch gekauft werden soll (zur Rettung der Delphine), und besteht darauf, dass nur Eier von frei laufenden Hühnern auf den Tisch kommen. Manchmal sehe ich sie an und frage mich, ob sie vielleicht ein paar Jahre Kindheit ausgelassen hat.

Als das Wasser im Kessel kurz vor dem Kochen ist, rufe ich die Treppe hinauf: »Gary Caine, wenn ich persönlich raufkommen und dich aus dem Bett zerren muss, dann kriegst du nach der Schule Hausarrest. Hast du mich verstanden? Dann kannst du nicht zu Stacey und auch nicht in den Park. Du hast noch genau fünf Minuten.«

Es lohnt sich nicht, auf seine Antwort zu warten. Irgendwie hat Gary das perfekte Timing für seinen morgendlichen Auftritt im Blut – zumindest liegt es immer gerade noch im grünen Bereich. Wie können meine beiden Kinder nur so verschieden sein? Christy ist rechtzeitig für die Schule fertig, ihre Hausaufgaben sind erledigt, die Schultasche gepackt – während Gary jeden Moment die Treppe heruntergestürzt kommen wird, mit aus der Hose hängendem Hemd, ungekämmten Haaren und in die Brusttasche gestopfter Schulkrawatte. Er wird sich so viele Cornflakes in seine Schüssel schütten, dass sie überläuft, wenn er Milch dazugibt. Dann wird er sich den Mund am Ärmel abwischen und mich mit einem unvorstellbar engelhaften Lächeln anstrahlen.

Wie aufs Stichwort erscheint er, rutscht auf einen Stuhl und greift nach der Cornflakes-Packung. Er macht die Schüssel zu voll, und ich muss mir ein Lachen verkneifen.

Gary ist klein für sein Alter, aber wenn er nach meinen beiden Brüdern kommt, dann schießt er garantiert mit siebzehn plötzlich in die Höhe. Ich weiß, dass er deswegen gehänselt wird, aber er gleicht sein vermeintliches Manko mit einer geradezu grenzenlosen Energie aus. Zwischen den einzelnen Bissen trommelt er mit den Fingern auf den Tisch. Chris blickt hinter der Zeitung hoch. »Muss das sein?« Dann verschwindet er wieder.

Kauend stupst Gary mit dem Finger gegen die Zeitung, als wolle er anklopfen. »Hey, Dad.«

Chris schaut über den oberen Rand.

»Ich brauche fünf Pfund.«

»Wofür?«

»Für den Bus am Samstag.«

»Warum hast du mir das nicht gestern Abend gesagt?«
»Hab ich vergessen.«
Chris seufzt frustriert und zieht sein Portemonnaie heraus. Im Laufe der Jahre hat er gelernt, flexibel auf Gary zu reagieren. Chris arbeitet als Anwalt in Canterbury und setzt Gary auf dem Weg zur Arbeit an der Schule ab. Ich muss immer grinsen, wenn die beiden zusammen das Haus verlassen – einer vorbildlich korrekt in Anzug und glänzend gewienerten Schuhen, der andere noch beim Haarekämmen, während das Auto schon aus der Auffahrt setzt.
Ich sehe auf die Uhr. »Fünf Minuten, Christy.«
»Können wir nicht jetzt schon los? Ich will mir noch in der Bibliothek ein Buch ausleihen.«
»Klar.«
Nebeneinander gehen wir zum Auto. Ganz im Gegensatz zu Gary (und zu seinem großen Verdruss) ist Christy für ihr Alter ziemlich groß, nur ein paar Zentimeter kleiner als ich. Wie Gary hat sie auch eine Hand voll Sommersprossen auf der Nase, vor allem natürlich im Sommer. Ich finde das süß, aber die beiden Kinder hassen es.
Die Scheiben an meinem kleinen dunkelblauen Metro sind vereist, und ich heize im Leerlauf erst mal eine Weile vor. Ich hasse die Kälte. Anfang Februar hat es geschneit, und wir sind mit den Kindern auf dem Golfplatz von Chestfield Schlitten gefahren. Als wir wieder nach Hause kamen, wollte ich für alle etwas Warmes zu trinken machen, aber meine Hände waren so kalt und steif, dass ich nicht mal einen Löffel in den Fingern halten konnte.
Bestimmt kommt das daher, dass ich in einer warmen Gegend aufgewachsen bin. Ich bin einfach nicht an Kälte gewöhnt. Deshalb haben wir auch so ein großes Haus gekauft. Wenn ich schon dazu verdammt bin, monatelang nicht nach draußen zu können, dann brauche ich wenigstens das Gefühl, Platz um mich herum zu haben.
Christys Schule ist in Swalecliff, ungefähr zwei Meilen entfernt.

Hin und zurück dauert die Fahrt nur fünfzehn Minuten – in dieser kurzen Zeit kann das Eis an den Seitenfenstern kaum schmelzen.
Wieder zu Hause angekommen, ziehe ich mir meine Malsachen über – Trainingshosen und eines von Chris' ausrangierten Hemden. Das Hemd ist zu groß, deshalb kremple ich die Ärmel auf. Dann koche ich mir noch einen Kaffee, mahle die Bohnen und drücke den Kaffeesatz in der Glaskanne behutsam nach unten. Viel zu viele Leute gehen mit Kaffee um, als wäre er Fastfood. Aber für mich ist Kaffee ein Genuss.
Das ist mein Lieblingsmoment: Ich sitze auf der Treppe, mit einem Kaffeebecher in der Hand, lausche der Stille des leeren Hauses und plane dabei meinen Tag. Zuerst werde ich die Fensterbänke und die Fußleisten im Atelier fertig abschmirgeln. Dann werde ich meine Dekupiersäge holen und anfangen, die Bretter für das Regal zuzuschneiden, auf dem ich meine Mal- und Bastelutensilien unterbringen will.
Ich habe große Pläne für mein Atelier. Auf jeden Fall möchte ich zwei zusätzliche Schreibtische und Stühle, dazu genügend Papier und Stifte, damit auch Gary und Christy den Raum kreativ nutzen können, wann immer sie wollen. Und ich brauche viel Platz, um den ganzen Kram aufzustellen, den ich gesammelt habe – lauter Dinge, die mir irgendwann aufgefallen sind oder mich an einen besonderen Augenblick erinnern. Wenn ich spazieren gehe, komme ich fast jedes Mal mit ein paar Steinen, Blumen oder Holzstücken zurück. Aus Zeitschriften reiße ich Fotos heraus, die mir gefallen, und ich fische gern hübsche Kiesel aus dem Bach.
Die Welt ist voller Bilder, die sich in mein Gedächtnis einprägen und darauf warten, dass ich sie zu Papier bringe. Das Muster auf den Blütenblättern einer Blume, die Maserung eines Holzstücks, eine Kletterpflanze am Stacheldrahtzaun.
Seit ich mich erinnern kann, faszinieren mich Motive und Farben. Ich bin hingerissen, wenn ich entdecke, dass bestimmte Farbzusammenstellungen wehtun, wenn sie von Menschenhand zusam-

mengestellt sind, während sie in der Natur einfach umwerfend aussehen.
An regnerischen Tagen kann ich endlos in Pfützen starren, denn sie sind für mich wie Spiegel auf der Erde, in denen sich die Dinge an einem klaren Tag perfekt abbilden, während sie bei Wind oder Regen in Fragmente zerfallen. Ich liebe das weiche grüne Moos, das in der Nähe von Wasserfällen und Bächen aus dem Nichts auf nassen Felsen und Holz sprießt. Und die frischen Grashalmspitzen, die nach einem Buschfeuer fast neongrün leuchten.
Die meisten meiner gesammelten Sachen sind bei den diversen Umzügen verloren gegangen oder zurückgeblieben. Aber ich besitze noch einen Kieselstein aus einem Wasserfall in Afrika und einen Stein vom Meeresgrund an der südfranzösischen Küste. An jenem Tag war das Wasser so klar, dass ich beim Schwimmen meinen Schatten unter mir sehen konnte. Ich hatte das Gefühl zu fliegen.
Wenn ich mich in einen Ort verliebe, nehme ich ein Stück davon mit nach Hause. Manchmal klemme ich auch eine Haarsträhne unter einen Stein oder lasse sie im Wind davonfliegen. Wahrscheinlich klingt das ein bisschen sonderbar, aber ich mag das Gefühl, dass ein Teil von mir immer an den Orten bleiben wird, die mir »gehören«, und dass ich einen Teil von diesen Orten bei mir habe.
Eine Galerie in Favesham hat vor kurzem ein paar von meinen Gemälden ausgestellt – größtenteils Blumen und Tiere. Gelegentlich bekomme ich auch einen Auftrag, aber wenn ich ehrlich bin, mache ich das nicht besonders gern. Wenn jemand mich bittet, etwas Bestimmtes zu malen, merke ich sofort, dass ich nervös und gehemmt werde. Das Endergebnis ist dann immer viel langweiliger und weniger inspirierend als das, was ich rein aus der Phantasie male.
Als ich meinen Kaffee fast ausgetrunken habe, höre ich auf einmal ein Wimmern aus der Waschküche. Der arme Sammy, ich

habe ihn total vergessen. Kaum öffne ich die Tür, kommt auch schon ein schwarzes Wollknäuel in die Küche gesaust, gerät auf dem glatten Boden ins Rutschen und versucht hektisch, den Rückwärtsgang einzulegen, um nicht mit dem Tisch zu kollidieren.
Sammy ist ein Pudel, der sich für einen Löwen hält. Jetzt steht er unter der Tür und sieht mich erwartungsvoll an.
»Es ist zu kalt draußen«, erkläre ich ihm, aber ich habe ein schlechtes Gewissen.
Er winselt.
»Ach, komm schon, Sammy, wir haben eine Menge Arbeit.«
Blitzschnell dreht der Hund sich um und saust an mir vorbei auf den ersten Treppenabsatz.
»Rauf mit dir! Rauf!«, rufe ich.
Sammy rennt die Stufen hinauf, nach ganz oben.
»Stopp!«
Wieder wirbelt er herum, um mich anzublicken, bebend vor Erwartung.
»Runter!«
Er rast treppab.
»Rauf!«
»Stopp!«
»Runter!«
Manchmal versuche ich ihn auszutricksen, indem ich seltsame Akzente nachmache oder die Befehle vermische, aber Pudel sind anscheinend ziemlich schlau. Zehn Minuten lang treiben wir unser Spielchen, bis Sammy erschöpft ist und sich auf dem alten Laken zusammenrollt, mit dem ich den Atelierboden abgedeckt habe. Ich beginne zu malen.
Immer mal wieder stupst Sammy mich ans Bein oder legt den Kopf auf meinen Schoß. Er mag den Pinsel in meiner Hand nicht. Vermutlich erinnert er ihn daran, wie er einmal in die weiße Emulsionsfarbe geraten ist und wir ihm das Fell büschelweise abschneiden mussten.

In den letzten zwölf Monaten hat sich das Haus stark verändert. Tapeten wurden heruntergerissen, Bäder neu gekachelt, Teppiche verlegt.
Als wir uns das Haus zum ersten Mal angesehen haben, fand Chris, es sei eine Bruchbude.
»Ich kann gut renovieren«, verkündete ich.
»Aber es ist baufällig.«
»Nein, es ist nicht baufällig, es müssen lediglich ein paar kosmetische Veränderungen vorgenommen werden. Tapeten und Teppichboden rausreißen …«
»Ich glaube nicht, dass sich die Mühe lohnt.«
Eine Woche lang lag ich ihm in den Ohren und setzte schließlich durch, dass er wenigstens noch einen zweiten Blick auf das Haus warf. »Sieh doch nur mal, wie geräumig es ist«, drängelte ich. »Versuch es dir doch mal vorzustellen, wenn alles frisch weiß gestrichen ist.«
»Ich muss ständig an die Kosten denken.«
»Ich kann selbst tapezieren. Ich kann streichen.«
Schließlich gab er nach. Jetzt ist er genauso froh wie ich, dass wir so viel Platz haben. Wenn ich mir zwischendurch aber manchmal vor Augen führe, wie viel noch getan werden muss, verliere ich schon manchmal den Mut. Aber dann genieße ich es wieder, die Verwandlung zu beobachten. Im dritten Stock gibt es zwei riesige Räume, die jetzt Gary und Christy gehören. Chris und ich schlafen im mittleren Stockwerk, wo sich außerdem noch ein Gästezimmer, ein Arbeitszimmer und mein Atelier befinden.
Zuerst konzentrierte ich mich ganz auf das hintere Wohnzimmer und die Küche. Bei schwierigen Arbeiten half mir Mel, ein pensionierter Handwerker, den ich aus der Kirchengemeinde kenne. Chris und ich sind Anfang der Achtziger in die Swalecliff Free Church eingetreten. Sie wurde von den Baptisten gegründet, ist nicht-konfessionell und an den Grundsätzen der Bibel orientiert. Sonntagabends gibt es einen wundervollen freien Gottesdienst, bei dem jeder ein Gebet sprechen oder andere bitten kann, für

etwas Bestimmtes zu beten. Manche Leute singen, andere sprechen vor sich hin. Wenn man ein Lied anfängt, singt man es nie allein zu Ende.

Inzwischen engagiere ich mich auch in der kirchlichen Jugendgruppe. Jeden Mittwochabend treffe ich mich mit den anderen Gruppenleitern, um zu beten und den Jugendgottesdienst am Sonntag vorzubereiten. Für mich ist das eine echte Herausforderung, weil die Kinder mir ständig Fragen stellen und ich akzeptable Antworten finden muss.

Zur Zeit führe ich ein sehr aktives Leben. Neben den Renovierungsarbeiten und der Beschäftigung in der Kirche spiele ich einmal pro Woche mit Freunden Badminton und gelegentlich auch Squash.

Als wir von Rhodesien nach England kamen, hatten wir anfangs sowohl emotional als auch finanziell ziemlich zu kämpfen. Chris studierte in seiner Freizeit und musste beruflich nochmal ganz von vorn anfangen. Heute ist er Partner in einer Anwaltskanzlei. Wir haben keine Geldsorgen mehr, können uns das Haus, das Schulgeld und gelegentlich sogar einen Urlaub leisten.

Chris arbeitet viel und braucht die Herausforderung seines Berufs, um sich wohl zu fühlen. Für ihn arbeiten ungefähr zwanzig Leute. Mir wäre es angst und bange bei so viel Verantwortung, aber er findet es spannend.

Wir sind sehr verschieden. Chris ist extrovertiert und gesellig, gebildet und nicht schnell von klugen Mitmenschen einzuschüchtern, während ich schüchtern und reserviert bin und Angst habe, in einer Gruppe aufzufallen.

In seiner Welt wimmelt es von Anwälten, Akademikern und hohen Kirchenleuten (seine Kanzlei vertritt den Erzbischof von Canterbury), während ich die Kunst, die Poesie und die Natur liebe.

Seltsam, denn eigentlich mag Chris gar keine Künstler. Er findet ihre permanente »Suche nach sich selbst« neurotisch – seiner Meinung nach leben sie im Wolkenkuckucksheim. »Wie wollen

sie denn den Sinn des Lebens je entdecken, wenn sie ständig von Weihrauch eingenebelt sind?«
Solche Bemerkungen erwartet man von einem Juristen, aber eigentlich will er mich damit nur necken. Chris hat gern alles strukturiert und stabil – wie das Gesetz. So war seine Kindheit und so möchte er es auch weiterhin haben. Bei mir ist das ganz anders. Ich bin in meinem Leben zweiunddreißigmal umgezogen. Der Sand unter meinen Füßen hat sich so oft bewegt, dass ich nie ein Gefühl von Sicherheit und Stabilität entwickelt habe … bis ich Chris kennen lernte.

Nachdem ich die Fußleisten gestrichen habe, mache ich mir einen Kaffee und ein Sandwich. Meinen Becher in Händen, lasse ich mich auf der Treppe nieder und spüre, wie die Wärme sich in meinen Fingern ausbreitet.
Meine Gedanken beginnen zu wandern. Gemächlich treiben sie davon und lassen mich alleine sitzen. Als ich das nächste Mal auf meine Armbanduhr schaue, ist es fast drei Uhr. Zwei Stunden sind vergangen! Wo sind sie geblieben? Es kann kein Tagtraum gewesen sein, sonst würde ich mich an etwas erinnern. Die Zeit ist einfach davongeflogen, ohne eine Spur zu hinterlassen.
Christy! Die Schule! Ich komme zu spät!
Ohne mich umzuziehen, schnappe ich mir meine Autoschlüssel. Ich biege aus der Auffahrt nach rechts, an dem kleinen Postamt und am Metzger vorbei, zur Hauptstraße, die eine halbe Meile entfernt ist. Auf dem Thanet Way herrscht immer reger Verkehr, die Straße ist berüchtigt für ihre vielen Unfälle. Am Kreisverkehr bremse ich ab und warte auf eine Lücke zwischen den Autos. Immer wieder werfe ich einen nervösen Blick auf die Uhr im Armaturenbrett.
Neben der Straße sind Pfützen. Wann hat es geregnet? Was habe ich sonst noch alles verpasst?
Als ich unter der Eisenbahnbrücke durchfahre, vorbei am Bahnhof von Swalecliff, blinke ich nach links, um in die Herne Bay

Road einzubiegen. Während ich in der Autoschlange warte, habe ich das Gefühl, dass mir schon seit einer ganzen Weile die Zeit entgleitet. Aber ich bin mir nicht sicher. Es ist schwer zu sagen, wenn man nicht gerade einen Termin hat ... wie heute.

Ich komme an einen Schülerüberweg und die Lotsin in ihrer gelben Schutzjacke winkt mich durch. Ich brauche ein paar Sekunden, bis ich endlich reagiere. Was ist heute bloß los mit mir?

Die Straße vor der Grundschule ist total dicht. Autos parken in der zweiten Reihe, Mütter schnallen ihre Kinder auf dem Rücksitz an. Leuchtend gelbe Regenjacken werden ausgeschüttelt, Schirme zusammengeklappt, Fensterscheiben beschlagen sich.

Christy ist einen halben Block bis zur Ecke an der Kemp Road gegangen, wo ich normalerweise parke. Da steht sie jetzt mutterseelenallein und wartet.

Als sie mich entdeckt, klettert sie neben mich in den Wagen und schleudert ihre Schultasche auf den Rücksitz. Dann umarmt sie mich, und ich drücke sie ein wenig fester an mich als sonst. Als wir losfahren, mustert sie mich prüfend.

»Gutes Timing«, meint sie sachlich.

»Ich wäre fast zu spät gekommen.«

»Du kommst nie zu spät, Mum«, lacht sie. Der Regen hat ihr Haarsträhnen auf die Stirn geklebt, dort, wo die Kapuze nicht hinreicht.

»Fahren wir morgen einkaufen?«, fragt sie.

»Wenn du möchtest.«

»Können wir auch einen Cappuccino trinken gehen?«

»Mhmm.«

Das ist unser Samstagmorgenritual. Da Gary den halben Tag in der Schule und Chris noch im Büro oder beim Squash ist, haben Christy und ich den Vormittag für uns. Wir kaufen beim Supermarkt Tesco in Whitstable ein und genehmigen uns danach einen Cappuccino und ein Stück Kuchen im Supermarktcafé.

Ich bin gern mit einem meiner Kinder zusammen. Dann erzählen sie mir von ihren Gedanken und Träumen.

Garys Lieblingsrestaurant nennt sich »The Barn« und hat als

Markenzeichen ein riesiges, mit Stroh gedecktes Dach. Wir setzen uns immer an einen Tisch am Fenster, von wo aus man die Straße beobachten kann, und essen Ploughman's Lunch. Ich mit Blue Stilton, Gary mit Cheddar.
Er liebt das weiche Innere des französischen Weißbrots, ich mag die Kruste lieber, also tauschen wir.
Gary hat ein Talent, das Leben leicht erscheinen zu lassen. Als er zum ersten Mal einen Squash-Schläger in der Hand hatte, zeigte er für das Spiel eine genauso natürliche Begabung wie beim ersten Mal auf einem Pferderücken fürs Reiten. Christy muss sich mehr anstrengen und auf ihre Lehrer hören, aber ihre Hartnäckigkeit zahlt sich aus. Weil sie an sich arbeitet, reitet sie inzwischen sogar besser als Gary.
Christy zupft mich am Arm. »Es ist grün, Mum!«
Ich sehe hinauf zur Ampel.
»In welchen geheimnisvollen Sphären bist du denn geschwebt?«, fragt sie mich lachend.
»Keine Ahnung, tut mir Leid.«
Da war es schon wieder! Die Zeit ist mir einfach entglitten. Ich erinnere mich nicht daran, vor der Ampel angehalten zu haben. Es ist, als hätte jemand auf den Pausenknopf gedrückt und mich zur Salzsäule erstarren lassen, während sich die Welt um mich herum weitergedreht hat wie gewöhnlich.
Zu Hause zieht Christy sich um, und ich mache ihr einen kleinen Imbiss zurecht. Sie tunkt Butterkekse in ihren warmen Kakao und erzählt mir von ihrem Tag. Anscheinend spürt sie aber, dass ich nicht ganz bei der Sache bin.
»Kann ich den Kakao mit nach oben nehmen?«, fragt sie. »Ich möchte eine Kassette hören.«
»Okay, aber nicht so laut.«
»Na klar«, antwortet sie, ohne sich umzudrehen.
Ich gehe zurück an meine Malerarbeit. Ich muss den Pinsel auswaschen, weil die Borsten steif geworden sind. Das passiert eben, wenn man unterbrochen wird.

Ich fange am Fensterbrett an und bemühe mich sehr um einen akkuraten Rand. Der Trick ist, dass man nicht zu viel Farbe auf den Pinsel nimmt. Plötzlich schreckt mich ein Geräusch auf. Als ich aus dem Fenster blicke, sehe ich einen Mann, der eine Leiter an die Wand des Gästezimmers lehnt. Mein Herz fängt an zu rasen.

Ich springe auf und ziehe den Vorhang zu. Hektisch laufe ich in Chris' Arbeitszimmer und lasse das Rollo herunter, dann schließe ich auch die Vorhänge in unserem Schlafzimmer. Auf dem Treppenabsatz drücke ich mich eng an die Wand, damit niemand mich sehen kann.

Eine Stimme in meinem Kopf sagt: »Sei nicht albern, Linda. Es ist doch bloß der Fensterputzer.«

Im gleichen Atemzug fällt mir ein, dass die Fenster oben offen sind. Christy spielt in ihrem Zimmer. Wieder überfällt mich die Panik.

Mit zitternder Stimme rufe ich die Treppe hinauf: »Schätzchen, erschrick nicht, wenn jemand vor deinem Fenster auftaucht. Das ist bloß der Fensterputzer.«

»Okay«, ertönt ganz entspannt ihre Antwort.

Ich hole tief Luft und versuche mich zu beruhigen. Schließlich gehe ich wieder ins Atelier und fülle den Scheck für den Fensterputzer aus. Meine Hände zittern so, dass ich kaum unterschreiben kann.

Was ist nur mit mir los?

Als ich Chris später davon erzähle, wie mich der Fensterputzer in Panik versetzt hat, muss er lachen. Ich lache mit.

»Du bist schon komisch«, sagt er und nimmt mich in den Arm. Dann gießt er sich einen Drink ein und lockert die Krawatte. Gary und Christy sind im Fernsehzimmer, von wo jetzt die Titelmusik von *Home and Away* ertönt.

Ich gieße das Nudelwasser durch den Seiher ab und sehe zu, wie das Fenster über der Spüle mit Dampf beschlägt. Ich überlege,

ob ich Chris auch erzählen soll, wie mir die Zeit davongelaufen ist und dass ich um ein Haar Christy vergessen hätte.
Er weiß, dass ich seit einer Weile ziemlich zu kämpfen habe. An manchen Tagen fühle ich mich, als müsste ich durch zähen Schlamm schwimmen. Dunkelheit breitet sich in meinem Innern aus, alles um mich herum bewegt sich in Zeitlupe. Morgens muss ich mich zum Aufstehen zwingen, abends gehe ich erschöpft ins Bett.
Aus welchem Grund bin ich denn nur so deprimiert? Ich habe einen erfolgreichen Ehemann, der mich liebt, zwei kluge, begabte Kinder, ein wunderschönes Haus, meinen Glauben an Gott … Und dann werde ich wütend auf mich. Weil ich doch ein wunderbares Leben habe.
Trotzdem scheint es da eine dunkle Unterströmung zu geben, etwas, das ich nicht ermessen kann, etwas Unfassbares. Es geht nicht nur darum, dass ich deprimiert bin. Ich werde von Bildern heimgesucht, die plötzlich in meinem Kopf aufblitzen, mir den Atem rauben und mich völlig ausgelaugt zurücklassen. Es ist, als würde ein Blitz für einen Sekundenbruchteil die Szene erhellen, dann verschlingt die Dunkelheit sofort wieder alles. Aber dieser Lichtstrahl brennt die Szene in mein Gehirn ein.
Manchmal sehe ich mich im Wasser liegen, wie ich zwischen den Fingern einer Hand, die über meinem Gesicht, über meinem Mund und meiner Nase liegt, hindurch nach oben starre. Dann wieder sehe ich zwei Augen, die mich anglotzen, Augen, die meinen Tod wollen, Augen, die durch mich hindurchsehen, als hätte ich nicht mal das Recht auf den Platz, den ich einnehme.
Ich habe versucht, diese Augen zu malen. Unendlich viele Skizzen habe ich angefertigt, aber ich zeichne nie die Gesichter, nur die Augen. Wenn ich den Hintergrund schattiere, sieht es so aus, als musterten mich die Augen aus der Dunkelheit heraus.
Als Kind habe ich mich vor der Dunkelheit und vor dem Einschlafen gefürchtet. Jetzt bekomme ich wieder Angst, dabei bin ich fast siebenunddreißig.

Manchmal, wenn ich nicht einschlafen kann, schmiege ich mich an Chris, damit ich seinen Atem fühlen kann. Das erinnert mich an die Zeit, als ich noch ein kleines Mädchen war. Wenn ich Albträume hatte, bin ich immer zu meinem Dad ins Bett geklettert und habe mich in der kleinen »Höhle« zwischen den Decken und seinem breiten Rücken verkrochen.

Die Bilderblitze sind schlimmer geworden. Als hätte ich etwas Wichtiges vergessen und würde von finsteren Gedanken in die Tiefe gezogen. An manchen Tagen erstickt mich die Trostlosigkeit beinahe, und ich bin von morgens bis abends nur damit beschäftigt, den Schein zu wahren.

Sonntagmorgens in der Kirche bete ich, dass es bald wieder besser wird. Aber jetzt erscheint mir sogar Jesus fern und unerreichbar. Was ist los mit mir? Warum fühle ich mich so tot in meinem Innern? Warum erschrecke ich mich vor Schatten, warum verschwindet die Zeit?

Eines Tages frage ich nach dem Gottesdienst unseren neuen Pastor Ben White, ob er Zeit für ein Gespräch habe.

»Selbstverständlich. Wann immer Sie möchten.«

Sofort steigen mir die Tränen in die Augen.

»Was ist los?«

»Ich weiß es nicht. Ich fühle mich schrecklich, aber ich habe keine Ahnung, warum.«

Ben tritt mit mir zur Seite, wo wir ungestört sprechen können. Er ist ein Mann mittleren Alters und hat eine sanfte Stimme. Bevor er sich zum Pastorenamt berufen fühlte, hat er Medizin studiert.

»Haben Sie schon mit Chris darüber gesprochen?«, fragt er.

»Ich hab's versucht. Aber er hat im Moment schrecklich viel zu tun.«

»Wie wäre es mit einem Arzt?«

Ich schüttle den Kopf.

»Ich glaube, ich habe etwas Böses in mir.«

»Das bezweifle ich sehr.«

»Was ist dann mit mir los?«

Er schlägt vor, dass ich einmal pro Woche zu ihm komme. »Dann lesen wir in der Bibel und beten zusammen. Aber ich finde, Sie sollten auch einen Arzt aufsuchen und ihm erzählen, dass Sie sich deprimiert fühlen.«
Panik schnürt mir die Kehle zu. Tief in meinem Innern weiß ich, dass ich immer mehr den Halt verliere. Was, wenn man mir jetzt nachweist, dass ich als Mutter versagt habe? Wenn man Gary und Christy der Fürsorge übergibt? Wenn man mich einsperrt …
Ich gehe nicht zum Arzt. Stattdessen sage ich mir immer wieder, wie wunderbar mein Leben ist, und versuche mich zusammenzureißen.

Kapitel 2

JANUAR 1989

Linda Caine

Wie werde ich sterben, wenn es einmal so weit ist? Das möchte ich wissen. So etwas muss doch geplant werden. Aber im gleichen Moment, in dem ich mir diese Frage stelle, sagt eine andere Stimme in mir vorwurfsvoll: »Wie kannst du das deiner Familie antun?«

Ich antworte mit einer Gegenfrage: »Was hat meine Familie von mir, wenn ich in diesem Zustand bin? Meine Familie ist ohne mich besser dran.«

Seit einem Jahr führe ich nun schon die Gespräche mit Ben, und inzwischen habe ich zumindest einen groben Plan. Es muss aussehen wie ein Unfall. Ich könnte es nicht ertragen, dass Chris, Christy und Gary die Wahrheit erführen. Die Idee für meinen Plan ist mir vor ein paar Monaten gekommen, als ich mit den Wocheneinkäufen vom Supermarkt Tesco in Whitstable kam.

Wegen des dichten Verkehrs passieren auf dem Thanet Way furchtbar viele Unfälle. Immer wieder liegt irgendwo ein kleiner Blumenstrauß – an einer Straßenlaterne, an einem Baumstamm. An einer Stelle ist links ein Steilhang, der zu einem Fußballfeld abfällt. Hier verläuft die Straße so hoch oben, dass man auf die Baumwipfel hinuntersehen kann. Wenn ich beim Hochfahren ordentlich Gas gebe, saust mein kleiner blauer Metro einfach über den Rand. Niemand würde Verdacht schöpfen. Wer begeht schon Selbstmord in einem mit Einkäufen beladenen Auto? Es wird aussehen wie einer der vielen Unfälle auf dem Thanet Way.

Ich kann nicht in Worte fassen, wie hilflos ich mich in den letzten zwölf Monaten gefühlt habe.

Aber das Schlimmste ist die Depression. Sie ist wie eine riesige schwarze Wolke, die mich zu erdrücken droht. Ständig bin ich erschöpft und kann mich nicht konzentrieren.

Ich habe noch einmal versucht, mit Chris zu reden, aber er denkt so analytisch: Er ist eben Fachmann für Fakten, nicht für Gefühle.

»Was kann ich denn sonst noch tun, um dich glücklich zu machen?«, fragt er.

»Nichts. Ich habe keine Wünsche.« Ich *weiß* ja, wie viel Glück ich habe, das gibt mir nur ein noch mieseres Gefühl.

Chris legt den Arm um mich, und ich fange an zu weinen. Nichts scheint zu helfen. Ich weiß einfach nicht, *warum*.

In diesem Moment bin ich kurz davor, ihm von meinen Selbstmordgedanken zu erzählen. Aber gerade als ich den Mund aufmache, erscheint Gary an der Tür und will wissen, ob Chris am Sonntag zu seinem Rugby-Spiel kommt. Schnell wende ich das Gesicht ab, damit er nicht sieht, dass ich geweint habe.

Chris sieht mich an, und sein Blick sagt: »Kann dein Problem warten, Liebes?«

Als er zu Gary geht, fühle ich mich furchtbar allein. Ich weiß, dass es nicht Chris' Schuld ist. Er ist ein starker, praktischer Mensch, der es gewohnt ist, ein Problem zu erkennen und eine Lösung dafür zu finden. Aber mit Depressionen hat er keinerlei Erfahrung.

Ich gehe immer noch zu meinen wöchentlichen Bibelstudien mit Ben und Joan White. Bei diesen Sitzungen fühle ich mich so wohl wie sonst die ganze Woche nicht. Ben und Joan verstehen, was

Depressionen sind, und es ist eine große Erleichterung, dass ich ihnen nichts erklären muss.
Ich habe Ben von den aufblitzenden Bildern in meinem Kopf und von dem Gefühl erzählt, dass mich jemand unter Wasser drückt. Seither drängt er mich noch stärker dazu, zum Hausarzt zu gehen.
»Sie brauchen sich vor der Medizin doch nicht zu fürchten, Linda. Sie ist auch von Gott gegeben.«
Die Zeitausfälle habe ich allerdings noch nicht erwähnt. Ständig denke ich mir irgendwelche Erklärungen dafür aus. Aber tief innen kann ich die Angst nicht abschütteln, dass ich verrückt werde. Immer wieder denke ich an St. Augustine – so heißt die hiesige Psychiatrie. Eine Freundin von mir war einmal da. Dort geht es so trostlos zu, dass ihre Depressionen und ihr Gefühl der Hilflosigkeit nur noch schlimmer wurden.
Als ich das Ben gegenüber erwähne, sagt er mir, ich soll aufhören, mir solche Dinge auszumalen. »Sie kommen nicht nach St. Augustine. Vermutlich wird Ihr Arzt Ihnen einfach Antidepressiva verschreiben. Das ist nichts anderes, als würden Sie ein Mittel gegen hohen Blutdruck einnehmen …«
Wieder fragt Ben, ob ich mit Chris über meinen Zustand gesprochen habe.
Ich zucke die Achseln. »Er weiß, dass etwas nicht stimmt, aber er versteht nicht, warum. Das ist das Schwierige mit Depressionen – wenn man so was nicht selbst durchgemacht hat, kann man es sich nicht vorstellen.«
Ein paar Wochen danach fragt Ben, ob er mich zu Hause besuchen darf. Er möchte, dass auch Chris dabei ist. Er bringt ein Buch mit, das »Angst und Depression« heißt, verfasst von Professor Robert Priest, einem Psychiater.
Ich merke, wie Chris unruhig wird. Das ganze Thema ist ihm unbehaglich, er möchte nur, dass es endlich vom Tisch ist. Ben setzt sich neben ihn, und ich koche Kaffee für uns alle.
Als ich ins Wohnzimmer zurückkomme, sieht Chris sich das Buch

gerade an. Ben beugt sich zu ihm und deutet auf etwas. Ich stelle das Tablett ab und setze mich schweigend neben Chris. Bei den Überschriften entdecke ich »Die psychischen Symptome«. Darunter steht eine Liste: »Traurigkeit. Lustlosigkeit. Energieverlust. Konzentrationsschwierigkeiten. Todesgedanken. Schuldgefühle. Wertlosigkeit.«

Als hätte jemand ein Buch über mich geschrieben.

In den nächsten Tagen vertieft sich Chris total in das Buch. Abends, wenn wir im Bett liegen, liest er mir Abschnitte daraus vor. Ich glaube, das hilft ihm eine Menge, weil ihm klar wird, dass er nicht schuld ist. Außerdem bekommt er dadurch eine Rolle. Er kann mich unterstützen und Verständnis zeigen, wenn ich müde bin und nicht zurechtkomme.

Tag für Tag versuche ich durchzuhalten; ich mache mir bewusst, was ich alles Gutes im Leben habe, ich bemühe mich, positiv zu denken. Immer wieder lese ich das dritte Kapitel des Buchs: »Tipps zur Selbsthilfe bei Angst und Depression.«

Die Überschrift zu Kapitel vier lautet: »Wann Sie zum Arzt gehen sollten.« Davon lasse ich lieber die Finger, ich traue mich nicht.

Vernünftige Menschen spielen nicht mit dem Gedanken an Selbstmord, aber ich funktioniere längst nicht mehr vernünftig. Ich bin aufbrausend, reizbar, ungesellig und habe so gut wie keine Lust mehr, das Haus zu verlassen. Gestern habe ich Gary angeschrien, weil er ein Sweatshirt verloren hat. Ich bin richtig in die Luft gegangen und konnte genau sehen, wie er erschrocken ist. Später habe ich das Sweatshirt im Wäschekorb gefunden.

Es ist eine Lappalie. Meistens ist es mir einfach egal. Die Dunkelheit in mir ist so total, dass ich vergessen habe, wie das Licht aussieht. Der Tod muss besser sein als das.

Ben weiß, dass ich an Selbstmord denke. Monatelang haben wir gebetet und in der Bibel gelesen, aber es hat nichts gebracht. Er ist nicht schuld daran.

Ich werde nicht zum Arzt gehen. Ich habe zu viel Angst, eingesperrt zu werden.

»Selbstmord ist nicht die Antwort«, sagt Ben. »Damit laufen Sie nur vor dem Problem davon.«
»Aber verstehen Sie denn nicht … *Ich* bin das Problem. *Ich*. Ich vergifte das Leben meiner Kinder. Ich ziehe sie mit mir in die Tiefe …«
»Bitte gehen Sie zum Arzt, ich flehe Sie an.«
»Ich kann nicht.«
Ben beugt sich vor und sieht mir fest in die Augen. »Eines müssen Sie mir aber versprechen«, sagt er. »Wenn Sie wirklich am Ende sind, dann rufen Sie mich an, bevor … bevor Sie etwas Unüberlegtes tun. Versprechen Sie mir das?«
Ich nicke und wische mir die Tränen aus dem Gesicht.
Auf der Heimfahrt fühle ich mich so glücklich wie seit Monaten nicht mehr. Es ist, als hätte ich wieder die Kontrolle über mein Leben übernommen. Selbstmord muss nicht sein – es ist nur meine letzte Zuflucht. Und wenn es so weit kommt, ist niemand daran schuld. Es bedeutet nur, dass ich nicht mehr zurechtgekommen bin.
Im Radio läuft der alte Klassiker von Louis Armstrong, *Wonderful World*. Vielleicht hat er ja Recht, und die Welt ist wirklich wundervoll.
Christy hilft mir beim Gemüseputzen fürs Mittagessen. Sie will wissen, ob sie sich eine Dauerwelle machen lassen darf. Angeblich ist sie in ganz Südengland das einzige Mädchen ohne Dauerwelle.
»Ich finde, du übertreibst.«
»Nein, überhaupt nicht.«
»Aber du hast wunderschöne Haare.«
»Sie sind langweilig.«
Ich überlege, wem sie solche Fragen stellen würde, wenn ich tot wäre. Wer würde ihr die Haare kämmen, wer würde ihr beim Klamottenkaufen helfen?
Es gibt Hunderte von kleinen Dingen, die Gary und Christy lernen müssten, wenn ich nicht mehr da wäre. Ich sollte sie darauf vorbereiten – für den Fall des Falles.

In den nächsten Wochen bemühe ich mich ganz bewusst, meine Familie unabhängiger zu machen. Tue ich ihr damit wirklich etwas Gutes oder geht es mehr darum, mich zu befreien? Wahrscheinlich ein bisschen von beidem. In erster Linie geht es um Kleinigkeiten. Beispielsweise lasse ich die gewaschene und zusammengefaltete Wäsche auf dem Bett des jeweiligen Besitzers liegen, damit jeder lernt, sie selbst wegzuräumen. Ich bringe Christy bei, wie sie sich den Pferdeschwanz selbst bindet und wie man die Schuluniform bügelt. Gary fängt an, seine Schuhe zu putzen und die schmutzigen Teller gleich in die Spülmaschine zu räumen.

Was das Essen angeht, werden sie bestimmt ganz gut ohne mich auskommen. Christy ist seit neuestem Vegetarierin und kocht für sich selbst. Gary liebt Fastfood, genau wie sein Vater; er mag Pizza oder Grillhähnchen sowieso lieber als alles, was ich mit meinen Kochkünsten zu bieten habe.

Als ich an diesem Abend zum Gutenachtsagen bei Gary und Christy bin, höre ich mir ihre Gebete genau an.

Mein Vater hatte vor kurzem einen Herzinfarkt und wäre fast gestorben. Christys Gebete beschäftigen sich hauptsächlich mit seiner Gesundheit.

»Lieber Gott, bitte segne Grandpa und mach sein Herz stark, damit er keinen Herzinfarkt mehr bekommt«, betet sie. In ihrem geblümten Pyjama, im Kreis ihrer Kuscheltiere, sieht sie jung und verletzlich aus. »Wird Grandpa sterben?«, fragt sie auch heute.

»Eines Tages schon.«

»Aber ich möchte nicht, dass er stirbt.«

»Ich weiß. Aber eigentlich ist der Tod gar nicht so traurig. Er bedeutet nur, dass einer von uns in den Himmel kommt und dort auf den Rest von uns wartet. Es ist, wie wenn wir alle in die Stadt gehen und ausmachen, dass wir uns im Pfannkuchenrestaurant treffen. Mit dem Himmel ist es genauso – irgendwann werden wir alle zusammen dort sein.«

Ich decke meine Tochter warm zu und gebe ihr einen Kuss auf die

Stirn. Sie kuschelt sich an Noon-Noon und Nin-Nin, ihre beiden Stoffhasen.
Später sitze ich in meinem Atelier und denke darüber nach, was passieren würde, wenn ich sterbe. Ich stelle mir vor, wie sie ohne mich weiterleben würden. An ihren Kummer denke ich nicht, das überfordert mich. Aber ich male mir aus, wie sie alleine zurechtkommen. Ganz bestimmt ist es besser für sie, einen kurzen, schlimmen Schock überwinden zu müssen und dann weitermachen zu können, als ständig diese Last mit sich herumzuschleppen.
Als ich Gary ein paar Tage später bei St. Edmund abhole, steht er mit eingezogenem Kopf im kalten Wind neben der Aula der Schule.
Auf der Heimfahrt ist er stiller als sonst. Normalerweise ist Gary alles andere als ein Trauerkloß. Aber jetzt sitzt er zusammengekauert da, hat seine Jacke fest um sich geschlungen, den Kragen hochgeschlagen und das Kinn an die Brust gedrückt.
»Bist du sauer, weil ich zu spät gekommen bin?«
»Nein.«
»Ist irgendwas nicht in Ordnung?«
»Doch, alles klar. Ich hatte nur einen blöden Tag.«
»Möchtest du darüber reden?«
»Nein.«
Also lasse ich ihn in Ruhe. Wenn er so weit ist, wird er schon den Mund aufmachen. Zu Hause schließe ich die Tür auf und lasse Gary vorgehen, aber dabei bleibt er mit dem Träger seiner Umhängetasche am Türgriff hängen. Ich sehe, wie er zusammenzuckt – offensichtlich tut ihm etwas weh. Als er sich umdreht, um die Tasche loszumachen, lässt er unwillkürlich die Jacke los, und ich sehe an seinem Hals eine hässliche Schramme, die er krampfhaft zu verstecken versucht.
Mir wird ganz kalt. »Gary, was ist das?«
Er merkt, dass ich seinen Hals anstarre. »Mum, bitte. Lass mich einfach in Ruhe.«

»Was ist mit deinem Hals passiert?« Meine Stimme klingt schärfer als beabsichtigt.
Ich weiß, dass ein paar Jungen in seiner Klasse ihn hänseln und schikanieren, weil er so klein ist. Und Gary lässt sich nichts gefallen.
Schließlich erzählt er mir, was los war. Die gleichen Großmäuler wie immer haben ihm den ganzen Tag das Leben schwer gemacht, haben ihn gerempelt und versucht, ihm ein Bein zu stellen. Ein paar Mädchen fanden das wohl komisch und haben angefangen zu lachen.
Da ist Gary explodiert.
»Hast du nicht versucht, sie zu ignorieren?«, frage ich ihn.
»Ich hab ihnen gesagt, sie sollen mich in Frieden lassen. Aber sie haben nicht auf mich gehört, sondern einfach weitergemacht.«
»Und du?«
»Als mich das nächste Mal einer gerempelt hat, hab ich zurückgerempelt. Dann hab ich ihm noch eine reingehauen.«
Ich seufze und sehe mir seinen Hals genauer an. »Genau das haben sie doch beabsichtigt. Deshalb haben sie dich gehänselt … weil sie *wollten*, dass du so reagierst.«
»Ich weiß. Aber es ist schwer. Ich kann überhaupt nichts machen, ohne dass einer von denen mich entweder rumschubst oder veräppelt.«
Sein Hemd ist zerrissen und schmutzig, die Schramme am Hals sieht aus wie eine Brandwunde. Neben dem Schlüsselbein finde ich auch noch einen blauen Fleck. Ich merke, wie ich wütend werde und den Schuldigen am liebsten sofort und persönlich zur Rechenschaft ziehen möchte.
Ich hasse solche Spielchen. Mit den richtigen Tipps und ein bisschen Ermunterung können Kinder die meisten ihrer Probleme selbst lösen, aber Schikane ist etwas anderes, weil da Feiglinge am Werk sind, die ihre Aggressionen an einem Schwächeren auslassen.
Am nächsten Morgen lasse ich mir als Erstes einen Termin bei Garys Klassenlehrer geben. Mr. Barnard ist ein großer, gut ausse-

hender Mann, sehr beliebt bei den Schülern. Ich habe ihn beim letzten Elternabend kennen gelernt.
Er bittet mich in sein Büro und hört mir aufmerksam und verständnisvoll zu, als ich ihm erzähle, was passiert ist. Am liebsten möchte ich ihm sagen, dass Gary zu Hause genug Probleme hat, auch ohne dass man ihm auch noch in der Schule krumm kommt. Aber ich möchte die Sache nicht noch komplizierter machen.
Ich habe ein wenig Angst, dass ich als überbehütende, überängstliche Mutter abgestempelt werde, aber Mr. Barnard ist sehr nett. Ihm ist auch schon aufgefallen, was in der Klasse vor sich geht.
»Ich überlege mir schon die ganze Zeit, wie man am besten damit fertig wird. Wenn ich die Verantwortlichen vor allen anderen zur Rede stelle und verwarne, bringt sie das womöglich nur noch mehr gegen Gary auf. Kinder haben oft ein seltsames Gefühl für Solidarität, wenn sie meinen, jemand hat einen Kumpel verpetzt.«
»Aber die Sache geht inzwischen wirklich zu weit.«
»Ich weiß.«
Als ich Mr. Barnards Zimmer verlasse, bin ich überzeugt, dass er alles in seiner Macht Stehende tun wird, um diese Übergriffe zu beenden. Aber als ich aus dem Seiteneingang der Schule herausfahre, frage ich mich, wer sich um solche Dinge kümmern würde, wenn ich nicht mehr da wäre? An wen hätte Gary sich gewandt? Es ist wie ein Schlag in die Magengrube. Wie kann ich nur daran denken, meine Kinder zu verlassen? Wer sorgt für sie, wenn sie krank sind? Wer hilft ihnen, wenn sie Probleme haben, wer hört sich ihre Träume an? Sie brauchen ihre Mutter.

SAMSTAG, 25. FEBRUAR 1989

Wo sind die Tauben heute? Ich vermisse sie, wenn sie nicht kommen, um die Krümel aufzupicken, die ich im Garten für sie ausstreue.

Irgendwo habe ich einmal gelesen, dass es hundert Milliarden Vögel auf der Erde gibt. Fünfzig auf jeden Menschen – und dennoch nehmen wir sie erstaunlich selten wahr.
Ich könnte niemals einen wilden Vogel in einen Käfig sperren. Vögel sollen frei zum Himmel fliegen, nicht durch ein Gitter starren. Mein Lieblingsvogel ist der Fischadler. Wegen seines eindrucksvollen Rufs – ein Laut aus meiner Kindheit, genau wie die Dorftrommeln und das Prasseln des Regens auf den Blechdächern –, nennt man ihn die »Stimme Afrikas«.
»Was machen wir denn heute?«, frage ich Christy und wende mich vom Wohnzimmerfenster ab.
Christy sitzt am Tisch und malt mit dem Teelöffel ein unsichtbares Muster auf die Tischdecke.
»Wir könnten einkaufen gehen«, meint sie hoffnungsvoll.
»Womit? Du hast doch dein ganzes Geld von Weihnachten ausgegeben.«
Unwillig verzieht sie das Gesicht. Mit ihren neun Jahren scheint Christy zu der Überzeugung gekommen zu sein, dass sie über alles Bescheid weiß und dass das Leben ziemlich langweilig ist.
»Ich finde, wir könnten Nibbles Käfig sauber machen«, schlage ich vor.
Christy rümpft verächtlich die Nase.
Nibbles ist ein ausgesprochen liebenswertes Fellknäuel, das in einem hölzernen Sommerhäuschen in unserem Garten wohnt.
»Ach komm, das dauert doch nicht lange«, beharre ich, während ich meinen Kaffee austrinke. »Du holst die alten Zeitungen und ich das Stroh.«
»Ach Mu-um!«, beschwert sie sich. »Dazu hab ich jetzt überhaupt keine Lust, ich mach es lieber später.«
»Nein, wir machen es jetzt.«
Draußen hat der Frost den Rasen wie mit Zuckerguss überzogen, und von der Wäscheleine hängen gefrorene Wassertropfen wie Perlen an einer Kette. Christy trödelt mit einem Arm voll alter Zeitungen hinter mir her. Von der Kälte bekommt sie rote Ba-

cken. Zu ihren schwarzen Leggings trägt sie den bunten Pulli, den ich für sie gestrickt habe; ihre Haare sind zu einem lockeren Pferdeschwanz zurückgebunden.
Als wir die Tür aufmachen, kommt Nibbles in seinem Stall gleich nach vorn gehoppelt. Er ist ein niederländisches Zwergkaninchen, mit winzigen Ohren, die er eng an den Kopf legt, wenn man ihn streichelt. Manchmal führt Christy ihn an der Leine im Garten spazieren. Meiner Meinung nach hält sich Nibbles sowieso für einen Hund.
Ich sehe mich im Gartenhäuschen um: Strohhalme und Futterkrümel sind durch das Gitter in Nibbles' Käfig gefallen und haben sich auf dem Boden angesammelt.
»Eigentlich hätte man hier schon vor einer Woche sauber machen sollen«, sage ich.
Christy hängt noch an der Tür herum. »Mum! Ich hab dazu jetzt echt keine Lust«, verkündet sie mit einem theatralischen Seufzer.
Ich spüre, wie ich wütend werde, aber ich bemühe mich, sachlich zu bleiben. »Nibbles ist dein Kaninchen, Christy, und ich helfe dir ja sogar.«
Als ich mich zu ihr umdrehe, sehe ich gerade noch, wie sie mir eine Grimasse schneidet und mich tonlos nachäfft. In diesem Augenblick bleibt die Zeit stehen. Ich umklammere ein Stück zusammengerollte Zeitung, meine Hand hebt sich wie von selbst, und schlägt Christy damit ins Gesicht.
Sie weicht zurück, verliert das Gleichgewicht und taumelt nach hinten. Ihre Augen sind weit aufgerissen vor Schreck, und obwohl sie heftig blinzelt, kann sie die Tränen nicht zurückhalten.
Ich lasse die Zeitung los und höre, wie sie auf den Boden fällt. Mein Mund öffnet sich, aber kein Ton kommt heraus. Was soll ich auch sagen?
»Christy.« Meine Stimme klingt weit weg.
Ich strecke die Hand nach ihr aus, aber sie duckt sich, flitzt unter meinem Arm durch und rennt aus dem Gartenhaus. Ich versuche ihr nachzurufen, aber wieder bin ich wie gelähmt. Stumm starre

ich ihr nach, wie sie über den Rasen läuft und im Haus verschwindet, alles wie in Zeitlupe.
Als ich auf meine Hände blicke, sehe ich, dass sie voller Druckerschwärze sind. Was habe ich nur getan?
Endlich schaffe ich es, mich in Bewegung zu setzen. Ich will rennen, aber es geht alles nur ganz langsam. Bei jedem Schritt scheint die Welt um mich herum zu zerfallen, in sich zusammenzusacken wie billige Filmkulissen. Irgendwo hat jemand eine Tür zugeknallt, und jetzt stürzt die bemalte Fassade ein, Stück für Stück. Dahinter befindet sich nichts Festes.
Im Gegensatz zu meinem Körper scheinen meine Gedanken umso mehr Tempo aufzunehmen. Mit reiner Willenskraft zwinge ich mich weiterzugehen – ich muss Christy finden und ihr sagen … ihr sagen … ja, was will ich ihr denn sagen? Ich habe keine Entschuldigung parat.
Endlich erreiche ich die Balkontür und gehe hinein. Im Fernsehzimmer bleibe ich stehen. Absolut still.
Ich kenne keine Bezeichnung für einen solchen Augenblick. Ein Einschnitt? Das Ende? Auf einmal ist mein Kopf vollkommen klar. So klar wie schon lange nicht mehr. Ich habe meine Tochter geschlagen. Ich habe einem Menschen, den ich liebe, wehgetan. Wie soll ich mir selbst jemals wieder vertrauen? Etwas Böses haust in mir.
Ich weiß nicht, wie lange ich so dastehe. Als ich mich wieder in Bewegung setze, bemühe ich mich, nichts zu überstürzen. Langsam gehe ich die Treppe hinauf und finde Christy in ihrem Zimmer, wo sie auf dem Bett liegt und weint. Mit einem seltsam distanzierten Gefühl nehme ich sie in die Arme. In meinem Innern bin ich taub und leer. Ich liebe sie verzweifelt, und was ich getan habe, tut mir unglaublich Leid, aber gleichzeitig komme ich mir vor, als wäre ich ganz woanders.
»Liebling, es tut mir Leid.«
Christy sieht zu mir auf. An ihrer Wange kleben ein paar tränennasse Strähnen. Ich streiche sie weg.
»Bald kommen Dad und Gary nach Hause«, sage ich. »Ich muss

schnell noch etwas einkaufen, aber ich fahre allein. Am besten bleibst du einfach in deinem Zimmer. Geh nicht nach unten, mach die Tür nicht auf, lass das Telefon klingeln.«
Sie schaut mich verwundert an und blinzelt die letzten Tränen weg. Bisher habe ich sie noch nie allein gelassen.
»Okay, Mum«, sagt sie mit leiser Stimme. Ich umarme sie zum Abschied.
Unten rufe ich Ben White an, meinen Pastor. Mit ruhiger Hand tippe ich seine Nummer ein und warte, bis er sich meldet.
»Hi, Ben …« Meine Stimme versagt. »Ich wollte Ihnen nur sagen, dass ich gehe.«
»Wohin gehen Sie denn?«
»Das wissen Sie doch.«
»Warten Sie!« Seine Betroffenheit ist nicht zu überhören.
»Nein, Ben, ich habe nur angerufen, weil ich es Ihnen versprochen habe und weil ich mich bedanken wollte für alles, was Sie für mich getan haben. Und …« Wieder bricht meine Stimme. »Und um Sie zu bitten, meiner Familie zu helfen.«
»Warten Sie. Ich komme zu Ihnen. Ich möchte mit Ihnen sprechen.«
»Nein. Ich habe Christy geschlagen. Irgendwas ist in mir zerrissen. Ich kann nicht mehr.«
»Bitte lassen Sie mich rüberkommen.«
»Nein. Tut mir Leid. Ich muss jetzt gehen.« Damit lege ich auf.
Ich kann mir gut vorstellen, wie Ben jetzt abwägt, was er tun kann. Wenn er mich mit dem Auto erreichen will, muss er über den Kreisverkehr am Thanet Way. Selbst wenn er wie ein Verrückter fährt, bin ich zuerst dort. Er weiß ja nicht, wohin ich will.
Als ich zur Haustür hinausgehe, höre ich das Telefon klingeln. Bestimmt Ben. Ich schließe die Tür hinter mir und gehe zur Auffahrt. Als ich zum Kreisverkehr komme, ist der Motor immer noch kalt. Ich biege nach links in den Thanet Way ein und weiß, dass ich jetzt in Sicherheit bin.
Die Fahrt zu Tesco dauert noch zehn Minuten. Blätter wirbeln im

Windschatten von Lieferwagen und Lastern. Irgendwie scheint sich heute alles zu schnell zu bewegen. Ein paar standhafte Seelen führen ihre Hunde auf dem matschigen Weg zwischen den Bäumen spazieren.

Inzwischen könnte Ben schon bei unserem Haus sein. Ich weiß, dass Christy nicht an die Tür gehen wird. Sie bleibt in ihrem Zimmer, bis Chris und Gary kommen.

Ich lasse sie ausgesprochen ungern allein. Was, wenn sie einen Unfall hat? Was, wenn ein Feuer ausbricht? Was, wenn jemand … Mein Herz setzt aus. Mir fällt eine Geschichte aus der Lokalzeitung ein, von zwei jungen Mädchen, die in Canterbury vergewaltigt wurden, als sie allein zu Hause waren. Was, wenn Chris und Gary zu spät heimkommen? Was, wenn sie unterwegs Halt machen und einen Milchshake trinken? Was, wenn Garys Training länger dauert und Chris zum Zuschauen bleibt? Dann sind sie womöglich statt in einer halben Stunde erst in zwei oder drei Stunden zu Hause.

So lange kann ich Christy unmöglich allein lassen, das ist viel zu riskant! Ich muss dafür sorgen, dass jemand bei ihr ist. Suchend lasse ich meinen Blick über den Straßenrand schweifen. Wo ist eine Telefonzelle? Bens Nummer habe ich im Kopf. Wenn er doch noch nicht weggefahren ist, kann ich ihm sagen, er soll nach Christy schauen – er soll wenigstens beim Haus bleiben, auch wenn Christy ihm nicht aufmacht.

An der nächsten Telefonzelle fahre ich an den Straßenrand. Mit der einen Hand suche ich Kleingeld, mit der anderen greife ich zum Hörer. Aber da merke ich, dass irgendwelche Vandalen ihn abgerissen haben. Ungläubig starre ich auf die ausgefransten Kabel. So soll das nicht laufen. Ich habe doch alles geplant. Jetzt beginnt meine absolute Klarheit sich schon wieder zu trüben.

Ich brauche ein Telefon, aber wo finde ich eines? Tesco … die Tankstelle beim Eingang … da gibt es bestimmt ein Telefon. Ganz benommen fahre ich weiter. Verwirrung und Panik breiten sich zwischen den Schmetterlingen in meinem Bauch aus.

Als ich an der Tankstelle halte, zittern meine Hände so sehr, dass ich kaum den Benzinstutzen in den Tank kriege.
An der Kasse sitzt ein Mädchen mit Kaugummi im Mund und liest in einem Popmagazin, das auf ihrem Schoß liegt.
»Gibt es hier einen öffentlichen Fernsprecher?«, frage ich und versuche, ganz normal zu klingen.
Sie wedelt mit der Hand in Richtung Supermarkt. »Da drin sind welche.«
Christys Gesicht geht mir nicht aus dem Sinn, während ich über den Parkplatz fahre. Ich muss mich vergewissern, dass es ihr gut geht.
Im Supermarkt wimmelt es von Samstagmorgeneinkäufern. Hier müsste ich meinen Anruf also unter den Augen der Öffentlichkeit tätigen. Sobald ich den Mund aufmache, werde ich anfangen zu weinen. Das weiß ich. Und ich möchte nicht, dass jemand mich so sieht.
Komm schon, Linda, reiß dich zusammen. Was machst du jetzt?
Ich muss ein Telefon finden, bei dem man nicht ganz so auf dem Präsentierteller steht.
Endlich, nachdem ich mir lange genug das Gehirn zermartert habe, fällt mir der christliche Buchladen in Canterbury ein. Im Untergeschoss ist ein öffentliches Telefon, da hat man seine Ruhe.
Ich werfe einen Blick auf meine Armbanduhr – schon nach eins. Bis Canterbury brauche ich fünfzehn Minuten. Selbst wenn jemand mich sucht, wird er bestimmt nicht auf die Idee kommen, dass ich im Buchladen bin.
Auf der Fahrt rede ich mit mir selbst und beschimpfe den Verkehr. Die Leute sollen mir aus dem Weg gehen. Aber heute scheint wirklich Gott und die Welt unterwegs zu sein. Meine Fingerknöchel sind ganz weiß, so fest umklammere ich das Lenkrad, aber meine Gedanken sind wieder klar.
Ich biege durch das Tor zur Kathedrale ein, am Portier vorbei und auf den Domparkplatz, ganz in der Nähe von Chris' Büro. Zum Buchladen braucht man zu Fuß fünf Minuten, aus dem Ka-

thedralentor hinaus, vorbei an Debenham's und über den Platz. Mit gesenktem Kopf bahne ich mir einen Weg durch die Menge. Beim Buchladen angekommen, gehe ich direkt die Treppe hinunter, an den Karten und Kalendern vorbei. Im Untergeschoss sind nur die Materialien für den Kindergottesdienst. Das Telefon ist ganz in der Ecke, gleich bei der Kaffeemaschine.

Ich wähle; schon nach dem ersten Klingelzeichen wird abgehoben.

»Ben ...«, beginne ich.

»Linda, wo sind Sie?« Bens Stimme klingt sehr dringlich.

Ich nehme den Hörer in beide Hände und flüstere: »Das verrate ich Ihnen nicht. Nicht dass Sie denken, ich hätte es mir anders überlegt – ich möchte nur, dass Sie zu Christy fahren. Bitte passen Sie auf sie auf.«

»Christy geht es gut. Sagen Sie mir bitte, wo Sie sind. Ich möchte mit Ihnen reden.«

»Sehen Sie nach Christy. Ich muss jetzt gehen. Es tut mir sehr Leid.«

Als ich gerade auflegen will, höre ich ihn rufen: »Linda, Chris weiß Bescheid!«

Ich habe das Gefühl, dass mich jemand in den Magen geschlagen hat. Rasch halte ich den Hörer wieder ans Ohr. »Was meinen Sie damit, er weiß Bescheid?«

»Ich war bei Ihnen zu Hause, als Chris heimgekommen ist. Er hat gemeint, Sie wären einkaufen. Da hab ich ihm die Wahrheit gesagt ... ich hab ihm gesagt, was Sie vorhaben ...«

»Aber ich habe Ihnen vertraut!«, entgegne ich vorwurfsvoll.

»Ihre Familie hätte es sowieso herausgefunden, Linda. Tief im Innern hätten sie es gewusst.«

»Trotzdem haben Sie mich hintergangen.«

»Bitte, ich möchte zu Ihnen kommen. Ich hab das nur getan, weil Sie mir am Herzen liegen. Ich kann Ihnen helfen, das durchzustehen.«

Ich lege den Hörer weg und beginne zu weinen. Zusammengerollt sitze ich auf einem Stuhl und weine haltlos. Ich möchte immer noch sterben. Ich muss es tun! Nur meine Familie wird die Wahrheit wissen. Ein Selbstmord ist ein Selbstmord ist ein Selbstmord …

Ich finde einen Schreibblock und beginne einen Abschiedsbrief an Ben und Joan, erkläre ihnen, wie Leid mir alles tut, und ich bitte sie um Vergebung. Den Brief werde ich Fred geben. Fred betreibt den Buchladen, er kann den Brief auf dem Nachhauseweg bei Ben einwerfen.

Als ich fertig bin, nehme ich meinen ganzen Mut zusammen und steige die Treppe hinauf. Fred steht hinter der Kasse. Ich gebe ihm das zusammengefaltete Blatt. »Könnten Sie bitte dafür sorgen, dass Ben diesen Brief bekommt?«

»Linda, sollen wir uns nicht lieber eine Weile unterhalten? Sie sehen aus, als wären Sie ziemlich durcheinander.«

»Tut mir Leid, Fred, aber ich muss gehen.«

»Ist etwas nicht in Ordnung? Lassen Sie mich Ihnen helfen, wir können gemeinsam beten.«

Weil ich nicht möchte, dass er Ben anruft, folge ich ihm in sein Büro, und wir beten. Danach danke ich ihm und verlasse schnell den Laden. Wieder eile ich mit gesenktem Kopf durch die Straßen, in der Hoffnung, dass Fred mir nicht folgt.

Aber ein Gedanke hallt ständig durch meinen Kopf – Chris weiß Bescheid! Er wird die Polizei rufen. Man wird nach mir suchen. Vielleicht hat man meinen Wagen schon gefunden, vielleicht hat man Straßensperren errichtet.

Als ich zum Domparkplatz komme, mache ich Halt und spähe vorsichtig in die Schaufenster. Ich benutze sie als Spiegel, um zu sehen, ob jemand bei meinem Auto steht. Aber die Luft scheint rein zu sein. Mit raschen Schritten gehe ich hinüber und lasse mich auf den Fahrersitz gleiten. Meine Hände zittern. Ich brauche eine Ewigkeit, bis ich den Schlüssel im Zündschloss herumgedreht habe.

Als ich losfahre, schießt mir ein Gedanke durch den Kopf: Was,

wenn die Ausfahrtsstraßen aus Canterbury beobachtet werden? Wie soll ich dann zum Thanet Way kommen? Doch auf einmal wird mir klar, dass das keine Rolle spielt. Mein Plan ist sowieso kein Geheimnis mehr. Jeden Moment kann mich jemand anhalten. Dann wird man mich nach St. Augustine bringen, mich einsperren und den Schlüssel wegwerfen.
Ich weiß nicht, wohin ich fahre. Ziellos biege ich mal links und mal rechts ab, während ich versuche, meinen Kopf wieder klar zu bekommen. Auf einmal merke ich, dass ich in der Nähe einer Polizeistation bin, und entschließe mich abrupt für eine Seitenstraße, die zu einem Hotelparkplatz führt. Ich fahre an den Straßenrand, aber dann fällt mir ein, dass mein Wagen von der Hauptstraße aus immer noch zu sehen ist. Ich muss ihn verstecken, unbedingt.
Also fahre ich weiter, an der Gerberei vorbei, bis zu einem Kreisverkehr, der aus Canterbury herausführt. An jeder Ecke erwarte ich einen Streifenwagen. Wohin soll ich mich wenden? Ich denke nicht mehr an Selbstmord, ich bin viel zu verwirrt.
Nach einer scharfen Linksbiegung fahre ich eine schmale Straße an einer Schule entlang. Eine bunt zusammengewürfelte Gruppe von Mädchen umkreisen im Dauerlauf einen durchweichten Sportplatz. Ihre T-Shirts sind hinten voller Schlamm, der von ihren Hacken hochgespritzt ist.
In einer Seitenstraße halte ich wieder an und parke zwischen zwei Autos. Hoffentlich fällt mein Auto niemandem auf. Ich brauche Zeit, um meine Gedanken zu ordnen. Ohne das Lenkrad loszulassen, lege ich den Kopf auf die Arme. Die Fenster sind offen, die Kälte wird mir helfen, mich zu konzentrieren. Aber ich bin so müde … so furchtbar müde.

Ich habe keine Ahnung, wie lange ich so dasitze. Ich erinnere mich nicht, wie die Zeit vergangen ist oder ob ich an irgendwas gedacht habe. Es ist wie ein schwarzes Loch. Sicher ist nur, dass es allmählich dämmert und dass es eiskalt geworden ist. Meine Hände und

meine Finger sind blau vor Kälte, und ich muss sie aneinander reiben, um wieder Gefühl in die Fingerspitzen zu kriegen.
Ich brauche eine Ewigkeit, bis ich den Wagen gewendet habe und mich auf den Rückweg mache. Als ich auf den Kreisverkehr zufahre, sehe ich mir gegenüber das Victoria Hotel. Manchmal gehen Christy und ich dorthin, um uns einen Schokoladeneisbecher zu genehmigen. Die Parkplätze sind durch eine hohe Mauer von der Straße getrennt.
Ich fahre hinein und parke in einer engen Lücke zwischen zwei anderen Autos. Ich bin zu einer Entscheidung gekommen, die mir wenigstens eine kleine Verschnaufpause verschaffen wird. Ich möchte zwölf Stunden Zeit zum Nachdenken. Nur eine Nacht. Hoffentlich ist mir bis morgen früh klarer, was ich tun soll.
An der Rezeption erzählt mir eine redselige Frau fröhlich vom aktuellen Sonderangebot: Man kann zwei Übernachtungen zum Preis von einer buchen.
»Ich möchte aber nur eine Nacht bleiben«, entgegne ich. Es kostet mich große Mühe, mich zusammenzunehmen.
»Aber das kostet das Gleiche wie zwei Nächte.«
»Macht nichts.«
»Vielleicht überlegen Sie es sich noch einmal?«
»Okay, okay, wie Sie wollen …« Ich gebe ihr meine Kreditkarte, aber meine Hände sind so kalt, dass ich Mühe habe, das Formular zu unterschreiben. Ich habe Angst, dass die Frau jetzt glaubt, ich fälsche die Unterschrift. Aber sie lächelt nur und überreicht mir die Broschüren, in denen die besonderen Annehmlichkeiten des Hotels angepriesen werden.
Auf meinem Zimmer lasse ich mich erschöpft aufs Bett sinken. Erleichterung überkommt mich. Möchte ich immer noch sterben? Ja, ich glaube schon. Nein. Ich weiß es nicht mehr. Kein Gedanke bleibt länger als ein paar Sekunden in meinem Kopf.
Was ist mit Gary und Christy? Was soll aus ihnen werden? Was werden sie von mir denken? Ob Chris ihnen die Wahrheit sagt?
Ich lasse mir ein schönes warmes Bad einlaufen, lege mich hinein

und taue allmählich auf. Aber statt dass ich jetzt wieder klar denken kann, fühle ich mich müder und ausgelaugter als vorher und will nur noch schlafen. Vielleicht werden sich meine Gedanken im Schlaf klären. Langsam steige ich aus der Badewanne, ziehe mich wieder an und lege mich aufs Bett. Fast augenblicklich überwältigt mich die Erschöpfung, und ich ziehe schützend die Decke über mich.

Als das Telefon neben meinem Bett klingelt, fahre ich erschrocken in die Höhe. Ein paar Sekunden weiß ich nicht, wo ich bin. Dann hebe ich zögernd ab.

»Gott sei Dank, du bist da.«

Wieder dauert es ein paar Sekunden, bis ich die Stimme erkenne. Es ist meine Freundin Gail Collings.

»Aber … woher weißt du … wie hast du mich gefunden?«, stammle ich.

»Gott hat es mir gesagt«, antwortet sie.

Sie erzählt mir, dass Chris alle unsere Freunde angerufen und gefragt hat, ob jemand weiß, wo ich sein könnte. Die Polizei hat ihm geraten, zu Hause und in der Nähe des Telefons zu bleiben, für den Fall, dass ich mich melde.

Gail und ihr Mann Martin haben gebetet und Gott angefleht, ihnen bei der Suche zu helfen. Da fiel Gail das Victoria Hotel ein. Auch mit ihr komme ich nämlich gelegentlich nach dem Squash-Spielen auf ein Eis hierher.

»Lin, ich möchte zu dir kommen. Wir müssen uns unterhalten.«

»Nein, lass mich allein.«

»Was machst du denn?«

»Ich denke nach. Ich brauche Zeit zum Nachdenken. Nur diese eine Nacht.«

»Darf ich wenigstens Chris anrufen und ihm sagen, dass du wohlauf bist?«

»Nein, bitte nicht. Er wird nur versuchen, hierher zu kommen.«

»Ich weiß genau, was du durchmachst«, sagt Gail. »Ich habe das auch hinter mir.«

Jetzt kann ich meine Tränen nicht mehr zurückhalten. »Ich bin mir einfach nicht mehr sicher, ob ich weiterleben kann.«

»Doch, du kannst es. Immer einen Tag nach dem anderen.«

Ich erzähle Gail, was heute passiert ist. Sie hört zu und gibt ab und zu beruhigende Geräusche von sich. Ich weiß, sie hat Angst davor, dass das Gespräch abbricht. Aber ich bin müde … ich muss schlafen.

»Mach bitte keine Dummheiten, ja?«, beschwört sie mich.

»Ich verspreche es … wenn du Chris nicht sagst, dass ich hier bin.«

So machen wir eine Weile weiter, nehmen einander Versprechen ab, und schließlich verabschiedet sie sich. Zehn Minuten später klopft es an meine Tür. Sie hat mich betrogen! Wild entschlossen packe ich meine Autoschlüssel, renne zum Fenster und schiebe es auf. Gerade als ich springen will, ruft Gail durch die Tür.

»Linda, ich bin's. Ich bin allein, Ehrenwort.«

Ich öffne die Tür, und wir brechen beide in Tränen aus. Dann halten wir einander in den Armen.

»Ich dachte, wir sind Freundinnen«, sagt sie entrüstet. »Warum bist du nicht zu mir gekommen? Warum musste ich warten, bis Gott mir sagt, wo du bist?«

Auf einmal bricht sie ab, und wir fangen beide an zu kichern. Ich setze mich aufs Bett und weiß nicht, ob ich lache oder weine. Aber ich freue mich so, dass jemand bei mir ist.

Die nächsten drei Stunden reden wir fast ununterbrochen, tauschen Geschichten aus darüber, wie schrecklich Depressionen sind und wie sinnlos das Leben einem manchmal erscheint. Wir sprechen auch über Selbstmord und über alles, was damit zu tun hat.

Gail möchte nicht gehen, aber sie muss mir vertrauen. Mir tut Martin, ihr Mann, furchtbar Leid, denn er sitzt jetzt zu Hause und hat geschworen, den Mund zu halten, obwohl er gut mit Chris befreundet ist. Ihm ist bestimmt klar, dass Chris es nicht verstehen wird, wie er so ein Geheimnis für sich behalten konnte.

Nachdem Gail gegangen ist, liege ich hellwach auf dem Bett. An Schlaf ist nicht zu denken. Doch gegen Morgen haben sich meine Gedanken einigermaßen geklärt und ich erkenne, dass ich meinen Plan nicht durchführen kann. Ich kann die Kinder nicht mit dieser emotionalen Verletzung zurücklassen. Nicht umsonst habe ich mir geschworen, nicht so zu werden wie meine Mutter. Ich wollte meine Kinder nie verlassen. Und jetzt das!

Um sieben Uhr rufe ich Chris an.
»Wo bist du?«
»Im Victoria Hotel.«
»Warte dort auf mich.«
»Nein, ich komme jetzt heim.«
»Nein, bitte bleib. Setz dich nicht ins Auto. Warte auf mich, bitte. Versprich es mir.«
»Okay.«
Als ich auf sein Klopfen hin die Tür öffne, erkenne ich den Mann kaum, der da auf dem Korridor steht. Grau sieht er aus, mit dunklen Ringen unter den Augen. So fix und fertig habe ich ihn noch nie gesehen.
Ich schwöre mir, diesen Anblick nie zu vergessen. Wenn ich jemals wieder an Selbstmord denken sollte, werde ich mir diese Erinnerung ins Gedächtnis rufen und wissen, welche Wirkung mein Tod nach sich ziehen würde.
Chris legt seinen Arm um meine Schulter und zieht mich an sich, als hätte er Angst, mich je wieder loszulassen. Wir gehen zu seinem Wagen und fahren schweigend nach Hause. Gary und Christy sind bei Freunden untergebracht.
»Warum hast du mich nicht angerufen? Warum hast du mir nichts gesagt?«
»Ich hab's immer wieder versucht.«
Er schüttelt den Kopf und scheint sich im Stillen Vorwürfe zu machen. »Du hast mir gesagt, dass es dir nicht gut geht, aber ich habe nicht begriffen … dass es so schlimm ist.« Er reibt sich die

Augen. »Ich möchte dir helfen … aber ich weiß nicht, wie. Ich weiß nicht, was mit dir los ist …«
Wie soll ich es ihm erklären, wenn ich es selbst nicht verstehe? Ich möchte nur, dass die Welt aufhört sich zu drehen. Ich möchte nicht reden, ich möchte nicht weinen, ich möchte keine vernünftigen Gründe dafür finden müssen, wie ich mich fühle. Ich bin innerlich wie tot. Ich habe mich aufgegeben.
Chris sagt etwas davon, dass er mich am nächsten Morgen als Erstes zum Arzt bringen will. Ich höre seine Worte, aber ich fühle nichts. Soll man mich doch in St. Augustine einsperren. Meinetwegen kann man den Schlüssel ruhig wegwerfen. Alles ist besser als so weiterzuleben.

Kapitel 3

MONTAG, 27. FEBRUAR 1989

Robin Royston

In Georges Tasche klappert das Kleingeld, als er sich hinsetzt. Er streicht seine zerknitterte Hose glatt und bewegt nervös seine kleinen, gepflegten Hände.
Obgleich er schon seit fast sechs Monaten zu mir kommt, macht George nie einen entspannten Eindruck, wenn er mir gegenübersitzt. Wie so viele Leute glaubt er, dass es mein Job ist, seine Probleme zu lösen. Schließlich bezahlt er mich ja dafür!
»Wie war Ihre Woche?«, frage ich ihn und höre ihn seufzen.
»Lausig.«
»Warum?«
»Immer die gleiche Leier. Normalerweise bin ich ziemlich gelassen, aber mein Chef erwartet einfach zu viel von mir.«
Während er über seine Arbeit und den unfairen Druck spricht, unter dem er dort steht, wird er immer ärgerlicher und frustrierter. »Dann hatte ich heute früh auch noch diesen blöden Traum«, verkündet er zum Schluss.
»Wollen Sie mir davon erzählen?«
»Da war so ein Mann, der war total gemein zu einem Kind, einem kleinen Jungen. Er brüllte und drohte. Der Junge war allerdings auch eine ziemliche Memme. Er sah aus, als würde er schon anfangen zu weinen, wenn man ihn nur anschaut.«

Er macht eine wegwerfende Handbewegung.
»Hatte der Junge oder der Mann Ähnlichkeit mit Ihnen?«, erkundige ich mich.
»Keiner.«
»Haben die beiden Sie an jemanden erinnert?«
Er schüttelt den Kopf und denkt eine Weile nach. »Hmm, der Mann war ein bisschen wie mein Vater.«
»In welcher Hinsicht?«
»Mein Vater ist oft wütend geworden und hat mich total eingeschüchtert.«
»Dann könnten Sie also das Kind sein?«
»Nein, ganz bestimmt nicht.«
»Was macht Sie so sicher?«
»Der Junge hatte ein Fußballtrikot von Manchester United an. Und ich hasse Fußball.«
»Warum dann das Trikot?«
»Woher soll ich das denn wissen?«, entgegnet George, von neuem irritiert. »Es war bloß ein dummer Traum.«
Auf der Stelle bereut er seinen Ausbruch. Er möchte nicht, dass ich einen falschen Eindruck von ihm bekomme.
Nach langem Schweigen meint er leise: »Mein Sohn ist Fan von Manchester United.«
»Welcher Sohn?«
»Peter, der Mittlere.«
Ich weiß, dass Georges Beziehung zu Peter problematisch ist. Wir haben schon früher darüber gesprochen, aber George bricht das Gespräch jedes Mal mit der Begründung ab, es sei irrelevant.
»Er tut nie, was man ihm sagt, der Knabe. Und er ist schwach … weich wie Butter. Ich weiß nicht, woher er das hat …« Er schüttelt den Kopf. »Es ist bloß so ein blöder Traum, mit mir hat das gar nichts zu tun.«
George hasst es, wenn man ihn bedrängt. Bis zum Ende der Sitzung kocht er still vor sich hin.

Wir wissen beide, dass er ein Tyrann ist. Er ist der Sohn seines Vaters, aber das würde er niemals zugeben. Es ist immer das Problem seines Sohnes.

Für gewöhnlich ist dies meine letzte Stunde am Donnerstag. Wenn ich zehn vor sieben gehe, bin ich um acht zu Hause. Aber heute hat mich in letzter Minute ein praktischer Arzt aus der Gegend angerufen und mich gebeten, eine neue Patientin anzuschauen.

In der kleinen psychiatrischen Abteilung am Chaucer-Krankenhaus nimmt man ausschließlich ambulante Patienten und nur ganz gelegentlich mal einen Tagespatienten auf. Es gibt zwei Stationen, Innere und Chirurgie, aber für psychiatrische Fälle gibt es keine Betten, wegen der Probleme, die auftreten können, wenn man sie mit gewöhnlichen Patienten mischt.

In der psychiatrischen Abteilung arbeiten Carol Trigger – die Oberschwester –, Penny Steel, eine Fachschwester mit therapeutischer Zusatzausbildung, und Janet, die Rezeptionistin und Sekretärin. Die drei sind ein gut eingespieltes Team, und ohne sie wäre ich aufgeschmissen.

Bevor meine neue Patientin eintrifft, habe ich noch eine zehnminütige Gnadenfrist – gerade Zeit genug, um Lynn anzurufen und sie zu fragen, ob ich auf dem Heimweg irgendetwas mitbringen soll.

Als sie an den Apparat geht, höre ich im Hintergrund den Fernseher und Mike, der mitsingt. Emma sitzt in ihrem Hochstuhl und schmiert sich garantiert gerade mit Brei voll.

»Kommst du erst später heim?«, fragt Lynn, den Hörer zwischen Schulter und Ohr geklemmt, während sie Emma füttert, die elf Monate alt ist.

»Ja, so gegen neun.«

»Sei vorsichtig, könnte sein, dass die Straßen glatt sind, es friert nämlich. Du kennst doch den hübschen Pullover, den ich für Michael gekauft habe? Den bunten. Stell dir vor, er ist im Kindergarten verschwunden.«

»Er taucht bestimmt wieder auf.«
Sie dreht den Kopf und ruft: »Michael, es ist Daddy. Er möchte dir gute Nacht sagen.«
Ich höre, wie er aus dem Wohnzimmer gerannt kommt. Wenn er mit seinen drei Jahren den Hörer ans Ohr drückt, kommt ihm das Mundstück zu weit weg vor, und er schreit, um die Entfernung wettzumachen.
»Mum will, dass ich Brokkoli esse«, beschwert er sich.
»Brokkoli macht dich stark.«
»Das sagst du bei Spinat auch immer.«
»Ja, das ist bei dem ganzen grünen Zeug so.«
»Und was ist mit Karotten?«
»Die helfen, dass du auch im Dunkeln gut sehen kannst.«
»Aber ich hab Angst im Dunkeln.«
»Dann sind Karotten umso wichtiger.«
Diese Weisheit lasse ich ihn erst mal verdauen und trage ihm auf, Emma einen Kuss von mir zu geben. Ich sehe es förmlich vor mir, wie er angeekelt das Gesicht verzieht. Er hat den kleinen Eindringling noch nicht völlig akzeptiert.
Ich hasse es, wenn ich nicht zu Hause sein kann, um den Kindern gute Nacht zu sagen. Die Überstunden sind die Erblast einer riesigen Hypothek. Voriges Jahr – 1988 – sind wir nämlich kurz nach Emmas Geburt aus einer Dreizimmerwohnung in ein Haus bei Tunbridge Wells umgezogen.

Punkt 19 Uhr gehe ich den Korridor entlang zur Schwesternstation. An der Wand steht eine Reihe von Stühlen, mein Wartezimmer sozusagen. Jetzt sitzt dort schweigend ein Paar. Die Frau blickt nicht mal auf, als ich mich vorstelle. Sie ist attraktiv gekleidet, aber ihre Augen sind rot und geschwollen.
Ich führe die beiden ins Sprechzimmer und erledige erst einmal die Formalitäten, Name, Adresse und so weiter.
Chris Caine trägt einen gut geschnittenen dunkelgrauen Anzug, ein weißes Hemd und etwas, was eine ehemalige Schulkrawatte

sein könnte. Er sieht aus, als wäre er es gewohnt, in fast jeder Situation Herr der Lage zu sein. Aber das jetzt ist neu für ihn, und er fühlt sich unsicher.
Er hat einen Brief von Terri Stefani dabei, dem Hausarzt der Familie.

Betrifft: Mrs. Linda Caine, geboren am 3. September 1951
Lieber Robin,
herzlichen Dank, dass Sie sich so kurzfristig um diese Patientin kümmern können. Sie ist eine sehr angenehme Frau, und von außen gesehen könnte ihr Leben kaum schöner sein. Sie ist glücklich verheiratet, finanziell abgesichert und hat zwei Kinder. Aber in letzter Zeit leidet sie zunehmend unter dem Gefühl, dass das Leben sie überfordert; sie bereitet ihre Kinder beim gemeinsamen Abendgebet darauf vor, dass sie bald sterben wird.
Stimmungsmäßig schwankt sie zwischen Perioden tiefster Verzweiflung und solchen, in denen sie einigermaßen zurechtkommt. Nach ihren eigenen Angaben ging es in den letzten Monaten immer weiter bergab.
Ich habe ihr noch kein Antidepressivum verschrieben, weil ich dachte, Sie könnten sich erst einmal eine Meinung über sie bilden. Allem Anschein nach ist sie ernsthaft selbstmordgefährdet und sollte vielleicht eingewiesen werden. Trotzdem sehe ich positive Faktoren darin, dass sie Rückhalt in ihrer Familie und bei ihrem Pastor hat. Für Ihre Hilfe wäre ich sehr dankbar.

Linda wirft mir nur einen kurzen Blick zu. Sie lehnt mit dem Kopf an Chris' Schulter und starrt auf den Boden. Ihr langes Haar ist ihr übers Gesicht gefallen, aber sie streicht es nicht zurück. Es ist wie ein Schutzschild, hinter dem sie sich verstecken kann. Sie hat lange, nervöse Finger mit kurz geschnittenen Nägeln. Wie es aussieht, trägt sie kein Make-up, hat sich aber offensichtlich die Haare gebürstet und eine gewisse Sorgfalt auf ihre Kleidung verwandt. Das sind wichtige Hinweise. Trotz Traurig-

keit und Verwirrung ist Linda noch nicht so weit abgedriftet, dass sie sich nicht mehr um ihr Äußeres kümmert.
Eine klinische Depression unterscheidet sich deutlich von den Stimmungstiefs, die jeder Mensch hin und wieder einmal durchmacht. Depressionen beeinträchtigen einen Menschen weit mehr und sind weitaus gefährlicher. Der Betroffene ist nicht nur traurig; oft wird er von Selbstmordgedanken, von Schuld- und Wertlosigkeitsgefühlen gequält. Manchen Depressiven fällt es schwer, klar zu denken, sich an Dinge zu erinnern oder an irgendetwas Freude zu empfinden.
»Wie fühlen Sie sich?«, erkundige ich mich.
Linda zuckt leicht zusammen und zwickt sich ins Handgelenk, bis rote Druckstellen auf ihrer Haut erscheinen.
»Wie schlafen Sie in letzter Zeit?«
»Du bist sehr häufig aufgewacht«, hilft Chris nach.
»Wie lange ist das schon so?«, frage ich.
Keine Antwort, aber ein geradezu überwältigendes Gefühl von Passivität und Akzeptanz. Chris versucht ihr zu helfen. Er scheint ein netter, kluger Mann zu sein, aber er versteht offensichtlich überhaupt nicht, was hier eigentlich los ist.
»Wenn Sie sich in den letzten Wochen richtig schlecht gefühlt haben, hatten Sie dann keinen oder übermäßig viel Appetit?«
»Sie hat kaum was gegessen«, antwortet wieder Chris.
»Haben Sie abgenommen?«
Linda nickt.
In den nächsten dreißig Minuten stelle ich ihr eine Liste von Fragen, in denen es um Erschöpfung, Energieverlust, Konzentrationsmangel, unangemessene Schuldgefühle und Todesgedanken geht.
»Haben Sie in den letzten Wochen daran gedacht, sich etwas anzutun?«
»Ja.«
»Wollen Sie immer noch Selbstmord begehen?«
»Ja.«

Linda wirkt distanziert, als spreche sie über einen Dritten, nicht über sich selbst. Sie hat einen leichten Akzent, den ich nicht orten kann. Alles an ihr wirkt, als wollte sie sich entschuldigen, ihre Bewegungen sind wie in Zeitlupe. An einer Stelle beginnt sie zu weinen und verdeckt das Gesicht mit den Händen. »Ich möchte einfach nur tot sein«, flüstert sie.

Wir wissen noch längst nicht alles über Depressionen. Psychologen, Psychiater und Neurobiologen debattieren weiterhin darüber, ob sie durch biologische Prozesse – beispielsweise ein chemisches Ungleichgewicht im Gehirn – hervorgerufen werden, oder durch ein Erlebnis, das die Psyche beeinflusst. Das Thema Depression ist hochkomplex, und ich konnte mir bisher nur über ganz wenige Teilaspekte wirklich eine Meinung bilden.

Lässt man die Frage nach dem auslösenden Moment einmal beiseite, so ist zumindest klar, dass die Depression von biochemischen Veränderungen im Gehirn begleitet wird. Mit anderen Worten: Diese Substanzen tragen Botschaften und ermöglichen es den Gehirnzellen, miteinander zu »sprechen«. Wenn sich ihr Verhältnis verändert, kann es zu einer ganzen Reihe mentaler Probleme kommen.

Bis man herausfindet, ob bei einem Patienten psychische Faktoren eine Rolle spielen, sind Antidepressiva sehr nützlich, denn sie können helfen, das Gleichgewicht bestimmter chemischer Stoffe im Gehirn wiederherzustellen und die Stimmungsschwankungen abzuschwächen.

Das erkläre ich nun Chris und Linda. »Außerdem helfen die Medikamente Ihnen beim Schlafen«, füge ich hinzu.

»Wird sie sich davon auch sonst besser fühlen?«, fragt Chris, und es hört sich an, als bettle er fast um eine positive Antwort.

»Ich hoffe es. Allerdings wird es ein paar Wochen dauern, bis sie wirken. In der Zwischenzeit möchte ich, dass Linda als Tagespatientin ins Chaucer kommt. Wir behalten sie tagsüber im Auge, und abends kann sie dann wieder heimgehen. Sobald die Medikamente zu wirken beginnen, überdenken wir alles nochmal neu.«

Linda nickt nur. Ich bezweifle, ob sie momentan überhaupt genügend Energie hätte, um Selbstmord zu begehen. Sie sieht völlig fertig aus.
»Machen die Pillen sie nicht einfach nur künstlich wieder gesund?«, will Chris wissen.
»Nein. Sie sollen Ihrer Frau helfen, sich wieder wie sie selbst zu fühlen. Dass sie besser mit dem Leben zurechtkommt.«
»Und dann wird sie wieder gesund?«
»Das ist das Ziel, ja. Wenn sie sich ein bisschen besser fühlt, fangen wir entweder an, nach den Ursachen zu suchen, die dem Problem zu Grunde liegen, oder wir unterstützen sie einfach, bis sie wieder selbst zurechtkommt.« Ich lächle die beiden ermutigend an.
Ich spüre, dass Chris mehr erwartet – eine vollständige Diagnose oder eine sofortige Lösung –, aber es ist noch zu früh, um die Ursache von Lindas Depression zu erkennen. Schließlich bedankt er sich bei mir und hilft seiner Frau beim Aufstehen. Fürsorglich legt er den Arm um ihre Schulter, während sie den Korridor entlang zum Haupteingang gehen. Ich bleibe noch, schreibe eine Notiz für das Aufnahmepersonal am Dienstag und informiere das Team über Lindas Eintreffen.
Dann packe ich meine Sachen in meine abgeschabte Mappe, hinterlasse den Zettel auf dem Schreibtisch der Oberschwester und stürze mich hinaus in den allabendlichen Feierabendverkehr. Ich habe Lynn versprochen, um neun zu Hause zu sein, aber es ist schon halb zehn. Wieder mal erwartet mich ein aufgewärmtes Essen. Danach werde ich noch zu Emma und Mike hineinschauen und ihnen ein bisschen beim Schlafen zusehen. Mike wird flach auf dem Rücken liegen, Emma auf der Seite, die Hand beim Mund.

DONNERSTAG, 2. MÄRZ 1989

Jeden Morgen kurz nach neun erscheint Linda Caine im Chaucer. Ihr Mann Chris setzt sie am Haupteingang ab, und dann geht sie den Korridor entlang, ohne auch nur einen einzigen Menschen anzusehen.

Mir liegt daran, dass Linda als Tagespatientin kommt, weil sie dann in der Zeit, in der Chris arbeitet und die Kinder in der Schule sind, unter Beobachtung bleibt. Sie muss vor sich selbst geschützt werden, bis die Antidepressiva wirken.

Carol Trigger, die Oberschwester der Station, ist eine sanfte Schottin mit einem wundervollen singenden Akzent. Sie versucht, Linda dafür zu gewinnen, dass sie bei den Entspannungsübungen mitmacht oder sich ein bisschen Musik anhört. Regelmäßig bringt Linda Briefpapier, einen Skizzenblock und Stifte mit; trotzdem sitzt sie fast immer nur da und starrt aus dem Fenster. Den ganzen Tag lang hat jemand ein Auge auf sie, macht Gesprächs- und andere Kontaktangebote, aber allem Anschein nach bleibt Linda lieber für sich.

Jedes Mal, wenn ich im Chaucer bin, treffe ich mich mit ihr. Wir sitzen uns im Sprechzimmer gegenüber, und ich stelle ihr allgemeine Fragen darüber, wie sie schläft, wie es mit ihrem Appetit und ihrer Stimmungslage aussieht. Ich möchte sie in ihrem gegenwärtigen Kontext kennen lernen. Was passiert in *diesem* Moment in ihrem Leben? Warum fällt es ihr so schwer, damit fertig zu werden? Ich möchte so viel wie möglich über ihre Ehe und ihre Kinder erfahren. Wie steht es um ihre körperliche Gesundheit? Hat Linda viele Freunde? Was sind ihre Interessen?

Nur ganz selten beginnt Linda ein Gespräch, und ihre Antworten sind für gewöhnlich kurz und einsilbig. Ich versuche, mir in Gedanken ein Bild von ihrer Vorgeschichte zu machen, davon, wie sie an diesen Punkt in ihrem Leben gelangt ist.

Manchmal sieht sie mich an wie ein verschrecktes Reh. Ihr ganzes Auftreten hat etwas Sanftes, Rehartiges. Obgleich sie eine attraktive Frau ist, ist ihr Gesicht fast ein bisschen zu kindlich; es fehlen die charakteristischen Eigenschaften, die man normalerweise mit dem mittleren Lebensalter in Verbindung bringt.

Je nach den Begleitumständen kann Schweigen als bedrückend oder als ausgesprochen tröstlich empfunden werden. Deshalb versuche ich, Linda reichlich persönlichen Raum zu lassen, indem ich mich ein Stück von ihr entfernt setze. Wenn ich etwas sage, bemühe ich mich, mit meiner Stimme und meiner Haltung zu ihrer Entspannung beizutragen.

Ich beginne das Gespräch mit unverfänglichen Themen. »Es muss im Augenblick sehr schwierig für Sie sein. Ich sehe, dass es Sie beunruhigt, hier zu sein. Manche von den Menschen, mit denen ich mich unterhalte, reagieren mit deutlich mehr Unbehagen als andere. Sie befürchten, dass ich sie beurteile oder dass ich ärgerlich werde, wenn sie keine schlüssigen Antworten parat haben. Aber Sie haben von mir nichts Derartiges zu befürchten, Linda. Ich weiß, es ist unangenehm für Sie. Ich weiß, das Sie sich für das schämen, was passiert ist. Aber um Ihnen helfen zu können, muss ich ein bisschen mehr über Sie herausfinden.«

Eine Mischung aus Traurigkeit und Selbstvorwürfen scheint sie zu plagen. Und es ist ihr ausgesprochen unangenehm, deswegen so ein »Theater« zu machen.

»Ich verstehe, wie Sie sich fühlen, Linda. Zur Zeit erscheint Ihnen einfach nichts richtig, stimmt's? Sie haben das Gefühl, Sie können nur in Zeitlupe denken, und es kostet Sie schon eine riesige Anstrengung, morgens aufzustehen. Sie weinen viel, entweder ganz ohne Grund oder über Dinge, die normalerweise völlig unwichtig sind. Wenn Sie lächeln, fühlt sich das steif und unbeholfen an, ungefähr so, als wären Ihre Muskeln eingefroren …«

Mit großen Augen starrt Linda mich an.

»… Sie haben das Gefühl, zwischen Ihnen und dem Rest der Welt steht eine Glaswand. Sie sind nervös und schreckhaft. Sie denken ans Sterben oder an Selbstmord, und Sie glauben, es wäre eine große Erleichterung, wenn Sie tot wären …«

Linda fängt an zu weinen.
»Ich habe Recht, oder nicht?«
Sie nickt nur.
»Ich möchte Ihnen helfen. Ich weiß, was Sie durchmachen und wie Sie sich fühlen. Aber ich bin trotzdem auf Ihre Hilfe angewiesen. Sie müssen mir von Ihrem Leben erzählen … wie es so ist, was für Freunde Sie haben, wie Ihre Kinder sind … lauter solche alltäglichen Dinge.«
Linda nickt. Allmählich baut sich zwischen uns etwas auf. Immer mit Blick auf die Gegenwart frage ich sie nach ihren Hobbys, ihren Interessen, ihrer Ehe, ihrer Familie, ihrem Glauben. In erster Linie halte ich Ausschau nach möglichen Problembereichen: Verluste, Ehekrisen, Krankheiten, Drogenkonsum. Was könnte Linda unter Stress gesetzt haben?
Doch sie beschreibt eine Idylle. Durch ihre Arbeit in der Kirche und in der Jugendgruppe, zu deren Gründern sie zählt, hat sie eine Menge Freunde gewonnen. Sie liebt Chris und widmet sich hingebungsvoll ihren Kindern. Weder finanziell noch gesundheitlich gibt es Probleme. Schon seit beinahe einem Jahr ist ihr klar, dass irgendetwas nicht stimmt, etwas Schreckliches, gegen das sie verzweifelt ankämpft.
In der folgenden Zeit treffe ich Linda zweimal pro Woche. Als die Antidepressiva anfangen zu wirken, kann sie sich länger konzentrieren und auch an die Zukunft denken. Linda sieht die Welt mit den Augen einer Künstlerin. Sie zeigt mir ein paar von den Zeichnungen, die sie im Lauf der letzten Monate angefertigt hat. Auf manchen davon sind nur Augen zu sehen, die einen aus dem Bild heraus anstarren, oder blinde Gesichter, alles extrem ausdrucksvoll.
»Wie entscheiden Sie eigentlich, was Sie malen wollen?«, frage ich sie bei einer Sitzung.
Sie zuckt die Achseln. »Meistens ist es einfach etwas aus der Natur. Tiere. Bilder in meinem Kopf. Ich glaube, ich bin nicht gut genug, um genau das auf die Leinwand zu bringen, was ich sehe.

Aber wenn ich das könnte, würden die Leute wahrscheinlich denken, ich übertreibe maßlos.« Zum ersten Mal, seit ich sie kenne, lacht sie.

»Als ich jung war und in Afrika gelebt habe, bin ich vor der Regenzeit immer durch die ausgetrockneten Flussbetten geritten oder gewandert. Ich habe immer nach schönen, vom Wasser glatt geschliffenen Steinen gesucht, oder nach Treibholz. Einer meiner Lieblingsplätze war ein alter knorriger Baumstamm unter einer Trauerweide am Fluss Gwelo. Obwohl der Baumstamm ja eigentlich tot war, wimmelte es auf ihm von Leben. Winzige Ameisen marschierten in langen Zügen über ihn hinweg, Spinnen webten in den Ritzen ihre Netze, Raupen krochen die Zweige entlang. Ich habe dort ganze Vormittage verbracht.«

»Wo in Afrika sind Sie aufgewachsen?«

»In Rhodesien.«

»Vermissen Sie es?«

Ihr trauriges Lächeln spricht Bände.

»Was vermissen Sie am meisten?«

»Das Gefühl von Weite ... den Geruch des Regens ... die Einsamkeit.« Ihre Stimme verliert sich.

»Wann sind Sie weggegangen?«

»1976.«

»Sind Sie seither dort gewesen?«

»Nur einmal, 1981.«

»Warum haben Sie Afrika verlassen?«

»Wegen des Kriegs. Im neuen Simbabwe schien kein Platz mehr für Weiße zu sein. Chris hat als Rechtsanwalt gearbeitet, und ein Teil seines Jobs bestand darin, die schwarzen Unabhängigkeitsführer zu verteidigen, die im Gefängnis saßen. Einer dieser Männer sagte ihm, unter einer schwarzen Mehrheitsregierung wären Weiße in Simbabwe nicht mehr willkommen. Da wussten wir, dass es besser war, das Land zu verlassen.«

Linda erzählt mir von ihrem Großonkel, William Harvey Brown, der als Erster aus ihrer Familie nach Afrika ausgewandert ist. In

Amerika war er ein bekannter Schriftsteller, Jäger und Naturforscher, der für das Smithsonian Institute arbeitete; 1889 nahm er an einer Expedition nach Afrika teil, um eine totale Sonnenfinsternis zu beobachten. Er lud seinen jüngeren Bruder Arthur Houston Brown (Lindas Großvater) ein, ihn zu begleiten.
Am Ende kehrte Arthur nach Amerika zurück, aber Harvey Brown blieb in Afrika. Der Kampf um diesen Kontinent hatte begonnen, und alle europäischen Mächte wetteiferten darum, ihn unter sich aufzuteilen. Harvey Brown schloss sich dem Pionierkorps an, das Cecil Rhodes um sich scharte, um eine Straße nach Mashonaland zu bauen und nördlich des Limpopo-Flusses eine weiße Siedlung (das spätere Salisbury) zu gründen. Er war einer der ersten Pioniere in Süd-Rhodesien und wurde mit Land bezahlt. Seinen Besitz, auf dem sich heute der Internationale Flughafen von Harare befindet, taufte er Arlington Heights.
Wieder in Amerika besuchte Lindas Großvater die Princeton University und erwarb Diplome in Elektro- und Ziviltechnik. Später half er bei der Elektrifizierung der New-Yorker Straßenbahn. Aber Mitte der neunziger Jahre des vorigen Jahrhunderts überredete ihn sein Bruder, nach Afrika zurückzukehren. Beide wurden Rancher und Goldgräber in Rhodesien, mit unterschiedlichem Erfolg. Als Linda geboren wurde, war der Grundbesitz der Familie längst parzelliert und verkauft worden.
Linda spricht viel von ihrem Vater, aber ihre Mutter erwähnt sie kaum. Als ich sie danach frage, erwidert sie achselzuckend: »Sie hat uns verlassen, als ich acht war. Ich erinnere mich kaum an sie.«
Ich warte, ob sie noch etwas sagen will. Anscheinend muss sie sich den Kopf zermartern, um eine Erinnerung zu aktivieren.
»Eine Weile lebte meine Familie in einer alten Pension namens Park Hotel in Gwelo. Wir hatten ein großes, langes Zimmer, abgetrennt mit zwei großen Schränken. Meine Geschwister und ich schliefen in dem Bereich hinter den Schränken, wo in jeder Ecke ein Bett stand. Es war sehr dunkel, weil es in unserer Zimmerhälf-

te kein Fenster gab. Auf der anderen Seite der Schränke stand das Doppelbett von Mum und Dad, außerdem gab es einen kleinen Tisch und ein Fenster, aus dem man den Garten sah. Es war ein trostloses Haus, schlecht beleuchtet, mit knarrenden Fußböden. Vor allem aber hasste ich die langen, dunklen Gänge.
Am Weihnachtsmorgen fand ich einen Teddybär am Fußende meines Betts. Er war rundlich und wunderschön. Ich taufte ihn Dumpy. Aber als ich dann meinen alten Teddy suchte, damit die beiden zusammen spielen konnten, war er nirgends zu finden. Ich war verzweifelt. Er hatte mich begleitet, seit ich denken konnte.
›Wo ist mein Teddy?‹, fragte ich meine Mutter.
›Du hast doch jetzt einen neuen‹, antwortete sie.
›Ja, aber wo ist mein richtiger Teddy?‹
›Er war alt und schmutzig, deshalb habe ich ihn weggeworfen. Jetzt hast du einen hübschen neuen Freund.‹
Ich fing furchtbar an zu weinen. ›Ich will meinen Teddy, ich will meinen Teddy …‹
›Jetzt sei bloß nicht albern‹, meinte meine Mutter wegwerfend. ›Ein Teddy ist wie jeder andere.‹
Natürlich hatte sie Unrecht, aber das konnte ich ihr nicht sagen.«
»Warum nicht?«, frage ich Linda.
»Sie hätte mir nicht zugehört. Ich habe auf Dumpy eingeschlagen und ihn in die dunkle Zimmerhälfte verbannt – die schlimmste Strafe überhaupt.
Ich erinnere mich noch an den Tag, als sie weggegangen ist«, fährt Linda fort, und ihre Stimme klingt plötzlich distanziert und emotionslos. »Ich lag im Bett in unserem Zimmer im Park Hotel. Es ging mir nicht gut. Da sah ich meine Mutter in der Tür stehen, in einem beigefarbenen Mantel, mit einem Koffer in der Hand. Ihre Haare glänzten in der Sonne, und sie war sehr schön. Ich fragte sie, wo sie hinging.
›Ins Krankenhaus.‹
›Bist du krank?‹
Sie antwortete nicht.

›Wie lange bist du weg?‹

›Nur ein paar Tage.‹

Das war's. Sie hat mir keinen Abschiedskuss gegeben, sie hat keinen Zettel auf dem Tisch hinterlassen – nichts. Das ist jetzt einunddreißig Jahre her.«

Sie schweigt und sieht aus dem Fenster, über den Sportplatz der Schule.

»Was fühlen Sie jetzt Ihrer Mutter gegenüber?«, frage ich.

»Es ist lange her«, entgegnet Linda achselzuckend.

»Haben Sie Ihre Mutter seither gesehen?«

»Viermal.«

Keine Spur von Wut, kein Bedauern liegt in ihrer Stimme. Vielleicht war das früher anders, aber mitten in ihrer Depression kann Linda das Gefühl jedenfalls nicht wieder heraufbeschwören.

Ich frage Linda, was passiert ist, nachdem ihre Mutter weg war. Sie erzählt, wie sie und ihre Schwester Annette für mehrere Tage in ein christliches Ferienlager verfrachtet wurden, wo sie in staubigen Zelten am Stadtrand von Gwelo hausten.

»Ich machte jede Nacht ins Bett und weinte mich in den Schlaf. Nach drei Tagen riefen die Missionare Dad an und baten ihn, mich abzuholen. Er sagte, wir würden nicht ins Park Hotel zurückziehen, sondern in einem richtigen Haus mit Schlafzimmern und Etagenbetten wohnen. Ich war überglücklich. Endlich lebten wir so wie andere Familien auch.

Anscheinend hatten wir in dem Haus schon früher einmal gewohnt, als ich kleiner war – Maple Avenue 5. An diese Zeit habe ich aber überhaupt keine Erinnerungen.«

Linda wirkt ein wenig aufgeregt, weil sie die Details vergessen hat. Am liebsten möchte sie alles an die richtige Stelle rücken, damit man es besser verstehen kann.

»Wann ist Ihnen klar geworden, dass Ihre Mutter nicht zurückkommt?«, frage ich.

»Dad hat uns zu sich gerufen, und wir sollten uns neben ihn aufs

Bett setzen – Annette auf der einen, ich auf der anderen Seite. ›Eure Mutter ist weggegangen. Sie kommt nicht zurück, nie mehr‹, sagte er.
›Warum? Ist sie tot?‹, wollte ich wissen.
›Nein. Sie kommt einfach nicht mehr zu uns zurück.‹
›Und was ist mit Brendan und Clive?‹, fragte Annette.
›Die werde ich bald wieder zu uns holen‹, antwortete er und klang dabei richtig wütend. ›Es ist mir gleich, was sie will, aber sie wird unsere Familie nicht auseinander reißen.‹
In diesem Augenblick wusste ich, dass mein Leben nie wieder so sein würde wie früher. Etwas hatte sich unwiederbringlich verändert. Da fing ich furchtbar an zu weinen.«
Linda starrt immer noch aus dem Fenster und hat anscheinend vergessen, dass ich im Zimmer bin. Ich unterbreche ihren Gedankengang nicht, denn ich kann ja später darauf zurückkommen und Fragen stellen.
»Ein paar Tage später waren Brendan und Clive wieder bei uns. Brendan fragte mich ständig, warum Mum gegangen war und wann sie zurückkommen würde.
›Morgen vielleicht‹, beruhigte ich ihn. Ich brachte es nicht übers Herz, ihm die Wahrheit zu sagen. So ging es monatelang weiter, bis ich eines Tages doch die Geduld verlor und ihn anfauchte: ›Jetzt hör endlich auf, mich zu nerven, okay? Sie ist weg. Sie kommt nicht mehr zurück.‹
Da hat er mich mit seinen großen blauen Augen angesehen, und ich fühlte mich grässlich. Am liebsten hätte ich mir die Zunge abgebissen.«
Verlegen blickt Linda auf. Sie entschuldigt sich, dass sie so viel »geschwafelt« hat, aber dann fällt ihr noch etwas ein.
»Nachdem Mum weg war, hat Dad uns alle zum ersten Mal ans Meer mitgenommen. Wir sind mit dem Zug gefahren, und es hat ungefähr drei Tage gedauert bis nach Fishhook in Südafrika. Den ganzen Weg sang Dad Lieder wie ›Blue Moon‹ und ›Keep Your Sunny Side Up‹. Jedes Mal, wenn der Zug anhielt, drängten sich

Dutzende von Straßenhändlern mit Nüssen, Obst und Maiskeksen auf die Plattformen.

Als ich den Indischen Ozean zum ersten Mal sah, erschrak ich, weil er so groß war. Der Horizont schien höher als das Land, und ich glaubte, das Wasser würde uns verschlingen. Zwar konnte ich ziemlich gut schwimmen, war aber nicht an Wellen und Rückströmung gewöhnt.

Eine Erinnerung ist mir aus diesem Urlaub im Gedächtnis geblieben. Mein Dad steht im Wasser, das ihm bis an den Bauch reicht, den Rücken zum Meer, und sieht uns zu, wie wir im Sand spielen. Seine Silhouette hebt sich vor dem Himmel ab, fröhlich, stark, Leben sprühend. Aber ich sehe, wie sich hinter ihm eine Welle auftürmt, und ich weiß, dass sie ihn umwerfen und von uns wegreißen wird.

Als die Welle ihn erreicht, schreie ich laut auf. Wasser spritzt nach allen Seiten, sein Körper bebt. Aber er bleibt stehen, ein Fels in der Brandung.

Da fühlte ich, dass er immer da sein würde. Nichts konnte ihn jemals zu Fall bringen.«

Kapitel 4

SONNTAG, 5. MÄRZ 1989

Linda Caine

Die ganze Woche folgt mir Chris auf Schritt und Tritt. Wenn ich in die Küche gehe, erfindet er irgendeinen Vorwand, um mir nachzulaufen und sich mit mir zu unterhalten. Oder ich höre seine Schritte hinter mir auf der Treppe.

»Mir geht es gut, du brauchst mich nicht zu bewachen.«

»Ich weiß. Ich musste mir nur schnell die Hände waschen.«

Natürlich ist das eine glatte Lüge, aber das ist mir gleich.

Wenn er morgens aufwacht, sieht er mich an, als suche er nach einem Zeichen, ob ich vielleicht schon glücklicher geworden bin. Ich kann ihm nicht in die Augen sehen. Ich habe Angst vor dem, was ich dort entdecke. Hat er die Hoffnung aufgegeben? Ist er enttäuscht?

Die letzten Tage waren seltsam, weil ich dauernd denke, ich sollte nicht hier sein. Ich sollte die Wäsche nicht zusammenfalten, ich sollte die Betten nicht machen. Ich sollte lieber tot sein.

Chris hat Gary und Christy nicht erzählt, was an jenem Samstag passiert ist. Er hat ihnen nur erklärt, ich sei durcheinander und traurig gewesen. Seither habe ich versucht, in ihrer Gegenwart fröhlich und »normal« zu wirken, aber ich fühle mich so hilflos. Es ist, als hätte mein Gehirn den Leerlauf eingelegt. Ich kann meine Gedanken einfach nicht zusammenhalten.

Jeden Morgen, wenn ich ins Chaucer gehe, sage ich mir: Gut, heute werde ich wirklich was *machen*. Ich schreibe einen Brief, ich zeichne etwas. Oder ich lese ein Buch. Aber wenn ich dann dort bin, sitze ich wieder nur da und starre aus dem Fenster. Heute habe ich es geschafft zu schlafen, aber ich fühle mich immer noch erschöpft.

Der arme Chris, er sieht noch schlechter aus als ich. Jeden Morgen muss er die Kinder zur Schule bringen und nachmittags abholen, er muss mich am Chaucer absetzen und auch wieder abholen. Seine Sekretärin Margaret hat alle Hände voll damit zu tun, Termine zu verschieben und sich bei den Klienten zu entschuldigen.

»Hey, Leute, wie wär's mit einem Ghandi-Special zum Abendessen?«, fragt er heute.

Gary und Christy lassen sich nicht zweimal bitten. Das Ghandi ist unser liebstes indisches Restaurant. Chris bestellt telefonisch und holt fünfzehn Minuten später alles ab. Auf dem Couchtisch arrangieren wir ein Festmahl – Lamm Tikka, Huhn mit Sag Bhaji und Nan-Brot für alle.

Meine Gedanken sind immer noch im Leerlauf, aber ich esse mechanisch und sehe mir auch den Film im Fernsehen an, ohne allerdings viel mitzukriegen. Wahrscheinlich sind wir alle froh über ein bisschen Abwechslung.

Das Ende des Films kommt absolut unerwartet für mich. Sind tatsächlich schon zwei Stunden vergangen? Chris steht auf und stellt den Fernseher ab.

»Okay, ihr beiden. Putzt euch die Zähne, und dann ab ins Bett.«

Kein Laut des Protests von Gary und Christy. So ist das in letzter Zeit immer. Ohne Murren gehen die beiden ins Bett, die Hausaufgaben werden umgehend erledigt, die Zimmer sind aufgeräumt, die Schultaschen jeden Morgen ordentlich gepackt.

Ich weiß, warum sie sich so bemühen. Sie tun es meinetwegen. Seltsam – meine Kinder verhalten sich so, wie ich es immer wollte, aber statt mich darüber zu freuen, habe ich nur ein schlechtes Gewissen.

Am Freitag sitze ich wieder sechs Stunden lang untätig im Chaucer herum. Als ich heimkomme, bin ich fest entschlossen, wenigstens *etwas* Sinnvolles zu tun.

Ich knie mich auf den Rasen und beginne, Löwenzahn und anderes Unkraut zu jäten. Das Nächste, was ich bemerke, ist, dass es dämmert. Wo ist die Zeit geblieben? Neben mir liegt ein beeindruckender Haufen Unkraut. Wenigstens das habe ich geschafft!

Als Festmahl für Nibbles suche ich ein paar extra große Exemplare Löwenzahn heraus. Ich öffne die Tür zum Gartenhaus und höre das Kaninchen in seinem Käfig herumscharren. Hinter der Tür ist ein Rechen umgekippt. Schnell bücke ich mich, um ihn aufzuheben, und da sehe ich die Rolle Zeitungspapier auf dem Boden liegen, genau dort, wo sie hingefallen ist, nachdem ich Christy damit geschlagen habe.

Ich stehe da wie angewurzelt und starre die Zeitung an. Die Zeit bleibt stehen. Das, was an jenem Samstag geschehen ist, überrollt mich von neuem. Es war kein Traum! Es war real!

Nach einer Weile zwinge ich mich aufzustehen und den Löwenzahn in Nibbles Käfig zu legen. Meine Hände zittern, als ich die Tür schließe.

In der Küche findet mich Chris, wie ich mich mit beiden Händen ans Spülbecken klammere.

»Was ist los?«

»Nichts.«

»Du zitterst ja.«

»Halb so wild.«

»Komm, setz dich hin. Ich hole dir ein Glas Wein.«

Er führt mich ins Wohnzimmer wie ein Kind. Ich höre, wie er eine Flasche aufmacht. Er ist viel zu gut für mich.

MONTAG, 20. MÄRZ 1989

Nach drei Wochen als Tagespatientin darf ich jetzt zu Hause bleiben. Zweimal die Woche habe ich einen Termin im Chaucer. Schließlich fahre ich sogar wieder selbst, was mir ein großes Erfolgsgefühl vermittelt, denn es bedeutet ja, dass ich die Kinder auch wieder zur Schule bringen und abholen kann.
Außerdem versuche ich, den Haushalt nicht mehr so schleifen zu lassen, aber vor mir türmt sich erst einmal ein riesiger Haufen ungewaschener Wäsche und ein weiterer zum Bügeln. Normalerweise bleibt bei mir eigentlich nichts liegen, aber zur Zeit bin ich furchtbar langsam. Ich brauche das ganze Wochenende, um Dinge zu erledigen, die früher mal einen Vormittag in Anspruch genommen haben.
Am Sonntag war ich nicht in der Kirche. Seit meinem Zusammenbruch bin ich nicht mehr dort gewesen. Letzten Mittwoch habe ich Ben und Joan besucht. Ich wusste nicht, was ich sagen sollte. Am Ende habe ich ihnen einfach immer wieder versichert, wie Leid mir alles tut. Die beiden haben mir keinerlei Vorwürfe gemacht, sondern mich umarmt und mir gesagt, dass sie für mich beten.
Seit dem Selbstmordversuch bin ich anderen Leuten aus dem Weg gegangen. Ich habe keine Lust, Squash oder Badminton zu spielen oder einkaufen zu gehen. Selbst wenn ich in den Supermarkt oder in den Laden an der Ecke muss, bete ich im Stillen, dass mir niemand über den Weg läuft, den ich kenne. Mir graut davor, womöglich ein normales Gespräch führen zu müssen. Ich habe weder die Kraft noch die Energie dazu. Ich weiß, dass ich mich nur verstecke. Aber ich habe solche Angst, alle würden merken, dass mit mir etwas nicht stimmt.
Dienstags und donnerstags fahre ich zu Dr. Royston ins Chaucer. Ich weiß immer noch nicht so recht, was ich von ihm halten soll. Irgendwie kann ich ihn nicht einordnen. Ist er jung und hat frühzeitig graue Haare bekommen, oder ist er alt und hat ein unge-

wöhnlich junges Gesicht? Seine Kleidung verrät mir nichts – er trägt immer Anzug und Krawatte. Das Einzige, was ihn von den anderen Therapeuten unterscheidet, die mir im Krankenhaus begegnen, ist sein ziemlich wilder grauer Wuschelkopf. Ich weiß nicht genau warum, aber ich vertraue ihm. Er hört mir zu. Vor allem möchte er wissen, wie ich jetzt zu Hause zurechtkomme. Er erkundigt sich nach Gary und Christy. Verstehen sie sich gut? Wem ähneln sie am meisten? In welche Schule gehen sie? Er interessiert sich auch für meine Malerei und möchte immer wieder gern Bilder von mir sehen. Ein paar Mal hat er auch nach meinen Träumen gefragt, aber ich konnte mich an keine erinnern.
»Das ist schon in Ordnung. Aber wenn Sie doch einmal einen Traum wissen, dann würde ich ihn gern erfahren. Manche Leute finden es hilfreich, sich einen Notizblock neben das Bett zu legen. Wenn sie dann mitten in einem Traum aufwachen, notieren sie sich schnell ein paar Stichwörter. Das kann einem helfen, sich zu erinnern.«
Ich habe keine Ahnung von Psychotherapie. Ich weiß nicht, was er von mir erwartet. Momentan unterhalten wir uns einfach. Allem Anschein nach gibt es keinen festen Plan, keine Themenliste, die er abhaken muss.
Meistens unterhalten wir uns anfangs über das Wetter oder den Verkehr. Dann verwickelt er mich in ein Gespräch darüber, was ich seit dem letzten Mal getan und wie ich mich gefühlt habe. Wahrscheinlich will er herausfinden, ob die Medikamente wirken.

Am ersten Frühlingstag höre ich die Schulkinder draußen auf dem Sportplatz spielen. Ich stelle mich ans Fenster und sehe zu, wie sie einander nachlaufen und die Luft mit ihrem Lachen füllen. Dr. Royston beobachtet mich schweigend. Ihn scheint es nicht zu stören, wenn wir mal längere Zeit nichts sagen.
»Was machen wir hier eigentlich?«, frage ich ihn und seufze tief.
»Wir reden.«
»Und wozu soll das gut sein?«

»Ich versuche, Sie zu verstehen. Ich weiß, dass Sie glauben, Ihre Probleme hätten einfach so angefangen, aber ich habe den Verdacht, dass es wahrscheinlich nicht ganz so einfach ist. Die Antwort darauf kennen nur Sie. Vielleicht sieht es nicht danach aus, aber sie ist in Ihnen.« Er klopft mit der Hand an seine Schläfe und tritt neben mich ans Fenster.

Eine grüne Raupe kriecht über den Fenstersims, buckelt in der Mitte und streckt sich nach vorn. Das erinnert mich an die Zeit, als ich noch ein Kind war und auf dem alten Baumstamm am Gwelo-Fluss die Insekten beobachtete, die in den Ritzen und Spalten wohnten.

Dr. Royston möchte etwas über meine Familie erfahren, und ich erzähle ihm von meinem Vater, von meinen Brüdern Clive und Brendan, meinen Halbbrüdern Sean und Jemal und von meiner Schwester Annette.

»Was hat Ihr Vater beruflich gemacht?«

»Er hat Versicherungen verkauft. Wenn er verreist war, was ziemlich oft vorkam, hatte ich immer Angst, er würde nicht zurückkommen.«

»Was hat Sie denn auf die Idee gebracht?«

»Ich weiß nicht. Er hat mir immer gesagt: ›Keine Sorge, Schätzchen, wenn du um acht ins Bett gehst, schau zum Mond hinauf und sag mir gute Nacht. Dann sehe ich denselben Mond und sage dir auch gute Nacht.‹ Ich hab sogar ein Gedicht darüber geschrieben:

Sorg dich nicht, Schätzchen,
Ich bin bald wieder da.
Um acht blick zum Himmel,
wo der Mond steht ganz nah.
Sag du gute Nacht,
Und ich tu es auch,
Denn der Mond ist der gleiche,
hab Vertrauen darauf.«

»Was ist passiert, nachdem Ihre Mutter weg war?«
Ich erzähle ihm, dass Dad viel arbeiten musste und viel unterwegs war, weil wir Geld brauchten. Unterdessen versuchte Annette sich als Ersatzmutter. Sie rannte von der Schule nach Hause, um Clive die Flasche zu geben und sich darum zu kümmern, dass Brendan und ich badeten und uns die Zähne putzten. Es war ihre Aufgabe, dafür zu sorgen, dass alles einigermaßen normal lief – für den Fall, dass die Sozialarbeiter vorbeikamen, um nach dem Rechten zu sehen.
Eine ganze Reihe weißer Haushälterinnen lösten einander bei uns ab. Die meisten konnte ich nicht leiden. Die schwarzen Dienstboten dagegen mochte ich gerne – Kaderi, unseren Koch, seine Frau Helena und den Gärtner Aaron.
Helena war eine hübsche, rundliche Frau mit einem Lächeln, bei dem die Sonne aufging. Sie liebte ihre beiden dicken kleinen Kinder abgöttisch und wurde von ihnen ebenso geliebt. Wenn Helena putzte oder Essen kochte, hingen sie an ihrem Rockzipfel oder spielten ganz in der Nähe. Manchmal hielt Helena in der Arbeit plötzlich inne, um mit ihnen zu spielen – irgendein Abklatschspiel oder Fangen zwischen den Bäumen draußen. Manchmal nahm sie die Kinder auch auf den Schoß und sang ihnen mit leiser Stimme etwas vor.
Wenn sie mich in den Zweigen des Maulbeerbaums entdeckte, sagte sie immer: »Was machst du denn da oben, Missy?«
»Gar nichts.«
»Dann komm runter und iss was mit uns.«
So schnell ich konnte, kletterte ich dann vom Baum und hockte mich zu ihnen ans Feuer.
Helena ließ mich ihren weißen Mais und die gerösteten fliegenden Ameisen probieren.
Meine Stimme bricht, und auf einmal merke ich, dass ich den Tränen nahe bin. Dr. Royston reicht mir ein Papiertaschentuch.
»Klingt ja, als wären Sie ein ziemlicher Wildfang gewesen«, meint er.

»Ich wusste nicht, welche Farbe meine Füße haben, bis es regnete und ich einmal durch den nassen Garten gerannt bin.«
Er lacht. Seine Stimme hat einen sanften, beruhigenden Rhythmus, wie ein wohl vertrautes Lied oder ein Kinderreim.
Ich erzähle weiter, von Prince, meinem Pferd. Ich war dreizehn und schon recht groß für mein Alter. Damals war Reiten meine Leidenschaft.
Annette, Brendan, Clive und ich besaßen zusammen ein kleines, dickes Pony namens Tinker, auf dem wir abwechselnd ritten. Es hatte O-Beine und seine schnellste Gangart war nur ein kurzer, leichter Galopp, aber es gehörte uns und wir liebten es.
An einem Wochenende im Jahr 1964 hatten wir ein Treffen im Ponyclub, an dem ich mit Tinker teilnehmen wollte, aber leider war Brendan mit Reiten an der Reihe. Ich flehte ihn an, seinen Tag mit meinem zu tauschen, doch er ließ sich nicht erweichen. Normalerweise hätte es mir nichts ausgemacht, aber ich hatte meiner Freundin Sheryl versprochen, dass ich kommen würde, und sie hatte kein Telefon, sodass ich ihr nicht einmal Bescheid sagen konnte.
Ich war furchtbar wütend auf Brendan und suchte Unterstützung bei Dad.
»Jetzt hör mir mal zu, Lindy«, sagte er und bemühte sich, mich zu beruhigen. »Ein Freund von mir hat zwei Pferde, auf denen seit einer Ewigkeit keiner mehr geritten ist. Er hat mir gesagt, ihr Kinder könntet euch gern das eine davon ausleihen.«
Ich traute meinen Ohren nicht. »Wann? Wo? Können wir gleich los?«
»Ich weiß nicht, wie du das bis morgen schaffen willst«, entgegnete er. »Die Farm liegt fünf Meilen außerhalb der Stadt, und er hat keinen Transporter.«
»Ich kann doch reiten! Wenn wir ganz früh aufbrechen, habe ich genug Zeit. Dann schaffe ich es in die Stadt zurück und kann das Pferd vor dem Ponyclub am Nachmittag sogar noch ausruhen lassen.« Daddy lachte über meinen Enthusiasmus und spielte den Überraschten, als ich ihm voller Freude um den Hals fiel.

Am nächsten Morgen stand ich früh auf und zog Jeans, Stiefel und ein T-Shirt an. Meine Haare waren immer zu einem Pferdeschwanz zurückgebunden und wurden nur selten gewaschen. Dad fuhr mich zu der Farm und setzte mich in der Nähe der Ställe ab. Sein Freund war ein Hobbyfarmer mittleren Alters, der die Woche über in der Stadt arbeitete. Er trug eine Nickelbrille wie John Lennon, mit der er aussah, als schielte er, weil sie für sein rundes Gesicht eigentlich zu klein war.
Er zeigte mir Sattel und Zaumzeug und den Weg zur Koppel.
»Vielleicht wirst du die hier brauchen«, meinte er und drückte mir eine zerbeulte Dose mit Pferdewürfeln in die Hand. »Klappre einfach mit denen. Und nimm das Pferd mit der kürzeren Mähne, das andere ist total stur. Es hat seinen letzten Reiter abgeworfen.«
Entsetzt betrachtete ich das Zaumzeug. Die Schnallen waren verrostet, das Leder war unter einer Schicht von Schmutz und Schimmel schon ganz hart geworden. Wie konnte man etwas so verkommen lassen? Ich suchte die Sattelseife und begann zu schrubben. Allerdings würde der meiste Schmutz bis später warten müssen, wenn ich alles in Ruhe auseinander nehmen konnte.
Schließlich klemmte ich den Sattel unter den Arm und machte mich auf den Weg. Obwohl es gerade erst acht Uhr morgens war, brannte die Sonne schon kräftig auf meine Unterarme. Der Farmer hatte nicht erwähnt, wie weit die Koppel entfernt war. Sattel und Zaumzeug wurden immer schwerer, und ich musste zweimal Halt machen und ausruhen.
Als ich die Koppel endlich erreichte, war das eine Pferd hinter Bäumen versteckt und das andere nur als kleiner Fleck in weiter Ferne zu erkennen. Ich klapperte mit meiner Würfeldose, und das Pferd, das näher stand, hob tatsächlich den Kopf und kam langsam auf mich zu. Es war ein kastanienbrauner Wallach, so dünn, dass seine Rippen vorstanden wie Stöcke in einem Sack. Unwillkürlich musste ich an Don Quixotes Rosinante denken.
Doch schon war er bei mir und streckte den Kopf vor, um sich

den Würfel von meiner ausgestreckten Hand zu nehmen. Seine Ohren klappten nach vorn, das rechte so schräg, dass es beinahe das linke berührte. Ich streckte die Hand aus und tätschelte ihm den Hals. Im Sonnenlicht flog eine Staubwolke auf.

Was würde man im Ponyclub dazu sagen?

Da ich neugierig auf das andere Pferd war, das sich immer noch auf Distanz hielt, klapperte ich erneut mit der Dose. Keine Reaktion.

»Schsch, ganz ruhig, mein Junge«, flüsterte ich, während ich dem Wallach den Sattel überwarf. Zwar wich er zur Seite, als ich versuchte aufzusteigen, aber ich schaffte es trotzdem.

Auf dem Pfad zum Schuppen fand aber auf einmal eine erstaunliche Verwandlung statt: Der schmutzige, verwahrloste Sack Knochen trottete plötzlich nicht mehr unbeholfen unter mir dahin – er begann zu tänzeln, wölbte den Hals und spitzte die Ohren. Ich brauchte meine ganze Kraft, um ihn zurückzuhalten, so sehr drängte er darauf zu galoppieren. Er sprühte förmlich vor Energie.

Verlegen blicke ich auf. Aber Dr. Royston sieht mich immer noch aufmerksam an. Ich bin erleichtert. Jedes Mal, wenn ich etwas erzähle, fürchte ich, dass er sich langweilt oder mich ungeduldig auffordert, endlich zum Punkt zu kommen, weil ich nur seine Zeit verschwende.

Er schenkt sich noch eine Tasse Kaffee ein und lehnt sich in seinem Stuhl zurück. »Sie haben mir also von Prince erzählt.«

Damals wusste ich seinen Namen noch nicht. Ich ritt ihn zum Schuppen und fing an, ihn zu striegeln. Unter Staub und Dreck kam ein üppiges rotbraunes Fell zum Vorschein, und seine Mähne war so lang, dass sie ihm weit über den Hals fiel. Plötzlich musste ich daran denken, was der Farmer gesagt hatte, und ich überlegte, ob ich nicht doch zurückgehen und nach dem anderen Pferd auf der Koppel sehen sollte.

Nein, dieses Pferd hier faszinierte mich. Es hatte Feuer und ein Funkeln in den Augen. Sehr viel später erfuhr ich, dass es fast zehn Jahre auf der Koppel geschmachtet hatte, ohne Ergänzungsfutter, ohne dass jemand auf ihm geritten war.

Schließlich sattelte ich das Pferd wieder und versuchte, im Schritt die Auffahrt hinunterzureiten, aber es wollte traben, wölbte den Hals und hob die Knie wie die Hackney-Showpferde. Ich zügelte es und redete ihm gut zu.

Auf dem breiten Streifen Land zwischen den Zäunen der Farmen und der Straße ritten wir in Richtung Stadt. Alles schien den Wallach brennend zu interessieren; seine Ohren waren ständig gespitzt, aufgeregt blickte er hierhin und dorthin – wie eine gespannte Sprungfeder, die darauf wartet, dass man sie endlich loslässt. Ich wusste, dass ich möglichst schnell mit ihm in die Stadt sollte, damit er sich noch ein paar Stunden ausruhen konnte, aber ein anderer Teil in mir wollte ihm freien Lauf lassen.

Ungefähr anderthalb Meilen vor dem Ponyclub ließ ich die Zügel schießen, und sofort legte der Wallach los. Innerhalb weniger Augenblicke wurden seine Schritte lang und länger, und er verfiel in Galopp. Wir flogen nur so dahin. Durchs Unterholz, über Gräben und unebenen Grund. Ich klammerte mich an seiner Mähne fest und lachte. Seine Hufe berührten kaum den Boden. Wenn das nicht der tollste Ritt meines Lebens war!

Nach etwa einer halben Meile musste ich eine Abkürzung über die Eisenbahn nehmen. Offensichtlich hätte ich das Pferd schon früher laufen lassen sollen, denn jetzt machte es keinerlei Anstalten, das Tempo zu drosseln. Ich versuchte es zu zügeln, aber es hatte die Kandare zwischen den Zähnen.

Unterdessen waren wir ganz nahe an der Straße. Laster und Personenwagen sausten vorüber. Ich versuchte, den Wallach zurück aufs freie Feld zu lenken, in der Hoffnung, dass er irgendwann müde werden würde. Aber er wehrte sich. Mit aller Kraft zog ich seinen Kopf herum, bis er fast mein Knie berührte, schaffte es aber lediglich, ihn ein bisschen von der Straße weg zu lenken. Langsamer wurde er nicht.

Ich blickte auf und sah das Sonnenlicht auf Draht reflektieren.

Der Bahndamm war eingezäunt worden, um die Leute daran zu hindern, auf den Gleisen entlangzuwandern. Weil es jetzt sowieso zu spät war, um das Pferd noch zu wenden, ließ ich seinen Kopf los, und mutig versuchte der Wallach zu springen. Aber wir waren zu nah am Zaun und außerdem zu schnell.
Die Welt stand Kopf. Ich weiß noch, wie der Wallach einen Augenblick den Himmel über mir verdeckte. »Bitte lande nicht auf mir«, dachte ich noch.
Dann explodierte mein Kopf.
Ich weiß nicht, wie lange ich bewusstlos war. Irgendwann wachte ich davon auf, dass etwas an meinem Knöchel zerrte. Zuerst wusste ich nicht, was passiert war. Dann sah ich den Wallach neben mir grasen. Mein Knöchel hatte sich im Zügel verfangen.
Eine Weile lag ich da und sah ihm zu, erleichtert, dass er nicht hinkte. Langsam bewegte ich meine Arme und Beine, um mich zu vergewissern, dass auch bei mir nichts gebrochen war. Mein Kopf schmerzte, aber es war kein Blut zu sehen.
Ich stand auf und führte den Wallach ein Stück hin und her. Noch immer bewegte er sich frei. Dann sah ich mir den Zaun an. Nur der oberste Draht war gerissen. Ich ging hin und stellte mich daneben. Die einzelnen Drähte waren etwa achtzehn Zentimeter auseinander, vier waren noch intakt. Der Wallach hatte eine Höhe von einem Meter zwanzig übersprungen, mitten aus dem Galopp heraus, mit nur wenigen Augenblicken Vorbereitungszeit.
Jeder Gedanke an den Ponyclub war vergessen, stattdessen ritt ich langsam zu dem Reitplatz, in dessen Stall wir auch Tinker unterstellten. In der Arena war eine Reihe von Hindernissen für Übungssprünge aufgebaut, leichte Holzpfähle auf weiß angestrichenen Tonnen. Vor dem ersten Sprung hielt ich inne, setzte mich zurecht und schnalzte dann leise mit der Zunge. Mit wenigen Schritten war er über der ersten Hürde und wandte sich sofort der zweiten zu. Dieses Pferd sprang nicht, es flog! Ich musste nichts weiter tun, als es in die entsprechende Richtung zu lenken und auf seinem Rücken sitzen zu bleiben.

In dieser Nacht konnte ich vor Aufregung nicht schlafen. Am Morgen rief Dad seinen Freund an, um ihn zu fragen, ob er das Pferd ein paar Wochen im Stall unterbringen könnte.
»Sie hat das falsche Pferd genommen«, entgegnete er. »Auf diesem Pferd kann man nicht reiten.«
Dad sah, dass ich den Kopf schüttelte.
»Sie ist sich ganz sicher, dass sie mit ihm fertig wird«, sagte er.
Wieder nickte ich heftig.
Dad übernahm die volle Verantwortung und dankte seinem Freund noch einmal, dass er bereit war, uns das Pferd auszuleihen. »Hat es denn auch einen Namen?«, fragte er noch. »Prince? Wie hübsch. Ich richte es ihr aus.«
In den nächsten Wochen experimentierte ich mit verschiedenen Kandaren am Zaumzeug. Zwar bekam ich Prince nie hundertprozentig unter Kontrolle, aber das störte mich nicht. In ihm war etwas, was ich gar nicht unterwerfen wollte. Kein einziges Mal wich er einem Sprung aus oder schreckte vor einer neuen Herausforderung zurück.
Schon bald fing ich an, meinen Vater zu bestürmen, er solle Prince für mich kaufen. Da das Pferd in einem so schlechten körperlichen Zustand war, bekamen wir es für einen guten Preis. Ich striegelte Prince jeden Tag und gab ihm extra viel Futter, aber er nahm nicht zu. Er hatte zu viel Energie.
Am Samstag rannte ich nach der Schule als Erstes die Viertelmeile zu der Koppel, auf der Prince gehalten wurde. Sobald er mein Pfeifen hörte, verwandelte er sich von einer schlaksigen, ungelenken Kreatur in ein tänzelndes Prachtross und schnupperte an meinen Taschen, ob ich wie üblich Möhren und Äpfel dabei hatte. Prince schien zu spüren, dass ich gelegentlich von zu Hause weg musste. Ich gab ihm Platz zum Laufen, und ich wusste, dass er erst aufhören würde, wenn *er* es wollte.
Manchmal ritt ich an der Bahntrasse entlang, wo auf beiden Seiten Feuerschneisen angelegt worden waren. Die Dampfloks wurden mit Kohlen befeuert, und der kleinste Funke konnte den

Busch in Flammen setzen. Der Zug von Gwelo in die kleinere Stadt Selukwe beförderte sowohl Fahrgäste als auch Fracht. An der Feuerschneise legten Prince und ich los. Er wusste, was ich vorhatte, tänzelte seitwärts und warf den Kopf, bis der Zug aufholte. Dann ließ ich die Zügel schießen, und seine Schritte wurden länger. Die Passagiere beugten sich aus den offenen Waggonfenstern, jubelten uns zu, während wir elegant über Baumstämme und Gräben setzten. Ich warf den Kopf zurück und lachte, während mein Hemd sich bauschte und meine Haare im Wind flatterten.

Es war wie ein Zauber. Die Welt stand still. Nichts existierte mehr außer Prince, mir und dem Zug, der durch den Busch raste.

Als ich am Ende angekommen bin, verstumme ich. Auch Dr. Royston schweigt. Er wartet, bis die Erinnerung verblasst und ich ihn wieder ansehe.

»Tut mir Leid.«

»Warum entschuldigen Sie sich?«

»Ich habe endlos gequasselt.«

»Aber nein. Sie haben mir etwas erzählt.« Er hält inne und schaut mich aufmerksam an, fast so, als könnte er meine Gedanken lesen. Mein Kaffee ist kalt geworden.

»Was ist mit Prince passiert?«, fragt er.

Ich spüre, wie meine Augen sich verschleiern. »Ich weiß nicht, ob ich das kann.«

»Lassen Sie sich Zeit.«

»Es ist wirklich albern – zu weinen, wo es doch schon so lange her ist. Ich muss ungefähr vierzehn gewesen sein. Eines Morgens wachte ich früh auf, weil ich Männerstimmen hörte. Sie sprachen nicht englisch, deshalb konnte ich sie nicht verstehen, aber es klang sehr dringlich. Unser Koch Kaderi redete mit einem anderen Mann, und ich erkannte erst den Namen ›Philemon‹ und dann ›Prince‹.

Philemon war für die Ställe am Reitplatz zuständig. Sofort sprang

ich aus dem Bett, und Dad fing mich ab, als ich den Gang hinaufrannte.
›Was ist passiert?‹, erkundigte ich mich flehend.
›Es geht um Prince. Er ist krank. Sie glauben, es ist eine Kolik.‹
Ich versuchte mich aus seinen Armen zu befreien. ›Lass mich los! Lass mich los! Ich muss ihn sehen.‹
›Schsch, Lindy. Ich rufe den Tierarzt. Zieh du dich erst mal an.‹
Bald entdeckten wir, dass jemand in der Nacht in den Stall eingedrungen war und das Pferd mit trockenem Mais gefüttert hatte. Einige Zeit später war Prince aus dem Stall ausgebrochen, oder jemand hatte ihn herausgelassen. Die Nacht war heiß, der Mais trocken. Prince hatte Durst bekommen und viel getrunken. Und da begann der Mais in seinem Magen aufzuquellen.
Als ich ankam, führte ein Stallbursche Prince in einem der Höfe herum. Der Wallach hatte offensichtlich starke Schmerzen. Immer wieder blieb er stehen und trat sich mit den Hinterbeinen gegen den Bauch. Ich hatte genug über Koliken gelernt, um zu wissen, dass er in Bewegung bleiben musste. Nur so konnten wir darauf hoffen, dass die Blockade sich irgendwann von selbst löste. Der Stallbursche überließ mir die Leine, und ich ging weiter mit Prince herum, bis der Tierarzt kam.
Er nahm Dad beiseite, um unter vier Augen mit ihm zu sprechen.
»Ich möchte es auch hören«, mischte ich mich ein, und zum Glück war Dad einverstanden.
Der Tierarzt erklärte uns, dass der Mais sich in Princes Magen verhärtet und Klumpen gebildet hatte. »Ehrlich gesagt, glaube ich nicht, dass er überlebt. Er hat schreckliche Schmerzen. Ich denke, wir sollten ihn einschläfern.«
»Das dürfen Sie nicht!«, schrie ich. »Nein!«
Dad hatte den Arm um mich gelegt. Er und der Tierarzt sahen einander an.
»Können wir es nicht wenigstens versuchen?«, fragte Dad.
Der Tierarzt ließ sich warmes Wasser bringen und verabreichte Prince einen Einlauf und eine Spritze. Dann sagte er zu mir: »Du

musst dafür sorgen, dass er auf den Beinen bleibt. Er darf sich nicht hinlegen. In drei Stunden sehe ich noch einmal nach ihm. Wenn er vorher zusammenbricht, ruf mich sofort an.«
Kurze Zeit später musste Dad zur Arbeit. Ich führte Prince von einer Seite des Reitplatzes zur anderen und redete dabei ununterbrochen mit ihm. Ich erzählte ihm, wie sehr die Fahrgäste im Zug nach Selukwe uns vermissen würden, wenn wir nicht mehr neben ihnen herjagten. Und ich erzählte ihm von all den wundervollen Dingen, die wir im Flussbett finden würden, wenn es nach der Regenzeit austrocknete.
Immer wieder blieb Prince stehen und kickte heftig gegen seinen Bauch. Bevor der Tierarzt um elf zurückkehrte, legte er sich einmal hin, aber ich bekam ihn zum Glück schnell wieder auf die Beine. Zwar schied er ein klein wenig Kot aus, aber ansonsten war er den Mais nicht losgeworden.
Als Prince diesmal den Einlauf bekam, wehrte er sich nicht. Er war viel zu erschöpft. Der Tierarzt legte mir die Hand auf die Schulter.
»Kleine Lady, ich weiß, du liebst dieses Pferd, aber an einer Kolik zu sterben, das ist ein schrecklicher Tod. Solange er auf den Beinen bleibt, besteht vermutlich noch eine Chance, dass die Blockade sich löst. Geh weiter mit ihm herum. Um vier bin ich wieder da.«
Also wanderten wir weiter – über den Reitplatz, vor und zurück. Jetzt ließ Prince den Kopf immer mehr hängen, und wenn er stehen blieb, um sich gegen den Bauch zu treten, gab er ein gedämpftes Stöhnen von sich. Als er das nächste Mal stürzte, dauerte es schon viel länger, bis er wieder hochkam.
Der Tierarzt machte ein überraschtes Gesicht, als er sah, dass Prince immer noch auf den Beinen war und sogar noch herumging, das merkte ich. Er pumpte dem Wallach den Magen aus und verschwand wieder.
Die Zeit schien still zu stehen. Immer tiefer ließ Prince den Kopf hängen, bis ich ihn vorsichtig auf meine Schulter legte. Jetzt, wo mein Ohr sich direkt an seinen Hals schmiegte, hörte ich ihn tief

und leise stöhnen. Ich fühlte mich so hilflos. Nach Feierabend kam Dad wieder. Eine Weile ging er mit uns auf und ab, aber dann musste er nach Hause zu Annette, Brendan und Clive.

Die Nacht brach herein, nur noch aus der Sattelkammer und vom Feuer vor Philemons Haus kam Licht. Gelegentlich schaute Philemon nach uns. Prince stürzte noch zweimal und wälzte sich am Boden. Das Aufstehen dauerte immer länger. Ich flehte ihn an, am Leben zu bleiben.

Ich weiß nicht mehr, wann die Leere sich in mir auszubreiten begann. Vielleicht als auch ich immer öfter stolperte und mich ausruhen musste, weil Princes Kopf auf meiner Schulter zu schwer wurde.

Blind trotteten wir von einer Seite des Platzes auf die andere. Das leise Stöhnen verwandelte sich in ein tiefes Ächzen. Prince konnte sich kaum mehr aufrecht halten. Ich dachte, dass ihm vielleicht eine kurze Ruhepause gut tun würde, deshalb ging ich zurück zu den Ställen, wo er sich an die Stangen lehnen konnte, mit denen die Boxen voneinander abgetrennt waren. Von der anderen Seite stützte ich ihn. Inzwischen war es fast Mitternacht geworden.

Als Dad und Annette das nächste Mal vorbeischauten, machte Prince plötzlich ein paar Schritte nach vorn, dann durchlief ein Beben seinen Körper und seine Knie knickten ein. So sehr ich mich auch bemühte, ich konnte ihn nicht mehr halten.

Er stürzte, und ich musste zurückspringen, um nicht unter ihm begraben zu werden. Verzweifelt kniete ich mich neben ihn in den Staub, streichelte seine Ohren und die weiche Haut zwischen seinen Nüstern. Immer wieder flehte ich ihn an, bei mir zu bleiben. Er durfte nicht sterben! Meine Finger fühlten sich feucht an, und im schwachen Licht der Laterne in Philemons Hand sah ich, dass meine Hände voller Blut waren.

Princes Augen standen offen, doch er nahm seine Umgebung nicht mehr wahr, er reagierte auch nicht auf mich. Jetzt wusste ich, dass ich ihn verloren hatte. Schluchzend hielt ich seinen Kopf auf meinem Schoß. Dad legte den Arm um mich und sagte: »Lass

ihn gehen, Lindy. Er hat sich so sehr angestrengt, jetzt musst du ihn loslassen.«
Aber ich konnte nicht. Ehe Dad mich nach Hause brachte, schnitt ich ein Büschel Haare von Princes Mähne ab. Ich habe es bis heute aufbewahrt.

Robin Royston

Linda weint, als wäre Prince erst gestern gestorben und nicht vor dreiundzwanzig Jahren. Mit dem Handrücken wischt sie sich die Tränen ab und versucht, ihr Gesicht zu verbergen.
Ich schaue zur Uhr. Es war eine lange Sitzung, aber eine sehr wichtige. Aus dem, was ich inzwischen über Linda weiß, schließe ich, dass ihre Beziehung zu Prince wichtiger war als alle anderen Beziehungen in ihrem Leben, abgesehen vielleicht von der zu ihrem Vater. Der Abschied von ihrer Mutter scheint längst nicht so traumatisch gewesen zu sein wie der Tod ihres Pferdes.
Sie hat keine Träne vergossen, als sie mir erzählte, wie ihre Mutter weggegangen ist. Linda hat über die Rolle, die ihre Mutter in ihrer Kindheit gespielt hat, überhaupt kaum gesprochen. Und während die Haushälterinnen kamen und gingen, war Prince eine der wenigen Konstanten in ihrem Leben. Was fehlte in ihrem Alltag, dass die Beziehung zu einem Pferd so wichtig werden konnte? Warum trauert sie noch immer um das Tier?
Jetzt trocknet sie sich die Augen mit einem Taschentuch ab und putzt sich die Nase. Dann streicht sie sich die Haare aus dem Gesicht und versucht sich zusammenzureißen. Ich kann sehen, wie sie sich selbst zur Räson ruft. Sie meint, es ist lächerlich und kindisch, wenn man über ein Erlebnis weint, das so weit in der Vergangenheit liegt.
Doch in meinen Augen hängt ihr der Tod des Pferdes bis heute nach, und ich kann mich des Gefühls nicht erwehren, dass ich

Zeuge eines ähnlichen Dramas bin. Linda ist wie ihr Pferd – zutiefst verwundet trottet sie im Kreis herum, immer weiter, trotz der Qual, die es ihr bereitet. Weil sie keinen Grund für diese Qual erkennen kann, weiß sie auch nicht, was ihr helfen würde. Ich muss dafür sorgen, dass sie auf den Beinen bleibt ... dass sie weitergeht. Denn die Antwort liegt in ihr. Das ist immer so.

Linda leidet nicht unter einer identifizierbaren psychischen Erkrankung, sie ist nicht schizophren, nicht manisch-depressiv. Und obgleich die Medikamente zu einer geringfügigen Besserung geführt haben, hat sie nicht so gut darauf angesprochen, wie ich es mir erhofft hatte.

Von der Struktur ihrer Stimmungen her komme ich immer mehr zu der Überzeugung, dass ihre Depression nicht von biologischen Faktoren hervorgerufen wird, denn dann würde sie auf die Medikamente besser reagieren. Außerdem wechseln ihre Stimmungen zu schnell. Im einen Moment geht es ihr gut, im nächsten ist es, als wäre ich auf eine unter der Oberfläche liegende Landmine getreten, und sie wird von Weinkrämpfen geschüttelt.

Noch immer hat sie stark mit den Anforderungen ihres alltäglichen Lebens zu kämpfen. Und wenn diese ihr über den Kopf wachsen, wird sie mit an Sicherheit grenzender Wahrscheinlichkeit wieder mit dem Gedanken an Selbstmord spielen.

Bei unserer Analyse ihrer gegenwärtigen Lebensumstände ist nichts zum Vorschein gekommen, was Lindas Gefühle erklären könnte. Es gibt keine Verluste, kein Trauma. Ihre Ehe ist in Ordnung. Die Familie hat keine finanziellen Sorgen, keine gesundheitlichen Probleme. All das sind Hinweise darauf, dass die Wurzeln des emotionalen Aufruhrs und der Depression in der Vergangenheit liegen. Möglicherweise in einem Ereignis, dessen dramatische Bedeutung ihr nicht klar war. Es ist nicht ungewöhnlich, dass Menschen Leid, Traurigkeit und Kummer abschütteln und scheinbar unbeeinträchtigt weitermachen, diese Erlebnisse ihr Leben jedoch auf eine Art und Weise beeinflussen, die sich die meisten gar nicht vorstellen können.

Die fundamentale Theorie der Psychoanalyse und der sich auf sie gründenden Psychotherapie besteht darin, dass wir alle ein Unbewusstes besitzen. Das ist der Teil unserer Psyche, den wir im Allgemeinen nicht zur Kenntnis nehmen, der aber dennoch einen starken Einfluss ausübt auf alles, was wir tun und was wir sind.

Indem ich mit Linda über ihre Vergangenheit und über ihr gegenwärtiges Leben spreche und indem ich sie nach ihren Träumen frage, versuche ich herauszufinden, was unter der Oberfläche vorgeht. Ich weiß, dass sie das seltsam findet. Aber das Unbewusste ist *tatsächlich* seltsam. Es funktioniert nämlich meistens nicht nach den Gesetzen des gesunden Menschenverstands.

Das menschliche Gehirn hat sich im Verlauf von Jahrtausenden entwickelt, aber der kognitive Teil, also der am höchsten entwickelte, ist auch der jüngste. Es ist bemerkenswert, wie rasch unser rationales Denken sich vom Rest unserer Psyche abgenabelt hat. Wir Menschen können abstrakt denken, wir können unsere Gefühle mit unseren Gedanken in die Knie zwingen oder für die schrecklichen Dinge, die wir tun, alle möglichen Gründe erfinden. Unser Gehirn hat eine so genannte »Lateralität« entwickelt – das bedeutet, dass einige Prozesse in der linken Gehirnhälfte stattfinden (der ganze sprachliche Bereich: Lesen, Schreiben, Reden), während andere sich auf der rechten abspielen (beispielsweise künstlerische Talente). Für gewöhnlich kooperieren beide Seiten, aber gelegentlich können sie auch in Opposition zueinander gehen. Irgendwo mitten in diesem komplexen System von Denken und Fühlen befinden sich unsere Gedächtniskreisläufe. Kein Wunder, dass unser Denken so anfällig für Konflikte ist.

Unterdessen hat Linda sich etwas beruhigt. »Ich mache überhaupt keine Fortschritte, oder?«, fragt sie. »Warum kann ich mich nicht einfach ein bisschen zusammennehmen? Chris, Gary und Christy leiden, und ich denke nur an mich selbst, alles dreht sich immer nur um mich. Dabei habe ich die Nase so voll von mir.«

Das ist echter Selbsthass. Woher kommt er?

»Sie fangen an, Ihre Gefühle zuzulassen«, erkläre ich ihr sanft. »Das würde ich schon einen Fortschritt nennen.«

»Ich weiß nicht, was schlimmer ist – fühlen können oder abgestumpft sein.«

»Fühlen ist erst einmal schlimmer«, versichere ich ihr. »Denn durch das, was wir fühlen, werden wir zu dem Menschen, der wir sind.«

Sie nickt und lächelt mich tapfer an.

Kapitel 5

JUNI 1989

Linda Caine

An manchen Tagen werde ich ohne ersichtlichen Grund plötzlich zittrig. Dann vermeide ich jeden Kontakt mit anderen Menschen. Ich lege den Telefonhörer neben den Apparat, ich parke das Auto ein Stück vom Haus entfernt. Ich ziehe die Vorhänge zu und gehe nicht an die Tür, wenn es klingelt. Ich weiß nicht, was genau ich befürchte. Dass ich irgendwelchen Ansprüchen nicht gerecht werde? Dass ich in der Öffentlichkeit zusammenbreche? Dass jemand denkt, ich bin verrückt? Drei Monate sind vergangen, seit ich mit dem Vorsatz in mein Auto gestiegen bin, mich umzubringen. Noch immer herrscht die Dunkelheit, sie lässt sich nicht vertreiben. Noch immer fühle ich mich den einfachsten Anforderungen nicht gewachsen – beispielsweise, wenn eins der Kinder einen Tag zu Hause bleibt, weil es krank ist.

Gary ist oben in seinem Zimmer; er kam vorzeitig aus der Schule zurück, weil er Fieber hatte. Normalerweise habe ich das Gefühl, ich muss ihn anbinden, damit er mal eine Weile Ruhe hält, aber heute hat er fast den ganzen Tag freiwillig im Bett verbracht oder am Computer gespielt.

Seit dem gestrigen Abendessen hat er auch nur zwei Tassen Suppe und drei Scheiben trockenen Toast zu sich genommen. Das ist ganz untypisch für Gary.

Heute ist mir schon den ganzen Tag flau. Vormittags war es so schlimm, dass ich Carol Trigger im Chaucer angerufen habe. Ich habe gemerkt, dass es manchmal schon reicht, wenn ich mit ihr spreche und mich ein bisschen entspanne. Sie hat vorgeschlagen, ich könnte auf eine Tasse Kaffee vorbeikommen, aber ich muss mich ja um Gary kümmern. Ich hätte auch Chris anrufen können, aber der hat schon genug um die Ohren, auch ohne dass ich ihm was vorjammere.

Seine Firma will womöglich den größten Teil der Kanzlei in Canterbury dichtmachen. Ein paar von den Partnern sind der Meinung, dass sie nicht genügend Profit abwirft, um sie in ihrer gegenwärtigen Form aufrechtzuerhalten. Sie wollen alles auf ein kleines Büro reduzieren, das nur für den Erzbischof von Canterbury, den Dekan und das Domkapitel zuständig ist. Das bedeutet, dass praktisch die ganze Belegschaft entlassen wird und dass Chris die meiste Zeit in London arbeiten müsste statt in Canterbury, was ihm ganz und gar nicht gefallen würde. Jedes Mal, wenn in London ein Treffen der Partner stattfindet, kommt Chris völlig ausgepumpt und erschöpft nach Hause. Zur Zeit trinkt er wesentlich mehr als sonst, dabei weiß ich, dass er die schlimmsten Neuigkeiten sogar noch vor mir zurückhält.

Ich habe versucht, Dr. Royston von diesem komischen Zustand zu erzählen, in den ich manchmal verfalle, wenn ich einen Wasserhahn aufdrehe oder wenn ich bade. Aber jedes Mal, wenn ich zu den wichtigen Einzelheiten komme, werde ich von meinen Gefühlen überwältigt, und am Ende sitze ich da, schluchze und schüttle den Kopf. Ich hasse es, dass ich so schwach bin.

Schon zwei Sitzungen haben wir auf diese Art verschwendet. Ich kriege die Erinnerung nicht zu fassen – wenn es denn eine ist. Ich kann mich nicht auf Dr. Royston oder auf das Chaucer konzentrieren. Meine Gedanken rutschen einfach ab ins Dunkle.

Ich habe das Gefühl, dass ich allen zur Last falle, aber Chris sagt immer wieder, ich soll mir Zeit lassen. Das ist ja das Problem. Alle scheinen zu glauben, dass ich Zeit *habe*. Aber ich stelle mir vor, dass in meinem Kopf eine von diesen altmodischen Bomben mit einer zischenden und Funken sprühenden Zündschnur liegt. Statt einer hat sie aber ein Dutzend Zündschnüre, die unterschiedlich schnell brennen. Ich weiß nicht, wie ich sie löschen kann.

In diesem Moment geht die Türglocke. Ich bleibe auf dem Treppenabsatz stehen, weil ich plötzlich nicht mehr weiß, ob ich nach oben oder nach unten wollte. Ich versuche mich zu konzentrieren.

»Das war die Tür, Mum«, sagt Gary und späht über das Geländer.

Ich lege den Finger an die Lippen und signalisiere ihm, er soll still sein. Warum verlange ich so etwas von meinem Sohn? Was ist nur los mit mir?

Langsam schleiche ich die Treppe hinunter und stelle mich im Wohnzimmer hinter den Vorhang. Durch den schmalen Schlitz kann ich erkennen, wer draußen ist. Eine Frau von der Kirche. Ich möchte nicht mit ihr reden. Ich möchte mit überhaupt niemandem reden.

Die Frau klingelt noch einmal. Ich sehe zur Treppe. »Bitte, Gary, komm jetzt nicht runter«, flüstere ich vor mich hin. »Bleib in deinem Zimmer. Bitte, bleib in deinem Zimmer.«

Als die Frau endlich weg ist, lasse ich mich aufs Sofa fallen und warte, bis mein Herz aufhört zu rasen. Mir graut es davor, Konversation machen zu müssen, ich will mich nicht »normal« benehmen müssen. Ich will nicht, dass die Leute mich bemitleiden oder mitfühlende Laute von sich geben oder sich fragen, was mit mir nicht stimmt. Ich möchte einfach nur in Ruhe gelassen werden.

Am nächsten Morgen habe ich einen totalen Aussetzer. Als ich wieder zu mir komme, sitze ich im Auto und fahre eine mir unbekannte Straße entlang. Ich halte am Straßenrand an und versuche nachzudenken. Wo bin ich? Wo war ich? Ich wende den Wagen und fahre zurück, in der Hoffnung, irgendwo etwas wieder zu erkennen. Nach etwa zehn Minuten komme ich zur Abzweigung des Chaucer Hospital. Auf einmal fällt mir ein, dass ich einen Termin bei Dr. Royston habe. Ich bin extra früh von zu Hause weg, weil ich mit Carol Trigger noch einen Kaffee trinken wollte. Manchmal sitzen wir noch eine Weile zusammen und plaudern, weil mir das hilft, mich vor der Sitzung bei Dr. Royston zu entspannen.

Ich parke vor dem Chaucer und gehe zur psychiatrischen Station. Aber ich kann Carol nicht finden. Schwester Penny Steel sagt guten Morgen und fragt mich, wie es mir geht. Ich mache den Mund auf und will erzählen, was mir passiert ist, aber die Worte wollen einfach nicht kommen. Ich weiß, gleich fange ich an zu weinen.

In diesem Moment klingelt das Telefon, und Penny geht dran. Es ist Carol, die Bescheid sagt, dass sie sich verspäten wird.

»Oh, Linda ist schon da«, sagt Penny und lächelt mich dabei an. »Sie sieht heute viel besser aus, ich nehme sie einfach mit in die Cafeteria.«

Dann legt sie auf und komplimentiert mich hinaus. In der Cafeteria versuche ich ihr zu erzählen, was passiert ist. Schon steigen mir die Tränen in die Augen. Penny schlägt mit der Hand auf den Tisch. »Linda, reißen Sie sich doch bitte zusammen«, bellt sie mich an, als wäre sie eine altmodische Gouvernante.

Ich erstarre und fühle mich wie ein gemaßregeltes Kind. Aber ich sage kein Wort.

Später sitze ich auf dem Korridor und warte. Kurz darauf schwebt Dr. Royston durch den Haupteingang, ein Lächeln auf den Lippen, voller Freude über den schönen Frühlingstag. Doch seine Scherze heitern mich auch nicht auf.

Ich erzähle ihm von der Fahrt, wie ich mich auf einmal auf einer unbekannten Straße wiedergefunden habe. Er bittet mich, die Ereignisse noch einmal Revue passieren zu lassen. Was ist das Letzte, woran ich mich erinnere?

»Ich habe das Haus verlassen … ich bin aus der Ausfahrt rausgefahren … ich weiß wirklich nicht …«
»Um wieviel Uhr war das?«
»Ungefähr halb zehn.«
»Und um welche Zeit sind Sie wieder zu sich gekommen?«
»Etwa fünfundzwanzig Minuten später. Ich kann nicht bewusstlos gewesen sein. Immerhin bin ich Auto gefahren.«
»Okay«, meint er, »lassen wir das erst mal. Wie haben Sie sich sonst gefühlt?«
Ich erzähle ihm von den letzten Tagen – wie ich mich vor anderen Menschen versteckt habe.
»Eigentlich müsste ich Bücher in der Bücherei abgeben, eigentlich müsste ich einkaufen, aber ich schiebe ständig alles auf. Ich möchte niemandem begegnen, ich möchte mit niemandem sprechen.«
Dr. Royston hat so eine beruhigende Stimme, dass ich mich allmählich doch etwas entspanne. Ich unternehme noch einen Versuch, ihm von den Blitzen in meinen Gedanken zu erzählen. Aber kaum entsteht ein Bild in meinen Gedanken, ist es auch schon wieder weg. Ich beiße mir auf die Lippen, bis sich mein Mund mit Blut füllt. Der Schmerz hilft mir, mich zu konzentrieren. Aber ich kriege es einfach nicht zu fassen. Ich könnte schreien vor Frustration.
Am Ende der Sitzung gibt mir Dr. Royston seine Privatnummer.
»Wenn Sie Panik bekommen oder wenn es Ihnen wirklich schlecht geht, möchte ich, dass Sie mich anrufen. Ganz gleich, zu welcher Tages- oder Nachtzeit.«
Ich schaue auf das Stück Papier, und plötzlich bin ich schrecklich gerührt. In letzter Zeit bin ich richtig abhängig von Dr. Royston geworden. Deshalb habe ich ja auch solche Angst, er könnte mich als hoffnungslosen Fall abschreiben. Eines Tages wird er sagen: »Jetzt reicht's mir aber wirklich.«
Deshalb möchte ich sein Vertrauen keinesfalls missbrauchen. Ich werde ihn nur anrufen, wenn ich absolut am Ende bin.

Zu Hause verbringe ich fast den gesamten Nachmittag damit, mein Atelier aufzuräumen. Dann setze ich mich hin und beginne zu schreiben:

»Dr. Royston, ich schreibe diese Gedanken auf, weil ich Schwierigkeiten habe, die richtigen Worte zu finden, wenn ich bei Ihnen bin. Egal, ob ich mich schlafen lege oder ob ich wach bin, ständig gehen mir Dinge aus meiner Vergangenheit durch den Kopf.
Viele dieser Erinnerungen beunruhigen mich, aber ich kann sie einfach nicht vertreiben. Ich versuche, mich zu beschäftigen, aber ich kann mich nicht konzentrieren. Am Ende fühle ich mich dann irgendwie betäubt und tot in meinem Innern.
Bei unseren Sitzungen versuche ich diese beunruhigenden Gedanken festzuhalten, damit ich Ihnen davon erzählen kann. Ich hoffe, dass ich dann besser verstehe, warum es mir im Moment so schlecht geht.
Wenn ich früher ein Tief hatte, konnte ich immer irgendeinen Grund dafür erkennen, und das half mir durchzuhalten. Aber diesmal weiß ich überhaupt nicht, woher das alles kommen könnte, ich spüre nur diese überwältigende Hoffnungslosigkeit.
In den Therapiestunden schwanken meine Gefühle ständig hin und her, einmal fühle ich mich dumm und kindisch, dann plötzlich furchtbar elend. Aber ich kann nicht erklären, warum.
Deshalb habe ich beschlossen, dass ich versuchen will, meine Gedanken aufzuschreiben, ganz egal, wie unsinnig und ungeordnet sie sind – um herauszufinden, ob Sie sich vielleicht einen Reim darauf machen können.«

Danach lese ich mir das Geschriebene noch einmal durch. Die Sätze kommen mir sehr kindlich vor. Den Bruchteil einer Sekunde überlege ich, die Seite abzureißen und wegzuwerfen. Nein, das werde ich nicht tun. Vielleicht hilft mir das Schreiben, meine Gedanken zu ordnen.

Kapitel 6

DIENSTAG, 20. JUNI 1989

Robin Royston

Tauben flattern auf, als ich die Bahnhofshalle von Charing Cross Station durchquere. In letzter Minute erreiche ich den Zug nach Tunbridge Wells. Mein Psychotherapieseminar in London hat länger gedauert, und dann war kein Taxi zu kriegen.
Als der Zug den Bahnhof verlässt und die Themse überquert, schaue ich flussaufwärts zu Westminster hinüber. Das Flussufer ist gesäumt mit farbenfrohen Kähnen, und an jedem Laternenpfahl hängt ein Korb mit bunten Blumen. Ich liebe diese Jahreszeit. Die lange Dämmerung ist für Spaziergänge wie geschaffen.
Der Zug rattert durch Südost-London; ich blättere im *Evening Standard*. In den Nachrichten aus aller Welt steht ein Artikel über die Hungersnot in Äthiopien. Ich muss an Linda denken. Sie liebt Afrika sehr, das merkt man, wenn sie von der Landschaft und den Menschen dort erzählt. Für mich war Afrika immer ein Land, in dem Gefahr und Schönheit harmonisch nebeneinanderher existieren.
Ich mag Linda. Sie manipuliert nicht, sie ist nicht egoistisch. Sie will einen nicht an der Nase herumführen. Sie entschuldigt sich dafür, dass sie leidet, fast so, als wollte sie keine Hilfe.
Ich habe rund sechzig Patienten, die ich regelmäßig sehe, aber momentan mache ich mir um Linda die größten Sorgen. Es will

ihr einfach nicht besser gehen. Wenn überhaupt, dann ist ihr Zustand noch bedrohlicher und unberechenbarer geworden. Sie scheint keinerlei Hoffnung mehr zu haben und sicher zu sein, dass sie bald sterben wird.

Hier geht es um mehr als um eine Depression, hier sind mächtige psychologische Faktoren beteiligt, aber ich bin den Ursachen immer noch nicht näher gekommen.

Sobald wir auf ein heikles Thema zu sprechen kommen, gerät Linda unter Druck. Ich versuche, beruhigend auf sie einzuwirken und ihr klarzumachen, dass sie sich Zeit lassen kann. Wenn wir nicht direkt zum Kern des Problems vorstoßen können, arbeiten wir uns eben von der Peripherie heran, immer ein Stückchen näher ans Zentrum.

Über bestimmte Dinge in Lindas Vergangenheit, die wir meiner Meinung nach näher anschauen sollten, habe ich mir innerlich bereits eine Notiz gemacht. Der Abschied von ihrer Mutter gehört auch dazu. Obgleich Linda das Thema als unwichtig abtut, wäre ich doch sehr überrascht, wenn dieses Ereignis nicht einen enormen Einfluss auf das achtjährige Mädchen gehabt hätte. Und sollte dieser Verlust an sich tatsächlich nicht so schwerwiegend gewesen sein, muss zumindest die Beziehung, die diesem Augenblick vorausging, eine prägende Bedeutung gehabt haben.

Linda beschreibt sich als »Einzelgängerin«, die sich so oft wie möglich mit ihrem Pferd in den Busch zurückgezogen hat. Sie erinnert sich, dass sie oft unter Albträumen litt und Angst vor der Dunkelheit hatte.

Außerdem hat sie mir erzählt, dass sie nach dem Weggang ihrer Mutter Zustände hatte, die von ihrer Familie als »Halluzinationen« bezeichnet wurden. Manchmal fand ihre Schwester Annette sie reglos ins Leere starrend, in Gedanken weit, weit weg.

»Manchmal musste sie mich schütteln, bis ich wieder normal wurde«, berichtet Linda. »Dann sagten alle: ›Linda schwebt in anderen Regionen‹ oder ›Seht euch Linda an, sie träumt mal wieder.‹«

Die meisten Kinder haben irgendwelche besonderen Empfindlichkeiten. Angst vor der Dunkelheit, Bettnässen, Tagträume – so etwas hat oft nichts weiter zu bedeuten und verschwindet einfach wieder. Aber ich weiß einfach noch nicht genug über Linda, um das beurteilen zu können.

In Tunbridge Wells angekommen, gehe ich vom Bahnhof zum Squash-Club, wo ich den Wagen geparkt habe. Zu Hause setzt sich Lynn zu mir an den Küchentisch, und ich bekomme ein verspätetes Abendessen. Ich erzähle von meinem Seminar und höre mir die neuesten Geschichten von Mike und Emma an. Mike hat ein Bild für mich gemalt, das stolz an der Kühlschranktür prangt.

Gelegentlich ist es schwer, mit einer so intuitiven Frau wie Lynn verheiratet zu sein. Sie bekommt sofort mit, dass ich mir Sorgen um einen meiner Patienten mache, und vermutet richtig, dass es sich um Linda handelt.

»Und wie lautet deine Meinung, Dr. Royston?«, erkundigt sie sich ganz beiläufig.

»Ich glaube, Linda steckt wirklich in Schwierigkeiten.«

»Warum?«

»Ich weiß es nicht genau. Sie ist wie eine von diesen Pflanzen, die explodieren und ihre Samen überall in der Gegend verstreuen, wenn man sie auch nur berührt.«

»Was steckt dahinter?«

Ich zucke die Achseln. »Es ist, als wäre irgendwas in ihr, das raus will, aber jedes Mal, wenn wir uns der Sache nähern, macht sie einen Rückzieher.«

Drei Tage später, am 23. Juni, meldet sich Carol Trigger aus dem Chaucer telefonisch bei mir. Linda hatte einen Zusammenbruch. Nach einer schlaflosen Nacht hat sie auf der psychiatrischen Station angerufen, und Carol meinte, sie solle am besten gleich ins Krankenhaus kommen. Eine Weile haben sich die beiden im Aufenthaltsraum unterhalten, aber Linda konnte sich auf nichts konzentrieren. Nach Carols Beschreibung wusste sie kaum, wo sie war und warum. Schließlich ist sie im Aufenthaltsraum eingeschlafen.

»Ich bin echt beunruhigt ihretwegen«, sagt Carol. »Meiner Meinung nach müssen wir sie einweisen. Ich habe schon in Ticehurst angerufen. Dort könnte man sie als freiwillige Patientin aufnehmen. Ich habe auch schon mit Lindas Versicherung gesprochen; sie faxt ein Notfallformular, das Sie unterschreiben müssen.«

»Wie kommt Linda hin?«

»Ich fahre sie.«

»Gut.«

Ich kenne Ticehurst schon lange. Seit 1986 arbeite ich dort als Therapeut und behandle dienstags und donnerstags ambulante Patienten. Obwohl ich im Krankenhaus auch Betten habe, musste ich noch nie einen stationären Patienten einweisen.

Ticehurst wurde 1792 als private Nervenheilanstalt erbaut. Es hat seinen Namen vom Dorf Ticehurst, knapp eine Meile weiter südlich. Damals brachten reiche Leute ihre schizophrenen Söhne hier unter, den verrückten Onkel Arthur oder die senile Tante Mildred. Noch vor zwanzig Jahren war Ticehurst eher eine Kurklinik für gehobene Ansprüche als ein psychiatrisches Krankenhaus. Jetzt liegt der Schwerpunkt auf aktiver Intervention und Behandlung, mit seriösen Therapieprogrammen. Zwar hat Ticehurst nicht den Starstatus von Orten wie The Priory in Roehampton, aber es zieht doch einen Gutteil der Reichen und Berühmten an, wenn auch nicht mit der gleichen Publicity. Privatpatienten brauchen ziemlich viel Geld, um sich einen Aufenthalt hier leisten zu können, oder – wie in Lindas Fall – eine private Krankenversicherung.

Zwei Stunden später ruft mich Carol noch einmal an. Linda ist in Ticehurst aufgenommen worden.

»Wie ging es ihr, als Sie gegangen sind?«

»Sie lag zusammengerollt auf dem Bett, abgekapselt in ihrer eigenen Welt. Ich habe ihr alles zu erklären versucht, aber ich weiß

nicht, wie viel davon bei ihr angekommen ist. Ich habe ihr versprochen, dass Sie kommen, sobald Sie können.«
»Ich werde zusehen, dass ich sie heute Abend noch besuche.«
Ich bedanke mich bei Carol und wünsche ihr ein erholsames Wochenende. Bei mir ist das sehr ungewiss.

Nachdem ich meinen letzten Patiententermin hinter mich gebracht habe, fahre ich die fünfundvierzig Meilen von Canterbury nach Ticehurst. Linda schläft, als ich ankomme, und ich beschließe, sie nicht zu wecken. Stattdessen gehe ich nach Hause und nehme mir vor, am nächsten Morgen im Krankenhaus anzurufen. Den ganzen Abend muss ich an Linda denken. Ich weiß, wie nervös sie auf eine neue Umgebung reagiert. Bestimmt wird sie sich Sorgen machen, dass sie jemanden enttäuscht hat. Und ich weiß auch, wie aufgeregt ihre Familie sein wird.
»Warum fährst du nicht morgen zu ihr?«, fragt Lynn.
Ich sehe sie überrascht an. »Es ist Samstag.«
»Klar, aber sonst zerbrichst du dir nur das ganze Wochenende den Kopf. Fahr doch einfach zu ihr und besuch sie. Ich gehe vormittags mit Mike und Emma in den Park. Nachmittags können wir dann alle was zusammen unternehmen.«
Samstagmorgens gibt es bei uns ganz bestimmte Rituale. Gegen sechs kriecht Mike zu uns ins Bett, während Emma nebenan noch friedlich in ihrem Bettchen liegt, zusammengekuschelt unter ihrer kleinen, bunten Sternendecke. Um sieben gehe ich nach unten, mache Mike seine Cornflakes zurecht und suche im Fernsehen einen Zeichentrickfilm für ihn. Dann mache ich Kaffee.
»Willst du Marmelade oder Nutella auf deinen Toast?«, frage ich Mike.
Er sieht mich mit ernster Miene an. »Tut mir Leid, Dad, das kann ich nicht wollen.«
Lynn und ich lachen. »Du willst also gar keinen Toast?«
»Ich kann das nicht wollen«, wiederholt er. Ich spüre, dass er ein neues geflügeltes Wort geprägt hat.

Kurz nach neun mache ich mich auf den Weg nach Ticehurst. Zwanzig Minuten später biege ich durch das Steintor und folge der kurvigen Asphaltstraße etwa hundert Meter, bis das Hauptgebäude in Sicht kommt. Auf dem Hügelkamm, von dem aus man über einen Flickenteppich von Feldern benachbarter Bauernhöfe blickt, wirkt die Klinik wie eine seltsame Mischung aus Prachtvilla, Landgasthaus und Wellnesshotel. Unter dem bedeckten Himmel leuchten die Außenmauern fast gespenstisch weiß. Das Gebäude hat drei Stockwerke; ganz oben sehen die vorspringenden Strebepfeiler fast aus wie Zinnen.

Durchs Eingangstor gelange ich zum Empfang, und von dort führt eine Doppeltür zur Aufnahmestation im Erdgeschoss. Die Zimmer gruppieren sich um einen zentralen Innenhof. Insgesamt gibt es achtundzwanzig Betten; die Patienten werden von einem kleinen, gut ausgebildeten Team und einer etwas größeren Anzahl von Hilfskräften versorgt. Im ersten Stock, über der Aufnahmestation, befindet sich die Station für Kinder und Jugendliche. Ganz hinten auf diesem Stockwerk sind die Zimmer, in denen ich jede Woche die Therapiesitzungen mit meinen ambulanten Patienten abhalte. Der dritte Stock beherbergt die Altenstation, außerdem ist hier der Verwaltungsbereich. Die Krankenhausküche liegt im Erdgeschoss, direkt neben dem ältesten und wahrscheinlich langsamsten Aufzug, der jemals gebaut wurde.

In der Tür der Pflegestation steht Roger Smith und füllt mit seinem großen, kräftigen Körper den ganzen Rahmen aus. Meistens arbeitet er nachts. Er hat einen wundervollen Humor, ist in England geboren und in Australien aufgewachsen. Vielleicht finden er und Linda über ihre gemeinsame Liebe zu weitem, offenem Land Kontakt zueinander.

»Wissen Sie nicht, was für ein Wochentag heute ist?«, fragt er mich gleich, »ich dachte, Sie haben Familie.«

»Ich will nur schnell nach Linda sehen.«

»Ach so. Wir haben sie unter Beobachtung. Offensichtlich gehört sie zu denen, die mit Dämonen kämpfen.«

»Wie geht es ihr?«
»Sie ist ziemlich bedrückt ... weint oft ...«
»Hat sie mit einem von euch gesprochen?«
Roger schüttelt den Kopf. »Sie ist in Zimmer 31.«
Ich gehe den Korridor hinunter, bis zu einem Zimmer gegenüber dem Aufenthaltsraum. Nachdem ich angeklopft habe, öffne ich vorsichtig die Tür. Linda liegt zusammengerollt auf dem Bett, die Arme um die Knie geschlungen. Die Haare hängen ihr übers Gesicht.
Im Zimmer befindet sich nur das Nötigste an Möbeln: Bett, Nachttischchen, Schrank, Kommode. In einer Ecke beim Fenster steht ein Stuhl. Das Ganze wirkt wie ein Hotelzimmer, mit frischen Laken und einem privaten Badezimmer, in dem es nach Desinfektionsmittel mit Kiefernduft riecht.
»Wie fühlen Sie sich?«
Linda streicht sich die Haare aus dem Gesicht. »Ich habe total versagt. Der arme Chris. Ich habe ihn so enttäuscht.« Ihre Augen sind rot, sie hält sich beim Sprechen eine Hand vor den Mund.
»Er wird es verstehen.«
Ich ziehe den Stuhl näher zum Bett und setze mich.
»Wie haben Sie geschlafen?«
»Okay.«
»Können Sie sich an irgendwelche Träume erinnern?«
Sie schüttelt den Kopf. »Ist das wichtig? Sie haben mich das schon öfter gefragt.«
»Träume geben uns manchmal Auskunft über Dinge, die sich unter der Oberfläche abspielen. Im Unbewussten.«
Ich kann sehen, dass Linda diese Vorstellung ein wenig unbehaglich ist. Vielleicht klingt es für ihren Geschmack zu alternativ und nach New Age.
»Haben Sie schon mal was von C.G. Jung gehört?«
Linda nickt unsicher.
»Nun, ich bin Therapeut der Jung'schen Schule«, erkläre ich Linda. »Es gibt viele Theorien über Träume, aber bisher konnte nie-

mand die Frage, warum wir träumen und was unsere Träume bedeuten, wirklich zufrieden stellend beantworten. Meiner Meinung nach können Träume ganz unterschiedliche Funktionen haben«, fahre ich fort. »Manche versuchen ganz offensichtlich ein Problem zu lösen, mit dem der Träumende gerade besonders zu kämpfen hat, andere enthalten aus irgendeinem Grund eine Erinnerung an die Vergangenheit, und wieder andere erschließen sich uns überhaupt nicht, so sehr wir sie zu verstehen versuchen. Manche Träume spiegeln unsere Gefühle in Symbolen wieder, wie beispielsweise Feuer für Wut oder wilde Tiere für Energie. Leider gibt es keinen Code, der sich generell anwenden ließe – sozusagen ein Lexikon der Traumsymbole. Wir können nur nach Hinweisen Ausschau halten und sehen, was für einen Sinn sich jeder einzelne Traum abringen lässt.«

Ich frage Linda, ob sie sich an den Zauberspiegel erinnert, der in so vielen Märchen vorkommt.

Sie nickt.

»Wenn jemand in so einen Spiegel sieht, dann verrät ihm der Spiegel etwas über die Zukunft oder die Vergangenheit. Manchmal enthüllt er Geheimnisse oder Verschwörungen. Ich denke, mit Träumen verhält es sich ähnlich. Sie verkörpern ein anderes ›Bewusstsein‹, manchmal klüger, manchmal böse, aber dennoch ein Bewusstsein, das man kennen lernen sollte.«

»Was bedeutet das denn für mich?«, fragt Linda.

»Ihr Bewusstsein ist wie ein winziges Boot auf einem riesigen Ozean. Es hat ein Leck, aber wir wissen nicht, warum. Die einzige Möglichkeit, es herauszufinden, besteht darin, dass wir unter Wasser nachsehen, was das Leck verursacht hat. Das Unbewusste ist wie das Meer. Sie und ich, wir befinden uns auf einer Reise, und ihr Boot ist lädiert. Im Augenblick ist noch kein Land in Sicht, aber wenn wir weiter Ausschau halten und uns über Wasser halten, trägt uns ein günstiger Wind oder eine hilfreiche Strömung vielleicht ans Ufer. Dafür brauchen wir die Unterstützung des Unbewussten.«

Ich erkläre Jungs Theorie über die »großen Träume«, die sehr kraftvoll sind und manchmal sogar dazu beitragen, unser Leben zu formen. Solche Träume haben eine wichtige Bedeutung, aber sie sind oft sehr stark verschlüsselt und schwer zu verstehen. Gelegentlich kommt es vor, dass ein solcher Traum einen Menschen sein Leben lang begleitet.

Im weiteren Gespräch erkläre ich Linda, welche Vorteile der Aufenthalt in Ticehurst für sie hat. Zum einen können wir längere Sitzungen abhalten. Hier warten keine anderen Patienten auf mich, und Linda steht nicht unter Zeitdruck. Außerdem braucht sie sich nicht um den Alltagsstress zu Hause zu kümmern. Sie kann sich vollständig entspannen, schlafen, lesen oder lange Spaziergänge machen.

»Die Türen sind nicht abgeschlossen. Chris und die Kinder können Sie jederzeit besuchen. Sie sind freiwillig hier. Sie können gehen, wann immer Sie wollen.«

Als ich mich verabschiede, macht Linda schon einen wesentlich entspannteren Eindruck. Ich mache noch einen Abstecher zur Schwesternstation und hinterlasse eine Notiz für die Belegschaft. Ich möchte nicht, dass jemand versucht, Linda irgendwelche Details über ihre Vergangenheit aus der Nase zu ziehen, oder sie unter Druck setzt, an den täglichen Gruppentherapiesitzungen, am Sport oder sonstigen gemeinsamen Unternehmungen teilzunehmen.

Linda braucht die Zeit und den Raum, um ihre Gedanken zu sammeln. Vielleicht sind dann die Dämonen, die in ihr lauern, endlich bereit, ans Tageslicht zu kommen.

Kapitel 7

SONNTAG, 25. JUNI 1989

Linda Caine

Wieder rattern die Wägelchen den Korridor entlang, und ihre Räder hüpfen über die Risse im Nylonteppichboden. Medikamente werden verteilt. Viermal täglich. Die medizinische Version des altmodischen Teewägelchens.

Eine Schwester klopft an meine Tür und sagt Hallo. Sie trägt eine adrette weiße Bluse und eine schwarze Hose. Sie überreicht mir die Pillen in einem kleinen Plastikbecher und wartet, bis ich sie geschluckt habe. Als die Tür sich hinter ihr geschlossen hat, sagt eine Stimme auf dem Korridor: »Wenn du dich das nächste Mal ausziehen möchtest, Martha, dann tu das bitte in deinem Zimmer.« Ich höre eine gemurmelte Antwort. Vielleicht die von Martha.

Ich habe mein Zimmer seit meiner Ankunft noch kein einziges Mal verlassen. Zusammengekauert liege ich da und mache mir Sorgen um Chris und die Kinder. Ich habe sie im Stich gelassen, alle drei.

Es wäre für alle besser gewesen, wenn ich vom Thanet Way in die Tiefe gestürzt wäre. Dann wäre es jetzt vorbei … erledigt, ein für alle Mal.

Während der Wagen weiter den Flur hinunterrattert, höre ich Schritte.

»Ich bin's nur«, flüstert Chris und streckt den Kopf durch die Tür. Er lächelt mich an und schließt die Tür hinter sich. In der Hand trägt er einen kleinen Koffer mit ein paar von meinen Sachen.

»Die hier hab ich dir auch noch mitgebracht«, sagt er und überreicht mir einen in Folie eingewickelten Strauß Nelken mit einem roten Gummiband um die Stiele.

Ich fange an zu weinen. »Es tut mir Leid … es tut mir so Leid … ich hab mir wirklich Mühe gegeben … aber es ging einfach nicht …«

Er legt den Arm um mich. »Ich weiß. Es ist nicht deine Schuld.« Wir halten einander lange fest umschlungen, und ich versuche, etwas von seiner Stärke in mir aufzunehmen. Ich komme mir so jämmerlich und schwach vor. Ich habe ein ideales Leben und jetzt mache ich es für alle kaputt.

»Hier ist es ja ganz nett«, sagt er und sieht sich im Zimmer um. Ich stimme ihm zu. Man hat sich Mühe gegeben, dass es nicht so aussieht wie in einem Krankenhauszimmer. Das Mobiliar ist aus dunklem Holz, die Vorhänge sind dick und schwer, in warmen, angenehmen Farben. Ich habe meine Sachen um mich, es gibt bequeme Stühle zum Entspannen.

»Wie geht es Gary und Christy?«, frage ich.

»Gut. Es geht uns allen gut.«

»Ist im Büro alles okay?«

»Absolut.«

Ich weiß, er versucht, mich zu beruhigen. Dieselbe Taktik wendet er auch bei Klienten an, die bei ihm Hilfe suchen. Er sagt ihnen, sie sollen sich keine Sorgen machen, und dann kümmert er sich um ihre Probleme.

Aber jetzt wandert er unsicher im Zimmer herum. Krankenhäuser verursachen ihm eine Gänsehaut. Schon immer. Selbst als Christy geboren wurde, konnte er das Ende der Besuchszeit kaum erwarten und war froh, wenn er endlich wieder nach draußen durfte.

»Möchtest du spazieren gehen?«, frage ich. Er sieht erleichtert aus.

Also ziehe ich meine Schuhe an, und wir schlendern den Korridor hinunter. Ob Chris ahnt, dass ich das Zimmer zum ersten Mal verlasse? Im Aufenthaltsraum sitzen ein paar Patienten. Jeder scheint einen separaten Raum zu bewohnen, ohne die anderen zur Kenntnis zu nehmen. Eine Frau mittleren Alters mit einem Blumenrock wuselt dazwischen herum, leert die Aschenbecher und wischt die Tische ab. Ich halte sie für die Putzfrau, bis jemand sagt: »Um Himmels willen, Agnes, setz dich doch endlich hin.«

Ein solide aussehender junger Mann mit kurz geschorenem Haar sitzt da und starrt auf ein halb fertiges Puzzle. Mit einer Hand hält er ein Teilchen in die Luft, als wollte er es gleich einsetzen. Aber nichts dergleichen passiert. Es ist, als wäre er mitten in der Bewegung erstarrt.

Daneben nicken zwei Frauen – eine ältere und eine jüngere – einander zu, sagen aber nichts. Eine hat feuchte Wangen, die andere verbundene Handgelenke.

Chris geht dicht neben mir, ich fühle seinen Arm an meinem. Er wäre lieber nicht hier. In der Nähe des Eingangs kommt ein junger Mann im Trainingsanzug auf uns zu. Seine Augen sind halb geschlossen, und er murmelt vor sich hin. Chris tut alles, um Blickkontakt mit ihm zu vermeiden. Er möchte am liebsten im Boden versinken.

Ich spüre, dass ich unruhig werde. Bin ich auch eine von denen?, frage ich mich. Sieht so meine Zukunft aus? Wird man mich bis zur Unkenntlichkeit mit Drogen voll stopfen? Werde ich zu einer Gefangenen irgendeines neuen Medikaments, bis ich schließlich nur noch zucke und mir die Zunge aus dem Mund hängt? Bitte, lieber Gott, das will ich nicht. So könnte ich nicht leben.

Doch statt weglaufen zu wollen, weiß ich, dass ich bleiben muss. Ticehurst macht mir Angst, aber hier bin ich in Sicherheit. Hier fällt niemand ein Urteil über mich. Niemand erwartet etwas von mir. Vielleicht hat es Vorteile, verrückt zu sein.

Draußen hake ich mich bei Chris unter, und wir spazieren los. Es ist ein schöner, warmer Tag, und ich genieße den Geruch der Erde und die leichte Brise in meinem Gesicht.
»Ich möchte dich nicht hier lassen«, sagt Chris. »Ich ertrage den Gedanken nicht, dass du hier bist.«
»Es ist nicht so schlimm. Hier fühle ich mich sicherer.«
»Wovor bist du hier sicher?«
»Ich weiß nicht ... vor mir selbst vielleicht.«
Er kann den gequälten Ausdruck auf seinem Gesicht nicht verstecken.
Nach kurzer Zeit kommen wir zu einer Holzbank unter einem Baum. Jemand hat ein Graffiti hineingeschnitzt: »Sex, Drugs und Schinkenbrötchen.«
Ein Stück weiter ist ein provisorischer Rasentennisplatz angelegt worden. Das Netz sackt traurig herunter, und jemand hat mitten auf dem Platz eine Hose liegen lassen. Bei näherem Hinschauen entdecke ich einen BH in der Hecke daneben und einen dazu passenden Slip im Komposthaufen. Der Rest der Klamotten ist quer über den Rasen verteilt.
Wir sehen einander an und lachen. Ich erzähle Chris von Martha. Jeden Moment erwarte ich, dass eine nackte Patientin unter den Büschen hervorkommt.
»Dr. Royston möchte, dass ich meine Träume aufschreibe«, berichte ich.
»Warum?«
»Er glaubt, dass Träume manchmal wichtig sind.«
Eigentlich habe ich erwartet, dass Chris skeptisch reagiert, aber stattdessen meint er, es kann bestimmt nicht schaden. Dann wird mir klar, dass er inzwischen nach jedem Strohhalm greift, weil er sich so sehr wünscht, dass es mir endlich besser geht. Er ist nicht der Typ, der glaubt, dass Träume Fenster zur Seele sind. Er ist der Sohn eines Militärs – einer von der harten Schule, der glaubt, dass Männer nicht weinen und dass man Gefühlen nicht trauen kann.

Die Sonne geht unter, und es wird sofort kühler. Chris merkt, dass ich zittere, und besteht darauf zurückzugehen. Wir sind schon fast wieder in meinem Zimmer, als ein Stück den Korridor hinunter ein lauter Schrei ertönt, ein grässlicher, wilder, hilfloser Schrei. Ich halte mir die Ohren zu.

»Das ist doch nicht gut für dich«, sagt Chris leise.

»Es ist okay, ehrlich.«

»Nein, ist es nicht.«

Er geht los, um jemanden vom Personal zu suchen, und nach einer Weile höre ich, dass er mit jemandem spricht. »Aber was unternehmen Sie denn gegen diesen Lärm? Meine Frau regt sich schrecklich darüber auf, wissen Sie.«

Aber Linda McCormack, Krankenschwester und Psychotherapeutin, rückt die Dinge wieder gerade. »Die Person, die hier schreit, ist auch schrecklich aufgeregt. Wir sind gerade dabei herauszufinden, warum.«

Etwas beschämt kommt Chris in mein Zimmer zurück und setzt sich aufs Bett.

»Vielleicht könntest du beim nächsten Mal Christy und Gary mitbringen«, schlage ich vor.

»Ich dachte, das würde dich aufregen.«

»Aber ich würde sie trotzdem gern sehen.«

Er nickt und wirft einen Blick auf seine Armbanduhr. Es ist ein weiter Weg zurück nach Chestfield.

»Ich komme morgen wieder«, sagt er und gibt mir einen Kuss. »Und ich sage Gary und Christy, dass du bald mit ihnen telefonierst.«

Meine Füße sind eiskalt, deshalb beschließe ich, ein warmes Bad zu nehmen. Linda McCormack zeigt mir das beste Badezimmer. Als ich hineingehe und mir die Wanne ansehe, überfällt mich plötzlich die Panik. Ich sehe mich selbst unter Wasser, eine Hand über dem Gesicht. Nach Luft ringend halte ich mich am Waschbeckenrand fest, damit ich nicht umfalle.

Linda McCormack legt den Arm um mich. »Alles in Ordnung?«
»Ja … geht schon wieder.« Ich hole tief Luft.
»Was war denn los?«
»Wenn ich das wüsste!«
Sie bietet mir an, ein Weilchen bei mir zu bleiben. »Ich kann den Stuhl so drehen, dass ich mit dem Rücken zu Ihnen sitze, wenn Ihnen das lieber ist.«
Zwar ist mir die Situation ein wenig peinlich, aber ich bedanke mich bei ihr. Linda McCormack ist Anfang dreißig, schlank und attraktiv, mit kurzen blonden Haaren und blauen Augen. Sie setzt sich mit Blick zur Tür und stellt mir Fragen, damit ich beschäftigt bin.

Als ich mich ausziehe und den BH ablege, fällt das Schaumgummipolster heraus. Linda bemerkt die Narben auf meiner Brust. Zwar sagt sie nichts, aber ich werde noch verlegener. Jetzt habe ich das Gefühl, ich müsste ihr erklären, was passiert ist.
»Als ich vierzehn war, hat man mir eine Brust abgenommen.«
»Ganz schön jung.«
»Ich hatte gerade angefangen, einen BH zu tragen, was ich hasste. Da bemerkte ich einen Knoten in meiner rechten Brust. Ich erzählte es Annette, meiner Schwester, nahm ihr aber das Versprechen ab, es niemandem zu verraten. Natürlich ist sie sofort zu Dad gelaufen. Ich war schrecklich wütend.«
»Bestimmt dachte Annette, sie würde das Richtige tun.«
»Vermutlich, ja. Der Arzt meinte jedenfalls, es wäre wahrscheinlich nur eine große Zyste, aber die einzige Möglichkeit, um das herauszufinden, wäre eine Operation. Als sie mich aufschnitten, fanden sie einen großen fibrösen, birnenförmigen Tumor. Der Chirurg ließ mich auf dem Operationstisch liegen, um draußen mit Dad zu sprechen.
›Ich habe bereits mit der Operation begonnen‹, erklärte er. ›Wenn der Tumor bösartig ist, könnte sie sterben, weil bei dem Schnitt womöglich Krebszellen freigesetzt worden sind.‹

›Können Sie denn keine Biopsie machen?‹, fragte Dad.
›Dafür haben wir nicht die geeignete Ausrüstung. Die Gewebeproben müssen nach Südafrika geschickt werden.‹
Anscheinend war ihnen das Risiko, dass der Tumor bösartig sein könnte, am Ende zu groß. Jedenfalls beschlossen sie, die Brust zu amputieren.
Als ich wieder zu mir kam, hatte ich furchtbare Schmerzen. Ich blickte an mir herunter und sah die ganzen Verbände. Natürlich nahm ich an, dass der Knoten weg und ansonsten alles wieder in Ordnung war. Am nächsten Tag kam die Schwester, um den Verband zu wechseln. Sie wickelte alles ab und begann, die große innere Auflage zu entfernen, die aber leider an meinem Brustkorb festgeklebt war. Als sie das Ding gelöst und entfernt hatte, wurde mir klar, dass das, was ich für meine Brust gehalten hatte, in Wirklichkeit nur die dicken Watteauflagen waren. Voller Schrecken sah ich, dass meine rechte Brust absolut flach war, voller schwarzer und blauer Flecken. Ich hatte eine Naht von der Mitte der Brust bis in die Achselhöhle hinauf. Aus diesem Schnitt ragte ein Schlauch mit einer Sicherheitsnadel am Ende.
Ohne irgendeine Erklärung zog die Schwester an dem Schlauch und schnitt etwa zwei Zentimeter davon ab. Mir wurde ganz schlecht. Als sie die Sicherheitsnadel wieder an dem Schlauch befestigte, nahm ich meinen Mut zusammen und fragte sie, wozu sie da war.
›Um die Flüssigkeit aus der Wunde abzuleiten‹, antwortete sie nüchtern. ›Die Sicherheitsnadel sorgt dafür, dass der Schlauch nicht in die Wunde zurückrutscht. Ich schneide jeden Tag ein Stück davon ab, bis er ganz weg ist.‹
›Wächst meine Brust wieder nach?‹, fragte ich.
Die Schwester zögerte und begann den Verband zu erneuern. ›Darüber spricht später jemand mit dir‹, meinte sie schließlich ausweichend. Ich nahm an, dass sie so unverbindlich reagiert hatte, weil die Antwort Ja lautete. Zwei Tage später bekam ich zwar eine offene Antwort, aber keine Erklärung.«

Linda McCormack schüttelt mitfühlend den Kopf. »War die Geschwulst wirklich bösartig?«
»Nein. Sie war gutartig.«
»Die Amputation wäre also gar nicht nötig gewesen?«
»Nein.«
Linda McCormack starrt mich ungläubig an.
»Ehe ich aus dem Krankenhaus entlassen wurde, hat mir die Schwester zwei kleine Schaumgummieinlagen für meinen BH gegeben. Das war die ganze Nachsorge.«
»Wie war es mit Freunden?«
Ich lache. »Es dauerte eine Weile, bis die Jungs entdeckten, was mir fehlte. Wenn ich schwimmen ging, war es mir immer peinlich, weil ich rechts eine nasse Stelle hatte, denn das Schaumgummiteil trocknete langsamer als der übrige Badeanzug. Damals ließ ich mir die Haare wachsen und drapierte sie dann immer über die Schulter, um diese Seite des Badeanzugs zu verstecken.«
»Schlau«, sagt sie und reicht mir ein Handtuch.
Ich bin zu dem Schluss gekommen, dass ich Linda McCormack mag. Anfangs dachte ich, sie wäre kühl und distanziert, aber jetzt erkenne ich ihre Wärme. Sie kann gut zuhören und scheint sich für einen zu interessieren.
»Ich bin hier übrigens Ihre Ansprechpartnerin«, erklärt sie.
»Was bedeutet das?«
»Dr. Royston kann nicht immer hier sein, deshalb arbeite ich mit ihm zusammen. Wenn Sie jemanden zum Reden brauchen, bin ich jederzeit für Sie da.«
Das gefällt mir. Ich wickle mich in meinen Bademantel, und wir gehen zurück in mein Zimmer. Ich möchte Linda McCormack so viele Fragen stellen, aber ich bin zu erledigt. Ich rolle mich auf dem Bett zusammen, und sie deckt mich zu. Ich merke nicht mehr, dass sie geht.

Dr. Royston kommt den Korridor herunter. Ich höre, wie er die Leute begrüßt und ein paar freundliche Worte mit ihnen wechselt. Anscheinend ist er immer optimistisch und gut gelaunt. Wahrscheinlich gehört das zu seinem Beruf.

Er stellt sich einen Stuhl mit dem Rücken zum Fenster. Ich sitze mit übergeschlagenen Beinen auf dem Bett, habe mir ein Kissen in den Rücken gestopft und lehne mich an die Wand.

Eine Weile plaudern wir darüber, wie es mir geht. Dann lenkt er das Gespräch zurück auf meine Kindheit. Ich weiß eigentlich nicht, was er da zu entdecken hofft.

Soweit ich mich erinnere, fing ungefähr ein Jahr vor meiner Brustamputation alles an sich aufzulösen. Dad musste auf Geschäftsreise und fand so kurzfristig keine Haushälterin. Schließlich heuerte er eine junge Farbige namens Vi an, die aus den Townships am Rand von Gwelo stammte. Vi war gemischtrassig; »farbig«, wie man in Südafrika sagte. Sie hatte selbst zwei Kinder.

»Vi kam und blieb«, erzähle ich, resigniert, aber nicht verbittert. »Sie war nur sechs Jahre älter als Annette, und die beiden wurden dicke Freundinnen. Ich wurde nicht so richtig warm mit ihr. Vielleicht war ich eifersüchtig. Ich merkte, dass auch Dad Vi sehr gerne mochte. Bis dahin war *ich* immer sein Liebling gewesen.

Ich verbrachte immer weniger Zeit zu Hause und ging stattdessen reiten oder erforschte den Busch. Mit meinen Schulnoten ging es bergab, und in nicht mal einem Jahr wandelte ich mich von einer sehr guten zu einer mit Müh und Not mittelmäßigen Schülerin. Vielleicht wollte ich Dad damit bestrafen. Ich merkte nämlich, dass er sich in Vi verliebte.«

Ich werfe Dr. Royston einen Blick zu, um mich zu vergewissern, dass er mir noch zuhört. Da er sich noch für meine Geschichte zu interessieren scheint, fahre ich fort.

»Nachmittags trafen sich immer viele Kinder bei den Ställen und ritten dann zusammen aus. Manchmal schloss ich mich ihnen an. Da waren Jane und Richard, die Kinder des Bürgermeisters, ein Junge namens Eddie und die Butt-Brüder John und Michael. Wir waren alle ungefähr im gleichen Alter.

Auf dem Pferderücken veranstalteten wir alle möglichen Spiele.

Bei einem dieser Spiele musste sich einer von uns einen Schal hinten in die Jeans stopfen und wurde dann von den anderen gejagt, die versuchten, den Schal herauszuziehen. Eines Tages schlug jemand vor, wir sollten Kuss-Fangen spielen. Die Regeln waren so ziemlich die gleichen, aber wenn man jemanden fing, durfte man ihn küssen.

Die Jungen schienen ziemlich hinter mir her zu sein, und ich fühlte mich sehr geschmeichelt. Aber als ich am nächsten Tag auf dem Reitplatz auftauchte, wollte plötzlich keiner mehr von den anderen mit mir reiten. Richards Mutter hatte von unserem Spiel erfahren. Man warf mir vor, ich sei ein schamloses kleines Flittchen, das die Jungen zu schlimmen Dingen verleitete.

Ich weiß es natürlich nicht genau, aber diese Verleumdung hatte wahrscheinlich auch damit zu tun, was man sich hinter vorgehaltener Hand über Dad und Vi erzählte. Wissen Sie, Rassismus gehörte in Rhodesien zum Alltag – war so selbstverständlich, dass ich vor diesem Moment nicht einmal darüber nachgedacht hatte. Dass ein geschiedener weißer Mann und seine Kinder mit einem attraktiven farbigen Mädchen unter einem Dach lebten, war ganz eindeutig tabu. Aber ich bemerkte den meisten Tratsch gar nicht und bekam von den Gerüchten nichts mit. Annette schon eher.

Als Schwestern hätten wir kaum unterschiedlicher sein können. Annette färbte ihre schulterlangen Haare blond, und sie hatte braune Augen. Sic war ungefähr einsfünfundsechzig, hatte eine tolle Figur und jede Menge Freunde. Im Vergleich zu ihr war ich immer die ungehobelte, schlaksige kleine Schwester – Gwelos ›Calamity Jane‹ sozusagen.

Eines Samstagabends – ich muss ungefähr vierzehn gewesen sein – sagte Dad zu Annette, sie solle mich zum Tanzen mitnehmen. Ich glaube, er wollte, dass ich endlich mal aus meinen schmuddeligen Jeans rauskam und mich ausnahmsweise ein bisschen weiblicher aufführte.

Annette war alles andere als erfreut, mich mitnehmen zu müssen, aber Dad bestand darauf. Sie ging ihre Garderobe durch und suchte ein Kleid im chinesischen Stil für mich aus, aus glänzendem Stoff und mit einem Stehkragen. Das Kleid war kurz und sehr figurbetont.

Annette drehte mir die Haare auf und half mir beim Schminken. Sie borgte mir sogar ein Paar Schuhe. Der Tanzsaal war mit Fähnchen und Luftballons geschmückt. Über der Bühne hing ein großes Plakat, auf dem stand ›Miss Gwelo 1965‹. Ich nahm es nicht weiter zur Kenntnis. Ich wollte nur den Abend überstehen, ohne in irgendein Fettnäpfchen zu treten. »Wenn nichts da ist, über das Lindy stolpern kann, dann stolpert sie eben über ihre eigenen Füße«, sagte Dad immer.

Er hatte Recht. Aber beim Tanzen habe ich ein gutes Rhythmusgefühl. Nur wenn ich in Verlegenheit gerate oder denke, dass jemand mich beobachtet, werde ich sofort steif und unbeholfen.

Aber an diesem Abend amüsierte ich mich und ließ mich von der Musik davontragen. Als ich auf der Toilette war, hörte ich auf einmal, wie die Leute meinen Namen riefen. Jemand sagte: »Du musst auf die Bühne. Man hat dich für den Wettbewerb ausgewählt.«

»Für welchen Wettbewerb denn?«

»Na, den für die Miss Gwelo.«

Ich lachte, aber sie meinten es ernst. Anscheinend war eine Jury im Saal umhergegangen und hatte Mädchen für den Schönheitswettbewerb ausgewählt.

Zuerst wollte ich davonlaufen. Ich rannte zurück zur Toilette und schloss mich in der Kabine ein. Nach einer Weile kam Annette mir nachgelaufen und hämmerte gegen die Tür. »Was machst du denn? Die Leute rufen schon nach dir.«

»Nein, das muss ein Irrtum sein. Die meinen bestimmt dich.«

»Mach dich nicht lächerlich. Du musst jetzt rauskommen. Alle warten schon.«

Zehn Mädchen standen vorn in der Halle. Eine von ihnen, Colleen Dale, war in meinem Jahrgang in der Schule. Wir waren beide vierzehn, aber alle anderen sechzehn oder siebzehn.

Mit niedergeschlagenen Augen stellte ich mich zu ihnen. Man drückte mir die Nummer elf in die Hand, die ich vor mich halten sollte.
Der Zeremonienmeister hatte eine furchtbar laute, dröhnende Stimme, und ich zuckte zusammen, als er die Namen der Teilnehmerinnen vorlas. Alle wussten, wer gewinnen würde. Moira Felsmith wurde seit Jahren zur Schönheitskönigin von Gwelo gekürt. Sie war blond, hatte ein wundervolles Lächeln und einen Leberfleck wie Marilyn Monroe.
Das Tanzparkett wurde frei gemacht, die Stühle wurden zur Wand geschoben, um im Zentrum der Halle Platz zu schaffen. Darauf setzte die Musik wieder ein, und alle Wettbewerbsteilnehmerinnen mussten langsam um die Tanzfläche herumgehen.
Da ich keine hohen Absätze gewohnt war, hatte ich höllische Angst, vor aller Augen zu stolpern und hinzufallen. Aber dann geschah etwas sehr Seltsames. Die Musik hatte einen starken Rhythmus, dem ich mich anpassen konnte. Ich entspannte mich, konzentrierte mich auf die Musik und konnte sogar Annette zuwinken, als ich an ihr vorbeikam.
Dann mussten wir uns wieder auf der Bühne aufstellen und unsere Nummern vor uns halten. Ich konnte Moira lächeln sehen. Jeder im Saal wusste ja, dass sie gewinnen würde. Zuerst wurde der dritte Platz verkündet, dann wurde Moiras Name genannt – auf Platz zwei! Sie war ebenso bestürzt wie das Publikum. Wer hatte Moira besiegt? Ich ließ meinen Blick über die Reihe der anderen Mädchen wandern, als ein Trommelwirbel einsetzte, und der Zeremonienmeister um Ruhe bat.
Als Stille eingekehrt war, rief er: »Die Gewinnerin, Miss Gwelo 1965, ist die Nummer elf.«
Ich hörte einen leisen Aufschrei von Annette, die sich die Hände vor den Mund geschlagen hatte. Was hat sie denn?, dachte ich. Aber dann sah ich nach unten, auf meine Nummer. Selbst umgekehrt konnte man die Elf schlecht verwechseln. Das war ich! Aber das musste ein Irrtum sein.

»Linda Houston-Brown, tritt bitte vor«, rief der Zeremonienmeister.
Zaghaft machte ich ein paar Schritte nach vorn. Garantiert würde gleich jemand sagen: »Tut mir Leid, wir haben eigentlich doch nicht die Nummer elf gemeint.«
Aber nichts dergleichen – ich musste mich auf den Stuhl setzen, der mein Thron sein sollte. Moira stand neben mir.
Die Krone war mir zu groß und hing halb auf meiner Schulter, aber schließlich brachte sie jemand irgendwie ins Gleichgewicht. Außerdem legte man mir noch eine Schärpe um, auf der stand ›Miss Gwelo 1965‹.
Ein Fotograf der Lokalzeitung wollte Bilder von mir machen. Weil sonst die Krone wieder über mein Gesicht gerutscht wäre, musste ich den Kopf ganz still halten. Der Fotograf sagte mir, ich sollte die Beine übereinander schlagen, aber mein Kleid war so kurz, dass ich ständig nervös daran herumzupfte.
Am nächsten Tag erschien der Artikel, allerdings ohne Foto. Nachdem ich in der Redaktion gewesen war, um ein paar Abzüge zu bestellen, begriff ich auch, warum. Auf allen Fotos war Moiras gelassenes, zuversichtliches und hübsches Gesicht zu sehen, während ich mit verkniffenem Lächeln und total verkrampft an meinem Kleid zerrte.«
»Das ist aber eine hübsche Geschichte«, sagt Dr. Royston.
»Finden Sie?«
»Wie ein Märchen.«
Ich zucke die Achseln. »Die Jungen standen nicht gerade Schlange, um mit mir auszugehen, falls Sie das meinen.«
Er lacht.
»Nein, das stimmt«, beteure ich. »Ich kam mir vor wie das hässliche Entlein. Ich war einssiebenundsiebzig und schämte mich wegen meines Körpers.«
»Aber die Leute haben Sie anders gesehen.«
»Ja, anscheinend.«
Ich kann mich noch daran erinnern, wie Dad beschlossen hat,

mich aufzuklären. Er rief mich in sein Zimmer und sagte in bedeutsamem Ton: »Weißt du, wie die Babys entstehen?«
Natürlich kannte ich die mechanische Seite der Sache. Ich antwortete, dass ich es mir ungefähr so vorstellte wie bei den kleinen Hunden. Mehr oder weniger, bestätigte Dad, der sich alle Mühe gab, die richtigen Worte zu finden.
»Wenn du noch Fragen hast, solltest du Annette fragen«, schlug er vor.
»Okay, geht klar.« Ich wollte nur weg aus dieser peinlichen Situation.
Manchmal merkte ich genau, wie schwer es für Dad eigentlich war, Töchter großzuziehen.

Robin Royston

Während der ganzen Sitzung hat Linda ein Notizbuch an sich gedrückt und mit den Fingern über seinen Rücken gestrichen.
»Ich hab einen Traum aufgeschrieben«, gesteht sie schließlich nervös. »Bitte entschuldigen Sie die Rechtschreibung und die Zeichensetzung. In solchen Dingen war ich noch nie sonderlich gut.«
Sie überreicht mir das Buch, und ich beginne zu lesen.

Da ist ein Schwimmbecken – ein sehr kleines – rechteckig und zu klein, um reinzuspringen. In dem Becken sind zwei Kinder, beides sind Mädchen; sie tragen normale Kleider, keine Badeanzüge, und treiben auf dem Wasser, mit dem Gesicht nach unten. Dann dreht sich die eine um, und ich sehe, dass ihr Gesicht ganz aufgequollen ist. Ich habe Angst, denn womöglich ist sie tot.
Das sage ich zu einem Mann mit dunklen Haaren, den ich plötzlich neben mir bemerke. Er lacht und meint, dass die beiden uns nur was vormachen. Er schubst noch ein Mädchen in das Becken, um es

mir zu beweisen. Das Mädchen ist ein bisschen rundlich, geht unter und bläst die Backen auf, sodass ihr Gesicht auch aufgequollen aussieht.
Inzwischen sind die beiden anderen Kinder in dem Becken verschwunden. Der Mann mit den schwarzen Haaren fängt wieder an zu lachen und tut so, als wolle er auch Annette ins Wasser stoßen. Sie fängt ebenfalls an zu lachen, aber es klingt ziemlich resigniert. Das Becken ist so klein, dass ich Angst habe, dass sie sich den Kopf am Rand anschlägt.
Der Mann dreht sich zu mir um. Er lacht immer noch, aber in meinem Innern fühle ich mich kalt und furchtsam. Ich mag den Mann nicht. Also entferne ich mich von ihm und gehe um die Ecke. Aber da ist der dunkelhaarige Mann schon wieder und versucht, etwas – ein weiches, grünes, geleeartiges Zeug – über mir in die schräge Wand zu stecken, damit es schmilzt und auf mich herabtropft. Ich gebe mir alle Mühe auszuweichen.

»Das klingt so albern«, sagt Linda verlegen. »Aber es ist der erste Traum, an den ich mich wirklich erinnern kann.«
»Haben Sie außer Annette sonst noch jemanden in dem Traum erkannt?«, frage ich sie.
»Nein.«
»Auch nicht den Mann mit den schwarzen Haaren?«
Sie schüttelt wortlos den Kopf.
»Hatte Ihr Vater dunkle Haare?«
»Ja, aber das war er nicht.« Ihre Stimme klingt überzeugt. »Was bedeutet das?«
Ich zucke die Achseln. »Das wissen Sie genauso gut wie ich.« Da bemerke ich, dass sie die Stirn runzelt. Sie hat mehr von mir erwartet.
»Man kann einen Traum nicht einfach so deuten. Träume sind selten wörtlich gemeint, meistens stecken sie voller Symbole. Viele Dinge stehen stellvertretend für etwas anderes. Deshalb halte ich immer Ausschau nach Traummustern – Symbolen oder Cha-

rakteren, die immer wieder vorkommen. Aber das braucht Zeit.«
Ich sehe Linda an, was sie jetzt denkt. So viel Zeit hat sie nicht. Seit fünf Tagen ist sie jetzt schon in Ticehurst, und ihr schlechtes Gewissen, weil sie nicht bei Chris und ihren Kindern ist, wird immer größer. Bis jetzt ist keine Lösung in Sicht. Es geht ihr nicht besser. Sie weiß nur, dass sie sich in Ticehurst sicherer fühlt.

Seit Linda in Ticehurst ist, hat sie ihr Zimmer kaum verlassen. Mehrmals habe ich ihr vorgeschlagen, wir könnten im Aufenthaltsraum zusammen Kaffee trinken, aber sie unterhält sich lieber in ihrem Zimmer mit mir.
Manchmal denke ich, sie hat Angst, dass sie in Gespräche verwickelt wird, in denen Leute etwas von ihr erwarten. Und dazu ist sie noch nicht bereit.
Ticehurst hat ein volles Therapieprogramm, mit Workshops und sportlichen Aktivitäten. Es gibt Kunstkurse, es gibt Ausflüge mit dem Minibus zum örtlichen Schwimmbad oder Einkaufstouren in umliegende Städte.
Das Personal setzt Linda nicht unter Druck, aber man versucht ihr klarzumachen, dass sie sich gerne überall anschließen kann.
In der zweiten Woche scheint es ihr tatsächlich etwas besser zu gehen. Ihre Stimmung ist nicht mehr so gedrückt, Linda wirkt munterer. Am 5. Juli steht im Krankenblatt:

Termin bei Dr. Royston. Stimmung besser und weniger weinerlich als bei der Aufnahme. Schlaf anscheinend ebenfalls besser. Verbringt die meiste Zeit im Zimmer, beschäftigt sich mit verschiedenen Dingen, liest, schreibt, entwirft Postkarten, Spiele etc. …

Am folgenden Tag schreibt Roger Smith:

Immer noch in einigermaßen guter Stimmung – insgesamt recht fröhlich. Das warme Wetter gefällt ihr. Heute Nachmittag ein kurzer Spaziergang, auf dem sie mir ihren Lieblingsplatz gezeigt hat –

eine Bank aus einem Baumstamm in einer Hecke am Rundweg, gegenüber der Eingangstür. Sagt, das erinnert sie an Afrika …

Später am selben Nachmittag habe ich einen Termin mit Linda. Mit fällt auf, dass sie ihr Zimmer mit ein paar Fotos persönlicher gestaltet hat. Ihre Mal- und Bastelutensilien sind ordentlich im Schrank gestapelt.

Sie möchte etwas über die Medikamente erfahren, die sie bekommt.

»Temazepam ist ein Beruhigungsmittel. Es soll dafür sorgen, dass Sie besser schlafen, ohne nachts ständig aufzuwachen.«

»Ist das alles?«

»Ja.«

»Sie werden mir auch nichts anderes geben, ohne dass ich es weiß? Mich hypnotisieren oder so was?«

»Nein. Warum fragen Sie?«

»Ich habe einfach Angst davor.«

»Warum?«

»Na ja … die Vorstellung, dass ich Medikamente bekomme, von denen ich nichts weiß, oder dass ich hypnotisiert werde, um etwas herauszufinden, was ich vielleicht vergessen habe, macht mir schon Angst.«

Ich beuge mich vor und sehe ihr in die Augen. »Linda, ich kann nicht in Ihren Kopf hineinsehen, ohne dass Sie dabei sind. Wir sind zusammen unterwegs. Ich bin nur Ihr Reisebegleiter.«

Dieser Gedanke scheint Linda zu gefallen. Was immer auch geschehen mag, sie ist nicht allein.

Als der Kaffee kommt, reden wir wieder über ihre Kindheit. Ich gehe ziemlich fest davon aus, dass ich irgendwo in ihrer Vergangenheit auf das Gefühl stoßen werde, dass sie abgelehnt wurde. Ihre Mutter hat sie verlassen, und ihr Vater hat sich in jemanden verliebt, dessen Sympathie sie sich nicht sicher war.

»Ich weiß nicht, warum ich mich wegen Vi so unbehaglich gefühlt habe«, sagt Linda. »Vielleicht war ich eifersüchtig. Ich hatte angenommen, sie wäre verheiratet, weil sie ja zwei eigene Kinder mitbrachte. Eines Tages kam sie voller blauer Flecken zur Arbeit. Jemand hatte sie verprügelt. Dad sagte ihr, sie solle nicht zurückgehen. Er bot ihr an, sie zu beschützen. Danach übernachtete sie bei uns.

Eines Nachts hatte ich einen Albtraum und ich rannte den Korridor hinunter zum Schlafzimmer meines Vaters, aber er war nicht da. Da stand ich nun und fühlte mich verängstigt und unsicher. Schließlich weckte ich Annette und sie half mir suchen, aber wir konnten Dad nicht finden.

Ich rief unsere Nachbarin an, Mrs. Leach. Sie war Christin und brachte mir Backen bei, weil ich ja keine Mutter hatte.

›Dad ist weg. Wir finden ihn nirgends‹, erklärte ich ihr. ›Habt ihr der Haushälterin Bescheid gesagt?‹, fragte sie.

›Nein.‹

›Na, dann geht zu ihr und weckt sie auf.‹

Also ging ich wieder den Korridor hinunter und klopfte an Vis Tür. Als niemand antwortete, ging ich hinein. Und da sah ich meinen Vater neben ihr im Bett liegen. Sie schliefen beide tief und fest. Ich ging zurück ans Telefon und sagte Mrs. Leach Bescheid, alles sei wieder in Ordnung, Dad sei wieder aufgetaucht.«

Linda schüttelt den Kopf über ihre Naivität. Am nächsten Morgen erzählte sie ihrem Vater, was passiert war, und er wurde leichenblass. Er zwang sie, noch einmal bei Mrs. Leach anzurufen und sich dafür zu entschuldigen, dass sie sie mitten in der Nacht geweckt hatte. »Sag ihr, dass ich auf einem Stuhl an Vis Bett gesessen habe. Vi war krank, und ich wollte sichergehen, dass mit ihr wieder alles in Ordnung war.«

»Das Schwierigste war, für ihn lügen zu müssen«, erinnert sich Linda. »Einer von Dads Lieblingssprüchen war ›Versprich nie was, wenn du dafür lügen musst.‹ Das bedeutete, dass man die Wahrheit zwar manchmal ein bisschen verdrehen konnte und dass gegen eine kleine Notlüge nichts einzuwenden war, solange man damit nichts Böses beabsichtigte oder einem anderen Menschen wehtat. Aber wenn man jemandem etwas versprach, dann musste es stimmen, dicke Lügen durfte man nicht erzählen. Aber jetzt verlangte Dad eine richtig dicke Lüge von mir, und das tat mir sehr weh.

»Mein Dad war ein toller Mensch«, sagt Linda. »Obwohl er in einem rassistischen Land aufgewachsen war, vertrat er von Anfang an die Überzeugung, dass die Hautfarbe keinen Unterschied macht, dass alle Menschen gleich sind. Mit allem, was er tat und sagte, prägte er uns das ein. ›Nimm niemals einen Menschen für selbstverständlich‹, sagte er. ›Erniedrige niemanden, sprich nie von oben herab. Bringe jedem Menschen den gleichen Respekt entgegen, den du auch von ihm erwartest.‹«

»Das klingt, als wäre er seiner Zeit weit voraus gewesen.«

»Er hatte seine Fehler … aber er hat sich immer bemüht.«

Trotz seiner Überzeugungen war die Realität in Rhodesien natürlich eine andere: Rassentrennung und Vorurteile bestimmten den Alltag. Eine schwarze Haushälterin zu haben, war akzeptabel, sie aber als geschiedener weißer Mann unter demselben Dach wohnen zu lassen, das war etwas ganz anderes. Wenn die Familie mit Vi ins Kino ging, musste diese in einer der letzten vier Reihen sitzen, die für Schwarze reserviert waren, und der Rest von uns setzte sich in die fünftletzte Reihe, um in ihrer Nähe zu sein. Danach gingen wir oft ins Café nebenan, konnten uns aber auch dort nicht mit Vi an einen Tisch setzen. Aus Protest stellten sich alle nach draußen und tranken dort mit ihr ihre Limonade.

Wenn Vi allein ins Café ging, musste sie allen Weißen Platz machen, die hereinspazierten, und natürlich wurden die Weißen auch vor ihr bedient. Und wenn sie den Bus nahm, musste sie sich in eine der hinteren vier Reihen setzen – selbst wenn der ganze übrige Bus leer war.

»Vi war eine attraktive, lebhafte Frau, mit einem ausgeprägten Sinn für persönlichen Stil«, erinnert sich Linda. »Aber gleichzeitig schien sie immer ein bisschen verbittert oder wütend auf ihr Leben zu sein. Ich kann das gut verstehen.

Einmal sagte Dad, er wollte mit Annette und mir sprechen. Wir mussten uns wieder einmal neben ihn aufs Bett setzen, eine auf jeder Seite. Ich hatte das gleiche ungute Gefühl wie vor sechs Jahren, als meine Mutter uns verlassen hatte.
›Ich möchte gerne wissen, was ihr von Vi haltet‹, sagte Dad. ›Sie hat euch sehr lieb gewonnen, und ich hoffe, ihr liebt sie auch.‹
Ich ahnte schon, worauf er hinauswollte. Ich sah Annette an. Sie starrte geradeaus. Ihre Lippen bildeten eine schmale Linie.
›Wir haben uns ineinander verliebt und möchten heiraten‹, fuhr Dad fort. ›Aber ich möchte gern euren Segen. Wenn ihr nicht wollt, dass ich sie heirate, dann tue ich es nicht.‹
Aber wir wünschten uns natürlich beide, dass er glücklich war, also antworteten wir das, was er gern hören wollte. Ich dachte, Annette hätte keine Probleme damit, aber das stimmte nicht. Sie mochte Vi, aber sie kannte die Konsequenzen dieser Ehe besser als ich. Durch eine Mischehe würden wir zu sozial Ausgestoßenen.«
Keith Houston Brown heiratete Vi heimlich in Salisbury. Bald darauf verlor er seinen Job bei der Versicherungsgesellschaft. Ironischerweise bekam der Kollege, der ihn zu der Heirat ermuntert hatte, seine Stellung.
»Dad fand keine neue Arbeit. Niemand wollte ihn einstellen, weil er eine schwarze Frau geheiratet hatte«, erzählt Linda bitter. »Und wenn er keine Arbeit fand, drohten die Sozialarbeiter, würden sie ihm seine Kinder wegnehmen.
Wir mussten unsere Hausangestellten entlassen, und Dad kaufte einen verbeulten alten Lieferwagen mit einem kaputten Rückfenster. Vi kochte Blumenkohlblätter und andere Gerichte, die in den Townships von den Armen der Stadt gegessen wurden. Sie kochte sogar aus braunem Papier ein teeähnliches Gebräu.«
Schließlich kam Keith Houston Brown zu dem Schluss, dass es an der Zeit war, Rhodesien zu verlassen. In einem von einer weißen Minderheit regierten Land waren sie nicht willkommen, aber sie konnten ja vielleicht in ein Land ziehen, in dem die schwarze

Mehrheit das Sagen hatte. Sambia, das die Unabhängigkeit erlangt hatte, würde eine rassisch gemischte Familie bestimmt nicht diskriminieren.

Linda berichtet weiter: »Mit gemischten Gefühlen verließen wir Gwelo. Prince war tot. Meine Schulnoten waren im Keller. Ich bedauerte es sehr, Annette zurücklassen zu müssen. Aber sie war sechzehn und hatte Dad überredet, dass sie weiter in Gwelo auf die Schule gehen konnte. Danach wollte sie sich eine Arbeitsstelle bei der Post suchen.

Am Tag des Abschieds umarmte ich sie und fühlte mich dabei innerlich wie betäubt. Wir hatten alle unsere Sachen in den Lieferwagen gepackt. Wir Kinder lagen oben auf der Ladung, Dad und Vi saßen vorn.

Als wir losfuhren, winkte ich Annette, bis wir um die Ecke bogen und ich sie nicht mehr sehen konnte. Dann spähte ich aus dem kaputten Rückfenster und beobachtete, wie Gwelo langsam im Dunst verschwand. Schwarze Farmarbeiter standen auf den Feldern, Frauen mit Wasser- oder Paraffinbehältern auf dem Kopf wanderten schwankend auf den schmalen Pfaden der Mais- und Zuckerrohrfelder entlang. Ob es in Sambia anders sein würde? Jetzt war ich die Älteste. Ich musste mich um die anderen kümmern.«

Linda erzählt immer weiter. Ich habe den Eindruck, sie hat vergessen, dass ich im Zimmer bin …

Linda Caine

Brendan und Clive waren zehn beziehungsweise sieben Jahre alt. Brendan hatte blondes Haar, eine helle Haut und Sommersprossen auf der Nase. Er hatte einen ziemlich fiesen Humor und neckte seinen jüngeren Bruder erbarmungslos.

Clive war wesentlich stiller; er hatte braune Haare und braune

Augen. Für sein Alter war er recht klein, aber er konnte auf Bäume klettern wie ein kleines Äffchen.
Inzwischen hatte ich außerdem noch einen Stiefbruder und eine Stiefschwester – Danny und Pat, sechs und vier Jahre alt. Sie hatten in den Townships gelebt, seit Vi unsere Haushälterin geworden war. Weil sie nur gelegentlich auf Besuch mitgekommen waren, kannte ich die beiden kaum.
Am ersten Abend erreichten wir Victoria Falls und machten auf einem Campingplatz Halt. Als ich im Bett lag, wurde mir erst so richtig klar, dass Annette nicht mehr bei uns war. Ich weinte mich in den Schlaf.
Am nächsten Morgen hatten wir Probleme an der sambischen Grenze. Unsere Einwanderungspapiere waren wohl nicht in Ordnung. Dad und Vi beschlossen, nach Lusaka vorzufahren und die Sache dort zu klären. Mir überließen sie die Verantwortung für die Kinder – und genug Geld, um Essen für alle zu kaufen.
Hinten auf dem Campingplatz stand ein rundes Haus, von dem aus man die Eisenbahnschienen sah. Dahinter lag ein üppiger Regenwald, der vom ständigen Sprühregen der Wasserfälle befeuchtet wurde. Damals gab es noch keine Zäune und keine Drehkreuze, jeder konnte an den Abgrund wandern und in den Teufelskatarakt hinunterschauen. Sprühwolken stiegen in den klaren blauen Himmel auf, und die Erde bebte unter der Wucht des herabstürzenden Wassers.
Brendan und ich gingen mit einer Schrotflinte auf die Jagd und schossen ein Perlhuhn zum Abendessen. Ansonsten lebten wir hauptsächlich von Müsli, Toast, Sandwiches und Obst, das wir den Straßenhändlern vor dem Campingplatz abkauften.
Schließlich bemerkte jemand auf dem Platz, dass wir keine erwachsene Aufsichtsperson hatten, und beschwerte sich beim Manager. Von da an durften wir die Grenzen des Campingplatzes nicht mehr überschreiten, und die Aufsicht am Eingang bekam die Anweisung, uns nicht mehr durchzulassen.
Von da an benutzten wir den Eingang einfach nicht mehr, son-

dern schlüpften durch den hinteren Zaun, kletterten über die Eisenbahnschienen und spielten im Regenwald. Jeden Tag kaufte ich im Laden des Campingplatzes etwas zu essen, und so schöpfte niemand Verdacht.

Dad und Vi waren bereits auf dem Rückweg. Als sie die rhodesische Grenze erreichten, nahm unglücklicherweise ein weißer rhodesischer Zollbeamter Anstoß daran, dass ein Weißer mit einer farbigen Frau in ein von Schwarzen regiertes Land auswandern wollte. Sie filzten den Lieferwagen, packten alles aus, schraubten die Räder ab und ließen die Luft aus den Reifen. Ich hatte meinen Vater noch nie so aufgeregt gesehen.

Mühsam flickten wir den Wagen wieder zusammen, aber noch bevor wir Choma in Sambia erreichten, machte er schlapp. Wir ließen ihn in die Stadt schleppen, wo Dad sich auf die Suche nach Ersatzteilen machte. Inzwischen mieteten wir anderen uns in einem kleinen Hotel ein.

Zum Lunch gingen wir in die Cafeteria. Zuerst gab es eine Suppe mit einem Stück Brot. Danny wollte sein Brot nicht, also fragte ich ihn, ob er es mir abgeben könnte. Aber bevor er antworten konnte, funkelte Vi mich wütend an und sagte Nein. Ich verstand nicht, warum sie sich so aufregte, und fragte Danny noch einmal.

»Nein, das gehört Danny«, sagte Vi und wurde immer wütender.

»Aber er will es nicht.«

Da begann Vi zu brüllen: »Denk bloß nicht, dass du alles haben kannst, nur weil du weiß bist!« Jetzt konnten alle anderen Gäste mithören. Ich versuchte Vi zu beruhigen, aber sie schrie weiter: »Wir sind nicht mehr in Rhodesien. Für wen hältst du dich? Du kannst nicht mehr einfach alles an dich reißen, was auf den Tisch kommt, nur weil du weiß bist.«

Verlegen und mit knallrotem Kopf lief ich aus der Cafeteria, aber sie verfolgte mich, immer noch laut schimpfend. Die anderen Kinder rannten uns nach, zurück zu unseren Zimmern. Schließlich drehte ich mich zu Vi um und schrie: »Was ist denn los mit dir? Danny wollte das Brot doch gar nicht!«

Da holte Vi aus, schlug mich mitten ins Gesicht, drehte sich um und wollte das Zimmer verlassen. »Wie kannst du es wagen, mich zu schlagen?«, brüllte ich. Sie aber packte mich an den Haaren, zerrte meinen Kopf nach vorn und fing an, auf meinen Hinterkopf einzuprügeln, bis ich dachte, ich würde ohnmächtig. Ich fiel rückwärts aufs Bett und trat mit den Beinen nach ihr, sodass sie auf dem Fußboden landete, alle viere von sich gestreckt. In blinder Wut packte ich einen Nachttisch und schwang ihn über ihrem Kopf.

»Jetzt hast du Angst vor mir, stimmt's?«, fragte ich kalt.

Sie nickte, die Arme schützend vors Gesicht gestreckt.

»Wag es *nie* mehr, mich zu schlagen! Und sprich *nie* wieder so mit mir!« Ich hielt den Tisch über sie, bis mir die Arme zitterten, dann warf ich ihn beiseite.

Vi packte Danny und Pat bei den Händen und floh. In dem Zimmer, das sie mit Dad teilte, schloss sie sich ein. Ich wusste, dass ich Ärger kriegen würde. Erschöpft setzte ich mich aufs Bett und weinte.

Um die Abendessenszeit kehrte Dad zurück. Er und Vi saßen getrennt von uns Kindern im Speisesaal. Ich konnte hören, wie Vi sagte: »Sie ist verrückt, Keith. Sie hat versucht, mich umzubringen. Sie ist total verrückt.«

Als Dad sich auf Vis Seite stellte, fühlte ich mich zutiefst betrogen. Ich weiß, dass er sich zwischen uns hin- und hergerissen fühlte, aber es dauerte lange, bis ich ihm vergeben konnte. Ich hatte doch die Wahrheit gesagt. Wahrscheinlich kann man sagen, dass das das Ende meiner Beziehung zu meiner Stiefmutter war. Von dem Augenblick an, als wir nach Sambia kamen, veränderte sich Vi. Hier war sie kein Mensch zweiter Klasse mehr. Die Rollen hatten sich vertauscht.

Kapitel 8

SONNTAG, 16. JULI 1989

Linda Caine

Die Uhr neben meinem Bett hat rote Ziffern, die im Dunkeln leuchten. Es ist fünf Uhr fünfzehn. Warum scheinen die Minuten bei Nacht langsamer zu vergehen als bei Tag?

Heute kommen Gary und Christy mich besuchen. Ich freue mich auf sie, obwohl ich ein bisschen nervös bin, weil ich nicht weiß, wie sie reagieren werden. Wie sollen sie denn auch verstehen, was passiert ist?

Am späten Vormittag trudeln sie ein, und wir umarmen uns. Alle geben sich Mühe, aufgekratzt und positiv zu wirken.

»Wie wär's mit einem Spaziergang?«, schlägt Chris vor, der die Klinikumgebung nach wie vor hasst. »Wir haben eineinhalb Stunden im Auto festgesessen.«

»Regnet es?«

»Nein, nicht mehr.«

Wir sind alle einverstanden und machen uns auf den Weg nach draußen, erleichtert über die Abwechslung. Niemand weiß viel zu sagen.

Während wir schweigend durch den Rosengarten wandern, versuche ich, das Eis zu brechen.

»Vermutlich habt ihr euch in letzter Zeit vom Schnellimbiss ernährt, was?« Ich zerzause Garys Haar.

»Nein, Dad kocht echt gut.«
»Ach nein!« Ich tue so, als wäre ich überrascht.
»Ja, er hat uns gestern Abendessen gemacht.«
»Was gab es denn?«
»Baked Beans auf Toast.«
»Du lieber Himmel, da muss ich ja aufpassen, sonst habe ich nachher womöglich keinen Job mehr.«
Chris lacht und jagt Gary den Weg hinauf. Christy rennt ihm nach. Später spielen die Kinder zwischen den Bäumen und Chris geht neben mir her.
»Wie geht es dir denn so?«, fragt er und reibt mir den Rücken.
»Ich weiß nicht. An manchen Tagen glaube ich, es geht mir besser, aber dann hänge ich wieder total durch.«
Chris zögert einen Moment, dann fragt er: »Meinst du, es dauert noch lange, bis du wieder heimkommen kannst? Ich möchte dich wirklich nicht unter Druck setzen – du sollst so lange hier bleiben, wie es nötig ist … aber wir vermissen dich … Gary und Christy fragen mich ständig, wann du endlich wieder da bist. Dann weiß ich gar nicht, was ich ihnen sagen soll …« Er schweigt.
»Wie viel wissen sie?«
»Ich hab ihnen ein paar Sachen erklärt. Wir kommen zurecht. Ich bringe Gary zur Schule und hole ihn nach der Arbeit ab. Liz nimmt Christy mit …«
»Wie geht es bei der Arbeit?«
»Ich werde schon damit fertig, aber du fehlst mir. Ich wünsche mir, dass du bald wieder zu Hause bist.« Auf einmal ärgert er sich über sich selbst. »Ich hab mir doch geschworen, dass ich das nicht sagen würde. Tut mir Leid. Ich wollte wirklich keinen Druck machen …«
»Schon in Ordnung, Chris. Ich möchte doch, dass du mir gegenüber ehrlich bist. Es tut mir alles so Leid. Ich bemühe mich wirklich. Ich wünschte, ich hätte eine Antwort … ich wünschte …«
Er nimmt mich in die Arme, und wir bleiben mitten auf dem Weg stehen und halten einander fest.

»Hey, wisst ihr was? Da drüben auf der Koppel ist ein Pferd«, ruft Christy, die gerade zwischen den Bäumen hervortritt.

Ich wische mir die Augen ab und lächle sie an. »Dann pflücken wir doch ein bisschen Gras für das Pferd.«

Später beim Abschiednehmen entsteht wieder ein längeres betretenes Schweigen. Gary tritt mit den Schuhen gegen die Autoreifen und umarmt mich dann. »Ich liebe dich, Mum. Ich wünsch mir so, dass du bald wieder zu Hause bist.«

Christy hat mir zwei Spielzeughasen mitgebracht, auf die ich eine Weile aufpassen soll. »Sie möchten bei dir bleiben«, erklärt sie. »Du musst dich um sie kümmern, bis du wieder heimkannst.«

Sie schenkt mir ein tapferes Lächeln, aber ihre Augen glitzern verdächtig feucht.

Mir tut das Herz weh, und ich drücke die Plüschhasen fest an meine Brust, als meine drei Lieben wegfahren. Ich kann ihnen das nicht mehr länger antun. Es *muss* mir bald besser gehen. Ich *muss* nach Hause zurück.

MONTAG, 17. JULI 1989

Nachdem ich den ganzen Vormittag in meinem Zimmer verbracht habe, beschließe ich, hinauszugehen und etwas zu tun. In dem langen Raum neben der alten Kapelle findet eine Gruppentherapiesitzung statt.

Linda McCormack hat mir ein bisschen über diese Treffen erzählt. Sie sagt, es werden dort Methoden besprochen, wie man im Leben besser zurechtkommt – man lernt, wie man Probleme anpackt und sich unter Menschen mischt. Ich *möchte* mich nicht unter Menschen mischen, aber ich weiß, dass ich es versuchen muss.

Ich gehe also den Korridor hinunter und spähe in den langen

Raum. In einem Kreis sind Stühle aufgestellt. Ich bin zu früh dran, sehe beiläufig durchs Fenster in den Garten hinaus und beobachte dabei verstohlen die anderen Leute, die nach und nach hereinkommen.
Ungefähr ein Dutzend trudeln ein, jung, alt, Männer und Frauen. Manche sehen ziemlich fertig aus, andere ganz normal. Ich erkenne Agnes – die Frau aus dem Aufenthaltsraum. Sie hat einen wunderschönen britischen Akzent und eine Stimme wie eine Schullehrerin. »Du liebe Güte, seht euch nur all die langen Gesichter an«, sagt sie. »Es tut doch nicht weh, ein bisschen zu lächeln.«
Die Sitzung wird geleitet von einem großen attraktiven Niederländer namens Martin, der eine Ausbildung als Beschäftigungstherapeut macht.
»Heute wollen wir über das Thema ›Flüchten oder Standhalten‹ sprechen«, kündigt er mit seinem dicken holländischen Akzent an. »Wenn wir Panik bekommen oder ängstlich werden, dann müssen wir eine Entscheidung treffen. Sollen wir davonlaufen oder sollen wir versuchen, die Situation zu bewältigen?«
Er verteilt an jeden ein Blatt Papier, auf dem wir uns Notizen machen können. Ein paar Leute unterbrechen ständig und stellen Zwischenfragen. Andere sitzen nur da, starren ausdruckslos auf das Blatt und versuchen nicht mal mitzumachen. »Also, wenn Sie eine Straße überqueren wollen und ein Kaninchen vor sich sitzen sehen, dann werden Sie wohl kaum weglaufen«, sagt Martin. »Sie wissen, wie man sich verhält, wenn man ein Kaninchen vor sich hat. Entweder es rennt von selbst weg oder Sie steigen über es drüber. Es gibt für Sie keinen Grund zu fliehen. Aber wenn Sie eine Straße überqueren wollen und einen riesigen Laster auf sich zubrausen sehen, haben Sie sicherlich eine Erektion und rennen davon.«
Agnes erstickt fast vor unterdrücktem Gelächter und platzt schließlich laut heraus. Das ganze Zimmer wird lebendig und lacht ebenfalls los. Martin sitzt da und sieht sehr zufrieden aus.

»Sie meinen sicher eine ›Reaktion‹?«, fragt Agnes.
»Ja, ja, eine Erektion«, erwidert Martin, unfähig, die Buchstaben mit seinem Akzent in die richtige Reihenfolge zu bekommen. Wieder brechen alle in Gelächter aus.

Um sechs Uhr abends kommt Dr. Royston. Wenn er sich verspätet, ruft er immer an.
»Wie haben Sie geschlafen?«, erkundigt er sich.
»Ein bisschen besser.« Ich sitze auf dem Bett, die Arme um die Knie geschlungen.
»Heißt das, Sie fühlen sich besser?«
»Ich glaube, ja. Aber ich habe immer noch Angst.«
»Wissen Sie, warum?«
Ich zucke die Achseln. »Gerade wenn ich anfange, mich besser zu fühlen, kommt die Dunkelheit zurück. Alles wird plötzlich sinnlos, und ich denke sofort wieder, dass ich nur meine Zeit verschwende, bis das Unvermeidliche geschieht.«
»Das Unvermeidliche?«
»Dass ich sterben werde.«
»Möchten Sie immer noch tot sein?«
»Manchmal schon. Diesen Gedanken hatte ich schon immer – dass Selbstmord für mich eine Fluchtmöglichkeit ist. Ich weiß, das klingt seltsam, aber der Tod ist wie eine endgültige Erlösung. Es gab Zeiten in meinem Leben, da habe ich mir gesagt: ›Wenn es noch schlimmer wird, kann ich immer noch Selbstmord begehen.‹«
Ich sehe Dr. Royston an und erwarte, Schock oder Enttäuschung in seinem Gesicht zu sehen. Stattdessen reagiert er überhaupt nicht.
Der Kaffee kommt, und ich schenke uns ein. Dr. Royston liest meine Traumnotizen.

Ich trage eine Hand voll Murmeln mit mir herum. Auf einmal stolpere ich und lasse die meisten davon fallen. Sie rollen überall hin und ich ärgere mich sehr, während ich sie aufzusammeln versuche. Ich glaube, Gary und Christy helfen mir, sie zu suchen.

»Tja, endlich kann ich meinen Traum mal selbst interpretieren«, verkünde ich mit ernster Stimme.
Dr. Royston legt den Kopf schräg und blickt mich fragend an.
»Offensichtlich stehen die Murmeln für meinen Verstand, und den habe ich verloren. Deshalb bin ich hier in Ticehurst.«
Er lacht über meinen Scherz. »Tut mir echt Leid, Linda, das wäre zu einfach. Sie sind genauso bei Verstand wie ich – was vielleicht nicht sonderlich viel heißt. Aber so einfach können Sie Ihre Probleme nicht abtun.«

Robin Royston

Die letzten Tage haben für Linda eindeutig eine Besserung gebracht. Sie hat angefangen, lange Spaziergänge auf dem Grundstück der Klinik zu unternehmen und das wärmere Wetter zu genießen.
Hoffentlich ist sie jetzt stark genug, dass wir das Thema angehen können, an dem wir schon seit Wochen immer wieder scheitern. Seit unseren letzten Sitzungen im Chaucer hat Linda immer wieder versucht, mir ihre »Gedankenblitze« zu erklären – bisher ohne Erfolg. Die beunruhigenden Bilder sind so mächtig, dass sie Beklemmungen bekommt, kaum Luft holen kann und das Gefühl hat, ihre Gedanken entgleiten ihr völlig.
Mir scheint es eindeutig, dass etwas in ihrem Inneren ans Tageslicht kommen möchte, aber jedes Mal, wenn wir uns dem springenden Punkt nähern, zieht es sich zurück. Linda beschreibt es so, dass sie plötzlich »weit weg« ist – als würde sie in Gedanken an einen anderen Ort reisen.

Weil ich weiß, dass Linda sich in Ticehurst sicher fühlt, hoffe ich, dass sie irgendwann eine Möglichkeit findet, mir zu erklären, was in diesen Momenten passiert und was sie sieht.
Sie sitzt auf dem Bett, zusammengekauert, das Kinn zwischen den Knien. Diesmal beginnt sie ganz von vorn und beschreibt, wie sie mit Christy schwanger war und unter heftiger Übelkeit litt – nicht nur morgens, sondern den ganzen Tag über. Sie konnte nichts bei sich behalten außer Orangen.
Gary war zwei Jahre alt und hielt seine Mutter ganz schön auf Trab. Außerdem passte Linda noch auf die Tochter einer Freundin auf, was natürlich doppelte Arbeit bedeutete.
Eines Abends, als Gary im Bett war, ließ sie sich zur Erholung ein warmes Bad einlaufen. Als sie den Hahn aufdrehte, schoss ihr ein Bild durch den Kopf, so heftig und unerwartet, dass es ihr den Atem verschlug. Sie musste sich an die Wanne lehnen, um nicht hineinzufallen.
Lindas Stimme fängt an zu zittern, als sie mir davon berichtet, und die Sätze kommen stoßweise zwischen krampfhaftem Einatmen und Schluchzen. Sie gerät völlig aus der Fassung, und es dauert zehn Minuten, bis sie weitermachen kann. Schließlich gelingt es ihr zu beschreiben, was sie gesehen hat: das Bild eines jungen Mädchens, das in der Wanne unter Wasser getaucht wird.
»Jedes Mal, wenn ich so einen Gedankenblitz habe, ist es, als ob alles wieder von vorn anfängt«, schluchzt Linda. »Es ist immer das Gleiche – ich bin unter Wasser, ich kriege keine Luft ... Was hat das zu bedeuten? Bin ich verrückt?«
Insgesamt braucht Linda über zwei Stunden, um mir von dem Vorfall zu erzählen. In manchen Augenblicken frage ich mich, ob ich sie unterbrechen soll, weil es zu qualvoll für sie ist. Aber meine Überzeugung, dass es besser ist, wenn es herauskommt, ist stärker.
Sie vergräbt das Gesicht in den Händen, und ihr ganzer Körper zittert, während sie beschreibt, wie sie bei jenem ersten Mal den Wasserhahn abdrehte, sich mitten auf den Badezimmerboden setzte und darüber nachdachte, was mit ihr passiert war. Es war

ein Gefühl, als hätte sie jemand unter Wasser gedrückt und festgehalten.

»Später habe ich es zu rationalisieren versucht. Ich war müde. Ich hatte den ganzen Tag nichts gegessen. Das passiert eben, wenn man so erledigt ist – man fängt an, sich alles Mögliche einzubilden. Ich brauchte nur ein bisschen Schlaf. Ich habe Chris nichts davon erzählt. Ich dachte, vielleicht stimmt etwas nicht mit mir.

Von da an kamen in den nächsten Monaten die gleichen Gedankenblitze immer wieder. Sie waren so heftig, dass ich Stunden brauchte, um mich davon zu erholen. Endlich erzählte ich Chris doch davon, weil ich glaubte, ich hätte etwas Böses in mir.« Sie beginnt wieder zu weinen.

»Wie hat Chris darauf reagiert?«

»Er dachte, ich hätte zu viel Stress. Natürlich wollte er mir damit nur helfen, aber ich wusste, dass er mich nicht verstand.«

Einen langen Augenblick sitzt sie reglos und stumm da, dann fährt sie fort.

»Manchmal kommen die Gedankenblitze zwei-, dreimal am Tag. Dann wieder wochenlang gar nicht. Als Christy zur Welt kam, waren sie weg. Ich dankte Gott dafür. Aber ich wusste, sie waren immer noch da ... sie lauerten unter der Oberfläche ...«

»Und jetzt kommen sie wieder?«

Sie nickt und sieht mich flehend an. »Ist das wirklich passiert, was ich dann sehe, Dr. Royston? Ist es etwas, an das ich mich erinnern sollte?«

»Wann sind die Bilder wieder aufgetaucht?«

»Vor ungefähr einem Jahr.«

»Als Ihre Depressionen anfingen?«

Sie nickt.

»Und das Bild ist immer das gleiche?«

»Ja. Ich wünschte, ich könnte einen Anfang oder ein Ende erkennen. Dann würde ich vielleicht wissen, ob es eine Erinnerung ist oder einfach nur ein Hirngespinst.« Ihre Stimme bricht.

»Haben Sie Angst vor Wasser?«, frage ich sie.

»Nein. Ich schwimme sogar sehr gern. Aber ich hatte schon immer Angst, unter Wasser festgehalten zu werden. Ich bin immer halb durchgedreht, wenn jemand mich im Schwimmbecken ›getunkt‹ oder mich an den Beinen unter Wasser gezerrt hat.«

Ich sehe, dass Linda erschöpft und emotional ausgelaugt ist. Sie rollt sich auf dem Bett zusammen, und plötzlich ist sie weit weg. Ich lösche das Licht und schließe leise die Tür hinter mir.

»Behalten Sie sie heute Nacht bitte im Auge«, sage ich Roger Smith. »Sie hat ziemlich hart gearbeitet und ist sehr verletzlich.«

Auf der Fahrt nach Hause denke ich über Lindas »Gedankenblitze« nach. Was haben sie zu bedeuten? Sind es Erinnerungen? Hat tatsächlich jemand sie unter Wasser gedrückt?

Wasser scheint ein immer wiederkehrendes Thema zu sein. In dem Schwimmbeckentraum kamen zwei Mädchen vor, die mit dem Gesicht nach unten im Wasser trieben. Eines von ihnen war aufgeschwemmt, als wäre es tot.

In Wahrheit verstehe ich weder den Grund für diese Bilder noch warum sie mit solcher Eindringlichkeit wieder aufgetaucht sind. Das ist frustrierend und führt dazu, dass ich mir noch mehr Sorgen um Linda mache.

Linda Caine

Seit Dr. Royston gegangen ist, bin ich zittrig und unsicher. Es macht mich wütend, dass ich nicht zurechtkomme. Und in meinem Hinterkopf ist immer der Gedanke, dass ich ja Selbstmord begehen kann, wenn es mir nächste Woche nicht besser geht. Am Abend ruft mich Chris an. Seit meiner letzten Sitzung mit Dr. Royston bin ich ziemlich weinerlich. Chris fragt mich ein paar Mal, was eigentlich los ist, aber ich kann es ihm nicht erklären.

»Warum kannst du nicht mit mir reden?«, fragt er frustriert. »Schließlich bin ich doch dein Mann.«

Ich breche in Tränen aus, und er entschuldigt sich sofort.
»Tut mir Leid. Ich fühle mich nur so hilflos.«
»Es ist nicht deine Schuld. Es liegt an *mir*. Ich bin das Problem.«
Ich weiß, dass Chris nach unserem Gespräch auf der Station anrufen und mit der Nachtwache sprechen wird. Er möchte sich vergewissern, dass man mich im Auge behält.
Es wird eine harte Nacht. Um 4 Uhr wache ich auf und kann nicht wieder einschlafen. Schließlich bestelle ich mir einen Kaffee und versuche, meine Gedanken ein bisschen zu ordnen. Am Nachmittag habe ich einen Termin mit Dr. Royston.
Ich fühle mich sehr unsicher, und obwohl ich weiß, dass ich mit jemandem vom medizinischen Personal reden könnte, bedrückt mich die Isolation und Einsamkeit immer mehr. Ich werde das Gefühl nicht los, dass ich von meiner Angst verschlungen werde, wenn ich mich nicht dazu aufraffen kann, irgendetwas Positives zu bewerkstelligen. Aber wie? Immer wieder steht der Vorschlag im Raum, ich sollte mehr unter Menschen gehen. Ich möchte das aber nicht. Ich habe Angst, mit Leuten zusammen zu sein oder mich in einer Situation zu befinden, aus der ich womöglich nicht mehr herauskomme. Aber die Belegschaft hier ist nett und ermutigt mich unermüdlich. Ich möchte sie nicht enttäuschen. Und obwohl ich oft befürchte, dass man es nicht merkt, habe ich trotzdem den Wunsch, dass es mir bald besser geht.
Am nächsten Morgen raffe ich mich auf und zwinge mich, wieder zur Gruppentherapie zu gehen. Diesmal haben wir eine andere Therapeutin. Sie kommt als Letzte und macht die Tür zu, um Platz für einen zusätzlichen Stuhl im Kreis zu machen. Als die Tür sich schließt, habe ich das Gefühl, in mir wird ein Schalter umgelegt. Ich kann spüren, wie sich eine Panikwelle in mir ausbreitet, wie Erbrochenes, das in meiner Luftröhre hochsteigt. Ich rede mir gut zu. Sei nicht dumm, Linda! Aber die Panik überrollt mich, und ich merke, wie mir der kalte Schweiß ausbricht. Ich möchte davonlaufen. Ich weiß nicht, warum. Ich weiß nur, dass ich raus muss.

Ich möchte leise verschwinden, aber die Therapeutin blockiert die Tür mit ihrem Stuhl. Sie fragt, ob mit mir alles in Ordnung ist. Ich kann nicht antworten, sondern dränge mich wortlos an ihr vorbei zur Tür. Sie legt mir die Hand auf die Schulter. Ich möchte schreien. Ich bekomme keine Luft. Lauf weg, Linda, lauf weg! Im nächsten Moment bin ich auch schon auf dem Korridor, zwänge mich durch die Seitentür und biege draußen nach rechts ab auf den Weg, der das Grundstück umrundet. Ich laufe und laufe, ohne auf den Weg zu achten.
Die Bäume verschwimmen. Der Weg windet sich. Meine Lungen schmerzen, weil sie nicht genug Sauerstoff bekommen, aber ich renne weiter. Als ich endlich stehen bleibe, brauche ich eine Weile, bis ich erkenne, wo ich bin. Hier war ich schon einmal. Es ist der Weg am Ende des Klinikgrundstücks. Die Bäume werfen tiefe Schatten, die Rinde der Bäume ist narbig und abgeschabt. Zusammengekrümmt und nach Luft schnappend, versuche ich, wieder einen klaren Kopf zu kriegen, aber meine Gedanken entgleiten mir ständig. Nichts scheint einen Sinn zu ergeben. Warum bin ich hier? Wer ist hinter mir her? Ich fröstle und schaue nach unten. Auf meiner Sporthose ist ein dunkler Fleck. Ich habe mich nass gemacht!
Meine Angst wird noch größer, außerdem geniere ich mich furchtbar. Vielleicht bin ich diesmal doch zu weit gegangen. Vielleicht wird Dr. Royston mich jetzt aufgeben.
Ich brauche Zeit und einen Platz zum Nachdenken. Unter einer Hecke ist eine Höhle. Direkt neben dem Weg. Die Nachmittagssonne fällt schräg durch die Bäume. Ich rolle mich auf den toten Blättern zusammen. Hier ist es trocken und warm.
Als ich wieder aufwache, steht die Sonne sehr viel tiefer. Meine Beine sind steif, Blätter und Schmutz kleben an meiner Hose.
Wo bin ich? Ich spüre, wie mir meine Gedanken wieder entgleiten. Ich kann mich nicht mal mehr erinnern, was vor ein paar Augenblicken passiert ist. In der Hecke ist ein Stacheldraht mit rostigen Widerhaken. Ganz langsam reibe ich mein Handgelenk

darüber. Ich bewege den Arm vor und zurück und beobachte, wie das Blut über meine Finger rinnt und auf den Boden tropft. Ein Tropfen, zwei Tropfen … zehn Tropfen … zwanzig …
Der Schmerz hilft mir, wieder einen klaren Kopf zu bekommen. Ich fühle mich nicht mehr so wackelig.
Ich stehe auf und gehe den Weg hinunter. Schließlich erreiche ich eine Straße, die am Rand des Grundstücks entlangläuft. Der Asphalt ist löchrig und voller Risse, neue Teerflecken füllen die Schlaglöcher. Ziellos gehe ich weiter, unsicher, was ich als Nächstes tun soll.
Ich höre ein Auto kommen …

Robin Royston

Als ich an der Nordgrenze von Ticehurst um eine Kurve biege, sehe ich Linda neben der schmalen Straße stehen. Sie trägt ein helles Top und eine graue Sporthose. Ihre Augen wirken weit weg und erschrocken. Ich halte, und sie starrt mich an, aber sie erkennt mich nicht. Dunkle Haarsträhnen kleben an ihrer Stirn. Sie sieht zu den Bäumen hinüber und dann wieder zu mir.
»Ich bin es, Dr. Royston.«
Sie starrt mich durchdringend an.
»Was ist los, Linda?«
Da macht sie plötzlich kehrt und läuft weg, die Straße hinunter. Ich kann meinen Wagen nicht schnell genug wenden, um mit ihr Schritt zu halten. Als ich es endlich geschafft habe, ist sie schon verschwunden.
Das Personal in Ticehurst hat mich benachrichtigt, dass Linda verschwunden ist. Roger Smith und Linda McCormack haben eine Suche auf dem Grundstück organisiert. Unterdessen fahre ich mit meinem Wagen die Straßen hinauf und hinunter und komme mir vor, als hätte ich ein Kind verloren. Linda könnte ver-

letzt sein. Womöglich hat sie sich selbst etwas angetan, womöglich hat sie sich an einem Baum erhängt.
Ich schiebe diese Gedanken beiseite und suche weiter. Wenn ich an eine Lücke in der Hecke oder ein Farmtor gelange, fahre ich an den Straßenrand und rufe Lindas Namen.
Nach vierzig Minuten entdecke ich sie zwischen den Bäumen; sie läuft parallel zur Straße. Diesmal bleibt sie stehen und scheint meinen Wagen zu erkennen. Trotzdem ist sie allem Anschein nach hin- und hergerissen, ob sie weglaufen oder bleiben soll. Ich weiß, dass eine plötzliche Bewegung sie nur verschrecken würde.
»Hallo, Linda.«
Sie antwortet nicht.
»Es ist kalt hier draußen. Wollen wir nicht zurückgehen und einen Kaffee trinken?«
»Wird man mich einsperren?« Ihre Stimme ist schwach und droht zu brechen.
»Nein.«
»Dann werde ich nicht nach St. Augustine geschickt? Man wird mich nicht in einen Zombie verwandeln?«
»Nein. Steigen Sie ruhig ein.«
»Stimmt das auch?«
»Vertrauen Sie mir.«
Langsam beuge ich mich hinüber und öffne die Tür. Gleichzeitig verschaffe ich mir einen raschen Überblick über die Situation. Ist Linda verletzt? Ihre Hose ist dreckig und feucht. Die Ärmelbündchen ihres Pullis sind in ihrer Faust versteckt.
Vorsichtig nähert sich Linda dem Auto und steigt ein. Das Gesicht wendet sie von mir ab.
Als wir in Ticehurst angekommen sind, führe ich sie auf ihr Zimmer. Ich warte, während sie zur Toilette geht. Ich weiß, dass sie sich die Handgelenke aufgeschnitten hat und dass es ihr peinlich ist, es mir zu sagen. Die Schnitte sind oberflächlich, wahrscheinlich war es kein sehr scharfer Gegenstand.
Während ich auf den Kaffee warte, wäscht sie sich. Als sie wieder

ins Zimmer kommt, sieht sie mich immer noch nicht an. Mit niedergeschlagenen Augen setzt sie sich auf die Bettkante und wendet mir den Rücken zu.
»Wenn Sie das nächste Mal weglaufen, müssen Sie daran denken, Ihre Turnschuhe anzuziehen«, sage ich, um die Stimmung aufzulockern.
Sie schweigt.
»Sie sollten eine Schwester nach den Kratzern sehen lassen.«
Noch immer sagt sie nichts.
»Möchten Sie mir erzählen, was passiert ist?«
Sie schüttelt den Kopf.
»Ich werde nicht wütend oder enttäuscht sein. Ich versuche nur, Ihnen zu helfen.«
Sie schlingt die Arme um die Knie.
»Hat es Ihnen gut getan, dass Sie sich die Handgelenke aufgeschnitten haben?«
Sie nickt.
»Warum?«
»Ich habe versucht, einen klaren Kopf zu bekommen. Ich konnte nicht mehr richtig denken. Ich stand neben einem Zaun … ich hab den Stacheldraht gesehen … ich hab mein Handgelenk dagegen gedrückt … Der Schmerz hat meinen Kopf wieder klar gemacht und ich bin allmählich zurückgekommen …«
»Wo waren Sie denn?«
Sie zuckt die Achseln. »Ich weiß es nicht … weit weg.«
Nachdenklich betrachtet sie ihre Handgelenke. »Was wird Chris dazu sagen?«, schluchzt sie plötzlich. »Ich fühle mich innerlich so tot.«
Sie zögert und fährt dann fort: »Letzte Nacht hab ich aufzuschreiben versucht, wie ich mich fühle. Es ist ein Gedicht herausgekommen.

Schwarz ist sie, schwarz, sagte ich.
In meinem Kopf eine Finsternis, die lebt,

Mit einem Hunger, der gestillt werden muss,
Gesättigt erst – wenn ich tot bin.

Ich weiß, dass die gestrige Therapiestunde für Linda extrem hart war. Dass sie so zu kämpfen hat, liegt zum Teil daran, dass sie kein Gespür dafür hat, was in den Sitzungen passiert, in denen wir über besonders schmerzhafte Ereignisse sprechen.

Wie kann ich ihr den therapeutischen Prozess erklären? Ich weiß, dass Linda Geschichten mag, und ich erzähle ihr von einem Urlaub, den ich mit meinem dreizehnjährigen Stiefsohn Simon, meinem Bruder und dessen beiden Teenagersöhnen in Spanien verbracht habe. Wir wohnten in einer Villa bei Marbella, vor einer eindrucksvollen Bergkulisse. Schon bei unserer Ankunft beschloss ich, unseren »Hausberg« zu erkunden, und ich versprach den Jungen, dass wir wandern gehen würden.

Um zehn Uhr morgens zogen wir los. Mein Bruder wollte mit dem Auto zum Gipfel hinauffahren und uns dort am Spätnachmittag abholen. Es war Mitte August, es war schon ganz schön warm. In der ersten halben Stunde wurde der breite Wanderweg nach und nach steiler. Wir trugen Turnschuhe, Shorts und T-Shirts und hielten regelmäßig an, um unseren Durst mit ein paar Schlucken aus unseren Wasserflaschen zu löschen.

Der Pfad wand sich um die Seite des Berges, schlängelte sich einen steilen Hang hinauf und endete dann abrupt. Ich blickte hinauf zum Gipfel, der sich gegen den blauen Himmel abhob, dann hinunter ins Tal. Überall um uns herum wucherte kniehohes Buschwerk, das gemein kratzte. So, wie wir angezogen waren, würden wir uns die Beine übel zurichten.

Eine Weile schwiegen wir alle etwas ratlos.

»Was machen wir jetzt, Dad?«, fragte Simon schließlich.

Der Gedanke, zurückzugehen und die Straße zu nehmen, sagte uns nicht sonderlich zu. Doch dann bemerkte ich einen schmalen Pfad – gerade breit genug, um auf ihm im Gänsemarsch durchs Unterholz zu marschieren. Er war so kurvig, dass ich ihn mit den

Augen nur ein paar Meter weit verfolgen konnte – man konnte unmöglich sagen, wohin er letztlich führte.

»Ich glaube, der Weg hier kommt irgendwo da oben an dem Felsen wieder raus«, sagte ich.

»Aber da wollen wir doch gar nicht hin«, entgegnete einer der Jungen.

»Ich weiß. Aber wie wäre es, wenn wir ihn trotzdem ein Stück weit ausprobieren und dann weitersehen? Wenn sich herausstellt, dass es nichts bringt, können wir immer noch umdrehen.«

Also folgten wir dem Trampelpfad, der sich höchst eigenwillig den Hang hinaufschlängelte. Manchmal schlug er plötzlich die entgegengesetzte Richtung ein und schickte uns den Berg wieder hinunter, aber danach stieg er stetig wieder an.

Am späten Nachmittag durchquerten wir eine breite Senke, an deren Ende wir steil zu einem Kamm hinaufklettern mussten. Dort wurde der Trampelpfad ein wenig flacher und führte uns in kürzester Zeit tatsächlich zum Gipfel – und damit zum Ende unserer Reise.

Als die Geschichte fertig ist, halte ich einen Moment inne. Ich kann sehen, dass Linda versucht, den springenden Punkt zu erfassen. »So ähnlich ist es bei uns auch«, sage ich. »Wir wandern auf einem Trampelpfad. Wir müssen ihm vertrauen – ganz egal, wie felsig oder steil er gerade ist oder wie oft er uns von unserem Ziel wegzuführen scheint. Wir müssen darauf vertrauen, dass er uns am Ende doch an unser Ziel bringt.«

»Aber wie?«, fragt sie flehentlich.

»Es gibt keine Landkarte. Ich kenne den Weg nicht. Sie dürfen nicht denken, dass ich über irgendein Spezialwissen verfüge oder über eine Technik, die in jedem Fall wirkt. Wenn wir dem Pfad folgen, der sich vor unseren Füßen erstreckt, dann wird uns das Unbewusste hoffentlich ans Ziel führen.«

Das Vertrauen in den therapeutischen Prozess ist für C.G. Jung ganz grundlegend. Er meint, dass es Zeiten gibt, in denen man dem Unbewussten vertrauen kann, und andere, in denen man sich ihm widersetzen muss. In Lindas Fall muss ich ihren Träumen die Möglichkeit geben, sich zu entfalten, und hoffen, dass sie uns sicher leiten. Natürlich gibt es keine Garantie. Trampelpfade führen nicht immer zum Gipfel.

»Ich glaube, Sie sollten sich jetzt ein bisschen ausruhen«, sage ich und stehe auf. Ein ängstlicher Schatten zieht über ihr Gesicht. Sie möchte nicht, dass ich gehe.

»Es wird alles gut. Vertrauen Sie auf den Prozess.«

»Ich werde es versuchen.«

Auf dem Weg hinaus mache ich einen Abstecher zur Schwesternstation und finde dort Roger Smith, der sich gerade einen Kaffee kocht.

»Das hat keiner hier erwartet«, sagt er. »Wie geht es ihr denn jetzt?«

»Sie hat sich beruhigt.«

»Warum ist sie weggelaufen?«

»Der Auslöser war anscheinend, dass die Therapeutin in der Gruppensitzung die Tür zugemacht hat. Da dachte sie, sie würde eingesperrt und hätte keine Fluchtmöglichkeit mehr.«

»Aber warum hat Linda Sie nicht erkannt?«, fragt Roger.

»Das war eine Dissoziation. Ich glaube, dass sie nicht wusste, wo sie war.«

Ich habe es schon erlebt, dass Linda sich während einer Sitzung zurückgezogen hat, aber nie bis an einen Punkt, an dem sie mich nicht mehr erkannte. Sie hat davon gesprochen, dass sie sich »weit weg« fühlte, so, als könnte sie mit ihren Mitmenschen keinen Kontakt mehr aufnehmen und diese nicht mir ihr. Woher kommen diese Gefühle? Ist sie vor irgendetwas auf der Flucht? Wenn ja, dann kann »weit weg« auch eine Falle sein. Warum hätte sie sich sonst die Handgelenke aufgeschnitten, um in der »richtigen« Welt zu bleiben?

Es gibt viele Gründe, warum Patienten sich selbst verletzen. Manche tun es, um eine innere Spannung zu lindern. Andere glauben, dass sie auf diese Weise »böses Blut« oder irgendein anderes namenloses Übel loswerden. Ein paar sind süchtig nach dem Rausch, der einsetzt, wenn die Endorphine (die natürlichen Schmerzmittel des Körpers) plötzlich in den Blutkreislauf gelangen.

Eigentlich bin ich sicher, dass Linda nicht versucht hat, sich umzubringen. Sie wollte sich auch nicht bestrafen. Es hatte ganz eindeutig etwas mit ihrer Dissoziation zu tun, es war ein Versuch, ihre Gedanken zu »klären«.

Das Gedicht, das sie geschrieben hat, ist interessant. Obgleich es ihre Depression ganz deutlich beschreibt, erscheint die Dunkelheit doch bemerkenswert aktiv. Sie lebt, und ich stelle sie mir vor als ein schwarzes Loch, das alles in sich hineinsaugt.

C.G. Jung hat den Ausdruck »Komplex« geprägt. Heute hat dieses Wort längst Einzug in die Alltagssprache gehalten, und wir sprechen von einem »Minderwertigkeitskomplex« oder davon, dass ein Mann wegen seiner mangelnden Körpergröße Komplexe hat und diese anderweitig »kompensieren« muss.

Laut Jung haben wir alle »unbewusste Komplexe«, die nur gelegentlich an die Oberfläche kommen. Auf einer sehr vereinfachten Ebene gesprochen, veranlassen sie einen Menschen dazu, Dinge zu tun, die auf den ersten Blick für ihn völlig untypisch erscheinen.

Wenn wir mit einem unbewussten Komplex in Berührung kommen, stört das den normalen Fluss unseres bewussten Lebens. Es ist wie bei einem Schiff, das über ein Minenfeld fährt: Wenn eine Mine losgeht, wird es beschädigt. Diese Beschädigung kann ganz geringfügig, aber auch so schwerwiegend sein, dass das Schiff untergeht. Auf vergleichbare Weise verursachen manche Komplexe nur kleinere Störungen – beispielsweise Nägelkauen oder die Neigung, zu viel zu essen. Andere aber sind ernsterer Natur und können für den Betroffenen enorme Auswirkungen haben.

Das menschliche Ego – oder unser Bewusstsein – befindet sich ständig im Kampf mit diesen »unbewussten Komplexen«, die leider die Angewohnheit haben, immer wieder aufzutauchen, ganz gleich, wie sehr wir uns bemühen, sie abzuwehren. Um ihre Macht zu beschneiden (oder einen Komplex zu lösen), müssen wir ihn zuerst einmal verstehen. Welche Energie enthält er? Woher kommt diese Energie?

In Lindas Fall fürchte ich, dass wir es mit einem sehr großen, sehr gefährlichen Komplex zu tun haben. Ich habe mit angesehen, wie sie völlig das Gleichgewicht verloren hat, wie sie für jede Form von Kontakt unzugänglich geworden ist, wie sie sich völlig in sich selbst zurückgezogen hat. Manchmal denke ich, dass ich in ihrem besonderen Fall von neuem lernen muss, auf den Trampelpfad zu vertrauen – fast so sehr wie Linda.

Kapitel 9

Robin Royston

Der Schweiß tropft von meiner Nasenspitze, und ich lehne mich an die Wand der Squashhalle. Mike beobachtet mich durch die Glasscheibe von der Tribüne aus. Ich habe ihm versprochen, noch kurz ein Spiel mit ihm zu machen, wenn ich fertig bin.

»Ich hab Frank gleich in die Pfanne gehauen, Mike«, keuche ich. Es steht zwei zu zwei. »Ich mach ihn fertig, sobald ich wieder Luft kriege.«

»Ja, los, Dad!«

Frank lacht. »Schau lieber nicht hin, Mike. Dein Dad wird heulen, wenn er verliert.«

Ich liebe Squash. Wenn jemand die Technik beherrscht, ist es ein ausgesprochen elegantes Spiel – ständig geht es um den richtigen Winkel, die richtige Position. Eine Sportart wie Tennis finde ich frustrierend, denn wenn man ordentlich auf den Ball eindrischt, geht er viel zu schnell ins Aus. Bei Squash hat man dieses Problem nicht – man kann den Ball so kräftig schlagen, wie man möchte. Das bedeutet nicht, dass es dabei nur um Kraft geht. Manchmal muss man den Ball auch verlangsamen und sich ganz auf das Feingefühl verlassen. Ich habe erst mit Mitte dreißig angefangen, Squash zu spielen, als Fußball zu strapaziös für meine Knie wurde und Kricket zu viel von meinen Wochenenden beansprucht hat. Mit meiner jungen Familie brauchte ich etwas Praktisches und Zeitsparendes.

Mike dagegen hat schon mit zwei Jahren angefangen. Ich wollte, ich hätte das auch. Es wäre so schön, richtig gut zu sein. Obwohl ich bei Wettkämpfen manchmal sehr konkurrenzorientiert sein kann, genieße ich Freundschaftsspiele meistens ganz entspannt. Eine Stunde lang habe ich dann die Chance, meinen Kopf von allen Anforderungen meines Berufs freizuschlagen.

Mit Frank bin ich seit ungefähr fünf Jahren befreundet. Unsere Frauen heißen beide Lynn und haben einander in Kindergruppen und bei Geburtstagspartys kennen gelernt. Frank und ich haben irgendwann entdeckt, dass wir beide Squash spielen und sind jetzt Mitglieder im selben Klub.

Frank gehört zu den Leuten, denen es keine Kopfschmerzen bereitet, dass ich Psychologe bin. Das kann man durchaus nicht von jedem behaupten. Wenn ich irgendwo zum Abendessen oder zum Grillen eingeladen bin, verläuft das Gespräch meistens nach einem bestimmten Muster.

»Und was machen Sie?«

»Ich bin Arzt.«

»Oh« – an diesem Punkt zeigt mein Gesprächspartner meist unverhohlenes Interesse –, »Allgemeinmedizin oder Facharzt?«

»Ich arbeite im Krankenhaus.« (Jetzt hoffe ich für gewöhnlich auf einen Themenwechsel.)

»Und was ist ihr Spezialgebiet?«

»Ich bin Psychiater.«

»Oh, das ist ja spannend«, lautet nun die Reaktion oder auch einfach nur »Oh«.

Von diesem Punkt an verändert sich die gesamte Konversation. Vielen Menschen ist die Psychiatrie oder die Psychotherapie noch immer suspekt. Manche denken, Psychologie sei etwas für Schwächlinge, die sich nicht zusammenreißen wollen, und letztlich ein unnützer Zeitvertreib. Oft hört man aber auch die Ansicht, dass es nicht gut sei, im eigenen Leben allzu sehr »nachzubohren«.

Andere Leute sind sofort argwöhnisch und auf der Hut, denn sie glauben, dass ich Fähigkeiten besitze, die mich in die Lage versetzen, einen Menschen zu durchschauen, indem ich beispielsweise seine Körpersprache dekodiere oder in jeder Bemerkung einen tieferen Sinn entdecke.

Vor elf Jahren – 1978 – spielte ich noch mit dem Gedanken an eine andere Berufslaufbahn, die nur insofern ein Erfolg war, als ich dadurch meine Frau Lynn kennen lernte. Ich hatte gerade mein Medizinstudium abgeschlossen, die dazugehörigen Praktika absolviert und gönnte mir nun eine kurze Pause.

Ich teilte mir damals mit meinem Freund Max eine Wohnung in Südlondon. Max liebte die Schauspielerei und schleppte mich ständig zu irgendwelchen Kursen mit. Für ein Wochenende meldete er uns zu einem Workshop beim Battersea Art Centre an. Dort lernte ich Lynn kennen – groß, hübsch, mit braunen Haaren, einem wundervollen Lächeln und einer ausgeprägten intuitiven Begabung. Sie studierte Theaterwissenschaft, und wir nahmen gemeinsam an verschiedenen Übungen teil, in denen sie samt und sonders glänzte.

Als Max mir einen Job als Zauberer besorgte und ich bei Harrod's und John Lewis eine neue Serie von Kunststücken vorführen sollte, hatte ich den Geschmack am Showbusiness schon fast verloren. Nachdem ich eine Woche bei John Lewis aufgetreten war, langweilte ich mich zu Tode; aber Max hatte uns schon als freiwillige Teilnehmer bei einem Straßenfest zum Silberjubiläum der Queen angemeldet.

So kam ich an einem sonnigen Nachmittag mit Lynn, die als meine Assistentin auftrat, nach Kennington und fand dort ein zahlreiches kindliches Publikum und ein Grüppchen ziemlich gelangweilter Mütter vor – alle aus den umliegenden Wohnblocks.

Bei meinem ersten Trick musste ich eine zuvor heimlich aufgeschnittene Banane per Magie mit meinem Zauberstab zerschnippeln. Das von vornherein ziemlich schwache Kunststück wurde dadurch nicht besser, dass es in der Vorwoche im Kinderprogramm des Fernsehens gezeigt worden war – ich konnte meinen Auftritt vergessen. Die Kinder gerieten völlig außer Rand und Band, klauten die vorbereiteten Preise und machten sich mit Teilen meiner Ausrüstung aus dem Staub. Um meine Ehre zu retten, wollte ich wenigstens noch mit einem Kartentrick mein Können unter Beweis stellen. Direkt vor mir stand ein zehnjähriger Junge und beobachtete mich scharf. Er hatte kurz geschorene Haare und ein Tattoo auf dem Arm, von dem ich hoffte, dass es nicht echt war.

Etwas abgelenkt vollendete ich mein Kunststück mit großer Geste: »Und die Karte, die ihr gewählt habt, war die Herz Sieben!«

Der Knabe sah mich mit absoluter Verachtung an. Natürlich war es die falsche Karte. »Sie sind ja wohl die totale Niete!«, verkündete er mitten in das ausbrechende Chaos hinein. Nur er und ich wussten, wie Recht er hatte.

Das reichte mir. Vielleicht ist Lachen ja wirklich die beste Medizin, aber ich beschloss, die Finger von der Zauberei zu lassen und der Medizin lieber anderweitig zu dienen.

Während Lynn mit ihrem Studium weitermachte, arbeitete ich als angehender Anästhesist im St. Stephens Hospital in Chelsea. Nach einigen Monaten hatte ich meinen ersten selbständigen Nachtdienst. Es war so ruhig, dass ich zur Ärztekantine wanderte und mir eine Sportsendung im Fernsehen ansah.

Doch dann meldete sich mein Pieper. Ein Notfall! Ich war überzeugt, dass es sich um einen Herzstillstand oder einen Verkehrsunfall handelte, aber stattdessen erwartete mich eine Szenerie, die ich bestimmt mein Leben lang nicht vergessen werde. Weil nicht genügend Betten vorhanden waren, lagen Leute auf Notpritschen in den Fluren. Schwestern und Ärzte rannten von einer Neuaufnahme zur nächsten und hefteten Zettel an die Kleider der Patienten, auf denen über die Behandlung informiert wurde. Es war ein Hexenkessel.

Wie sich herausstellte, hatte die IRA bei einer Ausstellung am Earl's Court eine Bombe hochgehen lassen. Sie war in einem Mülleimer deponiert gewesen und zum Glück waren die Verletzungen zum größten Teil an Beinen und Füßen und nicht am Kopf.

Ich ging von einer Pritsche zur anderen, legte intravenöse Zugänge und intubierte. Es war dermaßen chaotisch, und ich hatte Mühe, den Überblick zu behalten. Um die Sache noch schlimmer zu machen, fiel mir plötzlich ein, dass meine Mutter gesagt hatte, sie wollte sich dieses Wochenende die Ausstellung ansehen. Auf einmal fragte ich mich, ob sie wohl auch unter den Verletzten war.
Ein Patient wurde mit einem halb abgerissenen Bein eilig in den Operationssaal gefahren. Immer wieder flehte er den Chirurgen an: »Ich spiele Rugby, bitte, retten Sie mein Bein!« Jedes Mal, wenn ich ihm die Sauerstoffmaske übers Gesicht zu legen versuchte, schob er meine Hand weg. »Bitte, retten Sie mein Bein!«
Ich habe nicht mitgezählt, wie viele Operationen wir in dieser Nacht machten. Mit meiner mangelnden Erfahrung hatte ich zwar keine Probleme, den Patienten ihre Narkose zu verabreichen, aber die Operationen waren lang und hart. Einmal begann ein Verletzter dabei plötzlich schneller zu atmen. Ich wusste, dass er auf den chirurgischen Eingriff reagierte, dabei hatte die Operation gerade erst begonnen.
Ich musste ihm eine tiefere Narkose geben, aber die Stimmbänder verengten sich bereits. Was sollte ich tun? Plötzlich erschien Trottie, eine erfahrene Narkoseärztin, neben mir. Sie hatte ihren freien Tag, aber als sie im Radio von der Bombe hörte, war sie direkt ins Krankenhaus gefahren.
»Vermutlich eine Analgesie«, sagte sie ganz ruhig und zog eine Pethidine-Spritze auf. Kurz darauf verlangsamte sich die Atmung des Patienten wieder, und die Bänder entspannten sich.
Um fünf Uhr früh ließ der leitende Chirurg für alle etwas zu essen holen. Die meisten von uns hatten zwölf Stunden am Stück gearbeitet. Den Überlebenden des Bombenanschlags standen noch zahlreiche Operationen bevor. Die meisten würden für den Rest ihres Lebens Narben davontragen.
Ein paar Wochen später sah ich den jungen Rugby-Spieler auf Krücken das Krankenhaus verlassen; seine Frau trug seine Tasche. Er hatte sein Bein unterhalb des Knies verloren. Ich hörte

immer noch sein verzweifeltes Betteln in jener Nacht nach der Explosion und mochte mir seine Wut und seine Verwirrung gar nicht vorstellen.

Lynn und ich waren drei Jahre zusammen, als wir uns auf eine Abenteuerreise begaben, nach der wir uns beide schon lange gesehnt hatten: Mit dem Rucksack durch den Nahen Osten, weiter nach Indien und vielleicht bis nach Australien. Die Anästhesieausbildung war ein Teil des Plans gewesen, denn als Narkosearzt konnte ich die Welt bereisen und nebenbei viel Geld verdienen.

Doch kurz vor unserer Abfahrt schenkte Lynn mir ein Buch: »Erinnerungen, Träume, Gedanken« von C.G. Jung. Darin geht es um Jungs persönliche Entdeckungsreise als Analytiker und um die Theorien, die er über die menschliche Psyche und das Unbewusste entwickelt hat. Ich verschlang das Buch, und die Verbindung zwischen Geist und Körper faszinierte mich auf Anhieb. Nicht alles an der menschlichen Erfahrung ist einfach und rational und lässt sich auf ein wissenschaftliches Regelwerk reduzieren. Bis zu diesem Zeitpunkt hatte ich immer angenommen, ich würde in die Fußstapfen meines großen Bruders Chris treten und Arzt werden. Aber der Gedanke, statt des Körpers den Geist zu heilen, zog mich mächtig an.

In den nächsten neun Monaten, während wir durch den Iran, durch Afghanistan und Pakistan reisten, las ich weitere Bücher von Jung. Als wir nach England zurückkehrten, wusste ich, dass ich Psychotherapeut werden wollte.

Durch Zufall erfuhr ich, dass Dr. Gerhard Adler, der noch direkt bei C.G. Jung studiert hatte, in London einen Ausbildungskurs abhielt. Ich schrieb ihm und erklärte, dass ich Analytiker und Psychotherapeut, basierend auf der Jung'schen Theorie, werden wollte. Dr. Adler schlug ein Treffen vor, und drei Monate später begann ich meine analytische Ausbildung.

In Großbritannien gibt es relativ wenige klinische Psychologen. Die meisten Therapeuten haben keine medizinische Ausbildung, obwohl die Erfahrung zeigt, dass dies für die Berufspraxis sehr günstig ist, weil man auf diese Weise sowohl die Grenzen der medikamentösen als auch der psychotherapeutischen Behandlung kennen lernt. Und was die Karriereaussichten angeht, so kann ich beispielsweise gleichzeitig als examinierter, von der staatlichen Krankenversicherung anerkannter Psychotherapeut und als freier praktischer Arzt an Privatkliniken arbeiten.

Inzwischen ist es vier Tage her, dass Linda aus der Gruppentherapie weggelaufen ist. Sie hat noch immer ein schlechtes Gewissen und ist voller Selbstkritik.

»Ich hatte wieder einen Traum«, flüstert sie. »Ich hab ihn nicht aufgeschrieben, weil ich erst nicht sicher war, ob ich geschlafen habe oder wach war.«

»Zu welchem Schluss sind Sie inzwischen gekommen?«

»Ich muss geträumt haben. Aber ich dachte, ich wäre aufgewacht. Ich war in meinem Zimmer, und auf einmal hatte ich das Gefühl, dass ich nicht alleine war – irgendetwas Böses belauerte mich. Ich weiß nicht, ob es durchs Fenster kam oder durch die Tür. Ich weiß nicht mal, ob es irgendeine Form hatte – es war einfach da und wollte mich sterben sehen. Es wollte, dass ich Selbstmord begehe.

Ich beugte mich zur Nachttischlampe auf der linken Seite des Betts, denn ich dachte, vielleicht würde Licht das Böse vertreiben, das jetzt dicht über mir schwebte. Zuerst konnte ich den Lichtschalter nicht finden, aber als ich ihn endlich erwischte, schlug die Glühbirne Funken, und das Licht ging aus. Das Böse verhöhnte mich – es wollte, dass ich sterbe.« Linda zittert am ganzen Körper.

»Wann ist Ihnen klar geworden, dass Sie träumen?«, frage ich.

»Ich versuchte aufzuwachen, was enorm anstrengend war. Dieses böse Ding wollte mich daran hindern. Schließlich schaffte ich es doch irgendwie, Licht zu machen, und als es im Zimmer hell wurde, war ich unglaublich erleichtert.«

Was ist dieses »Ding«, das Linda sterben sehen will? Es klingt beinahe dämonisch. Jedenfalls hat die böse Präsenz eindeutig etwas mit ihren Selbstmordgedanken zu tun. Es ist wie eine feindselige Energie in ihrem Unbewussten, die versucht, sie zu zerstören. Wichtig daran ist, dass diese Energie abgetrennt in Lindas Psyche existiert. Sie ist wie ein Krebsgeschwür, das sich zwar von ihr nährt, aber nicht wirklich zu ihr gehört. In früheren Zeiten hätte man wahrscheinlich gesagt, sie wäre von bösen Geistern besessen. Aber das ist nur die altmodische Beschreibung für das, was Jung als »unbewusste Komplexe« bezeichnet hat.

Mich fasziniert, dass Linda nicht zwischen Traum und Wirklichkeit unterscheiden kann: Sie versucht verzweifelt aufzuwachen und muss sich den Weg aus dem Traum zurück regelrecht erkämpfen. Wieder habe ich die Vorstellung von einem schwarzen Loch in Lindas Psyche, das alles in sich hineinsaugt.

Aber ich teile Linda diese Überlegungen nicht mit. Momentan ist es wichtiger, dass wir den Prozess der Rekapitulation ihrer Vergangenheit fortsetzen und die einzelnen Ereignisse zusammenstückeln. Um Lindas aktuelles Problem verstehen zu können, müssen wir begreifen, wo es seinen Ursprung hat. Erst dann können wir hoffen, das darunter liegende Muster zu finden und den Grund für ihren Selbstzerstörungsdrang zu erkennen.

Die Kaffeetasse mit beiden Händen umklammernd, die Beine untergeschlagen, so beginnt Linda mir zu erzählen, was passierte, als ihre Familie in Lusaka ankam. Es war ein paar Tage vor ihrem fünfzehnten Geburtstag.

Linda Caine

Dad hatte ein großes, weitläufiges Haus gemietet, mit Steinböden und einem altmodischen Aga-Herd in der Küche. Die Vermieterin, Mrs. Hugo, versuchte, vom Mietvertrag zurückzutreten, als sie merkte, dass Vi keine Weiße war. Sie warf Dad sogar vor, sie bewusst hintergangen zu haben.

»Mir war nicht klar, dass man in Sambia die Hautfarbe angeben muss«, entgegnete er spitz. »Ich dachte, das ist gegen das Gesetz.«

Das Haus war ziemlich einfach, aber ich liebte den riesigen Garten mit den Mangobäumen und dem großen Teich, in dem ich schwamm. Am liebsten sprang ich hinein und ließ mich dann treiben, weil ich den Schlamm und Schlick auf dem Grund nicht mit den Füßen berühren wollte – ich hatte immer das Gefühl, gleich würde mich etwas in die Tiefe ziehen.

In Gwelo hatte es eine absolute Trennung der Rassen gegeben, aber in meiner neuen Schule – der Kabulunga High School für Mädchen – war das anders. Von den dreiundvierzig Schülerinnen in meiner Klasse waren nur sechs weiß – der Rest war entweder asiatischer Herkunft oder schwarz. Trotz der gemischten Klasse blieben die Mädchen meistens unter ihresgleichen: Weiße mit Weißen, Schwarze mit Schwarzen und so weiter. Meine Schwierigkeit bestand darin, dass ich einen weißen Vater und eine farbige Stiefmutter hatte. Niemand wusste so richtig, wo ich hingehörte.

Ich freundete mich mit Mundia und Supiwe an, zwei schwarzen Mädchen, die aus den übervölkerten städtischen Wohngegenden kamen. In der Pause und im Unterricht saßen wir zusammen.

Die anderen weißen Mädchen konnten nicht verstehen, warum ich etwas mit den »Kaffern« zu tun haben wollte – so nannten sie die Schwarzen. Außerdem beschwerten sie sich ständig darüber, dass sich jeden Morgen vor Schulbeginn halb nackte schwarze Mädchen aus den armen Dörfern der Umgegend an den Waschbecken der Schultoilette wuschen. Eines Tages prangte an der Toilettenwand der Spruch: »Warum geht ihr Kaffer nicht zurück nach Hause?« Voller Wut über diese Beleidigung boykottierten die schwarzen Mädchen sofort den Unterricht und verließen unter Protest die Schule. Die Direktorin versuchte sie zurückzuhalten, wurde aber angeblich zu Boden geschlagen.

Ich kam etwas zu spät zur Schule und sah die Protestierenden nur noch aus den Toren strömen. Sie marschierten zum Erziehungsministerium und forderten, dass die Schülerin, die für diese Schmiererei verantwortlich war, identifiziert und von der Schule gewiesen wurde.
In angespannter Atmosphäre blieben die weißen und indischen Mädchen im Klassenzimmer zurück. Die Lehrer versuchten zwar, einen normalen Unterricht zu machen, aber nach ein paar Stunden – mitten in Biologie – hörten wir den Protestzug zurückkommen. Slogans wurden gesungen, Türen zugeschlagen und Bänke umgeworfen.
Unsere Biologielehrerin, Mrs. Phipps, war eine zierliche Frau, die mich an einen Vogel erinnerte. Als die Meute sich näherte, scheuchte sie uns in den kleinen Abstellraum vorn im Klassenzimmer und verriegelte die Tür.
»Bleibt vom Fenster weg und seid ganz leise«, ordnete sie an.
Die schwarzen Mädchen stürmten ins Klassenzimmer. Ich hörte, wie Mrs. Phipps mit ihnen zu diskutieren versuchte. »Ihr habt deutlich gemacht, was ihr wolltet«, sagte sie. »Warum geht ihr jetzt nicht nach Hause, bis die erhitzten Gemüter sich ein wenig abgekühlt haben?«
Doch die Mädchen beschimpften sie als Rassistin und meinten, die Lehrer würden schwarze Schülerinnen immer noch schlechter behandeln als weiße. Ich kauerte mich in einer Ecke der Abstellkammer zusammen und starrte zu dem kleinen Fleck blauen Himmel hinauf, der durchs Fenster zu sehen war.
Erst als der Tumult einigermaßen abgeklungen war, durften wir hinaus. Die Lehrer empfahlen uns, ein paar Tage nicht zur Schule zu kommen, bis ein wenig Gras über die Sache gewachsen war.
Von diesem Tag an änderte sich die Atmosphäre in der Schule grundlegend. Die schwarzen Mädchen übernahmen die Regie. Wenn sie den Korridor entlangmarschiert kamen, mussten die weißen Mädchen zur Seite springen, sonst riskierten sie eine Tracht Prügel. Mundia und Supiwe saßen in der Pause nicht

mehr mit mir zusammen. Sie vermieden es sogar, mich anzusehen. Aber sie taten mir Leid, denn ich wusste, dass auch sie Angst hatten. Die drei Mädchen, die für den Spruch verantwortlich waren, wurden gefasst und von der Schule verwiesen. So waren in meiner Klasse nur noch drei weiße Mädchen, ich inklusive. Gegen Ende des Schuljahrs merkte ich, dass die beiden anderen auch gehen wollten. Womöglich war ich bald die Einzige.

Ich flehte Dad an, mich von der Schule abgehen zu lassen. »Ich suche mir einen Job … wie Annette. Ich zahle Miete …«

Aber für ihn kam das überhaupt nicht in Frage. Ich war erst fünfzehn.

Nach sieben Monaten in Sambia war Dad Manager bei einer Zweigstelle der Prudential Insurance geworden. Wir kauften in der Kudu Road zweieinhalb Hektar Land und ein Haus, ganz in der Nähe der Schule. Dad und Vi hatten vorne eins der beiden großen Schlafzimmer, ich das andere. Von beiden führte eine Doppeltür auf die Veranda hinaus.

Die Gegend war offen und flach; in der Ferne sah man einen kleinen Flugplatz und eine schwarze Barackensiedlung. Die Hütten aus Blech und Sackleinen konnten wir zwar nicht sehen, aber ich beobachtete oft, wie sich zerlumpte Kinder mit bloßen Füßen in dem kleinen Lädchen an der Ecke Kondensmilch und Brötchen kauften.

Ich war entsetzlich unglücklich. Ich hasste die Schule, und ich hasste es zu Hause zu sein. Die meiste Zeit über machte ich mich rar, aber Vi beschwerte sich bei Dad, dass ich nicht im Haushalt mithalf und faul sei. Mein Vater versuchte sich als Friedensstifter, aber Vi regierte das Haus und auch sein Leben. Vi hatte inzwischen ein Baby bekommen, Sean, und die Familienstruktur sich damit schon wieder verändert. Ich liebte meinen neuen kleinen Bruder, aber ich fühlte mich in der Familie wie das fünfte Rad am Wagen.

Noch immer hatte ich fürchterliche Angst vor der Dunkelheit und vor dem Einschlafen. Manchmal gab ich Brendan oder Clive Geld, damit sie bei mir übernachteten. Ich fing an, die Schule zu

schwänzen. Es gab eine Menge Verstecke, wo ich mich tagsüber aufhielt: die Mango- und Bananenplantagen hinter dem Haus, ein alter Kühlturm und – einer meiner Lieblingsplätze – der alte Wassertank, der halb hinter den Zweigen eines riesigen Avocadobaums hinten auf unserem Grundstück versteckt lag.
Der Wassertank war rund, stand aber auf einer quadratischen Basis, sodass die Ecken einen Vorsprung bildeten. Dort konnte ich sitzen, von Blättern umgeben, unsichtbar für die Welt. Niemand konnte mich sehen, aber ich sah alle.
Ich kann Ihnen nicht sagen, wie sehr ich diesen Ort liebte. Mein Leben lang habe ich Verstecke geliebt – geheime Plätze, die nur ich allein kannte. Wo niemand mich finden konnte. Aber meine Schlupfwinkel mussten immer draußen im Freien sein, denn ich wollte den Überblick haben.
Auf dem Grundstück hinter uns wohnte ein Mädchen namens Gene. Sie ging in eine andere Schule, aber ich hatte sie im Kino kennen gelernt. Die Jungen redeten ständig über sie, weil sie aussah wie sechzehn, obwohl sie erst zwölf war. Gene wusste, welche Wirkung sie auf Männer hatte, und genoss sie. Sie war wesentlich weltgewandter und weniger naiv als ich.
Lusakas erste Disco wurde von einem jungen Mann jüdischer Herkunft namens Dan ins Leben gerufen – jeden Freitagabend mietete er eine Schulhalle. Gene und ich gingen oft zusammen hin. Ihre Mutter brachte uns hin, und mein Dad holte uns wieder ab, oder umgekehrt. Natürlich war ihnen nicht klar, dass wir uns in der Disco Alkohol kaufen konnten. Gene war sehr extrovertiert, aber ich fand es immer schwierig, mich unter vielen Menschen wohl zu fühlen. Um es mir nicht anmerken zu lassen, ging ich meistens direkt zur Bar und kippte erst mal ein paar Brandys mit Cola hinunter. Dann schwebte ich auf der Musik und vergaß alles andere. Es war wie damals, als ich mich bei der Miss-Gwelo-Wahl vom Rhythmus hatte tragen lassen – ich bewegte mich einfach zur Musik.
Für die Disco hatte Dan drei Mädchen als Go-go-Tänzerinnen

angeheuert. »Das könnten wir besser«, meinte Gene. »Was die da zu bieten haben, ist ja jämmerlich.« Wir überzeugten Dan, uns einen Auftritt ausprobieren zu lassen und verbrachten eine Woche damit, zu Hause etwas einzuüben. Ohne Gene hätte ich es niemals geschafft, aber sie hatte genug Selbstbewusstsein für uns beide. Als wir eine Schrittfolge einstudiert hatten – das meiste war schamlos von ›Hollywood a-Go-go‹, einer populären Hollywood-Show, geklaut –, tanzten wir Dan vor.

Ohne nach unserem Alter zu fragen, stellte er uns ein. Am folgenden Freitag begannen wir unsere Karriere als Go-go-Tänzerinnen. Mehr denn je brauchte ich Brandy und Cola, um meine Nerven zu beruhigen. Gene schien keine Selbstzweifel zu kennen. Sie hatte ein hervorragendes Rhythmusgefühl und benahm sich, als wäre sie zum Tanzen geboren und als machte es ihr Spaß, sich von anderen Leuten anstarren zu lassen. Unsere Band, genannt *The Crusaders*, spielte hauptsächlich Coverversionen, und wenn sie Pause machten, tanzten wir zu Schallplattenmusik. Immer vier Songs nacheinander, dann übernahm die Band wieder. Dad schien nichts gegen meinen Job zu haben. Ich glaube, er war einfach froh, dass ich eine Freundin gefunden hatte.

Meine Unsicherheit und mein mangelndes Selbstvertrauen passten überhaupt nicht zu dem Bild, das ich auf der Bühne abgab, wo ich in hautengen Klamotten zur Musik herumwirbelte. Gene und ich führten den Minirock in Lusaka ein. Eines unserer Outfits bestand aus einem engen, gerippten ärmellosen Oberteil mit Rollkragen und einem blauschwarz gestreiften Minirock mit Gürtel.

Beim Tanzen hatte ich das Gefühl, etwas Besonderes zu sein. In den Pausen kletterte ich auf eine Leiter, die hinter dem Vorhang auf der Bühne stand. Es war wie oben auf dem Wassertank: Ich konnte die Welt unter mir sehen, ohne an ihr teilnehmen zu müssen.

An Weihnachten fuhr ich nach Gwelo, um Annette zu besuchen. Sie schien ihr Leben wirklich gut im Griff zu haben: Ein guter Job bei der Post, ein Zimmer in einer großen Pension ganz in der Nähe, genug Geld, um die Miete zu bezahlen und trotzdem noch jedes Wochenende ausgehen zu können. Ihr Freund Stewart war ein englischer Rocker mit Motorrad, Lederjacke und fettigen Haaren. Dad hasste ihn, aber das hinderte Annette nicht daran, ihn zu heiraten.

Ich war so glücklich, wieder in Gwelo zu sein, und wollte nach den Ferien um keinen Preis wieder zurück nach Sambia. Ich rief Dad an, dass ich bleiben und mir genau wie Annette einen Job suchen wollte. Da begann er auf einmal zu keuchen und zu japsen. Vi riss ihm den Telefonhörer aus der Hand und brüllte mich an: »Er hat einen Herzanfall! Du bist schuld, wenn dein Vater stirbt!«

Wie sollte ich wissen, ob Dad wirklich einen Anfall hatte? Manchmal konnte er sehr melodramatisch sein. Annette beschwor mich zurückzufahren. Ich glaube, sie wollte ihre kleine Schwester nicht am Rockzipfel hängen haben, sondern frei und ungebunden leben.

Zwei Tage später umarmten wir uns zum Abschied am Bahnhof von Gwelo, und ich stieg in den Zug nach Salisbury. Ich war so unglücklich, dass ich meine Tränen nicht zurückhalten konnte. Weinend saß ich in dem altmodischen Waggon und starrte aus dem Fenster hinaus in den Busch, durch den ich einst geritten war. An einer Stelle namens Hunter Road verlangsamte der Zug seine Fahrt und hielt kurz auf einem Nebengleis. Wir befanden uns mitten im Niemandsland, kein Mensch stieg ein oder aus. Aber ich schlüpfte in der Dunkelheit aus dem Zug, verkroch mich im Unterholz und sah zu, wie der Schaffner die Laterne schwenkte. Dann hörte ich den Pfiff und der Zug fuhr los.

Allein und meilenweit von jeder menschlichen Ansiedlung entfernt, legte ich mich auf das Nebengleis, starrte hinauf in den Himmel und hielt Ausschau nach Sternschnuppen. Wahrscheinlich hätte ich Angst haben sollen. Die Geräusche der Insekten und der anderen Tiere waren in der Nacht viel lauter als sonst.

Ich hörte Gorillas in den Bäumen und Warzenschweine im Unterholz.
Stunden später hielt der nächste Zug, diesmal auf dem Weg nach Gwelo. Als ich an Bord kletterte, entdeckte mich der Schaffner. Er wollte wissen, was ein weißes Mädchen um diese Zeit mitten im Busch verloren hatte. Ich erfand eine Geschichte, dass ich etwas in Gwelo vergessen hätte. Der Schaffner war sehr nett und ließ mich den Rest der Reise im Dienstabteil sitzen. Er gab mir sogar etwas von seinem Tee und seinen Sandwiches ab.
Es war noch früh am Morgen, als wir am Bahnhof von Gwelo eintrafen. Ich ging zu Fuß zu Annettes Pension, aber ich wusste, dass sie noch nicht aufgestanden war. Statt sie zu wecken, schloss ich mich im Badezimmer ein und schlief erst mal eine Weile.
Als die Sonne aufging, klopfte ich an Annettes Tür und flehte sie an, mich bei ihr wohnen zu lassen. Sie war stinksauer, rief Dad an und erfand eine Ausrede für mich. Dann kaufte sie eine neue Fahrkarte für mich und nahm mir das Versprechen ab, dass ich im Zug sitzen bleiben würde.
Ich kann Ihnen gar nicht sagen, wie elend ich mich fühlte, als ich wieder nach Sambia kam. Schon nach kurzer Zeit wurde alles nur noch schlimmer. Als die Ferien vorbei waren, ging ich zurück in die Schule, begann aber sofort wieder zu schwänzen und Entschuldigungen zu fälschen. Ich war tagelang draußen am alten Kühlturm und hinten auf unserem Grundstück.
Früher, als es noch keine Eisboxen und elektrischen Kühlschränke gab, wurden Lebensmittel im Turm gekühlt. Jetzt wimmelte es darin von Insekten, und unter dem Dach nisteten Tauben. In meiner Schultasche hatte ich Zeichenpapier und Stifte. So saß ich also da oben, hoch über dem Boden und zeichnete. Oder ich legte mich hin und sah zu, wie die Vögel auf den heißen Luftströmen segelten.
Mein Kühlturm war ein unbesiegbares Bollwerk – nicht einmal die Gewitter, bei denen die Wände wackelten und die Bäume sich in alle Richtungen bogen, konnten ihm etwas anhaben.

Wenn ich nachmittags meinen Turm verließ, verwischte ich alle Spuren. Aber letztendlich half mir das auch nichts. Dad fand heraus, dass ich schwänzte, und versuchte mich zu zwingen, wieder in die Schule zu gehen.
Wir hatten eine heftige Auseinandersetzung, in deren Verlauf ich ihm unter anderem auch an den Kopf warf, wie sehr ich es hasste, in diesem Hause zu wohnen. Er versetzte mir eine schallende Ohrfeige. Es war das erste Mal, dass er mich schlug, seit er mich als Kind übers Knie gelegt hatte. Ich drehte mich zu ihm um und schrie ihn an: »Warum schickst du mich nicht gleich in ein Waisenhaus? Das wäre immer noch besser als das hier!«
Er zuckte zurück und seine Augen verschleierten sich. Langsam verließ er mein Zimmer, und ich hörte ihn draußen weinen. Am liebsten wäre ich gestorben. Wie konnte ich ihn nur so verletzen?
Am nächsten Tag gab er mir die Erlaubnis, von der Schule abzugehen.

Robin Royston

Linda starrt in den Kaffeesatz, als hoffe sie, darin etwas lesen zu können. Sie macht einen enttäuschten, aber auch erleichterten Eindruck.
Aus meiner Perspektive hat diese Sitzung einiges erhellt. Vor allem interessiert mich Lindas Beziehung zu ihrem Vater. Ich frage mich, ob die Tatsache, dass die Mutter die Familie verlassen hat, der Grund dafür war, dass sie so aufeinander fixiert waren. Doch auch andere Dinge sind bemerkenswert: Ihr Gefühl, dass sie entwurzelt und von dem Ort weggerissen wurde, an dem sie aufgewachsen ist, und ihr Kampf mit Vi.
Drei- oder viermal hat Linda ihre »Verstecke« erwähnt. »Mein Leben lang habe ich Verstecke geliebt – geheime Plätze, die nur ich allein kannte. Wo niemand mich finden konnte.«

Warum? Wovor hat sie sich versteckt? Und warum war es so wichtig, dass sie von ihren Verstecken aus ihre Umgebung überblicken und sehen konnte, wer sich ihr näherte?
Zu den positivsten Aspekten der Sitzung gehört, dass Linda so munter und lebhaft geworden ist. Ihre Stimme klingt überhaupt nicht mehr so tot wie an den Tagen davor. Stattdessen hat sie über ihre Geschichten mit dem Go-go-Tanzen und den Miniröcken gelacht, mit denen sie die Leute schockiert haben. Damit hat sie mir einen kleinen Einblick gewährt, wie sie als Teenager gewesen ist.

Kapitel 10

DONNERSTAG, 20. JULI 1989

Linda Caine

Die Aerobiclehrerin Leone hat genau diese konstant sonnige Laune, die man vom Frühstücksfernsehen her kennt. Jeden Morgen kurz vor acht kommt sie in die alte Kapelle gehüpft, unter dem Arm ihren tragbaren Kassettenrekorder und eine Auswahl von Kassetten.

Ich mag Leone sehr. Eine halbe Stunde muntert sie uns einfach nur auf und ermahnt uns: »Knie hoch … tief durchatmen … vergesst das Dehnen nicht …«

Das ist die einzige Zeit, in der ich mich unter die anderen Patienten mische. Ich gehe nicht in den Aufenthaltsraum, im Speisesaal war ich nur ein einziges Mal. Ich habe Salat bestellt, war aber so nervös, dass ich fast erstickt wäre, als ich zu schlucken versuchte. Seither nehme ich meine Mahlzeiten in meinem Zimmer ein. Das Essen ist erstaunlich gut – eine Verschwendung angesichts der Tatsache, dass ich so wenig Appetit habe. Wenn ich weiß, dass Chris mich besucht, bestelle ich immer etwas, was er mag, ein Steak oder ein Omelette zum Beispiel.

Die alte Kapelle ist mein Lieblingsplatz geworden. Sie hat eine hohe Kathedralendecke und Buntglasfenster. Zu bestimmten Tageszeiten fällt die Sonne herein, und dann tanzen Staubkörnchen in den Lichtstrahlen. Abgesehen von den morgendlichen Aerobickursen wird die Kapelle kaum genutzt. In einer Ecke sind Plastikstühle gestapelt, und der Holzboden müsste dringend einmal gewachst werden. Die Sportausrüstung ist ziemlich begrenzt – ein Stepper und ein paar Fitnessfahrräder. Aber es gibt auch ein Badmintonnetz und eine Kiste mit verschiedenen Schlägern und Bällen.

Seit Linda McCormack mich aus meinem Zimmer gelockt hat, spiele ich mit ihr Federball. Das macht richtig Spaß. Sie quietscht immer, wenn sie sich besonders anstrengt, und das bringt mich zum Lachen. Eigentlich spielt sie gar nicht schlecht, sie ist nur ein bisschen eingerostet.

Linda McCormack hat mir auch vom Morgensport erzählt. Beim ersten Mal habe ich mit niemandem ein Wort gewechselt und auch mit niemandem Blickkontakt aufgenommen. Allmählich fange ich an, mich ein bisschen zu entspannen, und grüße einige der anderen Patienten. Aber anscheinend kommen die meisten unregelmäßig. Agnes ist noch da. Sie benimmt sich, als gehörte sie zum Klinikpersonal. Ständig beklagt sie sich, dass der Sport sie noch umbringen wird, aber sie taucht trotzdem jeden Morgen auf.

Außer ihr kommt meistens auch noch eine Frau namens Elizabeth. Agnes behauptet, dass man sie nicht alleine lassen darf, weil sie sonst womöglich Selbstmord begeht. Anscheinend war Elizabeth früher einmal eine ziemlich wichtige Sekretärin und mit einem tollen Mann verheiratet. Sie sind zusammen in den Ruhestand gegangen, aber innerhalb weniger Wochen ist der Mann gestorben. Danach hat Elizabeth völlig den Boden unter den Füßen verloren.

Zu den regelmäßigen Teilnehmern gehört auch Jimmy. Er ist Anfang zwanzig, schizophren und in der gleichen Woche aufgenommen worden wie ich. Ich kenne ihn so gut, dass ich ihm Guten Morgen oder Guten Abend sage und ihn mit Namen anspreche. Er lächelt und winkt, wenn wir uns begegnen.

Jimmy hat ziemlich starkes Übergewicht und läuft barfuß durch die Gegend, was ein paar von den älteren Patienten aufregt. Im Aufenthaltsraum sitzt er immer in seinem Lieblingssessel und legt die nackten Füße auf den Couchtisch – als hätte er es geradezu darauf abgesehen, kritisiert zu werden. Vielleicht will er ein bisschen für Abwechslung sorgen.

Dr. Royston sagt, es ist okay, wenn ich eine Nacht außerhalb von Ticehurst verbringe. Heute Nachmittag holt Chris mich ab. Er hat ein Zimmer in einem nahe gelegenen Hotel gebucht, weil ich in der Nähe von Ticehurst bleiben will … für den Fall des Falles. Hier fühle ich mich sicher. Ich habe von Leuten gehört, die »institutionalisiert« sind und gar nicht mehr weg wollten. Aber wenn ich an Chris, Gary und Christy denke, weiß ich, dass bei mir diese Gefahr nicht besteht. Ich vermisse sie viel zu sehr.

Um vier kommt Chris, und wir machen uns auf den Weg. Er trägt ein Hemd, das ich ihm letztes Jahr zu Weihnachten geschenkt habe. Beim Fahren sieht er mich immer wieder an, wahrscheinlich um sich zu vergewissern, dass mit mir auch alles in Ordnung ist.

Wir fahren auf engen Landstraßen in Richtung Rye; durch kleine Dörfer, vorbei an einem Kricket-Match. Auf langen Tapeziertischen wird im Schatten der Bäume Tee serviert.

»Wohin fahren wir eigentlich?«

»Du wirst schon sehen – es ist etwas ganz Besonderes.«

»Eine Überraschung?«

»Irgendwie schon.«

Unterwegs erzählt Chris von seiner Arbeit und allen möglichen Alltagsdingen. Er kämpft noch immer um den Erhalt des Büros in Canterbury. Es muss doppelt hart für ihn sein, bei der Arbeit und auch zu Hause die Dinge zusammenzuhalten.

»Christy hat einen Preis für ihr Kunstprojekt gewonnen«, sagt er und wechselt das Thema.

»Wunderbar.«

»Ja. Sie hat am Ende doch ein Modell aus Pappmaschee gemacht, du weißt schon. Man beklebt einen Ballon mit in Leim einge-

weichtem Papier. Sie hat sich so gewünscht, dass du da wärst und ihr beim Malen hilfst …« Er unterbricht sich mitten im Satz und entschuldigt sich.
»Schon gut, du brauchst dich nicht zu entschuldigen.«
»Die beiden machen übrigens ihre Hausaufgaben in deinem Atelier. Ich hoffe, das stört dich nicht.«
»Natürlich nicht. Dafür ist es ja da.«
Auf einmal habe ich richtiges Heimweh. So oft habe ich mir vorgestellt, wie Gary und Christy in meinem Atelier Hausaufgaben erledigen oder sich einfach nur dort zum Zeichnen und Malen hinsetzen. Ich möchte bei ihnen sein.
Das Hotel war früher eine Brauerei; in der runden Darre sind Zimmer eingebaut worden. Unseres hat ein großes Himmelbett mit einer Unmenge von Kissen. Es ist wunderschön, aber ich bin trotzdem nervös, ich komme einfach nicht dagegen an. Vor dem Essen machen wir einen Spaziergang im Garten und ich rede mir gut zu. Es wird nichts passieren. Ticehurst ist ganz in der Nähe. Werd endlich erwachsen, Linda. Reiß dich zusammen.
Auch beim Abendessen bemühe ich mich sehr, vor allem Chris zuliebe. Zum ersten Mal seit drei Wochen bin ich unter so vielen Menschen. Immer wieder blicke ich mich vorsichtig um, weil ich erwarte, dass mich jemand anstarrt. Ich weiß, das klingt lächerlich, aber ein Teil von mir glaubt fest daran, dass andere Menschen merken, dass mit mir etwas nicht stimmt. Bestimmt wissen sie, wo ich in letzter Zeit gewohnt habe … was ich getan habe.
Mein Steak sieht sehr lecker aus, aber ich habe einen Knoten im Magen. Ich versuche mich zu beruhigen, indem ich Chris erzähle, wie wir in der alten Kapelle Badminton spielen.
»Wenn ich wieder daheim bin, können wir vielleicht alle mal zum Herne Bay Pier gehen und ein Spiel machen«, sagt er. »Wie früher.«
»Gute Idee.«
Wir trinken beide einen Schluck Wein. »Bestimmt bist du in den Ferien wieder da.« Kaum sind die Worte aus seinem Mund, über-

kommt mich die Panik. Die Schulferien! Was ist, wenn es mir bis dahin nicht besser geht?
Das Messer rutscht mir aus der Hand und fällt klappernd auf den Boden. Die Leute am Nachbartisch sehen mich an. Meine Hände zittern, als ich das Messer aufhebe. Mein Gesicht brennt. Ich muss all meine Willenskraft aufbieten, um nicht fluchtartig den Raum zu verlassen.
»Entschuldige bitte, Chris«, flüstere ich.
»Ich möchte nicht, dass du dir wegen der Schulferien Sorgen machst«, sagt er.
»Warum?«
»Ich habe mit Mum und Dad gesprochen, und sie haben Gary und Christy für die Ferien zu sich eingeladen.«
»Auf die Isle of Man?«
»Ja. Nur für ein, zwei Wochen. Ich setze sie am Flughafen ab, und Mum und Dad holen sie dann ab.«
»Sind sie denn alt genug, um alleine zu fliegen?«
»Gary ist fast dreizehn. Und sie sind ja zu zweit.«
Chris betont mehrmals, was für eine gute Idee das ist. Vermutlich hat er Recht. Aber warum habe ich dann so ein schlechtes Gewissen? Es hätte nicht so weit kommen dürfen. Meine Kinder werden länger von zu Hause weg sein als jemals zuvor, und es ist alles meine Schuld.
Und Chris leidet ebenfalls. Nicht nur *mein* Leben geht vor die Hunde. Mein Zusammenbruch hat alles, wofür Chris so hart gearbeitet hat, in seinen Grundfesten erschüttert – seine Karriere, die Familie, unsere finanzielle Sicherheit. Ich kann ihm keine Garantie geben, ich kann ihm nichts versprechen. Momentan wäre er ohne mich besser dran.
Ich brauche eine Ewigkeit zum Einschlafen. Obwohl Chris neben mir liegt, bin ich schrecklich unruhig. Als ich endlich doch wegdämmere, habe ich einen grässlichen Traum. Ich bin in einem Haus mit Swimmingpool. Der Pool ist hübsch, aber das Wasser darin sehr schmutzig. Ein Mädchen steigt hinein und beginnt dar-

in herumzuschwimmen. Ich folge ihr, fühle mich aber in dem schmutzigen Wasser nicht wohl und schwimme lieber zurück zur Leiter.
Das Mädchen erreicht die Leiter vor mir und klettert aus dem Pool. Als ich die Sprossen packen und hochklettern will, hopst mir ein kleiner Frosch in den Mund. Ich erschrecke und mache den Mund auf, um den Frosch mit den Fingern herauszuholen. Aber stattdessen springen noch mehr Frösche hinein.
In heller Panik klammere ich mich mit der linken Hand an die Leiter, damit ich nicht ins Wasser zurückfalle. Mit der rechten Hand versuche ich die Frösche aus meinem Mund zu fischen. Mein ganzer Mund ist voll, und ich kriege sie nicht zu fassen, weil sie so glitschig sind.
Da spüre ich, wie mir einer von ihnen die Kehle hinunterrutscht. Mein Mund ist voller Schleim, und ich beginne zu würgen. Dicht neben dem Pool steht ein Mann, der mich beobachtet, aber nicht eingreift.
Mit wild pochendem Herzen erwache ich und starre blind in die Dunkelheit. Ich habe die Zähne fest zusammengebissen und am liebsten möchte ich aufstehen und weglaufen. Neben mir schläft Chris tief und fest.
In Ticehurst hätte ich jetzt das Licht angemacht und mich eine Weile hingesetzt. Aber ich möchte nicht, dass Chris merkt, dass ich solche Angst habe. Ich möchte nichts vor ihm verstecken, aber er hat schon so viel am Hals, worüber er sich Sorgen machen muss. Also lege ich mich hin und lausche seinem regelmäßigen Atem. Es ist schön, ihn bei mir zu haben.

Am nächsten Nachmittag sitze ich wieder in meinem Zimmer in Ticehurst und erzähle Dr. Royston von dem Traum. Er ist mir noch so lebhaft in Erinnerung, dass ich fast würgen muss, als ich ihm von den Fröschen erzähle, wie ich meinen Mund aufgesperrt und versucht habe, den Schleim aus der Kehle zu entfernen.
»Das ist ein schrecklicher Traum«, sagt er.

»Aber was hat er zu bedeuten?«
»Haben Sie den Mann erkannt, der am Pool stand?«
»Nein.«
»Hat er Sie an jemanden erinnert?«
»Nein.«
»Wie alt war er?«
»Jung.«
»Ein Teenager?«
»Nein, älter … um die dreißig vielleicht.« Ich versuche mich zu erinnern, aber ich kann mir sein Gesicht nicht vorstellen. Vielleicht konnte ich es im Traum gar nicht sehen. Es ist wirklich frustrierend.
»Sie sollten nichts erzwingen. Es wird schon kommen«, beruhigt mich Dr. Royston.
Ich wollte, ich könnte seine Gedanken lesen. Wie deutet er diesen Traum? Verschweigt er mir womöglich etwas?
Aber er spürt meine Frustration, wechselt das Thema und fragt, was passiert ist, als ich die Schule in Lusaka verlassen habe.
Ich erzähle ihm von meinem ersten Job im Büro von Van's Motors, einer Autowerkstatt. Mein Boss war Mr. Van Eck, aber alle nannten in nur Van. Oben im Büro bearbeitete ich mithilfe einer alten Olivetti-Rechenmaschine die Kundenkonten, machte am Monatsende Bilanz und verschickte die Rechnungen.
Am Wochenende arbeitete ich weiterhin bei Gene als Go-go-Tänzerin. Eines Abends machte er mich mit einem jungen Mann namens Tony bekannt, der mir sehr gut gefiel. Er war ungefähr achtzehn, ich fünfzehn. Wir gingen zusammen aus, und er versuchte, meine Brust anzufassen. Ich wollte das eigentlich nicht, aber er sah gut aus und schien sehr nett zu sein. Wahrscheinlich wollte ich ihn nicht verlieren.
»Komm schon, sonst mach ich doch gar nichts«, flüsterte er. Wir küssten uns weiter, und dann führte eins zum anderen. Ich weiß, dass er mit mir geschlafen hat, aber ich kann mich überhaupt nicht daran erinnern.

Das wirklich Komische ist aber, dass ich glaube, ich habe nicht mal etwas gemerkt, als es passierte. Andere Mädchen hatten mir erzählt, dass sie beim ersten Mal vor Schmerzen fast die Wände hochgegangen sind, aber ich erinnere mich nur, dass ich wie betäubt und total verwirrt war, und zu keinem klaren Gedanken fähig.

Danach begleitete Tony mich nach Hause. Immer wieder wollte er wissen, ob mit mir alles in Ordnung war.

»Ja.«

»Hab ich dir wehgetan?«

»Nein.«

Ständig fragte ich mich: Warum kann ich mich an nichts erinnern?

Danach ging ich nur noch ein paar Mal mit Tony aus. Zwar mochte ich ihn immer noch, aber ich wollte mich nicht mehr von ihm anfassen lassen. Es ist schwer zu erklären, aber irgendwie hatten sich seine Berührungen verändert. Sie kamen mir so dringlich vor … aufdringlich … und dann bekam ich Panik und wurde innerlich ganz gefühllos.

Bald wurde mir klar, dass ich es viel lieber mochte, wenn ein Junge mich im Arm hielt und streichelte, als wenn wir richtig Sex miteinander hatten. Leider sahen die meisten Jungen, mit denen ich ausging, das ganz anders. Nach einer Weile war es mir egal: Wenn ich einen Jungen mochte und er mehr von mir wollte, schaltete ich einfach meine Gedanken ab. Vor mir selbst rechtfertigte ich mich damit, dass ich mir sagte, dass wir auf diese Weise beide ja das bekamen, was wir wollten. Er bekam Sex und ich hatte jemanden, der mich festhielt.

Nicht lange danach kam Annette nach Lusaka. Ihre Ehe war kaputt, und sie war im achten Monat schwanger. Zuerst teilten wir uns ein Zimmer, aber als ihre Tochter Tanya auf die Welt kam, zog sie in ein Zimmer im hinteren Teil des Hauses um.

Eines Nachmittags lernte ich bei Gene einen jungen Mann namens Mike Louw kennen. Er war ungefähr einsachtzig, hatte dunkle Haare, braune Augen und ein Babygesicht. Außerdem hatte er einen umwerfenden Humor und brachte mich zum Lachen. Unglücklicherweise hatte er aber auch eine Freundin.

Ein paar Wochen später ging ich auf dem Nachhauseweg zu dem Metzger, der gleich um die Ecke neben der Werkstatt lag. Ich suchte mir ein Stück Biltongue aus und wartete anschließend an der Kasse.

Da sagte plötzlich eine Stimme: »Na sieh mal an, wer ist denn da …«

Ich blickte auf und sah Mike Louw, der mich über den Tresen hinweg angrinste.

»Arbeitest du hier?«

»Ich leite die Metzgerei. Wie steht mir die Schürze?«

Ich lachte.

»Kann ich dich mal besuchen kommen?«

»Was ist mit deiner Freundin?«

»Oh, das hat nicht geklappt.«

Mike rief mich an, und wir begannen miteinander auszugehen. Er war wundervoll. Vor allem schien er zu verstehen, dass ich von zu Hause weg wollte. Die Spannungen daheim waren schrecklich, ich konnte Vi überhaupt nichts mehr recht machen. Mein Schweigen ärgerte sie furchtbar. Kurz nach Weihnachten hatten Vi und Annette Streit, und Annette zog mit Tanya in eine Pension. Annette hatte einen Job als Rezeptionistin bei einem Transportunternehmen bekommen und brachte Tanya jeden Morgen in die Kinderkrippe.

Wegen der Spannungen zu Hause meinte Dad, es wäre das Beste, wenn ich zu Annette zöge. Dad versprach, uns zu besuchen, sooft er konnte, aber wir sollten es lieber keinem erzählen, weil Vi wütend werden würde, wenn sie davon erführe. Ich wusste, dass die Situation schwierig für ihn war und er sie, so gut er konnte, auszubalancieren versuchte, aber ich fühlte mich trotzdem betrogen.

Annette und ich teilten uns in der Pension ein winziges Zimmer. Es gab gerade genug Platz für zwei Einzelbetten und ein Baby-

bettchen. Annette musste Tanyas Windeln im Badezimmer waschen, das wir mit den anderen Gästen auf unserer Etage gemeinsam benutzten.
Ich ging immer noch mit Mike; ihm schien wirklich etwas an mir zu liegen. Noch immer träumte ich davon, nach Gwelo zurückzukehren, aber Mike sagte, das würde er nicht zulassen, was ich sehr süß fand.
Ein paar Monate später erfuhren Annette und ich, dass auf einem Wohnwagenpark direkt am Rand von Lusaka ein Wohnwagen mit sechs Betten frei geworden war. Wohnraum war aber so knapp und teuer, dass wir uns die Miete nicht leisten konnten. Weil Mikes jüngerer Bruder Robbie ebenfalls eine Unterkunft suchte, zogen schließlich er und Mike mit uns ein.
Der Esstisch ließ sich zu einem Doppelbett aufklappen, und hinten gab es noch vier kleinere Kojenbetten. Auch im Vorzelt gab es noch ein Bett und außerdem einen Fernseher. Es war wunderbar, einen eigenen Platz zum Wohnen zu haben. Wir konnten kochen, essen und tun, was wir wollten. Wir waren wie eine Familie. Ich liebte die kleine Tanya abgöttisch, und wir passten alle abwechselnd auf sie auf.
Ich weiß nicht, was die anderen Leute so von uns hielten. Wir waren alle so jung. Mike und Annette waren achtzehn, ich war sechzehn, Robbie fünfzehn und die kleine Tanya gerade mal ein paar Monate.
Allmählich schien sich alles einzurenken. Ich liebte Mike und wir hatten viel Spaß zusammen – am Wochenende gingen wir in die Disco oder ins Kino oder zum Fluss hinunter. Überall und immer hielt Mike meine Hand. Beim Tanzen ließ er mich nicht an die Bar. Ich sollte in irgendeiner Ecke warten, während er die Drinks für uns holte.
Zuerst dachte ich, es wäre altmodisch und bezaubernd, dass ich ihn fragen musste, wenn ein anderer Mann mit mir tanzen wollte. Sogar Mikes Freunde mussten seine Erlaubnis einholen. Und wenn Mike fand, dass ich schon zu lange mit einem anderen ge-

tanzt hatte, dann trat er einfach zwischen uns und machte der Sache ein Ende. Im Lauf der Zeit wurde er immer besitzergreifender. Wenn ein anderer Mann mich nur anschaute, war Mike sauer. Er trank zu viel und warf mir vor, ich hätte geflirtet.

»Vielleicht wäre es besser, wenn wir uns verloben«, sagte er. »Dann wüssten die Leute, dass du zu mir gehörst.«

»Aber das wissen sie doch längst«, entgegnete ich.

»Das reicht aber nicht.«

Mike liebte mich sehr – daran zweifelte ich nicht, aber seine Eifersucht machte mir Sorgen. Nach jedem Streit oder Wutanfall sagte er: »Wenn wir heiraten würden, wären alle Probleme gelöst. Dann wüsste ich, dass du mich liebst.«

Naiv, wie ich war, glaubte ich ihm. Vielleicht hatte er ja Recht.

Robin Royston

Linda hält inne, als wäre sie nicht sicher, ob sie weitererzählen soll. Mir ist sofort klar, dass wir einen Stolperstein erreicht haben. Sie starrt aus dem Fenster, während sie sich an längst vergangene Zeiten erinnert. Ihre Muskeln sind angespannt, ihre Atmung hat sich verändert, sie zerknüllt ihr T-Shirt in der Faust.

»Sollen wir eine Pause machen?«, frage ich.

Sie schüttelt den Kopf und trinkt einen Schluck Wasser. »Ich möchte nicht hier bleiben. Ich möchte nach Hause. Deshalb muss ich das loswerden.«

»Okay.«

»Während wir in der Wohnwagensiedlung wohnten, wurde ich schwanger. Ich war sechzehn. Dummerweise hatte ich fürchterliche Angst, es Dad zu erzählen. Ich dachte, er würde wütend auf Mike werden, weil ich noch so jung war.«

»Und was ist dann passiert?«

»Mike vereinnahmte mich immer mehr. Das Baby wollte er über-

haupt nicht. Ich hatte Angst ...« Linda vergräbt das Gesicht in den Händen. Ich weiß, dass ihr die Tränen kommen.
»Mike erzählte einer Frau in der Metzgerei davon. Sie gab ihm ein Gerät, das aussah wie eine große Spritze, und erklärte ihm, wie ich es benutzen sollte. Aus seinem Mund klang es ganz leicht ... Ich wollte es aber nicht machen ...« Lindas Schultern zucken.
»Ich wusste nicht, was ich wollte. Wie sollte ich ein Baby versorgen und daneben noch arbeiten? Ich bekam ja ständig mit, wie schwierig es für Annette mit Tanya war. Dabei verdiente sie sogar mehr als ich. Ich hätte mir nicht einmal eine Kinderkrippe leisten können.
Also tat ich es. Ich glaubte, ich müsste das Gerät nur ein einziges Mal anwenden, dann wäre alles vorbei und wieder ganz normal. Es tat schrecklich weh. Aber nichts passierte. Ich war dermaßen naiv.
›Das Baby ist nicht rausgekommen‹, sagte ich zu Mike. Er sprach noch einmal mit der Frau in der Metzgerei und kam mit der Botschaft zurück: ›Du sollst es unbedingt weiter probieren. Manchmal dauert es ein paar Wochen.‹«
Linda wischt sich die Wangen mit dem Handrücken ab. »Inzwischen hatte ich es mir anders überlegt«, sagt sie. »Ich wollte das Baby behalten, aber ich hatte Angst, dass es womöglich schon geschädigt war. In meiner Phantasie sah ich, wie es behindert auf die Welt kam. Also machte ich doch lieber mit der großen Spritze weiter.
Es dauerte ungefähr drei Wochen. Inzwischen hatte ich ständig Schmerzen. Mein Magen war aufgebläht, und ich hatte fürchterliche Krämpfe. Ich dachte schon, ich hätte bei mir selbst einen permanenten Schaden angerichtet ... ich könnte nie wieder Kinder bekommen ... ich wollte nur noch sterben.
Eines Nachts passierte es dann schließlich doch. Annette war im Kino. Mike war schlecht gelaunt gewesen und aus dem Wohnwagen gestürmt, um sich irgendwo zu betrinken. Auch Robbie war ausgegangen. Ich lag in der Badewanne, als ich plötzlich stark zu

bluten begann. Noch nie hatte ich solche Schmerzen gehabt. Irgendwie schaffte ich es zurück in den Wohnwagen; ich blutete weiter. Weil ich nicht zurück zur Toilette kam, setzte ich mich auf einen Eimer. Es gab kein Telefon, aber ich hätte sowieso nicht gewusst, wen ich hätte anrufen sollen.«

Inzwischen ist Lindas Stimme nur noch ein Flüstern. Sie sitzt da, ein Kissen an die Brust gedrückt, und stößt die Worte zwischen atemlosen Schluchzern hervor.

»Mike kam sinnlos betrunken nach Hause«, fährt sie fort. »Er warf einen Blick auf den Eimer, und ihm war sofort klar, was los war. Wissen Sie, was er getan hat?«

Linda wirft mir einen kurzen Blick zu. »Mein Baby war tot, ich litt Höllenqualen, aber er sagte nur: ›Na endlich.‹ Dann kippte er um und schlug im Suff mit dem Kopf gegen eine Kommode.

Ich wusste nicht mehr, ob ich ihn hasste oder liebte. Ich fühlte mich so allein. Ich hievte ihn ins Bett und legte mich neben ihn, aber ich glaube, er hat mich nicht wahrgenommen …«

Linda verstummt, scheinbar verloren in ihren Erinnerungen. »Sie haben mich einmal gefragt, ob ich mich erinnern kann, wann ich mich zum ersten Mal richtig deprimiert gefühlt habe«, sagt sie, ohne aufzublicken.

»Ja.«

»Es war damals. Ich weiß, dass ich nicht mehr leben wollte.«

»Was ist dann passiert?«

»Ein paar Wochen nach der Fehlgeburt hatte ich einen Streit mit Mike. Wir waren im Vorzelt, und ich nahm ein Rasiermesser und schnitt mir die Pulsadern auf. Alles lief ab wie in Zeitlupe. In meinem Handgelenk klaffte eine Wunde, aber ich spürte keinerlei Schmerz. Ich erwartete, dass ich alles voll bluten und irgendwann sterben würde, aber ich hatte wohl nicht tief genug geschnitten.

Mike nahm mir das Rasiermesser ab und schrie mich an, ich sei wohl total verblödet. Als er später wegging, blieb ich vollkommen verzweifelt zurück, weil ich nicht sterben konnte. So habe ich mich auch an dem Tag gefühlt, als ich Christy geschlagen und dann das Haus verlassen habe … wie eine totale Niete. Ich konnte mich nicht mal richtig umbringen.«

Wieder verfällt Linda in Schweigen. Sie umklammert noch immer das Kissen, das nass ist von ihren Tränen, und wirkt vollkommen mut- und hoffnungslos. Ich möchte ihr sagen, wie wichtig die heutige Sitzung gewesen ist, aber ich weiß, sie hört mir nicht richtig zu. Sie ist viel zu erschöpft.

Als ich sie allein lasse, damit sie sich ausruhen kann, denke ich über diese frühe Depression nach. Linda hat mir einmal gesagt, der Selbstmord sei ihr »Freund«, seit sie denken kann. Jetzt verstehe ich, was sie damit gemeint hat. Aber wir können nur abwarten, das ist die einzige Möglichkeit, um festzustellen, ob wir den wahren Grund für Lindas Zustand aufgedeckt haben. Nachdem sie all diese Themen nun ans Tageslicht gezerrt hat, wird ihre Macht hoffentlich schwinden. Zumindest behauptet das die Theorie.

Doch obgleich ich erschüttert darüber bin, was Linda alles durchgemacht hat, obgleich ich mir kaum vorstellen kann, was für ein Trauma dieses junge Mädchen zu bewältigen hatte, bin ich keineswegs davon überzeugt, dass wir schon die Wurzel des Übels gefunden haben. Der Traum, den Linda erzählt hat, macht mir Sorgen. Die Symbolik des Schleims in ihrem Mund, der sie erstickt, erscheint mir auf grausige Art sexuell. Wer ist der Mann, der neben dem Pool steht und sie beobachtet. Ihr Vater? Mike? Oder noch jemand ganz anderes?

Kapitel 11

25. JULI 1989

Linda Caine

Abends gehe ich manchmal in die alte Kapelle und trainiere auf dem Stepper oder auf einem der Fahrräder. Das Licht mache ich nicht an, weil ich nicht möchte, dass jemand hereinkommt. Stattdessen lasse ich die Tür leicht angelehnt, dann bekomme ich genug Licht.

Ich habe mein eigenes Spiel erfunden und es »Ticehurst Squash« getauft. Die Kapelle hat auf zwei Seiten kein Fenster, und der Boden besteht aus poliertem Holz. Wenn ich einen Schaumgummiball benutze, kann ich ihn mit einem Badmintonschläger gegen die glatten Wände schlagen. Meistens habe ich die Kapelle für mich allein.

Mit dem Ticehurst Squash kann ich mich echt zum Schwitzen bringen. Jedes Mal, wenn ich den Ball verpasse, muss ich ihm nachlaufen.

»Da sind Sie ja«, sagt Dympna. Die Hände in die Hüften gestemmt, steht sie in der Tür. Ihre Haare sind ordentlich zu einem Dutt aufgesteckt.

Dympna hat eine sanfte, singende Stimme und einen leichten irischen Akzent, der sehr musikalisch klingt. Meistens macht sie Nachtdienst, und wenn ich nicht einschlafen kann, setzt sie sich manchmal zu mir und unterhält sich mit mir. Das mag ich sehr gerne. Ich weiß, dass sie nicht nur hier ist, weil es ihr Job ist. Nein, die Patienten liegen ihr wirklich am Herzen.

»Kommen Sie, Sarah will uns etwas vorspielen.«

»Wer ist denn Sarah?«

»Eine Patientin. Sie ist im Aufenthaltsraum. Kommen Sie, trinken Sie mit uns einen Kaffee.«

Meine erste Reaktion ist abzulehnen. Dympna weiß doch, dass ich nicht gern unter Leute gehe.

»Kommen Sie einfach und hören Sie zu«, sagt sie mit ihrem sanften irischen Akzent. »Weiter brauchen Sie gar nichts zu machen. Wenn Sie möchten, hole ich Ihnen auch eine Tasse Kakao.«

Als wir den Gang hinuntergehen, fällt mir plötzlich auf, wie viel kleiner Dympna ist – sie reicht mir kaum bis zur Schulter. Normalerweise sehe ich sie nur, wenn ich irgendwo sitze und sie mir Kaffee bringt. Sie macht den besten Milchkaffee, den ich je getrunken habe – mit viel Schaum.

Im Aufenthaltsraum vermeide ich jeden Blickkontakt. Dympna sucht einen Platz für mich und holt mir eine Tasse heiße Schokolade. »Ich bin gleich wieder da«, sagt sie dann.

Kurz darauf kommt sie mit einem jungen, höchstens fünfzehnjährigen Mädchen am Arm zurück. Ihre blonden Haare fallen ihr auf die Schulter und ihre Augen sind halb geschlossen. Anscheinend steht sie so unter Medikamenten, dass sie wie eine Schlafwandlerin wirkt.

Sarah setzt sich ans Klavier und starrt blicklos vor sich hin. Einen Augenblick glaube ich schon, sie hat vergessen, dass sie spielen wollte, aber dann beginnt sie. Ihre Finger scheinen die Tasten kaum zu berühren, und im Nu sind wir alle wie verzaubert. Niemand rührt sich, niemand gibt einen Laut von sich. Noch nie habe ich eine so wunderschöne Klaviersonate gehört.

Fünfzehn Minuten sitze ich reglos da und lausche. Sarah spielt wie ein Engel. Als sie zum Ende kommt, bricht im Aufenthaltsraum tosender Beifall aus, den sie aber kaum zur Kenntnis nimmt. Sie starrt nur weiter vor sich hin, als höre sie nichts. Eine

der Krankenschwestern führt sie weg. Ausdruckslos blickt sie in die Gesichter der Umsitzenden.
»Wie lange ist Sarah schon hier?«, erkundige ich mich bei Dympna.
»Sie ist drei Tage nach Ihnen gekommen.«
»Was ist los mit ihr?«
Dympna schüttelt den Kopf. »Das kann ich Ihnen nicht sagen.«
Am nächsten Tag treffe ich Sarah allein auf dem Korridor. Normalerweise würde ich einfach vorbeigehen, aber ich weiß, dass sie nicht allein sein sollte.
Ich lege den Arm um sie. »Alles in Ordnung?«
Sie ist Lichtjahre entfernt, in einer anderen Welt. Also nehme ich sie sanft bei der Schulter und führe sie zurück. Eine Schwester kommt um die Ecke; offensichtlich hat sie Sarah gesucht. »Ach, da bist du ja, Sarah. Du sollst doch nicht einfach so davonlaufen.«
Als ich Sarahs Hand loslasse, passiert irgendetwas in ihren Augen. Sie scheint sich plötzlich auf mein Gesicht zu konzentrieren und es in sich aufzunehmen. Vorher hatte ich Zweifel, ob Sarah überhaupt weiß, welchen Wochentag wir haben, aber das ist jetzt anders. Ein paar Tage später begegne ich ihr wieder auf dem Korridor. Ich streiche ihr mit der Hand über die Schulter, und sie lächelt mich an. Sie erinnert sich. Irgendwie kommt sie mir vor wie ein Vogel mit einem gebrochenen Flügel. Ich möchte sie in den Arm nehmen und sie wärmen, bis sie wieder gesund ist.
In vier Tagen gehe ich nach Hause. Hoffentlich werde ich zurechtkommen. Ich bin ziemlich unsicher, und in mancher Hinsicht finde ich es zu früh. Aber ich möchte zu Hause sein, wenn Gary und Christy von der Isle of Man zurückkommen. Dann können wir den Rest der Sommerferien zusammen verbringen.
Offenbar findet Dr. Royston es gut, dass ich gehe. Wir haben den 29. Juli zu meinem letzten Tag in der Klinik erkoren. Davor möchte ich mit der Geschichte meiner Heirat mit Mike und allem, was danach passiert ist, gerne fertig werden.

Heute ist ein herrlicher Sommertag. Dr. Royston und ich machen einen Spaziergang, und ich zeige ihm meinen Lieblingsplatz, den Baumstumpf in der Hecke, gegenüber vom Eingang der Klinik. Er hat keine festen Schuhe an, aber das scheint ihm nichts auszumachen. Der Boden ist weich unter unseren Füßen, und die Wege trocknen schon wieder nach dem Regen gestern.

Ich erzähle ihm von meiner Hochzeit mit Mike im November 1968. »Vi hat mir ein hübsches Hochzeitskleid genäht, Dads Nachbar, ein deutscher Filmemacher, lieh uns sein großes, schickes weißes Auto. Er fuhr Dad und mich zur Kirche.

Als der Wagen vor dem Haupteingang hielt, sagte Dad: »Lindy, bist du sicher, dass du das tun willst?«

»Ein wirklich toller Zeitpunkt, mich das zu fragen«, entgegnete ich.

Ich glaube, er machte sich Sorgen, weil wir so jung waren. Außerdem fühlte er sich wahrscheinlich teilweise verantwortlich – als hätte er mich in diese Situation gebracht, weil er mich von zu Hause weggeschickt hatte.

Mike wollte mich an meinem Hochzeitstag gerne blond. Also ging ich zum Frisör, und dort versuchte man, meine Haare zu färben. Das Ergebnis war katastrophal. Am Ende schritt ich mit grell orangeroten Haaren, die in lauter kleinen Löckchen auf meinem Kopf getürmt waren, zum Altar. Mike war entsetzt.

Zwar konnten wir uns keine Hochzeitsreise leisten, aber Genes Mutter und sein Stiefvater schenkten uns eine Nacht in einem schicken Hotel in Lusaka. Beim Hochzeitsempfang forderte ein Geschäftspartner meines Vaters mich zum Tanzen auf. Ich wusste, dass Mike ihn nicht sonderlich mochte.

Ich blickte zu Mike hinüber, um mich zu vergewissern, dass er nichts dagegen hatte, und es schien ihm gleichgültig zu sein. Also tanzte ich mit dem Mann. Von diesem Augenblick an sprach Mike den ganzen Empfang über nicht mehr mit mir. Auf der Fahrt ins Hotel fragte ich ihn, was los sei.

»Du hast mit Dave getanzt.«

»Na ja, ich hab dich zuerst gefragt.«
»Du weißt doch, dass ich den Kerl hasse.«
»Deshalb habe ich dich ja gefragt.«
»Du hättest ihn wegschicken sollen.«
»Okay, das mache ich nächstes Mal, aber du hättest gleich was sagen sollen.«

Als wir in unser Zimmer kamen, stürmte Mike an mir vorbei ins Badezimmer und knallte die Tür hinter sich zu. Er hatte sich ein paar Flaschen Bier vom Empfang mitgenommen, die er sich jetzt in der Badewanne zu Gemüte führte.

Ich setzte mich aufs Bett und überlegte, was ich getan hatte. Ich hatte mein Leben weggegeben. In guten wie in schlechten Tagen, hatte der Pfarrer gesagt.

Mikes Eifersucht störte mich schon lange, aber er war noch nie dermaßen über die Stränge geschlagen. Die Ehe hätte doch alles besser machen sollen, er wollte doch nicht mehr eifersüchtig sein.

Kurz nach unserer Heirat verließ Mike die Metzgerei und nahm eine Stelle als Autoverkäufer an. Er bekam einen Dienstwagen, und wir zogen in ein großes Haus mit drei Schlafzimmern in einer ländlichen Gegend am Rande von Lusaka. Zum ersten Mal hatten wir ein bisschen Geld übrig – nicht viel, aber wenigstens mussten wir nicht mehr jeden Pfennig zweimal umdrehen.

Mikes Freunde waren alle noch unverheiratet, und er ging gern mit ihnen aus. Es gefiel ihm, mit seinen Kumpels zusammen zu sein. Mich ließ er lieber zu Hause, denn dann musste er nicht auf mich aufpassen.

Etwa ein Jahr nach der Hochzeit nahm Mike mich mit zu einer Party bei Freunden, Mark und Jennifer. Mark war ein Frauenheld, und Mike traute ihm nicht über den Weg. Wie gewöhnlich isolierte Mike mich von Anfang an und nahm mich mit hinaus auf die Veranda. Drinnen waren eine Menge Leute. Als Mike uns etwas zu trinken holen ging, entdeckte Mark, dass ich alleine da saß. Sofort kam er zu mir und unterhielt sich ein wenig mit mir. In diesem Moment kam Mike zurück. Kühl und abweisend schob er

mir mein Getränk hin, ohne Mark auch nur eines Blickes zu würdigen.
Mark zog sich zurück, aber für mich war es zu spät.
»Hat er etwa Annäherungsversuche gemacht?«, wollte Mike wissen.
»Nein, er hat mich nur gefragt, ob ich etwas trinken möchte.«
»Aber ich hab dir doch schon was geholt.«
»Das konnte Mark ja nicht wissen. Er hat mich hier allein rumsitzen sehen.«
»Du lügst doch.«
Wir verließen die Party auf der Stelle und gingen nach Hause. Ich machte mich zum Schlafengehen fertig, aber Mike wollte einfach nicht locker lassen. Immer wieder beschuldigte er mich, gelogen zu haben, und wollte genau wissen, was Mark gesagt hatte. Ich erinnerte mich nicht mehr an den genauen Wortlaut, und nun war Mike umso mehr davon überzeugt, dass ich gelogen hatte. Plötzlich packte er meinen Arm. Ich verlor das Gleichgewicht und knallte mit dem Kopf an die Wand. Als ich wieder zu mir kam, lag ich auf dem Boden und Mike beugte sich über mich.
»Es tut mir Leid. Es tut mir Leid. Ich werde so was nie wieder tun«, sagte er und hielt mein zerschundenes Gesicht in den Händen. Er weinte. Ich hatte ihn noch nie so aufgeregt erlebt und er tat mir richtig Leid.
Ich kochte ihm einen Kaffee und beruhigte ihn, alles sei okay. Er beteuerte immer wieder, dass er so etwas nie wieder tun würde. Und ich glaubte ihm.

»Sie halten mich jetzt wahrscheinlich für naiv und dumm«, sage ich und sehe Dr. Royston an. Er sitzt auf dem Baumstumpf, und seine Hände sind vom Gewicht seiner Beine ganz platt gedrückt.
»Nein, ich glaube, Sie waren verliebt.«
»Schlechte Wahl, was?«
»Solche Fehler machen wir doch alle.«
Auf der anderen Seite der Straße, im Feld dahinter, wird eine

Herde zum Melken zusammengetrieben. Der Wind trägt die Stimme des Bauern zu uns herüber, während er die Tiere freundlich nach Hause lockt. Ich liebe das Land. Überall sehe ich Dinge, die ich zeichnen und malen möchte – in den Adern eines Blattes, in den Blütenblättern einer Blume. Ich denke, wenn ich wählen dürfte, was ich sein möchte, dann wäre ich gerne eine Naturmalerin.

Dr. Royston hat nichts gesagt, was meinen Gedankenfluss unterbricht. Ich hoffe, er genießt es, draußen zu sein. Ich weiß so wenig über ihn, und er weiß so viel über mich. Das kommt mir unfair vor. Ich möchte wissen, warum er diesen Beruf ergriffen hat. Deprimieren ihn die Therapiestunden nicht manchmal? Hat er nicht das Gefühl, dass die Menschen ihm ihre Probleme aufladen? Ich gehöre dazu. Ich möchte alle Schwierigkeiten hinter mir lassen, wenn ich von Ticehurst weggehe. Ich möchte, dass Dr. Royston sie in eine Schachtel packt und in die Müllverbrennungsanlage wirft.

»Sie haben von Mike erzählt«, sagt er leise. Ich weiß nicht, ob das eher eine Frage oder eine Aufforderung zum Weiterreden ist.

Ich fahre fort. Langsam begann Mike uns von der Außenwelt abzuschotten – unsere Welt wurde immer kleiner, in ihr sollte nur Platz für uns beide sein. Zuerst sagte er, dass er sich besser fühlte, wenn er wusste, wen ich besuchte oder mit wem ich am Telefon sprach. Bald konnte ich nicht mal mehr Kontakt mit meiner Familie aufnehmen, ohne ihn zuerst zu fragen. Jeden Abend beim Essen stellte er mir endlose Fragen über meinen Tag und wollte in allen Einzelheiten wissen, was ich getan und mit wem ich gesprochen hatte. Je mehr ich zögerte oder mich verhaspelte, desto schwieriger und eindringlicher wurden seine Fragen. Ich musste mich wortwörtlich an ganze Gespräche erinnern, sonst beschuldigte mich Mike, zu lügen und ihm Dinge zu verheimlichen.

Gleichzeitig ging Mike immer noch oft abends mit seinen Freunden weg und trank sehr viel. Sie spielten Billard und gingen in die

Disco. Manchmal kam er erst sehr spät nach Hause, manchmal überhaupt nicht. Ich weiß nicht, ob er mir treu war. Sie wissen ja, wie das ist – man hört Gerüchte. Über ein bestimmtes Mädchen und ihn kam mir einiges zu Ohren. Aber eigentlich hätte ich am liebsten zu ihm gesagt: »Wenn du ihn wirklich willst, kannst du ihn haben.«
Außerdem fragte ich mich langsam, ob einige unserer Streits nicht doch künstlich herbeigeführt waren. Vielleicht wollte er mich aus dem Weg schaffen. »Hau ab, ich will dich nicht mehr«, sagte er und setzte mich bei Annette ab. Am nächsten Tag kam er dann und holte mich wieder ab. Dazwischen war er die ganze Nacht weg gewesen.
Wir waren schon über ein Jahr verheiratet, als Mikes jüngerer Bruder Robbie wieder bei uns einzog. Eine Weile schien das Mike zu beruhigen. Aber eines Nachts fuhr Robbie mit einem Freund ins Drive-in-Kino, und sie hatten unterwegs einen Unfall. Robbie war erst siebzehn und besaß keinen Führerschein, aber sein Freund hatte ihn trotzdem fahren lassen. Der Wagen war von der Straße abgekommen und hatte sich überschlagen.
Ich wartete, bis Mike ein paar Stunden später nach Hause kam, dann fuhren wir, so schnell wir konnten, ins Krankenhaus nach Lusaka. Robbie lag auf einer Bahre in der Notaufnahme. Er war bewusstlos und beim Atmen quoll Blut aus Mund und Nase.
»Warum helft ihr meinem Bruder nicht?«, schrie Mike. Von überallher kamen Leute angelaufen. »Wie lange ist er schon hier? Wo sind die Ärzte?«
Ich dachte, er trommelt die ganze Klinik zusammen. Innerhalb weniger Minuten hatte man Robbie ins Untersuchungszimmer gebracht. Die Vorhänge wurden um sein Bett gezogen. Mike und ich saßen draußen. Ärzte und Schwestern eilten hin und her, gaben ihm Transfusionen und versuchten, die inneren Blutungen zu stillen.
Schließlich hörte ich den Arzt sagen: »Seine Lungen versagen, er ertrinkt in seinem eigenen Blut. Stoppt die Transfusionen.«

Mikes Gesicht wurde totenbleich. Ein Arzt kam heraus und erklärte uns, dass Robbie schwer verletzt sei und dass sie für ihn alles getan hätten, was sie konnten.
»Sie sollten jetzt nach Hause gehen«, sagte er. »Wir rufen Sie an, wenn sich sein Zustand verändert.«
»Wir haben kein Telefon«, sagte ich.
»Dann schicken wir einen Wagen.«
In den frühen Morgenstunden traf der Wagen ein. Mike bestand darauf, allein ins Krankenhaus zu fahren. Robbie starb, bevor Mike ankam. Er hatte das Bewusstsein nach dem Unfall nicht wieder erlangt.
Als Mike nach Hause zurückkam, ging er zu Robbies Bett, nahm seinen Pyjama und drückte ihn an sich. Vor- und zurückschaukelnd sang er leise vor sich hin: »Alles wird gut, Robbie, alles wird gut.«
In dieser Nacht schlief er in Robbies Bett. Er wollte sich nicht von mir trösten lassen.
Von da an wurde Mike noch unberechenbarer. Seine Trinkerei wurde schlimmer, seine Eifersucht ebenfalls. Er wollte ein Baby – einen Jungen, den er Robbie nennen wollte. Es war, als glaubte Mike, dass er damit seinen toten Bruder wieder auferstehen lassen konnte.
Bald darauf zogen wir in eine kleine Stadt namens Kalomo um, zwei Autostunden von Lusaka und siebzig Meilen von Livingstone entfernt. Mike sagte, er wolle eine Weile weg von Lusaka, aber ich glaube, eigentlich ging es ihm hauptsächlich darum, mich weiter zu isolieren.
Kalomo ist ein trockenes, staubiges Kaff, mit einem Gemischtwarenladen, einem Hotel und ein paar Autowerkstätten. Einer von Mikes Onkeln war Besitzer der Werkstätten, ein anderer hatte außerhalb der Stadt eine Farm. Mike begann als Mechaniker zu arbeiten und machte nebenbei noch alle möglichen anderen Jobs.
Einmal pro Woche erledigte ich die Buchhaltung in der Werkstatt, um ein bisschen zusätzliches Geld zu verdienen, aber

schließlich musste ich aufhören. Mike misstraute meinen Kollegen.
Wir wohnten in einem alten Farmhaus zehn Meilen vor der Stadt. Es hatte keinen Strom und kein Telefon. Der nächste Nachbar wohnte ungefähr vier Meilen entfernt. Wenn Mike bei der Arbeit war, hatte ich nur Pedro, unseren Koch, als Gesellschaft. Er, seine Frau und seine acht Kinder wohnten in einem kleinen Haus an einer Sandstraße und bestellten ihr Maisfeld.
Pedro war klein (nicht größer als einen Meter sechzig), Mitte fünfzig und grauhaarig. Morgens arbeitete er bei uns, putzte das Haus und machte die Wäsche. Nachmittags ging er nach Hause und kam meistens abends wieder, um das Essen für uns zu kochen.
Meine einzige andere Gesellschaft waren zwei Boxer, ein rhodesischer Ridgeback, zwei Katzen und mein Sittich Jeremiah. Ich liebte die Einsamkeit. Wenn ich auf der Verandamauer saß (meinem Lieblingsplatz), hatte ich einen Panoramablick in alle Richtungen. Die einzigen Anzeichen menschlicher Zivilisation waren die Staubwolken, die gelegentlich in der Ferne aufstiegen, wenn ein Auto über die Dreckstraße holperte, die von Kalomo zu den verschiedenen Farmen führte.
Parks und Gärten sind schön, aber sie berühren einen emotional längst nicht so wie die Wildnis. Zu den Dingen, die ich am liebsten tat, gehörte es, den Geräuschen des Buschs zu lauschen. Der Ruf des Fischadlers ist einer der beeindruckendsten und schönsten Laute, die es gibt. Und bei Nacht können einem die Haare zu Berge stehen, wenn einem das tiefe Knurren der Löwen ans Ohr dringt.
Am Rand von Lusaka gab es ein Schlangenzentrum. Man bekam Geld, wenn man dort Schlangen zum Melken ablieferte; so wurde Antiserum hergestellt. Mike begann Puffottern zu sammeln, die er in Hundertfünfzig-Liter-Tonnen mit offenem Deckel aufbewahrte, bis er genug hatte, um sie ins Zentrum zu bringen. Mir gefiel diese Ausstattung überhaupt nicht. Die Tonnen erschienen mir zu klein für die Tiere und furchtbar klaustrophobisch.

In der Nähe des verfallenen ursprünglichen Farmhauses fand ich einen leeren Swimmingpool und überzeugte Mike, dass dies ein besserer Aufbewahrungsort für die Schlangen war. Wir legten Holz und Gras auf dem Boden des Beckens aus und bauten so unsere eigene Schlangengrube.

Ein paar Wochen später erwachte ich mitten in der Nacht. Eine Sekunde lang lag ich da, starrte in die Dunkelheit und überlegte, was mich aus dem Schlaf gerissen und in diesen Zustand verwirrter Wachsamkeit versetzt hatte. Und dann spürte ich es – Tausende heißer Nadeln piekten in meine Haut.

»Ameisen!«, schrie Mike, der bereits auf den Beinen war.

Ich sprang aus dem Bett und versuchte hektisch, die Biester abzustreifen, aber sie krabbelten in meine Augen, meine Ohren, meine Nase, unter meine Kleider und durch meine Haare.

Das Zimmer füllte sich mit einem gespenstischen, hohen Laut. Die Ameisen warnten einander. Je mehr wir uns bemühten, sie zu vertreiben, desto wilder bissen sie. Der Schmerz war eine Folter.

Mike tastete nach der Kerze und den Streichhölzern auf seiner Seite des Betts. Endlich schaffte er es, die Kerze anzuzünden, und in dem schwachen Licht schienen Wände, Fußboden und Zimmerdecke lebendig geworden zu sein.

Die Ameisenarmee stürzte sich auf uns. So überwältigen und töten diese Ameisen sogar große Tiere. Kühe stehen still oder rollen sich in dem Versuch, die Biester loszuwerden, auf dem Boden herum, aber eine Angriffswelle nach der anderen fällt über sie her, in Schwärmen von Zehntausenden. Sie krabbeln in Nasen, Ohren und Augen – treiben ihr Opfer in den Wahnsinn, bis es entkräftet umfällt.

Mithilfe der Taschenlampe fand Mike vier Fässer und füllte sie mit einer Mischung aus Wasser und Öl. Dann schoben wir das Bett von der Wand und stellten es mit den Beinen in die Fässer, stiegen wieder auf die Matratze, rissen Laken und Decken heraus und schüttelten sie, dass die Ameisen nur so in die Gegend flogen.

Im Nebenzimmer hörte ich die Katzen und Hunde hektisch werden.
»Wir müssen sie retten«, rief ich.
Mike sprang vom Bett, rannte zur Tür und rief die Tiere zu uns aufs Bett. Eins nach dem anderen mussten wir festhalten und die Ameisen von ihm abbürsten. Die ganze Zeit versuchte ich sie zu beruhigen, damit sie nicht in Panik gerieten und sich wieder ins Meer dieser wütenden Insekten stürzten. Dann rannte Mike vors Haus, riss die Tür zum Hühnerstall auf und jagte die Hühner hinaus. Zuletzt brachte er Pedro noch Öl, damit auch er seine Familie schützen konnte.
Den Rest der Nacht verbrachten wir zusammen mit den Tieren auf dem Bett. Die Öl-Wasser-Mischung verhinderte, dass die Ameisen zu uns ins Bett krabbelten, aber sie fielen von der Decke auf uns herab. Im grauen Morgenlicht wirkte unser Zimmer seltsam unwirklich. Auf dem Fußboden lag eine so dicke Schicht von Ameisen, dass es fast aussah, als bewegte sich eine Flüssigkeit, die jede Ritze, jedes Loch und jeden Freiraum füllte. Als ich meine Kleider holte, knirschten zertretene Ameisen unter meinen Füßen. So schnell ich konnte, hechtete ich wieder aufs Bett zurück und schüttelte meine Jeans und mein Hemd kräftig aus, ehe ich mich anzog.
Während Mike in die Stadt fuhr, um Nachschub an Öl und Ameisengift zu kaufen, blieb ich mit den Tieren auf dem Bett. Als Mike zurückkam, goss er eine Ölspur ums Haus, und ich besprühte einen Bereich des Bodens mit Ameisengift, um so für uns einen sicheren Bereich zu schaffen. Dann zündete Mike die Ölspur an. Die Ameisen gerieten völlig außer Rand und Band. Erst waren sie verwirrt und gingen auf Distanz zu dem Feuer, aber im Innern des Feuerkreises machten sie sich kampfbereit und bildeten eine wimmelnde, zentimeterdicke Barriere auf dem Boden.
Noch komplizierter wurde es dadurch, dass wir aufpassen mussten, kein Buschfeuer zu entfachen. Das Gebüsch war trocken wie Zunder, und die Flammen konnten leicht außer Kontrolle gera-

ten. Alle paar Minuten liefen wir mit nassen Handtüchern und Wassereimern ums Haus herum, um die Flammen niederzuschlagen.

Ich hatte meine Jeans in Socken und Stiefel gestopft, aber die Ameisen krochen trotzdem hinein. Immer wieder sprangen wir auf unsere vom Ameisengift »gesicherte« Insel zurück und klopften uns die Ameisen von den Beinen.

Eine halbe Stunde schien die Ameisenarmee im Chaos, dann schloss ihr unsichtbarer Heerführer wieder die Reihen. Als das Feuer niederbrannte, begannen sie wieder zu marschieren, diesmal ums Haus herum.

Mike goss direkt außerhalb des ersten Rings einen zweiten, breiteren aus, den wir anzünden wollten, wenn die Ameisen Anstalten machten, ihn erneut zu überqueren.

Noch immer mussten wir die Ameisen aus dem Haus vertreiben. Zum Glück hatte das Feuer viele nach draußen gelockt. Als Mike zur Arbeit gegangen war, sprühte ich das Haus von oben bis unten mit Ameisengift ein. Dann fegte ich die vergifteten Ameisen zu Haufen zusammen und trug sie hinaus, wo ich sie als zusätzliche Abschreckung neben die Ölspur warf.

Als ich damit fertig war, stellte ich mich auf die Veranda und begutachtete die Lage, jederzeit bereit, das Öl anzuzünden, sollten die Insekten sie zu überqueren versuchen. Inzwischen marschierten sie in langen Kolonnen ums Haus.

Es war ein unglaublicher Anblick. Wanderameisen sind rot und messen gut einen Zentimeter, und sie bewegten sich in breiten Pulks von acht bis dreißig Zentimetern, die sich gelegentlich trennten und wieder zusammenfanden. Wie beim Militär marschierten sie in Formationen. Wenn ich mit einem Stock in ihre Ränge schlug, setzte das hohe Geräusch wieder ein, und alle Ameisen in der Nähe griffen den Stock an.

Drei Tage dauerte es, bis das Geschwader endlich abgezogen war. Jeden Abend, wenn es dämmerte, steckten wir den Ölring in Brand und gossen danach einen neuen aus. Dann setzte ich mich

auf die Verandamauer – meine sichere Insel – und beobachtete die Insekten.
Als die Gefahr vorüber war, ging ich zu dem alten Schwimmbecken. Die Schlangen waren tot. Die Ameisen hatten sie völlig aufgefressen und nur das Skelett übrig gelassen.
Ungefähr eine Woche später kehrten ein paar von unseren Hühnern zum Haus zurück. Ich war überrascht, dass überhaupt welche überlebt hatten.
Die Hunde und Katzen waren traumatisiert. Wochenlang konnten die Katzen nur oben auf den Schränken in unserem Zimmer schlafen, und wir mussten die Hunde aus unserem Bett verjagen. Eine Weile waren sie vollkommen paranoid; wenn sich auch nur eine Fliege auf ihrem Fell niederließ, sprangen sie auf und rasten wie verrückt im Haus herum.

Obwohl ich die Stille und Abgeschiedenheit liebte, wurden Mikes Eifersucht und sein irrationales Benehmen immer schlimmer. Gelegentlich kam Annette zu Besuch und brachte Neuigkeiten von der Familie mit, aber Mike wartete nur darauf, dass sie endlich wieder weg war.
Manchmal nahm er mich in den Sportclub nach Kalomo mit, um einen Film anzusehen oder ihm beim Billard zuzuschauen. Ich musste immer in seiner Nähe bleiben, lesen oder aus dem Fenster schauen und immer aufpassen, wen ich ansah oder mit wem ich redete.
Eines Tages kam er von der Arbeit nach Hause und wollte wissen, wer mich tagsüber besucht hatte.
»Niemand. Abgesehen von Pedro war ich allein.«
»Du verlogenes Miststück«, brüllte er. Sein Gesicht verzog sich zu einer grässlichen Fratze.
Er schleppte mich in die Küche, drängte mich gegen den Tisch, hielt mir ein Schlachtermesser an die Kehle und schrie: »Wer war heute bei dir?« Weißer Speichel hing an seinem Mundwinkel, und ich konnte den Alkohol riechen.

»Niemand, das schwöre ich. Bitte, Mike. Es war wirklich niemand hier.« Ich flehte ihn an, mich in Ruhe zu lassen, aber er wollte nicht auf mich hören, und plötzlich streckte er den Arm aus und schnitt sich vor meinen Augen ins Fleisch. Blut tropfte auf mein Gesicht, in meine Haare.

Schließlich ließ er mich los und rief zur Küchentür hinaus nach Pedro. Der arme alte Pedro kam angerannt und blieb entsetzt an der Tür stehen.

»Wer war heute hier, Pedro?«, wollte Mike wissen.

»Niemand, Bwana.«

»Lüg mich nicht an, ich hab Reifenspuren in der Auffahrt gesehen. Jemand war da!«

Einen Augenblick lang überlegte Pedro, während ich schluchzend auf dem Küchenboden kauerte.

»Niemand ist gekommen, Bwana, außer Ihnen. Sie waren hier, zum Lunch.«

Plötzlich zogen Zweifel über Mikes Gesicht. Er stürmte hinaus und betrachtete noch einmal die Reifenspuren. Langsam ging er dann zu seinem Wagen und hockte sich hin, um die Reifen in Augenschein zu nehmen. Es waren die gleichen.

Ich rappelte mich auf und begann, Mikes Blut von der Anrichte zu wischen. Er saß inzwischen auf der Veranda und starrte auf seine Füße, ohne auf den wunderschönen Sonnenuntergang zu achten. Später am Abend kam er ins Bett. Ich lag wach in der Dunkelheit und wandte ihm den Rücken zu.

»Es tut mir Leid«, flüsterte er. »Ich werde mich noch mehr anstrengen, nicht mehr so eifersüchtig zu sein. Ich schlage dich nie wieder, das verspreche ich.«

»Du treibst mich weg von dir«, sagte ich.

Mike schüttelte den Kopf. »Wenn ich dich je verliere, bringe ich mich um.«

Wir hatten schon eine Menge miteinander durchgemacht, und er war mir sehr wichtig, aber ich wusste, dass ich ihn nicht mehr liebte. Ich hatte zu viel Angst vor ihm. Aber dann klammerte er

sich an mich wie ein Kind, versprach mir, dass er mir nie wieder wehtun würde, und bat mich inbrünstig, ihn nicht zu verlassen. Das rührte mich so, dass ich bei ihm blieb – in der naiven Hoffnung, dass er mich wirklich zum letzten Mal geschlagen hatte.
Nur ein einziges Mal lehnte ich mich gegen ihn auf. Ich weiß nicht mehr, was passiert war, jedenfalls hatte er wieder einmal einen Wutanfall. Er schrie mich an, schubste mich und schlug mir so hart ins Gesicht, dass ich hinfiel. Als er sich von mir abwandte, brannte in mir irgendeine Sicherung durch. Ich packte einen Teller von dem kleinen Tisch neben mir und schleuderte ihn auf Mike. Der Teller prallte ab und knallte gegen die Wand. Mike wirbelte herum, und der Schock in seinen Augen verwandelte sich in Ungläubigkeit und nackte Wut. Mit einem Satz stürzte er sich auf mich, schlug mich erneut und trat mir in die Seite. Das hatte er bis dahin noch nie getan, und ich rollte mich schutzsuchend zusammen. Eine Weile stand er über mir, keuchte und versuchte, sich wieder in den Griff zu bekommen.
Dann drehte er sich abrupt um, rannte ins Badezimmer und drehte den Wasserhahn auf. Ich hörte, wie er sich auszog und in die Wanne stieg. Leise warf ich meine Sachen in einen Koffer und rannte zum Auto. Ich hatte keinen Führerschein. Mike hatte mir einmal das Autofahren beizubringen versucht, aber ich würgte ständig den Motor ab, weil ich so nervös war. Der Wagen hatte einen unzuverlässigen Generator und war schwer anzulassen. Die Szene hätte aus einem schlechten Film stammen können: Verzweifelt drehte und drehte ich den Anlasser. In der Dunkelheit wirkte jedes Geräusch doppelt laut.
»Bitte, spring an. Bitte, bitte, bitte …«
Mike kam aus dem Haus, ein Handtuch um den Bauch gewickelt, und rannte auf mich zu. In diesem Augenblick sprang der Motor an, und ich trat aufs Gaspedal, dass die Reifen durchdrehten. Er jagte über die staubige Straße hinter mir her und brüllte meinen Namen.
Ich hatte solche Angst davor, den Motor wieder abzuwürgen,

dass ich bis zur Abzweigung nach Kalomo im ersten Gang fuhr. So schnell ich konnte, holperte ich über die ungeteerte Straße und schlidderte durch die Kurven. Ich wusste, dass der Generator immer schwächer wurde. Die Scheinwerfer ließen schon nach. Wie lange würde die Batterie noch durchhalten? Gerade als ich zu einer Brücke ohne Geländer kam, die nur breit genug für ein einziges Auto war, versagten die Scheinwerfer endgültig, und ich hatte entsetzliche Angst, von der Brücke zu fallen und im Wasser zu landen. Jeden Moment erwartete ich, dass der Motor endgültig den Geist aufgeben und ich mitten im Nichts festsitzen würde. Zu Fuß hätte ich nicht weiterkönnen, weil es in der Gegend Löwen gab.

Irgendwie schaffte ich es in die Stadt und zum Bahnhof. Der nächste Zug fuhr erst am späteren Vormittag. Ich ging zurück zum Auto und drehte den Schlüssel im Zündschloss. Nichts passierte. Der Motor war tot. Mit dem Mut der Verzweiflung schlug ich mich durch den Busch zum Haus von Mikes Onkel durch. Als ich ihm erzählte, was passiert war, ließ er mich bei sich übernachten.

Am Morgen erschien Mike. Ich weiß nicht, wie er es geschafft hatte – vielleicht war er die zehn Meilen zu Fuß gegangen. Seine Wut war nicht verschwunden, aber eiskalt geworden.

»Ich will meine Autoschlüssel«, stieß er zwischen zusammengekniffenen, blutleeren Lippen hervor. Dann marschierte er zur nächsten Werkstatt, holte einen Abschleppwagen, um das Auto aufzuladen, ließ es reparieren und fuhr ohne ein weiteres Wort davon. Später redete ihm sein Onkel lange ins Gewissen. Wahrscheinlich rettete er mir damit das Leben.

Als Mike sich an diesem Abend bei mir entschuldigte, tat er mir nicht mehr Leid. So sehr er mich auch anflehte, bei ihm zu bleiben, ich spürte kein Mitgefühl mehr. Etwas in mir war gestorben.

»So kann ich nicht weitermachen«, sagte ich ganz ruhig. »Ich habe Angst vor dir.«

»Tut mir Leid.«

»Das reicht nicht. Wir haben so viel ausprobiert, aber nichts hat geholfen.«
Er versuchte, mich von seinem neuen Plan zu überzeugen. Wir würden nach Ndola im Kupfergürtel ziehen, um näher bei seiner Familie zu sein. Er wollte sich einen neuen Job suchen. Aber ich wusste, das würde alles nichts nützen.
»Ich denke, wir sollten uns eine Weile nicht sehen«, sagte ich. »Wir brauchen beide ein wenig Freiraum …«
»Verlass mich nicht«, flehte er weiter. »Ich werde es nicht wieder tun …«
»Ich werde ein paar Monate bei Annette in Lusaka wohnen.«
Ich war überrascht, als Mike zustimmte. Es schien mir zu einfach. Er wollte weiterhin nach Ndola, sich einen Job und eine Wohnung suchen. Dann würden wir uns treffen und über unsere Zukunft sprechen.
Annette holte mich am Sonntag ab, aber zwei Tage später kam Mike nach Lusaka und sagte mir, dass er es sich anders überlegt hätte.
»Du kommst mit nach Ndola. Dort wird alles anders, du wirst schon sehen.«
»Nein, Mike. Wir brauchen Zeit zum Nachdenken.«
»Geh und hol deine Sachen. Du kommst mit, und zwar auf der Stelle.« Er packte mich am Arm, aber ich gab nicht nach.
»Nein, diesmal läuft es so nicht. Du gehst nach Ndola, bringst deine Sachen in Ordnung, und dann sehen wir weiter.«
Er zögerte, und ich machte mich innerlich darauf gefasst, dass er wieder auf mich losgehen würde. Stattdessen aber stieß er mich beiseite und stürmte hinaus. Kurz darauf raste er mit seinem Auto und mit quietschenden Reifen davon.
Ich hatte weiche Knie vor Erleichterung. Ich konnte seine Prügeleien nicht mehr aushalten.

Am nächsten Morgen ging ich zu Dad und Vi, um ihnen zu erzählen, was geschehen war. Wir tranken gerade Tee, als Annette mit

Johnny, einer von Mikes besten Freunden, vorbeikam. In dem Augenblick, als ich ihre Gesichter sah, wusste ich, dass etwas nicht stimmte.

»Wo ist Mike?«

Annette ging mit mir ins Nebenzimmer und legte die Arme um mich. »Er ist tot.«

Auf einmal gab der Boden unter mir nach. Annette wollte mir erzählen, was passiert war, aber ich bekam nichts mit. Ich konnte nicht atmen. Wie war das möglich? Ich hatte ihn doch noch vor ein paar Stunden gesehen!

Ich rannte in den Garten hinaus, rannte immer weiter. Der Schock und die Traurigkeit drohten mich zu ersticken.

Schließlich fand mich Annette. »Er war betrunken«, sagte sie. »Er hat wohl beschlossen, nach Kalomo zu fahren. Bei der Kafue Bridge ist er durch eine Straßensperre gerast und hat einen geparkten Laster gerammt. Er ist noch an der Unfallstelle gestorben.«

»Es tut mir Leid, Dr. Royston. Wenn ich bei Ihnen bin, weine ich ständig.« Die Sonne steht hinter ihm, sodass ich nur seinen Schattenriss sehe, nicht aber seine Augen.

»Sie brauchen sich nicht zu entschuldigen«, sagt er.

»Wissen Sie, dass ich mich nicht an das Datum von Mikes Todestag erinnere? Ich weiß nur, dass es im August war. Ist das nicht schrecklich?«

Er antwortet nicht.

»Bei seiner Beerdigung musste ich in der Kirche in der ersten Reihe sitzen. Das erwartet man von einer Witwe. Ich hörte die Schritte der Sargträger, die den Gang entlangkamen. Ich wollte den Sarg nicht sehen. Aber sie setzten ihn direkt vor mir ab. Ich hatte wieder dieses grässliche Gefühl, keine Luft zu kriegen. Schon stand ich auf und wollte weglaufen, aber jemand packte mich, hielt mich an der Schulter fest und zwang mich, wieder Platz zu nehmen.

›Das ist nicht Mike‹, sagte ich laut.
Jemand flüsterte mir zu, ich solle still sein. Es war wie in einem Albtraum. Nach dem Gottesdienst fuhren wir auf den Friedhof. Die lange Autoschlange kroch am Golfplatz vorüber, ich blickte über die schön gemähten Rasenbahnen und sah Menschen, die in der Sonne Golf spielten. Wussten sie denn nicht, dass Mike tot war? Warum drehte die Welt sich weiter?
Auf dem Friedhof gab man mir eine Hand voll Erde, die ich auf den Sarg werfen sollte. Aber ich konnte nicht. Leute schritten an mir vorüber, und alle warfen Erde ins Grab, die prasselnd auf dem Sargdeckel landete. Aber ich brachte es einfach nicht übers Herz.
Mike hatte eine Armbanduhr, auf die er sehr stolz war. Seine Familie fragte mich, ob ich sie behalten wollte, aber ich lehnte ab. So begrub man ihn mit der Uhr. Immer wieder musste ich an diese Uhr denken, die im Sarg tickte, obwohl Mike tot war. Was sagen Sie dazu, Dr. Royston?«

Robin Royston

Linda streckt die Hände aus, die geöffneten Handflächen nach oben. Die Wunden an ihren Handgelenken sind fast verheilt, sie braucht keinen Verband mehr.
Obwohl sie aufgehört hat zu weinen, sind ihre Wangen immer noch nass. Und ihr T-Shirt ist an der Stelle zerknautscht, wo sie es immer zusammenballt.
Jedes Mal, wenn wir Lindas Vergangenheit beleuchten, wird ihre Geschichte finsterer. Sie hat schrecklich unter ihrem gewalttätigen Ehemann gelitten und wurde im Alter von zwanzig Jahren bereits Witwe. Meiner Erfahrung nach deuten solche Ereignisse oft auf ein viel größeres, komplexeres Bild hin, und wir sind noch in dem Stadium, in dem wir die ersten Puzzleteile aus der Schachtel holen.

»Wie fühlen Sie sich jetzt, wenn Sie an Mikes Tod denken?«, frage ich.
»Schuldig.«
»Warum?«
»Weil ich mich nicht mal an das Datum erinnere.«
»Ist das alles?«
»Und ich habe mich immer wieder gefragt, ob es meine Schuld war.« Sie hält inne und sucht nach den richtigen Worten. »Ich weiß nicht, ob er absichtlich auf diese Brücke gefahren ist. Zwar bin ich mir zu neunzig Prozent sicher, dass er betrunken war und die Kontrolle über den Wagen verloren hat. Aber man muss sich doch fragen … Sie wissen schon, was ich meine. Die Tatsache, das er durch eine Absperrung gerast ist, über eine Brücke und gegen einen Lastwagen, das hört sich doch an, als wenn er nicht mehr hätte leben wollen.«
Wieder beginnt sie zu weinen. »Wissen Sie, was ich mich dauernd frage – was wäre gewesen, wenn ich sein Angebot nicht abgelehnt hätte – wäre er dann wohl noch am Leben?«
Das ist die Frage, mit der Linda fast zwanzig Jahre lang gerungen hat. Ich kann sie nicht für sie beantworten. Von meinem Standpunkt aus – als Beobachter – scheint Mikes Schicksal unvermeidlich gewesen zu sein. Er war auf dem besten Weg zur Selbstzerstörung, und hätte Linda aller Wahrscheinlichkeit nach mit sich gerissen, wenn er überlebt hätte.
Mit seinem Tod sind noch immer eine Menge unbewältigter Gefühle verbunden. Aber welche Rolle spielen sie bei Lindas gegenwärtigen Problemen? Wie viel von dem, was damals passiert ist, ist heute verantwortlich dafür, wie es ihr geht? Ich weiß es nicht. Wenn sie ihre chaotischen Gefühle jetzt zu verstehen beginnt, könnte sich alles beruhigen.
Ich möchte eigentlich nicht, dass sie Ticehurst jetzt schon verlässt, aber ich kann ihre Gründe nachvollziehen. Ihre Familie braucht sie.

Kapitel 12

SAMSTAG, 29. JULI 1989

Linda Caine

Meine Taschen sind gepackt, und ich sitze auf dem Bett. Heute Vormittag kommt Chris mich abholen. Einerseits möchte ich Ticehurst nicht verlassen, andererseits weiß ich, dass ich nicht ewig hier bleiben kann. Mein Leben findet draußen statt.

Gary und Christy sind noch auf der Isle of Man bei Chris' Eltern. Ich habe ihnen Briefe und Karten geschickt. Sobald ich mich zu Hause wieder eingelebt habe, sollen sie zurückkommen. Ich möchte, dass wir wieder eine richtige Familie sind. Manchmal fühle ich mich immer noch sehr unsicher, aber im Großen und Ganzen geht es mir besser als bei meiner Ankunft vor fünf Wochen. Ich weiß, ich bin noch nicht am Ziel, aber ich hoffe, dass es jetzt leichter wird. Wenigstens werde ich Dr. Royston zweimal die Woche im Chaucer sehen.

Dympna klopft an die Tür. »Sarah möchte wissen, ob sie sich von Ihnen verabschieden darf.«

»Gerne.«

Obwohl ich kaum mit Sarah gesprochen habe, besteht zwischen uns eine Verbundenheit. Jedes Mal, wenn sie im Aufenthaltsraum Klavier spielt, lasse ich alles stehen und liegen, um ihr zuzuhören. Und ich berühre immer noch ihre Schulter, wenn wir uns auf dem Flur begegnen.

Kurz darauf schiebt sie sich durch die Tür, schüchtern und etwas verwirrt wie immer. Ihre feinen Gesichtszüge erinnern mich immer an eine Bleistiftskizze, die ein Künstler nicht weiter ausgefüllt hat. Wortlos streckt sie mir die Hand entgegen und überreicht mir eine Kassette. Es ist eine Aufnahme der Klaviersonate, die sie beim ersten Mal hier gespielt hat.
Einen kurzen Moment lang hebt sie die Augen, schlägt sie aber gleich wieder nieder.
»Wo hast du so wunderbar Klavier spielen gelernt?«, frage ich sie.
»Ich habe schon mit fünf angefangen.«
»Dann hast du bestimmt jeden Tag geübt.«
Sie zuckt die Achseln.
»Wie hast du das alles auswendig gelernt?«
»Ich musste es einmal für ein Vorspielen lernen.«
»Es ist wunderschön und berührt einen mitten im Herz.«
Sarah sieht sich im Zimmer um und entdeckt meine Gitarre. Ich weiß, sie möchte etwas dazu sagen.
»Ich spiele nicht besonders gut«, bemerke ich. »Nicht so wie du.«
Als es Zeit wird zu gehen, umarme ich sie und danke ihr noch einmal für die Kassette.
Während sie das Zimmer verlässt, fällt mir auf, dass sie nicht mehr so schlurft. Vielleicht hat man ihre Medikamente reduziert, vielleicht geht es ihr besser. Hoffentlich.
Um zehn holt Chris mich ab. Er freut sich so, dass ich mich von seiner guten Laune anstecken lasse. Auf der Heimfahrt schmieden wir Zukunftspläne. Wir beschließen, dass wir im Dezember mit meinem jüngeren Bruder Brendan und seiner Familie nach Südafrika fahren. Ich habe Brendan seit zehn Jahren nicht mehr gesehen.
Als wir nach Hause kommen, sagt Chris, ich soll die Augen zumachen. Dann führt er mich durch die Haustür und ins Wohnzimmer.
»Jetzt kannst du die Augen wieder aufmachen.«

Mir verschlägt es den Atem, so überrascht bin ich. Chris hat einen Fitnessraum aufgebaut, mit einem Fahrrad und einem Jogging-Trampolin.
»Das ist ja toll!« Ich drehe mich um und umarme Chris. »Wenn du dich für etwas entscheidest, dann machst du keine halben Sachen, stimmt's?«
Er lacht, als ich aufs Fahrrad springe und anfange, in die Pedale zu treten. »Ich habe gelesen, dass Sport die Stimmung hebt«, erklärt er. »Sport ist sehr gut für depressive Menschen. Es wird uns beiden gut tun. Dann können wir abends trainieren, statt vorm Fernseher zu hocken!« Seine Freude und seine Erleichterung darüber, dass er etwas für mich tun kann, ist offensichtlich, und ich hüpfe vom Fahrrad, um ihn noch einmal zu umarmen.
Er erzählt mir von all den anderen Dingen, die er letzten Monat gelesen hat. Jetzt beginnt er endlich zu verstehen, dass eine Depression eine Krankheit ist und nicht ein Geisteszustand. Etwas, was bearbeitet werden muss; man kann dem Betroffenen nicht einfach sagen, er soll sich zusammenreißen.
Ich wandere im Haus umher und entdecke immer wieder von neuem, wie sehr ich es liebe. Und ich gehe ein paar Mal in Garys und Christys Zimmer, nur um mich auf ihr Bett zu setzen und ihre Sachen anzusehen. Ich vermisse die beiden so sehr.
Am Abend rufen sie von der Isle of Man an. Christy bricht in Tränen aus. »Ich möchte heimkommen. Bitte, lass uns heimkommen.«
Sie hört sich an, als hätten wir sie verbannt. Ich spüre, wie mir das Herz bricht.
Dann zeigt Chris mir einen Brief, den Gary vor ein paar Tagen geschrieben hat: »Ich versuche brav zu sein, aber wegen Grandpa kriege ich immer wieder Ärger. Können wir jetzt nach Hause kommen? Wir sind auch bestimmt brav und leise, das verspreche ich.«
Am liebsten möchte ich weinen, aber ich bin zu wütend. Das ist

doch lächerlich. Ich will meine Kinder endlich wieder bei mir haben.
Am Montagmorgen buchen wir als Erstes einen Flug zur Isle of Man. Ein paar Tage später brechen wir auf. Den ganzen Flug über bin ich angespannt. Als ich aus dem Flugzeug steige und das Rollfeld überquere, halte ich angestrengt Ausschau nach Gary und Christy.
Zuerst entdecke ich Gary. Er bahnt sich einen Weg durch die Menschenmenge und läuft auf mich zu. Christy ist dicht hinter ihm. Gemeinsam stürzen sie sich auf mich und fallen mir um den Hals. Ich kämpfe mit den Tränen, aber ich weine nicht, weil ich sie nicht in Verlegenheit bringen will.
Zwei Tage später fliegen wir alle vier nach England zurück. Es ist wunderbar, wieder zu Hause zu sein. Gleichzeitig spüre ich eine Veränderung. Eine große, nicht ausgesprochene Bürde lastet auf Gary, Christy und Chris. Sie schleichen auf Zehenspitzen um mich herum und gehen jeder Konfrontation aus dem Weg. Ich kann mir gut vorstellen, wie Chris ihnen eingebläut hat: »Mum geht es besser, aber ihr müsst jetzt ganz besonders brav sein. Macht ihr bloß keinen Ärger …«
Meine Kinder haben solche Angst davor, nicht »brav« zu sein, dass sie nicht mehr sie selbst sind. Vor allem Christy hat sich verändert. Ich sehe es in ihren Augen, dass sie mich eigentlich gar nicht mehr richtig kennt.
Vielleicht muss ich einfach mehr Zeit mit ihr verbringen, denke ich und backe mit ihr ihre Lieblingsplätzchen. Sie backt gerne und dabei können wir ganz entspannt miteinander reden.
»Möchtest du mich irgendwas fragen?«, erkundige ich mich.
»Wie meinst du das?«
»Ich weiß nicht. Gibt es vielleicht etwas, was du über Ticehurst wissen möchtest oder darüber, warum ich dort war?«
»Nein, Dad hat es uns erklärt.«
»Was hat er denn gesagt?«
»Dass du wegen ein paar Dingen deprimiert bist … wegen Din-

gen, die vor langer Zeit passiert sind, die du aber nicht vergessen kannst. Er hat gemeint, dass es dir jetzt wieder besser geht.«
Sie schaut mich nicht direkt an, sondern an mir vorbei aus dem Fenster. Ich weiß, irgendetwas macht ihr zu schaffen. Sonst hatte sie nie Probleme, offen mit mir zu sprechen.
Schließlich rückt sie doch damit heraus: »Liebst du Dad?«
»Natürlich liebe ich ihn. Warum fragst du?«
Sie kaut auf der Unterlippe herum und senkt die Augen.
»Stimmt irgendwas nicht, Christy?«
Sie schüttelt den Kopf, aber es sieht nicht sehr überzeugend aus. Nach einer Weile überwindet sie sich doch und fährt zögernd fort: »Wenn du Dad liebst, warum warst du dann vorher mit einem anderen verheiratet? Das bedeutet doch, dass du zuerst einen anderen geliebt hast. Wie konntest du das?« In ihrer Frage liegt eine Spur von Vorwurf.
Das ist es also. Jetzt wird mir klar, was los ist. In Christys naiver Sicht von der Liebe ist nur Platz für einen Ehemann. Sie stellt sich vor, dass Liebe ewig währt … und dass ein Mensch nur einen einzigen Seelenpartner haben kann. Seit sie von meiner früheren Ehe erfahren hat, ist sie verunsichert, ob ich ihren Vater überhaupt richtig liebe.
»Mein erster Mann ist gestorben«, erkläre ich ihr sanft. »Ich war damals erst zwanzig.«
»Hast du ihn geliebt?«
»Eine Zeit lang schon.«
»Aber er hat dich geschlagen.«
Ich bin schockiert, dass sie das weiß. Warum hat Chris ihr das erzählt?
»Der Mann, mit dem ich verheiratet war, hat viel Alkohol getrunken, und dann war er nicht mehr er selbst. Irgendwann hatte er sich so verändert, dass er nicht mehr der Mann war, den ich geheiratet hatte …« Ich beobachte Christy genau, ob sie mich wirklich versteht. »Er ist vor vielen Jahren bei einem Autounfall ge-

storben. Dann habe ich deinen Dad kennen gelernt, und wir haben uns verliebt.«
Christy nickt, und ich lege den Arm um sie. »Ich hätte nie gedacht, dass ich jemanden so sehr lieben könnte, wie ich euren Dad liebe – bis ich dich und Gary bekommen habe.«
Später am Abend, als die Kinder schlafen, erzähle ich Chris von unserem Gespräch.
»Warum hast du ihnen erzählt, dass Mike mich geschlagen hat?«, frage ich verärgert. »Was soll das bringen, dass sie das wissen?«
»Ich musste es ihnen doch irgendwie erklären. Ich konnte nicht einfach nur sagen, dass du deprimiert bist.«
»Warum nicht?«
»Weil sie dachten, *sie* wären schuld. Sie dachten, sie hätten etwas falsch gemacht. Ich habe ihnen von Mike erzählt und ihnen klargemacht, dass es an etwas anderem liegt ... dass du ein schweres Leben gehabt hast ... und dass es wahrscheinlich an irgendetwas in deiner Vergangenheit liegt, wenn du so traurig bist.«
Ich verstehe, was er meint, aber es ändert nichts. Ich möchte nicht, dass meine Kinder mich jetzt wie ein rohes Ei behandeln. Ich zerbreche nicht, wenn sie mich umarmen. Ich werde nicht gleich ausrasten, wenn sie Dinge tun, die alle Kinder tun, wenn sie sich streiten oder Krach haben oder einfach sie selbst sind.
Bei der nächsten sich bietenden Gelegenheit setze ich mich mit Gary zusammen und frage ihn, wie er darüber denkt, dass ich früher schon einmal verheiratet war. Seine Reaktion ist ganz anders als die von Christy. Er stellt nicht etwa mich und meine Gefühle infrage, nein, er ist wütend auf Mike.
»Ich wollte, er wäre nicht tot«, sagt er.
»Warum?«
»Weil ich ihn dann suchen und dafür bestrafen würde, dass er dir wehgetan hat.«
Er hat die Fäuste geballt, und ich spüre seine Hilflosigkeit, weil er seine Wut und seinen Frust nicht herauslassen kann. Wie lange kann er sie noch unterdrücken?

Wir haben also alle unter meinen Problemen zu leiden. Chris scheint im letzten Jahr gealtert zu sein, und er trinkt mehr, als gut für ihn ist. Ständig ist er auf der Lauer nach dem kleinsten Anzeichen, dass mit mir irgendetwas nicht stimmt. Ich fühle die Last, die ich ihm auferlege, selbst ganz genau.

Zweimal in der Woche fahre ich nach Canterbury zu Dr. Royston. Das sind immer noch meine besten Tage. Wenn ich aus den Sitzungen komme, fühle ich mich viel zuversichtlicher, dass ich mich in der Welt wieder zurechtfinden werde.

An diesem besonderen Morgen befinde ich mich auf einer engen Straße, die sich durch den Wald nach Canterbury schlängelt, als ein Laster mit überhöhter Geschwindigkeit um die Ecke rast und auf die Gegenfahrbahn gerät. Mein kleiner Metro hat keinen Platz mehr zum Ausweichen.

Im Bruchteil einer Sekunde reiße ich das Lenkrad herum, schließe die Augen und warte darauf, das Knirschen von Metall zu hören, bevor ich sterbe. Aber irgendwie verpasst mich der Laster, und mein Metro landet im Straßengraben, als hätte er dort in der Hecke parken wollen.

Mein Herz pocht wie wild. Wie knapp bin ich gerade dem Tod entkommen? Dann dämmert mir die Ironie des Ganzen. Das war die Gelegenheit, mich »legitim« umzubringen – jeder hätte ohne weiteres geglaubt, dass es ein Unfall war. Aber ich habe ins Lenkrad gegriffen und mich erfolgreich in Sicherheit gebracht. Als ich Dr. Royston davon erzähle, scheint ihn der Vorfall nicht im Geringsten zu überraschen. »Unser Wunsch zu leben ist normalerweise stärker als alles andere«, meint er.

»Bedeutet das, dass ich gar nicht wirklich sterben möchte?«

»Nein, es bedeutet nur, dass Sie in diesem Moment leben wollten.«

Ich kann Dr. Royston alles erzählen, ohne etwas befürchten zu müssen. Ich vertraue ihm vollständig. Wie immer fragt er mich auch heute, wie ich zurechtkomme, und ich erzähle ihm von den

Tagen seit unserem letzten Treffen. Ich schaffe die Hausarbeit ganz gut, ich bringe die Kinder zur Schule und hole sie ab.
Aber die Wahrheit ist, dass mich das alles weiterhin schrecklich anstrengt. An manchen Tagen lebe ich wie unter einer erstickenden schwarzen Wolke, durch die kein Licht zu mir hereindringt. Von morgens bis abends verrichte ich zwar pro forma meine alltäglichen Pflichten, aber eigentlich würde ich am liebsten ganz aufhören zu existieren.
Wenn ich Glück habe, kann ich nachts schlafen, aber selbst diese kleine Freude wird mir oft genommen. Ich liege wach, mein Herz pocht, und ich habe Angst wieder einzuschlafen. Denn wenn ich schlafe, dann kommen die Gedankenblitze … eine Hand legt sich über Mund und Nase … ich kriege keine Luft mehr. Es ist kein Traum. Ich bin wach. Es ist, als würde die Hand auftauchen, sobald ich einschlafe. Also bleibe ich wach und starre in die Dunkelheit.
Ich möchte Chris nicht wecken. Er hat genug um die Ohren, und er glaubt, dass es mir besser geht. Er glaubt, jetzt haben wir alles hinter uns gelassen. Wenn er die Wahrheit wüsste … Was würde er dann tun? Ich möchte es lieber nicht wissen.
Ich zeige Dr. Royston einen Traum, den ich Sonntagnacht aufgeschrieben habe.

Ich befinde mich auf einem sehr schlammigen Pfad, der nach einer Weile zu einem Tunnel mit einer niedrigen Decke wird, so niedrig, dass ich auf dem Bauch weiterkriechen muss. Der Schlamm ist nass und schlüpfrig. Dann komme ich an einen großen Tümpel. Mich verlässt der Mut und ich halte an, aber ein paar andere Leute hinter mir bedrängen mich. »Komm schon, los, ich mache so gern Jagd auf Pferde!«, sagen sie.
Ich lasse sie an mir vorbei und folge ihnen dann ins Wasser, das immer tiefer wird. Die anderen gehen um eine Art Insel herum, dann zurück zum Weg. Ich folge ihnen, aber das Wasser ist voll mit glitschigem Schlamm, sodass ich überhaupt keinen Halt unter den Füßen kriege.

Vor lauter Schlamm kann ich nicht schwimmen, und ich spüre, wie ich langsam untergehe. Obwohl das Wasser so trüb ist, kann ich sehen, wie die Frau vor mir versinkt.
Ein Mann, der schon auf dem Weg Fuß gefasst hat, fängt an zu lachen, packt die Frau und zieht sie aus dem Wasser. Ich hoffe, dass er mich auch gleich herausziehen wird, aber er scheint nicht mitzukriegen, dass ich Hilfe brauche. Ich kann kaum atmen und schaffe es nicht allein, mich aus dem Schlamm zu befreien.
Verzweifelt versuche ich die Aufmerksamkeit der anderen auf mich zu lenken, aber sie merken nicht, wie ich mich abmühe. Ich rutsche immer tiefer in den Schlamm.

Dr. Royston sagt, dass in meinen Träumen immer wieder die gleiche Bildersprache auftaucht – das schlammige Wasser, das Gefühl zu ersticken, der Tod im Schwimmbecken. Er hält Ausschau nach Mustern und Themen, aber ich kann nichts dergleichen erkennen.
»Das schmutzige Wasser und die Atemnot sind symbolisch für das, was Sie im Moment durchmachen«, erklärt er.
»Wie meinen Sie das?«
»Sie glauben, dass Sie ertrinken, weil Sie mit Ihrem Leben nicht zurechtkommen. Sie haben das Gefühl unterzugehen, Sie fürchten, dass Ihnen alles über den Kopf wächst. Oder unter dem schmutzigen Wasser lauert irgendetwas, was Sie nicht sehen können, aber es macht Ihnen Angst ... Sie gleiten tiefer in den Schlamm.«
»Was kann ich tun, damit das aufhört?«
»Manchmal muss man sich durch das schmutzige Wasser hindurch auf die andere Seite vorkämpfen.«
»Aber was ist, wenn ich ertrinke?«
»Wir müssen hoffen, dass das nicht passiert.«
Ich erzähle Dr. Royston von der Zeit nach Mikes Tod. Drei oder vier Monate wohnte ich bei Annette in Lusaka. Ich wollte nur noch weg aus Sambia, weg von allem, was mich an Mike erinner-

te. Um alles noch schlimmer zu machen, verleumdete mich Mikes Freund Johnny, indem er überall herumerzählte, dass ich Mike umgebracht hätte – ich hätte ihm ja genauso gut einen Revolver an die Schläfe halten und abdrücken können.

Fünf Wochen nach Mikes Beerdigung hatte ich Urlaub und flog nach Salisbury in Rhodesien. Dort wohnte ich bei meiner Kusine Trish, der Tochter meines Onkels Don, die ich noch von früher kannte und mit der ich Briefkontakt gehalten hatte. Sie hatte eine ziemlich zentral gelegene, sehr schöne Wohnung in einer von Bäumen gesäumten Straße.

Es war eine schwierige Zeit in Rhodesien. Der Unabhängigkeitskampf (beziehungsweise die terroristische Bewegung – je nachdem, auf wessen Seite man stand) war in meiner Teenagerzeit eher ein vages Hintergrundthema gewesen, etwa so, als würde man am Horizont Gewitterwolken aufziehen sehen. Blitz und Donner waren zwar nicht mehr weit, aber der eigentliche Sturm war noch nicht ausgebrochen.

In Rhodesien klammerte sich die weiße Minderheit hartnäckig an die Macht, während in anderen afrikanischen Ländern die ehemaligen Kolonialmächte den Einheimischen die Unabhängigkeit oder zumindest das Wahlrecht gewährten. Im Oktober 1963, ein paar Jahre vor unserer Ankunft, hatte beispielsweise Sambia die Unabhängigkeit erreicht. Zwei Jahre später gab die rhodesische Regierung unter Führung von Ian Smith eine unilaterale Unabhängigkeitserklärung ab und zerschnitt damit die Bande mit Großbritannien, das dazu geraten hatte, mit den schwarzen Nationalführern in Verhandlungen zu treten.

In Wirklichkeit war Rhodesien nie eine britische Kolonie gewesen, sondern ein »Protektorat«. Dennoch reagierte Großbritannien nun mit Wirtschaftssanktionen und der Beschlagnahmung von Vermögenswerten. Die Vereinten Nationen griffen zu vergleichbaren Maßnahmen. Schwarze Nationalistengruppen, die in Rhodesien verboten waren, begannen aus dem Exil heraus im benachbarten Sambia und Mozambique einen Kleinkrieg zu führen.

Sie überfielen die Grenzen, griffen Farmen und Außenposten von Regierungsbehörden an.
In den sechs Jahren, die ich außer Landes gewesen war, hatte ich diese »Probleme« nicht weiter zur Kenntnis genommen. Vielleicht hatte mich die Tatsache, dass ich mich ständig mit den Schwierigkeiten einer Mischehe auseinander setzen musste, von den größeren Zusammenhängen abgelenkt. Nur die Gerüchte, dass wegen des Kriegs die Grenze zwischen Sambia und Rhodesien dichtgemacht würde, bereiteten mir Sorge. Wenn es plötzlich dazu kam, saß ich womöglich in der Falle und konnte nicht mehr nach Sambia zurück.
In Salisbury hatte man nicht den Eindruck, dass sich das Land im Krieg befand. Das Leben in den grünen Vororten erschien idyllisch und unkompliziert. Jedes Wochenende waren die Sportclubs gerappelt voll, man spielte Kricket, Golf, Tennis, Badminton und Basketball. Es gab alle möglichen Festivitäten und Picknicks.
Trish ließ mich tagsüber ungern allein in der Wohnung zurück und bat deshalb ihren Verlobten Barry, sich ein wenig um mich zu kümmern. Obwohl ich ihre Fürsorge durchaus zu schätzen wusste, war ich nach allem, was ich gerade durchgemacht hatte, sicher keine sehr anregende Gesellschaft. Als Barry einmal vorschlug, wir könnten schwimmen gehen, stellte ich mir gleich ein überlaufenes öffentliches Schwimmbad vor und lehnte dankend ab. Aber er erklärte mir, es sei ein privater Pool, der einem Freund von ihm gehörte, und so fuhren wir nach Highlands, einem wunderschönen Vorort von Salisbury. Die Häuser waren von riesigen Rasenflächen umgeben und hatten ungewöhnlich lange Auffahrten. Schließlich hielten wir vor einem großen Gebäude, das an allen Seiten von einer Veranda eingerahmt war. Ein junger Mann winkte uns von dort zu.
»Ist das etwa Chris Caine?«, fragte ich Barry leise.
»Woher in aller Welt kennst du ihn?«
»Wir sind zusammen zur Schule gegangen.«

Chris und ich hatten im Alter von zehn bis zwölf Jahren die gleiche Klasse der Cecil John Rhodes School in Gwelo besucht. Ich weiß noch, dass er damals Mädchen nicht besonders schätzte. An einem bestimmten Tag mussten sich die Jungen aus mehreren Klassen zum Werken zusammenfinden, während die Mädchen im normalen Klassenraum Hauswirtschaftslehre hatten. Chris wollte nicht, dass ein Mädchen auf seinem angestammten Stuhl saß, während er weg war, deshalb spuckte er auf seinen Platz, ehe er ihn verließ. Das letzte Mal hatte ich ihn mit vierzehn gesehen. Wir waren uns zufällig in der Stadt begegnet und hatten den Nachmittag zusammen verbracht. Chris schrieb mir, aber ich hatte seinen Brief beim Umzug nach Sambia leider verloren.

Als ich den Rasen überquerte, wurde mir klar, dass er mich nicht mehr erkannte. Offenbar war er auch überrascht, dass ich so jung war. Barry hatte ihm nämlich erzählt, er käme mit einer Witwe, und so hatte Chris wohl eine ältere Dame erwartet. Jetzt stand er ein bisschen verlegen da.

»Du weißt nicht mehr, wer ich bin, stimmt's?«, sagte ich.

Er sah mich verwundert an. Schließlich bekam ich Mitleid mit ihm und verriet ihm meine Identität.

»Du warst immer ein sehr guter Schüler«, meinte ich. »Vermutlich studierst du jetzt Jura oder Medizin.«

»Jura«, antwortete er, immer noch etwas verlegen. »Ich weiß noch, dass ich immer gedacht habe, du bist ein Snob«, erzählte er dann. »Du hattest so einen steifen, aufrechten Gang und hast nie viel geredet.«

Wir mussten beide lachen.

Es war wie eine Reise in die Vergangenheit, als wir anfingen, über Mrs. Kirk, unsere Klassenlehrerin, und Mr. Crowley, den Sadisten, zu erzählen. Uralte, fast vergessene Namen und Gesichter lebten wieder auf.

Im Swimmingpool spiegelte sich der blaue Himmel, und ein Dienstbote in einer weißen Uniform servierte Tee und Scones,

während drei hellbraune Labrador-Hunde um ihn herumtollten. Es war ein wunderschöner Tag.
In den nächsten Wochen sahen Chris und ich uns häufig. Er und Barry besuchten mich in Trishs Wohnung, wir gingen auf einen Drink ins George Hotel, auf Partys oder in mein Lieblingslokal, das »Mermaids Pool«. Es lag ein paar Meilen außerhalb von Salisbury, mitten im Busch, und gleich daneben ergoss sich ein Wasserfall in mehreren Kaskaden über riesige Felsen hinweg in einen großen See. Chris war der perfekte Gentleman.
Eines Abends bummelten wir wieder einmal von einer Party zur anderen. Irgendwann kaufte jemand unterwegs eine Flasche Brandy und ließ sie beim Tanzen herumgehen. Ich merkte, dass ich zu viel trank, aber ich schien ohnehin in einer Seifenblase zu leben, in der alles irgendwie irreal war. Zwar war ich glücklich, aber das machte mir ein schlechtes Gewissen. Seit Mikes Tod waren gerade einmal sieben Wochen vergangen. Außerdem wusste ich ja, dass mein Glück nicht anhalten würde: In ein paar Tagen musste ich wieder zurück nach Sambia. Weil ich mich plötzlich melancholisch und überfordert fühlte, ging ich vors Haus und legte mich ins Gras. Lange starrte ich in den tief violetten Himmel hinauf, über den langsam die Wolken zogen. Sterne erschienen und verschwanden wieder.
Es war eine warme Nacht mit einer angenehmen Brise. Chris setzte sich schweigend neben mich, und nach einer Weile beugte er sich näher zu mir. Ich hatte das Gefühl, dass er mich küssen wollte, sich aber aus irgendeinem Grund nicht traute.
Auf einmal nahm er jedoch seinen ganzen Mut zusammen. Der Kuss war sanft und süß, und immer wieder flüsterte er meinen Namen. Es war wie in einem Traum – ein wunderschöner Abend, ein afrikanischer Himmel, ein netter junger Mann, der mich behandelte, als wäre ich etwas ganz Besonderes.
Von diesem Augenblick zehrte ich noch lange. Ich behielt ihn im Gedächtnis wie manche Leute Fotos in der Brieftasche aufbe-

wahren, aber ich war überzeugt, dass er nur eine schöne Erinnerung bleiben würde. Chris und ich kamen aus zwei verschiedenen Welten. Fast alle meine Freunde stammten aus zerbrochenen Familien. Er gehörte zu den ganz wenigen Leuten, deren Eltern noch immer glücklich miteinander verheiratet waren. Er war gebildet, gesellig und hatte viele Freunde. Ich war eine Einzelgängerin, die mit fünfzehn von der Schule abgegangen war und Menschenansammlungen hasste.

Chris stand seiner Mutter sehr nahe und konnte überhaupt nicht verstehen, warum ich nie versucht hatte, meine Mutter ausfindig zu machen. Ich glaube, ihm schwebte so etwas wie eine wundervolle Wiedervereinigung vor.

»Ich habe sie seit fünfzehn Jahren nicht gesehen und kein Wort mit ihr gewechselt«, erklärte ich ihm.

»Weißt du denn, wo sie ist?«

»Nein. Dass sie lebt, weiß ich überhaupt nur deshalb, weil sie mir zu meinem Geburtstag immer eine Karte geschickt hat, bevor wir nach Sambia zogen. In dem Umschlag waren immer genau so viele Shillings, wie ich Jahre alt wurde.«

»Wann hat sie damit aufgehört?«

»Als ich vierzehn oder fünfzehn wurde.«

»Denkst du denn nie an sie?«, fragte er ungläubig.

»Manchmal schon. Ich hab mich zum Beispiel oft gefragt, wie sie jetzt aussieht. In meiner Erinnerung ist sie sehr schön. Früher habe ich mir immer eingeredet, eines Tages würde ich sie suchen und einfach eine Weile aus der Ferne beobachten … nur um zu wissen, wie sie aussieht.«

»Möchtest du nicht mit ihr reden?«

»Nein.«

»Aber sie ist doch deine Mutter!«

»Sie ist schon lange nicht mehr meine Mutter.«

Chris war Feuer und Flamme für die Idee, dass ich ein Wiedersehen mit meiner Mutter arrangieren sollte, aber ich hatte eigentlich kein Interesse daran.

»Na ja, wie wäre es, wenn wir sie suchen, und wenn wir sie gefunden haben, entscheidest du alles Weitere?«, schlug er vor.
Ich schüttelte den Kopf, aber ich spürte, wie meine Entschlossenheit ins Wanken geriet.
Einen Tag später flog ich zurück nach Lusaka. Ich wäre liebend gern in Salisbury geblieben und nahm mir fest vor, sobald wie möglich wieder meinen Urlaub dort zu verbringen.
Unterdessen arbeitete ich wieder bei Van Motors und wohnte bei Annette. Ich erzählte ihr, dass Chris ganz wild darauf war, unsere Mutter ausfindig zu machen. Sie reagierte überrascht und ein wenig argwöhnisch. Da sie zwei Jahre älter war als ich, hatte sie wesentlich mehr von der Scheidung mitbekommen als ich. Dad hatte ihr eine enorme Verantwortung aufgebürdet und sie in Dinge eingeweiht, mit denen ein Vater seine Tochter vielleicht nicht unbedingt belasten sollte.
Jedenfalls legte Annette Wert darauf, dass ich mir klarmachte, worauf ich mich da einließ. »Mum hat gesagt, sie würde nur die Jungen nehmen, nicht uns«, erzählte sie mir. »Dad hat mir einen Brief von ihrem Anwalt gezeigt, in dem stand: ›Mrs. Houston-Brown überlässt Ihnen die beiden Mädchen, weil diese Ihnen schon immer näher standen. Sie nimmt die Jungen zu sich, allerdings nur mit entsprechender finanzieller Unterstützung von Ihrer Seite.‹ Darauf wollte Dad sich nicht einlassen. Er wollte um keinen Preis zulassen, dass wir voneinander getrennt wurden, und machte von Anfang an klar, dass er bereit war, dafür zu kämpfen. Aber er brauchte sich gar keine große Mühe zu geben. Schon nach ein paar Tagen waren die Jungen wieder bei uns.«
Ich weiß nicht, warum ich darauf so heftig reagierte. Warum machte es mir nach all den Jahren überhaupt noch etwas aus? Aber es machte mir eben etwas aus. Meine Mutter hatte mich nicht nur im Stich gelassen, sie hatte sich nicht mal um mich bemüht. Brendan und Clive wollte sie auch nur behalten, wenn Dad für die beiden zahlte.
Drei Wochen später fuhr ich wieder nach Salisbury. Es war groß-

artig, Trish, Barry und Chris wieder zu sehen. Am Freitagabend gingen wir ins George Hotel, und Chris lächelte mich ständig an, als hätte er ein Geheimnis.

»Worüber freust du dich denn so?«, fragte ich.

»Ich habe deine Mutter gefunden.«

Bestimmt machte ich ein total schockiertes Gesicht, und einen kurzen Moment lang fragte sich Chris wahrscheinlich, ob er das Richtige getan hatte.

»Sie lebt in Mtoko – ungefähr eine Autostunde von hier. Sie und ihr Mann führen das Postamt und den Gesellschaftsclub.«

»Wie hast du das alles herausgefunden?«

»Ein Freund von mir hat bei der Militärbasis in Mtoko gearbeitet. Er sagt, alle in der Stadt kennen Marion und Mike.«

Chris war sehr zufrieden mit seiner Detektivarbeit, aber ich teilte seine Begeisterung nicht. Warum sollte ich das Risiko eingehen, ein zweites Mal von meiner Mutter zurückgewiesen zu werden? Was, wenn ich sie anrief, und sie legte einfach auf? Was, wenn sie mich überhaupt nicht sehen wollte?

Der Mann, mit dem sie jetzt verheiratet war, hatte damals auch im Park Hotel gewohnt. Er und meine Mutter hatten eine Affäre gehabt, behauptete Annette. Sie hatte die beiden zusammen gesehen. Irgendwann hatte Dad das Paar dann auf der Rennbahn entdeckt und seine Frau weggeschickt.

Selbst als ich Chris das alles erzählt hatte, war er noch immer der Meinung, ich sollte meine Mutter anrufen.

»Was hast du denn zu verlieren? Sie ist kein Teil deines Lebens mehr. Selbst wenn sie dich nicht sehen will, ändert sich für dich nichts. Aber was, wenn sie dich doch sehen möchte? Was, wenn sie in all den Jahren gehofft und gebetet hat, dass du dich bei ihr meldest?«

Schließlich wählte ich die Nummer. Ich hielt das Telefon mit beiden Händen umklammert, damit sie nicht so zitterten. Jedes Mal, wenn es klingelte, hätte ich am liebsten aufgelegt. Aber dann meldete sich eine Frauenstimme.

»Ist dort Marion?«, fragte ich.
»Ja, wer spricht denn da?«
»Hmm … ja … hier ist Linda … deine Tochter.«
Eine lange Pause trat ein.
»Hallo, Linda.«
»Ein Freund von mir hat deine Nummer gefunden … da dachte ich … hoffentlich stört es dich nicht, dass ich anrufe.«
»Nein, überhaupt nicht. Du meine Güte, es ist so lange her. Du musst inzwischen neunzehn sein.«
»Zwanzig.«
Sie hatte eine sympathische Stimme. Ich weiß nicht, was ich eigentlich erwartet hatte, aber ich hatte nicht gedacht, dass sie so nett klingen würde. Mit ihr zu sprechen war schwierig, aber ich wollte auf gar keinen Fall so tun, als wären die Jahre, die uns trennten, nicht gewesen. Sie kannte mich nicht. Ich hatte tausend Fragen. Was war geschehen? Warum war sie damals gegangen? Was hatte sie inzwischen mit ihrem Leben gemacht?
»Kann ich dich besuchen?«, platzte ich fast ohne nachzudenken heraus.
Sie zögerte einen Augenblick. Wollte sie mich womöglich doch nicht sehen? Aber dann sagte sie ja. Vielleicht wusste sie, wie viel Mut es mich gekostet hatte, das Telefon in die Hand zu nehmen und sie anzurufen.
In der darauf folgenden Woche fuhren Chris und ich nach Mtoko. Wir hatten vor, gemeinsam zu Mittag zu essen und vielleicht die Nacht über zu bleiben. Auf der heißen, staubigen Hauptstraße parkten die Autos mit dem Kühler in Richtung Bordstein. Der helle Sonnenschein ließ den Schatten der Bäume noch tiefer erscheinen. Chris setzte mich vor der Post ab; er wollte so lange einen Spaziergang machen. Ich stieg die Stufen zu einer kleinen Veranda hinauf und warf einen Blick durch die offene Tür. Drinnen sah ich ein kleines Fenster und einen Mann hinter einer Theke.
»Ich wollte Marion besuchen«, sagte ich und bemühte mich, das Zittern in meiner Stimme zu unterdrücken.

»Bist du Linda?« Der Mann lächelte. »Ich bin Mike. Ich hole Marion sofort.«
Nachdem ich ein paar Minuten auf der Veranda gewartet hatte, kam eine Frau heraus. Sie trug ein einfaches geblümtes Sommerkleid und Sandalen. Wenn ich ihr auf der Straße begegnet wäre, hätte ich nicht zweimal hingeschaut. Ich konnte keinerlei Familienähnlichkeit erkennen, und sie war keineswegs die kühle blonde Eisprinzessin, die ich in Erinnerung hatte. Sie war eine Frau mittleren Alters mit der entsprechenden Figur.
»Hallo, Linda«, begrüßte sie mich, trat etwas unsicher auf mich zu und umarmte mich. Wir wussten beide nicht, was wir tun oder sagen sollten. Sollte ich in Tränen ausbrechen? Oder wütend werden? Mein einziger Instinkt war davonzulaufen. Die ganze Unternehmung war von Anfang an eine dumme Idee gewesen.
Meine Mutter hielt meine Hand, und so saßen wir nebeneinander auf zwei Stühlen auf der Veranda. Nach einer Weile holte sie kalte Getränke und gebratene Speckscheiben. Ich war dankbar, dass ich etwas mit meinen Händen anfangen konnte.
Sie sah mich nicht direkt an, wenn sie etwas sagte, sondern blickte auf ihre Hände hinab, als wäre sie verlegen oder als hätte sie etwas zu verbergen. Ihre Haare waren dünn, dabei hatte ich sie voll und glänzend in Erinnerung gehabt. Ich weiß wirklich nicht, was ich mir vorgestellt hatte. Ich glaube, Chris dachte, es würde ein Funke des Erkennens zwischen Mutter und Tochter überspringen, eine Art chemische Reaktion. Aber ich fühlte überhaupt nichts. Ich kannte diese Frau nicht. Sie kannte mich genauso wenig.
Ohne dass ich danach fragte, erzählte sie mir ihre Version dessen, was passiert war, nachdem Dad sie hinausgeworfen hatte. Zuerst wohnte sie eine Weile in Bulawayo bei ihrer Familie, dann suchte sie sich einen neuen Job.
»Wahrscheinlich hältst du mich für eine grässliche Mutter«, sagte sie und betupfte sich die Augen mit einem Taschentuch. »Ich weiß nicht, woran du dich überhaupt noch erinnerst. Aber es war

sehr schwierig für mich. Am Ende hatte ich keine Wahl, so schmerzlich die Entscheidung auch war. Ich hätte dich mitgenommen, aber ich war ganz allein. Ich hatte kein Geld. Es waren harte Zeiten.«

Offenbar wusste sie nicht, dass Annette den Brief von ihrem Anwalt gesehen hatte. Ich ließ sie ihre Geschichte erzählen, obwohl ich wusste, dass sie nicht der Wahrheit entsprach.

»Ich musste gehen«, fuhr sie fort. »Ich konnte die ständigen Affären deines Vaters nicht mehr aushalten. Er hat mit den schwarzen Frauen in den Dörfern geschlafen. Er konnte einfach nicht die Finger von ihnen lassen. Kein Wunder, stimmt's? Man braucht sich ja nur anzuschauen, wen er jetzt geheiratet hat.«

Ich wollte Dad verteidigen. Ich wollte ihre Behauptungen widerlegen, aber ich fand nicht die richtigen Worte. Ich wusste, dass ihre Untreue der Grund für die Scheidung gewesen war, nicht seine. Außerdem wusste ich, dass ein Weißer, dem man vorwarf, mit schwarzen Dorffrauen geschlafen zu haben, niemals das Sorgerecht für uns Kinder bekommen hätte. Unter solchen Umständen hätte meine Mutter den Vorwurf des Ehebruchs auch nie auf sich sitzen lassen.

Aber ich schwieg. Es ergab alles keinen Sinn. Warum erzählte sie mir das ganze Zeug? Merkte sie denn nicht, dass sie noch viel schlechter dastand, wenn das, was sie sagte, stimmte? Wenn Dad wirklich so schrecklich gewesen war, wie hatte sie ihm dann ihre Kinder überlassen können?

Als hätte sie meine Gedanken gelesen, sagte sie: »Ich wollte euch alle mit nach Bulawayo nehmen, aber ich war eine allein stehende Frau. Ich hätte nie genug verdienen können, um für euch alle zu sorgen.«

Eine allein stehende Frau? Hielt sie mich für dämlich? Wenn sie uns zu sich genommen hätte, wäre Dad doch gezwungen gewesen, Alimente und Unterhalt zu zahlen!

Sie erzählte, sie hätte Mike Dobbyn per Zufall wieder getroffen, als sie eine Stelle bei der Post in Bulawayo annahm. Die beiden

erneuerten ihre »Freundschaft«, nachdem die Scheidung durch war. »Wir haben geheiratet und in Bulawayo ein Zuhause für euch eingerichtet, aber euer Vater wollte euch nicht zu uns lassen«, erzählte sie weiter.
Ich glaubte ihr kein Wort.
Um die Mittagszeit erschien Mike auf der Veranda und schloss die Türen hinter sich ab – das Postamt machte für zwei Stunden zu. Beim Lunch überredeten er und meine Mutter Chris und mich, über Nacht zu bleiben.
»Wir haben eine Weihnachtsfeier im Club«, sagte sie. »Da werdet ihr euch bestimmt gut amüsieren.«
Ich sah Chris an. Er lächelte und nickte. In seinen Augen kam ich mit meiner Mutter glänzend klar, und wir konnten uns endlich über all die verlorenen Jahre austauschen.
Bei der Party am Abend trug ich ein schwarzes, hautenges Kleid, dazu kniehohe Stiefel und ein Stirnband. Ich weiß nicht, was in mich gefahren war. Vielleicht wollte ich meine Mutter schockieren.
Mein Aufzug sorgte im konservativen Mtoka natürlich für neugierige Blicke. Als meine Mutter mich ihren Freunden vorstellte, hörte ich, wie ein Farmer sagte: »Sie ist ja ein verfluchter Hippie!«
Mit einem eisigen Blick schnitt meine Mutter ihm das Wort ab. »Sie ist kein Hippie, sie ist meine Tochter.«
Dann deutete ein kleines Mädchen von vielleicht neun Jahren mit dem Finger auf mich und fragte: »Wer ist die da, Tante Marion?«
»Sie ist mein kleines Mädchen.«
»Sie ist aber kein kleines Mädchen.«
»Nein, sie ist kein kleines Mädchen, aber sie war früher eines … so wie du jetzt.« Meine Mutter nahm das Gesicht des Mädchens in beide Hände und strich ihr über die Wangen.
Mein Herz geriet ins Stolpern. Es war ein so schöner, liebevoller Augenblick, aber ich spürte nichts als Verwirrung. Warum hatte

ich keine einzige Erinnerung daran, dass meine Mutter auch nur ein einziges Mal so mit mir gesprochen hatte?
Das Postamt und der Club waren die sozialen Zentren von Mtoko, also waren Mike und meine Mutter sehr stark im Leben der Gemeinschaft integriert. Und alle schienen sie zu mögen. Nach der Party fuhren wir zurück zu ihrem bescheidenen Haus. Es hatte Verdunkelungsvorhänge und Drahtgeflecht vor den Fenstern, als Schutz vor Handgranaten. Mtoko lag in der »heißen« Zone des Kriegs mit den nationalistischen Rebellen.
Chris schlief im Wohnzimmer, ich auf einer Campingliege im Esszimmer. Lange konnte ich nicht einschlafen, weil mir die Ereignisse des Tages nicht aus dem Kopf gingen.
Ich muss wohl eingeschlafen sein, denn plötzlich erwachte ich mit der schrecklichen Gewissheit, dass jemand bei mir im Zimmer war. Ich lag ganz still und hörte dicht neben mir ein Geräusch. Wenn ich die Augen bewegte, konnte ich eine Gestalt erkennen, die neben mir kniete. Dann glaubte ich ein leises Weinen zu hören.
Ich setzte mich halb auf und streckte die Hand aus. Vorsichtig berührte ich das Haar meiner Mutter und zog sie zu mir. Sie legte den Kopf auf meine Brust und weinte weiter, tiefe, herzzerreißende Schluchzer, die ihren ganzen Körper schüttelten. »Schon gut«, flüsterte ich. Während ich ihr so übers Haar strich, dachte ich daran, dass Annette einmal gesagt hatte, unsere Mutter hätte Haare so weich wie ein Baby. Sie hatte Recht gehabt.
Ich weiß nicht, wie lange wir so verharrten. Als sie sich allmählich beruhigte, kamen die Schluchzer seltener, genau wie bei einem Kind, das lange und heftig geweint hat. Dann schob sie meinen Arm von ihrer Schulter und ging hinaus. Die ganze Zeit über hatte sie kein Wort gesagt.
Es dauerte sehr lange, bis ich wieder einschlief. Ich zerbrach mir den Kopf, was das alles zu bedeuten hatte. Wollte sie mir sagen, dass es ihr Leid tat? Hatte sie ein schlechtes Gewissen, weil sie uns verlassen hatte?

Als ich am nächsten Morgen aufwachte, ging ich gleich in die Küche. In der Tür blieb ich eine Weile stehen und sah meiner Mutter zu, wie sie Brot aufschnitt. Plötzlich hatte ich das sichere Gefühl, dass ich wusste, was passieren würde … als wäre alles schon einmal passiert.
»Guten Morgen«, sagte ich. Sie drehte sich um und wünschte mir ebenfalls einen guten Morgen.
»Möchtest du Toast?«, fragte sie mich.
Mich überlief es eiskalt. In ihrem Gesicht war keine Spur von dem zu erkennen, was in der Nacht geschehen war. Keinerlei Bestätigung dafür, dass sie in meinen Armen geweint hatte. Stattdessen drehte sie sich von mir weg, um weiter Brot zu schneiden.
Ich stand da wie angewurzelt und beobachtete sie vollkommen verwirrt. Hatte ich es mir alles nur eingebildet, hatte ich geträumt? Nein, es war real. ES … WAR … REAL!«

»Haben Sie etwas zu Ihrer Mutter gesagt?«, fragt Dr. Royston.
Mir sitzt der Schreck noch in den Gliedern. Die Erinnerungen sind so lebendig, dass ich mich völlig in ihnen verloren habe, und auf einmal wird mir klar, dass ich die letzten Worte fast anklagend hervorgestoßen habe. Ich bin angespannt wie eine Sprungfeder.
Dr. Royston sieht meine Verwirrung und wiederholt seine Frage. »Haben Sie mit Ihrer Mutter darüber gesprochen?«
Ich schüttle den Kopf. »Ich wollte, dass *sie* sich zu dem bekennt, was passiert war, aber das hat sie nie getan. Wir saßen beim Frühstück und machten Konversation. Danach packten Chris und ich unsere Sachen zusammen und gingen.
Es gab so vieles, was ich sie noch hätte fragen wollen, Dr. Royston. Ich wollte wissen, ob es ihr Leid tat, dass sie uns verlassen hatte. Wollte sie mir das in jener Nacht zu verstehen geben?«
»Warum haben Sie Ihre Mutter nicht gefragt?«
»Ich konnte nicht. Vielleicht hatte ich Angst vor der Antwort.«
»Sind Sie mit ihr in Kontakt geblieben?«, fragt Dr. Royston.

»Ja. Ich habe sie noch ein paar Mal gesehen, aber dabei habe ich mich Dad gegenüber immer irgendwie unloyal gefühlt. Sie hat mir wieder Geburtstagskarten geschickt, und ich habe ihr noch gelegentlich geschrieben, als wir schon nach England gezogen sind. Ich weiß nicht, warum ich den Kontakt zu ihr aufrechterhalten habe. Sie hat mir Angst gemacht, aber gleichzeitig wollte ich von ihr geliebt werden.«

Robin Royston

Eine Taube flattert auf den Fenstersims und lenkt Linda so weit ab, dass sie ihren Gedankengang unterbricht. Sie verstummt, vielleicht lässt sie sich die Ereignisse noch einmal durch den Kopf gehen.

In dieser einen Stunde hat Linda mehr über ihre Mutter gesprochen als in allen bisherigen Stunden zusammen. Bis jetzt waren ihre Erinnerungen flüchtig und unzusammenhängend, wodurch es für mich schwierig war, mir ein Bild von dieser Frau zu machen.

Nach Lindas Beschreibung ist sie ziemlich kalt und hart. Sie lügt nicht nur, sie hat auch keine Gewissensbisse und kennt keine Selbstzweifel. Sentimentalität wird oft mit echtem Gefühl verwechselt, aber Härte und Kälte äußern sich meist unmissverständlich.

Unglücklicherweise hat das Wiedersehen mit ihrer Mutter bei Linda enorme Verwirrung und Unsicherheit hervorgerufen, denn sie sehnt sich ja verständlicherweise nach einer Mutter. Diese Verwirrung zieht sich durch ihr ganzes Leben und beeinflusst sie auch in ihrer eigenen Rolle als Frau und Mutter. Wenn es ihr schlecht geht, fragt sie sich sicher manchmal: »Bin ich die Tochter meiner Mutter?«

Bei unserer nächsten Sitzung am übernächsten Tag nimmt Linda den Faden der Geschichte wieder auf. Zusammen mit Annette wohnte sie in einer winzigen Wohnung in Lusaka. Sie hatte Mikes Tod noch lange nicht überwunden und machte nun eine Phase rasch wechselnder, oberflächlicher sexueller Beziehungen durch. Teilweise war dies darauf zurückzuführen, dass sie ungern in die gemeinsame, beengte Wohnung zurückkehrte, aber hauptsächlich ging es ihr wohl darum, dass sie nicht alleine schlafen wollte. Sex war der Preis, den sie dafür zahlte.

Linda erzählt nicht gern von ihren Affären. Ich glaube, sie fühlt sich schuldig, weil sie sich so bald nach Mikes Tod auf sexuelle Abenteuer eingelassen hat. Aber ich bin erschüttert, wie unwichtig sie diese Begegnungen darstellt. Sie sehnte sich nach Nähe, nicht nach Sex.

In den Wochen nach Mikes Tod war sie des Öfteren in Salisbury. Beim zweiten Mal geschah etwas, was sehr stark in die Richtung dessen weist, was meiner Vermutung nach eines ihrer Kernprobleme ist.

Sie und Chris waren einander sehr nahe gekommen, hatten aber noch nicht miteinander geschlafen. Ihre Beziehung war ganz anders als die anderen, die Linda vorher gehabt hatte.

»Ich wusste, dass er in mich verliebt war, aber ich war in keiner sonderlich guten Verfassung«, meint Linda. »Er war so nett … er hatte etwas Besseres verdient.«

»Aber dann ist es doch passiert?«

Sie nickt. »Ich war im Haus von Chris' Eltern in Highlands. Chris hatte ein Apartment mit separatem Eingang. Eines Abends tranken wir beide ziemlich viel und landeten zusammen im Bett …« Sie hält inne, es ist ihr peinlich fortzufahren.

»Chris war noch Jungfrau«, flüstert sie dann. »Er hatte zwar schon so ziemlich alles mit Mädchen gemacht, aber eben noch keinen Verkehr gehabt. Ich habe gemerkt, dass er nervös war. Für ihn war es etwas ganz Besonderes. Er begann mit mir zu schlafen …« Ihre Stimme versagt. »Tut mir Leid … ich will nicht weinen … aber der arme Chris … es war nicht seine Schuld.«

»Was ist denn passiert?«
»Ich weiß nicht …« Sie atmet kurz und stoßweise. »Er hat mich geküsst, und das Nächste, woran ich mich erinnere, ist, dass er mich fragte: ›Ist alles in Ordnung mit dir? Ist alles in Ordnung?‹ Ich weiß nicht, was los war … ich bin nicht ohnmächtig geworden … ich habe nur plötzlich überhaupt nichts mehr gefühlt …« Sie presst die Hände zwischen die Knie und wippt mit den Fersen auf dem Boden. »… Ich war unerreichbar für Chris, als wäre ich überhaupt nicht da. Er sagt, ich habe mich einfach nur auf dem Bett zusammengerollt und nichts gesagt.«
»Für wie lange?«
Sie sieht mich mit großen Augen an. »Stundenlang.«
»Und Sie erinnern sich an nichts?«
»Nein. Chris meint, ich hätte ein paar Mal gemurmelt: ›Alles ist tot. Alles ist tot.‹ Weiter nichts. Der arme Chris war natürlich außer sich. Er wusste nicht, ob er einen Arzt oder seine Mutter rufen sollte – sie war Krankenschwester. Es muss furchtbar für ihn gewesen sein …«
Linda weiß nicht, was geschehen ist. Ihre einzige Erinnerung ist, »weit weg« gewesen zu sein.
»Ist das bei Mike auch manchmal passiert?«
Sie schüttelt den Kopf. »Eigentlich nicht, nein. Manchmal schaltete ich schon ab, aber ich war nie einfach weg. Sex war wichtig für Mike. Für mich war es nicht das Gleiche …«
»Was geschieht heute, wenn Sie mit Chris schlafen?«
»Manchmal sehe ich ganz kurz das Bild eines riesigen Mannes, der sich über mich beugt. Dann bekomme ich solche Angst, dass ich das Licht anmachen muss, um mich zu vergewissern, dass es Chris ist, der mich berührt. Aber davon weiß er nichts, ich habe es ihm nie erzählt.«
Soeben hat Linda über drei unterschiedliche Erlebnisse berichtet, die alle mit ihrer Sexualität zu tun haben und die alle Alarmglocken in meinem Kopf auslösen. Ihre Beschreibung, dass sie sich »distanzierte«, dass sie einfach abschaltete, erinnert mich an

die Geschichte, wie sie ihre Jungfräulichkeit verloren hat und dass sie sich danach nicht erinnern konnte, dass der Junge in sie eingedrungen war oder dass sie Schmerz gespürt hatte.

Jeder Therapeut, jeder Psychologe oder Sozialarbeiter, der mit sexuell missbrauchten Kindern arbeitet, weiß, dass ein solches »Sich-distanzieren« bei Missbrauchserfahrungen sehr häufig vorkommt. Die Opfer versuchen, den Missbrauch zu verdrängen, indem sie sich beispielsweise vorstellen, dass sie ganz klein werden oder in Gedanken weit weg gehen. Und nun erzählt Linda, dass sie manchmal, wenn sie mit Chris schläft, einen »riesigen Mann« vor sich sieht und sie sich klein und hilflos fühlt.

Schon seit längerem habe ich mich gefragt, ob womöglich ein Missbrauch im Zentrum ihrer Probleme steht. Die »Halluzinationen«, von denen sie erzählt, als sie klein war, das Bettnässen, die Angst vor der Dunkelheit, der dunkelhaarige Mann in ihren Träumen, die Vorstellung, dass jemand nachts in ihr Zimmer kommt, die Hand, die ihr Gesicht bedeckt …

Ich spüre ein zunehmendes Unbehagen und das starke Gefühl, dass wir hier nur die Spitze eines riesigen Eisbergs vor uns haben. Vor allem macht es mir Sorgen, dass wir immer noch nicht genau wissen, wohin das alles führen soll.

Die Annahme, dass ein traumatisches Erlebnis die Erinnerung blockieren kann, ist höchst umstritten; nicht einmal der Gedächtnisverlust als solcher ist international anerkannt. Obgleich immer mehr Beispiele für das Phänomen gesammelt werden, konnte bisher kein stichhaltiger Beweis erbracht werden. Einige dieser Fälle gehen bis auf den Ersten Weltkrieg zurück, als Soldaten eine Weile verschwunden waren und später keine Erinnerung daran hatten, was in dieser Zeit mit ihnen geschehen war. Solche Meinungsverschiedenheiten sind in der Psychiatrie und Psychologie allerdings recht häufig, denn wir wissen immer noch viel zu wenig über die menschliche Psyche.

Meine Ansicht über das Thema gründet sich größtenteils auf praktische Erfahrungen. Ältere Forschungsergebnisse scheinen

darauf hinzudeuten, dass Kinder eher als Erwachsene dazu neigen, Dinge auszublenden. Erwachsene sind im Allgemeinen besser in der Lage, ein schlimmes Erlebnis vernünftig zu verarbeiten, während ein Kind ihm meist völlig hilflos gegenübersteht.
Lange hat Linda darauf beharrt, dass sie es doch wissen müsste, wenn ihr etwas Schreckliches zugestoßen wäre – wie sollte sie so etwas vergessen? Es wäre doch bestimmt in ihr Gedächtnis eingebrannt und keine Zeit der Welt könnte es auslöschen. Erst jetzt, wo ihr immer klarer wird, dass sie Gedächtnislücken hat, beginnt sie, mich nach dieser Möglichkeit zu fragen.
Linda erzählt mir, dass ihr Vater, der inzwischen in Amerika lebt, einen Herzanfall hatte und fast gestorben wäre, das war zu der Zeit, als ihre Depressionen richtig schlimm wurden. Ihr Bruder Clive hatte aus Kalifornien angerufen und ihr die schlechte Nachricht überbracht.
Ihre erste Reaktion war, sofort hinzufliegen. Ihre Familie ist über drei Kontinente verteilt: Ihr Vater, Clive, Sean und Jemal leben in Amerika, Annette und Brendan in Afrika, sie selbst in Großbritannien. Sie wollte unbedingt ihre Unterstützung anbieten. Auch Annette flog nach Amerika.
»Dad öffnete die Tür seines Apartments in Inglewood; er sah blass und verhärmt aus – und rauchte eine Zigarette«, erzählt sie.
»Ich habe ihn angefahren: ›Bist du denn total verrückt?‹
›Warum denn, Lindy?‹
›Weil du daran sterben wirst, du alter Dummkopf.‹
›Und ich könnte auch morgen vom Bus überfahren oder vom Blitz getroffen werden. Lass mich das Leben genießen, solange ich es noch kann.‹
Das war typisch Dad, und ich kam mit meinen Argumenten nicht an ihn ran. Aber es war eine seltsam glückliche Zeit. Als Annette zwei Tage später eintraf, wohnten wir zum ersten Mal seit fünfzehn Jahren wieder alle unter einem Dach. Dad war gänzlich unkompliziert. Er werkelte mit seinen Balkonpflanzen herum und sah sich im Fernsehen das ›Glücksrad‹ an. Wir koch-

ten Tee und sorgten dafür, dass er jeden Tag ein Stück spazieren ging.
Dazwischen saßen Annette und ich zusammen und erzählten einander Geschichten über unsere Kindheit in Rhodesien. Noch nie zuvor hatten wir Kindheitserinnerungen ausgetauscht. Afrika war eine so beeindruckende Umgebung gewesen, dass die Ereignisse fast überlebensgroß erschienen. Selbst Geräusche und Farben hatten wir noch genau im Gedächtnis; die Dorftrommeln, die mit dem Wind anschwollen und wieder verebbten, der Geruch von Holzrauch in der Luft, die ersten Regentropfen auf der heißen Erde, die im Staub explodierten wie Mini-Atombomben …«
Jedes Mal, wenn Linda mir von Afrika erzählt, wirkt sie gleich viel entspannter und munterer; ihre Erinnerungen scheinen sie regelrecht mitzureißen. Aber noch wichtiger ist mir momentan, dass sie mir sehr genau die Persönlichkeit ihres Vaters und ihr Verhältnis zu ihm beschreibt.
»Als ich acht und Annette zehn Jahre alt war, ließ uns Dad draußen im Regen spielen, jedenfalls solange es noch nicht blitzte und donnerte. Manchmal spielte er auch mit uns und jagte uns durch die Pfützen, oder er saß auf der Veranda und sah zu, wie wir Flüsse und Staudämme anlegten.
Wegen der Wasserskorpione mussten wir vorsichtig sein. Obwohl es oft über einen Monat lang nicht geregnet hatte, lockten die Pfützen sie schnell aus ihren Schlupfwinkeln. Von den umliegenden Fenstern sahen uns die Nachbarn zu. Eine alte Frau hielt Dad immer Moralpredigten, wenn er uns im Regen spielen ließ. ›Sie werden sehen, die beiden fangen sich noch eine Krankheit ein‹, schalt sie ihn. ›Lungenentzündung oder so was Schreckliches.‹
Dad ignorierte sie höflich. Ich glaube, eigentlich störte es die Frau viel mehr, dass er seine Töchter in Jungenbadehosen ohne Oberteil herumlaufen ließ.« Linda grinst, als sie das erzählt.
»Manchmal kitzelte Dad uns durch und sagte: ›Was habt ihr getan, ihr frechen kleinen Fräuleins!‹

Wir wanden uns in seinen Armen und kicherten: ›Nein, wir sind keine frechen kleinen Fräuleins!‹
›Na, dann seid ihr eben dumme kleine Damen!‹
›Nein, wir sind keine dummen kleinen Damen!‹
›Dann müsst ihr garstige kleine Gänschen sein!‹
Inzwischen hatten wir kreischend die Flucht ergriffen.«
Ich frage Linda, wie es für sie war, mit Annette über ihre Kindheit zu sprechen.
»Na ja, das ist es ja gerade«, antwortet sie, und fast schlagartig ist die Leichtigkeit verschwunden. »Ich habe gemerkt, dass unsere Erinnerungen vollkommen unterschiedlich sind.«
»In welcher Hinsicht?«, frage ich.
»Annette und ich saßen am Küchentisch in Dads Wohnung, und ich erzählte von dem Haus in der Maple Avenue 5, wo wir wohnten, nachdem Mum uns verlassen hatte. Es war ein schönes, stabiles Backsteinhaus, gebaut auf etwa einem halben Hektar Land, in einer Mittelschichtgegend namens Windsor Park. Ganz in der Nähe war der Reitstall, in dem auch Prince untergebracht war, und es gab eine Menge Platz und unzählige Verstecke. Ein tolles Haus für Kinder, nur ein paar Minuten von den offenen Feldern und Koppeln und von der Eisenbahnlinie entfernt. Auf der anderen Seite der Schienen musste man noch ein kleines Stück durch den Busch, dann kam man an den Gwelo-Fluss.
Innen war das Haus geräumig und luftig und hatte irgendwie einen kreisförmigen Grundriss, sodass man durch die meisten Zimmer gehen konnte und dort wieder herauskam, wo man losgegangen war. Links von der Halle lag Dads Zimmer, rechts das Wohnzimmer mit dem offenen Kamin. Durch das Wohnzimmer kam man ins Esszimmer und dann in eine kleine Halle, von der links die Speisekammer und die Küche und rechts die Spülküche abgingen, die zur Hintertür führte. An Dads Schlafzimmer vorbei und weiter den Korridor hinunter lag das Zimmer der Haushälterin und ganz hinten dann Annettes und mein Schlafzimmer.
Das Haus hatte eine Auffahrt aus Sand und Kies, mit zwei Ein-

gängen von der Maple Avenue, beide von Zementpfeilern flankiert. Der übrige Garten wurde von einer Hecke eingefasst. Ich liebte den Garten, der voller Obstbäume stand – Maulbeeren, Guaven, Feigen und Orangen. Unser Schlafzimmer hatte ein Fenster auf den Orangenhain, und wir konnten auch das Tiergehege und das Vogelhaus sehen, die Dad für unsere Menagerie gebaut hatte.

Wir hatten immer eine Menge Tiere – Meerschweinchen, Kaninchen, Tauben, ein Lämmchen. An diesem Abend in Amerika, als ich mit Annette in Dads Küche saß, unterhielten wir uns über die Tiere und wie Dad für sie alle Käfige gebaut hatte.

Irgendwie kam Annette dann darauf, dass wir ja schon zum zweiten Mal in diesem Haus gewohnt hatten.

›Wie meinst du das?‹, fragte ich sie.

›Wir haben zweimal im gleichen Haus gewohnt.‹

›Wann denn noch?‹

›Bevor wir ins Park Hotel zogen und Mum uns verlassen hat.‹

›Nein, das kann doch gar nicht sein!‹, rief ich.

›Natürlich stimmt das. Drei Jahre haben wir da gewohnt.‹«

Linda wird ganz aufgeregt, als sie mir davon erzählt. Sie sieht auf den Boden und fummelt an ihren Kleidern herum.

»Dad hat bestätigt, was Annette behauptete. Wir hatten schon drei Jahre lang in diesem Haus gewohnt, das erste Mal war ich etwa vier. Wie konnte ich drei Jahre einfach so vergessen haben? Und das ist nicht alles. Beispielsweise erinnere ich mich daran, wie Annette in die Schule gekommen ist – ich weiß noch, wie sie in ihrer Schuluniform aussah, als wir in Riverside wohnten –, aber von meinem ersten Schultag, achtzehn Monate später, weiß ich nichts mehr. Es ist alles weg, als hätte jemand mit dem Schwamm eine Schiefertafel abgewischt.

Und wissen Sie, was das Seltsamste ist?« Linda sieht mich an, sehr konzentriert und angestrengt.

»Als wir in die Maple Avenue 5 einzogen – nachdem Mum weg war – hatte ich immer das Gefühl, dass es in dem Haus spukte.«

»Wie das?«, frage ich sie.
»Annette erinnert sich, dass Dad immer gesagt hat, ich hätte Halluzinationen, das habe ich Ihnen ja schon erzählt. Manchmal war es so schlimm, dass er ihr eingeschärft hat, mich nicht aus den Augen zu lassen. An diesem Abend in Dads Küche fragte ich nun Annette, ob sie nicht auch das Gefühl gehabt hatte, dass es in dem Haus spuke. Sie meinte, das würde jedenfalls erklären, warum ich mich so seltsam verhalten habe. Aber ich weiß nicht mehr, wie ich mich verhalten habe. Ich habe mir seit diesem Abend das Gehirn zermartert und kann mich an nichts erinnern. Warum? Wird das Schlimmste einfach verdrängt, bis man es zufällig wieder findet oder bis jemand anderer es einem erzählt?«
Am meisten Sorgen macht sie sich darüber, was noch alles verloren ging, wenn sie drei Jahre ihrer Kindheit komplett vergessen hat. Welche anderen Ereignisse, welche Beziehungen oder Konfrontationen sind aus ihrem Gedächtnis getilgt?
In ihrem Tagebuch hat sie notiert:
»Was würde passieren, wenn ich mich auf einmal wieder erinnere? Warum beeinflusst mich das Vergessene jetzt so stark? Wenn ich mit der Therapie aufhören und die Vergangenheit nicht mehr ausblenden würde – würden die Gedankenblitze dann aufhören?«
Außerdem fragt sich Linda ständig, ob sie vielleicht nur versucht, jemand anderem die Schuld in die Schuhe zu schieben, statt sich ihrer Verantwortung zu stellen. Ob sie einen Sündenbock finden möchte, um sich selbst als Opfer sehen zu können. Doch das sind Zweifel, die sehr häufig vorkommen.
Linda versteht die Theorie der blockierten Erinnerungen, aber nicht die Praxis. Wenn ihr etwas wirklich Schlimmes zugestoßen wäre, dann – so denkt sie – würde sie sich doch sicher daran erinnern können. Wenn sie an einer durch ein Trauma hervorgerufenen Amnesie leiden würde, wäre das für sie leichter zu akzeptieren. Wie kann das Gedächtnis entscheiden, etwas nicht zu speichern? Und warum kehrt es jetzt zu ihr zurück?

Zweifellos hat Linda ein Trauma durchgemacht – ein dramatisches, destruktives Erlebnis, das sie ausgeblendet hat. Ich sehe das positiv. Die Tatsache, dass sie etwas verdrängt hat, bedeutet, dass wir es wiederfinden können. Aber ich spüre in mir auch eine tiefe, instinktive Angst, dass das, was sie all die Jahre mit sich herumgetragen hat, nicht leicht zu bewältigen sein wird.

Kapitel 13

SEPTEMBER 1989

Linda Caine

Ich fühle mich besser. Ich lerne, mit dem Alltag zurechtzukommen. Jede Woche gehe ich einkaufen und versuche, nicht in Panik auszubrechen, wenn ich Christy von der Schule abhole und eine der anderen Mütter ein höfliches Gespräch mit mir anfängt.

Letzte Woche habe ich an einer Grillparty in Garys Schule teilgenommen und am Freitagabend an einer Wohltätigkeitsveranstaltung. Ich habe es geschafft, mich mit ein paar Leuten zu unterhalten und gelegentlich ein stilles Eckchen zu finden, um meine Nerven wieder zu beruhigen. Vielleicht nichts Großartiges, aber zumindest ein Anfang.

Ach, wem lüge ich damit eigentlich in die Tasche?

Die Wahrheit ist, dass ich mich am liebsten vor der ganzen Welt verkriechen möchte.

Gary und Christy bringen kaum noch Freunde mit nach Hause. Schlimmer noch, ich leite sie zum Schwindeln an. Vor einer Woche fühlte ich mich nicht so gut und sagte Gary und Christy, sie sollten nicht an die Tür und auch nicht ans Telefon gehen. Gary hat meine Anweisung prompt vergessen.

»Es ist Mrs. Jones«, verkündete er, nachdem er den Hörer abgenommen und sich gemeldet hatte.

Sofort bekam ich Panik.
»Sag ihr, ich bin im Bad«, flüsterte ich ihm zu.
Gary sah mich verwundert an. Ich hatte ihm doch immer beigebracht, nicht zu lügen!
Verzweifelt rannte ich ins Badezimmer und stellte mich in die Badewanne. »Sag ihr schon, dass ich im Bad bin. Du lügst nicht, ich bin ja im Bad.«
Jetzt schlägt meine Spitzfindigkeit zurück. Seit einer Weile habe ich den Verdacht, dass Gary raucht. Dabei ist er doch erst vierzehn.
Ich habe ihn direkt gefragt, aber er hat es geleugnet. Heute habe ich ihn wieder darauf angesprochen. »Ich weiß, dass du rauchst, Gary. Sonst lügst du mich doch auch nicht an.«
»Mum, ich wollte nicht lügen«, sagt er verlegen. »Als du mir die Frage gestellt hast – ob ich rauche –, da habe ich nicht geraucht. Jedenfalls nicht in diesem Augenblick.«
Jetzt hat er also von mir gelernt, wie man die Wahrheit verdreht, indem man mit Worten spielt. Noch ein Grund, mich schuldig zu fühlen.

Einkaufen ist eine gewaltige Unternehmung. Ich hoffe, dass ich keinen bekannten Gesichtern begegne. Gott sei Dank bleiben die Nachbarn meistens für sich.
Als ich die Milch bezahle, lächelt mich die Frau hinter mir an.
Mein Herz macht einen Satz. Sie heißt Margaret und ist Mitte fünfzig. Sie wohnt gegenüber von uns und winkt mir des Öfteren zu. Hilfe!
»Wie geht es Ihnen? Ich habe Sie seit einer Ewigkeit nicht mehr gesehen«, sagt sie.
»Danke, mir geht es gut.«
»Waren Sie verreist? Mir ist aufgefallen, dass Ihr Auto nicht da stand.«
»Ich war eine Weile im Krankenhaus.«

»Hoffentlich nichts Ernstes?«
Ich weiß nicht, warum ich es ihr sage. Es platzt einfach aus mir heraus. »Ich hatte Depressionen.« Warum kann ich nicht einfach den Mund halten?
»Oh, so ging es mir vor ein paar Jahren auch«, entgegnet sie mitfühlend. »Es hat ungefähr drei Wochen gedauert. Wissen Sie, ich würde mir lieber Arme und Beine brechen, als das nochmal durchmachen zu müssen. Das waren die schlimmsten drei Wochen meines Lebens … morgens aufzuwachen und das Gefühl zu haben, ich bin innerlich von allem abgeschnitten.«
Ich bin baff.
»Und was tun Sie jetzt?«, fragt Margaret weiter.
»Ich hole nur Milch.«
»Hören Sie, ich wollte gerade den Hund ausführen. Wollen Sie nicht einfach Ihre Milch wegbringen und mitkommen?«
Sofort spüre ich Nervosität in mir aufsteigen, aber ich sage trotzdem ja. Wir machen einen Spaziergang durch den Wald und unterhalten uns über das Leben im Allgemeinen. Es ist das erste Mal seit Ticehurst, dass ich so lange mit jemandem reden kann, ohne panisch zu werden oder in Tränen auszubrechen. Ich fühle mich wie ein normaler Mensch.

Gary und Christy sind oben und erledigen ihre Hausaufgaben. Christy macht gerade eine schwierige Phase durch, und ich bekomme keinen richtigen Kontakt zu ihr. Immer wieder denke ich, es ist die Pubertät, aber sie ist doch erst elf. Ich weiß, dass etwas nicht stimmt. Für Christy ist es normal, dass sie sich gelegentlich in sich zurückzieht, um mit etwas ins Reine zu kommen. Aber diesmal scheint es ihr dabei nicht gut zu gehen. Sie streitet sich mit ihren Freundinnen und beklagt sich ständig über ihre Lehrer. Es kommt mir so vor, als ob sie auf die ganze Welt wütend wäre. Aber wenn es mir selbst nicht gut geht, dann bringe ich einfach nicht die Geduld auf, auf ihre Stimmungen einzugehen.

Gestern haben wir uns gestritten, weil sie sich weigerte, ihre schmutzigen Klamotten in die Wäsche zu tun. Dann hat sie sich beschwert, dass ich eine bestimmte Jeanshose nicht gewaschen hatte, und gerade diese wollte sie natürlich unbedingt anziehen. Heute hat sie nicht mehr als ein Dutzend Worte mit mir gewechselt, seit ich sie von der Schule abgeholt habe.
Beim Abendessen verkündet sie, sie hätte keinen Hunger. Ich sage ihr, dass sie irgendetwas essen muss, aber sie fängt sofort an zu widersprechen.
»Hör mal, ich möchte darüber nicht diskutieren … du musst was essen.«
»Ich hab aber keinen Hunger.« Sie steht auf und will aus dem Zimmer gehen.
»Christy, setz dich sofort wieder hin.«
Sie ignoriert mich und geht weiter. Ich stehe auf und folge ihr.
»Christy! Komm gefälligst zurück!«
»Nein!« Inzwischen ist sie schon halb die Treppe hinauf.
Ich folge ihr, mit vor Wut brennenden Wangen. So was kann ich heute wirklich nicht brauchen, ich habe genug mit mir selbst zu tun. Als ich an Christys Tür komme, stellt sie sich mir trotzig entgegen.
»Lass mich bloß in Ruhe!«, schreit sie mich an.
»Sprich nicht so mit mir, junge Dame. Wenn du nicht augenblicklich wieder runterkommst, dann nehme ich … dann nehme ich …«
Suchend schaue ich mich in ihrem Zimmer um und entdecke das Puppenhaus. »… dann nehme ich dir für eine Woche das Puppenhaus weg.«
»Tu's doch, meinetwegen!«, faucht sie.
Ich versuche mich zu beruhigen, aber ich bin auf hundertachtzig.
»Überspann den Bogen nicht«, stoße ich drohend hervor.
Aber sie mustert mich kühl. »Nimm das Puppenhaus ruhig mit. Tu, was du nicht lassen kannst. Aber verschwinde aus meinem Zimmer.«
Da zerreißt etwas in mir. Ich hole mit dem Fuß aus und trete mit

aller Kraft auf das Dach des Puppenhauses. Plastik knirscht, bunte Scherben fallen scheppernd zu Boden. Ich drehe mich um und verlasse das Zimmer.
Unten an der Treppe bin ich bereits in Tränen aufgelöst. Ich kann es nicht glauben, was ich getan habe. Christy hat das Puppenhaus so sehr geliebt.
Immer wieder erscheint ihr Gesicht vor meinem inneren Auge. So sieht sie aus, kurz bevor sie anfängt zu weinen. Ich weiß, ich hätte sie nicht so bedrängen dürfen. Ich weiß, ich hätte sie einfach eine Weile in ihr Zimmer gehen lassen sollen. Sie brauchte doch nur ein bisschen Zeit und Raum, um sich zu beruhigen. Danach hätte sie mir vielleicht gesagt, was mit ihr los ist. Aber jetzt sitzt sie in ihrem Zimmer und weint.
Ich habe alles versaut. Ich bin eine schreckliche Mutter.

Am Montag erzähle ich Dr. Royston davon, noch immer schockiert und wütend. Mit Erleichterung stelle ich fest, dass er mich nicht verurteilt. Er weiß, dass ich keine Heilige bin.
»Sie haben falsch reagiert, und wir sollten nach den Gründen dafür suchen«, meint er ruhig. »Woher kam diese Wut?«
»Ich weiß es nicht. Ich habe einfach keine Geduld. Und Christy scheint über alles so verbittert zu sein.«
»Ist sie Ihnen gegenüber verbittert?«
»Ich glaube, ja.«
»Warum?«
»Ich weiß es nicht. Vielleicht ist sie wütend, weil ich nach Ticehurst gegangen bin und sie alleine gelassen habe. Bei ihren Großeltern hat es ihr überhaupt nicht gefallen. Gelegentlich kriegt sie diese Anwandlungen, mit denen ich überhaupt nicht umgehen kann, aber ich hätte es besser wissen sollen.«
»Warum sagen Sie das?«
»Manchmal ist Christy für vernünftige Argumente einfach nicht zugänglich, dann muss man warten, bis sie sich wieder beruhigt hat. Es hat keinen Sinn, in diesem Zustand mit ihr zu diskutieren.

Ich hätte sie einfach auf ihr Zimmer schicken und uns beide die Gelegenheit geben sollen, ruhiger zu werden.«
»Haben Sie später mit ihr darüber geredet?«
»Jetzt ist alles wieder okay. Wir haben einander gesagt, dass es uns Leid tut. Ich glaube, wir sind beide ziemlich erschrocken.«

Robin Royston

Lindas Streit mit Christy macht mir Sorgen. Er zeigt, wie leicht sie noch immer aus dem Gleichgewicht gerät und wie rasch sie die Kontrolle verliert.
Je mehr Schichten wir von Lindas Leben aufdecken, desto destruktiver werden die dadurch freigesetzten Kräfte. Aber daran führt kein Weg vorbei. Linda war als Kind und auch als Erwachsene Opfer von Aggression und Gleichgültigkeit. Jetzt müssen wir mit den Spätfolgen umgehen.
»Seien Sie nicht zu hart zu sich«, rate ich ihr. »Denken Sie immer wieder daran, dass auch Christy sich durchbeißen muss.«
»Ich weiß. Deshalb fühle ich mich ja so grässlich.«
»Sie wird Ihnen verzeihen.«
Die letzten drei Monate haben Linda schwer zugesetzt. Sie hat abgenommen und viel zu wenig geschlafen. Fast immer sind ihre Augen von dunklen Ringen umschattet. Wie es scheint, ist sie innerlich zerrissen. In ihren schwärzesten Stimmungen möchte sie nur noch sterben, aber gleichzeitig will sie auch unbedingt leben. In gewissem Sinne schleppe ich die gleiche Dualität mit mir herum, denn ich weiß nicht, wie dieser Prozess enden wird. Ich würde mich nicht wundern, wenn Linda auf dem Weg nach Canterbury von einem Lastwagen überfahren würde, aber gleichzeitig wäre ich total überrascht. Genau in dieser Unsicherheit leben wir Menschen.
Seit Linda Ticehurst verlassen hat, werden ihre Träume immer

dunkler und bedrohlicher. Der neueste spielt in einem Flugzeug, das auf der Startbahn Geschwindigkeit aufnimmt. Linda sitzt an einem Fenster ziemlich weit hinten und kann den ganzen Mittelgang des Flugzeugs überblicken. Auf einmal merkt sie, dass die Maschine nicht mehr steigt, sondern angefangen hat zu fallen. Sie weiß, dass sie jetzt direkt auf die Berge zurast. Eine Kollision ist unvermeidlich, Linda sieht ihrem sicheren Tod entgegen, aber sie ist auch erleichtert, dass alles schnell vorbei sein wird. Sie schließt die Augen, um das Unheil nicht auf sich zukommen sehen zu müssen.

Ein Traum voller Pessimismus und Hilflosigkeit. Ich frage mich, ob er die Zukunft vorhersagt oder nur Lindas gegenwärtigen emotionalen Zustand widerspiegelt. Woher soll ich das wissen? Manchmal, in ruhigen Augenblicken, wenn ich müde bin und am Abend nach Hause fahre, überlege ich ernsthaft, ob Linda eine Chance hat zu überleben.

Seit acht Monaten ist sie inzwischen meine Patientin, und noch immer sehe ich kein Licht am Ende des Tunnels. Jedes Mal, wenn wir uns dem möglichen Kern des Problems nähern, verschlechtert sich Lindas Zustand sofort. Sie verschließt sich, erstarrt fast zur Salzsäule, verbirgt das Gesicht in den Händen. Oft muss ich mich anstrengen, um noch einmal zu ihr durchzudringen, bevor die Sitzung zu Ende ist. Ich möchte nicht, dass sie nach Hause fährt, wenn ich nicht weiß, ob mit ihr alles in Ordnung ist.

Wir brauchen einen Durchbruch – irgendein Zeichen, dass wir auf dem richtigen Weg sind. Endlich, am 25. September 1989, als Linda mir einen Traum aus der letzten Nacht erzählt, ist es so weit. Sie hat ihn für mich aufgeschrieben.

Ich bin in einem großen, höhlenartigen Raum; von einer Wand zur anderen erstreckt sich eine Pfütze aus weichem Schlamm. Chris und ich waten am Rand entlang, wo das schlammige Wasser seicht ist. Noch eine andere Person ist bei uns, ich glaube, das sind Sie, Dr.

Royston. Wir sind alle in dem Schlamm gefangen und versuchen herauszukommen.
Chris steht knietief im flachen Teil des Schlammpfuhls und fängt an, in der Wand zu graben. Jemand hat es dort offensichtlich schon einmal versucht, und Chris vergrößert das Loch jetzt. Auf Knien kämpft er mit dem Schlamm und arbeitet fieberhaft, aber die Wand ist furchtbar dick, und es besteht das Risiko, dass sie zusammenbricht, ehe er zur anderen Seite vordringt.
Inzwischen waten Sie tiefer in den weichen Schlamm hinein, bis er Ihnen zur Schulter reicht. Ich fürchte schon, dass Sie sterben werden. Aber dann merke ich, dass Sie die andere Seite erreichen wollen. Sie haben noch eine Stelle entdeckt, wo auch schon mal jemand gegraben hat. Dort schaufeln Sie jetzt mit den Händen den Schlamm weg, und es dauert gar nicht lange, da sind Sie durch die Wand, und ich sehe Licht auf der anderen Seite. Sie haben einen Ausweg gefunden!
Im Gegenlicht kann ich Ihre Silhouette ausmachen, und Sie winken mir, Ihnen zu folgen. Aber ich kann mich nicht bewegen. Ich möchte nicht tiefer in den Schlamm waten. Was, wenn ich ausrutsche und untergehe? Niemand würde mich retten können, niemand würde mich je wieder finden.

Beinahe hätte ich vor Erleichterung laut aufgeseufzt, aber Linda kann auch so spüren, dass etwas passiert ist.
»Das ist ein guter Traum«, sage ich.
»Warum?«
»Weil er zeigt, dass es einen Ausweg gibt … eine Möglichkeit zu überleben.«
Ich sehe, dass Linda das gerne glauben möchte, aber sie ist immer noch so deprimiert, dass sie nichts Positives zulassen kann.
»Was ist, wenn der Traum *Ihnen* etwas mitteilen will, nicht mir?«, fragt sie. »Vielleicht sagt er Ihnen, dass Sie in die Freiheit hinaus können, wenn Sie mich verlassen?«
»Nein, ich glaube, der Traum will uns sagen, dass Sie in das ein-

tauchen müssen, was Ihr Unbewusstes vergiftet. Ihre Fluchtversuche sind in Ihrem Traum durch Chris symbolisiert. Er versucht, sich am flachen Ende des Tümpels durch die Wand zu graben. Er möchte auch nicht, dass Sie durch den Schlammpfuhl waten, aber so funktioniert es nicht – das sagt der Traum ganz deutlich. Ihr einziger Ausweg führt durchs schlammige Wasser. Wir müssen ins Herz der Sache vordringen, ganz gleich, was das sein mag.«

Linda will das nicht hören, aber sie versteht die Logik, die dahinter steckt. Der Traum vermittelt Hoffnung: Es *gibt* einen Ausweg. Und dem Traum zufolge werde *ich* sie begleiten.

Zum ersten Mal seit Linda meine Patientin ist, habe ich Grund, neuen Mut zu fassen.

In unseren wöchentlichen Sitzungen berichtet Linda weiter über ihr Leben. Der Vorgang lässt sich mit einem Puzzle vergleichen: Man sucht die fehlenden Teile und setzt sie an der richtigen Stelle wieder ein. Linda erzählt, dass ihr Vater 1972 plötzlich den Entschluss fasste, Afrika zu verlassen und mit der Familie nach Amerika zu ziehen.

Das Experiment mit Sambia war fehlgeschlagen. Präsident Kaundas Politik bestand darin, Unternehmen zu sambianisieren, was bedeutete, dass Weiße wie Keith Houston Brown schwarze Angestellte dafür ausbilden mussten, ihre Stellen zu übernehmen.

»Dad wollte auf einem neuen Kontinent noch einmal von vorn beginnen«, sagt Linda. »Er hatte diese rassistische Politik gründlich satt.

Er hatte vor, seinen Besitz zu verkaufen und mit dem Geld afrikanische Kunstgegenstände zu erwerben. Die wollte er nach Amerika exportieren und in Los Angeles eine Galerie eröffnen. Vi und die Kinder sollten so lange in Rhodesien bleiben, bis er genügend verdient hatte, um sie nachkommen zu lassen.

Nun hing eine ganze Menge von mir ab. Mikes Versicherungspolice konnte auch in Amerika ausbezahlt werden, sodass wir dort schon ein wenig Geld zum Leben hätten. Außerdem brauchte Dad jemanden, der vorausfuhr und sich niederließ, sodass wir in Amerika eine Adresse hatten, an die die Kunstgegenstände geliefert werden konnten ...«

Linda Caine

Bei meinem letzten Besuch in Salisbury verabschiedete ich mich von Chris. Ich verließ Afrika nur äußerst ungern, aber Dad brauchte dringend meine Hilfe.

Chris fuhr mich zur Grenze. Der Übergang Chirundu bestand aus einer Brücke, die das tief eingeschnittene Tal des Sambesi-Flusses überspannte.

»Kann ich dich kurz sprechen?«, fragte Chris, als ich mich verabschieden wollte.

»Klar.«

Wir saßen im Auto, und er sah sehr ernst und nervös aus. Mit beiden Händen umklammerte er das Lenkrad und starrte angestrengt darauf, während er die richtigen Worte suchte. Zuerst sprach er ganz langsam.

»Ich muss dir etwas sagen ... vielleicht sollte ich es lieber nicht, aber ich möchte, dass du es weißt ...« Er blickte kurz auf und sah mich an, ehe er sich mit gerunzelter Stirn wieder dem Lenkrad zuwandte. »Ich habe mich in dich verliebt.«

»O Chris!« Ich strich ganz sanft über seinen Arm, und auf einmal drehte Chris sich um und drückte mich ganz fest an sich.

Dann sprudelte es weiter aus ihm heraus, beinahe, als hätte er Angst, ich könnte ihn unterbrechen. »Ich weiß, dass du meine Gefühle im Moment nicht erwidern kannst, und das erwarte ich auch gar nicht. Ich bitte dich nicht zu bleiben. Ich weiß, dass du gehen musst. Aber ich möchte, dass du weißt, dass ich jederzeit für dich da bin und dass ich dich liebe.«

Ich hätte ihm so gern etwas zurückgegeben. Noch nie hatte mich jemand so respektvoll und freundlich behandelt wie Chris. Er gab mir immer das Gefühl, etwas Besonderes zu sein. Aber ich kam aus einer so dunklen Ecke, ich schleppte so viel emotionalen Ballast mit mir herum, dass ich einfach Angst hatte, ich könnte sein Leben vergiften, genau wie ich mein eigenes vergiftet hatte. Er war so ausgeglichen und ich so kaputt. Chris war in einer geordneten, heilen Welt aufgewachsen, die sein Vater mit militärischer Präzision ordnete. Meine Welt dagegen war das totale Chaos. Sein Leben war genau geplant – Schule, Universität, Karriere als Jurist. Ich hatte mich immer treiben lassen. Wenn ich bei ihm blieb, würde ich ihn bestimmt damit anstecken.

Ich starrte hinaus auf die Chirundu-Brücke. »Ich verspreche dir etwas, Chris … Ich verspreche dir, dass ich dir immer sagen werde, was ich fühle. Ich werde dich nie anlügen. Im Augenblick bist du für mich wichtiger als jeder andere Mensch. Du bist mir wichtiger, als mir lange Zeit überhaupt irgendjemand war, aber ich kann keine Verpflichtung eingehen.«

Das akzeptierte er, und wir saßen lange schweigend nebeneinander. Auf der anderen Seite der Brücke sollte ein Freund mich abholen und nach Lusaka bringen. Schließlich brachte Chris mich zum Schlagbaum. Die Wachen hielten ihn auf, und er gab mir meinen schweren Koffer, den ich mühsam halb schleppte und halb hinter mir herzog, die lange staubige Straße hinunter. Ein Zollbeamter hatte Mitleid mit mir, fuhr mit dem Auto auf die Brücke und nahm mich bis zur Mitte mit, wo Rhodesien endete und Sambia begann. Die letzten fünfhundert Meter musste ich alleine bewältigen. Mein letztes Bild von Chris war, wie er an der Barriere stand und winkte.

Drei Monate später fuhren mich Dad und Annette zum Flughafen in Lusaka. Alles in mir sträubte sich dagegen, nach Amerika zu gehen. Mein Magen rebellierte, und mir war übel, während ich in der Schlange aufs Einchecken wartete.

Nachdem ich den Zoll und die Passkontrolle hinter mir hatte, kam ich in den Warteraum. Dad und Annette standen auf der anderen Seite der großen gläsernen Trennscheibe. Ich bekam Panik und schrieb in meiner Verzweiflung auf die Rückseite meiner Zigarettenpackung: »ICH MÖCHTE NICHT WEG. KANN ICH ZU HAUSE BLEIBEN, BITTE?«, und drückte die Packung an die Glasscheibe, damit Dad sie lesen konnte. Aber er lächelte nur und zeigte auf sich selbst und das Flugzeug, was mich daran erinnern sollte, dass er bald nachkommen würde. Ich sah, dass Annette mit ihm diskutierte, aber er blieb fest. Später erfuhr ich, dass Dad fest davon überzeugt war, mir einen Gefallen zu tun. In meinem Leben war so viel schief gegangen, und er sah Amerika als meine Chance für einen Neuanfang.

Sechsunddreißig Stunden nachdem ich Sambia verlassen hatte, erreichte ich nach Zwischenlandungen in Rom und London spätabends endlich Los Angeles. Das Lichtermeer erstreckte sich bis an den Horizont, wie zahllose Pailletten in der Dunkelheit.

Annettes Freund, ein professioneller Jäger, hatte einen seiner amerikanischen Klienten per Telex gebeten, mich am Flughafen abzuholen. Ich holte mein Gepäck vom Band und wartete. Und wartete. Langsam leerte sich die Ankunftshalle, bis nur noch die Leute von der Putzkolonne übrig blieben, die ihre Mops gemächlich über den Fußboden schoben.

Ein Flugaufseher von TWA hatte mich beobachtet. »Alles in Ordnung bei Ihnen?«, fragte er mich schließlich.

»Nein. Ich sollte abgeholt werden, aber es ist niemand gekommen.«

Er stellte sich als Roy Kraal vor und sagte mir, ich solle mir keine Sorgen machen. Dann ließ er meinen Namen über das Lautsprechersystem ausrufen. Niemand antwortete. Ich hatte die Telefonnummer der Familie, die sich um mich kümmern sollte. Roy half mir anzurufen, und es meldete sich eine Frau.

»Ich bin Linda. Haben Sie das Telex nicht erhalten, dass ich heute ankomme?«

»Doch, schon, aber ich kann Sie nicht abholen«, meinte sie kühl. »Meine Tochter heiratet nächste Woche.«

»Könnte ich nicht wenigstens eine Nacht bei Ihnen bleiben? Ich bin auf dem Flughafen.«

»Nein. Suchen Sie sich ein Hotel.«

Ich verstand natürlich zunächst nicht, warum sie mich so unfreundlich behandelte. Erst viel später fand ich heraus, dass Annettes Freund uns allen etwas vorgemacht hatte. Er hatte auf einer Safari mit dieser Frau geschlafen und um ein Haar ihre Ehe zerstört. Um die Sache noch schlimmer zu machen, war er außerdem noch mit der Tochter ins Bett gegangen. Kein Wunder, dass die Frau nicht gut auf ihn zu sprechen war.

Erschöpft und am Ende meiner Kräfte wollte ich mich schon bis zum Morgen auf einer Bank im Warteraum zusammenrollen. Aber davon wollte Roy nichts wissen. »Ich bin Flugaufseher, mein Job ist es, dafür zu sorgen, dass alle Fluggäste sich wohl fühlen.« Also erzählte ich ihm die ganze Geschichte von Dad und der Galerie und dass ich eine Wohnung brauchte.

»Okay, ich habe einen Vorschlag für Sie«, sagte er. »Sie können in meinem alten Apartment wohnen. Das steht zur Zeit leer.«

Roy war gerade in ein neues Studioapartment umgezogen, weil seine alte Wohnung zu groß für ihn war. »Ich bin ständig unterwegs, deshalb brauche ich nicht so viel Platz«, erklärte er. »Wenn Ihnen die Wohnung gefällt, kann ich gerne mit dem Vermieter sprechen.«

Es war schon nach Mitternacht, als wir ankamen. Roy gab mir die Schlüssel, und ich legte mich aufs Bett, viel zu erledigt, um auch nur ans Auspacken zu denken.

Ich hatte das Gefühl, höchstens ein paar Minuten geschlafen zu haben, als ich hochschreckte, weil jemand im Zimmer war. Roy stand mit einer Frau am Fußende des Betts.

»Tut mir Leid, wir haben ewig geklingelt«, sagte er. »Als Sie nicht aufgemacht haben, dachten wir, es sei etwas nicht in Ordnung. Das ist Judy, meine Verlobte.«

Es war mitten am Vormittag, und die beiden hatten Tüten mit Lebensmitteln gebracht. »Wir haben ein paar Kleinigkeiten eingekauft ... bis Sie sich ein bisschen besser in der Gegend auskennen.«

Vor meiner Abreise hatten die Leute in Sambia mir Vorträge über die Gefahren der Großstadt gehalten und darüber, dass man Fremden grundsätzlich am besten misstraut. Aber ich hatte in den ersten Stunden, die ich in Amerika verbrachte, gleich zwei der nettesten, großzügigsten Menschen kennen gelernt.

So wurde Roys Wohnung in El Segundo unsere amerikanische Adresse. Eigentlich sollte Dad ein paar Wochen nach mir eintreffen, aber es dauerte dann doch noch vier Monate. In der Zwischenzeit nahmen mich Roy und Judy unter ihre Fittiche und machten mich mit vielen ihrer Freunde bekannt.

Da meine Familie ursprünglich aus den Vereinigten Staaten stammte, wusste ich, dass ich amerikanische Verwandte hatte. Eine von ihnen, meine Kusine Eleanor, hatte uns immer wieder nach Afrika geschrieben.

Ich fand heraus, dass ihr Bruder Frank ebenfalls in El Segundo wohnte, nur ein paar Blocks von meiner Wohnung entfernt. Er hatte drei Stiefsöhne, Rick, Chip und Michael, die alle fasziniert waren, dass ich aus Afrika kam.

Vielleicht hatte ich ja den großen Sommer der Liebe in San Francisco verpasst, aber im Jahr 1973 war die Hippiekultur in L.A. noch sehr lebendig. Rick und Chip benutzten ständig Worte wie »abgefahren« und »cool«, rauchten Gras mit ihren Freunden, spielten Gitarre, stellten Verschwörungstheorien auf und schimpften über »Big Brother«.

In Afrika hatte man mir beigebracht, dass jeder, der Drogen nahm, unweigerlich verrückt werden würde und ein potenzieller Mörder war. Doch diese Leute waren alle so nett zu mir, dass ich gar nicht mehr wusste, was ich glauben sollte.

Als Dad endlich eintraf, hatte ich bereits einen festen Freund, Bill Mittie, der lange Haare und einen Vollbart trug. Bill war ein wunderbar entspannter Typ mit einem langsamen, singenden Tonfall. Dad mietete eine Galerie am La Ciniega Boulevard, und wir begannen, unsere afrikanische Kunst auszustellen. Da wir es uns nicht leisten konnten, nebenbei auch noch die Wohnung zu bezahlen, übernachteten wir schließlich im hinteren Lagerraum der Galerie. Dad schlief auf einer wackeligen Klappliege, ich auf einem Regalbrett, eingewickelt in einen riesigen Quilt, den Bill mir geschenkt hatte.

Die Galerie und das Restaurant darüber gehörten einem schwulen Pärchen, Jerry und Cecil. Es waren die ersten Homosexuellen, die Dad je kennen gelernt hatte. Jerry jagte ihm Angst ein, weil er so weiblich und offensichtlich schwul war, aber Cecil war etwas zurückhaltender.

Zuerst funktionierte die »African Gallery« hervorragend. Leute kamen herein, die ich zum Teil vom Fernsehen kannte, aber meistens fielen mir die Namen nicht ein. Aber Tony Franciosa erkannte ich. Er kam mit einer Frau am Arm und fragte Dad nach einer der teureren Specksteinskulpturen. Eine andere Frau, die ich gerade bediente, drehte sich um, als Tony den Mund aufmachte.

Sofort rannte sie zu ihm und kreischte los: »Ich kenne Sie! Mein Gott! Sie sind Tony Franciosa.«

Er lächelte, aber alles andere als herzlich.

Hysterisch fuhr die Frau fort: »Meine Freunde werden mir das nicht glauben! O mein Gott! Sie müssen mir unbedingt ein Autogramm geben.« Damit stürzte sie sich auch schon auf mich und riss mir meinen Stift aus der Hand.

Hinter ihrem Rücken sah ich, wie Tony und seine Freundin fluchtartig die Galerie verließen und in einen großen Wagen stiegen, der vor der Tür parkte.

Die Frau war zutiefst enttäuscht, als sie bemerkte, dass ihr Schwarm verschwunden war. »Haben Sie das gesehen? Haben Sie das gesehen? Das war Tony Franciosa.«

Dad war so wütend, dass ihm die Worte fehlten. Profilierte Kun-

den waren für die Galerie Gold wert, und diese Frau hatte soeben einen davon verjagt.
Als die Galerie erfolgreich wurde, wollte Dad den Rest der Familie nach Amerika holen. Er brauchte genügend Geld für die Flugtickets, für ein Haus und die Studiengebühren. Seine Ehe mit Vi war schon am Ende gewesen, bevor er nach Amerika gekommen war. Sie hatte einen anderen Mann gefunden.
Mein Herz war immer noch in Afrika, und ich wäre sofort zurückgeflogen, wenn Dad mich nicht so gebraucht hätte. Er konnte die Galerie nicht alleine führen – wir hatten sieben Tage die Woche geöffnet, sechzehn Stunden am Tag.
Bill war lieb und nett, aber weil Dad fand, dass es schlecht fürs Geschäft wäre, wenn ein »Hippie« sich dort herumtrieb, ließ Bill sich die Haare schneiden und rasierte den Bart ab, nur um Dad einen Gefallen zu tun.
Inzwischen schrieb mir Chris alle zwei Wochen einen Brief, in dem er mir das Neueste aus Rhodesien mitteilte und mir von seinem Studium erzählte. Ich stellte ihn mir zu Hause vor, wie er neben seinen Labradors am Swimmingpool in der Sonne saß und an mich schrieb. Er war ein so klarer und unkomplizierter Mensch, aber ich war immer noch davon überzeugt, dass ich ihn mit mir ins Chaos ziehen würde. Deshalb beantwortete ich seine Briefe nicht. Ich mochte ihn sehr, aber ich wollte sein Leben nicht ruinieren. Je schneller er mich vergaß, desto besser.
Nach fünf Monaten ohne Antwort schrieb Chris: »Ich weiß nicht, ob du meine Briefe bekommst, aber ich schreibe nicht mehr, wenn ich nicht bald etwas von dir höre. Sollte ich dich mit meiner Liebeserklärung verschreckt haben, dann muss ich das wissen, Linda. Und du kannst dich darauf verlassen, dass ich einfach dein Freund sein werde, wenn du das möchtest.«
Noch am selben Abend schrieb ich einen Brief zurück. »Ich kann dir nichts versprechen, aber ich wäre schrecklich gern mit dir befreundet. Bitte schreib mir weiter.«
Es kamen keine Vorwürfe von ihm zurück. Er schrieb mir sofort,

und von da an schrieben wir einander wie Brieffreunde auf jeweils entgegengesetzten Seiten des Erdballs. Bill wusste, dass ich mit Chris in Kontakt stand, und obwohl ich glaube, dass es ihm nicht ganz so recht war, akzeptierte er diese Freundschaft, weil er wusste, dass ich sie irgendwie brauchte. Was für ein Glück, dass ich zwei so gute Männer kannte.

Kapitel 14

WEIHNACHTEN 1989,
OUDTSHOORN, SÜDAFRIKA

Linda Caine

Die Regenzeit ist angebrochen, die Tage sind warm und bedeckt. Alles erwacht zu neuem Leben, nicht nur die frischen Triebe, sondern sogar die Grillen und Zikaden – sie scheinen plötzlich lauter zu zirpen. Blumen und Pflanzen, die gestern noch welk herabhingen, haben sich geöffnet und stehen aufrecht.

Mein Bruder Brendan und seine Frau Sharon haben einen wunderschönen Garten. Die Kapokbäume blühen, und Webervögel bauen ihre tropfenförmigen Nester in den Zweigen über dem Teich.

Ich sollte mehr hinausgehen, mehr unternehmen – sollte Gary und Christy all die Dinge zeigen, die ich an Afrika so liebe. Aber seit unserer Ankunft vor vier Tagen habe ich kaum das Haus verlassen. Ich bin nervös, weil Dr. Royston und Ticehurst so weit weg sind.

Was, wenn ich wieder zusammenbreche?

Brendan hat sich kaum verändert. Dabei habe ich ihn seit acht Jahren nicht mehr gesehen. Er ist in der südafrikanischen Armee, stationiert in Oudtshoorn.

Am ersten Abend habe ich ihm zu erklären versucht, wie es ist, depressiv zu sein und von Selbstmordgedanken gequält zu werden. Er legte den Arm um mich. »Du musst durchhalten und

stark sein, Linda«, hat er gesagt. »Denk immer daran, dass Jesus über dich wacht.«
Seine Stimme zitterte und ich sah zu meiner Überraschung, dass er Tränen in den Augen hatte.
»Sieh dir an, was du angerichtet hast, jetzt weine ich auch schon!«, meinte er lachend.
Obwohl ich versuche, mir nichts anmerken zu lassen, werde ich noch immer panisch, wenn ich neue Leute kennen lerne oder mich unter fremde Leute mischen soll. Zum Glück verstehen Brendan und Sharon das.
Gary und Christy haben noch nie erlebt, dass es an Weihnachten richtig warm ist. Oudtshoorn liegt praktisch in der Wüste, es sind fast siebenunddreißig Grad draußen.
Sharon ist eine unglaublich gute Köchin, und am ersten Feiertag gibt es Truthahn, Lamm und einen Schinken. Leider ist es so heiß, dass niemand richtig Appetit hat. Ich habe ein schlechtes Gewissen, weil so viel übrig bleibt.
Überall wandern wilde Schildkröten herum. Eigentlich ist das ein Widerspruch in sich. Eine »wilde« Schildkröte! Außerdem gibt es Walzenspinnen, so groß wie ein Männerdaumen, mit langen Beinen. Sie sind sehr schnell, und wenn sie sich bedroht fühlen, stellen sie sich auf die vier hinteren Beine und recken sich, als wollten sie gleich zubeißen.
Am zweiten Feiertag zeige ich Brendan und Sharon die Notizen, die ich in den letzten acht Monaten gemacht habe. Brendan gibt ehrlich zu, dass er das Thema Depressionen nicht wirklich versteht. Ich bin sehr frustriert, weil ich keine Erklärung für ihn parat habe, und auch keine Antwort auf die Frage, warum man überhaupt Depressionen bekommt. Es muss doch einen Grund geben! Ich erzähle Dr. Roystons Geschichte vom Trampelpfad, das ist das Beste, was ich zu bieten habe: Ich muss einfach von einem Tag zum nächsten sehen, wie es weitergeht.
Neujahr verbringen wir bei Chris' Bruder und Schwägerin in Durban. Mike und Anne haben ein schönes, weitläufiges Haus

mit einem Strohdach. Im Garten steht ein Cottage, ideal für Gäste. An Silvester organisieren sie eine Party. Die Vorstellung macht mir Angst, aber warum sollten sie meinetwegen umdisponieren? Ich bin es leid, dass Leute meinetwegen dauernd Ausnahmen machen und sich Entschuldigungen ausdenken.

Ich schaffe es, mich fein zu machen, und nehme mir fest vor, mit den anderen zur Party zu gehen. Ich höre Musik und Stimmengewirr. Aber ich bleibe auf dem Bett sitzen, ich kann mich einfach nicht aufrappeln, so sehr ich mich auch bemühe.

Anne bringt mir einen Teller mit Essen. »Willst du nicht wenigstens ein Weilchen runterkommen?«

»Nein, ich kann nicht, ehrlich. Tut mir Leid.«

»Du brauchst dich nicht zu entschuldigen.«

Anne ist so verständnisvoll, dass ich noch wütender auf mich werde.

Gary und Christy kommen, um nach mir zu sehen. Sie sind beide ganz aufgeregt, dass sie bei einer so großen Party dabei sein dürfen.

»Komm doch auch mit, Mum«, drängt Gary. »Wenigstens ein bisschen.«

»Ich bin sehr müde«, entgegne ich. »Wenn ich vor aller Augen einschlafe, würde ich den anderen die Party nur verderben, stimmt's?«

Gary und Christy kichern.

»Viel Spaß, ihr beiden, nun geht schon.«

Sie umarmen mich und laufen zurück zu den anderen Gästen.

Meine Schwierigkeiten mit anderen Menschen sind wieder da. In den drei Ferienwochen gehe ich ungefähr fünfmal aus; vermutlich hätte es schlimmer kommen können. Wir verbringen ein paar Tage in einem Safaricamp in Zululand und machen eine Rundfahrt, um die Tiere zu beobachten. Ich bin richtig zufrieden, als ich mich eines Abends überwinde und zu den anderen ans Lagerfeuer setze, wo gegrillt wird. Sonst bleibe ich in unserer Unterkunft, wenn Chris und die Kinder ausgehen.

Als wir wieder in England sind, kommt mir der englische Winter besonders trostlos und kalt vor. Der Wetterbericht im Radio warnt vor gefrierendem Nebel, und auf der Autobahn gibt es Massenkarambolagen. Dr. Royston war auch verreist, aber ich habe keine Ahnung, wohin. Überhaupt weiß ich so wenig über ihn. Anscheinend hat er Kinder, denn ein- oder zweimal hat er eine kleine Tochter erwähnt. Und ich habe gehört, wie er sich mit Carol darüber unterhalten hat, dass er seinem Sohn zum Geburtstag ein Fahrrad kaufen will.
Bei unserem Wiedersehen begrüßt er mich herzlich. Mich überkommt eine große Erleichterung. Obwohl das absolut irrational ist, hatte ich irgendwie Angst, er würde aus seinem Urlaub nicht wiederkommen. Er führt mich ins Sprechzimmer und zieht einen Stuhl heran. Regentropfen klatschen gegen die Fensterscheibe.
Ich erzähle ihm von meinem Aufenthalt in Afrika und dass ich noch isolierter und zurückgezogener geworden bin. »An manchen Tagen möchte ich, dass einfach alles aufhört. Ich möchte aufhören zu existieren – einfach in das totale Vergessen versinken.«
»Sie meinen, in den Tod?«
Ich zucke zusammen. Meine ich das? Ich weiß es nicht. Ehe ich zum Christentum gefunden habe, dachte ich, der Tod wäre Vergessen. Früher fand ich diesen Gedanken sehr tröstlich, denn er gab mir das Gefühl, dass ich die Kontrolle über Situationen hatte, in denen ich eigentlich machtlos war. Ich hatte immer noch die Möglichkeit zu sterben und mich allem zu entziehen – es wäre der absolute Frieden eben.
»Dann glauben Sie das also nicht mehr?«, fragt Dr. Royston.
Ich schüttle den Kopf. »Als Christin glaube ich an Himmel und Hölle. Was immer uns nach diesem Leben erwartet, es ist ganz sicher nicht das totale Vergessen. Ich kann mich nicht einfach ausknipsen, diese Möglichkeit gibt Gott mir nicht. Wenn ich dieses Leben verlasse, begebe ich mich direkt zu Ihm.«
»Die meisten Menschen finden die Idee eines Lebens nach dem Tode tröstlich«, sagt er.

Ich schüttle den Kopf. »Ich möchte nicht, dass es Himmel und Hölle gibt. Ich möchte einfach aufhören zu existieren.«
»Selbstmord ist keine Lösung«, sagt er leise, beugt sich zu mir und gibt mir ein Papiertaschentuch.
»Aber ich ziehe die Menschen, die ich liebe, mit mir in die Tiefe. Ich möchte sie retten.«
»Dann kümmern Sie sich darum, sich selbst zu retten.«

Robin Royston

Linda lächelt gleichmütig, aber ihre Augen verraten ihre Angst. Sogar Gott engt sie ein, und sie kann keinen Ausweg sehen. Ich erinnere sie an den Traum mit dem Schlammpfuhl. Sie muss noch tiefer ins schlammige Wasser waten, ehe sie festen Boden unter den Füßen gewinnt. Aber heute beruhigt sie das nicht.
Für Linda ist ihr Glaube sehr wichtig. In manchen Augenblicken ist er das Einzige, was sie hat. Ihr Halt in der Welt – ihre Kinder oder Chris – wird gelegentlich so unsicher, dass nur ihre Verbindung zu Gott bestehen bleibt.
Dieser Umstand macht die Therapie zusätzlich schwer. Eine vielleicht gesündere Reaktion darauf, dass Lindas Mutter sie verlassen hat, wäre beispielsweise Wut, aber Lindas christlicher Glaube predigt Sanftmut und Verzeihung. Sie hält nach dem Guten im Menschen Ausschau und findet Entschuldigungen und Verständnis für jeden Menschen außer für sich selbst.
Seit der Schlammtraum einen Ausweg aufzuzeigen schien, waren Lindas Träume durchweg beunruhigend und trostlos. Ich ahne, dass wir auf eine Krise zusteuern, aber ich weiß, wir haben keine andere Wahl als weiterzumachen.
In einem dieser Träume kommt ein Mann vor, der irgendwie Macht über sie hat.

Ich sitze auf einem Platz am Ende einer Reihe in einem großen, überfüllten Stadion. Ein Mann kommt langsam die Tribünentreppe herunter. Ich weiß, dass er mich holen will, und bekomme große Angst.
Als der Mann zu meiner Reihe kommt, erscheint ein anderer Mann – ich bin sicher, es ist Chris – und sagt mir, dass ich mich nicht fürchten muss, denn er wird mir helfen. Er schlägt den anderen Mann ein paar Mal heftig in den Magen, aber der zuckt nicht mal mit der Wimper. Da wird mir klar, dass mir sowieso keiner helfen kann.

Wieder einmal haben wir hier den finsteren Kerl, den Linda nicht erkennt und der sie diesmal zu verfolgen und zu beherrschen scheint. Aber die wahre Bedeutung von Träumen wie diesem liegt darin, dass sie zeigen, wie sehr Linda darum kämpft, sich zurechtzufinden. Je weiter wir in die Vergangenheit zurückgehen, desto komplizierter wird das Bild, das sich uns bietet. Und je näher sie der Lösung kommt, desto größer wird ihre Angst davor, sich der Wahrheit zu stellen. Trotz ihrer Schuldgefühle erscheint ihr jetzt der Selbstmord wieder als ein möglicher Ausweg.

Eine Woche später – Anfang März – schreibt Linda einen weiteren bedeutsamen und beunruhigenden Traum auf. Aber die zentrale Person hat sich geändert.

Chris und ich fahren durch eine ländliche Gegend. Auf einmal sehe ich, dass auf einem nahe gelegenen Feld irgendetwas los ist, und ich drehe mich um: Ein wunderschönes Pferd wird von einer hübschen, aber hart aussehenden Frau misshandelt. Ein prächtiges Pferd, unverkennbar verängstigt. Es bäumt sich auf, um von der Frau wegzukommen. Aber sie hält die Zügel fest und schlägt mit der Reitpeitsche auf das Tier ein.
Um die beiden herum stehen noch andere Menschen, aber sie und noch ein Mann sind die Hauptakteure, die anderen schauen ledig-

lich zu. Jetzt färbt sich das Fell des Pferds rot mit Blut. Ich kann das nicht ertragen. Chris versucht mich zurückzuhalten, aber ich springe aus dem Auto und laufe zu dem Pferd.
Vor lauter Tränen kann ich nicht klar sehen. Als ich mich der Gruppe nähere, merke ich, dass der Mann, der bei der Frau gestanden hat, traurig aussieht, aber er unternimmt nichts.
Die Frau aber steht über dem Pferd, das jetzt unter einer Decke auf einer Trage aus Holzlatten liegt. Es atmet schwer, seine Augen sind vor Entsetzen geweitet, seine Flanken heben und senken sich krampfhaft. Es rührt sich nicht und versucht auch nicht den Kopf zu heben, als man es wegträgt. Ich spüre eine enorme Traurigkeit und Hilflosigkeit. Ich kann es nicht verhindern, dass man ihm wehtut.

Als ich fertig gelesen habe, schaue ich zu Linda auf. Sie ist mit ihrer Kaffeetasse zum Fenster gewandert. Das Licht glänzt auf ihrem Haar, aber es zeigt auch die Sorgenfalten um ihre Augen. Sie ist im letzten Jahr stark gealtert.
Jetzt dreht sie sich um und wartet auf eine Erklärung. Aber ich sage nichts.
Das Schweigen dauert, bis Linda schließlich sagt: »Ich hasse diesen Traum. Ich bin aufgewacht, weil ich so geweint habe.«
Ich nicke mitfühlend.
»Erst dachte ich, es ginge vielleicht um Prince«, fährt sie fort, »aber er ist nicht so gestorben. Ich hasse es, wenn ich sehe, wie Tiere gequält werden …«
»Haben Sie, abgesehen von Chris, noch jemand in dem Traum erkannt?«
Linda schüttelt den Kopf.
»Ich glaube, Sie sind das Pferd«, sage ich.
Sie sieht mich überrascht an. »Warum?«
»Weil ich manchmal bei Ihnen dieses Gefühl habe. Dieses Gefühl, dass jemand Ihre Lebenskraft gebrochen hat.«
Sie lässt sich das eine Weile durch den Kopf gehen und sieht zu, wie der Dampf von ihrem Kaffee das Fenster beschlägt.

Ich lese mir den Traum noch einmal durch und überlege, ob die Figuren darin echte Leute darstellen oder vielleicht eine Kombination aus mehreren Personen sind. Manchmal spiegeln Figuren in einem Traum auch einen Teil der Persönlichkeit des Träumenden wider – ihre unterdrückte Fröhlichkeit, ihren Zorn.
Vor allem aber fasziniert mich die kalte hübsche Frau in Lindas Traum. Nach Lindas Beschreibungen wirkte ihre Mutter immer kalt und mächtig. Es bedarf schon einer besonderen Art von Skrupellosigkeit, wenn man seine Kinder so einfach zurücklässt, wie sie es getan hat.
Ihr Vater andererseits erscheint mir als ein großer, starker, warmherziger Mann, der seine Kinder großgezogen hat, so gut er eben konnte – auch wenn er dabei sicherlich eine Menge Fehler gemacht hat. Offenbar liebt er Linda wirklich, und sie liebt ihn ebenfalls.
Obgleich Linda alle Zeichen eines sexuellen Missbrauchs aufweist, bin ich der Identität des Täters noch keinen Schritt näher gekommen. Mike war zweifellos ein gewalttätiger, gemeiner Mann, aber kann das alles auf ihn zurückzuführen sein? Wen soll ich sonst noch unter die Lupe nehmen? Die Zeit verstreicht, und ich werde den schrecklichen Gedanken, es könnte doch ihr Vater gewesen sein, einfach nicht los. Dass Linda von einem Menschen missbraucht wurde, dem sie vertraut und den sie geliebt hat, würde jedenfalls erklären, warum ihre Verzweiflung so bodenlos ist. Aber sie liebt ihren Vater bis heute. Könnte er vielleicht beides gewesen sein – der gute, liebevolle Vater und der gewalttätige, aggressive Mann, der seine Tochter missbraucht?
Wenn er diese Grenze überschritten und sie in diesen Konflikt hineingestoßen hat, dann ist es durchaus möglich, dass Linda die beiden Teile seiner Persönlichkeit in ihrem Kopf vollkommen voneinander getrennt hat. Möglicherweise sieht sie bewusst nur den guten Vater, während sie das Schlechte abgespalten und verdrängt hat.
Ich muss aber auch die Möglichkeit in Betracht ziehen, dass sie

mir ein Bild ihres Vaters vermittelt, das schlicht und einfach nicht zutrifft – ein Bild durch die rosa-rote Brille sozusagen. Die Wahrheit aufzudecken erfordert Geduld. Kann sie diesem »anderen« Vater jemals ins Gesicht sehen oder würde sie das überfordern?

Obgleich mir das alles bewusst ist, möchte ich lieber glauben, dass ihr Vater nicht der Übeltäter ist. Er ist mir sympathisch. Er hat viel Gutes für Linda getan, hat sie ernährt und beschützt, sie geliebt und versucht, ihr Vater und Mutter gleichzeitig zu sein. Er hat ihr geholfen, eine warmherzige, beziehungsfähige, zutiefst menschliche Frau zu werden. Davor habe ich Respekt. Schließlich habe ich selbst eine Tochter.

Linda nimmt die Geschichte wieder auf, die sie mir seit Wochen zu erzählen versucht. Ich habe das starke Gefühl, dass ihr in Amerika etwas zugestoßen ist, über das zu sprechen ihr sehr schwer fällt. Sobald sie das Thema anschneidet, gerät sie aus dem Gleichgewicht, beginnt zu schluchzen und kann kaum atmen.

Nun wappnet sie sich für den nächsten Versuch.

»Ich weiß nicht, warum ich Ihnen das nicht erzählen kann … es ist doch schon so lange her …«

Linda Caine

Ich vermisste Afrika. An manchen Tagen ging ich an den Strand und setzte mich so hin, dass ich aufs Meer hinausblicken konnte, ohne Gebäude oder Menschen zu sehen.

Dad wusste, dass ich Heimweh hatte, aber er war überzeugt, dass ich mich schon noch in Amerika verlieben würde. »Lass der Sache ein bisschen Zeit«, sagte er immer.

Er brauchte mich in der Galerie. Außerdem machte er sich Sorgen, dass ich nicht für mich selbst sorgen könnte, wenn ich nach

Rhodesien zurückging. Ich hatte keine Ausbildung oder besondere Fähigkeiten. Aber ich war groß und schlank.
»Ich könnte doch einen Kurs als Model machen«, schlug ich eines Tages vor.
»Was soll das denn bringen?«
»In Salisbury gibt es ein Kaufhaus, das Models für Modeschauen im Café einstellt. Wenn ich in L.A. einen Kurs mache, kriege ich da bestimmt einen Job.«
Dad hatte Bedenken, aber schließlich gab er nach. In den Gelben Seiten wählte ich eine Modelagentur aus, die mit dem Foto einer hübschen jungen Frau warb. Leiter und Besitzer der Agentur war ein Mann namens Paul Damon. Als ich anrief, um einen Vorstellungstermin zu vereinbaren, teilte die Rezeptionistin mir mit, dass die Kurse in einer Villa in den Hollywood Hills stattfanden. Das erste Gespräch jedoch wurde in einem Büro durchgeführt. Statt mir eine Adresse zu geben, beschrieb sie mir einen Treffpunkt und gab mir eine Telefonnummer, unter der ich mich melden sollte, wenn ich dort ankam.
Der Termin war am späten Nachmittag. Ich trug ein kurzes schwarzes Kleid mit gelben Blumen und goldene Sandalen. Auch mit meinem Make-up hatte ich mir viel Mühe gegeben, denn ich wollte schließlich einen guten ersten Eindruck machen.
Wie vereinbart rief ich aus der Telefonzelle bei der angegebenen Nummer an, und man erklärte mir den Weg zu einem Anwaltsbüro im achten Stockwerk eines Bürogebäudes. Als ich aus dem Lift trat, begegnete mir ein enorm attraktives Mädchen, das noch größer war als ich. Sie stellte sich als Laurie vor und führte mich in einen Konferenzraum mit einem langen Tisch.
Der Chef der Agentur, Paul Damon, saß am Kopfende, neben ihm sein vierzehnjähriger Sohn. Außer Laurie hatte noch ein weiteres hübsches Mädchen Platz genommen. Ganz offensichtlich waren sie beide Models. Außer mir wurde noch eine junge Asiatin interviewt.
Damon war Ende dreißig und machte einen entspannten, wohl-

habenden Eindruck. Er fragte, was ich bisher gemacht hatte, und ich erzählte ihm von Afrika. Ich erkundigte mich, in welchem seiner Kurse ich am schnellsten die Grundlagen erlernen konnte. Ich wollte ja nicht Schauspielerin werden und auch nicht als Zeitschriftenmodel Karriere machen.

Nachdem wir uns eine Weile unterhalten hatten, wurde ich etwas ruhiger.

»Nun, das war das allgemeine Interview«, sagte er. »Jetzt möchte ich Sie gerne noch unter vier Augen sprechen.«

Das asiatische Mädchen war mit ihrem Verlobten da, deshalb bat Damon sie, am nächsten Tag wiederzukommen. »Mit Ihnen würde ich gern jetzt gleich sprechen, Linda, wenn das für Sie in Ordnung ist.«

Ich sah mich um und merkte, dass die beiden Models gerade aufbrachen. Sie brachten Damons Sohn nach Hause. Der Gedanke, dass ich mit diesem Mann allein sein würde, behagte mir nicht, aber ich schob meine Bedenken beiseite. Damon benahm sich sehr professionell.

Er schlug vor, in ein kleineres Büro umzuziehen, weil der Konferenzraum zu groß und unpersönlich war. So führte er mich den Korridor hinunter, weg von den Aufzügen, in ein schickes kleines Anwaltsbüro mit einem Schreibtisch, einer Couch und zwei Sesseln.

»Ich möchte sehen, wie Sie sich bewegen, Linda«, sagte er. »Gehen Sie einfach ein paar Mal durchs Zimmer.«

Ich fühlte mich steif und nervös.

»Entspannen Sie sich, immer mit der Ruhe. Drehen Sie sich um und kommen Sie zurück.«

Als ich bei ihm anlangte, legte er mir die Hände auf die Schultern. Er stand ganz dicht vor mir …

»Es tut mir Leid, Dr. Royston ... es tut mir Leid ...« Linda bedeckt das Gesicht mit den Händen und beginnt zu weinen. »Er hat gesagt ... er hat zu mir gesagt ...« Verzweifelt ringt sie nach Worten. »Er hat gesagt, dass er möchte ... er möchte ...«

Immer wieder wird sie von heftigem Schluchzen unterbrochen. Fünf Minuten lang versucht sie, mit der Geschichte fortzufahren, dann wird sie plötzlich seltsam ruhig und distanziert. Zwar sitzt sie immer noch vor mir, aber innerlich ist sie weit, weit weg. Sie erkennt mich nicht mehr, sie bemerkt nicht einmal, dass ich überhaupt da bin.

»Hören Sie mich, Linda?«

Keine Reaktion.

»Linda, ich bin es, Dr. Royston.«

Ihre Augen verschleiern sich.

»Hören Sie auf meine Stimme. Reden Sie mit mir, Linda.«

Die nächsten zwanzig Minuten spreche ich leise mit ihr und hoffe, dass der Klang meiner Worte sie zurückholt. Auf keinen Fall darf ich sie jetzt schütteln oder gar anschreien. Das Verhalten, das sie jetzt an den Tag legt, muss irgendwann ein Abwehrmechanismus gewesen sein. Wenn etwas zu schmerzlich wird, dissoziiert sie, das heißt, sie flüchtet sich in Gedanken an einen »sicheren« Ort und wird für alles andere unerreichbar.

Ich finde die Vorstellung, dass ihre Gedanken »wegrutschen« zwar alarmierend, aber auch irgendwie sehr interessant. Ich bin so etwas noch nie begegnet. Linda beschreibt es als einen »traumartigen Zustand, in dem ich ganz weit weg bin«. Dann wieder spricht sie davon, es sei, als ob sie »so tief in Gedanken« versinke, dass sie nichts mehr berühren kann.

Gegen Ende der Sitzung kehrt sie allmählich zurück. Sie blinzelt heftig und sieht mich ängstlich an.

»Was ist das Letzte, woran Sie sich erinnern können?«, frage ich.

Sie schüttelt den Kopf. »Ich werde das nie schaffen.«

»O doch, das werden Sie.«
So anstrengend es für Linda auch sein mag, wir können nicht einfach darüber hinweggehen. Wir müssen immer wieder zu diesem Thema zurückkehren, bis sie die Kraft findet, mir mehr zu erzählen.

FREITAG, 9. MÄRZ 1990

Linda Caine

Herzlichen Glückwunsch, Linda! Ich werde neununddreißig, da sind die achtzig nicht mehr weit!
Unten in der Küche höre ich lautes Geklapper. Gary wandert ganz unauffällig an der Schlafzimmertür vorbei. »Oh, du brauchst noch nicht aufzustehen, Mum«, ruft er.
»Was ist denn da unten los?«
»Ach, nichts«, antwortet er, ein bisschen allzu forsch.
Zehn Minuten später höre ich ihn auf der Treppe kichern. Christy fährt ihn an, er soll still sein. Dann erscheinen die beiden mit einem lauten »Ta daa!« in meinem Zimmer. Ich tue sehr überrascht.
Christy trägt ein Tablett mit Orangensaft, Müsli, Toast und Marmelade. Sie hat sogar versucht, ein Ei zu pochieren, aber das scheint auf dem Teller zu Gummi erstarrt zu sein.
Sie setzen sich zu beiden Seiten neben mich, beißen abwechselnd vom Toast ab und krümeln aufs Laken. Dann werden selbst gebastelte Karten und Geschenke hervorgeholt.
Es ist eine idyllische Szene. Kein unbeteiligter Beobachter würde auf die Idee kommen, dass hier etwas nicht stimmt, denn dieses einfache Ritual mit seinem Lachen und den stolzen Anstrengungen meiner Kinder ist genau so, wie es sein sollte. In diesem Moment bin ich tatsächlich froh und zufrieden – aber ich weiß auch,

wie zerbrechlich das Glücksgefühl ist. Von jetzt auf gleich kann alles ganz anders sein.
Als der Fußboden mit buntem Papier und zerrissenen Umschlägen bedeckt ist, wird es Zeit, dass Gary und Christy sich für die Schule fertig machen.
Unten in der Küche mache ich ihren Lunch zurecht. Chris spricht immer noch davon, dass wir zur Feier meines Geburtstages ins Restaurant gehen wollen. »Aber nur, wenn du wirklich Lust hast«, sagt er hoffnungsvoll.
Ich möchte ihn nicht enttäuschen, aber ich halte es zur Zeit im Restaurant nicht aus. »Vielleicht koche ich uns einfach ein paar Nudeln«, sage ich, ohne ihm ins Gesicht zu blicken.
Es ist eine Schande, denn er könnte die Entspannung gut gebrauchen. Seine Kanzlei will die Kosten senken, was natürlich bedeutet, dass Leute entlassen werden. Als Ersten hat es einen Mann getroffen, dessen Frau chronisch krank ist; Chris musste ihm gestern Abend die schlechte Nachricht überbringen. Als er nach Hause kam, war er den Tränen nahe. Aber er wollte nicht darüber sprechen. Er hat sich einen Drink eingeschenkt und sich im Wohnzimmer verkrochen.
Ich blicke auf meine Uhr und rufe die Treppe hinauf: »Zeit zu gehen, Christy! Ich warte im Wagen!«
»Ich muss mich nur noch bürsten.«
»Zwei Minuten!«
Nachdem ich sie vor der Schule abgesetzt habe, fahre ich zum Chaucer. Unterwegs versuche ich zu planen, was ich Dr. Royston sagen will. Zur Zeit liefere ich ihm hauptsächlich Tränen und zerknüllte Taschentücher. Er versichert mir immer wieder, dass wir viel Zeit haben, aber das stimmt nicht. Meine Gedanken rutschen ständig weg.
Wie viele Sitzungen werden wir noch nutzlos verschwenden, bis er mich aufgibt? Ich bin so wütend auf mich. Seit den Ereignissen in Amerika sind zwanzig Jahre vergangen – ein halbes Leben. Warum kann ich es ihm nicht erzählen?

Er hat davon gesprochen, dass ich für eine Weile nach Ticehurst zurückkönnte. Er meint, das würde uns mehr Zeit geben, denn wir müssten nicht immer schon nach fünfzig Minuten Schluss machen, weil andere Patienten auf ihn warten.
Wahrscheinlich hat er Recht. Ich komme immer noch nicht klar. Aber dann denke ich an Chris, Gary und Christy. Was soll ich ihnen sagen?

Kapitel 15

FREITAG, 11. MAI 1990

Robin Royston

Heute hat Linda eine Schachtel mit Fotos und Fotoalben unter dem Arm, als sie ins Chaucer kommt. Manche davon sind alt und verblichen, mit eselsohrigen Seiten und ausgefransten Nähten. Ich setze mich auf einen niedrigen Stuhl, und Linda kniet sich auf den Boden. Dann legt sie die Fotos auf dem Kaffeetisch aus und schiebt sie immer wieder anders hin.

»Ich wollte Ihnen mein Leben zeigen«, erklärt sie. »Ich dachte, wenn Sie die Fotos sehen, hilft Ihnen das vielleicht, mich zu verstehen. Dann können Sie sich die Gesichter und Orte besser vorstellen, die zu den Geschichten gehören.

Das hier ist Prince, als er nur Haut und Knochen war«, erklärt sie und hält ein ziemlich ramponiertes Schwarzweißbild in die Höhe. »Hier sind wir mit Dad am Strand, nachdem Mum gegangen war. Der mit dem Sonnenhut ist Brendan, Clive hat Eimer und Schaufel dabei.«

So macht sie weiter, stellt mir die verschiedenen Menschen vor, die in ihrem Leben eine Rolle gespielt haben, und die Orte, an denen sie gelebt hat. Alle Schlüsselszenen ihrer Kindheit sind vertreten – ihre Mutter, die sie verlassen hat, der fürsorgliche Vater, die Brustamputation mit vierzehn, die Hochzeit mit Mike, der Tod seines Bruders Robbie, der Abschied von Rhodesien …

Linda ist eine geborene Geschichtenerzählerin, die ein bemerkenswertes Leben geführt hat und die Natur mit einem Verständnis beobachtet, das ich selten bei einem Menschen kennen gelernt habe. Ein Leben voller Vielfalt, voller Dunkelheit, ein Leben, in dem sich die Grausamkeit und Schönheit des afrikanischen Buschs zu vereinigen scheint.

Sie deutet auf ein anderes Bild und sagt: »Den weißen Bikini hat Mike mir geschenkt.« Auf dem Foto sieht sie jung und sorglos aus und lehnt an einem Auto, die langen Beine kess übereinander geschlagen. »Da war ich schwanger ...« Sie spricht nicht weiter. Auf einmal verschwinden Unschuld und Wärme des Bilds. Ich sehe ein junges Mädchen, kaum sechzehn Jahre alt, das so posiert, wie ihr Freund es sich wünscht, weil sie tief im Innern Angst vor ihm hat.

Die Schachtel leert sich, und ich spüre, wie sich Lindas Stimmung immer mehr verändert. Mir dämmert allmählich, worum es geht: Sie hofft, dass, wenn sie alles vor mir ausbreitet – ihr ganzes Leben in Bildern –, dass wir dann das Puzzle zusammensetzen und den Grund für ihren Wunsch nach Selbstzerstörung ausfindig machen können. Aber jetzt begreift sie, dass die Antwort nicht hier auf dem Tisch liegt.

Sie fischt weiter in der Schachtel herum und sucht verzweifelt nach weiteren Puzzleteilchen. Es muss doch ein Muster geben, eine Lösung, die alles erklärt!

»Es ist nicht da«, flüstert sie mit dumpfer Stimme.

Ein Chaos aus Fotos bedeckt den Tisch.

Sie dreht sich zu mir, und ihre Stimme ist so monoton, wie ich sie aus unserer allerersten Sitzung in Erinnerung habe.

»Und was jetzt?«, fragt sie.

»Jetzt machen wir weiter.«

»Aber ich habe Ihnen alle Teile gegeben.«

»Aber nein. Da ist noch viel mehr. Wir haben gerade mal an der Oberfläche gekratzt.«

»Woran sehen Sie das?«

»Weil wir uns noch keinen Reim auf das Ganze machen können. Die einzige Möglichkeit, um Ihre gegenwärtigen Probleme zu verstehen, besteht darin, dass wir herausfinden, wie sie entstanden sind.«

Linda teilt meine Zuversicht ganz eindeutig nicht.

»Wir dürfen nichts überstürzen«, erkläre ich. »Ich weiß, es ist hart für Chris und für die Kinder, aber hier geht es um Ihr Leben. Im Augenblick erscheint Ihnen dieses Leben nicht sonderlich wertvoll, deshalb ist es für Sie auch nicht wichtig. Aber für mich schon.«

Ich erinnere sie wieder einmal daran, dass wir uns auf unserem schmalen Trampelpfad befinden. »Wir müssen ihm vertrauen, egal, wohin er uns führt – gleichgültig, wie steinig oder steil er ist oder wie oft er uns von unserem Ziel wegzuführen scheint.«

Ich weiß, dass ich sie nicht überzeugt habe. Sie hat all ihren Mut zusammengenommen und einiges ans Tageslicht gebracht, mühsam und bruchstückhaft, und bis jetzt hat sich daraus nichts ergeben. Heute hätten die ganzen Monate der Psychotherapie endlich Früchte tragen sollen. Aber es ist nicht so gekommen, und jetzt ist sie verzweifelt.

»Danke für Ihre Hilfe, Dr. Royston«, sagt sie schließlich mit kühler Entschlossenheit.

»Dann sehen wir uns am Montag?«

»Nein, ich komme nicht mehr.«

»Geben Sie doch jetzt nicht auf, Linda.«

»Sie können sowieso nichts für mich tun.«

»Nun, ich werde am Montag da sein, wie immer. Und ich wünsche mir, dass Sie kommen.«

Sie sieht mich nicht an. Ein Teil von mir möchte, dass sie weint. Ihre Tränen sind beruhigender als diese distanzierte Endgültigkeit. Aber sie sammelt wortlos ihre Fotos ein und trägt die Schachtel zur Tür. Dort bleibt sie stehen und wartet, dass ich die Tür für sie öffne, dann geht sie auf den Korridor hinaus. Sie hat mir nichts mehr zu sagen.

Nachdem sie weg ist, sitze ich in dem stillen, schwach erleuchteten Raum und bin mir sicher, dass ich Linda nie wieder sehen werde. Ich bin überzeugt, dass sie sich entschlossen hat zu sterben. Was soll ich tun? Dr. Stephani anrufen und eine Sozialarbeiterin zu ihr nach Hause schicken? Oder hätte ich sie nach St. Augustines zwangseinweisen und ihre schlimmsten Befürchtungen bestätigen sollen? Wenigstens würde sie dann am Leben bleiben und wir könnten wieder anfangen, wenn sich der Staub gelegt hat.

Ich weiß, dass nichts davon Linda helfen würde.

So hart es ist, das zu akzeptieren – ich habe keine Wahl. Wir müssen es durchstehen, wenn wir nicht von dem Weg abkommen wollen, den wir eingeschlagen haben. Irgendwie müssen wir das Vertrauen aufbringen, dass er uns ans Ziel führen wird.

Natürlich wird meine zögerliche Erklärung, so richtig sie auch sein mag, hoffnungslos unangemessen klingen, wenn Linda tatsächlich ihrem Leben ein Ende setzt und ich ihren Tod dem Gerichtsmediziner erklären muss – oder schlimmer noch –, Chris, Gary und Christy.

Auf der Heimfahrt am Abend geht die Debatte in meinem Kopf weiter. Ich weiß, dass ich das Richtige tue, aber ich kann nicht anders, ich mache mir Sorgen wegen der potenziellen Konsequenzen.

Ich frage mich, ob Linda es nach Chestfield geschafft hat. Die Scheinwerfer meines Wagens kommen mir zu schwach vor. Ich hab sie seit Ewigkeiten nicht mehr gereinigt. Irgendwie bringt mich das genau auf den Punkt, wie ineffektiv ich mich in der bedrängenden Dunkelheit fühle.

Es kommt nicht oft vor, dass ich so ein Gefühl nicht abschütteln kann, wenn ich zu Hause ankomme und zu Abend esse. Aber Lynn erkennt meine merkwürdige distanzierte Starrheit sofort.

»Um wen geht es denn?«, fragt sie gleich.

»Um Linda Caine.«

In diesem Moment klingelt das Telefon, und mein Herz setzt aus.

Dutzende von Szenarien schießen mir durch den Kopf … eins schlimmer als das andere … alle drehen sich um Linda. Was hat sie getan?
Lynn geht an den Apparat.
»Es ist Frank. Er möchte am Samstag gern mit dir Squash spielen.«

Linda Caine

Jetzt habe ich gar nichts mehr. Ich dachte, eines Tages würde ich Dr. Royston etwas sagen, und das wäre dann der »Schlüssel« – er würde dann wissen, wie er mir helfen kann. Deshalb habe ich mein Leben in Fotos zusammengesammelt – damit er alles sehen kann: das Gute, das Böse, das Hässliche. Aber als ich die Bilder auf den Tisch gelegt und ihm davon zu erzählen versucht habe, da ist es einfach davongeweht und gestorben.
Ich kann nicht mehr gegen die Finsternis ankämpfen. Ich kann nicht mal mehr ehrlich sagen, ob ich will oder nicht.
Gestern Abend habe ich die Wäsche sortiert – die weißen Sachen auf einen Haufen, die bunten auf einen anderen, aber am Ende saß ich mittendrin und weinte.
Heute Morgen habe ich dann eine einzige Zeile in mein Tagebuch geschrieben: »Ich bin noch da.« Mehr gibt es nicht zu sagen.
Nach dem Lunch machen wir einen Spaziergang durch die Chestfield Woods, und ich finde endlich die Courage, Chris zu erzählen, wie sehr ich mich quäle.
»Ich weiß nicht, was ich tun soll«, sage ich.
»Wie meinst du das?«
»Ich möchte niemanden sehen, ich möchte mit niemandem sprechen, ich möchte nichts träumen. Ich möchte nicht denken. Ich möchte überhaupt nichts mehr.«
Die Worte kommen einfach aus mir herausgepurzelt. Chris legt

den Arm um mich, und ich hasse mich dafür, dass ich so egoistisch bin und vor lauter Selbstmitleid zerfließe.
»Es ist doch bestimmt nicht so schlimm«, sagt er.
»Heute früh bin ich aufgewacht und habe mich gefragt, warum die Sonne immer noch scheint.«
»Weil heute ein wunderschöner Tag ist.«
Er versteht mich nicht. Ich spreche nicht vom Wetter. Wie kann er sich die dunklen Schatten vorstellen, die ich am Rand der Dinge sehe, die Dunkelheit, die mich selbst an guten Tagen zu überwältigen droht?
»Manchmal denke ich, ihr wärt besser dran, wenn ich tot wäre«, fahre ich fort.
»Sag doch so was nicht.«
»Wenigstens könntet ihr dann ruhig weiterleben.«
»Du bist mein Leben.«
Ich versuche, den Augenblick festzuhalten und meine Gedanken nicht abrutschen zu lassen. Kann ich ihm erklären, wie kalt, taub und trostlos mir alles erscheint? Er hat Bücher über die Depression gelesen und sich Fernsehsendungen darüber angesehen, aber er kann es nicht wirklich verstehen.
Wenn ich ihm sage, wie nahe ich am Selbstmord bin, was soll das bringen? Dann bleibt er einfach vom Büro zu Hause und lässt mich keine Sekunde mehr aus den Augen. Genau das ist ja die Ironie. Nur an guten Tagen kann ich so mit ihm sprechen wie jetzt, und dann ist mir ja nicht nach Sterben zumute. Aber an den schlechten Tagen überwältigt der Gedanke an Selbstmord alle vernünftigen Argumente.

Als wir wieder zu Hause sind, mache ich brav das Essen und bringe Gary und Christy ins Bett. Dann schlage ich das Bügelbrett in der Küche auf und stelle den Korb auf die Bank. Chris ist im Fernsehzimmer und sieht sich die Neun-Uhr-Nachrichten auf BBC an.
Ich sprühe Stärke auf einen seiner Hemdkragen. Als das Bügelei-

sen über die weiße Baumwolle gleitet, spüre ich, wie die Gedanken wegrutschen. O nein! Nicht hier! Nicht jetzt!
Aber ich kann meine Gedanken nicht zusammenhalten. Sie ergießen sich ins Chaos. Ich will in der richtigen Welt bleiben ... aber ich kann nicht mehr denken.
Der Geruch nach verbranntem Fleisch holt mich schlagartig in die Gegenwart zurück. Das Bügeleisen hat einen Abdruck auf meinem linken Unterarm hinterlassen. Ich starre auf die Wunde, das Eisen noch in der rechten Hand. Plötzlich setzt der Schmerz ein. Ich weiß, ich sollte den Arm unter kaltes Wasser halten, aber ich rühre mich nicht. Ich möchte, dass der Schmerz mich auf dem Boden der Realität festhält.
Später ziehe ich eine Bluse mit langen Ärmeln an, um die Brandwunde zu verstecken. Es tut furchtbar weh, und ich geniere mich. Wozu bin ich sonst noch alles fähig?
»Ich hatte einen kleinen Unfall«, gestehe ich Chris später und zeige ihm meinen Arm. »Ich hab mich über das Bügeleisen gebeugt und bin mit dem Arm dagegen gekommen.«
Ich weiß nicht, ob er mir das abnimmt. Er meint, die Wunde sieht ziemlich übel aus, und ich soll sie einem Arzt zeigen.
»Ist nicht so schlimm.«
»Hast du Schmerzen?«
»Ein bisschen«, lüge ich.
Die nächsten Tage fühle ich mich, als klammere ich mich mit den Fingerspitzen fest. Immer wieder habe ich das bedrohliche Gefühl wegzurutschen. Mir würde es nicht so viel ausmachen, wenn ich allein im Haus wäre, aber ich habe Angst, dass Gary und Christy etwas mitkriegen.
Am Donnerstag verbringe ich eine Stunde auf dem Fitnessrad und lege mich dabei richtig ins Zeug. Ich spüre, wie mir das T-Shirt auf dem Rücken klebt. Danach erledige ich ein paar Sachen im Haus und dusche. Normalerweise fühle ich mich danach sauber, frisch und belebt, heute aber nicht.
Ich schneide Zwiebeln klein und brate sie in der schweren Pfanne

an. Am Herd stehend starre ich in die blaue Gasflamme. Ich spüre, dass es wieder passiert … ich rutsche weg. Ich nehme ein Messer und halte es über die Flamme, drehe die Klinge und beobachte, wie die Flamme sich teilt und an beiden Seiten emporzüngelt. Dann drehe ich die Handfläche nach oben und drücke das Messer auf die alte Brandwunde, damit Chris nicht merkt, dass es eine neue ist. Ein paar Sekunden lang kommt mir das Messer nicht heiß genug vor. Dann fühle ich den Schmerz. Ein klarer, scharfer Punkt, auf den ich mich konzentrieren kann.

So darf ich doch nicht weitermachen. Als ich mich mit dem Bügeleisen verbrannt habe, war das ein Reflex, ich hätte mir auch auf die Lippe beißen können. Das mit dem Messer war schon wesentlich kalkulierter. Ich mache mir Sorgen. Wie weit werde ich noch gehen?

Ich muss zurück nach Ticehurst. Ich weiß das, Dr. Royston weiß das auch. Die letzten Wochen sind an mir vorübergezogen wie im Nebel. Es ist ein Teufelskreis. Ich sitze vor dem Computer und lasse meinen Gedanken freien Lauf.

Ich habe Angst.

– Wovor?

Das weiß ich nicht.

– Wie kannst du vor etwas Angst haben, ohne zu wissen, was es ist?

Da ist etwas in mir, das nicht raus kann. Ich weiß aber, dass es da ist. Ein Teil meines Bewusstseins will nicht wissen, was es ist. Deshalb kriege ich es nicht richtig zu fassen, deshalb kann ich es nicht klar sehen …

– Gib es auf, Linda. Du kannst das nicht mit Worten erklären. Nur sieh zu, dass sie dich nicht erreichen.

Sie können mich sowieso nicht wirklich erreichen – ich bin zu weit weg.

– Wo bist du, Linda?

Ich ziehe mich an einen Ort zurück … einen Ort in meinem Kopf … einen Ort, an dem ich in Sicherheit bin.

– Bist du dort wirklich in Sicherheit, Linda? Oder ist das nur der Ort, an dem keiner dich schreien hört?
Was bist du doch für ein Idiot. Ein Idiot, Idiot, Idiot, Idiot …

Worte sehen seltsam aus, wenn man sie lange anstarrt. Ich erinnere mich an ein Spiel, das wir im kirchlichen Ferienlager spielten, nachdem meine Mutter uns verlassen hatte. Wir saßen abends ums Lagerfeuer und hörten uns Geschichten an. Der Lagerleiter lehrte uns Zauberworte.
»Ich möchte, dass ihr die Worte erst ganz langsam sagt«, schärfte er uns ein. »Und dann werdet ihr immer schneller. Seid ihr bereit?«
Wir nickten alle.
»Okay, die magischen Worte lauten: ›Owas … binnich … fürni … diot‹.«
Gedankenlos begann ich mit den anderen die Worte in die Gegend zu schmettern: »Owas binnich fürni diot. Owas binnich fürni diot. Owas binnich fürni diot …« Immer schneller, bis die Worte ineinander flossen. Schließlich erkannte ich den Witz und verstummte.
Genau das passiert jetzt auch mit mir. Meine Gedanken lachen mich aus.
Wo soll ich hin? Ich habe schon wieder das Gleichgewicht verloren. Ich bin so egoistisch. Meine Familie leidet, und ich kann nur an mich denken, an mich, mich, mich …

Während ich darauf warte, dass Chris von der Arbeit heimkommt, übe ich, was ich ihm sagen will. Ich werde ihm sagen, dass meine bisherige Art, mit den Dingen zurechtzukommen, nicht mehr funktioniert. Deshalb muss ich für eine Weile nach Ticehurst zurück.
Ich höre mir zu, und es klingt pathetisch.
Wenn ich doch nur sagen könnte: »Ich gehe einfach nach Ticehurst, um ein paar Dinge noch besser auf die Reihe zu kriegen, und wenn ich wiederkomme, geht es mir wieder gut.« Aber ich

kann für nichts garantieren. Ich kann nur versprechen, dass ich mein Bestes tun werde.
Da höre ich seinen Wagen in der Auffahrt. Gary und Christy sehen sich im Fernsehen die Serie *Nachbarn* an. Chris legt Jackett und Krawatte ab, schenkt sich einen Drink ein und lässt sich in einen Sessel sinken.
Zuerst zeige ich ihm meine Notizen von den letzten beiden Wochen und komme dann auf Ticehurst zu sprechen. Chris wird ganz still.
»Ich habe Dr. Royston heute Morgen angerufen und gefragt, ob ich zurückkann. Ich weiß, es ist ein schlechter Zeitpunkt. Deshalb habe ich so lange gewartet, aber jetzt bin ich total am Ende.«
»Bist du sicher, dass du nicht einfach einen schlechten Tag hast?«, fragt er. Er kennt die Antwort, er hat meine Notizen gelesen.
»Vielleicht ist es morgen besser«, meint er trotzdem hoffnungsvoll.
»Nein.« Ich kann ihm nicht vermitteln, wie es mir geht. Ich möchte ihm sagen, dass ich nicht aufgeben werde. Dass ich alle Möglichkeiten in Erwägung ziehe. Vor allem möchte ich ihm sagen, dass ich ihn liebe.
Er hält sein Glas in beiden Händen und starrt in den offenen Kamin.
»Warum kannst du nicht einfach weiter ins Chaucer gehen?«, will er wissen.
»Weil du Recht hattest. Die Leute kommen mit ihren juristischen Schriftstücken zu dir, weil du Anwalt bist. Dr. Royston ist Psychologe, ein Experte für die Seele. Und er meint, ich soll zurück nach Ticehurst.«
Chris möchte mit Dr. Royston sprechen. Er nimmt das Telefon in der Küche, und ich bekomme nicht mit, was die beiden miteinander reden. Danach ist Chris beruhigt.
»Wir sind beide der Meinung, dass es deine Entscheidung ist.«
Ich bin enorm erleichtert. Er ist einfach toll, deshalb habe ich ja auch so oft das Gefühl, dass ich ihn enttäusche. Ich bin das

schwache Glied in der Familie, die Irre, die in die Klapsmühle gehört.

Am Samstagmorgen informieren wir Gary und Christy. Gary sitzt auf seinem roten Lieblingskissen im Wohnzimmer, Christy im Schneidersitz auf der Couch.

Ich versuche ihnen zu erklären, wie schwer es ist, eine psychische Erkrankung wirklich zu verstehen, weil der Betroffene von außen oft einen ganz normalen Eindruck macht. »Wenn ich eine körperliche Verletzung hätte oder verkrüppelt wäre, könnten die Leute es eher nachvollziehen. Dann müsste ich es nicht ständig erklären, dann könnte jeder sehen, warum ich leide. Aber wenn man psychisch verletzt worden ist, dann verstehen die Leute manchmal nicht, wie einen das trotzdem beeinträchtigen kann.« Ich sehe Gary an. »Erinnerst du dich, als du dir das Knie aufgeschlagen hast, da mussten wir die Wunde untersuchen und säubern, damit sie heilen konnte. Genau das passiert bei mir auch.«

Gary und Christy sind alt und klug genug, um zu verstehen, wo ich hingehe.

»Wie lange wirst du weg sein?«, will Gary wissen.

»Ich werde mich bemühen, jedes Wochenende heimzukommen. Dann sind wir wenigstens da zusammen.«

Ich sehe Christy an. Sie sitzt ganz ruhig da und schweigt. Gary stellt die Fragen.

»Was ist denn passiert? Warum gehst du gerade jetzt wieder weg?«

»Ich weiß es nicht. Es geht mir einfach schlecht im Moment. Tut mir Leid …«

Er lässt sich meine Antwort einen Moment durch den Kopf gehen. Dann springt er auf und umarmt mich. Ich kann mein Kinn auf seinen Kopf legen. »Ist schon gut, Mum. Wenn es für dich notwendig ist.«

Christy nimmt meine Hand. »Das renkt sich bestimmt wieder ein«, sagt sie nüchtern.

Dann gehen sie beide nach oben, und mir fällt ein Stein vom Herzen. Aus Garys Zimmer hört man ein paar Mal etwas rumpeln, vielleicht hat er etwas fallen lassen. Später entdecke ich, dass er sein Ferrari-Poster an eine andere Stelle gehängt hat, wo es ordentlich das Loch überdeckt, das er in die Wand gehauen hat.

MONTAG, 21. MAI 1990

Chris fährt mich gleich morgen früh nach Ticehurst. Ich versuche zu packen, aber die Panik schnürt mir den Hals zu. Ist das meine letzte Chance? Wenn nun Dr. Royston – so sehr ich ihm auch vertraue – doch eines Tages sagt, dass es ihm reicht?

Jedes System hat einen Ausschaltknopf. Was passiert dann? Dann schickt man mich nach St. Augustine und sperrt mich für den Rest meines Lebens ein. Das kann ich nicht zulassen. Lieber würde ich sterben. Der Selbstmord ist wieder mein Freund geworden, und ich möchte, dass dieser Freund in meiner Nähe bleibt.

Als ich auf den offenen Koffer hinabblicke, fällt mir die Schaumgummiprothese auf, die normalerweise die amputierte Seite meines Büstenhalters ausfüllt. Zwei Schaumgummipolster, eines etwas größer als das andere. Sie passen ineinander wie zwei Löffel.

Schnell hole ich Nadel und Faden und nähe die Ränder so zusammen, dass eine kleine Tasche zwischen ihnen entsteht. Dann stecke ich eine Nagelschere hinein und nähe den Schlitz zu. Was, wenn die Schere zu stumpf ist, um meine Handgelenke aufzuschneiden?

Ich schaue mich im Zimmer um. In letzter Zeit habe ich wieder Temazepan genommen, damit ich besser schlafen kann. Nach Ticehurst darf man keine eigenen Medikamente mitbringen. Dort wird genau darauf geachtet, was ich einnehme.

Ich nehme das Fläschchen und kippe den Inhalt in meine Hand.

Achtzehn Pillen. Ob das reicht? Ich setze mich aufs Bett, trenne den Saum meines Bademantels auf und schiebe eine Pille nach der anderen hinein.
Ich will mich nicht selbst umbringen. Ich habe nicht resigniert. Aber ich möchte auf keinen Fall die Kontrolle verlieren. Ich möchte nicht weggesperrt werden. Ich weiß, das klingt paradox, aber wenn ich weiß, dass es einen Ausweg gibt, fühle ich mich nicht so gefangen.

FREITAG, 25. MAI 1990

Robin Royston

Den ganzen Morgen über habe ich in meinem Sprechzimmer im ersten Stock von Ticehurst Termine mit ambulanten Patienten. Zwischen den einzelnen Therapiestunden erledige ich Papierkram, und um die Mittagszeit setze ich mich mit Linda McCormack zusammen, um mit ihr über Linda Caine zu sprechen. Ich bin enorm erleichtert, dass sie wieder in Ticehurst ist. Es wurde immer schwerer, die Situation unter Kontrolle zu halten, aber in der Klinik können wir Linda die Zeit und Unterstützung zuteil werden lassen, die sie braucht, um das in den Griff zu bekommen, was in ihr vorgeht.
»Sie redet wieder von Selbstmord und scheint resigniert zu haben«, erkläre ich Linda McCormack. »Sie möchte uns etwas erzählen, aber sie schafft es einfach nicht. Jedes Mal, wenn wir der Sache näher kommen, gerät sie völlig aus der Fassung.«
»Wissen wir, worum es geht?«
»Nur sehr vage.«
»Hat es etwas mit ihrem Vater zu tun?« Auch Linda McCormack hat bemerkt, dass es Hinweise für einen Missbrauch gibt.
»Möglicherweise, aber es könnte auch etwas ganz anderes sein.«

»Was ist mit Medikamenten?«
»Das Übliche.«
»Wie regelmäßig soll sie überwacht werden?«
»Das hängt davon ab, was bei unseren Gesprächen herauskommt. Momentan versucht sie mir zu erzählen, was in Amerika passiert ist. Was es auch gewesen sein mag, es regt sie jedenfalls schrecklich auf.«
Als wir unsere Besprechung beendet haben, gehe ich nach unten und besuche Linda in ihrem Zimmer. Sie hat ihren Computer aufgestellt und auch ihre Kunstbücher und Utensilien mitgebracht. Das Zimmer sieht blitzsauber aus, das Bett ist ordentlich gemacht, die Pinsel nebeneinander auf dem Skizzenblock aufgereiht.
Auch für sie scheint es eine Erleichterung zu sein, dass sie wieder in der Klinik ist. So werden ihr bestimmte Entscheidungen abgenommen. Sie braucht sich wegen ihrer »Bewusstseinstrübungen« und ihrem »Wegrutschen« keine Sorgen zu machen.
»Wie haben Sie geschlafen?«
Statt einer Antwort schüttelt sie nur den Kopf.
»Was war los?«
»Ich weiß es nicht. Gerade als ich eingenickt bin, bekam ich plötzlich Angst. Ich habe versucht, meine Nachttischlampe anzumachen, aber die Birne hat geflackert und den Geist aufgegeben. Da bekam ich natürlich erst recht die Panik.« Sie versucht, den letzten Satz locker klingen zu lassen, aber sie kann die Furcht in ihrer Stimme nicht verbergen.
»Warum hat die Dunkelheit Ihnen immer so viel ausgemacht?«
Sie zuckt die Achseln. »Ich hasse die Dunkelheit eben.«
»Warum?«
»Weil man mich dann kriegen kann.«
»Wer oder was kann Sie dann kriegen?«
»Ich weiß nicht. Das ist nur so ein Gefühl.« Sie fröstelt und zieht die Knie an die Brust.
»Was haben Sie gesehen?«

»Zuerst wusste ich nicht, ob ich träume oder wach bin. Ich hatte Schwierigkeiten einzuschlafen, obwohl ich total erschöpft war. Gerade als ich einnickte, hörte ich ein lautes Quietschen, das klang wie die Tür. Ich machte die Augen auf, aber es war stockdunkel im Zimmer. Wenn jemand hereingekommen war, musste er die Tür hinter sich zugemacht haben. Aber ich spürte, dass jemand bei mir im Zimmer war.
›Wer ist da?‹, fragte ich. Da ächzte eine Stimme: ›O nein, nein, nein.‹
Ich konnte eine Gestalt sehen, die an der Tür hockte. Ich versuchte, die Nachttischlampe anzumachen, aber sie funktionierte nicht. ›Sind Sie es, Joseph?‹, fragte ich und bemühte mich, nicht panisch zu werden. (Joseph ist ein Pfleger.) Da sagte die Stimme: ›Nein, ich bin nicht Joseph.‹ Es klang irgendwie gemein und hinterhältig.
Wieder fummelte ich an der Lampe herum, aber sie ging immer noch nicht an. Und ich wusste, dass ich die Tür nicht erreichen konnte, ehe ›es‹ mich erwischte. Wenn ich schrie, würde jemand kommen. Aber ich hatte solche Angst, dass ich glaubte, ich könnte sowieso nicht laut genug schreien. Und was, wenn ich die Gestalt wütend machte?«
Linda erzählt mit vor Entsetzen aufgerissenen Augen. Dabei starrt sie aufs Fußende des Betts, als wäre diese Gestalt immer noch im Zimmer. Ich spüre, wie ihre Gedanken wegrutschen und versuche, ihr zu helfen, in der Realität zu bleiben.
»Haben Sie die Stimme erkannt?«, frage ich.
Sie dreht mir ruckartig den Kopf zu, als hätte ich sie erschreckt. Dann starrt sie mich ein paar Sekunden wortlos an, als wäre sie überrascht, dass ich da bin.
»Was ist dann passiert?«
»Ich habe die Augen aufgemacht und gesehen, dass es gar nicht dunkel war im Zimmer. Ich konnte die Umrisse der Stühle erkennen, daher wusste ich, dass ich nicht zur Tür schaute. So schnell ich konnte, griff ich hinüber zur Lampe und knipste sie an.«

»Dann haben Sie also doch geträumt.«
»Wahrscheinlich schon. Aber es kam mir alles so real vor. Danach habe ich mir dauernd gesagt: ›Es war nur ein Traum … nur ein Traum.‹ Ich stand auf und knipste das Licht in der Toilette an. Und ich suchte das ganze Zimmer ab, um sicherzugehen, dass ich wirklich allein war.«
Ich habe das sichere Gefühl, dass die Geschichte noch nicht fertig ist. Tatsächlich fährt Linda im Flüsterton fort: »Ich legte mich hin und schlief wieder ein. Eine Weile später öffnete ich die Augen und sah das Glas auf der Kommode neben dem Bett. Ich versuchte, richtig wach zu werden, aber es ging nicht. Ich wollte wirklich aufwachen, aber es war, als wäre ich gelähmt. Dann fing dieses Rauschen an …«
»Dieses Rauschen?«
»Ja. Es rauschte in meinem Kopf. Das gleiche Geräusch höre ich, wenn ich eine Narkose bekomme. Wenn man mir die Spritze verabreicht, habe ich so ein kaltes Gefühl in der Hand, das sich langsam den Arm hinaufzieht. Dann höre ich das Rauschen in meinem Kopf, und ich verliere das Bewusstsein. Es ist so ein SsschsschSCHSCHSSSCH.«
»Und das haben Sie jetzt auch?«
»Ja, manchmal, wenn ich gerade einschlafe oder wenn ich unbedingt wach bleiben will. Letzte Nacht konnte ich nicht aufwachen und mich nicht bewegen. Ich dachte, wenn ich das Glas umwerfen könnte, dann würde jemand kommen … eine von den Schwestern … Schließlich schaffte ich es, den Arm auszustrecken, und da war der Bann gebrochen. Das Rauschen hörte auf.«
»Haben Sie das geträumt?«
Sie nickt. »Ich denke schon. Als ich aufwachte, war mir kalt.«
»Sie haben gesagt, Sie hätten versucht, wach zu bleiben. Warum hatten Sie Angst davor einzuschlafen?«
Linda zuckt die Achseln. »Ich habe Angst, dass ich nicht wieder aufwachen kann … dass ich in der Falle sitze.«
»Wie könnten Sie denn da in der Falle sitzen?«

»Ich komme nicht aus dem Traum heraus.«
Ich bin fasziniert von der Idee, dass man nicht aus einem Traum herauskann, und auch von Lindas »falschem Aufwachen«. Ihre Traumbilder sind genau identisch mit der Realität. Sie denkt, sie ist wach in ihrem Zimmer in Ticehurst, aber sie ist sich nicht sicher. Wo hört der Traum auf, wo beginnt die Realität?
Noch beängstigender ist das Gefühl der Lähmung: Sie ist unfähig, um Hilfe zu rufen oder das Licht anzumachen. In einem solchen »Wachtraum« beschreibt Linda einmal auch, dass sie nicht sprechen kann. Ihr Mund ist verschlossen und sie versucht, ihn mit den Händen aufzustemmen. Ihr ganzer Körper verkrampft sich, sie kann nicht atmen.
»Letzte Nacht war es stärker. Ich habe das Geräusch kommen hören ... habe gefühlt, wie es mich erfasste. Es war wie eine Dunkelheit, so schwarz und schwer, dass sie mich zu verschlingen drohte. Ich habe mich selbst gesehen, wie ich zusammengerollt da auf dem Bett lag, immer undeutlicher, während die Dunkelheit mich umschloss. Wenn ich mich irgendwann nicht mehr sehen könnte, dann würde ich nicht mehr zurückkönnen, das wusste ich. Ich würde in der Falle sitzen ...«
Das Gefühl, das Linda hier beschreibt, ist mir vollkommen unbekannt. Einmal habe ich etwas Ähnliches bei einem psychotischen Patienten erlebt, aber Linda ist nicht psychotisch. Bei ihr hat dieser Zustand zweifellos eine Verbindung zu ihrer Vergangenheit, aber ich kann nicht erklären, was er bedeutet.
Drei Tage später schneide ich das Thema Amerika noch einmal an. Linda sitzt mit übergeschlagenen Beinen auf dem Bett und streicht sich die Haare aus dem Gesicht. Sie versucht nicht mehr, die Geschichte als unwichtig abzutun. Jetzt hofft sie nur, sie irgendwie durchzustehen.

Linda Caine

Ich mache mir nicht die Mühe, den Anfang der Geschichte zu rekapitulieren. Stattdessen gehe ich direkt zu dem Augenblick, als ich in dem Anwaltsbüro war und für Paul Damon im Zimmer auf und ab marschierte.

»Entspannen Sie sich, immer mit der Ruhe«, sagte er. »Drehen Sie sich um und kommen Sie zurück.«

Damon stand auf und trat dicht an mich heran.

»Ich möchte gern eine lockere, informelle Beziehung zu den Leuten aufbauen, mit denen ich arbeite«, sagte er. »So bilde ich meine Models und Schauspielerinnen aus. Meinen Sie, dass Sie das können?«

Er ging langsam um mich herum. Dann beugte er sich zu mir vor und versuchte mich zu küssen. Ich schob ihn weg.

»Ich glaube, das ist ein Missverständnis«, sagte ich.

Aber er näherte sich mir immer wieder und drängte mich schließlich gegen den Schreibtisch.

»Ich möchte jetzt gehen. Ich muss weg.«

Ein wenig überrascht trat Damon zurück, und ich nutzte meine Chance und eilte zur Tür. Im Stillen verfluchte ich meine Naivität. Das also meinte er mit seiner »lockeren, informellen Beziehung«.

An der Rezeption verstellte Damon mir den Weg. »Was ist denn los mit Ihnen? Warum tun Sie das?«

»Ich muss gehen.«

»Dann fahre ich Sie nach Hause.«

»Nein, schon in Ordnung. Ich rufe meinen Vater an.«

Ich nahm den Telefonhörer ab und wollte wählen, aber Damon schlug mit der Hand auf den Apparat und unterbrach die Verbindung, ehe sie zustande gekommen war. Als ich herumwirbelte, um zu protestieren, sah ich sein Gesicht: Es war wie versteinert, die Augen eiskalt.

In diesem Augenblick wurde mir klar, dass ich in Schwierigkeiten

war. Blitzschnell schaute ich mich zum Haupteingang um, der zu den äußeren Gängen führte. Irgendwo an einem dieser Korridore lagen das Treppenhaus und die Aufzüge. Ich musste hinaus!
Meine Gedanken rasten. Die Rezeption hatte die Form eines U, und ohne mir meine Angst anmerken zu lassen, ging ich an Damon vorbei, auf die großen Holztüren zu. Aber als ich die Hand nach dem Türknauf ausstreckte, stürzte er sich auf mich. Ich weiß nicht mehr, ob er mich geschlagen hat. Plötzlich lag ich auf dem Boden und er auf mir, sodass ich keine Luft mehr bekam.
»Hast du den Film ›Der Pate‹ gesehen?«, fragte er mit leiser, drohender Stimme, die Lippen dicht an mein Ohr gepresst.
»Ja«, stammelte ich.
Er grinste. »Das ist nicht nur ein Film ... es ist die Realität. Und wenn du zur Polizei gehst, dann werde ich das zuerst erfahren. Ich habe Beziehungen. Wenn du versuchst, mich anzuzeigen, geben sie mir Bescheid. Und weißt du, was dann passiert?«
Ich schüttelte den Kopf.
»Dann bist du tot«, flüsterte er. »Und dein Dad ebenfalls. In dieser Stadt morden Leute, um sich den nächsten Fix zu verdienen. So was kann ich leicht veranlassen.«
Ich wusste, dass er die Wahrheit sagte. Er kannte meine Adresse. Ich hatte ihm alles von Dad und der Galerie erzählt.
Ich versuchte, meine Finger in seine Augen zu bohren, aber er hielt meinen Arm fest. Ich versuchte, ihm das Knie zwischen die Beine zu schlagen. Jedes Mal ahnte er meine Bewegung bereits einen Sekundenbruchteil voraus.
»Bitte, tun Sie das nicht«, bettelte ich.
»Zieh deine Schuhe aus«, befahl er mit einem Blick auf die Absätze. Er wollte nicht, dass ich sie als Waffe einsetzte. Dann stand er vorsichtig auf, ohne meinen Arm loszulassen.
»Steh auf und geh zurück ins Büro.«
»Sie wollen mich doch gar nicht. Bitte lassen Sie mich gehen.«
»Zieh dich aus.«
»Ich hatte eine Brustamputation.«

»Das ist mir gleichgültig.«
Meine Hände zitterten, als ich mein Kleid von den Schultern streifte. Es rutschte hinunter auf meine Knöchel, und er gab mir mit einer Handbewegung zu verstehen, ich solle es wegkicken. So stand ich in der Unterwäsche vor ihm. Plötzlich fiel mein Blick auf einen gläsernen Aschenbecher, der auf dem Tisch stand. Er war schwer, und wenn ich ihn zu fassen kriegte, konnte ich ihn damit bewusstlos schlagen. Aber ich wusste, wenn ich ihn jetzt zu packen versuchte, würde er mir zuvorkommen. Ich musste den richtigen Moment abwarten.
Er befahl mir, mich auf die Couch zu setzen, ließ sich neben mir nieder und begann mich zu berühren. Als er den Kopf auf meine Brust senkte, beugte ich mich zu ihm, als wollte ich mich in mein Schicksal ergeben. Aber gleichzeitig tastete ich mit der Hand hinter mir nach dem Aschenbecher. Meine Finger schlossen sich um ihn, ich holte aus und schlug ihn so heftig ich konnte gegen Damons Schläfe. Er stürzte zu Boden und war einen Augenblick benommen und desorientiert. Ich hätte ihn weiter schlagen wollen, aber stattdessen zögerte ich, drehte mich um und wollte weglaufen.
Plötzlich packte mich Damon und verdrehte mir den Arm, bis ich auf die Knie fiel. Dann hielt er mir den Aschenbecher an den Kopf. Seine Stimme hatte sich völlig verändert. Er atmete schwer und konnte kaum sprechen. Spucke lief ihm aus dem Mundwinkel, seine Hände, mit denen er sich an den Kopf gefasst hatte, waren blutverschmiert.
»Willst du, dass ich dich umbringe?«, keuchte er mit verzerrtem Gesicht. »ICH WERDE DIR DEN SCHÄDEL EINSCHLAGEN!« Ich spürte das Glas an meiner Stirn und wusste, wenn ich mich bewegte, war ich tot.
In diesem Moment passierte etwas mit mir. Damon redete weiter, aber auf einmal erschien er weit weg. Ich schwebte nach oben und sah mich selbst, wie Damon mir den Aschenbecher an den Kopf drückte. Ich beobachtete, wie er mich vergewaltigte, aber es

war, als passierte es jemand anderem. Ich fühlte nichts … nur Angst … und ich wusste, dass ich sterben würde.

Robin Royston

Linda kauert in der Ecke des Zimmers, versteckt hinter dem Vorhang. Mitten in ihrer Erzählung hat sie das Gesicht mit den Händen bedeckt und ist weggekrochen, als wollte sie fliehen. Ihr ganzer Körper zittert, sie schluchzt, und die Sätze kommen stoßweise. Ich knie neben ihr. Linda spricht durch ihre Hände, wild entschlossen, das zu Ende zu bringen, was sie begonnen hat. Aber dann wird es zu viel. Es ist, als hätte Damon ihr ein zweites Mal Gewalt angetan. Hätte es noch Zweifel an Lindas Fähigkeit zur Dissoziation gegeben, wäre dies der endgültige Beweis. Sie hat ihr Bewusstsein von ihrem Körper abgetrennt. In ihren Träumen zeigt sich dasselbe Muster – sie schwebt über den Dingen, sie beobachtet, aber sie fühlt nichts.

Ein Teil von mir möchte ihr sagen, sie soll aufhören, möchte ihren Schmerz lindern. Aber gleichzeitig weiß ich, dass wir weitermachen müssen. Stück für Stück erzählt Linda die Einzelheiten der Vergewaltigung. Es ist ein langwieriger, schmerzlicher Prozess; zwischen den einzelnen Sätzen verstreichen manchmal mehrere Minuten. Ihre Erinnerungen sind so lebhaft, dass sie immer wieder würgen und sich den Mund zuhalten muss.

In den frühen Morgenstunden befahl ihr Damon, sich anzuziehen, und nahm sie mit in die Tiefgarage. Während sie auf den Lift warteten, entdeckte Linda ein Fenster am Ende eines langen Ganges. Da sie überzeugt war, ohnehin sterben zu müssen, wollte sie loslaufen und sich hinausstürzen. Aber Damon hielt sie fest, als hätte er ihre Gedanken gelesen.

In der Tiefgarage verfrachtete er sie auf den Beifahrersitz eines schwarzen Cadillac und fuhr mit ihr in die Stadt. Unterwegs plauderte er über seine Modelkurse, als wäre nichts geschehen. Schließlich bog er von der Hauptstraße ab, hielt in einer Nebenstraße und vergewaltigte sie noch einmal auf dem Vordersitz des Wagens. Mittendrin kam ein Pärchen aus einem nahe gelegenen Haus und stieg in einen dort geparkten Wagen.

Damon drückte Lindas Kopf nach unten, damit man sie im Scheinwerferlicht nicht sehen konnte. »In meinem Kopf schrie ich laut um Hilfe, aber es kam kein Laut aus meinem Mund. Dann fuhr er weiter und hielt nach einer Weile vor einem Café. Als wäre nichts passiert, sagte er: ›Trinken wir einen Kaffee.‹ Er vergewisserte sich, dass mein Kleid und meine Haare präsentabel waren, dann führte er mich hinein.

Gleich am Eingang war ein Telefon. Damon legte mir den Arm um die Taille und flüsterte mir ins Ohr: ›Ich möchte, dass du deinen Dad anrufst und ihm sagst, dass du einen richtig schönen Abend hattest. Sag, dass es dir Leid tut, aber dass du ihn wirklich nicht früher anrufen konntest.‹

Er blieb neben mir stehen, während ich telefonierte. Ich spürte seinen Atem in meinem Gesicht. Dad war entrüstet. ›Weißt du, wie spät es ist?‹ fragte er aufgebracht. ›Ich habe mir furchtbare Sorgen gemacht.‹

›Es tut mir Leid, es tut mir wirklich sehr Leid‹, entgegnete ich.

Damon flüsterte mir ins Ohr, was ich sagen sollte, und ich wiederholte es einfach. ›Es ging alles sehr gut. Es hat so viel Spaß gemacht. Mr. Damon findet, ich habe Potenzial. Er will mich ausbilden … Jetzt trinken wir gerade Kaffee. Er bringt mich bald nach Hause.‹«

Linda beginnt wieder zu weinen. Sie versteckt ihr Gesicht in den Falten des Vorhangs und ist unfähig, mich anzusehen. Ich bedränge sie nicht.

Um die Ecke von der Galerie setzte Damon sie endlich ab. »Ich ruf dich an«, versprach er, als er sich über sie beugte, um die Beifahrertür zu öffnen. Sie stieg aus, überzeugt, dass er sie jetzt erschießen würde. Der Cadillac verfolgte sie bis vor die Galerie.

Lindas Vater und ihr Freund Bill warteten schon auf sie. Damon hatte Linda genau eingeschärft, was sie sagen sollte. Die Zeit sei wie im Flug vergangen … sie hätte gar nicht bemerkt, dass es schon so spät sei … etc.

Ihr Vater ging zu Bett, Bill wünschte ihr kühl eine gute Nacht. »Ich bin nur dageblieben, um sicherzugehen, dass mit dir alles in Ordnung ist. Jetzt gehe ich heim.« Linda folgte ihm zu seinem Motorrad. Dort begann sie plötzlich am ganzen Leib haltlos zu zittern.

»Was ist denn los mit dir?«

Sie konnte ihm nicht antworten. Sie war kurz davor zu hyperventilieren. Bill führte sie wieder ins Haus und goss ihr einen Brandy ein. Schließlich erzählte Linda ihm von der Vergewaltigung.

»Du musst die Polizei verständigen«, sagte er.

»Das kann ich nicht, er hat gedroht, uns umzubringen.«

»Er blufft doch nur.«

»Nein, er hat jede Menge Beziehungen.«

»Dann sag es wenigstens deinem Dad.«

Aber Linda schüttelte den Kopf und beschwor Bill, die Sache für sich zu behalten. Widerwillig erklärte er sich dazu bereit. Nachdem er gegangen war, schrubbte Linda sich unter der heißen Dusche ab und versuchte, den Geruch der Vergewaltigung loszuwerden.

Am nächsten Tag kam Damon in die Galerie und wollte mit Linda einen Termin vereinbaren.

»Ich habe ihm gesagt, dass ich nicht mehr komme«, berichtet sie. »›Wir müssen uns unterhalten, ehe du eine solche Entscheidung triffst‹, widersprach er.

›Ich möchte aber nicht darüber reden. Ich gehe nicht zur Polizei. Ich möchte nur einfach in Ruhe gelassen werden.‹

Danach rief er jeden Tag an. Einmal war Dad am Telefon. Damon erzählte ihm, für wie begabt er mich hielt und wie sehr er sich darauf freute, mich auszubilden. Dad konnte nicht verstehen, warum ich es mir plötzlich anders überlegt hatte und nicht mehr Model werden wollte.

›Ich mache lieber einen Schreibmaschinenkurs.‹
›Ach, komm schon, Linda. Du lässt dir bestimmt eine große Chance entgehen.‹
Dad wollte mich unbedingt überreden, bis Bill ihn irgendwann anfuhr: ›Jetzt lass sie doch endlich in Ruhe.‹
›Halt du dich da raus‹, fauchte Dad zurück. ›Linda braucht so etwas. Sie wäre bestimmt ein gutes Model. Dieser Mann glaubt an sie …‹
›Du weißt aber nicht, was er ihr angetan hat.‹
›Bill, bitte nicht‹, rief ich.
›Was hat er ihr denn angetan?‹ Dads Stimme klang unsicher.
›Bitte, ich möchte nicht darüber sprechen‹, flehte ich und begann zu weinen.
›Hat er dich angefasst?‹, wollte Dad wissen.
Ich nickte.
›Hat er dich vergewaltigt?‹ Seine Stimme war ganz ruhig geworden.
›Ja.‹«
So erzählte Linda ihrem Vater doch, was passiert war – von den Morddrohungen und Damons Behauptung, er hätte mächtige Freunde bei der Polizei.
»Wir gehen nicht zur Polizei, sondern direkt zum FBI«, sagte er.
Nach einem Treffen mit den FBI-Agenten versicherte man Linda, sie habe nichts zu befürchten. Dann wurde sie von Detectives des Police Departments von L.A. befragt. Es gab keine Beratungsgespräche, keine psychologisch geschulten Teams. Eine Beamtin nahm den Tathergang auf, während Männer herein- und hinausgingen.
Ein Detective rief bei der Nummer an, die man Linda für das Interview bei der Model-Agentur gegeben hatte. Es war tatsächlich ein Anwaltsbüro. Innerhalb weniger Minuten meldete sich Damon bei der Bezirksstaatsanwaltschaft – offensichtlich hatte ihm sein Anwalt einen Tipp gegeben.
Linda bekam nur eine Seite des Gesprächs mit. Der Staatsanwalt

machte sich Notizen. Danach änderte sich sein Verhalten grundlegend. Zwar blieb er höflich, aber Linda spürte, dass er ihr nicht mehr glaubte.

»Damon sagte dem Detective, er habe erwartet, das ich Klage einreichte«, berichtet Linda. »Er behauptete, ich hätte gedroht, ihn zu erpressen. Wenn ich kein Geld und kein Model-Diplom bekommen würde, wollte ich ihn wegen Vergewaltigung verklagen.

Von nun an behandelte man mich völlig anders. Damon war ein bekannter Geschäftsmann, stets umgeben von schönen Frauen. Warum sollte er es nötig haben, jemanden zu vergewaltigen?«

Zwei Tage später hörte Linda vom Büro der Staatsanwaltschaft, dass ihre Klage abgewiesen worden war. Nun stand ihr Wort gegen das von Damon.

»Nach einigen Tagen begannen die Anrufe«, erzählt Linda. »›Ich beobachte dich. Ich weiß, wo du bist.‹ Er hatte die gleiche keuchende, hasserfüllte Stimme wie damals, als er mir den Aschenbecher an den Kopf gehalten hatte.«

Durch die Arbeit in der Galerie fühlte sich Linda noch verletzlicher. Jeden Tag hielt sie Ausschau, ob sich jemand draußen herumtrieb oder im Auto die Straße auf und ab fuhr.

»Das Hinterzimmer der Galerie hatte keine Vorhänge. Von der Treppe des Restaurants konnte man direkt hineinsehen. Wenn es dunkel war, hatte ich immer das Gefühl, dass mich jemand von dort beobachtete.«

Inzwischen lief die Galerie ziemlich schlecht; Lindas Vater nahm einen anderen Job an und verkaufte Vitamine. So blieb Linda den größten Teil des Tages allein. Sie fing an, die Galerie zu schließen, nachdem ihr Vater zur Arbeit gegangen war, und versteckte sich im Hinterzimmer.

»Ich kletterte auf das Regal, wo mich keiner sehen konnte. Dort saß ich dann stundenlang, schrieb, las und zeichnete. Zwar fühlte ich mich schrecklich, weil ich Dad hinterging, aber ich hatte einfach zu viel Angst. Immer wieder erlebte ich diese eine Nacht in

Gedanken erneut und versuchte herauszufinden, was ich hätte anders machen müssen. Hätte ich davonlaufen können? War es womöglich *meine* Schuld?«

Wieder schlägt Linda die Hände vors Gesicht und weint. Ihr ganzer Körper scheint in sich zusammenzusacken. In den letzten zwei Stunden hat es Momente gegeben, in denen sie sich kurz distanzierte, aber es kam zu keiner Dissoziation. Und doch hat sie mir nicht nur einen nüchternen Tatsachenbericht der Vergewaltigung gegeben, sondern sie hat mir auch eine Einsicht vermittelt, wie es sich angefühlt haben muss.

Es hatte sich nicht um eine sexuelle Eroberung gehandelt. Damon war ein Mann, der wusste, wie man sich in den Kopf einer Frau hineindrängt, nicht zu einem positiven Zweck, sondern aus perversen Motiven, aus krankhaften Machtgelüsten. Sein Ziel war die absolute Demütigung, und er war vollkommen skrupellos. Er hatte den Willen einer klugen, vor Leben sprühenden jungen Frau gebrochen.

Linda verfügte nicht über die Körperkraft, ihm Paroli bieten zu können. Auch psychisch hatte sie gegen ihn keine Chance. Sie durchschaute zwar die Situation, aber leider zu spät. Vielleicht war dieser Mann kein Mörder im herkömmlichen Sinne, aber Damon hatte sie psychisch ebenso effektiv zerstört. Wenn Linda beschreibt, was ihr zugestoßen ist, tut sie das als Zuschauerin, nicht als jemand, der an den Geschehnissen beteiligt war. Die eigentliche Vergewaltigung scheint für sie ohne Bedeutung zu sein. Die weitaus mächtigeren Erinnerungen drehen sich um Demütigung und Sünde. Hat dieses Trauma sie in die suizidale Depression getrieben? Könnte Damon der dunkelhaarige Mann sein, der ihren Tod will?

In dem Märchen vom Rumpelstilzchen sagt das böse Männchen zur Königin, als sie ihm ihr Kind nicht überlassen will: »Drei Tage gebe ich dir Zeit, wenn du bis dahin meinen Namen weißt, so sollst du das Kind behalten.«

Als die Königin seinen Namen endlich herausfindet, gerät Rumpelstilzchen so in Wut, dass es sich selbst in der Mitte durchreißt. Seine Macht ist gebrochen.

Das ist es, was ich auch für Linda hoffe. Wenn wir über die qualvollen Ereignisse sprechen, hört sie irgendwann auf, diese in Gedanken immer und immer wieder durchzuspielen. Traumatische Erinnerungen werden wieder zu normalen Erinnerungen. Sie wird nie vergessen, was geschehen ist, aber es wird nicht mehr den gleichen schädigenden Einfluss auf sie ausüben.

Als ich Ticehurst an diesem Nachmittag verlasse, bin ich voller Hoffnung, dass wir einen Durchbruch erzielt haben. Linda hat ihr Rumpelstilzchen beim Namen genannt. Jetzt müssen wir warten und sehen, ob es in ihrer Psyche zu einer fundamentalen Veränderung kommt.

Kapitel 16

Linda Caine

Ich erinnere mich nicht mehr, wie die Sitzung mit Dr. Royston zu Ende gegangen ist. Ich muss wohl eingeschlafen sein. Es ist spät am Nachmittag, als ich erwache. Noch immer fühle ich mich erschöpft und traurig. Ständig muss ich an Damon denken. Ich hätte weglaufen sollen, ich hätte weglaufen sollen …

Im Badezimmer spritze ich mir Wasser ins Gesicht und reibe mir die Wangen. Meine Augen sind rot und geschwollen. Ich habe den ganzen Tag fast nichts gegessen, aber ich habe keinen Hunger.

Chris ruft an und merkt gleich, dass ich geweint habe. Er fragt, was los ist.

»Es ist wegen etwas, was ich Dr. Royston erzählt habe.«

»Was denn?«

»Können wir bitte über etwas anderes reden?«

Er klingt verletzt. »Warum kannst du es mir nicht sagen? Ich bin immerhin dein Mann.«

»Tut mir Leid.«

Chris ist so geduldig gewesen, aber er kann einfach nicht verstehen, dass ich mit Dr. Royston spreche, und nicht mit ihm. Können wir nicht alles miteinander teilen? Er weiß von Damon, allerdings keine Einzelheiten. Es gibt Dinge, die kann man dem Mann, den man liebt, einfach nicht erzählen.

Ich fange an zu weinen, und gleich bekommt er ein schlechtes Gewissen. »Ich sollte dir ein bisschen Zeit geben, damit du dich beruhigen kannst«, sagt er. »Ich rufe dich später zurück. Dann können wir uns unterhalten.«

Aber er versteht immer noch nicht. Ich *will* nicht darüber reden. Ich weiß, er liebt mich. Ich weiß, er möchte mir helfen. Aber wenn ich ihm erzähle, was wirklich passiert ist, würde ihn das zerreißen. Dann wäre mein Schmerz sein Schmerz, vielleicht sogar noch mehr. Warum sieht Chris das denn nicht ein?

Ich gehe auf den Flur und vergesse ganz, dass ich keine Schuhe anhabe. Als ich zum Haupteingang komme, fällt mir ein, dass ich Martin, den Dienst habenden Pfleger, fragen sollte, ob es in Ordnung ist, wenn ich ein bisschen spazieren gehe. Ich zögere. Panik überkommt mich. Ein Satz hallt ständig in meinem Kopf wider. »Ich hätte weglaufen sollen! Ich hätte weglaufen sollen!« Ich habe keine Zeit, es richtig zu machen.

Draußen sehe ich, wie ein alter Mann an einen Rollstuhl geklammert mühsame Gehversuche macht. Die geriatrische Abteilung ist oben, und an sonnigen Tagen geht das Personal mit den Patienten spazieren. Der alte Mann steht auf zittrigen Beinen, aber auf einmal lässt er den Rollstuhl los und schlurft mit angestrengten Altmännerschritten die Auffahrt hinunter.

Die Schwester, die ihn begleitet, lässt den Rollstuhl stehen und folgt ihm. Sie will seinen Arm nehmen, aber er macht sich los und marschiert weiter. Das ist Freiheitsdrang.

Zwei Pfleger hören die Schwester um Hilfe rufen und kommen angelaufen. Der alte Mann tut mir Leid. Aber statt ihn zu packen und zurückzuschleifen, gehen die beiden Pfleger einfach nur neben ihm her. Einer legt ihm die Hand auf den Rücken.

»Wo wollen Sie denn hin, Joe?«

»Nach Hause.«

»Aber es ist noch nicht Zeit, nach Hause zu gehen.«

»Ich möchte trotzdem nach Hause.«

»Warum kommen Sie nicht mit uns zurück, und wir trinken eine Tasse Tee. Ich glaube, heute gibt es Dattelscones. Sie mögen doch Dattelscones, oder nicht?«

Allmählich verlangsamt der alte Mann sein Schlurfen und wiederholt: »Dattelscones?«
So machen die drei kehrt, und ich bin froh, dass der alte Mann glücklich aussieht.
Ich beschließe, einen langen Spaziergang zu machen. Am Ende des Wegs komme ich zu dem alten Sommerhaus. Ich freue mich, dass es nicht abgerissen worden ist. Allerdings muss ich an der Tür ein paar heruntergefallene Äste wegräumen und mich gegen die rostigen Angeln stemmen, bevor ich ins Innere vordringen kann. Schwaches Sonnenlicht fällt durch die Bäume, sodass die Schatten lang werden.
Als ich drinnen bin, schließe ich die Tür und setze mich auf eine Bank. Ich kann den von Bäumen gesäumten Pfad zur Klinik überblicken. Niemand soll wissen, dass ich hier bin. Ich möchte, dass sie vorbeigehen und denken, das Sommerhaus ist alt und unbenutzt. Dann ist es *mein* ganz besonderer Schlupfwinkel.
Ich möchte auch nicht zurück. Ich möchte mich nicht mit Chris auseinander setzen, der bestimmt bald wieder anruft. Ich bin so müde. Nach einer Weile lege ich mich auf die Bank und schließe die Augen.
Es ist beinahe dunkel. Ich kann mich nicht rühren. Es ist, als säße ich in der Falle – unfähig aufzuwachen. In meinen Ohren höre ich ein Klingeln. Ich beiße mir auf die Lippen und versuche, meinen Kopf wieder klarzukriegen. Ich schmecke Blut und spüre den Schmerz, aber es funktioniert nicht. Durch die Fensterläden kommt gerade genug Licht, dass ich die Scherben auf dem Boden sehen kann. Wenn ich mich schneide, komme ich bestimmt wieder in die Realität zurück und meine Gedanken hören auf wegzurutschen.
Unter Einsatz meiner ganzen Willenskraft strecke ich die Hand aus und taste nach der schärfsten Glasscherbe. In diesem Moment bemerke ich eine plötzliche Bewegung. Eine winzige Maus sitzt in der Mitte des Raums und starrt mich an. Wir sehen einander genau im selben Augenblick. Die Maus rennt davon, über die Scherben hinweg, zur Tür hinaus.

Ich bleibe ganz still liegen und hoffe, dass sie zurückkommt. Wieder eine Bewegung. Ich drehe mich um. Eine zweite kleine Maus klettert aus einer Ritze im Boden. Ich wage kaum zu atmen, während ich beobachte, wie sie schnüffelt und mit den Schnurrhaaren zuckt. Anscheinend sagen ihr ihre Sinne, dass hier etwas nicht stimmt. Dann nimmt sie all ihren Mut zusammen, entfernt sich ein paar Zentimeter von ihrem Loch und rennt wie der Blitz wieder zurück. Ungefähr eine Minute vergeht. Da taucht sie wieder auf und schnuppert die Luft. Diesmal hüpft sie ganz mutig unter die Bank. Ich spähe durch die Banklatten und hoffe, sie noch einmal zu sehen. Meine Gefühle und die Erschöpfung überschwemmen mich.

Mehrmals erwache ich halb und weiß nicht recht, wo ich bin. Einmal glaube ich, ich wäre im Kühlturm hinter unserem Haus in Sambia. Normalerweise habe ich Angst im Dunkeln, aber jetzt haben sich meine Augen an die Nacht gewöhnt. Ein Rascheln unter der Bank erinnert mich an die Maus. Ein tröstliches Geräusch. Ich frage mich, wie spät es wohl ist. Wenn es schon nach zehn ist, sind die Pforten von Ticehurst verschlossen. Ich werde klingeln müssen, um hineinzukommen. Was soll ich den Leuten sagen?

Kalt und steif rolle ich mich zusammen und schlinge die Arme um meine Brust. Vielleicht wird mir so ein wenig wärmer. Ich bin so müde … so furchtbar müde.

Robin Royston

Der Anruf kommt, als ich mich gerade zum Essen im Spa Hotel in Tunbridge Wells niederlassen will. Es ist eine offizielle Versammlung der Therapeuten von Ticehurst, ihren Gästen, Ärzten aus der Gegend und anderen einflussreichen Persönlichkeiten. Die meisten von uns mussten ihren nach Mottenkugeln duftenden Smoking aus dem hintersten Winkel des Kleiderschranks hervorholen. Wenigstens habe ich es geschafft, den Aperitif zu überstehen, ohne dass ich jemanden beleidigt habe und ohne dass mich jemand darum gebeten hat, seine Verwandtschaft zu analysieren. Die Dienst habende Schwester benachrichtigt mich. Seit halb sechs am Nachmittag ist Linda verschwunden.

Ich werfe einen Blick auf meine Armbanduhr. Das war vor drei Stunden.

»Was hat sie an?« Draußen ist es kalt für die Jahreszeit.

»Ein Baumwolloberteil, eine leichte Hose, dünne Socken, keine Schuhe.«

»Haben Sie die Polizei verständigt?«

»Ja. Sollen wir Lindas Mann Bescheid geben?«

»Selbstverständlich. Er muss informiert werden. Ich bin schon unterwegs.«

Ich entschuldige mich und verlasse eilig das Hotel. Mit gemischten Gefühlen fahre ich nach Ticehurst. Schon jetzt frage ich mich, ob ich Linda zu sehr gedrängt habe. War der Bericht über die Vergewaltigung zu viel für sie?

Nachdem sie solche traumatischen Ereignisse und Gefühle an die Oberfläche gebracht hat, ist sie ganz besonders verletzlich. Sie muss nicht nur mit den Erinnerungen zurechtkommen, sondern auch mit ihren akuten selbstzerstörerischen Neigungen. Sie ist noch nie nachts weggelaufen. Wenn sie die Wege auf dem Grundstück verlassen hat und sich im Wald versteckt hat, wird es nicht einfach, sie zu finden.

Was, wenn sie tot ist? Was soll ich Chris sagen? Was ihren Kindern?

Das Szenario entfaltet sich in meiner Phantasie. Ich stelle mir vor, wie der Gerichtsmediziner mich fragt, wie eine Mutter zweier Kinder auf dem Grundstück einer psychiatrischen Klinik Selbstmord begehen konnte …

Ich fahre durch das große Steintor der Ticehurst-Klinik. Dunkle Gestalten huschen durch die Bäume, Taschenlampen tanzen wie Glühwürmchen über die Wege. Ich beuge mich vor und spähe über das Lenkrad hinweg. Die Scheinwerfer sind voll aufgedreht und rauben den Platanen am Straßenrand die Farbe. Am Haupteingang sehe ich zwei Leute, die Lindas Namen rufen. Ich stelle den Motor ab und lausche, in der Hoffnung auf eine Reaktion. Der Kragen meines gestärkten weißen Hemds fühlt sich auf einmal kalt an meinem Hals an.

In der Aufnahmestation, ein Stück weit den hallenden Korridor hinunter, steht ein Polizist, direkt neben der Schwesternstation. Sein Walkie-Talkie summt und knistert an seinem Gürtel.

Roger Smith blickt von seinem Schreibtisch auf. »Da kommt Dr. Royston.«

»Ich bin gleich bei Ihnen«, sage ich dem Constable. Dann nehme ich Roger beiseite.

»Was ist passiert?«, frage ich ihn.

»Irgendwas hat sie erschreckt. Bald nachdem Sie gegangen sind. Dympna hat um vier nach ihr gesehen, da hat sie noch geschlafen. Dann kam ein Anruf von ihrem Mann. Zwanzig nach acht hat er es noch einmal versucht. Aber da war Linda nicht in ihrem Zimmer, und wir konnten sie auch sonst nirgends finden.«

»Hat jemand sie weggehen sehen?«

Roger schüttelt den Kopf.

»Hat sie einen scharfen Gegenstand bei sich?«

»Fensterscheiben und Spiegel sind nicht zerbrochen.«

Ich wende mich an den Polizisten, der mich über die Suchaktion informiert. Ein Suchhubschrauber mit Nachtsichtgerät ist unterwegs. Jetzt möchte er mehr Information über Linda. »Ist sie selbstmordgefährdet?«, fragt er.

»Auf jeden Fall, ja.«

»Ist sie gefährlich?«

»Nur für sich selbst.«

Ich sehe wieder auf die Uhr. Jetzt sind bereits sechs Stunden vergangen.

»Haben Sie es schon im Sommerhaus probiert?«

Die Dunkelheit ist total. Ich sehe nicht mal mehr die Hand vor Augen. Es dauert einen Augenblick, bis ich mich erinnere, wo ich bin. Schließlich zwinge ich mich dazu aufzustehen und blicke aus dem Fenster, aus dem man das Krankenhaus sieht. Ich kann gerade die zwei Baumreihen ausmachen, die sich vor dem dunklen Himmel abheben. Es sieht aus wie eine lange, unregelmäßige Passage. Eigentlich möchte ich mich am liebsten wieder hinlegen und die Augen zumachen. Plötzlich erscheinen Lichter am Ende der Baumreihe. Ich drücke mich an die Wand, dort, wo sie sich ein wenig nach außen wölbt, neben dem kleinen Fenster. Als ich über den Sims spähe, sehe ich Taschenlampen zwischen den Bäumen blitzen.

Sie wollen mich holen. Ich habe zu lange gezögert. Ich muss weglaufen! Die Taschenlampen tanzen. Ich höre Stimmen in der Nähe. Ich lege mich ganz platt auf die Bank und drücke mich an die Wand. Vielleicht sehen sie mich dann nicht. Licht durchströmt das Sommerhaus, und ich schlage die Hände vors Gesicht. Jemand nimmt meinen Arm. »Linda, ich bin es. Les. Kommen Sie. Gehen wir zurück in Ihr Zimmer.« Les ist der Pfleger, der manchmal nachts arbeitet. Seine Stimme klingt sanft und beruhigend.

Direkt am Haupteingang begegnet uns Dr. Royston. Er legt mir die Hände auf die Schultern und fragt leise: »Linda, haben Sie sich verletzt?«

Ich schüttle den Kopf.

»Gott sei Dank, Sie sind wohlauf.« Er klingt sehr erleichtert.

Ich bin verwirrt und das Ganze ist mir sehr peinlich. Ich möchte niemanden sehen und verstecke mein Gesicht, während er mich in mein Zimmer führt.

Dort wartet Dympna schon auf mich. Sie fängt an, mir die Hände zu waschen. Als sie meinen Unterarm festhält, zucke ich zusammen. Dr. Royston blickt mich fragend an.

»Das ist nicht von heute«, erkläre ich, ziehe den Ärmel hoch und zeige ihm die Brandwunden.
»Wie ist das passiert?«
»Mit dem Bügeleisen«, antworte ich beschämt.
»Aus Versehen?«, fragt er und versucht locker zu klingen. Ich erwarte, dass er mich ausschimpft, aber stattdessen versucht er, mich aufzuheitern. »Ein Unfall, oder?«
Ich schüttle den Kopf.
»Was dann?«
»Ich habe versucht, meinen Kopf klarzukriegen … damit die Gedanken nicht wegrutschen.«
»Wie schon des Öfteren.«
Ich nicke traurig. »Es tut mir Leid.«
Dympna ist hinausgegangen, um mir eine Tasse Milchkaffee zu holen. Ich habe es nicht verdient, dass sich diese Leute so nett um mich kümmern.

Robin Royston

Linda erklärt mir, warum sie weggelaufen ist. Der Anruf von Chris hat sie aufgeregt. Es gibt Dinge, die sie ihm nicht erzählen will, aber sie hatte nicht die Energie und die richtigen Worte, um ihm auseinander zu setzen, warum. Sie hatte nicht vor wegzubleiben. Sie hat auch nicht mit dem Gedanken gespielt, Selbstmord zu begehen.
Die Erinnerung an die Vergewaltigung hat Linda emotional sehr mitgenommen, die ganze negative Energie zieht sie hinunter ins Dunkel. Ihre destruktive Reaktion, aber auch die Art ihrer »Rettung« legen Zeugnis davon ab, wie schwer ihre Störung ist. Die Begegnung mit der Maus im Sommerhaus trägt unverkennbar märchenhafte Züge. Wenn Linda sich verletzt, will sie damit ihre Gedanken auf einen Punkt konzentrieren und verhindern, dass

sie ihr wegrutschen, aber diesmal hat sie auf der Suche nach einer Glasscherbe eine Maus entdeckt, und die Wirkung war die gleiche. Das kleine Tier hat sie gerettet.
Ob es Traum oder Realität war, werde ich wohl nie herausfinden. Die Grenzlinie ist oft schmal, und bei Linda oft gar nicht zu erkennen. Was passiert ist, hat durchaus eine mythische Komponente, die wie so oft darauf hinweist, dass wir nur einen kleinen Teil von etwas viel Größerem vor uns haben.
Mehrmals bezeichnet sich Linda selbst in ihrem Bericht als »schwach« und »hoffnungslos«. Sie spricht sehr feindselig von sich, was ich nur schwer nachvollziehen kann. Sie hat bei den Menschen in ihrer Umgebung nie aggressive Gefühle ausgelöst. Aber auch in ihren Notizen beschreibt sie sich als ein »mit Arsen gefülltes Marshmallow« oder beschimpft sich, weil sie »so jämmerlich« ist. Bei manchen Menschen mögen solche Gefühle durchaus angemessen sein, aber bei Linda kommt es mir vor, als wäre ihr beigebracht worden, sich zu hassen. Aber von wem?
Als ich Ticehurst verlasse, ist es nach Mitternacht. Dympna wird sich zu Linda setzen, bis sie eingeschlafen ist. Auf der Schwesternstation mache ich eine Notiz in Lindas Krankenakte. »NOCH IMMER EXTREM SELBSTMORDGEFÄHRDET!«, schreibe ich in großen Buchstaben. »Bitte weiterhin halbstündliche Beobachtung, Tag und Nacht.« Das bedeutet, dass jemand alle dreißig Minuten nach Linda sehen wird. Das Gedankenwegrutschen und die Dissoziation werden schlimmer, und ich habe das Gefühl, je näher wir an das herankommen, was in ihrem Inneren vergraben liegt, desto höher wird die Wahrscheinlichkeit, dass sie lieber sterben möchte, als sich damit zu konfrontieren.
Der Parkplatz ist verlassen, und der Kies knirscht unter meinen Schuhen, als ich zu meinem Auto gehe. Auf der Heimfahrt denke ich darüber nach, wie Linda ihr Leben lang immer Verstecke gefunden hat – den Kühlturm, den alten Wassertank in Sambia. Jetzt hat sie das Sommerhaus. Wenn sie nicht weglaufen kann, sucht sie einen sicheren Ort, sie dissoziiert oder sie schwebt über

der Szene und beobachtet, was mit ihr geschieht – wie es bei der Vergewaltigung der Fall war. Sie trennt ihr Bewusstsein komplett von dem, was mit ihrem Körper geschieht.
In den nächsten Tagen muss Linda noch intensiver beobachtet werden. Ihre Abwehr ist stark herabgesetzt, sie ist verletzlicher denn je.

FREITAG, 1. JUNI 1990

Linda Caine

Ein wunderschöner Morgen. Ich gehe joggen, um einen klaren Kopf zu bekommen. Die ganze Nacht über war ich in Gedanken an einem dunklen Ort, aber jetzt fühle ich mich besser. Auf einem Feld auf der anderen Seite des Wegs sehe ich einen kleinen kastanienbraunen Hengst und eine hübsche graue Stute. Sie haben ein noch ganz junges kastanienbraunes Fohlen bei sich, das gelegentlich herumspringt und hüpft und glücklich ist, am Leben zu sein. Die Natur sprüht nur so vor lauter Leben an diesem perfekten Frühsommertag. Ich möchte die Schönheit meiner Umgebung aufsaugen, ich möchte Licht in mein Dunkel bringen.
An der Hecke bleibe ich stehen und beobachte eine Biene, die zwischen den Blüten herumsummt. Fast komme ich mir unsichtbar vor – ich kann die Welt beobachten, die sich um mich herum weiterdreht, aber ich werde nie dazugehören. Die Biene fliegt weg und verschwindet in der Ferne; ich suche etwas Neues, auf das ich mich konzentrieren kann. An der Weggabelung finde ich einen Haufen alter, zerbrochener Schieferziegel, die jemand hier abgeladen hat. Ich suche ein paar hübsch geformte Scherben heraus. Die möchte ich für meine Zeichnungen verwenden.
Vielleicht zeichne ich eine Orchidee für Linda McCormack darauf. Das ist nämlich ihre Lieblingsblume. Und einen Eulen-

schwalm für Roger Smith. Neulich haben wir Fotos angeschaut, und er hat mir einen gezeigt. »Das ist einer der hässlichsten Vögel, die ich jemals gesehen habe«, meinte er. »Er ist so hässlich, dass er schon fast wieder schön ist.«

Ich trage die Schieferstücke an der Schwesternstation vorbei in mein Zimmer.

Kurz vor halb acht abends kommt Dr. Royston. Ich überrede ihn hinauszugehen und den Sonnenuntergang über dem Feld mit den Pferden zu bewundern. Aber ich werde mal wieder vom Pech verfolgt – die Sonne versteckt sich hinter den Wolken, und der Sonnenuntergang ist nicht halb so beeindruckend, wie ich es mir ausgemalt habe.

Zurück in meinem Zimmer sprechen wir über meine Gedanken, Gefühle und Träume. Ich bin sogar so mutig, für uns beide einen Kaffee aus dem Aufenthaltsraum zu holen, statt ihn wie üblich in der Küche zu bestellen. Solche Kleinigkeiten bedeuten Dr. Royston mehr als mir. Er vermittelt mir immer das Gefühl, dass jeder kleine Schritt eine große Leistung ist.

Kapitel 17

DIENSTAG, 5. JUNI 1990

Linda Caine

Dr. Royston fragt mich, was passiert ist, nachdem die Polizei die Vergewaltigungsklage fallen gelassen hat. Ich erzähle ihm von Damons Anrufen und wie ich mich im Hinterzimmer der Galerie versteckt habe. Etwa drei Wochen später war ich gerade hinten im Lagerraum, als ein Mann hereinkam und nach mir fragte. Mir wurde eiskalt, und ich spähte durch den Türspalt. Der Mann zeigte Dad eine Polizeimarke. »Mein Name ist Sergeant Daryl Walker.«

Dad rief mich. Der Detective machte einen erleichterten Eindruck, als er mich sah.

»Ich dachte schon, Sie wären womöglich nach Afrika zurückgegangen.«

»Nein, noch nicht.«

»Sie müssen bitte aufs Revier kommen und noch eine Aussage machen.«

»Warum?«

Er erklärte mir, dass noch ein anderes Mädchen Anzeige gegen Paul Damon erstattet hatte. Er hatte sie am vorangegangenen Abend attackiert, aber sie war ihm entwischt. Die Geschichte, die dieses Mädchen – Analese, eine Holländerin – bei der Polizei zu Protokoll gegeben hatte, war mit meiner fast identisch.

»Wie ist sie entkommen?«, fragte ich ganz leise.
»Sie ist aus seinem Auto gesprungen und in einen Laden gerannt.«
Zwar war auch Damon auf der Station vorstellig geworden, hatte Analeses Handtasche abgegeben und dem Beamten vorgejammert, dass er von hysterischen Frauen die Nase voll hätte, aber diesmal glaubte die Polizei den Anschuldigungen. Analese und ich kannten uns nicht und folglich war es äußerst unwahrscheinlich, dass wir unsere Aussagen aufeinander abgestimmt hatten. Außerdem war man in den Akten inzwischen noch auf eine ähnliche Klage gestoßen, die vor einigen Jahren von einem sechzehnjährigen Mädchen eingereicht worden war.
Daryl Walker nahm mich mit zur San Vincenti Police Station, und ich machte eine neue Aussage. Innerhalb weniger Stunden wurde ein Haftbefehl gegen Damon erlassen. Er stellte sich der Polizei und wurde wegen Vergewaltigung und versuchter Vergewaltigung angeklagt. Die Kaution wurde auf 100 000 Dollar festgesetzt. Damon bezahlte das Geld und war innerhalb von vierundzwanzig Stunden wieder auf freiem Fuß.
Ich war völlig verängstigt, aber Daryl Walker versicherte mir immer wieder, dass alles in Ordnung kommen würde.
»Sie kennen diesen Mann nicht«, sagte ich. »Er gibt nicht so einfach auf.«
In den nächsten Tagen verschwand Damon. Wieder meinte Daryl Walker, ich solle mir keine Sorgen machen, aber ich sehnte mich mehr denn je danach, nach Afrika zurückzukehren. Aber jetzt saß ich fest. Der Prozess gegen Damon gründete sich auch auf meine Aussage.
In den folgenden Wochen wurde ich diskret von der Polizei überwacht. Detectives kamen in der Galerie vorbei und fragten mich, ob mir verdächtige Autos oder Besucher aufgefallen seien. In Damons Villa in den Hollywood Hills hatte man einen »Harem« von Frauen gefunden, die sich aber weigerten, mit der Polizei zusammenzuarbeiten. Daryl Walker bezeichnete sie als »Jüngerinnen«.
Leider verlor die Galerie weiterhin viel Geld, und wir hatten kei-

ne andere Wahl, als sie zu schließen. Dad lieh die afrikanischen Kunstwerke an Filmstudios aus und verkaufte sie privat. Wir zogen in eine Zweizimmerwohnung in West Hollywood, mit einem großen Fenster, von dem aus man die Straße überblicken konnte. Wir ließen ein Alarmsystem einbauen, das eine Direktverbindung zur nächsten Polizeistation hatte. Ich vertraute Daryl Walker, weil er immer ehrlich zu mir gewesen war. Jetzt gab er zu, dass er für unsere Sicherheit nicht garantieren konnte. Die Polizei hatte einen Plan aufgedeckt, der darauf abzielte, mich als Zeugin in Misskredit zu bringen.

Endlich erteilte der Bezirksstaatsanwalt seine Zustimmung, Analese wieder nach Holland und mich nach Afrika ausreisen zu lassen – allerdings nur unter der Voraussetzung, dass wir zurückkommen und aussagen würden, sobald Damon festgenommen worden war.

»Vielleicht wird er dann unvorsichtig und wir schnappen ihn«, meinte Daryl, zuversichtlich wie immer.

Ende April 1973 traf ich in Salisbury ein. Ich wusste, dass Bill mitkommen wollte. Wir hatten oft darüber gesprochen und wir liebten beide wilde, freie Landschaften. Aber für mich waren die Dinge nie so einfach. Ich war überzeugt, dass Bill eines Tages genauso viel Heimweh nach Amerika empfinden würde wie ich nach Afrika, und ich war sicher, dass ich niemals in ein Land zurückkehren wollte, mit dem ich so schreckliche Erinnerungen verband. Und wenn ich Bill erlaubte, mit mir nach Afrika auszureisen, hätte das für mich eine langfristige Verpflichtung bedeutet, die ich nicht eingehen wollte und konnte. Am Ende sagte ich Bill, dass ich alleine gehen musste, so hart es auch sein mochte.

Chris wusste, dass ich heimkam, aber er kannte das genaue Datum nicht. Er war zum Wehrdienst einberufen worden und noch bei der Armee.

Als ich seine Mutter besuchte, rief Chris zufällig an.

»Schön, dass du anrufst«, sagte sie. »Da ist jemand, der dich sprechen möchte.«
Damit übergab sie mir den Hörer.
»Hallo Chris.«
»Hallo?«, erwiderte er fragend.
»Rate mal, wer hier ist.«
»Linda!« Es klang, als freute er sich, meine Stimme zu hören. Ich war erleichtert.
Chris wusste von der Vergewaltigung und der Fahndung nach Damon. Aber ihn schien nichts abzuschrecken. Ich konnte immer wieder nur staunen. Zwar hatte ich immer noch Angst, sein Leben zu vergiften und seine Illusionen zu zerschlagen, aber ich versuchte ihn nicht mehr von mir fern zu halten. Chris wollte mir Tennis und Schach beibringen, ich lehrte ihn als Gegenleistung reiten. Wir nahmen uns vor, uns Zeit zu lassen und zu sehen, was passierte.
Verstehen Sie mich bitte nicht falsch, Dr. Royston. Mir lag Chris wirklich sehr am Herzen. Deshalb wollte ich ihm auch auf keinen Fall etwas vormachen. Chris hatte etwas Besseres verdient ... eine Frau, die sich hundertprozentig an ihn binden würde – für immer. Bis ich mir meiner selbst sicher war, konnten wir nur Freunde sein.
Ein paar Wochen nach meiner Rückkehr waren wir in einem Nachtclub namens Bretts in Salisbury. Wir saßen uns am Tisch gegenüber; ich sah ihn an und dachte, dass er wirklich etwas ganz Besonderes war.
Da blickte er auf und lächelte mich an. Plötzlich waren meine Bedenken wie weggeblasen. Ich wusste, dass ich diesen Mann liebte. Da die Musik so laut war, beugte ich mich zu ihm und rief: »Ich liebe dich!«
»Sag das nicht, wenn du es nicht ernst meinst«, entgegnete er, und ich merkte, wie verletzlich er war.
»Ich meine es aber ernst.«
»Fühl dich aber nicht dazu verpflichtet.«

»Hey, hör mir doch zu. Ich liebe dich.«

Zwei Tage später zogen wir zusammen und verlobten uns. Für meinen Verlobungsring wünschte ich mir meinen Lieblingsedelstein, einen Amethyst.

»Ein Amethyst ist ja nicht mal wertvoll«, meinte Chris. »Willst du nicht lieber einen Diamanten?«

»Nein, ich möchte gern einen Amethyst.«

Ich schrieb Bill und erzählte ihm, was geschehen war, und er antwortete mir in einem sehr lieben Brief. Zwar gestand er, dass er traurig war, aber er wünschte mir trotzdem viel Glück.

Wir setzten den Hochzeitstermin auf den 27. Oktober fest, aber zwei Wochen davor bekam ich eine Gelbsucht. Also verschoben wir alles, aber dann entdeckten wir, dass ich schwanger war. Schnell planten wir neu, und am 17. November traten Chris und ich in der Rhodesian Light Infantry Chapel in Salisbury vor den Altar. Meine leuchtend gelbe Haut bildete einen interessanten Kontrast zu meinem hellblauen Brautkleid.

Unsere Flitterwochen verbrachten wir in den Eastern Highlands von Rhodesien. Von unserem Zimmer hatte man einen Blick auf einen kleinen See und die umliegenden Wälder. Mein Großonkel William »Curio« Harvey Brown hatte die ersten Kiefernplantagen in Rhodesien angepflanzt.

Da ich von der Gelbsucht geschwächt war und morgens entsetzlich unter Übelkeit litt, verlor ich das Baby in der sechzehnten Woche. Chris und ich waren am Boden zerstört. In Gedanken hatte ich schon ein Kinderzimmer eingerichtet und angefangen, Namen auszusuchen. Sobald es mir wieder gut ging, versuchten wir es erneut. Trotz des Verlusts war ich so glücklich und verliebt wie noch nie. Nicht einmal der Krieg konnte unsere Idylle stören, obwohl sich überall seine Auswirkungen zeigten: Die jungen Männer wurden eingezogen, und Chris, der seinen Wehrdienst ja hinter sich hatte, hätte normalerweise ein Jahr mit der militärischen Grundausbildung im Busch verbringen müssen. Stattdessen wurde er in die Rechtsabteilung im Luftwaffenhauptquartier

in Salisbury berufen, was bedeutete, dass wir uns nicht trennen mussten.
Ein paar Monate nach unserer Heirat zogen wir nach Gatooma, einem staubigen kleinen Grenzort, nicht viel größer als Kalomo in Sambia. Am dortigen Gericht arbeitete Chris als Staatsanwalt – er hatte es hauptsächlich mit Hühnerdiebstahl und gelegentlich auch mit einem Mord wegen Hühnerdiebstahls zu tun.
Wir wohnten in einem recht geräumigen Haus auf einem großen Stück Land, mit Obstbäumen und einem schönen Garten. An Chris' Seite wurde ich geselliger, machte Sport und traf mich mit Leuten. Kurze Zeit später wurde ich wieder schwanger, verlor das Baby aber nach sechs Wochen. Wir versuchten es weiter.
Anfang 1975 bekamen wir einen Anruf aus Los Angeles. Chris nahm das Gespräch entgegen, und ich merkte am Klang seiner Stimme sofort, dass etwas nicht stimmte. Paul Damon war tatsächlich gefasst worden. Daryl Walker war nach New York geflogen und hatte ihn persönlich nach Los Angeles gebracht.
»Ich möchte nicht, dass du nach Amerika zurückfährst«, sagte Chris, als wir an diesem Abend nebeneinander auf der Veranda saßen.
»Aber ohne mich hat die Polizei keinen Fall.«
»Du hast genug durchgemacht. Geh nicht hin.«
»Aber wenn er noch mehr Frauen vergewaltigt?«
Chris war hin und her gerissen zwischen dem Wunsch, das Richtige zu tun, und dem Wunsch, mich zu beschützen. Er glaubte leidenschaftlich an die Gerechtigkeit, aber er wusste auch, dass ich im Zeugenstand das Ganze noch einmal würde durchleben müssen. Die Vorstellung, Damon im Gerichtssaal gegenübertreten zu müssen, machte mir Angst, aber andererseits konnte ich ihn nicht ungeschoren davonkommen lassen. Wir zermarterten uns den Kopf. Als der Bezirksstaatsanwalt von Los Angeles veranlasste, dass Chris mich nach Amerika begleiten konnte, beschlossen wir schließlich zu fahren.
Es waren fast auf den Tag genau zwei Jahre vergangen, seit ich

Amerika verlassen hatte, als das Flugzeug in L.A. landete. Ich schaute aus dem Fenster auf die endlos ausufernde Stadt und schauderte. Ich hasste diesen Ort, und schuld daran war dieser eine einzige Mann.

Dad holte uns vom Flughafen ab. Inzwischen war seine Ehe mit Vi geschieden worden, und er hatte das Sorgerecht für Clive, Sean und Jemal bekommen. Sie wohnten in einem Haus in Inglewood, und Dad arbeitete wieder als Versicherungsverkäufer. Brendan diente zu dieser Zeit bei der rhodesischen Armee.

Ein paar Tage vor Prozessbeginn nahm Daryl Walker mich mit zu Mr. Savitt, dem Bezirksstaatsanwalt. Beide Männer warnten mich, dass mein Auftritt im Zeugenstand nicht einfach werden würde, und sie sollten Recht behalten. Meine Vernehmung dauerte drei Tage. Damons Anwalt versuchte meine Aussage auseinander zu nehmen, indem er gnadenlos überall nachhakte, wo er Ungereimtheiten witterte. Sobald ich das geringste Anzeichen von Unsicherheit zeigte, beschuldigte er mich, ich würde Lügen erfinden.

»Ich habe die letzten zwei Jahre versucht zu vergessen, was passiert ist«, erklärte ich ihm. »Ich erinnere mich nicht mehr an jede Kleinigkeit. Aber ich weiß, dass Ihr Klient mich vergewaltigt hat …« Ich brach in Tränen aus und Richter Older bot mir eine Pause an. Dann verbot er dem Anwalt, beim Kreuzverhör die Protokolle zu benutzen. Jedes Mal, wenn ich in den Gerichtssaal kam oder ihn verließ, bemerkte ich eine Gruppe von Frauen, die mich mit unverhohlener Verachtung anstarrten. Es waren Freundinnen von Damon, die mich einschüchtern wollten. Später sagte mir Daryl Walker, dass Richter Older nur drei dieser Frauen gleichzeitig auf die öffentliche Galerie ließ, weil sie ständig versuchten, Zeugen und Zeuginnen aus dem Konzept zu bringen.

In einer Pause entdeckte ich Damon und seinen Anwalt im Foyer, und ein paar Minuten später erschien er im Restaurant. Er sah genauso aus wie bei unserer ersten Begegnung – entspannt und selbstbewusst, als könnte nichts und niemand ihm etwas anhaben. Es war das erste und einzige Mal, dass Chris ihn zu Gesicht bekam. Ich glaube, ich habe ihn noch nie so aufgebracht erlebt. Seine Hände zitterten, und ich musste sie festhalten, damit er nicht zu Damons Tisch hinüberlief.

Als die Geschworenen ihren Schiedspruch abgaben, war ich nicht im Gericht. Daryl Walker rief bei Dad an.

»Es ist vorbei«, sagte er. Ich schluchzte.

Man hatte Damon der Vergewaltigung für schuldig befunden.

Chris und ich flogen nach Afrika zurück, ohne die Verkündung des Urteils abzuwarten. Dad schickte mir ein Telegramm, in dem nur stand: »Johnny-Boy hat fünf Jahre gekriegt.«

Robin Royston

Linda hat es geschafft, mir die Geschichte fertig zu erzählen, ohne ständig in Tränen auszubrechen oder sich zu distanzieren. Wenn man bedenkt, wie leicht sie momentan dissoziiert, ist dies ein gutes Zeichen. Außerdem hat sie einen Traum der letzten Nacht aufgeschrieben, der voller positiver Bilder ist.

Ich liege auf dem Boden der Turnhalle und halte ein Elektrokabel an einem Ende fest. Es steckt in der Steckdose, aber das dazugehörige Gerät ist weg, sodass das Ende offen und unter Strom ist.

Ich weiß, das ist gefährlich, aber ich kann die Drähte nicht von mir weghalten und mich auch nicht richtig bewegen. Ich rolle mich herum, strecke den Arm zur Steckdose aus und versuche, sie auszuschalten.

Wieder rolle ich zu der Steckdose, und diesmal schaffe ich es, den Schalter zu drücken. Die Gefahr ist gebannt. Ich spüre eine enorme Erleichterung.

Dieser Traum scheint zu bestätigen, dass die Sache mit Damon weitgehend erledigt ist. Linda hat es geschafft, die unbewusste

destruktive Energie ihrer Erinnerungen abzuschalten. Doch ich weiß leider, wie fragil eine Heilung sein kann. Erst vor ein paar Tagen ist sie von Ticehurst weggelaufen und hat uns alle in Angst und Schrecken versetzt. Wäre die Märchenmaus nicht gewesen, hätte sie sich womöglich etwas angetan.
Wir haben Grund zur Hoffnung, aber es ist noch zu früh zu sagen, ob tatsächlich ein Durchbruch stattgefunden hat.

Die nächsten Wochen zeigen ein Auf und Ab von guten und schlechten Tagen. Ich versuche Linda alle paar Tage zu besuchen und lasse mich regelmäßig vom Personal in Ticehurst informieren. Statt davon zu sprechen, dass ihre Gedanken »wegrutschen«, klagt Linda jetzt darüber, dass sie »zusammenbricht«. Sie steckt in einem Teufelskreis – sie hat Angst einzuschlafen, weil sie fürchtet, aus einem Albtraum nicht mehr aufwachen zu können, aber sie ist erschöpft und braucht dringend Schlaf.
Manche Menschen haben die Fähigkeit zu erkennen, dass sie schlafen und träumen, und können, wenn der Traum unangenehm wird, das Geschehen entweder beeinflussen oder aufwachen. Diesen Vorgang nennt man »luzides Träumen«. Lindas Problem ist umgekehrt – sie weiß nie ganz genau, ob sie träumt oder wacht. Und sie kann auch nicht in ihre Träume eingreifen.

MITTWOCH, 6. JUNI 1990

Linda Caine

Letzte Nacht hatte ich einen Albtraum. Ich habe geträumt, Dympna hätte mich rufen hören und wäre in mein Zimmer gekommen. Ich versuchte zu sprechen, bekam aber den Mund nicht auf. Mein ganzer Körper hat sich im Bett aufgebäumt.
Ich werde auch wieder von den alten Gedankenblitzen heimge-

sucht, wie ich in der Badewanne unter Wasser gedrückt werde, eine Hand über dem Gesicht. Es gibt auch ein neues Bild, in dem die Hand von einem Kissen ersetzt wird, das mir jemand auf Mund und Nase presst. Ich bekomme keine Luft, mein Körper bäumt sich auf, wie in dem Traum. Dabei höre ich das Rauschen in meinem Kopf. Ich weiß nicht, ob das reale Erinnerungen sind. Ich möchte es unbedingt herausfinden. Vielleicht spielt mir mein Kopf irgendwelche Streiche. Wenn es echte Erinnerungen sind, wer hält dann das Kissen, wer steckt dahinter? Ich kann es nicht sehen. Ich hasse das.

Als ich Dr. Royston von dem Kissen erzähle, meint er, das klingt logisch. Das Rauschen könnte das Blut sein, das mir in den Ohren dröhnt.

»Sind das Erinnerungen?«, frage ich ihn fast flehend.

»Es ist wichtiger, was Sie darüber denken«, entgegnet er.

»Ich weiß es nicht. Damit es aufhört, hilft jedenfalls nur eines: Ich muss aufwachen. Aber manchmal geht das nicht. Dann versinke ich immer wieder, und das Rauschen kommt zurück. Ich versuche zu beten, aber es ist wahnsinnig schwer, die Worte zu bilden. Sie klingen verzerrt und schwer, als könnte ich nicht richtig sprechen. Am Ende kann ich nur immer wieder den Namen ›Jesus‹ denken, immer wieder. Bestimmt versteht er, dass ich um Hilfe bitte.«

Als Dr. Royston gegangen ist, sitze ich auf dem Bett und versuche, die Bilder aus meinen Gedanken zu vertreiben, die dort immer wieder aufblitzen. Ich habe gemerkt, dass die Szene im Bad jetzt detaillierter ist als früher. Als würde ich nicht mehr nur ein paar Einzelbilder sehen, sondern ein ganzes, zusammenhängendes Stück Film, und wenn ich mich nur genügend konzentriere, bekomme ich am Ende vielleicht den ganzen Film zu sehen.

Ich bin unter Wasser, eine Hand liegt auf meinem Gesicht. Dann erkenne ich ein flüchtiges Bild von Annette als Kind. Sie sitzt mit mir im Bad, mit einem erschrockenen Ausdruck im Gesicht. Es dauert nur einen Sekundenbruchteil, aber ich habe haltlos zu zittern angefangen. Wieder schließe ich die Augen und versuche, an

die gleiche Stelle zurückzukehren. Das Bild ist wieder da, und auf einmal wird es langsamer. Ich bin unter Wasser. Eine Hand liegt auf meinem Gesicht und drückt mich nach unten. Durch die Finger sehe ich Augen über mir, Augen, die mich voller Wut anstarren. Ich ringe nach Atem, ich schlucke Wasser. Die Hand lässt mich los, und ich werde am Nacken hochgezogen, hustend und prustend. Annette sitzt im Bad, mir gegenüber. Sie hat sich die Hand in den Mund gestopft, und ihre Augen sind vor Schreck und Entsetzen geweitet.
Jetzt sind die Bilder zusammengeflossen, als würde ich mir einen Film ansehen – einen Film ohne Anfang, ohne Ende. Ist es real oder eingebildet? Eine Erinnerung oder ein Traum? Ich möchte Annette anrufen und sie fragen, ob sie sich an so ein Ereignis erinnert. Wie hat es angefangen? Wie ging es zu Ende? Ich liege auf dem Bett, schließe die Augen und versuche mir die Szene noch einmal vorzustellen. Aber sie will nicht mehr zurückkommen. Meine Gedanken rutschen wieder weg.
Mein Leben ist wie ein sich ständig wandelndes Puzzle. Jedes Mal, wenn ich ein Teilchen finde, das mir helfen könnte, das Bild zu vervollständigen, verändert sich das ganze Bild, und ich arbeite an einem ganz neuen Puzzle. Es ist zum Verzweifeln.

Ein Klopfen an der Tür schreckt mich auf. Eine Schwester streckt den Kopf herein. »Sarah lässt fragen, wie es Ihnen geht.«
»Sagen Sie ihr, es geht mir gut.«
»Darf sie Sie besuchen?«
»Natürlich, gern.«
Seit ich wieder da bin, habe ich Sarah schon ein paar Mal auf dem Korridor gesehen. Sie sieht immer noch so verwirrt und verschüchtert aus wie früher, aber allem Anschein nach steht sie nicht mehr so stark unter Medikamenten. Ein- oder zweimal habe ich sie nachts schreien hören. Dann muss ich immer weinen.
Kurz darauf schlurft jemand über den Korridor, und es klopft wieder an meiner Tür. Sarah kommt herein und lächelt scheu. Sie

begrüßt mich, aber ihre Stimme ist so leise, dass ich sie kaum hören kann.
»Du siehst heute aber sehr hübsch aus«, stelle ich fest und umarme sie.
Sarah strahlt mich an. Sie trägt ein einfaches Sommerkleid, hinten mit einer Schleife zusammengebunden. Als sie meine Pinsel und mein Papier bemerkt, fragt sie: »Was malen Sie da?«
»Eine Orchidee. Für Linda McCormack.«
Vorsichtig berührt sie das Bild. »Ich liebe Blumen.«
»Hast du eine Lieblingsblume?«
»Ja, Lupinen.«
»Wenn ich mit der Orchidee fertig bin, male ich dir eine Lupine.«
Sie will protestieren, aber ich lege ihr den Finger auf die Lippen. »Du hast mir die Kassette geschenkt, auf der du Klavier spielst, und die liebe ich sehr. Deshalb möchte ich dir auch etwas schenken.«
Jetzt lächelt Sarah, und ich habe das Gefühl, dass ich etwas in ihr berührt habe. Sie hat jedenfalls ganz bestimmt etwas in mir berührt.

Die meisten Patienten in Ticehurst bleiben für sich. Vielleicht schämen sie sich, hier zu sein, oder sie leben in ihrer eigenen Welt. Auch ich vermeide jeden Kontakt. Mit meiner Gitarre, meinem Computer und meinen Malsachen bin ich so gut wie gar nicht auf andere Menschen angewiesen.
Wenn ich spazieren gehe, nehme ich den Skizzenblock nicht mit. Wenn man draußen sitzt und zeichnet, wirkt man auf die Vorübergehenden wie ein Magnet. Jeder schaut einem über die Schulter und stellt irgendwelche Fragen. Stattdessen sammle ich Blumen und Blätter und nehme sie zum Zeichnen in mein Zimmer mit.
Leone hält noch immer jeden Morgen ihren Fitnesskurs ab. Normalerweise gehe ich gern hin, aber seit neuestem fängt mich ständig eine Patientin namens Verity ab. Sie hat gesehen, dass ich an

der Kette um meinem Hals ein kleines Kreuz trage, und mich gefragt, ob ich Christin bin. Ja, habe ich geantwortet.

»Ich auch.«

Seither versucht sie dauernd, mir etwas von ihrer Kirche zu erzählen. Es ist nett, jemanden kennen zu lernen, der für meinen Glauben Verständnis hat, aber Verity ist schwer zu ertragen.

Am Ende des Kurses fragt sie, ob ich mit ihr in den Aufenthaltsraum gehe.

»Lieber nicht, aber danke für die Einladung.«

»Warum nicht?«

Ich möchte sie nicht kränken. Deshalb erkläre ich, dass ich in der Gesellschaft anderer Menschen Schwierigkeiten habe.

»Das ist doch in Ordnung. Sie können einfach in mein Zimmer kommen.«

»Danke, aber …«

»Oder ich komme zu Ihnen, wenn Ihnen das lieber ist.«

»Ich glaube nicht, dass Patienten einander in ihren Zimmern besuchen dürfen.«

»O doch, wenn sie es sich gegenseitig erlauben, dann schon.«

Leone hat das Gespräch zufällig mit angehört und rettet mich.

»Na los, alle zusammen, gehen wir in den Aufenthaltsraum und trinken einen Kaffee«, ruft sie und zwinkert mir zu. Während sie die Kursteilnehmer den Gang hinaufscheucht, verschwinde ich mit einem Seufzer der Erleichterung in meinem Zimmer.

Aber seither lässt Verity nicht mehr locker. Heute Morgen hat sie einen Zettel unter meiner Tür durchgeschoben. »Ich habe schon ein paar Mal versucht, Sie zu besuchen, aber jedes Mal verjagt mich die Schwester. Bitte sagen Sie ihr doch, dass Sie Besuch von mir haben möchten.«

Ich frage Linda McCormack um Rat, wie ich mich verhalten soll.

»Keine Sorge. Wir wissen, was Verity von Ihnen möchte. Das gehört zu ihrem Problem – sie muss lernen, weniger abhängig zu werden.«

»Was soll ich dann tun?«

»Einfach weiter Nein sagen.«
Tags darauf fängt mich Verity schon wieder beim Sport ab. »Bitte beten Sie mit mir«, bettelt sie und sieht dabei sehr niedergeschlagen aus. Ich bringe es nicht übers Herz, nein zu sagen.
Als alle die alte Kapelle verlassen haben, setzen wir uns auf zwei Klappstühle, und ich halte ihre Hand. »Herr, ich kenne Verity nicht besonders gut, aber du kennst sie«, sage ich laut. »Du kennst auch ihre Not. Oft werden Menschen stärker, wenn sie Schwierigkeiten überwinden müssen. Bitte hilf Verity, deine Gegenwart und seinen Frieden zu spüren, Bitte heile sie. Hilf uns, im Gedächtnis zu behalten, dass wir in deinen Händen sind, und dass du uns auf deine Art heilst, nach deinem eigenen Zeitplan.«
Verity scheint sich zu freuen. »Kann ich zu Ihnen kommen, wenn ich mich mal mies fühle?«, fragt sie.
Mein Herz wird schwer. »Verity, ich bin auch hier, weil ich emotional nicht gut zurechtkomme. Ich weiß am einen Tag nicht, wie es mir am nächsten gehen wird. Ich kann Ihnen nichts versprechen, ich kann Ihnen keine Garantie geben. Ich habe wirklich genug mit mir selbst zu tun.«
Das geht ihr zum einen Ohr hinein und zum anderen gleich wieder hinaus. »Ich weiß, dass Gott Ihnen die Kraft gibt, mir zu helfen, wenn ich Sie brauche«, sagt sie.
Ich weiß, dass ich Verity nicht zufrieden stellen kann, solange ich sie nicht quasi in mein Zimmer einziehen lasse. Von jetzt ab werde ich sie komplett meiden müssen. Ich werde abends zum Sport gehen, allein im Turnraum trainieren und dazu Roy Orbison auf meinem Walkman hören. Ich werde kein Licht machen, damit keiner weiß, dass ich da bin.
Heute kommt Chris mit Gary und Christy zu Besuch. Ich bin richtig aufgeregt. Sie waren bisher nur einmal da – an meinem ersten Tag.
Ich möchte gern, dass sie öfter kommen, aber es ist schwer, etwas zu planen. Ich weiß nie, wann ich einen schlechten Tag haben werde. Außerdem kann ich das Zögern in Chris' Stimme hören.

»Es gefällt ihnen nicht in der Klinik«, behauptet er, aber ich weiß, dass er eigentlich von sich selbst spricht.
Gary hasst Ticehurst, weil er mich zu Hause haben möchte. Christy hasst es ebenfalls, aber ich glaube, sie findet es beruhigend, dass man sich hier gut um mich kümmert.
Als sie ankommen, erwarte ich sie schon auf der Treppe vor dem Haus. Es ist ein wunderschöner Tag, wir machen einen Spaziergang und setzen uns unter meinen Lieblingsbaum. Gary kann nicht still sitzen. Er sammelt kleine Zweige auf und wirft sie gegen die Bäume.
Christy pflückt einen Strauß für mich. Sie erzählt mir, dass sie Nibbles mit dem Halsband und der Leine, die wir für ihn gekauft haben, im Garten ausführt. »Er findet das toll, du solltest ihn mal sehen. Es ist echt lustig. Sobald ich ihn in den Garten lasse, saust er auch schon los. Ich muss rennen, um hinter ihm her zu kommen.«
Die Zweig- und Steinsalven auf die Bäume werden heftiger.
»Was ist mit Squeaky, Gary? Kriegt er immer noch Wutanfälle, wenn man ihn weckt?«
Squeaky ist Garys Hamster. Er hat seinen Namen »Quietscher« verdient, denn wenn man ihn weckt, gibt er hohe, empörte Quieklaute von sich. Wenn man versucht, ihn anzufassen, ist es sogar noch schlimmer.
Gary hält einen verbundenen Finger in die Höhe.
»Was ist denn da passiert?«
»Stacy wollte ihn in die Hand nehmen. Ich hab ihm gesagt, das ist gefährlich, aber er wollte es mir nicht glauben. Da habe ich gedacht, ich zeige es ihm.«
Ich muss lachen. »Das war aber ziemlich albern.«
»Ich weiß. Stacy fand es auch total lustig. Ich hätte *ihn* Squeaky einfach rausheben lassen sollen ... dann hätte er bestimmt nicht mehr gelacht.«
Christy bekommt einen Lachanfall.
In ein paar Wochen beginnen die Sommerferien. Bis dahin möchte ich unbedingt zu Hause sein. Chris hat nichts erzählt, aber ich

weiß, dass es bei ihm im Büro Stress gibt. Wenn das Büro in Canterbury geschlossen wird, muss er nach London pendeln oder sich einen neuen Job suchen.
»Ich komme nächstes Wochenende heim«, verkünde ich, in dem Versuch, alle aufzuheitern.
»Für immer?«, will Gary aufgeregt wissen.
»Nur übers Wochenende.«
Er macht ein langes Gesicht.
»Aber wenn alles gut geht …« Ich vollende den Satz nicht. Mach keine Versprechungen, die du nicht halten kannst, Linda.
Nachdem sie wieder weg sind, stelle ich Christys Blumen in eine Vase und spüre einen dumpfen Schmerz in der Brust. Irgendwie muss ich hier rauskommen … und wieder nach Hause gehen.

DIENSTAG, 12. JUNI 1990

Gestern Abend habe ich Annette in Amerika anzurufen versucht, aber sie war nicht daheim. Also habe ich ihr eine Nachricht auf dem Anrufbeantworter hinterlassen. Ich hoffe, dass sie sich an ein paar von den Dingen in unserer Kindheit erinnern kann, die ich vergessen habe, zum Beispiel, ob mich wirklich jemand im Bad unter Wasser gedrückt hat.
Ich meide Verity noch immer, aber sie folgt mir überall hin. Gott sei Dank bleibt sie nur noch bis Freitag.
Um zehn schlafe ich ein, wache aber zitternd wieder auf. Ich bin so verängstigt, dass ich sogar die Klingel neben meinem Bett betätige. Bis jetzt habe ich das noch nie getan. Wahrscheinlich klingt das albern, aber ich habe Angst, dass niemand kommt, wenn ich klingle, deshalb lasse ich es lieber.
Dympna setzt sich zu mir, bis ich wieder eingeschlafen bin. Sie verspricht mir, dass sie mich in zwei Stunden weckt, damit ich nicht zu tief einschlafe und nicht mehr aufwachen kann.

Ich habe wieder einen Traum für Dr. Royston aufgeschrieben und bin gespannt, was er davon hält.

Ich befinde mich in einem Raum, und um herauszukommen, muss ich eine offene Fläche überqueren. Ich habe Angst, weil sich ganz in der Nähe zwei Elefanten befinden, und es ist klar, dass sie mich entdecken werden, sobald ich die Geborgenheit des Zimmers verlasse.
Einer der Elefanten steht ganz still da und wendet mir den Rücken zu. Der andere bewegt sich unruhig; ich weiß, er ist unberechenbar und verrückt, weil er ein falsches Gen geerbt hat. Ich weiß auch, dass er irgendeine Verbindung zu mir hat und auf mich losgehen wird, sobald er mich sieht.
Weil ich keine andere Wahl habe, überquere ich den offenen Platz rasch und leise. Obgleich es nur ein paar Schritte von Tür zu Tür sind, sieht mich der verrückte Elefant und kommt auf mich zu. Ich stehe im Zimmer und warte. Noch zwei andere Leute sind bei mir, aber ich kann ihre Gesichter nicht erkennen.
Auf einmal verwandelt sich der Elefant in etwas, was aussieht wie ein Aufblasspielzeug aus Plastik. Ich bleibe stehen und beobachte, wie er sich in den sandigen Boden einbuddelt. Noch immer bewegt er sich etwas hektisch, und ich beuge mich zu ihm und reibe ihm sanft die Stirn. Obgleich er das zulässt, ist mir dennoch bewusst, wie gefährlich er sein kann.
Und ich weiß auch, dass der Elefant auf mich losgehen wird und auf niemanden sonst, ganz gleich, wer oder was ihn aufscheucht.

Robin Royston

Wenn mir jemals ein Traum Gänsehaut verursacht hat, dann dieser, aber ich gebe mir alle Mühe, mir beim Lesen meine Gefühle nicht anmerken zu lassen. Linda sieht müde und gequält aus. Sie

spielt mit einem Pinsel und streicht mit den weichen Borsten über ihren Handrücken.
Die Bedeutung dieses Traums ist offensichtlich.
Die Tatsache, dass zwei Elefanten vorkommen, ist sehr wichtig. Der klassische Jungianer würde sie als Symbol des Unbewussten und der Weisheit ansehen, doch Linda ist in Afrika aufgewachsen, wo Elefanten leben, also hat sie eine reale und unmittelbare Verbindung zu ihnen.
Der erste Raum im Traum ist der Ort, an den sich Linda zurückzieht, um sich zu schützen. Dort fühlt sie sich sicher und geborgen, aber sie weiß auch, dass sie nicht für immer bleiben kann. Tief in ihrer Psyche möchte sie hinausgehen und sich der Gefahr stellen – was immer sie sein mag.
Wieder spüre ich ganz deutlich, dass in ihrer Kindheit etwas geschehen sein muss, was ihr Unbewusstes zutiefst verstört hat. Etwas Schreckliches ist in ihr Unbewusstes eingedrungen und hat sein Zentrum – oder zumindest einen wichtigen Teil davon – in zwei Teile gespalten: einen guten, normalen und einen schlechten, gefährlichen.
Der böse Elefant – der verrückte, gefährliche Teil – scheint eine andere Gestalt anzunehmen und sich scheinbar ganz harmlos unter dem Sand zu verstecken. Aber er ist noch immer genauso bösartig wie vorher. Er wartet nur ab. Wehe dem, der es wagt, ihn auszugraben!
Es ist seltsam, wie mitfühlend sich Linda ihm gegenüber verhält – sie streichelt ihm zärtlich den Kopf. Es muss also ein Teil von ihr selbst sein, denke ich, oder vielleicht eine Person aus ihrem Leben, die ihr Angst einjagt, der sie aber dennoch eine gewisse Zuneigung entgegenbringt. Vielleicht ihr Vater oder ihre Mutter. Sie hat ihrer Mutter über die Haare gestreichelt, genauso wie sie jetzt den Elefanten gestreichelt hat.
Obgleich ich für Lindas Schmerz großes Mitgefühl empfinde, gehe ich nicht davon aus, dass sie ein Opfer der Umstände oder einer bestimmten Person sein *muss*. Jung hat die dunkle Seite der

Natur eines Menschen den »Schatten« genannt. Wir alle haben einen Schatten. Es ist durchaus möglich, dass das wilde Pferd oder der verrückte Elefant oder die kalte, wütende Frau in Lindas Träumen alle einen Aspekt ihrer eigenen dunklen Seite reflektieren – ihren verdrängten Zorn, ihre Destruktivität.

Das Ausmaß ihres Leids und die Heftigkeit ihrer Träume sind jedoch für mich ganz sicher ein Hinweis, dass ich sehr vorsichtig sein muss, sie für etwas verantwortlich zu machen – zumindest im Augenblick. In ihrer Geschichte fehlen noch zu viele wichtige Stücke.

Inzwischen ist klar, dass Damons »Entlarvung« nicht zu einer grundlegenden Veränderung von Lindas Zustand geführt hat. Weil es offensichtlich ein traumatisches Erlebnis war und weil es Linda so schwer fiel, mir davon zu berichten, habe ich sehr auf einen Wendepunkt gehofft. Auch der Traum mit dem elektrischen Kabel schien auf eine positive Bewegung hinzuweisen. Aber ihre Träume sind anhaltend negativ, ohne jeden Hoffnungsschimmer, ohne Ausweg.

Obgleich die Sache mit Damon nun ans Tageslicht gekommen ist, werde ich das Gefühl nicht los, dass Linda schon als Kind, also lange vor ihrem einundzwanzigsten Lebensjahr, sexuell missbraucht worden ist. Allerdings habe ich mich bisher gehütet, etwas Derartiges ihr gegenüber auch nur anzudeuten, im Gegenteil. Ich war immer sehr darauf bedacht, ihr nichts zu suggerieren.

In einer unserer ersten Sitzungen hat Linda mir erzählt, dass ihr Vater sich sehr bemüht hat, seinen Töchtern zu erklären, wie sie sich waschen sollten. »Frauen riechen«, meinte er zu Linda und Annette. »Deshalb solltet ihr dafür sorgen, dass ihr immer schön sauber seid.« Als Folge davon hatten die beiden Mädchen häufig geduscht und sich immer eher zu viel als zu wenig gewaschen.

Viel später erinnerte sich Linda an einen Vorfall im Jahr 1987, als ihr Vater sich von seiner Herzattacke erholte. Er beklagte sich über einen Ausschlag auf der Brust und meinte, es könne sich womöglich um eine allergische Reaktion auf die Medikamente

handeln. Als er Linda das Ekzem zeigte, zog er die Decke wesentlich weiter herunter als notwendig und entblößte sich vor ihr. Linda versuchte damals, den Vorfall als unwichtig abzutun, war jedoch schockiert darüber, wie bekannt ihr die Situation vorkam, fast so, als hätte sie sie erwartet.
Aber ich kann so vorsichtig sein, wie ich will – sobald ich versuche, diese Gefühle näher unter die Lupe zu nehmen, rutschen Lindas Gedanken sofort wieder weg. Sie versucht nicht, dem Thema auszuweichen. Ihr fehlt auch nicht der Mut, sich damit auseinander zu setzen. Ihre Gedanken weigern sich einfach, diese Richtung einzuschlagen. Falls Lindas Vater sie tatsächlich missbraucht hat, warum liebt und verteidigt sie ihn dann so leidenschaftlich? Warum war es für sie so beruhigend, zu ihm ins Bett zu kriechen, wenn sie einen Albtraum hatte? Opfer von Kindesmissbrauch haben dem Täter gegenüber manchmal ambivalente Gefühle, vor allem, wenn dieser behutsam, ja, fast subtil vorgeht. Aber ich spüre keine Ambivalenz in Linda. Sie liebt ihren Vater ehrlich.
Jetzt sitzt sie auf dem Bett und sieht mich mit ihren klaren grünen Augen an. Ich spüre oft die Intensität ihres Blicks. In Sekundenschnelle kann ihre Erwartungshaltung von Hoffnung in Hoffnungslosigkeit umschlagen.
»Machen wir für heute Schluss mit den Träumen«, schlage ich vor. »Sagen Sie mir doch einfach, auf welches Thema Sie Lust haben.«
Sie sieht ein bisschen überrascht aus, beginnt aber sofort, ihre Gedanken zu ordnen.

Linda Caine

Ich erzähle Dr. Royston die Geschichte, wie wir aus Rhodesien weggingen. Ich weiß nicht, was schlimmer war – meine Heimat zu verlassen oder zuschauen zu müssen, wie sie von Krieg und Hass zerrissen wurde.

Chris und ich waren von Gatooma wieder nach Salisbury gezogen. Chris arbeitete für eine große Anwaltskanzlei namens Scanlen and Holderness. Inzwischen hatte der »Buschkrieg« auch auf die Städte übergegriffen, und der urbane Terrorismus gehörte zum Alltag. Viele Weiße wurden nervös und verließen das Land. Chris' Eltern hatten schon länger davon gesprochen, sich im Alter auf die Isle of Man zurückzuziehen, wo sie beide aufgewachsen waren. Der Krieg lieferte ihnen nun einen zusätzlichen Grund.

Sieben Monate vor ihrer geplanten Abreise zogen Chris und ich zu ihnen. Wir hatten vor, ihr Haus und ihre Hypothek zu übernehmen – ein wunderschönes Grundstück in Northwood, mit einer riesigen Trauerweide im Garten.

Ich hasste den Krieg. Ich hielt nichts von einer Fortsetzung der weißen Minderheitsherrschaft. Ich wollte in einem Land leben, in dem die Hautfarbe keine Rolle spielte, wo die Politiker sich für alle Menschen einsetzten und niemand privilegiert war.

Die Frage, ob man bleiben oder gehen sollte, war Gesprächsthema Nummer eins bei jeder Dinnerparty und jeder sozialen Zusammenkunft. Was, wenn das Land zerstört wird?, fragten sich die Leute. Wie sollen wir rauskommen? Wohin sollen wir uns wenden?

Um uns herum nahm die Tragödie ihren Lauf, aber für mich war der Krieg immer noch weit weg. Wir hatten ein schönes Haus und wunderbare Freunde. In meiner Erinnerung verblasste Amerika mehr und mehr. Ich war glücklich.

»Ist etwas passiert, wodurch sich das verändert hat?«, fragt Dr. Royston.

Manchmal vergesse ich ganz, dass er zuhört. Er wird Teil des Hintergrunds. Vielleicht ist das ja die Aufgabe eines guten Psychotherapeuten.

Ich erzähle ihm, wie Chris' Anwaltskanzlei von Amnesty International und Christian Aid angeheuert wurde, um schwarze politische Gefangene zu vertreten, die von der Regierung in den rhodesischen Gefängnissen festgehalten wurden. Unter ihnen war

auch Robert Mugabe, der Simbabwes erster Präsident werden sollte.
Zu Chris' Job gehörte es, in die Gefängnisse zu gehen und mit den Gefangenen zu sprechen. Die Zustände waren schlimm, und Chris sympathisierte mit der Notlage dieser Menschen. Er verstand ihre Wut über die Ungerechtigkeit der weißen Kolonialherrschaft.
Die Machtübernahme durch die schwarze Mehrheit war unausweichlich – das wussten wir alle. Doch wir hofften, dass danach in Simbabwe Platz für alle sein würde – ob Schwarz oder Weiß.
Eines Tages führte Chris ein Gespräch mit einem schwarzen Unabhängigkeitsführer. Sie saßen in einer engen Zelle, in der es nach Schweiß und abgestandener Luft stank. Chris fragte den Mann, ob es in der Zukunft des Landes auch Platz für weiße Mitbürger geben würde.
»Die Weißen hatten ihre Zeit«, antwortete der Mann. Der Hass in seiner Stimme war unüberhörbar und Chris wurde klar, dass es zu spät war für Vergebung und Kompromisse. Stattdessen waren wir alle in einen Krieg verwickelt, in dem es um alles oder nichts ging und in dem beide Seiten sich in eine aussichtslose Pattsituation gebracht hatten. Genauso falsch wie es für die Weißen war, sich in Rhodesien an die Macht zu klammern, so falsch war es auch für die Schwarzen, die absolute Macht zu fordern.
Als Chris seinen nächsten Einberufungsbefehl bekam, wurde er nicht mehr in die Rechtsabteilung geschickt, sondern nach Mukumbura, einem der gefährlichsten Kriegsschauplätze.
Dort befehligte er ein Dutzend Männer, mit denen er einen einsamen Flugplatz nahe der Grenze bewachen musste, im Dreiländereck zwischen Rhodesien, Sambia und Mozambique. Nach den Schießereien kamen die Truppen aus dem Busch; die Verwundeten lagen auf Lastern und wurden per Hubschrauber in die Klinik oder ins Leichenschauhaus transportiert. Fünf Wochen verbrachte Chris dort; wenn er abends einschlief, wusste er nie, ob nachts umherstreifende Tiere Landminen auslösen und alles in

die Luft jagen würden oder ob Terroristen vielleicht einen Überfall auf die Grenze planten.
Für mich war es nahezu unerträglich, dass er sich an dieser Front befand. Chris bedeutete alles für mich. Schon wenige Monate nach diesem Einsatz wurde er erneut einberufen.
Als er mit dem Briefumschlag in der Hand über den Rasen auf mich zukam, saß ich gerade unter der Trauerweide im Garten, ich war im siebten Monat schwanger. Sein Gesicht war totenbleich.
»Ich bin wieder einberufen worden«, sagte er, ohne mich anzusehen.
»Nochmal fünf Wochen?«
Er schüttelte den Kopf. »Nein, diesmal ohne zeitliche Begrenzung.«
Zuerst verstand ich nicht, was er meinte. »Wie lange … ich meine … was bedeutet das denn?«
»Mindestens achtzehn Monate, aber wahrscheinlich für den ganzen Rest des Krieges.«
»Wo?«
»Im Busch.«
»O Chris.« Ich begann zu weinen, schlang die Arme um meinen Bauch und dachte an all die grässlichen Dinge, die ihm zustoßen konnten.
»Es wird alles gut werden«, sagte er. »Ich kriege das irgendwie hin.«
Er ging ins Hauptquartier der Luftwaffe, wo man den Inhalt des Briefes lediglich bestätigte. Als er heimkam, begrüßte ich ihn an der Tür und sah ihm sofort an, dass er keinen Erfolg gehabt hatte.
»Es ist Zeit, das Land zu verlassen«, verkündete ich im Brustton der Überzeugung.
»Sag so etwas nicht.«
»Hör zu, Chris. Ich bin nicht bereit, dich im Dienst eines Systems zu verlieren, mit dem ich absolut nicht einverstanden bin. Wir bekommen ein Kind. Was ist, wenn … wenn …« Ich konnte den Satz nicht vollenden.

Chris kannte alle Gründe, die fürs Dableiben sprachen. Er hatte fast sein Leben lang in Salisbury gelebt. Hier war sein Zuhause. Wir hatten ein schönes Haus, gute Arbeit, und ich erwartete ein Baby.

Alle Eventualitäten wurden durchgesprochen. Wie gewalttätig würde der Wechsel zur schwarzen Herrschaft werden? Man kann seine Hautfarbe nicht verstecken, wenn die Massen durch die Straßen ziehen. In Sambia hatte ich am eigenen Leib erfahren, was es bedeutet, ein Bürger zweiter Klasse zu sein.

»Aber wohin sollen wir denn gehen?«, fragte Chris.

»Nach England.«

»Das heißt, wir müssen alles hinter uns lassen – dieses Haus, unsere Möbel, unser ganzes Hab und Gut …«

»Aber wir haben uns … und das Baby.«

Da er einen Einberufungsbefehl erhalten hatte, machte sich Chris potenziell strafbar, wenn er das Land verließ. Er beantragte, zurückgestellt zu werden, weil ich schwanger war und bereits zwei Fehlgeburten hinter mir hatte. Man sagte ihm, er würde einen neuen Termin bekommen, und dieses Intervall mussten wir nutzen. Theoretisch verstieß Chris nicht gegen das Gesetz, wenn er jetzt das Land verließ, denn es war ja noch kein neuer Einberufungsbefehl an ihn ergangen. Er ließ sich von einem Freund in England ein Telegramm schicken, in dem stand, dass sein Vater erkrankt sei. Dann ging er ins Reisebüro und kaufte ein Flugticket.

Natürlich konnten wir mit niemandem über unser Vorhaben sprechen. Chris musste heimlich packen und konnte sich weder von seinen langjährigen Freunden noch von seinen Arbeitskollegen verabschieden. Viele hätten ihm den Vorwurf gemacht, dass er desertieren oder sich schlicht drücken würde.

Aber das Schlimmste für ihn war, dass er mich zurücklassen musste. Ich war hochschwanger und konnte nicht fliegen. Sobald das Baby geboren war, wollte ich ihm folgen.

Bis zur letzten Minute schwankte er. »Vielleicht wird doch alles gut, wir lieben dieses Land so sehr«, meinte er noch, als wir vor dem Flughafengebäude im Auto saßen.

Wir mussten vorsichtig sein, wie wir uns voneinander verabschiedeten. Überall gab es Militärpolizei und die Einwanderungsbeamten hielten Ausschau nach Fahnenflüchtigen. Voller Angst, Wut und Bedauern winkte Chris mir zum Abschied zu und verschwand dann hinter der Passkontrolle.

Am Einwanderungsschalter hielt ihn ein Beamter auf – der ehemalige Polizeichef von Gatooma hatte Chris erkannt. »Ich weiß, was Sie vorhaben und wohin Sie wollen«, flüsterte er.

Chris erwartete, dass er ihm jetzt Handschellen anlegen würde, aber der Beamte beugte sich zu ihm und sagte: »Viel Glück und gute Reise.«

So konnte Chris unbehelligt ins Flugzeug steigen und Rhodesien verlassen. Erleichtert und gleichzeitig voller Angst sah ich zu, wie die Maschine abhob. Jetzt konnte ich den Leuten die Wahrheit sagen. Wie viele von unseren Bekannten würden Verständnis zeigen?

Ich zog bei Freunden ein, die ein paar Häuser weiter wohnten und sich ein wenig um mich kümmern konnten. Inzwischen hatten wir mit unseren Möbeln eine Auktion arrangiert, aber eigentlich hätten wir sie auch gleich verschenken können. Es waren so viele gebrauchte Möbel auf dem Markt, dass ich gerade mal ein Zehntel dessen bekam, was sie gekostet hatten.

Am 2. August 1976 verbrachte ich den Vormittag damit, drei Kisten Babysachen für den Transport nach England versichern zu lassen. Müde stand ich in der Warteschlange und hatte Krämpfe.

»Wann soll das Baby denn kommen?«, fragte mich eine Frau.

»Vor einer Woche wäre es so weit gewesen.«

»Dann sollten Sie hier nicht warten müssen.«

»Ach, es wird schon gehen.«

»Nein, wirklich«, beharrte sie und rief nach vorn: »Hören Sie, diese Frau ist hochschwanger. Können Sie ihr nicht schnell mal helfen?«

Die Versicherungsleute bearbeiteten meinen Antrag tatsächlich sofort, und draußen holte mich eine Freundin ab. Als ich neben ihr im Auto saß, sah sie, wie ich zusammenzuckte.
»Wie weit sind die Wehen noch auseinander?«
»Ungefähr fünfzehn Minuten.«
»Du musst zum Arzt.«
An diesem Abend um halb sechs kam Gary im Lady Chancellor Hospital zur Welt.
Am nächsten Morgen erhielt Chris ein Telegramm, das aus sechs Worten bestand: »Ein Junge. Mum und Baby wohlauf.«
Ich blieb zehn Tage im Krankenhaus. Chris rief mich an, und es war wundervoll, seine Stimme zu hören. Er war so aufgeregt und begeistert. Natürlich wollte ich so bald wie möglich zu ihm fliegen, aber es dauerte einen ganzen Monat, bis ich für Gary einen Stempel in meinen britischen Pass bekam. In Rhodesien gab es wegen der internationalen Sanktionen nur noch sehr wenige ausländische Botschaften. Die britische Botschaft in Südafrika wollte mir den Stempel nicht geben, und so blieb mir nichts anderes übrig, als Gary einen rhodesischen Pass ausstellen zu lassen.
Als wir das Land verließen, war er fünf Wochen alt. Ich spürte einen tiefen Schmerz, als die Maschine vom Rollfeld abhob. Unter mir sah ich Jacarandabäume und Akazien, und durch den Dunst konnte ich in der Ferne Obst- und Teeplantagen erkennen. Ich erinnerte mich, wie ich vor zehn Jahren durch das kaputte Rückfenster von Dads Lieferwagen geblickt und meine Heimat Gwelo hatte verschwinden sehen.
»Es ist nicht für immer«, flüsterte ich Gary zu, der in meinem Arm fest schlief. »Eines Tages kommen wir zurück.«

Kapitel 18

FREITAG, 22. JUNI 1990

Linda Caine

Meine Sachen sind gepackt; ich habe Angst. Zwar weiß ich, dass ich nur für ein Wochenende nach Hause gehe, aber es ist trotzdem ein großer Schritt. Seit vier Wochen bin ich jetzt schon in Ticehurst.

Nach dem Mittagessen frage ich Roger, ob ich allein ein bisschen auf dem Grundstück spazieren gehen darf, und bin sehr dankbar, als er Ja sagt. Auf direktem Weg begebe ich mich zum Sommerhaus, setze mich auf die Bank und starre auf das Loch im Boden.

Aber die Maus kommt heute nicht heraus.

Ich skizziere den Eingang des Mäuselochs mit den Glasscherben und den Blättern drum herum. Ich brauche eine Erinnerung an die Nacht damals.

Wieder in meinem Zimmer bleiben mir immer noch ein paar Stunden bis zur Heimfahrt. Ich fange an, meine Notizen vom letzten Jahr zu lesen, als ich das erste Mal in Ticehurst war. Die vier getippten Seiten zeigen, wie viel Angst ich davor hatte, die Klinik zu verlassen. Ich habe sie geschrieben, nachdem ich aus der Gruppentherapie weggelaufen war und mir mit dem Stacheldraht die Handgelenke aufgeritzt hatte. Bin ich seither überhaupt weitergekommen? Wenigstens habe ich mich dieses Mal nicht verletzt. Außerdem lasse ich mich nicht nach Hause bringen, sondern fahre selbst.

Kurz nach drei Uhr nachmittags breche ich auf, dann sind Gary und Christy schon zu Hause, wenn ich ankomme. Es gibt eine Menge aufzuholen, Geschichten und Dramen aus der Schule. In der Hitparade gibt es neue Songs, die Mode hat sich auch geändert. Ich habe das Gefühl, dass ich überhaupt nicht mehr auf dem Laufenden bin.

Obwohl ich nur übers Wochenende bleibe, verbringe ich so viel Zeit mit den Kindern wie möglich und erledige nebenbei noch irgendwelche Alltagsdinge.

Am Samstagmorgen gehe ich einkaufen, abends findet eine Wohltätigkeitsveranstaltung statt, die einer von Chris' Kollegen organisiert hat. Wir bleiben ein paar Stunden, und ich unterhalte mich sogar ein wenig mit den Leuten.

Am Sonntagnachmittag fühle ich mich plötzlich ganz zittrig. Chris ist für ein paar Stunden ins Büro verschwunden. Gary und Christy sind mit ihren eigenen Dingen beschäftigt. Wie so oft schon sage ich ihnen, sie sollen nicht ans Telefon gehen.

»Was ist denn los?«, fragt Christy.

»Nichts. Ich habe im Moment nur keine Lust, mit jemandem zu reden.«

Ich sehe, wie die beiden Blicke tauschen, aber keiner sagt etwas. Ich hasse mich, dass meine Unzulänglichkeit so offensichtlich eine Last für sie ist.

Später am Abend ruft Annette aus Amerika an. Ich bin enttäuscht, weil sie mir auch keine Klarheit verschaffen kann. Sie erinnert sich nicht daran, dass mir jemand den Kopf unter Wasser gedrückt hat.

»Du hattest immer Albträume wegen dem Gurgelrohr«, meint sie. So nannte ich das Gluckern, mit dem das Wasser aus der Badewanne abfloss. Es war das gleiche Geräusch, das Dad machte, wenn er nach dem Zähneputzen gurgelte, nur viel lauter.

»Und du hast es gehasst, wenn man dich unter Wasser tunkte«, erzählt sie noch. »Selbst wenn wir nur im Pool gespielt haben.«

Vor allem sprechen wir über die Jahre in der Maple Avenue 5, an die ich mich nicht mehr erinnere. Als mir das erste Mal aufgefallen ist, dass mir ein Stück Zeit fehlt – damals, als Annette und Dad sich nach der Herzattacke in Dads Küche unterhalten haben –, kam mir das zwar seltsam vor, aber es war mir nicht wichtig erschienen.

Erst als ich anfing, Dr. Royston von meinem Leben zu erzählen, wurde es zum Thema. Ich habe schon an so vielen verschiedenen Orten gelebt, warum ist das dann so wichtig?

Trotzdem macht es mir immer noch zu schaffen. Es ist, als würde es mich jucken, aber ich kann mich nicht kratzen. Es ist eine Sache, Bewusstseinstrübungen zu haben, nach denen mir ein paar Stunden fehlen, oder den Wecker stellen zu müssen, damit ich nicht vergesse, Christy von der Schule abzuholen, aber hier geht es immerhin um *drei Jahre*!

Seit längerem lese ich in »Erinnerungen, Träume, Gedanken« von C.G. Jung. Ich möchte gern mehr über Psychotherapie erfahren.

Allmählich beginne ich zu verstehen, dass eine Heilung sich natürlich im Patienten entwickeln muss. Jeder Patient ist ein Individuum, und die Lösung seines Problems ist immer eine individuelle.

Jung hat geschrieben: »Die Analyse ist ein Dialog, zu dem zwei Partner gehören. Analytiker und Patient sitzen einander gegenüber – Aug in Auge. Der Arzt hat etwas zu sagen, aber der Patient auch … Es gibt viele Fälle, die der Analytiker nicht heilen kann, ohne sich selbst einzubringen. Wenn es an die bedeutenden Dinge geht, ist es entscheidend, ob der Arzt sich selbst als einen Teil des Dramas begreift, oder ob er sich in seine Autorität hüllt …

Nur wo der Arzt selber getroffen ist, heilt er. »Nur der Verwundete heilt … Damit die Psychotherapie erfolgreich sein kann, braucht es eine enge Beziehung zwischen Arzt und Patient. Diese Beziehung muss so eng sein, dass der Arzt vor den Höhen und Tiefen des leidenden Menschen seine Augen nicht verschließen kann. … Wird nicht der eine dem anderen zum Problem, so wird auch keine Antwort gefunden.«

Ist es das, was Dr. Royston macht? Sind wir füreinander zu einem Problem geworden? Ich weiß so wenig über ihn. Ich habe einoder zweimal versucht, ihn nach seiner Familie zu fragen, aber er wechselt immer gleich das Thema.

Einmal habe ich ihn gefragt, warum er nicht darauf eingeht, und er hat geantwortet, dass es meine Therapie behindern könnte, wenn ich etwas über ihn weiß. Ich könnte es als Ablenkung benutzen, um unser Gespräch in andere Bahnen zu leiten oder um das Kräfteverhältnis zu verändern. Oder wenn ich beispielsweise eine tief verwurzelte Angst vor Krebs hätte, könnte ich womöglich nicht offen darüber reden, wenn ich wüsste, dass seine Mutter an Krebs gestorben ist.

Am Telefon habe ich schon mit seiner Frau gesprochen. Das war in der Zeit, als Dr. Royston mir seine Privatnummer gegeben hat, weil es mir so schlecht ging. Eines Abends habe ich angerufen, und Lynn ging an den Apparat. »Ach, Sie sind Linda?«, fragte sie. Sie kannte meinen Namen. Was weiß sie sonst noch über mich?

»Robin ist nicht da, aber er kommt in ungefähr zwanzig Minuten wieder. Ist alles in Ordnung?«

»Ja … wunderbar … tut mir Leid, dass ich Sie gestört habe.«

»Das ist okay.«

Sie war so nett zu mir. Sie klang kein bisschen wütend oder nervös, weil ich sie störte. Vielleicht passiert so was dauernd. Ich war einfach eine von vielen verrückten Frauen, die ihren Mann sprechen wollten.

Am Montagmorgen fahre ich Gary zur Schule. Er kommt mir stiller vor als gewöhnlich.

»Alles klar?«, frage ich ihn.
»Ja.«
»Hattest du ein schönes Wochenende?«
»Ja.« Er knibbelt an seinen Fingernägeln herum und starrt aus dem regennassen Fenster. Das Schweigen wird intensiver, bis ich schließlich doch nachhake: »Willst du mir nicht sagen, was dir durch den Kopf geht?«
»Mum, bist du in der Klapsmühle?«
»Warum fragst du das?«
»Das hat einer von den Jungs in der Schule gesagt. Ich hab ihm erzählt, dass du in einer psychiatrischen Klinik bist, und da hat er überall rumposaunt, du wärst in der Klapsmühle. Er fand das ungeheuer komisch.«
»Hat er sonst noch was von sich gegeben?«
Gary zuckt die Achseln. »Er hat gesagt, du bist bekloppt.«
Das ist ein Schock. Mir wird klar, dass meine Kinder trotz all meiner Bemühungen nicht wirklich verstehen, was mit mir los ist und was ich durchmache.
»Wenn jemand körperlich krank ist, geht man zu einem Arzt oder in ein Krankenhaus«, sage ich und strenge mich sehr an, die richtigen Worte zu finden. »Aber wenn man psychisch nicht zurechtkommt, muss man zu einem Therapeuten oder in eine psychiatrische Klinik. Der einzige Unterschied besteht darin, dass es beim einen um körperliche und beim anderen um psychische Schwierigkeiten geht.«
»Warum nennen das dann manche Leute eine Klapsmühle?«, fragt Gary.
»Weil sie beschränkt sind. Solche Leute reden abwertend über andere Menschen und machen sich über psychisch Kranke oder über Behinderte lustig. Du hast so was nicht nötig.«
»Nein.« Damit boxt er mich spielerisch in den Arm.

MONTAG, 25. JUNI 1990

Robin Royston

Am Wochenende habe ich Mike Fahrrad fahren beigebracht. Seit seinem Geburtstag im Mai verspreche ich ihm schon, die Stützräder von seinem neuen Fahrrad abzumachen.

Den Garten haben wir zu unserer Teststrecke erklärt. Ich bin neben ihm her gerannt, eine Hand auf dem Sitz, die andere über dem Lenker. Ein paar Meter hat er geschafft, geradeaus und ohne umzufallen. Für nächste Woche haben wir uns das Wenden vorgenommen.

Dabei kam Emma auf die Idee, dass es ein tolles Spiel ist, wenn ich sie auf allen vieren durch den Garten jage und sie gerade noch erwische, ehe sie die Blumen ausreißen kann. Wenigstens halten meine Kinder mich fit.

Jetzt ist es aber Zeit, dass ich mich wieder auf die Arbeit konzentriere. Heute habe ich acht Therapiestunden vor mir, die meisten mit ambulanten Patienten. Acht verschiedene Geschichten, acht Menschen, die sich abmühen, mit ihrem Leben zurechtzukommen. Oft fragen mich Leute, wie ich mit der emotionalen Belastung umgehe, dass die Patienten ihre Probleme auf meinem Rücken abladen. Normalerweise ist das nicht so schwierig, aber gelegentlich kommt jemand wie Linda, und das Drama ihres Lebens wird Teil meines eigenen.

Meine Beziehung zu Linda ist vielschichtiger als bei vielen anderen Patienten. Das muss auch so sein. Ihre Situation ist so prekär und ungeklärt, sie kann nicht gelöst werden, wenn ich distanziert und »korrekt« bleibe. Ich muss offener sein und sie einen Blick auf mich werfen lassen, um ihr Vertrauen zu gewinnen. Weil ich für sie eine Mischung aus Arzt, Freund, Vertrautem, Schutzengel, Bruder und Priester bin, gewährt sie mir Stück für Stück Zutritt in ihre innere Welt. Vor allem aber bin ich ich selbst.

Ich besuche sie am späten Vormittag. Enthusiastisch erzählt sie

mir von ihrem Wochenende, aber ich merke ihr an, dass sie schlecht geschlafen hat.
Mir erscheint es sehr wesentlich, dass Linda sich näher mit ihrem Vater beschäftigt. Aber ich kann sie nicht drängen, nein, ich muss geduldig bleiben und warten, bis sie sich dem Thema gewachsen fühlt. Bis es so weit ist, muss ich ihr helfen, mit ihrer Unsicherheit zu leben und sie auf ihrem eigenen Weg, zu ihrer eigenen Antwort zu führen.
In Lindas Träumen und Erinnerungen gibt es so viele Probleme, Zweifel, Verdächtigungen, Ängste und Unsicherheiten, dass sie selbst nicht weiß, was davon wichtig ist. Vieles davon ist einfach Hintergrundlärm, der das übertönt, worum es wirklich geht.
Ich kann nicht sagen, welche Teile davon mit tatsächlichen Begebenheiten zu tun haben und was symbolisch ist, obwohl ich oft das Gefühl habe, dass einige Elemente ihre Wurzeln in der realen, historischen Vergangenheit haben. Doch auch das muss Linda für sich entscheiden. Tief in ihrem Inneren möchte sie die Wahrheit erfahren, aber gleichzeitig fürchtet sie sich davor. Sie liebt ihren Vater, sie verteidigt ihn. Doch sie hat auch Zweifel. Ein paar Tage später erscheint ein neuer Hauptakteur in ihren Träumen – eine schöne, gefährliche Frau.

Ich bin in einem Zimmer und liege neben einer wunderschönen Frau, die freundlich zu sein scheint, es aber nicht ist. Ich glaube, ich bin ein Kind, denn ich weiß, sie ist erwachsen und ich sollte auf sie hören. Ich habe Angst und möchte nach Hause, aber ich weiß, dass das nicht möglich ist. Ständig geht mir eine bestimmte Melodie durch den Kopf.

Der Traum weckt eine Erinnerung an Lindas Kindheit, an ihre Mutter.
»Ich weiß noch, dass sie einmal sehr böse mit mir war«, erzählt Linda. »Leider habe ich vergessen, was ich getan habe. Jedenfalls hat sie mich hinter den Schrank im Park Hotel gezerrt und mich

geschlagen. Ich wollte nicht weinen, aber das machte sie nur noch wütender. Schließlich ging sie hinaus und kam mit dem Ledergürtel meines Vaters wieder. Den faltete sie sorgfältig auf die Hälfte und fing an, damit auf mich einzuprügeln. Ich schrie und brüllte: ›Nein, du kriegst mich nicht zum Weinen! Ich will nicht weinen!‹ Aber sie hörte nicht auf, bis ich die Tränen nicht mehr zurückhalten konnte. Dann ging sie hinaus, und ich hasste mich dafür, dass ich geweint hatte.«

Den letzten Satz stößt Linda mit giftigem Selbsthass hervor.

Hier ist ein weiterer Beweis für Lindas Dualität. Sie kann dem kleinsten Regenwurm Fürsorge und Mitgefühl entgegenbringen und ihn vom Weg aufheben, damit er nicht zertreten wird. Aber sich selbst gegenüber ist sie oft hart und erbarmungslos.

Natürlich haben wir alle unsere Dualität. Unsere Schattenseite kann ein aufbrausendes Temperament sein oder auch ein zu Gemeinheit oder Eifersucht neigender Charakterzug. Vielleicht kommen diese Eigenschaften nur hin und wieder zum Vorschein. Doch bei Linda ist diese Dualität extrem. Gelegentlich spricht sie richtig giftig über sich selbst. Sie hasst es, von anderen Menschen abhängig zu sein. Sie hasst es, wenn sie ihre Gefühle nicht unter Kontrolle hat oder sich nicht zusammenreißen kann. Es ist kein ostentativer Hass im Stil von »Ach, ich hab die Nase so voll von mir«. Es ist ein rachsüchtiger, kalter Selbsthass.

Teilweise ist er sicher ein Produkt der harten Stimme ihrer Mutter. Ihre Zurückweisungen haben dazu geführt, dass Linda sich gegen sich selbst gewandt hat. Sie ist in einer Umgebung aufgewachsen, in der sie emotional vernachlässigt wurde, sie hat die Härte, die ihr entgegenschlug, verinnerlicht und in Selbstzerstörung verwandelt.

Ich erzähle Dr. Royston von der Zeit, als ich nach England kam – 1976, einer der heißesten, trockensten Sommer aller Zeiten.
Am Flughafen Heathrow stand ich vor dem Einreiseschalter und überreichte dem Beamten meinen britischen und Garys rhodesischen Pass. Der junge Mann blätterte die leeren Seiten um, als erwarte er, irgendetwas zu entdecken.
»Das ist kein legales Dokument«, sagte er schließlich. »In Großbritannien wird so etwas nicht anerkannt.«
»Was heißt das?«
»Sie haben keine Papiere für das Baby.«
»Mein Mann wartet draußen auf uns. Er war im Innenministerium und hat dort alles geklärt. Wenn Sie uns jetzt bitte durchlassen würden …«
»Sie können das Kind mit diesem Ausweis nicht ins Land bringen.«
Eine Stewardess, die mir auf dem Flug geholfen hatte, warf ihm einen wütenden Blick zu. »Sie machen wohl Witze.«
»Nein, das ist das Gesetz.«
»Ich kann also einreisen?«, fragte ich.
»Ja, Sie haben ja einen britischen Pass.«
Kurz entschlossen lud ich Gary auf seinem Schreibtisch ab und knallte sein Fläschchen daneben. »Das werden Sie brauchen«, sagte ich. »Ich war nämlich gerade dabei, ihn zu füttern.«
»Wohin wollen Sie?«, fragte der Mann erschrocken.
»Meinen Mann suchen.«
Er betrachtete Gary und die Milchflasche, und jetzt überlegte er es sich auf einmal doch anders. »Bitte warten Sie hier.«
Er wechselte ein paar Worte mit seinem Vorgesetzten und kam dann zurück. »Ich mache keinen Stempel in den Pass, weil man ihn hier sowieso nicht anerkennt, aber Sie können Ihr Baby mitnehmen.«
Draußen in der Ankunftshalle krabbelte Chris unter der Absper-

rung durch, als er uns entdeckte, nahm uns in den Arm und hielt uns lange fest. Er sah seinen Sohn ja zum ersten Mal!
Im Taxi vom Flughafen blickte ich aus dem Fenster auf die Felder und Häuser, die zunächst ziemlich großzügig angelegt schienen. Aber schon nach ein paar Meilen wurden sie dichter, bis eine Straße sich an die andere anschloss, Reihenhäuser und Wohnblöcke. Mir wurde eng ums Herz, aber ich schloss einfach die Augen und kuschelte mich näher an Chris.
Er hatte eine Wohnung im Erdgeschoss eines großen alten Hauses im Nordlondoner Stadtteil Hendon gemietet. In dieser Gegend waren viele der von Idi Amin aus Uganda vertriebenen Asiaten angesiedelt worden. In diesem heißen trockenen Sommer waren die luftigen Räume mit den hohen Decken geradezu perfekt, aber im Winter war uns nie richtig warm.
In der ganzen Wohnung gab es nur zwei Gasheizungen. Weil wir keine Waschmaschine hatten, wusch ich alles von Hand, einschließlich Garys Windeln. Meine Hände wurden rissig und bluteten.
Der erste Winter war ein regelrechter Schock. Nachmittags um vier war es dunkel, und die Straßen schienen ebenso trübe und trostlos wie die Menschen zu sein, die sich vor dem Wind und dem Regen in ihre Mäntel verkrochen.
Chris hatte eine Stelle als Bürovorsteher einer alt eingesessenen Kanzlei in Westminster gefunden. Zwar hatte er die Hälfte seiner Ausbildungszeit bereits in Rhodesien hinter sich gebracht, aber in England wurde davon nichts anerkannt. So musste er von vorn anfangen, musste nachts studieren und den ganzen Tag arbeiten. Freundlicherweise war die Firma großzügig, ließ ihm Freizeit zum Lernen und zahlte sogar sein Examen, aber es bedeutete trotzdem, dass Chris drei Jahre lang nur sehr wenig verdiente.
Obgleich ich schreckliches Heimweh hatte, bedauerte ich den Entschluss nicht, Rhodesien verlassen zu haben. Aber ich sehnte mich zutiefst nach dem blauen Himmel und dem offenen Land.
Hinter unserer Wohnung lag ein winziger verwilderter Garten,

von der Autobahn nur durch ein ausgebranntes Haus getrennt, in dessen Fenstern noch die rußgeschwärzten, zerrissenen Tüllgardinen flatterten.
Auf der anderen Seite der Autobahn waren die Hügel dicht bebaut, aber wenn die urbane Landschaft bei Sonnenuntergang von der Dunkelheit verschluckt wurde, zeichnete sich der Hügel als Schattenriss gegen den Himmel ab, was die Illusion von Weite und Raum vermittelte, die ich so sehr vermisste.
Mit der Kälte hatte ich nicht gerechnet. Ich besaß zwar eine Lederjacke, aber die war auf Figur geschnitten und so eng, dass ich darunter keinen Pullover anziehen konnte. Wenn ich Gary im Kinderwagen draußen spazierenschob, erfror ich beinahe.
Mein einziger regelmäßiger Termin war alle vierzehn Tage, wenn man Gary im medizinischen Zentrum wog. Dann saß ich in einer Mutter-Kind-Gruppe und versuchte mit Frauen Konversation zu machen, mit denen ich außer einem Kind nichts gemeinsam hatte.
Die Monate verstrichen; ich war unglaublich einsam und unglücklich. Eine kalte, nasse Dunkelheit sickerte immer weiter in mein Herz. Ich hatte keine Freunde, kein Geld, ich konnte nichts unternehmen. Den ganzen Tag war ich allein, und wenn Chris von der Arbeit nach Hause kam, war er für gewöhnlich todmüde.
Elizabeth, die Kinderärztin im medizinischen Zentrum, fragte mich, ob ich Interesse hätte, auf ihre kleine Tochter Sally aufzupassen, die in Garys Alter war. Ich sagte zu und freute mich, ein bisschen extra Geld zu verdienen.
Aber das Arrangement erwies sich als Katastrophe. Die Gasheizungen in unserer Wohnung waren klapprig und die Steckdosen uralt. Außerdem lagen die Kabel locker über dem Boden und waren nur oberflächlich an der Wand festgenagelt. Ich konnte die Babys nicht einfach herumkrabbeln lassen, und weil das Ställchen für beide zu klein war, mussten sie sich abwechseln. Ohne einen Zwillingskinderwagen konnte ich auch nicht mit beiden spazieren gehen. Eines Tages schaute ich mich in dem großen, rosa ge-

tönten Spiegel über dem Kamin an. In jedem Arm hielt ich ein schreiendes Baby, und die Tränen liefen mir über die Wangen. Als ich Elizabeth mitteilte, dass ich nicht mehr auf Sally aufpassen konnte, hatte ich ein schrecklich schlechtes Gewissen, und ich glaubte Chris enttäuscht zu haben, denn wir brauchten ja das Geld.

Als ich an diesem Tag das medizinische Zentrum verließ, fühlte ich mich innerlich ganz leer. Seit Monaten bemühte ich mich, aber nichts schien zu funktionieren, nichts machte mir wirklich Freude. In der Mutter-Kind-Gruppe saß ich zwischen den anderen Frauen, aber ich gehörte nicht dazu. Die meisten Frauen waren untereinander befreundet, ihre Babys waren um die gleiche Zeit im gleichen Krankenhaus auf die Welt gekommen. Während sie angeregt miteinander plauderten, saß ich allein am Rand. Selbst die aus Uganda vertriebenen Inderinnen blieben unter sich.

Auf dem Heimweg ging ich über eine Brücke über die Autobahn. Es war ein trüber, grauer Tag, und es nieselte. Die Abgase stiegen mir in die Nase, ich hörte das Zischen der Autoreifen auf dem nassen Asphalt. Ich blieb stehen und beobachtete den Verkehr, und plötzlich überkam mich das Gefühl, dass es keinen Ausweg gab. So starrte ich auf die vorbeifahrenden Fahrzeuge, wie gelähmt von den ineinander verschwimmenden Farben und dem nebligen Geniesel.

Immer wieder sagte ich mir: »Wenn es nicht besser wird, kann ich immer noch sterben.« Seit ich denken kann, war diese Lösung immer im Hintergrund greifbar. »Wenn es nicht besser wird, kann ich ja sterben.«

Aber was war mit Gary? Wenn ich jetzt von der Brücke sprang, was würde dann aus ihm werden? Ich konnte ihn heimbringen und wieder hierher zurückkommen. Aber was, wenn niemand ihn fand? Was, wenn Chris zu spät von der Arbeit kam oder einen Unfall hatte?

Ich hatte mir immer geschworen, dass ich meine Kinder nie verlassen würde – nie würde ich ihnen das antun, was meine Mutter uns angetan hatte. Mein Herz klopfte wild, und die Dunkelheit in meinem Kopf war so absolut, dass kein Licht sie durchdrang.

Ich konnte Gary nicht verlassen. Aber wenn ich ihn mitnahm? Ich würde ihn im Arm halten, wenn ich sprang. Aber wenn er von mir weggeschleudert wurde? Wenn ich starb und er überlebte? Noch schlimmer: Was war, wenn er starb und ich überlebte? Oder wenn wir beide überlebten, aber für immer verkrüppelt waren?

Die einzige sichere Methode war, dass ich Gary fallen ließ und mich vergewisserte, dass er tot war, ehe ich selbst sprang. Ich nahm ihn aus dem Kinderwagen, legte ihn aufs Geländer und hielt ihn dort fest. Ein Lastwagen raste auf uns zu und wirbelte eine Wolke Spritzwasser auf.

Die Scheinwerfer blendeten mich, und auf einmal sah ich vor meinem inneren Auge, wie dieser Laster meinen einjährigen Sohn erfasste. Das konnte ich doch nicht tun! Ich nahm Gary fest in den Arm und trat vom Geländer zurück, am ganzen Leib zitternd.

Bisher war Selbstmord für mich vielleicht ein Ausweg gewesen. Aber jetzt nicht mehr. Bei dem Gedanken, weitermachen zu müssen, packte mich eine abgrundtiefe Verzweiflung.

Robin Royston

Linda kann mir nicht in die Augen sehen. Sie umklammert eine Hand voll Papiertaschentücher und wendet das Gesicht ab. Ihre Scham und das Gefühl, versagt zu haben, sind enorm, obwohl das, was sie gerade beschrieben hat, vor zwölf Jahren geschehen ist.

»Ist so etwas noch einmal passiert?«, frage ich sie leise.

Sie schüttelt den Kopf.

»Haben Sie je mit Chris darüber gesprochen?«
»Viel später. Eigentlich erst, als es diesmal so schlimm wurde.«
»Mit Ihren Depressionen?«
Sie nickt. »Ich habe ihm zu erklären versucht, wie schlimm das sein kann. Als er es einfach nicht verstanden hat, habe ich ihm von der Autobahnbrücke erzählt.«
»Wie hat er reagiert?«
»Er war schockiert. Er meinte, ich soll ihm Bescheid sagen, wenn ich mich jemals wieder so fühle.« Sie lächelt traurig. »Aber er wusste auch keine Lösung. Genauso wenig wie ich.«
Auf der Heimfahrt denke ich über das nach, was Linda mir erzählt hat. Die Verzweiflung, die sie 1977 an den Rand des Selbstmords getrieben hat, kann ein Symptom postnataler Depressionen gewesen sein, die sich über eine recht lange Zeitspanne hinziehen können. In Lindas Fall wurde sie vielleicht dadurch verschlimmert, dass sie ohne Geld und ohne Freunde in ein anderes Land umgezogen ist.
Ihre Gründe für einen Selbstmord waren immer altruistisch. Irgendwie kam sie zu dem Schluss, ihr Tod wäre für alle das Beste, auch für Gary. Altruistische Selbstmordmotive sind besonders gefährlich, denn sie werden leichter in die Tat umgesetzt als andere. Lindas späterer Zusammenbruch hatte ebenfalls diese Komponente der Selbstlosigkeit. Wieder hatte sie sich gesagt, ihre Familie wäre ohne sie besser dran.
Aus ihren Tagebucheintragungen wird es ganz klar. Einmal hat sie geschrieben: »Überall in der Welt leiden und sterben Menschen, und ich sitze hier in meinem warmen Bett, umgeben von meiner Familie. Worüber beklage ich mich denn? Das ist so erbärmlich von dir, Linda.«
Instinktiv sieht Linda das Leiden ihrer Umgebung und empfindet Mitgefühl. Das hat nichts mit Selbstmitleid zu tun. Ich habe mit vielen Patienten gearbeitet, die selbstzerstörerische Tendenzen hatten und Opfer eines Traumas oder Missbrauchs waren, häufig in der Kindheit. Obgleich ihre Geschichten durchweg entsetzlich

sind, habe ich oft erlebt, dass Fiktion und Wirklichkeit nahtlos ineinander übergehen. Je näher man diese Menschen kennen lernt, desto mehr merkt man, wie sehr sie um sich selbst kreisen. Manche versuchen sogar gezielt zu verhindern, dass es ihnen besser geht. So etwas ist bei Linda noch nie vorgekommen.
Ein paar Wochen später, Mitte Juli, hat sie einen Traum, der eine bedeutende Einsicht in ihren Zustand vermittelt.

Ich bin in einem Badezimmer und sehe eine große Spinne auf dem Boden herumlaufen. Obwohl die Walzenspinnen für gewöhnlich einen eher länglichen Körper haben und diese hier eher rundlich ist, weiß ich, dass es eine ist. Normalerweise bewegen sich die Tiere sehr schnell, aber diese hier ist langsam und läuft ständig im Kreis herum.
Als ich sie mir näher anschaue, sehe ich, dass ihre Beine auf der linken Seite verletzt sind. Ich öffne die Badezimmertür und sehe, dass sie direkt ins Freie führt. Die Spinne schafft es zur Tür hinaus, kann aber nicht lange geradeaus gehen. Schon bald läuft sie wieder im Kreis.
Weil ich weiß, dass es nicht lange dauern wird, ehe die Spinne getötet wird oder qualvoll eingeht, beschließe ich, sie rasch umzubringen. Ich hasse es, Lebewesen zu töten, aber ich hasse es auch, sie leiden zu sehen.
Damit ich nicht lange darüber nachdenke, reagiere ich schnell, ehe ich es mir anders überlegen kann. Ich gehe auf die Spinne zu und trete sie tot. Dann gehe ich schnell weg.

Ich glaube, dass Linda sich selbst in dieser Spinne symbolisiert sieht, und ich würde die gleiche Meinung vertreten. Die Spinne kann das Badezimmer nicht verlassen, weil sie in der harten Welt draußen behindert ist. Das bringt Lindas Bild von der Wirklichkeit angemessen zum Ausdruck. Sie glaubt nicht daran, dass die Spinne gesund wird, und findet deshalb, dass sie besser dran ist, wenn sie stirbt.

Obwohl es Linda zwischendurch immer wieder besser zu gehen scheint, ist der Glaube, dass sie zu schwer beeinträchtigt ist, um auf eine Heilung hoffen zu können, tief in ihr verwurzelt. Statt immerzu im Kreis herumgehen zu müssen, möchte sie lieber von ihrer Qual erlöst werden.

Kapitel 19

DONNERSTAG, 19. JULI 1990

Linda Caine

Achtzehn Tabletten befinden sich im Saum meines Morgenmantels. Wenn ich in den Stoff kneife, spüre ich die kleinen Kügelchen zwischen den Fingern. Ich fühle mich schuldig, weil ich dieses Geheimnis habe, aber durch sie habe ich das Gefühl, doch noch die Kontrolle zu besitzen.

Ich weiß, ich sollte an so etwas nicht denken. Ich habe Chris versprochen, dass ich keine Dummheiten mehr mache. »Versprich nie etwas, wenn du dafür lügen musst«, hat mein Dad immer gesagt.

Die Belegschaft von Ticehurst ist großartig, ich vertraue den Leuten hier absolut. Sie haben mir gezeigt, dass meine Selbstmordgedanken mich daran hindern, gesund zu werden. Wenn ich mich zittrig und traurig fühle, denke ich nicht: »Okay, jetzt lasse ich mir helfen«, sondern: »Soll ich oder soll ich nicht? Ist es jetzt vielleicht Zeit zu sterben?« Solange ich das denke, wird es mir nie besser gehen.

Linda McCormack merkt es sofort, wenn es mir schlecht geht. Dann zieht sie einen Stuhl an mein Bett und hört mir zu. Ich habe ein schlechtes Gewissen, weil ich ihr etwas verheimliche. Ich möchte sie keinesfalls enttäuschen.

»Was gibt's?«, fragt sie mich heute und setzt sich zu mir. Ich ver-

suche im Kopf einen Satz zu bilden, aber die Worte entwischen mir immer wieder.
Sie setzt mich nicht unter Druck.
Ich greife in meinen BH und hole die Einlage heraus, ziehe an dem Faden und öffne die kleine Tasche. Die Schere rutscht heraus und landet in meiner Hand. Linda McCormack blickt auf die Schere und sieht mich an.
Erzähle ich ihr von den Pillen?
– Nein, etwas muss ich für mich behalten.
Aber ich kann die Leute nicht ständig hintergehen.
– Noch nicht … ich sage es ihr später.
Es ist wie ein Dialog in meinem Kopf. Ich spüre, dass ich die Information zurückhalten will, aber auf einmal platzt sie aus mir heraus.
»Es tut mir Leid, es tut mir wirklich Leid. Ich weiß, es ist albern. Sie geben sich alle so große Mühe.«
Ich hole meinen Bademantel und trenne den Saum auf. Es ist fast eine Art Zeremoniell, diese Übergabe von Schere und Pillen.
Linda McCormack sagt nicht viel, als sie mir die Sachen abnimmt.
»Was wollten Sie damit anfangen?«, fragt sie mich leise.
Nur mit Mühe kann ich die Tränen zurückhalten. »Sie waren mein Fluchtweg, für den Fall, dass man mich aufgibt, oder dass es zu schlimm wird.«
»Wie sah Ihr Plan denn aus?«
Ich zucke die Achseln. »Die Sachen zu benutzen, wenn ich abends ins Bett gehe oder wenn ich weglaufe und mich irgendwo auf dem Grundstück verstecke. Wenn ich eine Überdosis Pillen nehmen und mir die Adern aufschneiden würde, wäre ich sicher tot, ehe jemand mich finden könnte.«
Meine Hände zittern. Was, wenn sie jetzt wütend oder enttäuscht ist?
Aber sie lächelt. »Das ist ein großer, großer Durchbruch.«

Damit habe ich nun überhaupt nicht gerechnet. Sie gibt mir die Schere zurück.
»Möchten Sie sie nicht behalten?«
»Nein, ich möchte sie Ihnen nicht wegnehmen.«
»Das verstehe ich nicht.«
»Sie sollen es nicht bereuen, dass Sie mich ins Vertrauen gezogen haben. Und ich möchte nicht, dass Sie das Gefühl haben, in der Falle zu sitzen.«
Ich glaube, sie will mir sagen, dass die Schere ein Symbol für das ist, was ich mir antun könnte. Sie möchte, dass ich jeden Tag daran erinnert werde.
»Aber die Pillen nehme ich mit«, sagt sie und steckt sie in die Tasche. »Klinikregeln. In einem Moment der Panik passiert es einfach zu leicht, dass man sie schluckt.«
Erleichterung und eine große Erschöpfung überwältigen mich. Ich kann mich schon gar nicht mehr daran erinnern, wann ich das letzte Mal eine Nacht durchgeschlafen habe. Jedes Mal, wenn ich die Augen zumache, bekomme ich plötzlich Angst. Was, wenn ich nicht mehr aufwachen kann? Was, wenn ich in eine Falle gerate?
Linda McCormack wirft einen Blick auf ihre Armbanduhr. »Sie sollten sich ein bisschen ausruhen.«
»Kommen Sie später vorbei und wecken mich?«, frage ich sie.
»Okay.«
»Sie müssen sich aber vergewissern, dass ich richtig wach bin. Lassen Sie mich nicht wieder einschlafen.«
»Versprochen.«

Robin Royston

Bei unserer regelmäßigen Supervisionssitzung am nächsten Tag erzählt mir Linda McCormack von der Schere und den Pillen.
»Was hat sie sonst noch im Zimmer?«, frage ich.

»Hauptsächlich ihr Bastelmesser, das weit gefährlicher ist als die Nagelschere.«
Ich überlege. »Als Linda Ihnen die Schere gegeben hat, *wollte* sie da, dass Sie sie ihr wegnehmen?«
»Nein, aber sie hat es erwartet.«
Das ist ein wichtiger Unterschied. Wenn Linda die Schere freiwillig abgegeben hat, geschah es nicht deshalb, weil sie vor sich selbst beschützt werden musste. Sie sagte nicht: »Hör mal, nehmt mir die Schere weg, ich habe nämlich Angst, dass ich mit ihr irgendwas Dummes anrichte.« Stattdessen hat sie sie abgegeben, weil sie akzeptiert hat, dass sie leben möchte, ungeachtet der Konsequenzen.
Linda McCormack hat die Situation perfekt gemanagt. Wir müssen Lindas »Fluchtweg« mit Respekt behandeln.
Vielleicht klingt diese Logik für einen Außenseiter seltsam. Es wäre natürlich schwer zu rechtfertigen, wenn Linda sich die Pulsadern mit der Nagelschere oder dem Bastelmesser aufschneiden würde.
Aber selbst in einem solchen Fall vertreten immer mehr Experten die Meinung, dass Patienten mit selbstzerstörerischen Neigungen ihre Messer und Rasierklingen behalten und sich sogar selbst verbinden sollten.
Die Argumentation, die hinter dieser Einstellung steckt, ist recht einfach. Indem man den Patienten diese Freiheit lässt, vertraut man gleichzeitig darauf, dass sie aufhören, sich selbst zu verletzen. Man überlässt ihnen die Kontrolle, aber man erwartet auch von ihnen, dass sie diese ausüben.
Die meisten Menschen, die sich selbst verletzen, fühlen sich hilflos, deshalb möchte man sie auf gar keinen Fall noch hilfloser machen. Zwang bringt nichts, er ruft nur Trotz und Gegenwehr hervor. Doch wenn man einem Menschen die Möglichkeit gibt, über sein eigenes Schicksal zu bestimmen, dann kommt die Entscheidung von innen, aus freien Stücken.
Damit diese Strategie funktioniert, muss man allerdings sicher

sein, dass der betreffende Patient nicht wirklich sterben will. Sonst wäre es, als würde man einem Ertrinkenden an Stelle der Schwimmweste einen Anker zuwerfen.
Linda ist freiwillig hier. Ich kann sie nicht in ihrem Zimmer einsperren oder sie daran hindern, nach Hause zu gehen, wenn sie das will. In einer Klinik wie Ticehurst ist es nahezu unmöglich, eine hundertprozentige Sicherheit zu garantieren. Selbst wenn man jede Pille, jedes scharfe Objekt und jeden Gürtel aus Lindas Reichweite entfernen könnte, würde sie, wenn sie dazu entschlossen ist, dennoch eine Möglichkeit finden, sich zu töten. Ein Sprung vom Dach, eine zerbrochene Tasse, eine zerschmetterte Fensterscheibe, eine Steckdose – es gibt unendlich viele Möglichkeiten.
Ich kann nicht alle Gefahren ausschalten, und ich habe das auch gar nicht vor. Stattdessen schließen wir eine unausgesprochene, ungeschriebene Vereinbarung: Ich werde alles in meiner Macht Stehende tun, damit es Linda besser geht. Aber sie muss weiterleben.
»Jetzt steht sie noch mehr unter Druck«, sage ich zu Linda McCormack. »Wenn sie den Selbstmord als Ausweg wirklich aufgegeben hat, bedeutet das, dass sie sich dem Leben verpflichtet hat, mit all seinen Schrecken.«
»Was wird wohl passieren?«
»Ihre einzige ›Fluchtmöglichkeit‹ ist jetzt der Weg in ihr Inneres.«

MITTWOCH, 5. SEPTEMBER

Linda Caine

Annette hat mir eine Kassette mit Erinnerungen an unsere Kindheit geschickt. Ich bin überrascht, dass ich manche Dinge viel deutlicher im Gedächtnis habe als sie, während mir andere fast unbekannt vorkommen. Ich weiß, sie fühlt sich schuldig, dass sie sich nicht genügend um mich gekümmert hat, nachdem Mum weggegangen ist. Sie glaubt, sie hat mich im Stich gelassen. Die arme Nettie, sie war doch erst zehn.

Ich möchte wissen, wie es war, als wir in der Maple Avenue 5 gewohnt haben, bevor meine Mutter gegangen ist. Warum kann ich mich an *gar* nichts aus dieser Zeit erinnern? Annette weiß noch einiges, aber auch nicht sehr viele Einzelheiten. An Riverside erinnern wir uns beide noch gut. Vielleicht ist in der Maple Avenue damals nichts passiert, was sich zu behalten lohnt?

Doch ich weiß noch, wie verängstigt ich war, als wir zum zweiten Mal dort einzogen, wie ich am Fenster saß, damit ich notfalls hinausspringen konnte, wenn drinnen etwas passierte, oder hinein, falls draußen etwas vorfiel. Aber ich habe keine Ahnung, warum. So habe ich mein ganzes Leben gelebt – auf dem Sprung, stets bereit loszurennen, ohne recht zu wissen, wohin. Werde ich mich in den Tod stürzen oder versuchen, ins Leben einzutauchen, mich von ihm umschließen zu lassen?

Die letzten Wochen waren schrecklich, aber ich kann nicht genau sagen, wann ich angefangen habe, den Kontakt zu verlieren. Ich fürchte mich vor dem, was vor mir liegt, aber ich bin bereit, es auszuprobieren. Ich möchte mir alle Möglichkeiten anschauen und nicht mehr ständig den Dingen ausweichen, die ich lieber nicht sehen möchte.

Noch immer habe ich diese fürchterlichen »Wach«-Träume, in denen ich nicht weiß, ob ich schlafe oder wach bin. Sie erscheinen mir so real. Manchmal wache ich im Dunkeln auf, überzeugt davon, dass irgendwelche Schatten in meinem Zimmer sind, die nicht da sein sollten.

Die Dinge scheinen immer mehr außer Kontrolle zu geraten. Wie heute Abend. Ich unterhalte mich mit Linda McCormack und erzähle ihr, wie ich manchmal, wenn ich mit Chris schlafe, das Licht anmachen muss, um mich zu vergewissern, dass er es ist, der mich berührt.

Gerade in diesem Augenblick fängt das Licht neben dem Bett an

zu flackern. Das ist einer meiner immer wiederkehrenden Albträume: Ich will eine Lampe anmachen, aber die Birne flackert, geht aus, und ich bleibe im Dunkeln zurück.
Mein Herz rast; Linda versucht mich zu beruhigen. Doch das Licht flackert schon wieder, und diesmal geht die Lampe tatsächlich aus. Ich verliere völlig die Beherrschung und demoliere fast die Schreibtischlampe, weil ich so hektisch nach dem Lichtschalter suche. Ich spüre, wie ich innerlich aus den Fugen gerate – wegen einer flackernden Glühbirne!
Ich brauche ewig, bis ich mich wieder einigermaßen beruhigt habe und endlich einschlafen kann. Mitten in der Nacht wache ich auf, weil ein Schrei meinen Kopf erfüllt. Er wird immer lauter, vielleicht kommt er doch aus meinem Mund. Nein, es ist jemand in einem anderen Zimmer. Ich höre, wie zwei Nachtschwestern zu Hilfe eilen.
Nach einer Weile schlafe ich wieder ein, aber dann schrecke ich erneut hoch. Jemand ist in meinem Zimmer! Ich sehe die Umrisse einer Gestalt, die neben meinem Bett kniet. Ich versuche das Licht anzuknipsen, aber die Gestalt hindert mich daran. Ich erkenne die Gestalt, es ist mein Vater.
»Du weißt doch, dass ich Angst habe«, sage ich und strecke die Hand nach der Lampe aus.
»Lass einfach das Licht an, Lindy«, antwortet Annette. Sie steht an der Tür.
Als ich wieder zu meinem Vater schaue, ist sein Umriss nicht mehr so deutlich wie vorhin. Ich weiß, dass er stirbt. Das macht mir Angst, ich möchte nicht, dass er stirbt.
Später erwache ich noch einmal. Mein Herz klopft wie wild, und meine Kehle ist wie zugeschnürt, ich kann kaum atmen. Ich drücke auf die Klingel, und Katrina, eine von den Krankenschwestern, kommt in mein Zimmer. Ich weiß nicht, was ich sagen oder tun soll. Ich halte mir die Hände vors Gesicht und versuche Luft zu holen. »Es ist ein Traum«, keuche ich. »Wenn ich einschlafe, kommen sie mich holen.«

Katrina setzt sich neben mich und legt die Hand auf meinen Arm. Das hindert meine Gedanken offenbar daran wegzurutschen.
»Hat vorhin jemand geschrien?«, frage ich.
»Nein.«
»Dann sind Sie also nicht den Korridor runtergerannt?«
Katrina schüttelt den Kopf. »Vielleicht war es der Fernseher.«
Um Himmels willen, was ist bloß los mit mir?

Am Donnerstag kommt Dr. Royston zu mir. Wie immer fragt er mich nach den letzten Tagen, und dann erzähle ich ihm meine Träume. Seit neuestem geht es immer darum, dass ich in ekelhaft schmutzigem Wasser schwimme und mich dann sauber schrubbe.
»Ich hasse das. Ich hasse das. Ich hasse das.«
»Was hassen Sie?« Er sitzt im Sessel, die Beine übereinander geschlagen, sodass seine Hose bis zum Sockenbündchen hochrutscht.
»Den Gedanken, dass ich etwas vergessen oder ausgeblendet habe. Es muss etwas Schlimmes sein, warum sonst sollte ich es verdrängen wollen? Aber sobald ich darüber nachzudenken versuche, was das Schlimmste sein könnte, was mir passiert ist, dann … dann geht es einfach nicht. Ich kann nicht darüber nachdenken.«
»Ich glaube, Sie strengen sich zu sehr an«, sagt er. »Sie versuchen, alles an die Oberfläche zu holen. Lassen Sie sich Zeit.«
Er vergleicht es mit dem Ablauf einer Geburt. Wenn eine Frau Wehen bekommt, kann sie das Baby auch nicht gleich herauspressen. Sie muss warten, bis alles so weit ist. »Der Prozess, den Sie jetzt durchmachen, ist im Prinzip der gleiche. Ihre Psyche wird entbinden, sobald sie bereit ist.«
Später habe ich einen höchst merkwürdigen Traum. Ich beobachte ein Mädchen, das von mir weggeht, und ich sehe, dass es immer jünger wird. Nach kurzer Zeit ist es ein kleines Kind. Ich fühle mich stark zu ihm hingezogen und erkenne, dass ich selbst dieses Kind bin.

Ich gehe um eine Ecke und erkenne den Park in Gwelo, er ist sehr schön. Überall liegen Puzzleteile herum. Manche sind zu Häufchen gestapelt, andere teilweise zusammengelegt, andere schon fast vollständig. Viele Stücke liegen auf dem Gras verteilt herum und warten darauf, eingesetzt zu werden.
Ich gehe neben einem davon in die Hocke (auf afrikanische Art, die Fußsohlen flach auf dem Boden) und fange an, ein paar Teile zusammenzusetzen. Aber nach einer Weile gerate ich durcheinander und werde unruhig. Meine Augen sind so voller Tränen, dass ich die Puzzleteile nicht mehr richtig erkennen kann.
Ein Polizist tritt neben mich, aber ich bin zu »weit weg«, er kann mich nicht erreichen. Ich versuche ihm zu erklären, dass etwas nicht stimmt. In Wirklichkeit bin ich doch kein kleines Mädchen, sondern eine erwachsene Frau.
Ich schlage die Hände vor die Augen, weil ich nichts mehr sehen will.
Als ich aus dem Traum erwache, kann ich nicht wieder einschlafen. Ein Teil von mir sagt, ich soll endlich erwachsen werden und mich nicht von einem blöden Traum fertig machen lassen, aber ein anderer Teil wird überwältigt von kindlichen Gefühlen, von Verwirrung und Traurigkeit. Als ich versuche, die Gedanken in meinem Kopf zu ordnen, bahnen sich die Empfindungen in Versform einen Weg:

Werd erwachsen, Linda.
Ich versuch's. Ich versuch's.
Doch das Kind in meinem Kopf,
Das weint und weint, als wär's ein Fluch.
Die Hand vor den Augen,
Ist es einsam und allein.
Und so kann's nicht mehr sehen
In meine Gedanken hinein.
Ach, wie dumm!

Ich kriege das Bild von dem kleinen Mädchen, das neben einem unfertigen Puzzle hockt, einfach nicht mehr aus dem Kopf. Das Mädchen hält sich die Hände vors Gesicht, weil es nichts mehr sehen will.

Am Ende beschließe ich, das Bild zu malen, in der Hoffnung, dass ich damit den Bann breche, den es auf meine Gedanken ausübt. Ich entspanne mich und lasse das Bild von dem Kind vor meinem inneren Auge auftauchen. Aber plötzlich hockt das kleine Mädchen nicht mehr mit leeren Händen über dem Puzzle, sondern es steht vor mir und hält einen Teddybär im Arm.

Ich sage mir, dass das nicht richtig ist, und versuche den Teddy aus dem Traum zu verbannen, aber es geht nicht. Je mehr ich ihn vertreiben will, desto wichtiger wird er.

Warum?

Ich denke daran, wie man meinen alten Teddy einfach weggeworfen hat, weil ich einen neuen bekam, Dumpy. Wegen Dumpy habe ich meinen alten Teddy nie wieder gesehen. Deshalb habe ich Dumpy verprügelt und ihn bestraft, indem ich ihn hinter den Schrank verbannte, in den dunklen Teil des Zimmers im Park Hotel.

Ich betrachte das Bild in meinen Gedanken und kann auf einmal sehen, warum das Mädchen den Teddy so fest hält. Dann tritt ein anderes Bild an seine Stelle – ein Teddybär, der unter Wasser gedrückt wird. Auf einmal fällt mir ein, dass ich Dumpy auch so bestraft habe. Ich kritzle eine Notiz für Dr. Royston: »Ich habe meinen Teddy manchmal ertränkt.«

Als ich das Bild von dem Mädchen und ihrem Teddy skizziere, entsteht ein neuer Missklang in mir. Zuerst kann ich nicht erkennen, was es ist, aber dann dämmert es mir: Ich habe meinen Teddy im Abfluss vor der Küche in Riverside ertränkt. Der Abfluss war immer ein bisschen verstopft, deshalb stand oft Wasser darin. In Riverside wohnten wir, bevor wir in die Maple Avenue zogen, also auch noch vor dem Park Hotel. Ich habe Dumpy erst im

Park Hotel bekommen, als ich schon fast acht war. Also habe ich meinen alten Teddy ertränkt!
Ich muss ungefähr vier gewesen sein, vielleicht sogar noch jünger. Ich erinnere mich, wie ich den Teddy eines Tages sehr lange unter Wasser gehalten habe. Dann stand ich in der afrikanischen Sonne, strich über den nassen Kopf des Teddys und fragte mich, ob er wohl wieder trocken sein würde, wenn ich ins Bett musste. Ich versuchte, ihn auszuwringen, aber danach sah der Teddy noch schlimmer aus.
Wenn ich Dr. Royston das nächste Mal sehe, muss ich ihm davon erzählen. Ich frage ihn, warum ein Kind wohl sein Kuscheltier ertränkt, das es liebt.
»Manchmal bestrafen Kinder ihre Spielsachen so, wie sie selbst bestraft werden«, meint er. »Darauf sind Sie aber schon selbst gekommen, nicht wahr?«
»Ja.« Es stimmt. Genau das machen Kinder. Ich habe schon oft gehört, wie Gary und Christy ihre Spielsachen auf ihr Zimmer schicken oder ihnen sagen, sie sollen sich anständig benehmen. Sie imitieren das, was ich ihnen sage.
Bedeutet das etwa auch, dass ich zur Strafe halb ertränkt wurde? Marion, Mutter, Mum – ich weiß nicht, wie ich dich nennen soll – hast du so etwas mit mir gemacht? Würdest du es mir sagen, wenn es so wäre?
Es würde jedenfalls eine Menge erklären: Meine Angst vor dem Badezimmer, die Tagträume, dass ich unter Wasser gedrückt werde, meinen Horror vor dem Getunkt werden im Swimmingpool, die Tatsache, dass ich meinen Teddybär ertränkt habe …
»Ich muss wissen, dass ich nicht verrückt bin, Dr. Royston. Dass all die Angst und Verwirrung einen Grund hat und dass mir nicht nur meine Phantasie einen Streich spielt. Ich wünschte, Sie könnten mir das sagen.«
»Warum ist es so wichtig, was ich denke?
»Weil ich Angst habe. Was, wenn alles nur Einbildung ist? Was, wenn nichts davon wahr ist? Tut mir Leid, ich weine schon wie-

der. Du meine Güte! Obwohl es über dreißig Jahre her ist. Warum macht es mir immer noch so viel aus?«

Robin Royston

Ich kann Lindas Fragen nicht beantworten, obwohl ich sicher bin, dass sie sich diese Dinge nicht einbildet. Linda hat etwas erlebt, und im Laufe unserer zunächst ziellosen Therapiestunden haben sich die »vergessenen Jahre« zu einem zentralen Thema entwickelt.

Es tritt allmählich hervor, während Linda versucht, ihre Kindheit klarer zu sehen. Der Puzzletraum bezieht sich eindeutig auf die Gegenwart, und ihre Verzweiflung, dass sie das Puzzle nicht fertig bekommt, spiegelt ihren Wunsch, all die verschiedenen Teile ihres Lebens zusammenzusetzen. Es erinnert mich an den Tag, als sie mit ihren Fotoalben ins Chaucer kam. Sie hoffte, wenn sie die einzelnen Stücke vor mir ausbreitete, könnten wir uns irgendwie einen Reim auf ihr Problem machen. Aber auch der Polizist konnte ihr anscheinend nicht helfen – wie so viele andere ähnliche Männer in ihren Träumen.

Der Traum ist eine Allegorie auf Lindas Suche nach der Wahrheit. Und die fehlenden Teile des Puzzles symbolisieren die vergessenen Jahre.

Nun, da Linda sicher ist, dass in ihrer Erinnerung etwas fehlt, fragt sie sich natürlich, was passieren wird, falls sie sich nicht erinnern kann oder wenn sie sich dafür entscheidet, sich nicht zu erinnern. Das macht ihr große Angst. »Werde ich die Vergangenheit dann irgendwann hinter mir lassen können oder verwandle ich mich in eine Art Dampfkochtopf, der kurz davor ist zu explodieren?«

Außerdem zerbricht sie sich den Kopf darüber, ob sie vielleicht nur versucht, jemand anderem die Schuld in die Schuhe zu schieben, statt selbst die Verantwortung zu übernehmen. Sucht sie einen Sündenbock, will sie sich selbst nur als Opfer darstellen?

Das sind Zweifel, die sehr häufig auftauchen. Eins der größten Probleme für mich besteht darin, der fast unglaublichen inneren Sicherheit entgegenzutreten, mit der Leute wie Linda glauben, dass sie tatsächlich an allem selbst schuld seien. Sie sind fest davon überzeugt, dass sie schlecht sind, dass sie das Schreckliche verdient haben, das ihnen zustößt. Ihre innere Welt hat sich gegen sie gewandt, und ihre inneren Stimmen unterminieren jeden Versuch, sich von Schuld und Vorwurf zu befreien. Bald muss Linda ehrlicher und mutiger werden. Aber jedes Mal, wenn sie dem Kern des Problems näher zu kommen scheint, beginnt sie sich zurückzuziehen. Ihre Hände legen sich über ihren Mund, ihr Haar fällt ihr übers Gesicht. Es ist, als breitete sich hinter ihren Augen auf einmal eine gähnende Leere aus.

SAMSTAG, 15. SEPTEMBER 1990

Linda Caine

Ich bin wieder zu Hause, bis Dienstag. Der Aufenthalt müsste mir eigentlich ein ziemlich realistisches Bild davon vermitteln, wie ich zurechtkomme, wenn ich nicht in Ticehurst bin. So ungern ich es zugebe, es geht mir nicht besser. Ich habe das Gefühl, in mir wohnt etwas, was meinen Tod will – etwas Böses.

Am Sonntagabend stelle ich das Bügelbrett in der Küche auf. Chris sitzt im Wohnzimmer, die Kinder sind oben. Das Wochenende war nett, obwohl ich schlecht geschlafen habe. Ich kann einfach nie richtig entspannen.

Als ich ein Hemd bügle, merke ich, wie meine Gedanken wegrutschen. Chris kommt in die Küche und sagt etwas. Ich höre ihn

nicht, ich sehe nur, wie seine Lippen sich bewegen. »Alles in Ordnung mit dir?«
»Ich weiß nicht.«
»Warum kannst du mir nicht sagen, was los ist?«, fragt er ungeduldig.
»Weil ich nicht *weiß*, was los ist.«
Der scharfe Ton in meiner Stimme lässt ihn zusammenzucken. Ich mache mich wieder ans Bügeln und Chris verschwindet wieder im Wohnzimmer. Immer mal wieder kommt er herein und fragt, ob mit mir alles okay ist. Als er zum dritten Mal erscheint, reicht es mir.
»Lass mich doch einfach in Ruhe«, sage ich ärgerlich.
Aber er tut es nicht, sondern bleibt in der Tür stehen und beobachtet mich. Ich spüre seine Augen auf mir ruhen, sie durchbohren mich geradezu.
»Raus! Raus! Raus!«, schreie ich. »Lass mich in Ruhe!«
Noch immer rührt er sich nicht.
Im Spülbecken steht eine Milchflasche. Ich packe sie und schlage sie gegen die Spüle. Glasscherben spritzen durch die Küche. Den gezackten Rest der Flasche behalte ich in der Hand und ziele damit auf Chris, der mich voller Entsetzen anstarrt.
Als er zurückweicht, stößt er mit Gary zusammen. Mein Sohn sieht mich am Bügelbrett stehen, die schartige Flasche in der Hand. Chris schiebt ihn weg. »Geh rauf in dein Zimmer, Gary«, sagt er nur, und ich höre die Angst in seiner Stimme.
Ich knalle die Küchentür zu und versuche sie zu verbarrikadieren, indem ich Mülleimer und Wäschekorb zwischen Kühlschrank und Tür klemme. Glasscherben knirschen unter meinen Schuhen. Dann beginne ich das Glas aufzulesen und in den Mülleimer zu werfen. Ich befühle jedes einzelne Stückchen, auf der Suche nach dem schärfsten. Das stecke ich in die Tasche … für den Fall des Falles.
Meine Hände zittern. Wie konnte das passieren? Was denkt mein Sohn jetzt von mir?

Chris schafft es, die Tür ungefähr zwei Zentimeter weit aufzuschieben, und späht durch den Spalt. »Alles klar?«
»Ja. Bitte geh.«
Er öffnet die Tür noch ein Stückchen weiter.
»Bist du sicher, dass mit dir alles in Ordnung ist? Hast du dich geschnitten?«
»Nein. Geh bitte weg.«
»Hast du dich verbrannt?«
»NEIN! GEH WEG! Warum lässt du mich nicht einfach in Ruhe?«
»Weil ich mir Sorgen mache.« Seine Stimme bricht. »Das letzte Mal, als es dir so ging, hast du dir den Arm verbrannt.«
Allmählich dringen seine Worte in meinen dumpfen Schädel. Jetzt wird mir klar, warum er mich nicht in Ruhe lassen kann. Die ganze Zeit dachte ich, er wäre verärgert, weil ich ihm nicht sagen kann, was los ist. Dabei ist er krank vor Sorge.
Ich fühle mich grässlich. »Ich werde mich nicht verbrennen, aber ich muss eine Weile allein sein.«
Er nickt. »Darf ich die Tür offen lassen? Ist das okay?«
»Ja.«
Ich kann nicht glauben, was ich getan habe. Ich werfe die größeren Scherben in den Mülleimer, dann fege ich den Boden, falls noch kleinere Stückchen herumliegen. Ich bügle und mache mich dann bettfertig. Im Bad schlucke ich genügend Pillen, um mich hinreichend zu betäuben. Dann schlüpfe ich ins Bett und verstecke mein Gesicht im Kissen. Es ist mir egal, wenn ich nicht wieder aufwache. Es würde mir nur recht geschehen.
Armer Chris. Manchmal frage ich mich, warum er überhaupt noch bei mir bleibt. Bestimmt hat er die Sorgen und den Stress gründlich satt, das ständige Nachdenken darüber, ob es mir am nächsten Tag einigermaßen gut gehen wird oder eher nicht.
Er hasst es, mich allein zu lassen, aber er muss arbeiten. Er sagt immer: »Ruf mich an, wenn du merkst, dass es dir komisch geht. Dann lasse ich alles stehen und liegen und komme sofort nach Hause.«

Aber ich kann ihn nicht anrufen. Er hat genug um die Ohren, und ich weiß, dass er sich nur noch mehr Sorgen um mich machen würde.
»Wenigstens kannst du nicht behaupten, das Leben mit mir wäre langweilig«, habe ich ihm früher immer gesagt, in dem Versuch, dem Ganzen eine leichte Note zu geben. Aber inzwischen finden wir beide solche Bemerkungen nicht mehr witzig.

Kapitel 20

OKTOBER 1990

Robin Royston

Blätter wirbeln im Wind, als ich die schmale Landstraße zur Klinik entlangfahre.

Es war ein wundervoller Tag. Am Samstag habe ich den Garten winterfertig gemacht und einen riesigen Haufen mit Blättern und toten Pflanzen aufgetürmt. Heute haben wir damit ein Feuer gemacht, Mike und Emma warm eingepackt gegen die herbstliche Kühle, ihre aufgeregten Gesichter glühend von der Wärme der Flammen. Wie die Indianerkrieger sind sie herumgetanzt, während sich der Duft des Holzrauchs in ihren Kleidern und Haaren breit machte.

Roger Smith hat mir eine Nachricht hinterlassen. Linda geht es nicht besonders. Wenn ich nicht in der Klinik bin, werde ich jeden Tag von Linda McCormack oder Roger auf dem Laufenden gehalten. Unter anderem berichten sie mir, dass Linda sich zur Zeit ständig wäscht – sie duscht zwei-, manchmal dreimal am Tag, allerdings nicht zwanghaft oder rituell, sondern ganz offensichtlich aus dem Wunsch heraus, sauber zu werden. Außerdem hat sie Probleme, das Essen bei sich zu behalten.

Ich habe mit dem Personal die Vereinbarung, dass man mich Tag und Nacht verständigen kann, wenn ein Problem auftaucht. Zum Glück waren die Straßen trotz der Wetterwarnungen im Radio frei, als Roger angerufen hat. Ich parke am Seiteneingang und gehe direkt zur Schwesternstation. Roger ist im Aufenthaltsraum beschäftigt, also ergreife ich die Gelegenheit, Linda McCormacks Bericht über die letzten sechsunddreißig Stunden zu lesen.

Montag:
Entspannter Abend im Zimmer. Schlechte Nacht mit vielen Träumen. Schreie im Kopf.
Große Angst vor dem Einschlafen. Als ich um vier nach Linda sehe, ruft sie etwas, offensichtlich im Schlaf. Bekommt Angst, als die Nachtschicht sie zu wecken versucht. Schlägt um sich und rutscht schließlich aus dem Bett auf den Fußboden.
Sehr verstört. Erzählt, dass die Albträume immer wiederkommen. Hat das Gefühl, wenn sie sich an die schlimmsten Träume erinnern könnte, würden diese ihr Problem enthüllen.
Berichtet über eine Zeit freizügiger sexueller Beziehungen nach dem Tod ihres ersten Manns … nicht aus Interesse am Sex, sondern aus dem verzweifelten Bedürfnis, nicht allein zu sein. Sagt, dass ihr erster Mann ihr prophezeit habe, dass sie »eine Hure, genau wie ihre Mutter« würde …

Dienstag:
Linda schläft ruhig bis sieben Uhr, rennt dann aber barfuß und spärlich bekleidet aus der Tür. Man findet sie auf dem Gras/Schnee liegend und überredet sie, wieder hereinzukommen. Heute Abend um neun kommt Robin Royston zu ihr.

Das Auffälligste an Lindas Misere ist das Gefühl, dass sie im Schlaf von etwas verfolgt wird. Kaum eine Nacht vergeht, ohne dass sie aus dem Schlaf »hochfährt« oder »stumm« aufschreit. Manchmal fällt sie aus dem Bett, noch öfter aber rennt sie zur Tür oder zum Fenster und versucht zu fliehen.

Wenn sie »hochfährt«, hat sie offenbar keine Ahnung, wo sie ist. Sie nimmt auch die Leute um sie herum nicht richtig wahr. Manchmal kommt sie innerhalb weniger Minuten zurück, es kann aber auch Stunden dauern.
Ich klopfe an ihre Tür und warte, dass sie »Herein« ruft. Sie begrüßt mich mit einem schwachen Lächeln und entschuldigt sich mit den Augen. Ihre Haare sind noch feucht vom Duschen.
»Was ist los?«, frage ich.
Sie presst die Hände zusammen und schüttelt den Kopf. »Ich hatte schon wieder einen von diesen ›wachen‹ Träumen … und ich habe das Rauschen gehört.«
»Erzählen Sie mir davon.«
Sie holt tief Atem. »Na ja, ich habe geschlafen – oder zumindest dachte ich, ich würde schlafen –, und dann bin ich total nervös aufgewacht. Roger kam, um nach mir zu sehen, und ich war sehr erleichtert. Er hat sich auf mein Bett gesetzt und durch die Decken mein Bein gestreichelt. Ich habe versucht, ihm von dem Traum zu erzählen, aber da hat sich seine Berührung plötzlich verändert und wurde aufdringlich. Seine Hand wanderte mein Bein hinauf, immer höher. In meinem Kopf habe ich geschrien, aber es kam kein Ton heraus.«
»Was ist dann passiert?«
»Ich bin aufgewacht, und Roger kam, um nach mir zu sehen. ›Alles klar?‹, fragte er und setzte sich an mein Bett. Er legte die Hand auf mein Bein, ich begann, ihm von dem Traum zu erzählen, aber seine Berührung veränderte sich. Seine Hand rutschte immer höher und höher … ich schrie und wachte auf. Aber dann passierte genau das Gleiche noch einmal … Roger kam rein und setzte sich ans Bett. Er legte die Hand auf mein Bein …«
In dieser Extremform ist mir ein »falsches« Erwachen noch nie geschildert worden. Aber zum ersten Mal seit Wochen erzählt mir Linda etwas, ohne dass ihre Gedanken wegrutschen. Ich staune, wie vernünftig und ausgeglichen sie erscheint. Und wie schnell kann ihre Verfassung manchmal umschlagen!

»Ich weiß nicht, ob ich Ihnen das schon einmal erzählt habe«, sagt sie. »Aber wenn ich in der Maple Avenue 5 eingeschlafen bin, habe ich immer Annettes Hand gehalten. Unsere Betten standen nebeneinander, mit einem kleinen Tisch dazwischen. Wenn ich den Arm ausstreckte, konnte ich ihre Hand halten.«

»Haben Sie sich dann besser gefühlt?«

»Ich wollte sie nicht loslassen, ich hatte Angst einzuschlafen.«

»Warum?«

Sie schüttelt den Kopf. »Ich hatte Angst, dass jemand kommt und mich mitnimmt, wenn ich einschlafe.«

»Wohin hätte man Sie mitnehmen können?«

»Ich weiß nicht … daran kann ich mich nicht erinnern.«

Sie beginnt zu weinen, senkt den Kopf und lässt die Haare in ihrem typischen Vorhang übers Gesicht fallen.

»Wenn ich gerade eingeschlafen war, hatte ich plötzlich das Bild im Kopf, dass sich eine Hand über mein Gesicht legt. Es war wie eine Schlange, die zuschlägt. Haben Sie schon mal eine Kobra gesehen, die sich auf ihre Beute stürzt, Dr. Royston?«

Ohne meine Antwort abzuwarten, fährt sie fort: »Genau in diesem Moment bin ich immer aus dem Schlaf hochgefahren. Dann sagte Annette, ich hätte einen Albtraum gehabt. Ich glaube, sie hat wie alle anderen gedacht, ich sei ein neurotisches Kind.«

Linda hat sich wie ein Fötus zusammengerollt und zittert am ganzen Leib. Ihre Brust hebt und senkt sich krampfhaft.

»Die gleichen Gedankenblitze schießen mir auch jetzt durch den Kopf«, schluchzt sie. »Dann fahre ich aus dem Schlaf hoch. Ich spüre, wie Annettes Hand schwerer und schwerer wird … ich will sie nicht loslassen. Mit einem Ruck werde ich wach und sage mir, dass ich nicht wieder einschlafen darf. Aber nach einer Weile werden meine Augenlider ganz schwer. ›Schlaf nicht ein. Schlaf nicht ein. Sonst kommen sie wieder.‹«

Linda hält die Hand vor Mund und Nase. Sie kann nicht atmen. Es ist, als würde sie einen Schrei unterdrücken. Vielleicht meint sie das, wenn sie sagt, dass sie im Kopf schreit?

Von Schluchzern unterbrochen stößt sie hervor: »Was, wenn mein Vater mich mitgenommen hat, um Sachen mit mir zu machen?«

Und dann immer wieder: »Ich möchte sterben und meine Kinder mitnehmen. Ich möchte sterben und meine Kinder mitnehmen.«

Dieses Mal spüre ich, wie sie mir entgleitet. Meine Stimme kann sie nicht zurückholen. Sie verstummt, sie ist wieder allein an diesem Ort, wo ich sie nicht erreichen kann. Die nächsten vierzig Minuten sitze ich bei ihr und versuche, Kontakt mit ihr aufzunehmen. Zusammengerollt liegt sie auf dem Bett, das Gesicht im Kissen vergraben.

Als ich sicher bin, dass sie eingeschlafen ist, schließe ich leise die Tür hinter mir und gehe den Flur entlang zur Schwesternstation. Ich mache eine Notiz in die Krankenakte, dass Linda intensiv beobachtet werden muss. Roger, der mir über die Schulter schaut, fragt, ob wir sie nicht lieber rund um die Uhr im Auge behalten sollten, dass also ständig jemand bei ihr im Zimmer ist.

»Ich weiß nicht, ob das gerechtfertigt wäre«, entgegne ich zögernd.

»Wenn Sie es nicht ausdrücklich anordnen möchten, können wir trotzdem was Derartiges machen«, schlägt er vor und zwinkert mir zu. Roger nimmt es mit den Regeln nicht allzu genau. Als Therapeut stürzt er sich direkt auf das Problem eines Patienten und denkt erst später an die möglichen bürokratischen Folgen.

»Wie wäre es mit einer Kontrolle alle Viertelstunde?«

»Kein Problem«, meint Roger.

Ich diskutiere mit mir, ob ich bleiben oder gehen soll. Ich mache mir große Sorgen, wohin das alles noch führen wird. Wie es scheint, ist Linda kurz davor, sich an etwas zu erinnern, was sie zu zerstören droht: Endlich hat sie einer Angst Ausdruck verliehen, die wir beide hegen. Aber was wird es für Linda nach sich ziehen, wenn sie sich der Wahrheit stellt? Was, wenn ihr Vater ihr tatsächlich etwas angetan hat?

Jetzt steht die Frage offen im Raum. Die Antwort aber liegt noch in ihr verborgen. Was wird geschehen, wenn Linda diese Antwort findet? Wieder frage ich mich, wie sie es verkraften kann, falls ihr Vater sie tatsächlich missbraucht hat. Linda hat keinerlei Erinnerung, dass so etwas geschehen ist, aber sie scheint zumindest die Möglichkeit in Betracht zu ziehen.

Die Gestalt in ihren Träumen hat kein Gesicht. Das heißt, im Traum weiß sie, wer es ist, aber wenn sie aufwacht, ist das Gesicht verschwunden. Es gibt Hirnerkrankungen, bei denen ein Patient einen selektiven Funktionsverlust erleidet, beispielsweise die Fähigkeit, Gesichter zu sehen. Diesen Zustand bezeichnet man als Prosopagnosie. Vielleicht hat Linda eine psychische Version dieser Krankheit, vielleicht nur bei einem einzigen Gesicht? Man könnte es auch eine selektive hysterische Blindheit nennen. Wir wissen so wenig über das Gehirn und die Folgen eines schweren Traumas.

Früh am nächsten Morgen findet man Linda fest schlafend zusammengerollt in einer Ecke ihres Zimmers. Das Personal weckt sie und bringt sie zurück ins Bett. Viertel nach fünf rennt sie zur Seitentür hinaus und bricht weinend zusammen. Als ich sie später am Vormittag treffe, ist sie immer noch sehr bedrückt. Unsere Sitzung dauert nur ein paar Minuten, dann beginnen ihre Gedanken schon wieder wegzurutschen, und ich erreiche sie nicht mehr.

Erst am nächsten Abend sehe ich sie wieder. In der Zwischenzeit hat sie nach Aussage der Schwestern und Pfleger, die jede Viertelstunde nach ihr sehen, »ruhige Momente« gehabt. Zweimal versucht sie wegzulaufen, aber immer ist rechtzeitig jemand zur Stelle, ehe sie die Tür nach draußen erreicht.

Ich finde sie auf dem Bett, an die Wand starrend, in einem Zustand, der mich an die Bombenneurosen im Ersten Weltkrieg erinnert. Ich setze mich auf einen Stuhl neben sie und versuche herauszufinden, an wie viel sie sich aus den letzten Tagen erinnert. Vom Weglaufen weiß sie so gut wie nichts.

»Ich möchte Sie gern fragen, wann Sie immer Annettes Hand gehalten haben.«

Linda antwortet nicht.
Ich fahre fort: »Warum hatten Sie Angst vor dem Einschlafen?«
»Ich wusste, dann kommen sie und nehmen mich mit.«
»Wer hätte kommen und Sie mitnehmen können?«
Plötzlich ändert sich Lindas Stimmung von Grund auf. Ihre Augen wandern wie gehetzt von der Tür zum Fenster und wieder zurück. Sie möchte weglaufen, das sehe ich sowohl in ihrem Blick als auch daran, dass ihre Muskeln angespannt sind wie Sprungfedern. Ich versuche sie mit meiner Stimme zu erreichen, aber sie scheint wenig bewusste Kontrolle über diesen Fluchtinstinkt zu haben. Nach einer Weile beruhigt sie sich wieder und entschuldigt sich, um auf die Toilette zu gehen. Sie bewegt sich, als wären ihre Muskeln steif und verspannt. Ich höre Wasser ins Becken laufen. Dann unverkennbar das Klirren von Glas.
Ich stürze zur Tür und stoße sie auf. Linda steht vor dem Fenster und starrt auf ihre Hände. Sie hat die Scheibe mit den Fäusten eingeschlagen. Blut quillt zwischen ihren Fingern hervor und tropft auf den Boden.
Glas knirscht unter meinen Schuhen. Ich gehe zu ihr und lege ihr den Arm um die Schultern.
»Haben Sie sich wehgetan?«
Sie antwortet nicht.
Auf ihrer linken Handfläche und am Handgelenk sind Schnitte. Anscheinend hat sie die Glasscheibe eingeschlagen und dann die Hände über die scharfen Kanten hinweg zurückgezogen. Verwirrt blickt sie zum Fenster und auf ihre Hände, als versuche sie, sich zu erinnern, was eigentlich passiert ist.
Ich klingle nach der Schwester; Lindas Verletzungen werden gewaschen und mit Pflaster verbunden. Die ganze Zeit über sagt sie nichts, aber ich spüre ihre Scham.
Jemand fegt die Glasscherben weg und ersetzt die zerbrochenen Scheiben mit Holzbrettern. Ich bestelle Kaffee und setze mich neben Linda, während ich in Gedanken einzuschätzen versuche, welche Gefahr sie für sich selbst darstellt.

»Ich hatte einen Traum«, sagt sie leise. »Ich war in Ticehurst, draußen im Park, und sah hinüber zur Eingangstür. Ich wusste, ich musste weglaufen. Deshalb war ich draußen. Aber ich konnte nicht allzu weit weg, weil ich in der Nähe von Ticehurst bleiben wollte. So stand ich unter den Bäumen, dem Gebäude gegenüber, und auf einmal merkte ich, dass vor mir auf einem Podest ein hoher runder Tisch stand. Ich ging zu ihm. Der Tisch hatte eine runde, etwa sieben Zentimeter dicke Platte aus durchsichtigem Eis. Ich legte meine Hände darauf und sah zu, wie es schmolz. Nach einer Weile strich ich über die Seiten, und durch meine Wärme veränderte der Tisch seine Form.

Allmählich wurde mir kalt, und ich begriff, dass das Eis meine Wärme aufgesogen hatte. Als ich aufblickte, sah ich Ticehurst und die Seitentür direkt auf der anderen Seite der Wiese vor mir. Es sah warm und sicher aus, und ich wusste, dass ich zurückgehen sollte. Das wollte ich auch, aber jetzt war mir innerlich so kalt, dass ich es nicht mehr fertig brachte.«

Dieser Traum ist sehr wichtig. Ich bin überzeugt, dass er mit der Lücke in Lindas Kindheitserinnerungen zu tun hat. Das Eis repräsentiert die fehlenden Jahre, die in ihrem Gedächtnis eingefroren sind. Jetzt ist die Kälte in ihr.

Was immer hinter ihren Schwierigkeiten steckt, ist dem Traum zufolge eingefroren. Mit anderen Worten, es ist vergessen oder verdrängt worden. Ticehurst ist Lindas Zufluchtsort, aber die Kälte in ihr verhindert, dass sie in die Sicherheit zurückfindet.

Ich muss ihr helfen, aber ich weiß, dass die Zeit allmählich knapp wird. Sie ist kurz davor, sich an etwas Wichtiges zu erinnern, aber können wir für ihre Sicherheit garantieren?

Später setze ich mich mit Roger Smith zusammen, und wir besprechen, was wir für Linda tun können. Ich frage, ob jemand die Nacht über bei ihr im Zimmer bleiben kann. Ich möchte nicht, dass sie offiziell unter Dauerbeobachtung steht, denn dafür würde ihre Versicherung nicht lange aufkommen und ihre Behandlungszeit zusätzlich verkürzen.

»Das kriegen wir schon hin«, meint Roger, für den die Regeln wie immer flexibel sind. »Wir könnten jemanden auf den Korridor vor ihre Tür setzen. Dann wäre *offiziell* niemand bei ihr.«
»Genau das brauchen wir.«
»Aber ich weiß natürlich nicht, wie lange wir das durchziehen können.«
»Verstehe.«
Ich weiß, dass Linda großes Vertrauen zu den Leuten in Ticehurst gewonnen hat. Sie hat enge Beziehungen entwickelt, vor allem zu Linda McCormack, aber auch zu Roger und Dympna, die in der Nachtschicht arbeiten. Weil Linda solche Angst hat, in ihren Träumen gefangen zu werden, ist sie momentan auf diese Unterstützung besonders angewiesen. Als ich jetzt mit Roger spreche, erkenne ich, dass sich auch bei der Belegschaft eine große Anteilnahme für Linda entwickelt hat.
Ich merke, dass Roger nicht glücklich darüber ist, wie die Dinge sich entwickeln. Er spürt, dass Linda sich von uns entfernt und fühlt sich hilflos. Ihr innerer Kampf hat eine tiefe Wirkung auf die Menschen in ihrer Umgebung, und es besteht die Gefahr, dass sie die Hoffnung aufgeben. Wir befinden uns auf gefährlichem Terrain.
In dieser Nacht fährt Linda zweimal hoch. Das erste Mal fängt Roger sie ab, ehe sie die Tür erreicht, und hält sie fest, bis sie seine Stimme erkennt. Beim zweiten Mal rennt sie direkt zum Fenster in ihrem Zimmer und zerschlägt es mit den Fäusten. Wieder verletzt sie sich glücklicherweise nicht ernsthaft.
Als das Wochenende näher rückt, beschließe ich, nicht weiter nachzubohren. Im Krankenbericht schreibe ich: »Ich habe das Gefühl, dass Linda für den Moment genug hat und erst einmal Ruhe braucht, damit sie sich ein wenig erholen und fürs Wochenende sammeln kann. Wenn sie weiterhin so durcheinander bleibt, müssen wir die Sache neu überdenken. Ich bin Tag und Nacht am Telefon verfügbar ...«
Am Samstag schläft Linda bis neun, und danach scheint es ihr viel

besser zu gehen. Sie wandert in die Schwesternstation und verkündet, dass sie in ihr Zimmer gehen will, um zu malen. Zehn Minuten später hören die Schwestern sie schreien; man findet sie hinter dem Toilettentisch, wo sie gegen das Fenster trommelt. Zwei Scheiben sind zerbrochen, und sie schreit »Sie kommen, sie wollen mich mitnehmen.«
Am nächsten Morgen schreibt Roger einen Brief, in dem er seiner Besorgnis Ausdruck verleiht:

Lieber Robin,
ich weiß nicht, was Sie von Bauchgefühlen halten, aber ich habe sie bei Linda sehr heftig, und sie sind alles andere als gut. Die letzten (drei) Nächte konnten wir sie dauernd im Auge behalten – inoffiziell natürlich –, aber trotzdem gab es ein paar ganz schön haarige Momente.
Heute Abend ist Linda zwar nach außen hin ruhig, und ich habe die Gelegenheit ergriffen, ihr die Sache mit den Kosten für die ständige Beaufsichtigung etc. zu erklären … Ich habe betont, dass man sie dafür bisher noch nicht zur Kasse gebeten hat, aber dass ich mit Sorge in die Zukunft sehe. Was passiert in den Nächten, wenn Dympna und/oder ich keinen Dienst haben?
Nachdem ich Linda das erklärt hatte, wurde sie sehr ängstlich, und ihre Gedanken sind wieder »weggerutscht« …
Sie hat immer noch Selbstmordgedanken. Außerdem hat sie angedeutet, dass sie ihre Kinder mitnehmen will. Sie sagt, sie würde es tun »ohne dass sie merken, dass ich es war, und ohne ihnen wehzutun«.
Meine Sorgen sind jetzt vor allem folgende:
1. *Ihre panischen Fluchtversuche sind überstürzt und unvorhersehbar, und es ist schwer, sie zurückzuhalten.*
2. *In solchen Momenten können wir nicht für ihre Sicherheit garantieren.*
3. *Sie ist wild entschlossen – schon mehrmals hat sie jemanden von der Nachtschicht quer durchs Zimmer geschleift bei dem Versuch*

zu entkommen. Über die zerschlagenen Fenster wissen Sie ja auch Bescheid.

4. *Nachdem Linda jetzt weiß, wie es um die Kosten steht, hat sie Angst – trotz all meiner Versicherungen –, dass wir sie allein lassen.*

»Auch wenn Sie alle Viertelstunde nach mir sehen, das reicht nicht«, sagt sie. »Ich möchte nicht mehr kämpfen – etwas in mir ist tot.«
Irgendwas an dieser Frau macht mir echt Angst.
Roger

Der letzte Satz ist der wichtigste. Roger arbeitet seit über zwanzig Jahren als Pfleger in der Psychiatrie, und wenn er sagt, dass Linda ihm »Angst macht«, ist das ein höchst seltenes Eingeständnis. Außerdem ist klar, dass Lindas »Fluchtversuche« für das Personal und die Klinik als Ganzes immer problematischer werden. Sie braucht enorm viel Zeit und Zuwendung. Die Tatsache, dass jeder sie mag, verstärkt das Problem nur noch. Ich weiß, dass die Leute hier nicht nur aus professionellen Gründen an Linda interessiert sind.
Wie können wir dafür sorgen, dass ihr nichts zustößt? Als freiwillige Patientin können wir sie nicht auf ihrem Zimmer einschließen oder am Bett fixieren. Bisher konnte ich auch noch nicht durchsetzen, dass sie Plexiglasfenster bekommt. Das muss von der Klinikleitung noch organisiert werden.
Da Roger nachts arbeitet, sehe ich ihn erst ein paar Tage später. Wieder setzen wir uns zusammen und besprechen, was wir für Lindas Sicherheit tun können.
»Letzte Nacht ist sie dreimal hochgefahren und hat auch noch ein Fenster eingeschlagen«, berichtet er. Zwar kann er seine Frustration nicht verbergen, aber er wird nicht müde zu betonen, dass er Linda in Sicherheit wissen möchte.
»Uns allen liegt Linda am Herzen – vielleicht sogar zu sehr«, sagt er und reibt sich müde das Gesicht.

»Mir ist klar, wie schwer das ist. Und ich weiß es wirklich zu würdigen, was ihr alle für sie tut.«

»Aber wir müssen uns noch mehr einfallen lassen. Können wir ihr nicht andere Medikamente geben, damit sie richtig schläft?«

»Damit gehen wir aber wieder das Risiko ein, dass sie nicht mehr aus ihren Träumen herauskommt ...«

Natürlich versteht Roger genau, was ich damit meine.

»... und wenn wir versuchen, sie körperlich in Schach zu halten, indem wir die Tür abschließen, dann verstärken wir damit ihre Angst, dass sie in der Falle sitzt. Und alles wird noch schlimmer.«

Rogers besorgtes Gesicht spricht Bände, wie weit er sich in Lindas Drama hat hineinziehen lassen, aber ich kann nichts dazu sagen, ohne dass es sich wie Kritik anhört.

»Linda versucht, nur nachts zu fliehen. Sie plant nicht, sich umzubringen, es ist nur eine Dissoziation«, überlege ich laut.

»Aber sie ist trotzdem eine Gefahr für sich selbst«, sagt Roger.

»Das stimmt. Die äußeren Türen der Klinik sind nachts verschlossen. Vielleicht ist das ein Teil des Problems. Sie fühlt sich gefangen, und das verstärkt ihren Drang zu fliehen.«

»Aber wir können nicht einfach alle Türen offen lassen«, entgegnet Roger. »Ein bisschen Sicherheit muss sein.«

»Wie wäre es, wenn wir nur eine offen lassen?«

»Wie meinen Sie das?«

»Was, wenn wir beispielsweise die Seitentür offen lassen – die bei der Schwesternstation.«

»Damit Linda hinaus kann?«

»Falls nötig, ja. Indem wir ihr mehr Freiheit geben, verringern wir vielleicht den Druck, unter dem sie steht. Wenn es so wäre, müsste der Fluchtinstinkt schwächer werden.«

»Wie bei der Schere?«, fragt Roger.

»Ja, genau. Wir halten ihr einen Fluchtweg frei und hoffen, dass sie ihn nicht benutzt.«

Wenn wir uns für die Seitentür entscheiden, besteht eine recht große Wahrscheinlichkeit, dass jemand es mitbekommt, wenn

Linda wegläuft. Auf diese Weise wird sie sich nicht hinausschleichen oder stundenlang verschwinden, ohne dass jemand Bescheid weiß, wo sie ist.

Roger sieht diese Logik ein, erkennt aber auch ihre Gefahren. Wenn Linda davonrennt, werden eine Menge Fragen aufgeworfen.

»Wenn wir sie weglaufen lassen, wohin geht sie dann wohl?«

»Wahrscheinlich ins Sommerhaus.«

»Wenigstens wissen wir dann, wo sie ist.«

»Hoffentlich.«

Roger und ich sind beide der Meinung, dass es einen Versuch wert ist. Er sorgt also dafür, dass die Seitentür offen bleibt.

Linda sieht völlig fertig aus, als ich sie später besuche und ihr davon berichte. Ihre Augen sind blutunterlaufen und haben dunkle Ringe. Sie starrt ihre Notizen an.

»Ich weiß, dass Sie oft das Gefühl hatten, Sie sitzen in der Falle«, sage ich. »Dass irgendetwas kommt und Sie mitnimmt.«

Sie nickt.

»Ich möchte nicht, dass Sie noch mehr Fenster zerschlagen. Ich möchte nicht, dass Sie sich verletzen. Wenn Sie also weglaufen wollen, dann möchte ich, dass Sie wissen, Sie *können* es tun. Wir lassen nachts die Seitentür offen – die bei der Schwesternstation.«

Auch ohne dass ich es näher erkläre, weiß Linda, welches Risiko ich damit auf mich nehme.

»Wenn Sie also weglaufen müssen, möchte ich, dass Sie ins Sommerhaus gehen«, sage ich.

Wir wissen natürlich beide, dass sie für nichts garantieren kann. Wenn sie wegläuft, ist sie in einem dissoziierten Zustand. Ich kann nur hoffen, dass sie in einem solchen Moment wenigstens noch so weit in der realen Welt bleibt, dass sie sich an das Sommerhaus erinnert. Mit ein bisschen Glück »weckt« die Kälte sie sogar auf. Möglicherweise kommt sie dann sogar aus eigenem Antrieb zurück.

Ich treffe mich in meinem Büro mit Linda McCormack und erkläre ihr das Experiment mit der offenen Seitentür. Auch sie ist der Meinung, dass ein Versuch sich lohnt. Dann holt sie etwas aus einer Akte heraus.

»Das hier möchte ich Ihnen gerne zeigen«, sagt sie und glättet ein zusammengefaltetes Stück Papier.

Es ist ein Bild von einem schwarzen Strudel. Aus der Mitte ragen eine weiße Hand und ein Arm. Der Rest des Körpers ist bereits in der Dunkelheit verschwunden.

»Hat Linda das gemalt?«, frage ich.

Linda McCormack nickt.

Die Zeichnung ist enorm beeindruckend. Hier haben wir die Essenz von Lindas Nöten vor uns. Der schwarze Strudel symbolisiert die furchtbare dunkle Energie der drei fehlenden Jahre. Die ausgestreckte Hand versucht immer noch verzweifelt, sich an der Schwester festzuhalten. Wenn ich je Zweifel am Ausmaß des Abgrunds gehabt hätte, so sind sie beim Anblick dieser Zeichnung verschwunden. Die böse Macht, die hier bildlich dargestellt wird, ist entsetzlich. Wenn diese Hand verschwindet, bedeutet das den Tod.

Linda McCormack sitzt regungslos da, und in diesem Moment wird mir sehr deutlich, wie stark dieses Bild auch auf andere Menschen wirkt. Jetzt ist der ganze medizinische Stab in Lindas Überlebenskampf eingebunden, aber wenn der Strudel die Oberhand gewinnt, wer wird dann mit Linda in die schwarze Tiefe hinabgesogen?

Kapitel 21

FREITAG, 9. NOVEMBER 1990

Linda Caine

Heute Morgen war Dr. Royston da. Wir haben uns eine Stunde lang über Träume unterhalten, aber er hat mich nicht allzu sehr gedrängt, mich zu erinnern. Übers Wochenende bin ich daheim; er möchte, dass sich alles ein bisschen beruhigt. Heute ist ein wunderschöner Tag, und ich gehe im Park spazieren, was sich auch jetzt im Winter durchaus lohnt. In der Ferne hallen Schüsse. Wahrscheinlich schießen die Farmer auf Kaninchen. Ich bleibe stehen und sehe hinüber zu den grasenden Schafen. Der Efeu an den Hecken ist kräftig und gesund. Ich nehme mir vor, etwas davon mit nach Hause zu nehmen, denn es würde mir gefallen, wenn er unsere Garage überwuchert.

Schließlich setze ich mich auf meinen Lieblingsbaumstamm. Er ist einer von den Bäumen, die bei dem großen Sturm 1987 ihr Leben gelassen haben. Einige Stämme sind zersägt worden, andere hat man einfach dort liegen lassen, wo sie umgestürzt sind. Als meine Füße von der Kälte taub werden, beschließe ich weiterzugehen. Ich folge dem Pfad am Sommerhaus vorbei, das zwischen den Bäumen aussieht wie ein Hexenhäuschen aus dem Märchen.

Auf dem Feld vor mir entdecke ich zwei verbrauchte Patronen von einer Flinte. Die armen Kaninchen.

Damit mein Kreislauf in Schwung kommt, mache ich mich mit zügigen Schritten auf den Rückweg zur Klinik. Immer wieder bücke ich mich, um einen besonders interessanten Kiefernzapfen aufzuheben.
Als ich wieder an den Schafen vorbeikomme, hebt eines den Kopf, und mir fällt auf, dass es eine rosa Nase hat, keine schwarze. Seltsam. Seine Augen sind auch heller. Ich wusste gar nicht, dass es Albinoschafe gibt.
Ich blicke nach oben in den Himmel, der wunderschön hellblau ist, mit ein paar nebligen Stellen. So fühle ich mich heute – einfach glücklich, genau wie der Himmel »einfach blau« ist.

Am Samstagmorgen verlasse ich Ticehurst und fahre nach Hause. Während die Meilen vorüberziehen, versuche ich, die verwirrten Gedanken einer psychiatrischen Patientin aus meinem Kopf zu vertreiben und die geduldigen einer Frau und Mutter an ihre Stelle zu setzen. Ich bin nervös. Was, wenn ich zu Hause nachts auch »hochfahre«? Was, wenn meine Kinder mich dabei beobachten?
Noch in derselben Nacht wird meine Befürchtung wahr. In den frühen Morgenstunden renne ich zur Tür, aber Chris fängt mich ab. Als ich wieder zu mir komme, merke ich, dass ich mitten auf dem Flur stehe; Chris hat die Arme fest um mich gelegt.
Er führt mich ins Bett zurück. Wir horchen, ob Gary oder Christy aufgewacht sind.
»Ich glaube nicht, dass sie was mitgekriegt haben«, meint Chris.
»Hoffentlich.«
Ich gehe nach unten, um uns Kaffee zu kochen, aber als ich wiederkomme, höre ich Gary mit Chris reden.
»Ist alles in Ordnung mit Mum?«, fragt er.
»Sie ist aus dem Schlaf aufgeschreckt, aber jetzt geht es ihr wieder gut.«
»Hast du sie abgefangen, ehe sie zur Tür gekommen ist?«
»Ja.«

»Gut gemacht, Dad«, sagt Gary. »Sonst hätte ich sie in der Halle erwischt.«
Ich weiß nicht, ob ich lachen oder weinen soll. Mein vierzehnjähriger Sohn passt auf mich auf. Später sage ich im Scherz zu Chris: »Gott sei Dank musste ich nicht aufs Klo – sonst wäre ich wahrscheinlich festgehalten worden wie beim Rugby.«
Sonntagnacht habe ich wieder einen »Aufwachtraum«. Ich bin wie gelähmt, ich kann mich nicht rühren. Neben mir atmet Chris ruhig und regelmäßig, aber ich kriege ihn nicht wach. Voller Verzweiflung versuche ich mich aus dem Bett zu rollen. Schließlich schaffe ich es, den unteren Teil meines Körpers zu bewegen. Ich gerate aus dem Gleichgewicht, packe Chris Hilfe suchend am Arm und hoffe, dass er aufwacht. Aber er schläft weiter. Als ich die Augen öffne, wird mir klar, dass ich geträumt habe. Ich liege im Bett, Chris schläft neben mir und atmet leise. Wieder versuche ich mich zu bewegen, aber die Müdigkeit ist überwältigend. Mein Körper fühlt sich furchtbar schwer an. Ich schlafe wieder ein …
Das Rauschen fängt wieder an. Ich kann mich nicht dagegen wehren, Bitte wach auf, Chris! Hilf mir!
Mit äußerster Willenskraft schaffe ich es, den Arm zum Nachttisch auszustrecken. Ich drücke auf den Schalter, aber nichts passiert. Der Schrei in meinem Kopf verwandelt sich in ein gedämpftes Stöhnen, ein klagendes »Oh-oh-oh …«
Im Wachwerden rolle ich vom Bett und knie mich auf den Boden.
Die Kälte hindert mich daran, gleich wieder einzuschlafen.
Obwohl ich völlig erschöpft bin, kann ich es nicht riskieren, wieder in den Traum zurückzufallen. Ich nehme die oberste Decke vom Bett, denn ich weiß, die Kälte lässt mich nicht zu tief schlafen. Dann stopfe ich mir Kissen in den Rücken, bis ich fast aufrecht sitze. Sicherheitshalber probiere ich die Nachttischlampe aus. Sie funktioniert.
Chris wälzt sich herum und legt mir die Hand auf die Schulter.

»Alles okay?«, fragt er. Seine Hand ist warm auf meiner kalten Haut.

»Ja, alles in Ordnung«, flüstere ich.

Als ich aufwache, stelle ich zu meiner Überraschung fest, dass es schon Morgen ist.

MONTAG, 12. NOVEMBER 1990

Robin Royston

Es ist immer wesentlich beruhigender, Linda in Ticehurst zu wissen, aber ich kann sehr gut verstehen, warum sie zu Hause sein will. Von dem Augenblick an, als sie in die Klinik zurückkehrt, beginnt das Muster von Hochfahren und Fliehen wieder. Dreimal zerschlägt sie die Fensterscheiben. Zweimal schafft sie es, in die winterliche Kälte hinauszulaufen. Beide Male finden wir sie zum Glück bald wieder.

Ich habe das Gefühl, dass wir kollektiv aufatmen, als das gewaltige Drama sich endlich zu entfalten beginnt. Langsam und qualvoll durchlebt Linda ein Stück Vergangenheit noch einmal, Schritt für Schritt. Wenn sie einschläft, gerät sie in eine andere Realität – sie fällt zurück in ihre Kindheit und in den Albtraum, der sie dort erwartet.

Inzwischen habe ich mich daran gewöhnt, dass ihre Gedanken gelegentlich wegrutschen. Ich kann die Anzeichen in ihren Augen und ihrem Gesicht erkennen. Einen kurzen Moment lang steht sie mit je einem Fuß in beiden Welten; manchmal kann ich sie zurückholen. Das »Hochfahren« ist schwieriger vorherzusehen. Plötzlich kennt sie mich nicht mehr, ihre Augen sind voller Furcht und Misstrauen, sie stürmt los und wirft sich gegen Türen und Fenster. Ich versuche zu verhindern, dass sie sich verletzt, indem ich sie festhalte und mit ihr rede, in der Hoffnung, dass meine Stimme zu ihr durchdringt. Die intensiven Gedankenblitze, immer verbunden mit heftiger Angst und Abscheu, haben eine ähnliche Macht. Linda versucht sie festzuhalten, denn sie will wissen, ob es echte Erinnerungen sind – aber ihre Gedanken fliehen.

»Ich bin es, Linda. Sie sind in Ticehurst.«

Sie sitzt auf dem Boden, ganz in die Ecke gekauert. Als ich meine Hand auf ihre Schulter lege, zuckt sie zurück. »Tu mir nichts. Bitte tu mir nichts.«

»Ich werde Ihnen nichts tun.«

»Kommen sie jetzt und holen mich?«

»Wer sind denn ›sie‹?«

»Tu mir nicht weh, bitte tu mir nicht weh.« Ihr ganzer Körper hat sich versteift, und sie sieht mich an, in den Augen das nackte Entsetzen.

»Wissen Sie, wie ich heiße?«

»Du weißt doch, dass ich deinen Namen nie gekannt habe.«

»Sehen Sie sich meine Haare an – sie sind nicht dunkel.«

Sie reagiert nicht. »Linda, sehen Sie sich meine Haare an. Ich bin es, Dr. Royston.«

Ihre Augen sind verzweifelt und flehend.

»Linda erzählt keine Geschichten. Linda erzählt keine Geschichten.« Immer wieder stößt sie diesen Satz hervor, schluchzend und würgend.

Fast eine halbe Stunde später kommt sie erst wieder zurück. Ich helfe ihr aufs Bett, wo sie sich weinend zusammenrollt.

»Sie haben dauernd gesagt: ›Linda erzählt keine Geschichten. Linda erzählt keine Geschichten.‹ Erinnern Sie sich daran?«, frage ich sie.

Sie schüttelt den Kopf.

»Können Sie mit dem Satz irgendetwas anfangen?«

Sie bemüht sich, aber auch wenn sie die Antwort jemals gewusst hat, so ist sie jetzt verschwunden.

Nach einer Weile platzt sie heraus: »Sie wissen ja, dass Annette immer gesagt hat, ich hätte Halluzinationen. Albträume, Halluzinationen, Geschichten ... was, wenn sie real waren?«

»Was glauben Sie?«

»Ich weiß es nicht. Ich kann mich nicht erinnern.«

Sie möchte, dass ich ihr die Antwort *gebe*, aber das kann ich nicht. Dies ist ein zentrales Paradox der Psychotherapie. Die Analyse beruht ja gerade darauf, dass man versucht, *kein* Urteil zu fällen, sondern schlicht immer wieder Fragen stellt, bis das Gegenüber bereit ist.

Überwältigt von Gefühlen, Bildern und Gedanken, kämpft Linda darum, irgendwo einen festen Halt zu finden. Sie kann Traum und Realität nicht mehr unterscheiden, ebenso Erinnerung und Tatsache. Bisher habe ich versucht, die Grenzen zu definieren, indem ich immer wieder sanft nachgehakt und nachgefragt, aber eben nie einfache Antworten angeboten habe. Aber ich weiß, wenn ich das zu weit treibe, besteht das Risiko, dass Linda nicht überlebt. Denn dann ertrinkt sie in ihrem eigenen Ozean der Unsicherheit. Irgendwann muss ich ihr sichere Orientierungspunkte anbieten und ihr erklären, was ich für real beziehungsweise nicht real halte. Solche Beurteilungen sind jedoch nur möglich, wenn ich sie mit handfesten Indizien und Informationen untermauern kann.

Linda liegt auf der Seite und starrt zum Fenster. Über den Bäumen ist der Mond aufgegangen und wirft winterliche Schatten auf den Weg. Sie betrachtet ihn nachdenklich und bemüht sich, einen verlorenen Gedanken wieder aufzunehmen.

»Wenn Dad auf Geschäftsreise war, hatte ich immer Angst, er würde nicht zurückkommen«, sagt sie schließlich. »Deshalb hat er mir gesagt, ich soll zum Mond hinaufsehen und ihm gute Nacht wünschen. ›Sag du gute Nacht, und ich tu es auch, denn der Mond ist der gleiche, vertrau darauf.‹«

Diese Geschichte habe ich schon einmal von ihr gehört. »Wie lange blieb er weg, wenn er auf Geschäftsreise war?«, erkundige ich mich.

Sie zuckt die Achseln. »Mir kam es immer wie eine Ewigkeit vor, aber wahrscheinlich war es nur eine Woche oder so.«
»Wer hat sich dann um Sie gekümmert?«
»Unsere Mutter … und später dann die verschiedenen Haushälterinnen.« Linda hält inne. »Dad wusste, dass Mom Affären hatte, während er weg war.«
»Woher wusste er das?«
»Unsere Mutter wollte, dass er, wenn er von Bulawayo nach Hause kam, jedes Mal einen Kuchen von *ihrer* Mutter abholte – die ungefähr eine Autostunde von Gwelo entfernt wohnte. Eines Tages hat er es vergessen, und meine Mutter kochte vor Wut. Dad verstand gar nicht, warum sie sich so aufregte.
Aber dann hat er zwei und zwei zusammengezählt. Das Abholen des Kuchens war ein Signal, denn meine Mutter bekam immer einen Anruf. Dad meinte, das war ihr Warnsystem. Als ihm das klar war, vergaß er den Kuchen absichtlich noch einmal und kam viel früher heim als erwartet. Da hat er sie dann mit einem anderen Mann erwischt.«

FREITAG, 16. NOVEMBER 1990

Linda Caine

Heute bin ich nur zweimal »hochgefahren«. Das erste Mal hält Dympna mich erst auf, als ich schon den ganzen Gang zur Seitentür hinunter bin. Das zweite Mal fängt mich Roger ab.
»Warum halten Sie sich eigentlich immer die Hände vors Gesicht?«, fragt er, als ich mich wieder beruhigt habe.
»Ich hasse es, wenn ich nicht atmen kann«, antworte ich.
»Aber warum pressen Sie sich dann die Hände aufs Gesicht? Ich musste Ihre Finger fast mit Gewalt wegziehen.«
Ohne eine Sekunde nachzudenken erwidere ich: »Wenn ich mir

selber die Hände aufs Gesicht drücke, dann kann es niemand anderes tun und mich ersticken.«
Ich stutze. Ist es wirklich das, was ich da tue? Warum?
Später kommt Linda McCormack vorbei. Wir unterhalten uns über die Geräusche, das leise Stöhnen, das ich von mir gebe, ehe ich »hochfahre«. Dr. Royston und Dympna ist das auch schon aufgefallen. Und Chris ebenfalls.
»Vielleicht hat es etwas mit dem Schrei zu tun, der in meinem Kopf bleibt«, überlege ich laut. Dann frage ich mich, ob es daher kommt, dass ich mir den Mund zuhalte.
Ich experimentiere damit: Wenn ich mir nur die Hand über den Mund lege, kann ich immer noch schreien. Aber dann halte ich mir auch noch die Nase zu, sodass ich keine Luft mehr kriege. Jetzt kommt nur noch ein schwaches »oh-oh« tief aus meiner Kehle. Ich kann nicht schreien. Es ist genau das gleiche Geräusch, das ich höre, wenn ich aufzuwachen versuche.

MONTAG, 19. NOVEMBER 1990

Robin Royston

Letzte Nacht ist Linda barfuß den Gang hinuntergelaufen und aus der Seitentür gestürmt. Noel hat sie eingeholt und ist neben ihr den Weg zum Sommerhaus entlanggelaufen. Sie hatte eindeutig Angst und hat immer wieder gesagt: »Ich erzähl keine Geschichten. Linda erzählt keine Geschichten.«
Wieder in ihrem Zimmer, hat man ihr Milchkaffee gebracht, und Noel blieb bei ihr, bis sie wieder eingeschlafen war.
Kurz vor Mittag treffe ich ein; Linda scheint mir sehr konzentriert und bereit zum Reden.
»Kaffee kommt gleich«, sagt sie und lächelt mich an. Sie trägt eine Sporthose und ein lockeres Karohemd.

Ich sitze in einem Sessel an ihrem Bett, und sie gibt mir die Notizen, die sie sich in den letzten zwei Tagen gemacht hat, mehrere Träume und auch ein paar Stichwörter, was sie mit mir besprechen möchte.

Ich warte, während sie nach Worten sucht. Dann beginnt sie mir zu erzählen, dass sich die Bilder in ihrem Kopf allmählich zusammenfügen wie einzelne Filmszenen. Sie erinnert sich, wie sie zwischen den Betten Annettes Hand gehalten hat. Sie hatte Angst einzuschlafen, denn »dann kommt er«.

Ihre Stimme zittert, und sie presst die Hände zwischen die Knie, um zu verhindern, dass sie sich den Mund zuhält. Sie lässt den Kopf sinken, die Haare fallen ihr übers Gesicht, und sie beginnt zu weinen.

Mir ist klar geworden, dass Linda mir auf ihrer Reise immer ein Stück voraus ist. Wenn ich gerade erst die Grenze erreicht habe, ist sie schon mitten im nächsten Land.

»Er kommt mich holen«, flüstert sie.

»Wer?«

»Ich weiß es nicht. Ein dunkelhaariger Mann.«

»Hat er das schon früher getan?«

Sie holt tief Luft und nickt. »Er kommt in der Nacht und holt mich. Er legt die Hand über meinen Mund, damit ich keinen Lärm mache und Annette aufwecke. Ich halte Annettes Hand fest, über den Tisch zwischen unseren Betten. Aber wenn ich einschlafe, fällt die Hand runter. Und dann kommt er.«

Linda schaukelt vor und zurück, die Knie eng umklammert, und immer wieder unterbrechen Schluchzer ihre stockenden Worte. Sie ist wieder dort – in der Maple Avenue 5. Sogar ihre Stimme klingt kindlich und angstvoll.

Eine außergewöhnliche Situation. So lange habe ich auf diesen Augenblick gewartet, und jetzt, wo er gekommen ist, frage ich mich, ob er real ist. Alles im Zimmer scheint auf einmal absolut klar und deutlich in Erscheinung zu treten. Ein kurzer Moment der Begeisterung, dann eine große Angst. Einen Sekundenbruchteil verspüre ich den Drang wegzulaufen. Ich bin mir meiner Rolle als Begleiter und Beschützer sehr bewusst – wenn ich jetzt etwas Falsches tue, können die Folgen verheerend sein. Und wenn ich Linda helfe, die Wahrheit auszusprechen – wird sie es überleben?

»Wohin nimmt er Sie mit?«, frage ich. Meine Stimme klingt fest und ruhig und leugnet meine Angst.

»Durchs Haus. Er öffnet die Tür zum Schlafzimmer meiner Eltern. ›Nein, nein, nein‹, will ich rufen, aber seine Hand liegt über meinem Mund. Der Arm um meine Brust drückt mir die Luft ab. Als er mich absetzt, versuche ich wegzulaufen, aber er fängt mich ein, bevor ich zur Tür komme. Er lacht, als er mich zum Bett zurückträgt.«

Linda schluchzt so heftig, dass ihr ganzer Körper bebt. Ich sehe, wie sie nach Atem ringt, als wäre sie am Ertrinken oder als hätte eine Welle sie erfasst.

»Können Sie sein Gesicht sehen?«

Sie nickt.

»Erkennen Sie ihn?«

Sie schüttelt den Kopf. Ich weiß nicht, ob sie nein meint oder ob sie es einfach nicht fertig bringt, es auszusprechen. Ihr Leid ist allumfassend, ihr Gesicht von Schmerz und Furcht verzerrt.

»Er legt mich auf das Bett und schiebt mein Nachthemd hoch. Ich denke an die Decke … sie ist weich an meiner Wange. So weich. Die weiche Decke tut mir nicht weh …«

Lindas Bewusstsein spaltet sich. Zwar sind ihre Augen offen, aber sie starren ins Leere, sie nehmen nichts wahr. Ich begreife, dass diese Dissoziation zu dem gehört, was sie jetzt wieder durchlebt. Es war ihre Bewältigungsstrategie. Sie hat sich in ihr Innerstes verkrochen und dort einen sicheren Ort gefunden.

Aber ich darf nicht zulassen, dass sie sich jetzt zurückzieht. Ich muss sie noch eine kleine Weile in der realen Welt festhalten, in ihrem Zimmer in Ticehurst. In der Vergangenheit ist sie schon zu oft in ihre innere Welt entflohen. Zu oft ist der dunkelhaarige Mann mit ihr verschwunden.

Aber ich muss unendlich vorsichtig sein. Wie viel kann ich ihr zumuten? Wie viel erträgt sie? Schon immer war Linda mutiger und entschlossener als ich. Sie hat mehr zu gewinnen – und mehr zu verlieren.

»Bitte, tu mir nicht weh. Bitte, tu mir nicht weh«, schluchzt sie.

Ich setze mich neben sie aufs Bett und lege ihr meine Hand auf die Schulter, in der Hoffnung, dass der Körperkontakt hilft, ihr in der realen Welt einen Halt zu geben. Wenn sie spürt, dass ich da bin, hat sie vielleicht ein bisschen weniger Angst.

»Da ist ein Mann …«

»Ja?«

»Ich schreie, aber es kommt kein Ton heraus.«

Sie hat die Finger über Mund und Nase gedrückt. Ich höre ein Stöhnen, das tief aus ihrer Kehle dringt.

»Sie … sie … sie haben mir ges-s-sagt … ich soll den Mund halten«, stammelt sie.

Wieder benutzt sie das Wort »sie«. »Ist noch jemand im Zimmer?«, frage ich.

Linda schüttelt den Kopf. »Ich kann nicht hinsehen.«

»Doch, das können Sie.«

Mein Arm liegt auf ihrer Schulter, und ich spüre das Schluchzen, das sie erschüttert. Sie schüttelt langsam und heftig den Kopf.

»Ich fühle nichts«, weint sie. »Nur die weiche Decke, die meine Gedanken wegträgt.«

»Wo ist die andere Person?«

»Neben der Tür.«

»Können Sie jetzt hinschauen?«

»Nein! Nein!«

»Doch, Sie können es.«

Linda hebt den Kopf von den Knien und schiebt mit den Händen den Haarvorhang beiseite, nur ein kleines Stück. Ihre Augen sind fest geschlossen.

Auf einmal wird ihr Körper starr vor Schreck. Ihre Hand fährt blitzschnell zum Mund, und ihr Gesicht erfüllt sich mit tiefstem Entsetzen.

»Wer ist es, Linda? *Sie müssen es aussprechen.*«

Sie öffnet den Mund, aber kein Laut kommt heraus.

»Wen sehen Sie?«

Sie starrt durch mich hindurch.

»Wer ist noch im Zimmer?«

Mit den Lippen formt sie die Antwort: »Meine Mutter.«

Absolute Stille. Aber Linda ist noch bei mir – sonst sind ihr ihre Gedanken in solchen Situationen längst entglitten. Es ist, als stünde sie am Rand eines Abgrunds und könnte sich nicht entscheiden, in welche Richtung sie gehen will. Ich bin so bestürzt, dass ich mich eine Sekunde lang nicht rühre. Zwei Jahre hat es gedauert. Zwei Jahre, in denen wir uns bemüht haben, zahllose Bruchstücke zusammenzusetzen. Endlich ergeben sie einen Sinn. Nein. In mir herrscht Leere – Leere und nacktes Entsetzen.

Noch immer liegt mein Arm auf ihrer Schulter, aber das Zittern hat aufgehört. Ich muss Linda vom Rand des Abgrunds zurückholen. So kann ich sie nicht alleine lassen. Ich habe keine Ahnung, wie sie auf diese Enthüllungen reagieren wird. Ihre gesamte Abwehr ist durchbrochen.

Sanft streiche ich ihr übers Haar und erzähle ihr eine Geschichte, die ich einmal Mike und Emma vorgelesen habe. Es war das Märchen von einem Jungen aus Eisen und einem Mädchen aus Sandelholz.

»In einem alten Haus mitten in der Stadt gab es einmal eine Uhr, die gehörte einem alten Zauberer. Die Uhr hatte einen kleinen Glockenturm, und darunter stand ein Junge, der war aus Eisen. Er hatte einen silbernen Hammer, und um ein Uhr hob er den Silberhammer und schlug die Glocke einmal. Dong!

Jede Stunde schlug er die Glocke, jeden Tag, viele Jahre lang …«

Lindas Schluchzen ist sanfter geworden, und ich spüre, dass sie mir zuhört.

»Aber eines Nachts wurde plötzlich alles ganz anders. Die Sonne war untergegangen, und der Mond schien auf das alte Haus. Die Zeiger der Uhr bewegten sich auf die Zwölf zu. Der Eisenjunge hob den Hammer. Aber statt die Uhr zwölfmal für die Mitternacht zu schlagen, hob er seinen Hammer ein weiteres Mal und schlug noch einmal!

Plötzlich war er frei. Erst hob er den einen Fuß. Dann den anderen. Er konnte sich bewegen! Sein Leben lang war er fest mit dem Glockenturm verbunden gewesen, nie hatte er etwas anderes getan, als die Glocke zu schlagen.«

Linda ist ganz still geworden.

»Da ging der Eisenjunge zu dem alten Zauberer und sprach mit ihm. Nun war er frei, aber er wollte ein normales Kind sein. Der Zauberer sagte ihm, dass dies nur möglich wäre, wenn er in ein fernes Land reiste und im Silberfluss badete.

Unterdessen lagen in einem Zimmer desselben Hauses, in dem auch der Zauberer lebte, traurig eine große Zahl von Spielsachen herum, auf denen sich der Staub sammelte. Darunter befand sich auch eine hübsche Puppe aus Sandelholz. Die Kinder waren groß geworden und spielten nicht mehr mit ihr.

Das Sandelholzmädchen war sehr einsam. Jede Nacht horchte sie auf den Eisenjungen, der oben auf dem Dach stand und die Glocke schlug. Aber eines Nachts schlug er dreizehn Male.

Sie war so überrascht, dass sie sich aufsetzte, und da bemerkte sie, dass sie Arme und Beine bewegen konnte. So stieg sie von ihrem Regal herab und ging zu dem Zauberer. ›All die Jahre habe ich auf einem Regal gesessen‹, flüsterte sie. ›Aber jetzt möchte ich endlich einmal lebendig sein. Lass mich frei.‹

Auch sie bekam die Auskunft, dass sie in ein fernes Land reisen und dort im Silberfluss baden müsse.

Am Waldrand, von wo man die Blauen Berge sehen konnte, trafen das Sandelholzmädchen und der Eisenjunge aufeinander. Auf ihrer Reise lauerten viele Gefahren. Sie wurden von Feuerdrachen angegriffen, die das Gras in Brand setzten. Der Eisenjunge

hob das Sandelholzmädchen hoch über seinen Kopf und trug es über die Flammen hinweg.
Als sie endlich an den Silberfluss gelangten, sahen sie, dass er in einem tiefen Tal lag, umgeben von schroffen Klippen. Sie bekamen beide große Angst.
So standen sie hoch über dem Wasser, und der Eisenjunge sagte: ›Wenn der Zauberer sich nun geirrt hat? Wenn ich in den Fluss springe, sinke ich auf den Grund, und das bedeutet mein Ende.‹
›Selbst wenn er sich geirrt hat, bin ich dennoch aus Holz‹, entgegnete das Mädchen. ›Ich kann dafür sorgen, dass du nicht untergehst.‹
Mutig stellten sie sich auf die Klippe, fassten sich an den Händen und sprangen in den Fluss. Doch als sie ins Wasser eintauchten, kam eine große Veränderung über sie. Der Eisenjunge bewegte die Beine und war auf einmal wieder an der Oberfläche. Er konnte schwimmen! Und auch das Sandelholzmädchen wurde ein richtiger Mensch und schwamm an seiner Seite.
Da waren sie so glücklich, dass sie am Ufer des Flusses tanzten. Sie waren endlich lebendig!«

Kapitel 22

MITTWOCH, 21. NOVEMBER 1990

Robin Royston

Am späten Nachmittag wacht Linda schreiend auf. Man findet sie mit einer Decke über dem Kopf in eine Zimmerecke gekauert. »Ich kann nicht atmen, ich kann nicht schlucken ...«, stammelt sie immer wieder.
In der Nacht fährt sie zweimal hoch. Das Personal hört sie schreien, und beim ersten Mal holt man sie zurück. Beim zweiten Mal aber – in den frühen Morgenstunden – schlägt sie mit den Fäusten das Fenster entzwei und zerschneidet sich Hände und Füße. Sie bekommt zehn Milligramm Diazepam zur Beruhigung.
Lindas Schmerz ist so unmittelbar, dass ich nicht an ihm rütteln kann. Immer wieder geht mir der Moment durch den Kopf, in dem sie das Gesicht ihrer Mutter gesehen hat, die zuschaute, wie ihre Tochter missbraucht wurde. Dieses Bild ist jetzt uns beiden ins Gedächtnis eingebrannt, und sie wird es nie mehr verdrängen.
Nun, da wir die ganze Wahrheit kennen, ist es für mich anders und noch schrecklicher als zuvor, Lindas Qual und Kampf mit ansehen zu müssen. Ich weiß, dass alle, die mit ihr zu tun haben, das Gleiche empfinden, und wir bewachen sie noch genauer als bisher.
Die Wahrheit war die ganze Zeit über da – in Lindas Unbewuss-

tem verschlossen –, aber sie war zu entsetzlich, als dass Linda ihr ins Gesicht hätte sehen können. Jetzt wissen wir warum, und doch kam es für uns beide überraschend.
Obwohl die einzelnen Teile jetzt ein vollständiges Bild ergeben, geht es nicht einfach nur darum, das, was Linda erzählt hat, als die Wahrheit zu akzeptieren. Von einer professionellen Warte aus muss ich versuchen, mich vom alltäglichen Drama zu distanzieren und alles sehr sorgfältig unter die Lupe zu nehmen, wie ein Neurologe, der das Nervensystem seines Patienten untersucht.
Manchmal, wenn ich bei Linda in ihrem Zimmer sitze, wenn ich zu ihr durchzudringen und ihre zutiefst erschütterte Seele zu beruhigen versuche, oder wenn ich im Auto sitze und die Puzzleteile in meinem Kopf sortiere, dann kehre ich zu den Träumen und Geschichten zurück, die sie mir erzählt hat, und überprüfe sie auf Details, die nicht zu passen scheinen oder sich widersprechen. Kann man die Indizien auch anders interpretieren? Fügt sich alles zu glatt ineinander? Aber letztendlich habe ich keinen Zweifel an dem, woran sich Linda erinnert hat.
Lindas Mutter brachte den dunkelhaarigen Mann mit in die Maple Street 5. Dieser Mann hat Linda sexuell missbraucht, vor den Augen und unter Mitwirkung ihrer Mutter, während ihr Vater sich auf Geschäftsreise befand. Deshalb hat sie sich immer so heftig nach seiner Rückkehr gesehnt – und demselben Mond gute Nacht gesagt.
Wenn der Vater wieder nach Hause kam, holte er bei seiner Schwiegermutter (Lindas Großmutter) einen Kuchen ab. Lindas Mutter hatte auf diese Weise ein Warnsystem eingerichtet, bei dem sie von ihrer eigenen Mutter per Telefon darüber informiert wurde, wenn Lindas Vater sich auf dem Nachhauseweg befand. So hatte sie Zeit, ihren Liebhaber wegzuschicken und die Spuren zu beseitigen.
Der dunkelhaarige Mann war die ganze Zeit über in Lindas Träumen gegenwärtig. Er stand neben dem Schwimmbecken, er bot ihr Lutscher an, die seltsam schmeckten. Er war die Gestalt ohne

Gesicht, das feindselige schwarze Pferd und das Böse, das in der Nacht auf sie lauerte.
Nun erkenne ich, dass auch Lindas Mutter in den Träumen ständig eine Rolle gespielt hat. Sie war eine gefährliche Löwin, eine Tierquälerin, eine kalte, distanzierte Schönheit. In einem Traum beschrieb Linda sogar, dass sie sich neben eine schöne Frau legte, die »nett zu sein schien, es aber nicht war«. Die Frau machte ihr Angst, und sie wollte nach Hause, aber sie wusste, dass sie das nicht konnte. Die Härte ihrer Mutter wird nicht nur in den Träumen deutlich, sondern auch in Lindas beißender Selbstkritik. Außerdem gab es noch andere Hinweise, beispielsweise das Bild von der Hand über dem Mund und dem Untertunken in der Badewanne. Lindas Teddy wurde in einer imitierten Strafaktion »ertränkt«.
Linda erzählt keinerlei Erinnerungen an ihre Mutter, in denen diese ihr die Haare bürstet oder ihr Gutenachtgeschichten vorliest. Anscheinend hat sie nie mit ihr geschmust, wenn sie krank war. Erwähnt wird nur ihr Ärger und ihre Gleichgültigkeit ihren Kindern gegenüber. Diese Beschreibung wird von Annette bestätigt. Auch sie erinnert sich nicht, von ihrer Mutter je liebevoll berührt worden zu sein. Anscheinend hat ihre Mutter nichts von dem getan, was eine Mutter normalerweise für ihre Kinder tut, sondern diese ohne Abschied verlassen und sich nicht einmal um einen weiteren Kontakt gekümmert.
Wir werden die Wahrheit nie hundertprozentig wissen, aber vielleicht hat diese Frau damals, als sie Linda wieder sah, aus Reue am Bett ihrer Tochter geweint. Vielleicht versuchte sie ihr zu sagen, dass es ihr Leid tat. Doch am nächsten Morgen benahm sie sich wieder, als wäre nichts geschehen. Deshalb hatte Linda auch dieses schreckliche Déjà-vu-Gefühl: Sie erinnerte sich daran, wie es für sie als Kind gewesen war, wenn sie nach einer Nacht des Leidens erwachte und ihre Mutter in der Küche vorfand, wie sie das Frühstück zubereitete und so tat, als sei nichts geschehen.
Es ist schwer vorstellbar, dass eine Mutter zu solchen Dingen fä-

hig ist, aber sowohl meine eigenen Erfahrungen als auch die Berichte zahlreicher Kinderpsychologen und Kinderärzte beweisen, dass es leider allzu häufig vorkommt.
Was mich jetzt ausschließlich beschäftigt ist die Frage, wie es weitergeht. Wie wird Linda reagieren? Können wir das Gift entfernen oder wird Linda von ihm zerstört?
Als Linda das erste Mal zu mir gekommen ist, wollte sie sterben. Wer weiß, ob dies nicht so bleiben wird, nachdem sie die ganze grässliche Wahrheit entdeckt hat? Auf jeden Fall haben wir noch einen weiten Weg vor uns. Was wird in dieser Zeit geschehen? Was auch immer an der Situation richtig oder falsch sein mag, viele Menschen, unter ihnen auch ich, haben Linda sehr lieb gewonnen. Ihr schrecklicher schwarzer Strudel bedroht all jene, denen sie am Herzen liegt, und wenn sie jetzt sterben würde, wäre das wahrhaft entsetzlich.
Linda ist den Leuten sympathisch, weil sie nicht manipulativ ist und sich auch nicht wie eine »professionelle« Psychiatriepatientin verhält. Ich habe es durchaus schon erlebt, dass Patienten versuchten, mich in ihr Chaos und Unglück hineinzuziehen oder ihre negative Energie ihren Mitmenschen aufzuzwingen. So ist Linda nicht. Ihr Familienleben ist wichtig und stabil, sie *möchte* gesund werden. Sie sieht uns nicht als ihre Feinde, sondern als Mitstreiter in ihrem Kampf. Von der Belegschaft reden Roger und Dympna sehr offen darüber, dass sie Linda mögen. Wenn es ihr hilft, sind sie bereit, die Vorschriften gelegentlich sehr großzügig auszulegen. Bei einem von Lindas Ausbruchsversuchen musste Roger sie fast zwei Stunden lang festhalten. Er konnte keine Klingel erreichen, um Hilfe herbeizurufen, aber er konnte auch nicht riskieren, Linda loszulassen. Das sind die kleinen Opfer, die man hier für Linda bringt. Und die Leute hier tun es freiwillig.
Ich war mir immer im Klaren darüber, dass wir, wenn wir die Ursache von Lindas Leid aufdecken, damit ihre Abwehr womöglich so weit zerstören, dass sie nicht mehr damit klarkommt. Schließlich hatte sie gute Gründe, diese Erinnerungen zu verdrängen –

vielleicht um sich zu schützen. Wir haben auf den Prozess vertraut und sind dem Trampelpfad gefolgt. Aber wird Linda die Wahrheit ertragen können? Nun kommt es ganz auf ihr Unbewusstes an. Hoffentlich wird sich etwas in ihrem Bewusstsein verändern. Wenn nicht, ist sie verloren.

Wie um meine Ängste noch zu verstärken, bekomme ich am Montagmorgen einen Anruf von Roger. Es war wieder eine schwierige Nacht. Linda hat ein Fenster eingeschlagen und musste von zwei Schwestern zurückgehalten werden.
»Sie wollte fliehen, um jeden Preis«, berichtet Roger. »Schließlich musste ich sie gehen lassen, und sie ist ins Sommerhaus gerannt. Dort hab ich sie unter einer Bank gefunden, leise vor sich hinwimmernd. Immer wieder hat sie gesagt: ›Sie dürfen mich nicht finden‹. Es hat fast eine Stunde gedauert, bis ich sie überreden konnte, wieder rauszukommen. Sie war halb erfroren. Zuerst wollte sie auch meinen Pulli nicht haben. ›Ich bin schmutzig, ich bin schmutzig‹, hat sie dauernd gesagt.«
»Wie geht es ihr jetzt?«
»Sie ist in ihrem Zimmer. Dympna passt ein bisschen auf sie auf.«
»Okay. Ich komme morgen früh.«
Mit einem wachsenden Gefühl des Unbehagens gehe ich schlafen. Wir haben den verrückten Elefanten aufgescheucht. Jetzt müssen wir eine Möglichkeit finden, mit ihm umzugehen.

FREITAG, 23. NOVEMBER 1990

Linda Caine

Ständig taucht das Gesicht meiner Mutter vor mir auf. Ich möchte weglaufen und mich verstecken. Nein, ich möchte tot sein, damit keiner mich holen kann. Ich kann kaum essen, weil ich mich übergebe, sobald ich einen Bissen hinuntergeschluckt habe. Aber am schlimmsten ist es, wenn ich die Augen zumache. Dann kommt der dunkelhaarige Mann wieder und will mich holen. Er legt mir die Hand über den Mund und die Nase und schleppt mich den Gang hinunter. Ich schreie und versuche Annette aufzuwecken, aber der Schrei kommt nicht aus meinem Kopf heraus. Wie konnte meine Mutter das nur zulassen? Wie konnte sie zusehen?

Ich kann mich jetzt an alle meine Verstecke erinnern. In der Maple Avenue 5 gab es ein Loch in einer Hecke. Darin war ich praktisch unsichtbar, aber ich konnte sehen, wenn jemand kam. Dort möchte ich jetzt auch sein – in Sicherheit, in meinem Versteck. Da findet mich keiner.

Lauf, Linda, lauf!

Da ist ein Mann an der Tür. Er wird mich nicht rauslassen. Ich wirble herum und versuche, durchs Fenster zu entkommen. Das Klirren von zerbrechendem Glas dringt an mein Ohr. Jemand hält meine Arme fest. Ich habe das Gefühl, gleich explodiert mir der Kopf.

»Hören Sie, Linda, hören Sie mir zu. Sie sind in Ihrem Zimmer in Ticehurst.« Das ist Rogers Stimme. Er hält mich fest und versucht mich zu beruhigen.

»Bitte beschützen Sie mich! Die dürfen mich nicht kriegen.«

»Ich pass schon auf Sie auf.«

»Bitte, die sollen mir nicht wehtun.«

»Aber nein, hier sind Sie doch in Sicherheit.«

Allmählich dämmert mir, wo ich bin. Sie haben mich in den Beobachtungsraum neben der Schwesternstation gebracht, damit sie mich durch das Glasfenster in der Tür sehen können. Sie vertrauen mir nicht. Aber kann ich ihnen das übel nehmen?

Am nächsten Morgen kommt Dr. Royston. Wir haben eine lange Sitzung, aber ich erinnere mich an kaum etwas. Ich versuche zu erklären, warum ich diesen plötzlichen Drang zum Weglaufen bekomme. Dann weiß ich nicht mehr, wo ich bin, ich erkenne auch

die Leute um mich herum nicht mehr. Ich muss nur weg … und mich verstecken.
»Selbst wenn ich mich in mein Zimmer zurückbringen lasse, warte ich eigentlich nur auf die nächste Möglichkeit, wieder abzuhauen. Sobald ich mich unbeobachtet glaube, bin ich weg.«
»Verstehen Sie, warum wir Sie nicht weglaufen lassen können?«, fragt Dr. Royston.
»Jetzt schon – solange ich hier sitze und mich mit Ihnen unterhalte –, aber nicht, wenn ich wieder das Gefühl habe, dass ich weg muss.«
»Als Sie letzte Nacht losgerannt sind, wann haben Sie da begriffen, wo Sie sind?«
»Als man mich wieder eingefangen hat. Ich habe gehört, wie eine von den Schwestern gesagt hat, dass ich aufhören müsste, durch die Gänge zu rennen, weil ich sonst womöglich noch jemanden von den alten Leuten umstoße und verletze. Da war es, als hätte man einen Schalter in meinem Kopf umgelegt. Ich habe mich geschämt. In diesem Moment war ich plötzlich kein Kind mehr, sondern wieder vierzig Jahre alt und furchtbar verlegen. Als wäre ich aus der Vergangenheit in die Gegenwart gesprungen – aber ich wusste nicht, was davon real war. Die Erwachsene hat mir immer wieder gesagt, wie dumm ich bin, aber das verängstigte Kind hat gejammert: ›O nein, o nein. Lauf weg, Linda, lauf weg.‹«
Ich schaue Dr. Royston an und überlege, ob er mich wohl versteht. Manchmal wünsche ich mir, dass er in meinen Kopf kriechen und sehen könnte, wie es da aussieht. Mir fehlen die passenden Worte, um ihm zu erklären, wie es sich anfühlt. Sobald ich es ihm zu beschreiben versuche, trocknet mein Wortschatz aus. Als wäre ich ein Kind, dem das angemessene Vokabular fehlt.

FREITAG, 30. NOVEMBER 1990

Ich träume von einem rundlichen Mädchen mit langen Haaren. Sie liegt auf einem Abhang, und ich sehe, dass sie verletzt ist. Sie ist nackt, ihr Körper schlaff. Ganz langsam rutscht sie den Hügel hinunter. Ihre Beine sind gespreizt, zwischen ihren Schenkeln sehe ich tiefrotes Blut. Das Blut ist bis zu ihren Knien hinunter und nach oben bis zum Bauchnabel verschmiert.

Auf einmal sehe ich in ihre Augen, und es ist, als blickte ich in einen Spiegel. Ich erkenne ihre Angst: Ihr Mund ist weit aufgerissen, als wollte sie schreien, aber es kommt kein Ton heraus.

Als ich mich ein Stück entferne, sehe ich, dass ihr Kopf vom Körper abgetrennt ist, aber beide leben noch. Ihr Körper liegt immer noch auf dem Abhang, ihr Kopf ein Stück weiter oben. Obwohl der Hang ziemlich steil ist, rollt der Kopf nicht runter, sondern bleibt, wo er ist.

Ich erwache, weil ich selbst aufschreie, obwohl ich nicht sicher bin, ob ich wirklich einen Laut von mir gebe. Ein Teil von mir weiß, dass ich mich in Sicherheit befinde, hier im Beobachtungszimmer von Ticehurst, aber meine vierzigjährige Logik kann sich nicht gegen meine fünfjährige Panik durchsetzen. Ich will weglaufen. Der einzige Weg hinaus führt durch die Schwesternstation. Die Fünfjährige will, dass ich mich blind gegen die Tür werfe, aber die Vierzigjährige sagt: »Wenn du rennst, fangen sie dich ein. Mach ganz normal die Tür auf und geh langsam an den anderen Leuten vorbei.«

Also öffne ich die Tür und marschiere ins Schwesternzimmer. Dr. Goorney schaut kurz von seinem Klemmbrett auf. Rasch gehe ich um ihn herum. Dr. Mills ist am Telefon und wirft mir einen kurzen Blick zu. Er lässt den Hörer sinken und dreht sich zu mir. Mein Herz pocht wie wild.

»Ist alles in Ordnung, Linda?«

Ich ergreife die Flucht und renne zur Eingangstür. Er will mich packen, erwischt mich aber nicht mehr. Steve, einer der Pfleger, ist vom Korridor zum Empfangsbereich unterwegs. Ich weiche in einen Seitengang aus, doch Dr. Mills holt mich ein. Jemand berührt mich von hinten. Meine Gedanken drehen durch, und ich falle um wie ein Stein.

Das Nächste, was ich weiß, ist, dass mich jemand festhält. Ich höre eine Stimme und versuche mich auf die Worte zu konzentrieren. Es ist Sheila, auch eine Schwester. Mein fünfjähriges Ich klammert sich an sie, aber das vierzigjährige geniert sich so, dass es am liebsten im Erdboden versinken möchte. Wie kann ich gleichzeitig zwei verschiedene Personen sein?

Ich schlafe ein und wache ungefähr um fünf Uhr morgens wieder auf. Ich werfe einen Blick zum Sichtfenster in der Tür. Wenn ich ganz still liege, merkt niemand, dass ich wach bin. Vorsichtig sehe ich mich im Zimmer um.

Wie kann ich entkommen? Selbst wenn ich es schaffe, wohin soll ich gehen? Inzwischen wissen alle vom Sommerhaus. Wie wäre es mit dem Loch in der Hecke? Sei nicht albern, Linda, das gibt es hier nicht, das gehört in die Vergangenheit. Kapier das doch endlich – du kannst nirgendwohin. Weglaufen nützt dir gar nichts. Ich stehe auf, gehe ins Bad und spritze mir Wasser ins Gesicht, um meinen Kopf klar zu kriegen. Aber es klappt nicht. Ich merke, wie die Panik in mir aufsteigt und mir die Kehle zuschnürt.

Wenn ich nicht wegkann, dann muss ich dafür sorgen, dass sie mich nicht kriegen. Los, Linda!

Vor dem Bad steht der große Sessel, den packe ich und schiebe ihn gegen die Tür. Aber ich bekomme die Lehne nicht ganz unter die Klinke. Da fällt mir die andere Tür ein. So schnell ich kann, ramme ich den Sessel dagegen, wirble herum und sehe mich nach weiteren Möbeln um, die sich als Barrikade eignen. In diesem Moment fällt mein Blick auf mein Spiegelbild. Ich sehe das Gesicht des enthaupteten Mädchens aus meinem Traum. Ich möchte diese Kreatur zerstören. Ich hasse sie! Ich schlage heftig gegen den Spiegel, aber er will nicht kaputtgehen. Mit erhobener Faust versuche ich es noch einmal, immer wieder.

Jetzt höre ich, wie jemand die Tür aufzustemmen versucht. Lauf, Linda, lauf! Ich versuche das Fenster zu öffnen. Aber da sind diese Holzklötze, die verhindern, dass man es mehr als ein paar Zentimeter aufkriegt. Und durch den Spalt passe ich nicht. Also zerschlage ich mit der Faust zwei Scheiben. Die rechte bekommt einen Sprung, aber sie zerbricht nicht richtig. Wahrscheinlich hat sie irgendeine Plastikverstärkung. Ich zerre die Scheibe aus der Fassung und spähe durch das Loch. Lauf, Linda, lauf!

Wenn ich meinen Oberkörper seitlich durch das Fenster quetsche, kann ich mich durchziehen, wenn ich mich an dem Gerüst draußen festhalte.

Hinter mir höre ich ein Krachen und das Splittern von Holz. Jemand hat die Tür eingetreten. Starke Hände packen meine Arme. Ich lasse mich fallen und rolle mich zusammen, während meine Gedanken wegrutschen.

Ein wenig später höre ich Noels Stimme. Sie scheint sehr weit weg. Er sagt mir, dass ich in Sicherheit bin … dass niemand mir etwas tun kann.

»Bitte lassen Sie mich los.«

Er reibt mir den Rücken.

»Das kann ich nicht. Ich möchte nicht, dass Sie sich wehtun.«

»Bitte.«

»Wo sind Sie, Linda? Wissen Sie, wo Sie sind?«

Ich schüttle den Kopf.

»Wer bin ich?«, fragt er mit einem weichen irischen Akzent.

»Noel. Sie sind Noel.«

»Und wo sind wir?«

»In Ticehurst.«

»Braves Mädchen.«

Lindas Tage werden immer chaotischer; wenn sie schläft, fährt sie unweigerlich irgendwann wieder hoch. Manche Tage beginnen scheinbar entspannt und zuversichtlich und verändern sich innerhalb von wenigen Minuten. Sobald sie einschläft, scheint sie wie durch ein Tor in ihre Kindheit zu treten und wieder zu der Fünfjährigen zu werden, gefangen in jenen »fehlenden« Jahren, als der sexuelle Missbrauch begann. Sie kämpft gegen den Schlaf an und lebt ständig am Rande der Erschöpfung.

»Es ist ja schön, wenn jemand bei mir im Zimmer sitzt«, meint sie. »Aber es kann ja niemand mit mir kommen, wenn ich einschlafe. Niemand kann mir in meine Träume folgen. Und das ist der Moment, in dem er zu mir kommt …«

Nach zwei Jahren schrecklicher Spannung und einer Menge falscher Fährten und Sackgassen haben wir Lindas Rumpelstilzchen endlich beim Namen genannt, doch Linda scheint mit der frei gewordenen Energie noch immer nicht umgehen zu können. Bis jetzt gibt es kein Anzeichen einer Heilung, keine Verbindung zwischen Kopf und Körper in ihrem Traum. Meine Angst wird Wirklichkeit, ich spüre, dass Linda uns entgleitet. Vor achtzehn Monaten, als sie ihre Fotoalben ins Chaucer brachte und jede Hoffnung aufgegeben zu haben schien, dachte ich, wir hätten sie verloren. Jetzt habe ich das gleiche Gefühl. Die Wahrheit nur zu wissen, ist nie genug. Linda muss mit der Wahrheit fertig werden. Aber im Moment zeigt sich, dass die Wahrheit stärker ist als sie.

In der Vergangenheit waren Lindas Selbstmordgedanken mal stärker und mal schwächer, aber jetzt haben sie sich zu einem festen Entschluss verhärtet. Noch Besorgnis erregender ist, wie sie einfach zu akzeptieren scheint, dass der Tod ohnehin unabwendbar ist. »Sie kommen mich holen.« Diese grundlegende negative Überzeugung scheint alle um sie herum anzustecken, genau wie ich es befürchtet habe. Ich spüre es in mir selbst, ich sehe es in den Gesichtern und höre es in den Stimmen der übrigen Beleg-

schaft. Als wären wir alle von Lindas Verzweiflung und Hoffnungslosigkeit befallen.
Von Anfang an haben wir mit der Möglichkeit gelebt, dass Linda sich umbringen könnte. Bei offiziellen und inoffiziellen Treffen in Ticehurst haben wir die möglichen Konsequenzen erörtert. Im Korridor und bei einer Tasse Kaffee habe ich mit dem Personal gesprochen und ihren Sorgen gelauscht. Natürlich gab es immer auch Unstimmigkeiten, aber jetzt spitzen sie sich zu. Liz, eine australische Schwester, fängt mich auf dem Flur ab, nachdem Linda sich im Beobachtungszimmer verbarrikadiert hat.
»Sie müssen dafür sorgen, dass das aufhört, und zwar sofort«, sagt sie ärgerlich. »Sie müssen ihr Medikamente geben.«
»Hören Sie, ich verstehe Ihre Besorgnis, aber …«
Sie lässt mich gar nicht ausreden. »Sehen Sie denn nicht, dass Sie sterben wird? Sie müssen etwas unternehmen. Sie bringen sie sonst um.«
»Sie wollte schon immer sterben.«
»Dann verhindern Sie es.«
»Das kann ich nicht. Erstens würde es nicht funktionieren. Zweitens ist das unsere einzige Chance, sie zu retten. Sie muss wissen, was mit ihr geschehen ist und sich dem stellen, was sie vorfindet. Wenn ich sie jetzt unter Medikamente setze, wird sie es nie erfahren. Und was machen wir dann? Sie den Rest ihres Lebens mit Medikamenten ruhig stellen? Sie hat einen Mann und zwei Kinder. Die wollen ihre Frau und ihre Mutter zurück.«
Liz schüttelt heftig den Kopf. Sie versteht mich nicht. Als ich weitergehen will, konfrontiert sie mich noch einmal. »Wenn sie sich umbringt, sind Sie daran schuld, Dr. Royston. Ich hoffe, das ist Ihnen klar.«
Wenn sie wüsste, wie schwer genau das auf mir lastet! Ich stelle meine Entscheidungen jeden Tag von neuem auf den Prüfstein. Ich gehe meine Optionen durch und debattiere mit mir über Pro und Contra. Ja, ich sollte Linda Beruhigungsmittel verabreichen. Aber was würde dann passieren? Wäre sie für immer in dem

Traum, in der Maple Avenue 5 mit dem dunkelhaarigen Mann, gefangen? Das wäre bestenfalls eine kurzfristige Lösung. Möglicherweise hätten wir unsere Chance dann endgültig verspielt. Ich weiß, wie sehr Linda die Vorstellung hasst, zwangseingewiesen und unter Medikamente gesetzt zu werden. Das würde sie mir jedenfalls ganz bestimmt nicht danken.

Wieder einmal muss ich an Lindas Zeichnung von dem schwarzen Strudel mit der ausgestreckten Hand denken.

Linda ist in diesem Strudel gefangen. Es ist, als hätte sie dadurch, dass sie sich an ihre Kindheitserlebnisse erinnert hat, den Geist aus der Flasche gelassen. Jetzt lebt er in Linda – und saugt alles in sich auf. Wir werden mit ihr in die Dunkelheit gezogen.

Ich mache mich auf die Suche nach Linda McCormack, treffe sie zwischen zwei Terminen an und bitte sie, sich das Bild noch einmal mit mir anzusehen. Sie nimmt das Blatt und betrachtet lange die Hand, die sich Hilfe suchend aus dem schwarzen Strudel reckt.

»Ich weiß, was das bedeutet«, sage ich. »Wir sind dabei, unsere Hoffnung aufzugeben. Wir glauben nicht mehr daran, dass Linda es schaffen wird. Sie zieht uns mit in den Strudel und steckt uns mit ihrer Negativität an.«

»Aber was können wir tun?«

»Wir können es uns nicht leisten, mit ihr unterzugehen. Wir müssen am Rand stehen bleiben und sie festhalten, aber wir dürfen nicht zulassen, dass sie uns hineinzieht. Wenn es Lindas Schicksal ist zu sterben, dann können wir es nicht abwenden. Diese Tatsache müssen wir akzeptieren.«

»Aber wir müssen auch …«

»Wir müssen versuchen, es zu verhindern, ja, natürlich. Weiter können wir aber nichts tun. Wir sind wie Bergsteiger, die gemeinsam an einem Seil hängen. Aber irgendwo über uns muss das Seil gesichert werden. Es geht nicht darum, ob wir uns zu viel oder zu wenig kümmern, es geht darum, dass wir das Gleichgewicht behalten, um nicht mit Linda unterzugehen.«

Linda McCormack versteht, was ich meine, aber sie weiß auch, dass es enormen Mut erfordert, in der momentanen Situation einen Schritt zurückzutreten. Wir müssen uns klarmachen, dass ein Arzt dem Patienten nichts nützt, wenn er selbst an der Krankheit zu Grunde geht. Wir dürfen nicht mit Linda untergehen, und wir dürfen sie auch nicht sich selbst überlassen. Wir müssen am Rand stehen und sie festhalten. Und wenn nötig, müssen wir bereit sein, sie loszulassen und zu akzeptieren, was dann geschieht – selbst wenn es ihren Tod bedeutet.

»Was sollen wir tun?«, fragt Linda McCormack.

»Wir müssen mit der übrigen Belegschaft sprechen. Wir müssen allen bewusst machen, was hier geschieht.«

»Jedem Einzelnen, unter vier Augen.«

»Das ist wahrscheinlich am besten. Sehen wir zu, dass wir in den nächsten paar Tagen einen nach dem anderen auf die Seite nehmen.«

An diesem Abend gehe ich mit einem merkwürdigen Gefühl der Erleichterung nach Hause. Es ist, als hätte ich mich in einem fremden Land verirrt und plötzlich einen Wegweiser gefunden. Ich kann den Weg vor mir sehen, auch wenn ich absolut sicher bin, dass er gefährlich ist.

Gleichzeitig spüre ich, dass Chris, Gary und Christy große Hoffnungen in mich setzen. Sie verlassen sich inzwischen auf mich, dass ich Linda beschützen und ihr helfen kann, gesund zu werden.

Als ich auf der dunklen, nassen Straße um die Kurve biege, wird mir noch etwas anderes klar. Es ist erstaunlich, wie oft ein Patient plötzlich spürt, dass er für andere Menschen verantwortlich geworden ist. In letzter Zeit entschuldigt sich Linda oft bei anderen und sagt ihnen, dass es nicht ihre Schuld ist, wenn sie stirbt. Vielleicht war ihr längst vor mir bewusst, wie sehr sie andere mit sich in die Dunkelheit zieht.

Kapitel 23

MITTWOCH, 12. DEZEMBER 1990

Linda Caine

Die letzten Nächte habe ich ein bisschen besser geschlafen. Gestern habe ich zum ersten Mal seit einer ganzen Weile nicht geschrien. Alle Fenster, die ich im Beobachtungsraum zerschlagen habe, sind mit Brettern vernagelt.
Heute Morgen kam die Sonne heraus. Der Schnee schmilzt, die Wege trocknen allmählich. Linda McCormack fragt, ob ich Lust habe, mit ihr in die Stadt zu gehen. Das Krankenhaus liegt knapp eine halbe Meile außerhalb des Dorfs Ticehurst. Wir gehen das sanft gewundene Sträßchen den Hügel hinunter, und ich spüre, wie ich wieder Farbe in die Wangen kriege.
Linda McCormack lacht, als ich ein paar Regenwürmer vom Weg klaube und auf die Blumenbeete zurücktransportiere. »In Afrika habe ich sie immer in den Schatten getragen«, erzähle ich ihr. »Sonst hat die Sonne sie ganz schnell ausgetrocknet.«
»Gibt es irgendwelche Tiere, die Sie *nicht* mögen?«, fragt sie.
»Es sind alles Gottes Kreaturen.«
Das Dorf Ticehurst besteht hauptsächlich aus der Hauptstraße mit ein paar Wohnhäusern, einem Lebensmittelladen, ein paar Pubs, einem Immobilienmakler, einem Antiquitätengeschäft und einem Café. Linda McCormack hat ein Haus mittendrin und kennt die meisten Einwohner.

Wir gehen einen Kaffee trinken; die Kellnerin lächelt sie an und macht mit hochgezogenen Augenbrauen eine Bewegung in Richtung Klinik. »Na, wie geht's denn so mit den Leuten da oben?«

Linda zwinkert mir zu. »Sehr gut, danke.«

Das ist unser kleiner Scherz. Ich frage mich nämlich, ob die Anwohner glauben, die Ticehurst-Klinik stecke voller gefährlicher Irrer. Erzählen ihre Kinder einander vielleicht Gruselgeschichten über das große Haus auf dem Hügel?

Nachmittags besucht mich Chris. Er bringt einen Brief von Christy mit. Sie ist nur noch am Wochenende zu Hause, denn sie besucht jetzt ein Internat in Broadstairs, etwa eine halbe Autostunde von Canterbury entfernt.

Während wir im Park spazieren gehen, lese ich ihren Brief. Nachdem sie anfangs furchtbares Heimweh hatte, scheint sie sich jetzt allmählich einzugewöhnen. Sie hat es ja auch besser als die Schüler aus Übersee, die nur zweimal im Jahr nach Hause können.

»Anscheinend hat sie sich mit einem Mädchen namens Callie angefreundet.«

Chris schaut mir über die Schulter. »Ist das das Mädchen, das in der Schule ein eigenes Pferd halten darf?«

»Ja, Christy verbringt ihre gesamte Freizeit in den Ställen.«

»Klingt ganz nach deiner Tochter.«

»Und sie hat auch die Katzen und Hunde adoptiert, die sich bei den Ställen rumtreiben.« Wir lachen alle beide, erleichtert, dass Christy ihre Schwierigkeiten überwunden hat.

»Wie geht es Gary?«

»Gut. Er spielt immer noch viel Squash. Eine echte Naturbegabung.«

»Das hat er von dir.«

Chris macht einen entspannteren und weniger besorgten Eindruck. Von seiner Arbeit erzählt er nicht viel, aber er erkundigt sich sehr ausführlich nach meinem Befinden. Ich weiß nicht, wie viel ich ihm erzählen soll. Ich möchte nicht, dass er erfährt, was damals mit meiner Mutter passiert ist … noch nicht. Erst wenn ich es selbst etwas besser verkraftet habe. Schweigend gehen wir nebeneinander her, unser Atem formt Wolken in der kalten Luft. Ich hebe einen glatten Ast vom Boden auf und streife die letzten Rindenstückchen ab. Ich liebe Holz. Chris hat etwas auf dem Herzen, das spüre ich. Er sucht nach den passenden Worten.

»Ist irgendwas?«, frage ich.

»Nein.«

»Bist du sicher?«

»Glaubst du wirklich, dass die Therapie dir hilft?«, rückt er schließlich heraus. »Ich meine, ist es denn gut, dass du diese ganzen Sachen immer wieder durchgehst? Es kommt mir manchmal so vor, als reißen dadurch nur alte Wunden auf. Kannst du die Sache denn nicht jetzt beiseite schieben und … und die Vergangenheit einfach ruhen lassen?«

Ich weiß, dass er mich nicht kritisieren will. Aber es reicht ihm allmählich.

»Ich habe es mir so nicht ausgesucht, Chris. Wenn ich könnte, würde ich die Vergangenheit gern vergessen, das kannst du mir glauben.«

»Warum tust du es dann nicht?«

»Weil ich es nicht kann.« Ich drehe mich zu ihm um. »Erinnerst du dich an den Werbespot für die ›Jolly Green Giant‹-Erbsen?«

Er nickt.

»Da heißt es doch: ›Unsere Erbsen werden schnellgefroren, damit sie so frisch bleiben wie an dem Tag, als sie gepflückt worden sind.‹ Na ja, so ähnlich ist es bei mir auch. Wenn mir diese Erinnerungen in den Kopf kommen, sind sie so frisch wie an dem Tag, als es passiert ist, verbunden mit den gleichen Gefühlen, der gleichen Angst und dem gleichen Schmerz.«

Ich kann ihm keinen Vorwurf daraus machen, dass er Zweifel hat. Bis jetzt hat sich mein Zustand nicht merklich verbessert. Außerdem ist er von seiner ganzen Ausbildung her gewohnt, sich mit Fakten auseinander zu setzen, nicht mit Gefühlen.

Abends rufe ich Annette in Kalifornien an. Ich weiß von der Affäre, die unsere Mutter im Park Hotel hatte, aber ich möchte wissen, ob Annette sich erinnern kann, dass sie schon früher außereheliche Verhältnisse hatte.

»Es gab da einen Typen, als wir in der Maple Avenue 5 wohnten«, sagt sie. »Über den hat Dad sich sehr geärgert. ›Dieser kleine Loverboy‹ nannte er ihn immer und beklagte sich darüber, wie viel Aufmerksamkeit Mum ihm geschenkt hat.«

»Weißt du seinen Namen noch?«

»Nein.«

»Wie sah er denn aus?«

»Er hatte dunkle Haare und war schrecklich eitel.«

Ich bedränge sie, ob ihr noch mehr Details einfallen. Schließlich sagt Annette: »Hör mal, Lindy, was auch passiert ist, kannst du es nicht einfach vergessen?« Sie sagt das keineswegs bösartig. Genau wie Chris möchte sie nur, dass ich endlich nach vorn blicke.

Als ich wieder im Beobachtungszimmer bin, versuche ich, mir einen Reim auf das zu machen, was Annette mir gesagt hat. Wir haben beide oft davon gesprochen, dass unsere Mutter aussieht wie ein Filmstar. Und wie distanziert und kalt sie sein konnte. Ich dachte immer, wenn ich eigene Kinder hätte, würde ich meine Mutter besser verstehen, aber stattdessen verstehe ich sie noch weniger.

Am nächsten Morgen beschließe ich aufzuschreiben, was mit mir geschehen ist. Ich möchte es schwarz auf weiß haben, damit es mir nicht so leicht wieder entgleiten kann.

Also setze ich mich vor den Computer, schließe die Augen und denke an die Stunde mit Dr. Royston, in der ich mich erinnert habe. Es war, als wären die verschiedenen auseinander gerissenen Bilder in die richtige Ordnung gebracht und zusammengeklebt

worden. Aber als ich es jetzt aufschreiben will, zerfällt alles plötzlich wieder in Einzelteile.
Ich ärgere mich und versuche es noch einmal. Ich stelle mir vor, dass Dr. Royston bei mir ist und mir hilft. Er sitzt auf dem Bett und berührt meine Schulter. Meine Gedanken rutschen weg, und ich lasse mich von ihnen mitnehmen … den ganzen Weg zurück.
Es ist dunkel im Schrank. Die Tür ist verschlossen, und ich kann nicht hinaus. Ich hasse die Dunkelheit, aber ich möchte nicht, dass sie kommen und mich holen. Wenn ich die Hände vors Gesicht halte, kann ich so tun, als wäre es hell und ich wäre draußen. Ich rede mir ein, es wäre eigentlich nur so dunkel, weil ich die Hände über die Augen gelegt habe.
Unten im Schrank stehen Schuhe, über meinem Kopf hängen Kleider. Ich kann Dads Rasierwasser riechen.
Daran erinnere ich mich …

»Das Kind«
Das Kind wusste nicht, wie lange es im Schrank gewesen war. Es kam ihm sehr lange vor, seit die Tür sich hinter ihm geschlossen hatte. Es wusste, dass es nicht weinen durfte, denn sonst musste es für immer im Schrank bleiben. Es wollte nicht unartig sein – es wollte nur diese Dinge nicht mehr tun.
Das Beste war, sich nicht zu wehren oder wegzulaufen. Dem Mann schien es zu gefallen, wenn das Kind zu fliehen versuchte. Manchmal, wenn es sich still auf dem Fußboden oder in einer Ecke zusammenrollte und hoffte, in Ruhe gelassen zu werden, dann stampfte der Mann neben ihm mit dem Fuß auf oder knurrte ihm böse ins Ohr. Wenn es aufsprang und zur Tür rannte, fing er es unweigerlich ein.
Manchmal lachte er es aus, wenn er es zum Bett trug. Es wusste, dass es keinen Lärm machen durfte, deshalb flüsterte es: »Nein, nein, nein, nein, nein …«, immer und immer wieder, ganz leise, aber doch so, dass sie es hören konnten.

Dann wurden sie wütend und sagten ihm, es solle den Mund halten.
Die ersten Male, als sie es mitnahmen, dachte es, dass es sterben müsste. Jetzt versuchte es zu sterben. Es wünschte sich zu sterben, aber das funktionierte nicht. Also lernte es, in Gedanken nicht da zu sein.
Wie lange würde er es diesmal im Schrank lassen? Das Herz begann dem Kind so laut zu schlagen, dass es das Pochen im Kopf hören konnte. Was, wenn der Mann es hier vergaß und es die ganze Nacht im Schrank bleiben musste? Die Hände immer noch vor die Augen gepresst, horchte es an der Schranktür. Wenn es sich ganz still verhielt, machten sie vielleicht nur Dinge miteinander und ließen das Kind in Ruhe.
Der Schrank war stickig und roch nach Kleidern und Schuhen. Ein Teil des Geruchs stammte von seinem Vater. Es konnte ihn sich vorstellen – groß und stark und lachend stand er in der Sonne. Dann wollte das Kind schreien, wollte nach ihm rufen, damit er kam, die Schranktür öffnete, es auf den Arm nahm und ganz fest hielt, es nie wieder losließ.
Die Schranktür öffnete sich. »Willst du jetzt ein braves Mädchen sein?«, fragte der Mann.
Das Kind nickte. Es kam stolpernd auf die Füße und ging hinüber zum Bett. Die Hand des Mannes bewegte sich immer dringlicher, während er dem Kind das Nachthemd hochzog. Das Kind versteckte sein Bewusstsein von diesem Teil seines Körpers. Es konzentrierte sich auf die Decke an seiner Wange. Die Decke war weich. Die Decke an ihrer Wange tat nicht weh.
Immer tiefer versenkte sich das Kind, immer weiter in seinen Kopf hinein, so weit, bis nichts mehr es erreichen konnte, nicht einmal Gefühle. Es war in Sicherheit, es war weit weg. Zwar waren seine Augen offen, aber es sah nichts mehr. Der Mann konnte mit ihm machen, was er wollte, aber er konnte das Kind damit nicht berühren – nicht in dem Teil, der wirklich war.
Als alles vorbei war, nahm die Mutter das Kind mit ins Badezim-

mer und sah zu, wie es sich wusch. Die Mutter vergewisserte sich, dass das Kind aufs Klo ging, damit es das Bett nicht nass machte. Dann ging das Kind den Gang hinunter, zurück zu seinem Schlafzimmer, und die Mutter schaute ihm nach.

Das Kind kroch unter die Decke und sah hinüber zu seiner Schwester, die im Bett gegenüber schlief. Ihre Hand hing an der Seite herab, und das Kind wollte den Arm ausstrecken und sie wieder festhalten. Dann fühlte es sich am sichersten: Wenn es Annettes Hand festhielt. Dann konnte der Mann es nicht holen.

Aber das spielte jetzt keine Rolle mehr. Es war ja schon passiert. Selbst wenn sie das Kind wieder holten, würden seine Gedanken weit weg gehen, dorthin, wo sie es nicht erreichen konnten. Das Kind schloss die Augen und wünschte sich, es wäre tot.

Am Morgen strömte Sonnenlicht durchs Fenster. Langsam öffnete das Kind die Augen und roch den Urin, als es sich bewegte. Es schämte sich, stand auf und begann, sich aus den nassen Sachen herauszuschälen. Der Schmerz in seinem Innern und das wunde Gefühl zwischen seinen Schenkeln erinnerten es daran, was passiert war.

Die Sonne schien, und die Vögel sangen in den Obstbäumen draußen vor dem Fenster. Das Kind hörte Geräusche in der Küche, wo der Koch das Frühstück vorbereitete und den Lunch für die Schule einpackte. An so einem schönen Tag schien die Nacht sehr lange vorbei zu sein. Aber das Kind hatte Schmerzen beim Gehen, und sein Bauch tat weh.

Das Kind wusch sich und zog sich die Schuluniform an. Dann setzte es sich mit seiner Schwester an den Frühstückstisch und sah zu, wie die Mutter ihren kleinen Bruder fütterte, der noch ein Baby war. Das Gesicht der Mutter zeigte keine Regung. Alles war ganz normal.

In der Schule beobachtete das Kind in der Pause die anderen Kinder beim Spielen. Manchmal machte es mit, aber meistens nicht. Lieber war es für sich. Es war anders als die anderen. Es lebte auf der anderen Seite einer unsichtbaren Mauer.

Die Schule war vorbei, und das Kind ging nach Hause. Es wusste, dass entweder der Albtraum von neuem beginnen würde oder dass ihr Vater inzwischen nach Hause gekommen war, dann wäre es in Sicherheit.

Aber er war nicht da. Bei dieser Erkenntnis wurde dem Kind schwindlig, und seine Gedanken rasten. Es konnte sie nicht festhalten. Leise schlich es sich aus der Haustür und rannte die Stufen hinunter. Mit einem schnellen Blick über die Schulter vergewisserte es sich, dass niemand es beobachtete – nicht einmal der Gärtner. Es fand ein Loch in einer dichten Hecke aus Koniferen und kroch auf Händen und Knien hinein. Dort war gerade genug Platz für das Kind, dass es zwischen den Zweigen sitzen konnte. Niemand konnte es sehen. Hier war es kühl, still und sicher.

Das Kind hörte die anderen Kinder spielen und Leute auf der Straße vorbeigehen. Da wusste es, dass es nicht ganz alleine war.

Es saß da und sah zu, wie die Spinnen ihre Netze spannen, silberne Fäden zwischen den Zweigen. Wenn das Kind sanft dagegen blies, wehten sie weg. Es gefiel ihm aber nicht, wenn sich Insekten in den Netzen verfingen. Nur wenn sie schon in Seide eingesponnen waren, dann war es in Ordnung.

»Ihr hattet den ganzen Vormittag Zeit, euch etwas zum Abendessen zu fangen«, sagte das Kind zu den Spinnen. »Also macht es nicht ausgerechnet jetzt.«

Mit kleinen Zweigen malte das Kind Bilder und Muster in den Sand, wischte sie wieder weg und begann von vorn. Das war seine Welt. Die Zeit stand still, bis die Dunkelheit kam.

Als die Schatten länger wurden und miteinander verschmolzen, wusste das Kind, dass es nun kein Entrinnen mehr gab. Angst schnürte ihm die Kehle zu. Was sollte es jetzt tun. Bilder schossen ihm durch den Kopf … es hielt zwischen den Betten Annettes Hand … es spürte, wie die Hand schwer wurde … Annette schlief ein … verzweifelt drückte das Kind die Hand fester, es wollte sie nicht loslassen … es wurde müder und immer müder … der Schlaf kam … und mit ihm der dunkelhaarige Mann.

Das Kind dachte daran, weit wegzulaufen. Darüber hatte es schon oft nachgedacht, aber wohin sollte es laufen? Wem sollte es seine Geschichte erzählen?
Einmal hatte es versucht, sie zu erzählen – einer sehr hübschen Frau mit freundlichen Augen. Sie saß mit übereinander geschlagenen Beinen auf einem Stuhl, und ihr geblümter Rock fiel ihr wunderschön über die Knie. Sie lächelte das Kind an und beugte sich über es, um mit ihm zu reden.
Das Kind versuchte verzweifelt, das in Worte zu fassen, wofür es in seinem Alter eigentlich gar keine Worte hatte. »Da kommt ein Mann in der Nacht und nimmt mich mit ... er legt mir die Hand übers Gesicht, und ich kann nicht atmen ... er trägt mich in Mummys Zimmer ... er tut mir weh ... und Mummy schaut zu dabei.«
Da veränderte sich das Gesicht der Frau schlagartig. Sie betrachtete das Kind unsicher und dann ungläubig.
Das Kind spürte eine Hand auf seiner Schulter, eine Hand, die zupackte wie ein Schraubstock. Beim Klang der Stimme ihrer Mutter zuckte es zusammen.
»Tut mir Leid«, sagte die Mutter. »Linda hat eine sehr lebhafte Phantasie. Sie hat Albträume. Und immer erzählt sie Geschichten.«
Die Frau nickte und lächelte freundlich. Dann warf sie dem Kind einen irritierten Blick zu. Das Kind wich zurück, voller Verwirrung und Angst. Jetzt wusste es, dass es absolut allein war. Niemand konnte es retten.
In dieser Nacht bemühte es sich, nicht einzuschlafen. Es hielt Annettes Hand zwischen den Betten, und schreckte jedes Mal hoch, wenn die Hand aus seinen Fingern rutschte. Es döste und schreckte hoch, döste und schreckte hoch. Auf einmal schlug es die Augen auf. Eine Hand legte sich auf Mund und Nase. Unfähig zu atmen, blieb der Schrei in seinem Kopf stecken.
Der Kopf des Kindes explodierte, sein Körper krampfte sich zusammen, und es rang nach Luft, während er sie den Korridor entlangschleppte. Ein lautes Rauschen war in ihren Ohren. Das Kind war

dabei, die Besinnung zu verlieren. Bitte, lass mich sterben, betete es.

Aber es lebte. Und es geschah immer wieder das Gleiche mit ihm … immer wieder …

Tage später hörte das Kind aus seinem Versteck in der Hecke, wie sich das Auto seines Vaters näherte. Es kroch heraus, rannte zu ihm und schlang ihm die Arme um den Hals. Er kitzelte und sagte: »Na, wie geht es dir, mein freches kleines Fräulein?«

Das Kind lachte. »Ich bin kein freches kleines Fräulein!«

»Na, dann bist du wohl eine dumme kleine Dame!«

Das Kind lachte wieder. »Nein, ich bin keine dumme kleine Dame!«

»Dann eben ein garstiges kleines Gänschen!«

Das Kind wollte ihm erzählen, was geschehen war, aber da kam die Mutter. Sie machte ein besorgtes Gesicht und schüttelte den Kopf. Ein paar Gesprächsfetzen bekam das Kind mit. »Schreckliche Albträume … ins Bett gemacht … Geschichten …«

Am liebsten hätte das Kind geschrien: »Nein, Daddy, das sind keine Albträume. Das ist wirklich!« Aber es zögerte. Was, wenn er ihm nicht glaubte? Dann hatte es gar niemanden mehr. So klammerte es sich an ihn, während er ihr übers Haar strich.

Vielleicht zerfraß die Zeit das Wissen. Vielleicht verkroch sich das Kind so tief in seinem Innern, dass es den Kontakt zu den Erinnerungen verlor, die sich dort befanden. Wie auch immer es passierte – jedenfalls geriet das Kind irgendwann ganz durcheinander und wusste nicht mehr, was wirklich und was nicht wirklich war. Am Tag erschien alles normal. Nur nachts, wenn der Vater nicht da war, dann fing alles wieder an.

Das Kind saß in der Hecke und sah zu, wie die Schatten länger wurden. Der Vater war nicht nach Hause gekommen. Es hörte, wie die Mutter zum Abendessen rief. Angst schnürte seine Kehle zu. Wieder einmal würde das Kind sein Essen nicht hinunterwürgen können, und die Mutter würde zornig werden.

Am liebsten wäre das Kind aus der Hecke gesprungen und gelaufen und gelaufen und gelaufen. Aber es konnte nirgendwo hin, es hatte niemanden, dem es erzählen konnte, was mit ihm geschah. Schließlich krabbelte das Kind vorsichtig aus seinem Loch und ging den Weg zum Haus hinauf.

Kapitel 24

Linda Caine

Erst später merke ich, dass ich »Das Kind« in der dritten Person geschrieben habe. Ich weiß nicht, warum. Vielleicht ist das meine Methode, damit zurechtzukommen – indem ich so tue, als passierten die Dinge jemand anderem.

»Was beweist das schon, wenn es jetzt so auf dem Papier steht?«, frage ich mich, ziemlich erschöpft. »Wird es dadurch etwa realer?«

Nein, aber meine Reaktion ist real. Das zählt immerhin auch.

Um sieben Uhr abends kommt Dr. Royston zu mir, und ich zeige ihm die Geschichte.

»Alle Gefühle und Bilder sind einfach so aus mir herausgeströmt«, erzähle ich. »Es war, als hätte ich alle Teile eines Puzzles zusammen.«

Er meint, das sei ein gutes Zeichen, weil ich mich den Dingen stelle, statt sie zu leugnen oder wegzuschieben. Das Problem ist nur, dass ich mich weder entlastet noch gereinigt fühle. Das Kind in der Hecke möchte immer noch tot sein.

Dr. Royston weiß nichts von der in Seidenpapier eingewickelten Glasscherbe in meiner Pyjamatasche. Die habe ich auf einem Spaziergang gefunden, und sie gibt mir das Gefühl, dass ich mein Leben doch noch unter Kontrolle habe.

Dr. Royston hat immer gesagt, dass man eine Psychotherapie nicht beschleunigen kann. Es ist so ähnlich, als würde man bei einem Marathon mitmachen. Jetzt wünsche ich mir, der Lauf wäre vorüber. Ich möchte nicht mehr rennen.

Weil ich furchtbar müde bin, schlafe ich früh ein und erhoffe mir sehnlich eine Nacht, in der ich nicht »hochfahre«. Um drei Uhr schlage ich die Augen auf, mein Herz pocht. Ich liege auf der Seite, hebe leicht den Kopf und spähe über meine Beine zum Vorhang des Beobachtungsraums hinüber. Er ist offen. Roger unterhält sich mit jemandem im Schwesternzimmer. Wenn ich mich bewege, werden sie mich sehen.

Ich spiele mit der Idee, wieder die Tür zu verrammeln und aus dem Fenster zu steigen. Dann fällt mir die Glasscherbe ein. Ganz langsam ziehe ich das Seidenpapierpäckchen aus der Tasche. Wenn ich es in der Hand halte, fühle ich mich gleich besser. Vorsichtig lasse ich den Rand der Scherbe über meine Zunge gleiten, um zu sehen, wo sie am schärfsten ist. Dann probiere ich sie auf meinem Arm aus. Nichts passiert.

Unter der Decke ist es furchtbar heiß. Schweiß rinnt mir über den Rücken. Die Venen an meinen Handgelenken und innen an den Unterarmen treten deutlich hervor. Wieder fahre ich mit der Scherbe darüber, diesmal mit etwas mehr Druck. Eine rote Linie erscheint, ein Tropfen Blut kullert über meinen Arm. Drei- oder viermal führe ich die Glasscherbe über die Vene. Jetzt quillt das Blut ungehindert hervor, und meine Stimmung hebt sich. Selbst wenn Leute vor meiner Tür sitzen und mich bewachen, kann ich trotzdem »fliehen«. Selbst wenn sie da sitzen und mich durchs Fenster beobachten, bin ich bis morgen früh einfach nicht mehr da.

Dann nehme ich die Glasscherbe in die linke Hand und versuche die Venen im anderen Handgelenk aufzuschlitzen. Meine Hände zittern. Bestürzt blicke ich auf mein linkes Handgelenk: Das Blut fängt schon an zu trocknen, es fließt überhaupt nicht mehr! Als ich die Wunde zu vergrößern versuche, zucke ich vor Schmerzen zusammen – die Taubheit ist verschwunden.

Ganz still liege ich da und warte, ob jemand etwas bemerkt hat.

Dann sickert ganz allmählich die Wirklichkeit in mein Bewusstsein. Was tue ich hier? Ich bin Ehefrau und Mutter. Ich habe meinem Mann und meinen Kindern versprochen, dass ich sie nicht auf diese Art und Weise verlassen werde. Ganz still liege ich da und überlege, was ich tun soll. Schließlich spucke ich auf ein Taschentuch und säubere meinen Arm, so gut es eben geht, immer noch unter der Decke versteckt. Ein paar Stunden verbringe ich halb schlafend, halb wach, bis Roger mir um sieben meinen Kaffee bringt.
»Sehen Sie mal, wie spät es ist«, meinte er lächelnd. »Sie haben die ganze Nacht geschlafen.«
Ich weiß nicht, was ich sagen soll. Anscheinend spürt Roger nun doch, dass etwas nicht stimmt, zieht die Decke ein Stück weg und sieht das Blut. Sein Gesicht verändert sich schlagartig.
»Ach du meine Güte«, stößt er leise hervor.
»Es tut mir schrecklich Leid.«
Der arme Roger. Die ganze Nacht hat er auf mich aufgepasst, und so danke ich ihm seine Freundlichkeit.

Robin Royston

Ich hatte keine Ahnung, dass Linda die Geschichte »Das Kind« geschrieben hat, aber ich sehe es als positives Zeichen. Indem sie alles aufschreibt, was passiert ist, wird die Erinnerung an die Ereignisse viel klarer und detaillierter. Und erst, wenn wir alles ans Tageslicht gebracht haben, können wir anfangen, uns mit den emotionalen Folgen auseinander zu setzen.
Linda hasst das Kind inbrünstig. Das ist der Hauptgrund dafür, dass sie die Geschichte in der dritten Person geschrieben hat. Sie muss sich von dem Kind distanzieren, denn sonst würde sie anerkennen, dass die Erfahrungen des Kindes ihre eigenen sind.
Das Kind lebt also als separate Person – ein häufiges Phänomen

bei Erwachsenen, die als Kind ein Trauma durchgemacht haben. Sie spalten das Kind von sich ab, sprechen von ihm, als wäre es jemand anderes, als würde es in einem anderen Raum, einer anderen Zeit leben, mit Gedanken und Gefühlen, die mit dem Erwachsenen überhaupt nichts zu tun haben. Das erklärt zum Teil, warum Linda dissoziiert. Für sie ist das Kind tatsächlich ein anderer Mensch.

Gleichzeitig strotzen ihre Gedichte und Tagebücher von Selbsthass und Bemerkungen wie: »Du bist absolut jämmerlich! Warum bringst du dich nicht einfach um, dann hast du es wenigstens hinter dir.« Wenn sie das Kind tötet, tötet sie auch sich selbst. Tief im Innern weiß Linda das.

Mir war von Anfang an klar, dass es Linda nicht augenblicklich besser gehen würde, sobald sie anfängt, sich zu erinnern. Sie ist traumatisiert. Meine Aufgabe besteht nun darin, diese traumatischen Erinnerungen in »normale« Erinnerungen umzuwandeln. Erinnerungen haben wir alle, aber sie beeinflussen unser Leben nur sehr selten auf so dramatische Weise.

Indem wir Lindas Erinnerungen aufdecken und über sie sprechen, können wir ihnen hoffentlich viel von ihrer negativen Energie nehmen. Jedenfalls behauptet das die Theorie. Natürlich werden die Erinnerungen immer noch grausig sein, aber sie haben nicht mehr die gleiche emotionale Macht. »Und wenn Ihre Erinnerungen nicht mehr dieselbe Macht haben, werden Sie auch nicht mehr so extrem von ihnen beeinflusst«, erkläre ich Linda. »Natürlich werden Sie auch dann nicht perfekt sein, aber niemand ist perfekt. Wir alle haben Probleme, mit denen wir uns herumplagen. Jetzt müssen wir eine Möglichkeit finden, wie wir Ihre Erinnerungen in Ihr Leben einpassen können – um Ihnen Ihr Leben zurückzugeben.«

Von der Nacht an, in der Linda sich mit der Glasscherbe die Pulsadern aufgeschnitten hat, scheint der Teufelskreis aufzubrechen. Es ist nicht nur so, dass Linda sich vom Rand des Abgrunds zu-

rückzieht. Wir alle tun das. Als würde der Strudel langsamer und verlöre an Kraft.
Vielleicht war die Geschichte über »Das Kind« das Puzzleteil, das noch gefehlt hat. Jedenfalls haben sich die Kräfteverhältnisse verändert. Ganz allmählich wird Lindas Einstellung positiver, entschlossener zu überleben. Wir sind an einem Wendepunkt angelangt.
Eine Woche später zeigt mir Linda ein Gedicht, das sie umgeschrieben hat. Die Originalversion habe ich gelesen, kurz nachdem Linda im Februar 1989 als Tagespatientin ins Chaucer gekommen ist.

Ich nähere mich dem Ende nun –
und weiß, ich kann erhoffen
Erlösung von der Dunkelheit,
nun steht der Weg mir offen.
Die Finsternis, sie war so tief,
verschlossen wie ein Panzer,
und dennoch war und bleibe ich
ein Mensch, und zwar ein ganzer.

FREITAG, 21. DEZEMBER 1990

Linda Caine

Seit ich mich aufgerafft und »Das Kind« geschrieben habe, fühle ich mich viel positiver. Es ist, als wäre eine Last von mir genommen worden, die ich nun zu Papier gebracht habe. Wenn ich zeichne, passiert mir das auch oft.
Die Geschichte fängt das ein, was passiert ist. Schwarz auf weiß steht es da und kann mir nicht mehr entgleiten. Zwar stelle ich immer noch infrage, ob die Erinnerungen real sind, aber wenn

ich die Sätze lese, überschwemmen mich die gleichen Gefühle von neuem.
Meine Taschen sind gepackt, ich bin aufbruchsbereit. Ich fahre über Weihnachten nach Hause, aber im neuen Jahr komme ich wieder. Bitte, lieber Gott, mach, dass das nächste Jahr besser wird als dieses. Ich möchte endlich wieder »normal« sein. Es ist Zeit, dass ich die Vergangenheit hinter mir lasse, genau wie Annette und Chris es mir immer sagen.

Zu Hause steht der Weihnachtsbaum schon seit Anfang Dezember. Dieses Jahr hat Christy einen großen Teil der Dekoration übernommen. Ich nenne sie mein Weihnachtsmädchen, denn sie liebt die kleinen Rituale: Kerzen, Geschenke einpacken, den Tisch fürs Weihnachtsessen decken.
Wenn er nicht gerade am Computer sitzt oder Squash spielt, hat zwar auch Gary nichts dagegen, den Baum ein bisschen zu schmücken, aber er überlässt die Sache ebenso gern Christy und mir.
Verstohlen beobachte ich Chris. Er sitzt im Wohnzimmer und lacht leise, weil Christy und ich so ein Theater darum machen, wo der neue Stern hängen soll. Dank seiner militärischen Erziehung am Jungeninternat ist er ein ziemlich schnörkelloser Mann geworden. Er meint, dass Weihnachten viel zu kommerzialisiert ist, und für seinen Geschmack wird in der modernen Zeit auch um Geburtstage viel zu viel Brimborium veranstaltet. Manchmal denke ich, er könnte gut auch ohne das alles auskommen – bis ich dann den Blick in seinen Augen sehe, wenn er zuschaut, wie seine Kinder mit leuchtenden Augen ihre Geschenke auspacken.
Die allgemeinen Familiengeschenke liegen schon unter dem Baum, aber die persönlichen Gaben holen wir erst am Heiligabend heraus, wenn die Kinder schlafen.
Christy möchte lieber ein kleineres Hauptgeschenk und dafür einen großen Strumpf mit vielen Kleinigkeiten. Es ist nicht einfach, so einen dicken Strumpf in ihr Zimmer zu hängen, ohne sie zu

wecken, denn bei ihr gibt es ein paar Dielenbretter, die entsetzlich quietschen. Ihr Strumpf knistert und raschelt, als ich vorsichtig mit dem Arm ihre Tür aufdrücke und mich in ihr Zimmer schleiche. Dann knarrt eine Diele, und ich kaure mich blitzschnell auf den Boden; den Strumpf fest umklammert, bemühe ich mich, keinen Laut von mir zu geben. Christy dreht sich um und murmelt irgendetwas. Ganz still bleibe ich liegen, bis sie wieder eingeschlafen ist. Zehn Minuten später bin ich steif vor Kälte, stehe mühsam auf und hänge den Strumpf ans Fußende ihres Bettes.

Am nächsten Morgen höre ich gleich nach Sonnenaufgang einen aufgeregten Schrei. Ihren Strumpf unter dem Arm, kommt Christy zu uns ins Schlafzimmer gestürzt, setzt sich im Schneidersitz auf unser Bett, grinst von einem Ohr zum anderen und fängt an, ihre Geschenke auszuwickeln und uns zu zeigen. Gary mampft ein Päckchen Fruchtgummi und sieht zu. Sein Strumpf ist kleiner, denn er möchte lieber ein größeres Hauptgeschenk.

Nach dem Frühstück gehen wir in die Christmesse. Als wir die wohl vertrauten Lieder anstimmen, wird mir plötzlich klar, dass ich diesen Moment fast nicht mehr erlebt hätte. Dann würde meine Familie jetzt allein hier stehen. Mir kommen die Tränen, und ich muss mich anstrengen, sie zurückzuhalten. Am liebsten möchte ich meine drei in die Arme nehmen und ganz festhalten. Der Organist spielt »Stille Nacht«; ich schließe die Augen, lasse mich vom Frieden des Liedes durchdringen und danke Gott, dass ich hier bin.

Wir essen ein traditionelles Weihnachtsmenü mit Truthahn und allen dazugehörigen Beilagen. Für Christy koche ich einen Berg Gemüse. Dann ist es Zeit, die Geschenke unter dem Weihnachtsbaum zu öffnen.

Jetzt ist Gary an der Reihe, um aufgeregt zu sein. Im Handumdrehen ist das Papier aufgerissen. Ich lache leise in mich hinein, weil meine beiden Kinder so verschieden sind. Christy öffnet ihre Päckchen langsam und sehr sorgfältig und versucht das Papier

nicht zu zerreißen. Gary dagegen stürzt sich unter lauten Jubelrufen auf seine Geschenke und achtet wenig auf die Verpackung. »Oh, wow! Danke Dad!«, ruft er, als er seinen neuen Squashschläger in der Hand hält, und: »Danke Mum – endlich keine kaputten Knie mehr!«, als er die Skateboardschützer für Ellbogen und Knie ausgewickelt hat. Nach seinem nächsten Begeisterungsausbruch weiß ich, dass wir für eine Weile abgemeldet sind. Triumphierend hält er jetzt nämlich ein Computerspiel in die Höhe. »Da wird Stacey sich schwarz ärgern!«, verkündet er und ist auch schon zur Tür hinaus und in seinem Zimmer verschwunden.
Von Chris bekomme ich eine Karte mit einem Gutschein. Er weiß, dass ich mir neue Aquarellfarben und Malpapier wünsche. Ich schenke ihm ein neues Billard-Queue und einen Squashhandschuh.
Christy hat sich in ihre eigene Welt zurückgezogen und kleidet ihre Barbie- und Cindy-Puppen mit den neuen Sachen ein. Chris bringt mir einen Sherry und setzt sich zu mir. Ich bin entspannt, müde und glücklich.
Als ich mich wenig später im warmen Bett zusammenkuschle, schließe ich die Augen und denke daran, was für ein besonderer Tag heute war. Ich sage mir, dass ich daran denken muss, wenn ich mal wieder einen schlechten Tag habe. Dann muss ich mir ins Gedächtnis rufen, wie aufgeregt die Kinder waren, wie wir um den Mittagstisch und danach um den Weihnachtsbaum gesessen haben. Ich muss mich daran erinnern, wie glücklich ich war, und daran, wie sehr ich sie alle liebe. Ich muss daran glauben, dass es mir bald besser gehen wird. An diesen Gedanken klammere ich mich beim Einschlafen. Verzweifelt.
In dieser Nacht träume ich, dass ich auf einer Wiese stehe und ein Pferd auf mich zu galoppiert. Es ist wunderschön und wild und will sich nicht einfangen lassen. Aber ich weiß, dass es gebändigt werden muss, weil es sich sonst selbst schadet.
Doch das Pferd ist sehr schnell. Vorsichtig nähere ich mich ihm von links. Aber ich schaffe das nicht allein. Bestimmt wird es mir

entwischen. Aber da erscheint ein Mann – ich glaube, es ist Dr. Royston – rechts von mir und unterstützt mich. Das Pferd läuft zurück, bleibt mit hochgeworfenem Kopf stehen und beobachtet uns durchdringend. Es zittert vor Angst. Ich weiß, wenn ich eine falsche Bewegung machte, bricht es aus, und wir haben es verloren.
Ich weiß nicht mehr, wie der Traum endet, aber wenigstens wache ich nicht schreiend und nach Atem ringend auf. Gleich am nächsten Morgen schreibe ich den Traum im Computer für Dr. Royston auf.

Ich konnte Chris noch nichts von meiner Mutter erzählen. Gerade mal ihren Namen bringe ich heraus, dann ist Schluss. Er fragt mich immer wieder, warum ich es ihm nicht sage, aber wenn er mich bedrängt, fange ich sofort an zu weinen.
Gleich nach Neujahr, als ich meinen Koffer packe, um nach Ticehurst zurückzukehren, erzählt er mir, dass er sie angerufen hat.
»Wen?«
»Deine Mutter.«
»Wann?«
»Vor ein paar Wochen. Ich habe sie gefragt, ob mit dir irgendetwas passiert ist, als ihr in der Maple Avenue 5 gewohnt habt. Ich habe ihr auch von deinem Zusammenbruch erzählt.«
Meine Stimme zittert. »Was hat sie gesagt?«
»Es ist ihr nichts eingefallen. Sie meinte, du hättest immer eine lebhafte Phantasie gehabt und sie mit deinen wilden Geschichten oft ein bisschen genervt.«
Mir wird eiskalt. »Das war alles?«
»Sie lässt dich lieb grüßen und hofft, dass es dir bald wieder gut geht.«
Die nächsten Minuten weiß ich nicht, wie ich meine widerstreitenden Gefühle in den Griff bekommen soll. Vielleicht hat meine Mutter ja Recht. Vielleicht bilde ich mir alles nur ein.
Schließlich drucke ich eine Kopie von »Das Kind« aus und gebe

sie Chris. Dann schalte ich den Computer ab und folge ihm ins Schlafzimmer. Schweigend sitze ich da, während er die Geschichte liest.

»Willst du damit sagen, dass dir das damals passiert ist?«, fragt er schließlich, ganz offensichtlich schockiert.

»Ja.«

Nichts deutet darauf hin, dass er an dem zweifelt, was ich geschrieben habe, aber ich sehe, dass er innerlich erst mal nicht damit klarkommt. Er glaubt mir und gleichzeitig auch wieder nicht. Er erinnert sich daran, wie meine Mutter damals in Mtoko neben meinem Bett geweint hat.

»Ich habe schon vermutet, dass du vielleicht missbraucht worden bist«, sagt er ganz leise. »Aber ich bin davon ausgegangen, dass es sich herausstellen würde, dass es dein Dad gewesen war.«

»Das dachte ich mir.«

»Wie lange weißt du es schon?«

»Ungefähr einen Monat.«

»Warum hast du mir nicht früher davon erzählt?«

»Weil es schon in meinem Kopf feststeckte und ich nicht wollte, dass es auch noch in deinem steckt.«

Er macht ein trauriges Gesicht. »Du musst mit mir darüber reden. Ich muss es verstehen.«

Seine Ruhe ist mir ein großer Trost, obwohl ich Mühe habe, mich zusammenzunehmen. Chris macht uns beiden einen Kaffee und liest die Geschichte dann noch einmal.

»Findest du es nicht verdächtig, dass meine Mutter keinen Kontakt mit mir aufgenommen hat, seit du mit ihr telefoniert hast?«, frage ich.

»Vielleicht weiß sie nicht, in welchem Zustand du bist«, entgegnet er.

»Aber sie hat nicht mal eine Weihnachtskarte geschickt. Seit ich sie in Mtoko wieder gesehen habe, hat sie das sonst jedes Jahr gemacht.«

»Vielleicht dachte sie, das würde dich zu sehr aufregen«, meint er.

Ich sehe irgendetwas in seinen Augen.
»Hast du seither nochmal mit ihr gesprochen?«, frage ich.
»Nein.« Aber er scheint sich mächtig unbehaglich zu fühlen, und ich weiß nicht, ob er die Wahrheit sagt.
Endlich seufzt er und gesteht: »Sie hat mir geschrieben.«
»Wann?«
»Nachdem ich sie angerufen hatte. Ich wusste, dass es dir nicht gut geht. Deshalb hab ich dir nichts davon gesagt.«
»Ich möchte den Brief sehen.«
»Ich glaube nicht, dass das eine gute Idee wäre.«
»Chris, ich möchte ihn aber sehen.«
»Du bist jetzt schon ganz aufgeregt. Vielleicht wäre es das Beste, wenn du dich erst mal beruhigst. Sobald du dich besser fühlst, zeige ich dir den Brief.«
»Nein, ich möchte ihn jetzt sehen.«
Endlich holt er die drei handgeschriebenen Seiten aus seinem Arbeitszimmer neben meinem Atelier. Mit zitternden Händen beginne ich zu lesen. Offenbar hat Chris sie gebeten, alles aufzuschreiben, woran sie sich aus meiner Kindheit und von unseren Wohnungen noch erinnert. Sie hat kleine Exzerpte verfasst, einen Abschnitt für jede Wohnung. Der Teil über die Maple Avenue 5 enthält keine Einzelheiten. Er stellt nur fest, dass wir dort etwa drei Jahre lang gewohnt haben.
Meine Mutter beschreibt, wie sie und Dad in den ersten Jahren ihrer Ehe mit finanziellen Schwierigkeiten zu kämpfen hatten. Die Zeiten waren schwer, sie lebten isoliert. Damals leitete Dad ein Bergwerk und wohnte draußen im Busch. Es muss hart gewesen sein, in der erbarmungslosen afrikanischen Hitze, mit dem Staub, der in jede Ritze drang.
Als ich den Bericht lese, spüre ich Mitleid mit meiner Mutter. Aber sie hat auch einige Dinge verdreht. Wir sind zuerst nach Riverside gezogen, nicht in die Maple Avenue 5. Brendan wurde in Riverside geboren, denn ich kann mich noch genau erinnern, wie meine Mutter ihn im Schlafzimmer gestillt hat.

Später rufe ich Annette an und überprüfe diese Einzelheiten. Ich habe Recht. Ein Beweis, dass mein Gedächtnis an sich gut funktioniert.

Ich setze mich an meinen Computer und lese den Brief mehrmals durch. Wenn die Sätze nicht genug hergeben, versuche ich, zwischen den Zeilen zu lesen. Was würde ich meiner Mutter sagen, wenn sie jetzt hier wäre? Dann merke ich, dass ich genau das aufschreibe.

Weißt du, wie die Erinnerungen mich verfolgen? Dass sie mich mein Leben lang verfolgt haben? Noch immer frage ich mich – sind es Erinnerungen oder Albträume?

Ein Teil von mir sagt, das kann nicht stimmen, aber der andere Teil fragt, warum die Bruchstücke mit solcher Macht zurückkommen – selbst wenn ich hellwach bin.

Aber es muss real sein. Ich kann es mir nicht eingebildet haben. Wo sollen diese Bilder denn sonst herkommen? Ich wüsste nichts von ihnen, ich wüsste nicht, wie sie sich anfühlen, wenn ich sie nicht erlebt hätte.

Doch du sagst, du stehst vor einem Rätsel, du hast keine Ahnung, was mich so durcheinander gebracht haben könnte. Du meinst, vielleicht sei das, was mich so aufgeregt hat, geschehen, nachdem du uns schon verlassen hattest.

Du irrst dich! Es ist passiert, bevor du gegangen bist – als wir zum ersten Mal in der Maple Avenue 5 wohnten.

Du sagst: »Ich begreife nicht recht, wie etwas, was vor dreißig oder fünfunddreißig Jahren passiert ist – wenn es denn tatsächlich passiert ist –, Linda immer noch so stark beeinflusst, dass sie sich das Leben nehmen will.«

Wie konntest du nur glauben, es würde mich nicht beeinflussen? Glaubst du, weil ich körperlich überlebt habe, weil ich irgendwann aufgehört habe zu weinen und mich zu wehren, hätte es keine Auswirkungen mehr auf mich gehabt? Nun, die Wahrheit ist: Die Auswirkungen waren so immens, dass ich sie verdrängt habe.

Ich habe diese Erlebnisse so tief in mir vergraben, dass sie nur in Albträumen emporstiegen, oder wenn ich aus Gründen, die ich selbst nicht verstand, plötzlich panisch auf Gerüche oder Situationen reagierte.
Weißt du, dass ich immer noch nicht allein schlafen kann, ohne Angst zu bekommen? Dass ich einen anderen Menschen berühren muss, weil ich mich davor fürchte, dass jemand mich aus meinem Bett holt und wegschleppt, wenn ich loslasse?
Weißt du, dass ich immer noch gegen die Panik ankämpfen muss, wenn jemand ins Zimmer kommt und die Tür zumacht? Manchmal muss ich all meine Kraft aufbieten, um nicht wegzulaufen.
Unter anderem fragst du, ob man mir eine Droge verabreichen könnte, die mich in die Vergangenheit zurückversetzt und die es mir ermöglicht, über sie zu sprechen. Wenn es so eine Droge gäbe, würdest du sie dann auch nehmen?
Und du sagst: »Linda sollte sich wirklich zusammenreißen und an ihre Familie denken …«
Du hast Recht, ich muss mich zusammenreißen. Das versuche ich ja. Die ganze Zeit denke ich an meine Familie und habe ein schlechtes Gewissen, weil ich ihnen in den letzten zwei Jahren so viel zugemutet habe. Hattest du auch ein schlechtes Gewissen, weil du uns verlassen hast? Hattest du meinetwegen jemals ein schlechtes Gewissen?
Ich sehe mir noch einmal den letzten Abschnitt deines Briefes an. Du hast geschrieben: »Bitte lass uns wissen, wie es ihr geht, Chris. Ich habe großes Mitgefühl, was ihr durchmachen müsst, und ich wünschte mir, ich könnte euch mehr helfen. Wenn es irgendetwas gibt, was ich für euch tun kann, lass es mich bitte wissen, ich werde alles tun, was in meiner Macht steht. Weiß Linda, dass du Verbindung mit mir aufgenommen hast? Wenn ja, dann richte ihr bitte alles Liebe von mir aus und sag ihr, dass ich sie in meine Gebete einschließe. Bleib stark, Chris. Liebe Grüße auch an die Kinder.
Gott segne euch. Alles Gute,
Marion und Mike.«

Das klingt alles so plausibel und mitfühlend. Ich möchte dir glauben. Deshalb stelle ich mich selbst ja immer wieder infrage. Liegt es an mir? Habe ich mir alles nur eingebildet?
Ich möchte nicht, dass es wahr ist. Ich möchte nicht glauben, dass du mitgemacht hast. Es ist schrecklich, eine Mutter anzuklagen, die ihrem Kind etwas Derartiges angetan hat.
Dr. Royston und die Spezialisten in Ticehurst haben nie an mir gezweifelt. Sie sagen mir, ich soll mich auf meine Erinnerung verlassen. Können sie sich allesamt irren?
Seltsamerweise empfinde ich keinen Hass auf dich. Mein eigenes Leben und meine Erfahrungen haben mich gelehrt, dass wir alle zu grässlichen Dingen fähig sind, vor allem, wenn wir verletzt werden (oder verletzt wurden). Auch du hattest ein schweres Leben.
Ich möchte mich gern mit dir darüber unterhalten – damit alles endlich auf den Tisch kommt. Vermutlich hauptsächlich mir zuliebe, aber auch für dich. Es muss schwer sein, ein solches Wissen all die Jahre mit sich herumzuschleppen. Ich selbst möchte nur sicher sein, was passiert ist. Ist dir klar, welchen inneren Frieden mir das schenken würde?

Ich drucke aus, was ich geschrieben habe, und lese es ein paar Mal durch. Eine Unzahl von Fragen geht mir im Kopf herum. Was soll ich jetzt tun? Soll ich den Brief meiner Mutter schicken? Was, wenn sie alles leugnet? Warum sollte sie es nicht leugnen? Sie weiß, dass ich keine Beweise habe.
Noch einmal betrachte ich ihren Brief. Als ich die Stelle finde, an der steht, dass ich eine »lebhafte Phantasie« gehabt und »gern wilde Geschichten erzählt« habe, spüre ich, wie mein Magen sich angstvoll zusammenzieht. Mit den gleichen Worten hat sie vor all den Jahren reagiert, als ich der Frau mit den freundlichen Augen zu erklären versuchte, was ich erlebte.
Die Hand meiner Mutter schloss sich um meine Schulter wie ein Schraubstock, als sie ihre Ausreden vorbrachte. Und ich hatte schreckliche Angst.

Genauso fühle ich mich jetzt auch. Ich bin fast vierzig, und ich habe Angst, dass meine Mutter wütend auf mich ist. Ich weiß, dass ich ihr noch nicht entgegentreten kann. Vielleicht irgendwann einmal, aber jetzt noch nicht.

DONNERSTAG, 3. JANUAR 1991

Robin Royston

Den ganzen Morgen über hat es geregnet, und das Tageslicht muss sich anstrengen, um die niedrigen Wolken zu durchdringen. Die langen leeren Korridore von Ticehurst liegen in einem warmen gelben Licht, das beinahe fröhlich erscheint. Eine grauhaarige Putzfrau öffnet mir die Tür, als ich aus dem Regen hereinstürme. Ich schüttle den Schirm aus und gehe den Gang entlang zur Schwesternstation. Die Luft ist dick und warm von der Zentralheizung, aber heute macht mir das nichts aus. Lindas Tür ist halb offen, sie hat gerade eine halbe Stunde die Ticehurst-Version von Squash gespielt, und ihre Wangen sind gerötet.
»Wie war Weihnachten?«
»Nicht schlecht«, antwortet sie mit Überzeugung.
In der Hand hält sie einen Brief. Ich vermute, dass sie wieder einen Traum aufgeschrieben hat.
»Der hier ist von meiner Mutter«, verkündet sie.
»Ach ja?« Ich bin sehr überrascht.
»Sie hat an Chris geschrieben.« In Lindas Stimme ist ein entschlossener Unterton – als versuche sie, ihre Gefühle nicht herauszulassen. Als ich den Brief lese, weiß ich auch, warum. Linda möchte ihrer Mutter nicht die Genugtuung geben, über diesen Brief zu weinen.
Dann zeigt sie mir auch die Antwort, die sie geschrieben hat. Fasziniert stelle ich fest, dass sich ihre anfänglichen Zweifel in Wut

verwandelt haben. Abschnitt für Abschnitt ist sie den Brief ihrer Mutter durchgegangen. Ein gutes Zeichen ist auch, dass sie den Bericht ihrer Mutter infrage stellt, dass sie sich weigert, sich von ihr abwimmeln oder einschüchtern zu lassen.

Diese kalte, harte, kompromisslose Frau hat Linda nichts gegeben, aber jahrelang hat Linda sie entschuldigt und ihr verziehen. Nie hat sie ihre Mutter angegriffen oder ihre Wut auf sie gerichtet.

»Wissen Sie, was mich echt wütend macht?«, fragt Linda jetzt. »Die Stelle, an der sie sagt, dass ich mich wirklich zusammenreißen und an meine Familie denken soll. Dabei habe ich in den letzten zwei Jahren an nichts anderes gedacht.«

»Ich weiß.«

Linda hat offensichtlich versucht, jedes Wort und jeden Satz des Briefes genauestens zu entschlüsseln. Sie möchte irgendein Anzeichen von Schuldgefühl, Reue oder Abwehr finden. Die Tatsache, dass sie nichts entdeckt, ist für sie eine bittere Enttäuschung.

»Sie haben doch wohl keine Beichte auf dem Totenbett erwartet, oder?«, frage ich ein wenig zynisch, um der Sache einen etwas leichteren Ton zu geben.

»Nein, ich glaube nicht.«

»Aber jetzt erwarten Sie doch bestimmt eine Reaktion – entweder von ihrer realen Mutter oder von der in Ihnen. Aber sie wird sicher nicht sagen: ›Oh, tut mir sehr Leid, Linda‹, und Sie gehen lassen. Dafür steht zu viel auf dem Spiel.«

Linda schaut wieder auf den Brief und allmählich begreift sie, was ich gesagt habe.

Das zögernde Gefühl der Besserung ist durch diesen Kontakt mit ihrer Mutter untergraben worden, aber gleichzeitig hat er Lindas Wut gestärkt und ihr geholfen, Kräfte zu sammeln. Seit die Geschichte ans Tageslicht gekommen ist, bietet Linda ihrer Mutter die Stirn.

Trotzdem ist die Mutter immer noch sehr mächtig.

»Manchmal habe ich das Gefühl, ich muss die fünfjährige Linda beschützen«, sage ich.

»Die können Sie gerne haben«, erwidert sie giftig.
»Da hat sich also nichts verändert«, stelle ich mit einem leisen Lächeln fest.
Auf einmal entspannt sich Linda, und ihre Schultern sinken herunter. »Tut mir Leid.«
»Keine Sorge. Die Wogen glätten sich, aber das dauert alles seine Zeit. Sie werden dieses Kind nicht plötzlich lieben, aber möglicherweise können Sie sich der Kleinen in absehbarer Zukunft ein wenig nähern.«
Linda wirft mir einen Blick zu, der sagt, dass sie sich da nicht so sicher ist.
Sechs Wochen sind vergangen, seit sie sich daran erinnert hat, was ihr zugestoßen ist. Obgleich sie nachts immer noch gelegentlich »hochfährt«, hat sie seit drei Wochen keine Scheibe mehr zerbrochen oder versucht, aus ihrem Zimmer zu flüchten. Die Macht der Bilder hat deutlich abgenommen, und wir haben beide das Gefühl, dass der harte Teil der Arbeit hinter uns liegt. Ich deute Linda gegenüber an, dass nun vielleicht der richtige Zeitpunkt gekommen ist, um darauf hinzuarbeiten, dass sie Ticehurst verlässt. Der Gedanke macht sie zwar nervös, aber sie ist einverstanden – was an sich schon ein gutes Zeichen ist.
Auch ihre Träume haben zum großen Teil einen positiveren Unterton bekommen. Beispielsweise zeigt der Traum von dem durchgegangenen Pferd, dass wir uns gemeinsam bemühen, die Angst und den Fluchtinstinkt in den Griff zu bekommen.
Ein weiterer Traum zeigt, dass der dunkelhaarige Mann seine destruktive Macht verloren hat.

Ich bin unter Wasser, und um mich herum treiben abgetrennte Körperteile. Ich kann mühelos atmen und klar sehen. Da weckt eine Bewegung meine Aufmerksamkeit. Ich drehe mich um und entdecke einen dunkelhaarigen Mann. Obgleich man keine Wunden erkennen kann, weiß ich, dass er stirbt.
Ich habe Mitleid mit ihm. Ich denke, niemand sollte auf so qualvoll

langsame Art sterben müssen, und ich möchte zu ihm gehen und ihn von seinem Elend erlösen.

Dieser Traum ist unglaublich erleichternd. Ich habe kein so gutes Gefühl mehr gehabt, seit Linda damals von dem Schlammpfuhl geträumt und einen Ausweg aus ihren Problemen entdeckt hat. Der dunkelhaarige Mann stirbt. Aber Linda wird überleben.

Kapitel 25

SAMSTAG, 9. MÄRZ 1991

Linda Caine

Heute werde ich vierzig Jahre alt! Herzlichen Glückwunsch, Linda!

Fast drei Wochen ist es her, dass ich aus Ticehurst wieder zu Hause bin, und schon erscheint mir die Erinnerung an das Krankenhaus sonderbar vage. Wenn es nicht meine Notizen und Dr. Royston gäbe, würde ich womöglich an den gleichen Platz in meinem Kopf zurückkehren wie in den Jahren, die mir fehlen.

Noch immer frage ich mich, wie viel davon real war. Wenn das, was ich in »Das Kind« aufgeschrieben habe, stimmt, warum erinnere ich mich dann nicht so klar daran, wie an die anderen schrecklichen Ereignisse in meinem Leben? Warum haben diese Erinnerungen die flüchtigen Qualitäten eines Traums?

Der Unterschied ist natürlich, dass ich keine Zeugen habe. Für alle anderen Ereignisse – selbst die Vergewaltigung in Amerika – gab es Leute, die bestätigen konnten, was passiert war.

Als Kind in der Maple Avenue 5 bin ich morgens aufgewacht und habe meine Mutter in der Küche an der Spüle gefunden – als wäre nichts geschehen. Wenn ich ihr Fragen stellte, wurde alles geleugnet oder meinen Albträumen zugeschrieben. »Linda erzählt eben gern Geschichten.«

Inzwischen habe ich einige Bücher über Kindesmissbrauch gelesen und erfahren, dass die meisten Überlebenden keine Beweise liefern können. Eine Frau hat sich sogar selbst davon überzeugt, dass es ein Traum war. Ich habe anders reagiert. Ein Teil meines Selbst erkennt die Wahrheit an, ein anderer Teil setzt alles daran, sie zu leugnen.

Manchmal schrecke ich nachts immer noch auf, aber ich komme meist sofort wieder zu mir. Es hilft, dass Chris neben mir liegt. Ich höre ihn leise schnarchen, und das holt mich in die Realität zurück.

»Für dich«, sagt er und gibt mir eine Geburtstagskarte. »Ich glaube es einfach nicht, dass ich mit einer Frau mittleren Alters schlafe – obwohl sie keinen Tag älter aussieht als einundzwanzig.«

»Schön wär's!«

Bei der Karte liegt ein Geschenkgutschein über fünfzig Pfund von Marks and Spencer. »Ein Pfund für jedes Lebensjahr plus ein Bonus von zehn Pfund«, meint Chris.

Gary und Christy sind beide schon wach. Christy hat parfümierte Seife in einem Weidenkörbchen für mich gekauft, Gary schenkt mir eine selbst gebastelte Karte mit einer Einladung zum Essen in unserem Lieblingsrestaurant.

Gemütlich ins Bett gekuschelt umarme ich die beiden. Sie sind so groß geworden. Manchmal habe ich das Gefühl, dass ich ein paar Jahre verpasst habe.

Gary ist fünfzehn und wächst zur Zeit unglaublich. Natürlich würde er sich freuen, wenn er Christy überholt. Schließlich ist es für ihn nicht leicht, eine kleine Schwester zu haben, die genauso groß ist wie er. Zur Zeit kreist sein Leben hauptsächlich um Sport – Tennis und Kricket in der Schule, Squash übers Wochenende.

Außerdem ist Gary viel selbständiger geworden – beispielsweise setzt er sich einfach in den Bus und trifft sich mit Freunden in der Stadt. Sonst habe ich ihn immer durch die Gegend chauffiert und wusste genau, wo er war und wann er heimkommen würde. Jetzt streckt er im Gehen den Kopf durch die Tür und ruft: »Bye, Mum. Ich muss mich beeilen.«

»Hey, komm zurück! Wo willst du denn hin?«
»Ich treffe mich in der Stadt mit Graham. Wir gehen ins Kino. Dad hat gesagt, er fährt uns dann nach Hause.«
Ich wusste, dass Chris lange arbeiten muss, aber nicht, was er vorhatte. Natürlich ist das ein bisschen blöd, aber im ersten Moment versetzt mir das einen Stich. Ich war so lange weg, dass Gary sich angewöhnt hat, seine Pläne ohne mich zu machen. Gary spürt, dass ich traurig bin, macht noch einmal kehrt und umarmt mich.
»Fort mit dir, sonst verpasst du noch deinen Bus«, sage ich und bemühe mich, ihn meine Augen nicht sehen zu lassen.
Meine Familie hat gelernt, ohne mich zurechtzukommen. Wollte ich das nicht eigentlich? Wollte ich nicht, dass sie weniger auf mich angewiesen sind – für den Fall des Falles?
Chris ist sehr zuversichtlich, weil es mir jetzt besser geht. Aber bei der Arbeit macht er immer noch eine schwere Zeit durch. Inzwischen ist es so gut wie sicher, dass die Außenstelle der Kanzlei in Canterbury auf ein einziges kleines Büro reduziert wird. Demnächst wird er sich also entscheiden müssen, ob er sich selbständig macht oder vier Tage pro Woche ins Büro nach London pendelt und nur noch einen Tag in Canterbury arbeitet.
Aufgrund meiner familiären Verbindungen hätten wir die Möglichkeit, nach Amerika auszuwandern, aber nur solange Dad lebt. Im Lauf der Jahre haben wir immer wieder darüber gesprochen, vor allem seit Dads Herzanfall.
Natürlich wäre das eine große Veränderung. Chris müsste seine ganzen Prüfungen wiederholen und noch einmal von vorn anfangen. Gary und Christy würden ihre Freunde aufgeben und sich in einer neuen Schule eingewöhnen müssen. Für Amerika aber spricht, dass wir alle das Leben im Freien und die Sonne lieben, und dafür wäre Kalifornien natürlich ideal.
Genau genommen läuft es auf ein »Jetzt oder nie« hinaus. Je älter wir werden, desto schwieriger wird ein Neuanfang. Wir haben es schon einmal durchgemacht, als wir nur mit ein paar Koffern in England angekommen sind. Jetzt haben wir wenigstens ein biss-

chen Geld, wenn wir das Haus verkaufen und Chris von seinen Partnern ausbezahlt wird.
Außerdem wären wir auch nicht ganz allein. Clive und Annette wohnen mit ihren Familien ebenfalls in Kalifornien. Dad ist zu ihnen gezogen.
Als wir Gary und Christy von dieser Möglichkeit erzählt haben, waren sie gleich ganz aufgeregt. Aber es hängt so viel davon ab, wie es mir geht. Für den Augenblick haben wir zwar beschlossen, einen Antrag zu stellen, für dessen Bearbeitung die amerikanische Einwanderungsbehörde aber sicher ein paar Monate brauchen wird. Hoffentlich wissen wir dann besser, was wir tun sollen.

Mein Aufenthalt in Ticehurst kommt mir sehr weit weg vor. Dabei dachte ich, dass ich die Albträume und das nächtliche Aufschrecken nie vergessen würde.
Manches ist leichter geworden. Ich dusche nicht mehr kochend heiß, um sauber zu werden, und das Gefühl, verfolgt zu werden, ist auch nicht mehr so stark.
Noch immer schäme ich mich wegen dem, was geschehen ist. Gestern habe ich mich mit einer Freundin zum Kaffeetrinken getroffen. Ich hatte sie eine Ewigkeit nicht mehr gesehen.
»Wie geht es dir?«, erkundigte sie sich vorsichtig.
Und plötzlich platzte ich damit heraus, dass ich als Kind missbraucht worden sei. Ich weiß wirklich nicht, warum ich es ihr erzählt habe. Ich möchte eigentlich nicht, dass jemand davon erfährt.
Aber meine Freundin reagierte sehr einfühlsam. Im weiteren Verlauf unserer Unterhaltung meinte sie: »Ich habe irgendwo einmal gelesen, dass eines von zehn Kindern sexuell missbraucht wird. Das kann ich gar nicht glauben. Ich habe noch nie ein Kind um Hilfe rufen hören.«
Das ärgerte mich. »Wenn ein Kind von den eigenen Eltern missbraucht wird, wen soll es da zu Hilfe rufen?«, fragte ich sie.

»Wem soll es davon erzählen? Und selbst wenn es jemandem davon erzählt, kennt es oft gar nicht die richtigen Worte, um zu erklären, was ihm zugestoßen ist.«
Meine Freundin blickte mich überrascht an, dann wurde sie nachdenklich und meinte: »Ich habe nie richtig darüber nachgedacht. Vermutlich wollte ich das auch gar nicht ...«
Danach überlegte ich, ob vielleicht die meisten Leute so denken wie sie. Wenn ein Kind zu ihr käme und ihr etwas Derartiges erzählte, was würde sie dann tun? Würde sie dann so reagieren wie die Frau mit dem Blumenrock?

Ich gehe weiterhin zweimal pro Woche zu Dr. Royston ins Chaucer und erzähle ihm von meinen Träumen. Allmählich kann ich sie schon selbst ziemlich gut interpretieren.
Letzte Nacht stand ich vor einer großen Wasserfläche. Langsam watete ich hinein, und das Wasser schlug mir gegen die Beine. Eine Weile paddelte ich darin herum, aber es war nicht besonders sauber, und ich wollte lieber nicht tiefer hineingehen.
Hinter mir stand ein Mann im Wasser und versuchte mich zu ermuntern dazubleiben. »Das Wasser ist doch okay«, meinte er, aber ich wollte trotzdem nicht tiefer hinein. Schließlich hob ich die Arme und ließ mich vom Wind hinauf in den Himmel entführen. In das Hochgefühl darüber, dass ich das Wasser und den Mann hinter mir gelassen hatte, mischte sich aber plötzlich Nervosität. Ich wusste nicht, wie lange der Wind mich noch tragen würde.
Ich weiß, dass der Mann in meinem Traum Dr. Royston war. Außerdem vermute ich, dass es ihm nicht gefallen würde, dass ich das tiefe Wasser meide. »Manchmal müssen wir durchs schmutzige Wasser schwimmen«, wird er sagen. »Lernen Sie, der Tiefe zu vertrauen.«

MAI BIS JUNI 1991

Robin Royston

Zwei Monate lang hat sich Lindas Zustand verbessert. Zwar hat sie immer noch schlechte Nächte und trostlose Tage, aber sie ist stark genug, um damit fertig zu werden. Mehr wollte ich ja gar nicht erreichen. Mit einer Psychotherapie erschafft man schließlich keine perfekten Menschen mit einem perfekten Leben. Sie hilft uns nur, mit dem zurechtzukommen, was wir haben. Ich sehe Linda gern. An guten Tagen hat sie ein richtiges Funkeln in den Augen und lacht sogar über meine Scherze – sicher aus Höflichkeit. Wir unterhalten uns weiterhin über ihr Leben – und versuchen, uns um das zu kümmern, was noch nicht gelöst ist.

»Ich weiß nicht, ob das irgendwas bringt«, sagt sie nach einer Therapiestunde Ende Juni. Sie stützt die Hände auf das Fensterbrett und sieht hinaus zu den Kindern, die auf dem Schulhof spielen. »Ziehe ich die Sache dadurch in die Länge, dass ich immer noch zu Ihnen komme?«

»Wieso sagen Sie das?«

»Wenn ich nicht mehr kommen würde, wäre ich dann nicht gezwungen, mich zusammenzureißen, statt wie ein Kind bei Ihnen Schutz zu suchen, sobald ich mich ein bisschen unsicher fühle?«

Genau diese Frage habe ich mir auch schon gestellt. Ich freue mich immer, wenn Patienten den nächsten Schritt wagen, aber es ist oft eine schwierige Entscheidung, wann ich mich zurückziehen soll. Patienten können zu abhängig werden, Therapeuten können zu tief bohren und riskieren es dadurch, neue Themen anzureißen, die eigentlich gar kein Problem waren. Wenn Linda mit ihrem Leben allein zurechtkommt, dann ist meine Aufgabe erledigt.

»Wie wäre es, wenn wir eine Pause machen?«, schlage ich vor.

Linda sieht nervös aus.

»Ich stehe zur Verfügung, wenn Sie mich brauchen, oder Sie kön-

nen auch einfach in Ticehurst anrufen«, versichere ich ihr. »Wir versuchen es ein paar Wochen und sehen, wie es geht.«
Für mich ist der Zeitpunkt ausgesprochen günstig. Ich habe versprochen, in den Sommerferien mit Mike und Emma nach Spanien zu fahren, und Linda hat ebenfalls angedeutet, dass sie Ferien machen will. Also können wir bis August gut eine Pause machen.
Eine Woche später haben wir die letzte Therapiesitzung vor den Ferien. Linda erscheint in leichten Sommersachen, mit hoch gesteckten Haaren und leicht geschminktem Gesicht.
Sie fragt mich nach meinen Ferienplänen und erzählt von ihren eigenen. »Ich werde einfach versuchen, die Dinge auf mich zukommen zu lassen«, sagt sie. »Wenn ich mit Leuten zusammen bin, kriege ich immer noch ziemlich schnell die Panik.«
»Das ist okay. Machen Sie momentan nur Dinge, bei denen Sie sich wohl fühlen. Sie haben gesagt, Sie hätten Träume mitgebracht, die ich mir ansehen soll.«
Sie nickt und gibt mir ihr Tagebuch. Sofort spüre ich, dass das, was sie mir zeigen möchte, sie mehr beunruhigt hat, als sie zugeben will. Mit wachsendem Unbehagen lese ich, was sie aufgeschrieben hat.

Eine böse Kraft versteckt sich im Haus, unter dem Deckenbalken im Wohnzimmer. Sie hat keine Form, ist aber pechschwarz – wie ein dunkler Schatten vor dem weißen Balken.
Ich bin allein, und es wird langsam dunkel. Ich möchte mich vergewissern, dass die Terrassentür zum Garten abgeschlossen ist. Als ich auf sie zugehe, lässt das schwarze, böse Ding sich in Form von zwei Händen auf mich fallen. Ich strecke den linken Arm aus, und die Hände fangen mich. Sie sind immens stark und halten mich fest wie ein Schraubstock.
Nach einem verzweifelten Kampf gelingt es mir, mich loszureißen und zur Tür zu laufen. Ich verriegle sie und drehe mich um, denn ich habe vor, nach oben zu laufen und in meinem Schlafzimmer Schutz zu suchen. Als ich das Wohnzimmer halb durchquert habe,

merke ich, dass das formlose, schwarze Ding sich nicht mehr auf dem Balken befindet. Jetzt erfüllt es das ganze Haus. Rasch drehe ich mich wieder um, renne zur Terrassentür und versuche nach draußen zu fliehen. Aber ich weiß, dass das Böse das Haus um mich herum abgeriegelt hat.

»Ich hasse diesen Traum«, sagt sie, und die Abwehr, die anfangs an ihr festzustellen war, verschwindet allmählich, als sie jetzt ihre Gefühle äußert.

»Warum?«

»Weil er in unserem Haus spielt, in Chestfield. Dort habe ich mich immer sicher gefühlt. Es ist ein glückliches Haus.«

Natürlich. Linda erwartet fast, dass der dunkelhaarige Mann die Maple Avenue 5 heimsucht, wenn der Schlaf sie dorthin zurückträgt, aber in diesem Traum hat er sie in die Gegenwart verfolgt … in *ihr* Heim.

Auch mir gefällt der Traum nicht. Was mich am meisten besorgt, ist, dass Lindas Verfolgungsgedanken immer noch so stark sind. In einem ihrer Träume ist der dunkelhaarige Mann gestorben, aber jetzt jagt er sie wieder.

Ihr zweiter Traum ist sehr kurz, aber genauso heftig. Ich bitte Linda, ihn mit ihren eigenen Worten zu schildern, damit ich versuchen kann einzuschätzen, wie sie mit dieser neuen Drohung umgeht.

»Chris hat mich in den Armen gehalten und ich habe es genossen«, berichtet sie. »Aber auf einmal bin ich von ihm abgerückt und habe gesehen, dass eine große Glasscherbe in meiner Stirn steckte. Sie war so scharf, dass ich sie nicht anfassen konnte, ohne mir die Hände aufzuschneiden.«

Dieser Traum scheint ganz wörtlich darauf hinzudeuten, dass immer noch etwas in Lindas Kopf feststeckt, etwas Gefährliches und Zerstörerisches.

Solche Bilder können einfach das widerspiegeln, was sie durchgemacht hat. Aber es besteht auch die Möglichkeit, dass es Warnungen sind. Linda hat genug über die Traumanalyse gelernt, sie begreift, dass die Zeichen dieser Träume nicht nur positiv sind. Ich weiß, dass diese Entwicklung sie beunruhigt, aber gleichzeitig will sie auch den Fortschritt nicht leugnen, den wir gemacht haben. Wir wollen beide eine positive Haltung aufrechterhalten. Ich möchte ihr nichts verderben, also unterdrücke ich meine Sorgen und wir wünschen einander schöne Ferien.

AUGUST 1991

Linda Caine

Jetzt, wo Gary und Christy den Sommer über zu Hause sind, haben wir einen Urlaub in den Centre Parks im Elveden Forest geplant. Das sind diese Ferienparks, bei denen alles inbegriffen ist und wo jeder Fahrrad fährt oder zu Fuß geht, weil Autos draußen bleiben müssen. Außerdem gibt es ein riesiges Hallenbad mit Wasserrutschen.

Beide Kinder dürfen einen Freund beziehungsweise eine Freundin mitnehmen, damit sie Gesellschaft haben.

Am Sonntagmorgen packen wir das Auto und umfahren London auf der M25. Richtung Norden durch die Midlands reihen sich die Felder aneinander wie in einem gelben und grünen Flickenteppich. Es ist Erntezeit, überall sieht man die großen Strohballen.

Als wir im Ferienpark ankommen, streben Gary und Christy mit ihren Freunden gleich zu den Wasserrutschen. Chris und ich spielen Tennis und gehen danach schwimmen. Ich bin sehr zufrieden mit mir. Die Dinge kehren immer mehr zur Normalität zurück, oder zumindest bin ich nicht kurz davor, schlapp zu machen. Vielleicht können wir doch nach Amerika ziehen.

»Hey, Mum, man kann hier auch Badminton spielen«, ruft Gary,

der atemlos vor Aufregung in unser Ferienhäuschen stürzt.
»Und Bowling«, fügt sein Freund Graham hinzu.
»Und ich dachte, ihr würdet bloß am Pool rumhängen und den Mädchen nachschauen«, neckt sie Chris.
»Ach, Dad«, wehrt Gary ab, ehe die beiden wieder davonflitzen.
Chris und ich machen einen langen Spaziergang, plaudern und planen, was wir alles unternehmen wollen.
»Wie fühlst du dich?«, fragt er. An diese Frage gewöhne ich mich allmählich.
»Echt gut«, antworte ich ehrlich.
Sein Lächeln spricht Bände. Er sieht glücklich und gelöst aus. Wir haben eine schreckliche Zeit hinter uns, aber wir haben sie überlebt. Jetzt wollen wir beide nur unser Zusammensein genießen und uns entspannen. Wir brauchen diesen Urlaub dringend.
Am Montag gehe ich früh ins Bett und lese. Als ich endlich einschlafe, habe ich einen sehr unangenehmen Traum. In einem dichten Wald stehe ich Chris gegenüber. Ich trage einen knöchellangen Fuchsfellmantel. Chris glaubt, dass er nicht echt ist, aber er irrt sich. Ich habe den Mantel im Boden vergraben gefunden.
Auf einmal sehe ich, dass der dunkelhaarige Mann auf uns zukommt. Ich muss fliehen. Ich hätte den Mantel nicht finden dürfen. Jetzt wird er mich umbringen.
Am Morgen erinnere ich mich noch ganz lebhaft an den Traum, aber er erscheint mir seltsam und ergibt keinen Sinn. Ich weiß doch, dass es mir besser geht, also hat der Traum bestimmt keine tiefere Bedeutung und ich muss auch gar nicht so viel nachbohren.
Aber als ich zwei Tage später aus dem Haus komme, um Badminton zu spielen, habe ich einen Gedankenblitz. Ich sehe mich wieder in dem Fuchsfellmantel. Die Kraft des Bildes raubt mir den Atem, mein Herz pocht wie wild. Es ist genauso wie damals, als ich die Gedankenblitze hatte, dass mich jemand unter Wasser drückt.
»Ich bin drüber weg. Lass los«, sage ich mir.

»Aber es wird nicht weggehen.«
»O doch. Es war nur ein blöder Traum.«
So rede ich mir selbst innerlich gut zu, entschlossen, den Mantel nicht so wichtig zu nehmen. Ich will einen Familienurlaub. Ich habe so viel, wofür ich dankbar sein kann. Ich habe mich mit meiner Kindheit auseinander gesetzt und die Erlebnisse der fehlenden Jahre angenommen und verarbeitet. Jetzt werde ich positiv denken und alles hinter mir lassen.
Nach einem munteren Badmintonwettkampf mit Freunden und Familie sind wir alle in Hochstimmung. Gary und Graham beschließen, Squash zu spielen, Christy und ihre Freundin Vicky gehen schwimmen. Chris und ich machen einen Spaziergang.
Wir schlendern um den See herum und beschließen, durch den Wald zu unserem Häuschen zurückzukehren. Es ist eine wunderschöne Gegend, Tauben gurren in den Bäumen, Häher verteidigen lautstark ihr Revier.
»Ist das nicht zauberhaft?«, wende ich mich an Chris. Er lächelt mich an, und in diesem Moment drehen meine Gedanken durch. Es ist, als wäre ich wieder mitten in dem Traum von Montag. Ich stehe im dichten Wald vor Chris, in einem Mantel aus Fuchspelz. Das Nächste, woran ich mich erinnere, ist, dass Chris beruhigend auf mich einredet. »Alles in Ordnung? Du bist plötzlich weiß wie die Wand.« Sein Lächeln ist verschwunden.
»Ja … ja, alles klar. Schön hier, nicht wahr?«
Ich bemühe mich, meine Gedanken zu ordnen.
»Irgendwas stimmt doch nicht«, sagt Chris und nimmt meinen Arm, um mich zu stützen.
»Ich glaube, ich bin nur müde. Wir hatten eine Menge Bewegung heute.«
»Vielleicht solltest du dich hinlegen.«
»Nein. Gehen wir ins Jacuzzi. Ich wette, da sind Christy und Vicky auch.«
Ich drücke seine Hand, während wir zum Haus zurückgehen, um uns umzuziehen.

Als wir ein paar Minuten später im heißen Wasser sitzen, schließe ich die Augen und versuche, mein Herz zu beruhigen.
»Kein Grund, so übertrieben zu reagieren. Das war ein langer Tag. Ich muss heute Nacht einfach nur mal gut schlafen«, rede ich mir gut zu.
Nach einer Weile schlage ich die Augen wieder auf und sehe, dass Chris mich beobachtet. Er lächelt, und ich lächle zurück. In mir habe ich das gleiche sichere Gefühl wie damals, wenn Dad uns in Afrika zum Schwimmen im Fluss mitgenommen hat. Dann saß er auf einem Felsbrocken, eine Flinte auf den Knien, und hielt Ausschau nach Krokodilen.
Das ist die Sache mit Flüssen. Zwar glitzert das Wasser und sprudelt über die Steine, zwar sieht es erfrischend und idyllisch aus, aber unter der Oberfläche kann immer unsichtbar die Gefahr lauern.

Als ich mich am nächsten Morgen anziehe, kommt der Gedankenblitz zurück. Die kühle Bluse auf meiner Schulter fühlt sich an wie Fuchspelz. Das Bild wirft mich buchstäblich um. Ich setze mich aufs Bett und versuche wieder zu Atem zu kommen.
Allmählich bekomme ich richtig Angst. Der Horror, dass ich nach all dem wieder in den Albtraum zurückfalle, ist überwältigend. Ich kann das Chris und den Kindern nicht noch einmal antun.
Um meine Gedanken auf den Erdboden zurückzuholen, schreibe ich in mein Tagebuch:

Ich habe wieder Gedankenblitze, die mit einem Traum zusammenzuhängen scheinen, den ich am Montag hatte. Ich versuche, sie beiseite zu schieben, aber sie werden immer vielfältiger und stören mich mehr und mehr. Allmählich fühle ich mich wieder so wie damals, als ich nach Ticehurst zurückgekehrt bin. Warum denn nur?

MITTWOCH, 4. SEPTEMBER 1991

Robin Royston

Sobald ich Linda sehe, ist mir klar, dass etwas nicht stimmt. Sie hat den gleichen gehetzten Blick, an den ich mich so gut von früher erinnere. Und ihre Körpersprache wirkt wieder so entschuldigend, als würde sie erwarten, dass ich gleich entsetzt und ungläubig die Hände über dem Kopf zusammenschlage.

Wir plaudern über unseren jeweiligen Urlaub, aber ich weiß, dass sie etwas anderes auf dem Herzen hat. Sie hält ein paar Blätter in der Hand; normalerweise sind das Träume, die sie aufgeschrieben hat.

Sie platzt nicht etwa damit heraus, dass sie den Fuchspelztraum für wichtig hält. Nein, sie präsentiert ihn mir als einen unter vielen anderen, als ob sie bewusst versucht, ihn zu verharmlosen – als hoffe sie, dass er uninteressant wäre. Dabei fällt er sofort auf, schon allein deshalb, weil der dunkelhaarige Mann darin auftaucht.

Ich frage Linda nicht nach dem Traum, sondern lese weiter. Ich mache mir Sorgen, aber ich muss Lindas offensichtlichen Wunsch respektieren, dass sie die Sache herunterspielen will. Erst in der nächsten Stunde gesteht sie, dass sie wieder Gedankenblitze hat.

»Sie haben nach einem von den Träumen angefangen, die ich Ihnen gezeigt habe.«

»Nach dem Traum mit dem Fuchspelzmantel.«

»Woher wissen Sie das?«

»Weil er so heftig war.«

Noch immer gibt sich Linda eher abweisend, aber sie erzählt von den Gedankenblitzen, in denen sie diesen Mantel trägt, und davon, dass sie immer mehr das Gefühl hat, dass der dunkelhaarige Mann kommen und sie holen wird.

»Haben Sie jemals einen Fuchspelzmantel besessen?«

»Nein.«
»Kennen Sie jemanden, der einen hat?«
»Ich glaube, meine Mutter hatte einen … aber ich bin mir nicht sicher.«
Während Linda versucht, sich an Einzelheiten der Gedankenblitze zu erinnern, beginnen ihre Gedanken abzugleiten. Verzweifelt versucht sie, in der Realität zu bleiben, aber ihre Augen sind vor Panik weit aufgerissen. »Bitte, lieber Gott, lass das nicht nochmal passieren«, sagt sie noch, dann bricht der Kontakt ab.
»Linda, hören Sie mich?«
Ihre Augen sind starr, sie nimmt nichts wahr.
»Linda, ich bin's, Dr. Royston. Sie sind im Chaucer.«
Aber sie reagiert nicht.
»Sehen Sie sich um. Sie kennen das Zimmer, Sie waren schon oft hier.«
So versuche ich es eine halbe Stunde. Als Linda schließlich langsam zurückkommt, zittert sie am ganzen Körper. Das kam alles ziemlich überraschend. Es schien Linda wirklich besser zu gehen. Wenn überhaupt, dann hätte ich erwartet, dass die Probleme, denen wir jetzt begegnen, von ihrer Mutter stammen. Aber der dunkelhaarige Mann ist wieder da, und seine Macht schockiert mich zutiefst. Und da ist noch etwas Neues: Was hat der Fuchspelzmantel zu bedeuten? Warum ist er jetzt plötzlich aufgetaucht?

FREITAG, 6. SEPTEMBER 1991

Linda Caine

Meine Gedanken scheinen festzustecken, etwas wiederholt sich, und ich kann dieses ungute Gefühl einfach nicht abschütteln. Die gleichen Bilder platzen immer wieder von neuem in meine Gedanken, wie das Blitzlicht einer Kamera. Die Szene ist im weißen

Licht erstarrt. Ich stehe da, in einem Fuchspelzmantel. Er ist wütend auf mich. Er will mich holen.

Nach dem Mittagessen rufe ich im Chaucer an, in der Hoffnung, dass Dr. Royston vielleicht gerade eine Pause hat. Janet, seine Sekretärin, fragt mich, ob er mich zurückrufen kann, wenn er Zeit hat. »Ich weiß nicht, was ich tun soll. Ich weiß nicht, was ich tun soll«, wiederhole ich ständig.

Janet versucht, mich zu beruhigen. »Warten Sie, Linda, Penny ist gerade reingekommen, möchten Sie vielleicht mit ihr sprechen?«

Aber ich kann meine Gedanken nicht zusammenhalten. »Nein, schon gut«, erwidere ich und lege schnell auf. Weil ich Angst habe, Penny könnte zurückrufen, hänge ich den Hörer aus. Ich möchte ihr nicht alles erklären müssen, es ist viel zu verwirrend.

Er will mich holen. Ich muss ihn aufhalten. So rasch ich kann, ziehe ich alle Vorhänge zu, verriegle Türen und Fenster. Dann verkrieche ich mich in mein Bett, umklammere mein Kissen und starre an die Decke.

Die Zeit steht still, dann geht der Wecker los und erinnert mich daran, dass ich Christy vom Internat abholen muss. Ich spritze mir kaltes Wasser ins Gesicht, bürste mir die Haare und sorge dafür, dass ich einigermaßen präsentabel aussehe. Autofahren scheint meine Gedanken zu fokussieren. Außerdem hilft es mir, dass Christy auf der Heimfahrt neben mir sitzt.

Wir halten vor dem Haus; Christy geht nach oben und zieht sich um. Auf einmal geht die Tür auf, und Chris kommt hereingerannt.

»Was tust du denn hier?«, frage ich überrascht.

»Wir konnten dich am Telefon nicht erreichen«, antwortet er und seufzt vor Erleichterung laut auf. »Dr. Royston hat mich angerufen. Wir haben uns Sorgen gemacht. Keiner ist zu dir durchgekommen.«

Da fällt mir wieder ein, dass ich das Telefon ausgehängt habe. »Das tut mir sehr Leid.«

»Was war denn los?«

Ich schüttle den Kopf, weil ich einfach nicht antworten kann. »Können wir später darüber reden?«, frage ich mit zitternder Stimme. »Ich muss Gary abholen.«
»Ich mache das für dich.«
»Nein. Es hilft mir, wenn ich etwas zu tun habe. Dann muss ich nicht so viel nachdenken.«
Der arme Chris macht einen ziemlich mitgenommenen Eindruck. Er ist von Canterbury hierher gerast, überzeugt davon, dass etwas Schlimmes passiert sein muss. Bestimmt ist ihm alles wieder von damals eingefallen, als ich zum ersten Mal aus Chestfield verschwunden bin.
Der Rest des Nachmittags verfliegt wie im Nebel. Solange Gary und Christy noch auf sind, kann ich mit Chris nicht offen sprechen. Außerdem weiß ich noch immer nicht, was ich ihm sagen soll.
Nach dem Abendessen rufe ich Annette in Kalifornien an. »Erinnerst du dich, ob unsere Mutter einen langen Fuchspelzmantel besessen hat?«
»Ja, ich glaube, sie hatte schon einen Pelzmantel«, antwortet sie, »aber soweit ich mich erinnere, war er kurz.«
Der Mantel in meinem Traum war sehr lang, er reicht mir mindestens bis zu den Knöcheln. Ich erzähle Annette von dem Bild, das ständig in meinen Gedanken auftaucht, und wie unruhig ich seither bin.
»Versuch doch einfach, an all das Gute in deinem Leben zu denken«, sagt sie. »Warum sagst du dir nicht: ›Okay, das ist vor Jahren passiert, aber jetzt ist es vorbei‹?«
Sie versteht nicht, wie das ist. Ich kann nicht vergessen, die Vergangenheit hat Macht über mich. Wie kann ich es ihr erklären? Es ist, als geschähe alles noch einmal … genau wie damals, als ich dachte, mir hält jemand Mund und Nase zu.
Vielleicht ist der Mantel so lang, weil ich noch ein Kind war. Aber warum sollte ein Kind einen Pelzmantel tragen? Und warum glaube ich, dass der dunkelhaarige Mann mich holen kommt?

Als ich in dieser Nacht gerade am Einschlafen bin, kommt der nächste Gedankenblitz. Ich sehe meine Mutter in dem Mantel. Er passt ihr gut. Dann sehe ich den dunkelhaarigen Mann, der mir den Mantel hinhält, damit ich ihn anziehe. Ich will die Bilder wegschieben. Ich möchte nicht hinsehen. Der Mantel fühlt sich kalt an auf meinem Körper. Ich bin nackt darunter.
»Dr. Royston, ich habe Angst – ich will das nicht noch einmal erleben.«

DONNERSTAG, 19. SEPTEMBER 1991

Robin Royston

In den letzten zwei Wochen ist Linda wieder fast völlig in sich zusammengebrochen. Jedes Mal, wenn ich mit ihr über den Traum mit dem Fuchspelz sprechen will, rutschen ihre Gedanken ab. Es dauert länger, sie zu erreichen und zurückzuholen, wenn sie dissoziiert.
Es ist ihr peinlich, weil sie denkt, sie verschwendet meine Zeit. »Warum lasse ich mich davon so runterziehen, warum reagiere ich so furchtbar emotional?«, sagt sie. »Warum kann ich nicht einfach vernünftig darüber sprechen? Wenn der dunkelhaarige Mann mich dazu gebracht hat, diesen Mantel anzuziehen – na und? Es ist doch bloß ein Mantel …«
Sie bringt den Satz nicht zu Ende, denn ihre Erinnerung entgleitet ihr schon wieder. Wenn sie über diese Dinge redet – sie laut ausspricht –, gerät sie immer noch völlig aus der Fassung. Aber wenn sie nicht darüber spricht, ist es noch schlimmer.
Seit neuestem kommt sie fünfzehn Minuten vor dem vereinbarten Termin ins Chaucer, damit sie Zeit hat, ihre Gedanken zu ordnen. Außerdem bringt sie ihre Notizen als Gedächtnisstütze mit, aber das scheint keinen Unterschied zu machen. Sobald sie anfängt,

mir über die Gedankenblitze zu erzählen, verändert sich ihre Atmung, und die Tränen beginnen zu fließen.

Mir ist klar, dass Linda nach Ticehurst zurück sollte, aber ich weiß, dass das enorme Konsequenzen hätte. Sie hat ihrer Familie versprochen, dass sie nicht wieder ins Krankenhaus geht. Ihre Ehe hat eine gigantische Belastung hinter sich, und nun das …

Zuerst einmal muss ich die Einweisung mit Lindas Krankenversicherung abklären. Nach allem, was bisher gelaufen ist, entdecken wir, dass sie nur noch achtundzwanzig Tage versichert ist. Da haben wir also unsere Grenze. Für Leute im staatlichen Gesundheitssystem bekomme ich keine Betten in Ticehurst. Wenn Linda die Klinik verlassen und nach St. Augustine verlegt werden muss, wird sie dort von einem anderen Arzt behandelt. All die Menschen, denen sie zu vertrauen gelernt hat, wären dann verschwunden. Nach zweieinhalb Jahren Psychotherapie bleiben uns also noch vier Wochen. Wie stehen unsere Chancen? Was ist, wenn wir scheitern?

Ich habe schon immer daran geglaubt, dass das Unbewusste die Dinge nach seinem eigenen Plan arrangiert. Das ist eine typisch Jung'sche Idee. Meine einzige Hoffnung besteht darin, dass Lindas Unbewusstes mitbekommt, wie die Uhr tickt, und uns den Weg weist.

Kapitel 26

FREITAG, 20. SEPTEMBER 1991

Linda Caine

Es nieselt, als ich die Treppe hinuntersteige und den Parkplatz vor dem Chaucer überquere. Ich blicke auf und lasse mir die Augenlider nass regnen. Beim Weitergehen scheinen mir meine Füße schwer wie Blei, als würde ich durch tiefes Wasser waten.

Auf der Heimfahrt ziehen Schauer durch die Täler. Es ist neblig und verhangen, genauso wie in meinem Kopf. Das Einzige, worüber ich mir ganz sicher bin, ist die Tatsache, dass ich nach Ticehurst zurück muss.

Abends versuche ich es Chris zu erklären, aber die Worte bleiben mir im Hals stecken. »Ich habe mit Dr. Royston gesprochen. Ich muss nochmal ins Krankenhaus. Da ist etwas …«

»Nein! Nein!« Seine Stimme klingt gequält. »Das kannst du uns nicht nochmal antun. Lass dich nicht wieder in so was reinziehen …«

»Ich lasse mich in nichts reinziehen. Ich versuche doch zu kämpfen.«

»Aber es ging dir doch so viel besser! Wir hatten einen wunderschönen Urlaub. Du warst so glücklich … Warum kommst du denn einfach nicht über diese Geschichte weg?« Er dreht sich weg, aber ich packe ihn am Arm.

»Bitte, Chris, hör mir zu. Ich fange an, mich an noch etwas zu erinnern, ich habe wieder diese Blitze im Kopf. Ich habe sie zu ignorieren versucht, aber sie gehen nicht weg.« Ich erzähle ihm von dem Traum mit dem Pelzmantel. Er hört mir zu, ein Bild des Jammers.
»Und du glaubst, es wird dir helfen, nochmal nach Ticehurst zu gehen.« Es ist eher eine Feststellung als eine Frage. Er sieht aus, als fühle er sich betrogen.
Ehe ich antworten kann, ist er schon aus dem Zimmer; er versteckt sich in seinem Arbeitszimmer und bleibt dort bis zum Abendessen.
In ziemlich gespannter Atmosphäre lassen wir uns zum Essen nieder. Gary und Christy spüren, dass etwas im Busch ist, und sind ganz still. Ich versuche mich normal zu benehmen und frage nach der Schule. Auf einmal unterbricht uns Chris und verkündet mit strenger Stimme: »Mum hat euch etwas zu sagen.«
Er schaut mich über den Tisch hinweg an.
Gary und Christy wenden sich mir zu.
»Ja. Hmm, ja, ich möchte wirklich etwas mitteilen … Es geht darum, dass ich nochmal eine Weile weg muss … nach Ticehurst …«
Ihr Gesichtsausdruck spricht Bände.
»Aber warum denn?«, fragt Gary mit einer Spur Vorwurf in der Stimme.
»Mir geht es nicht so gut … ich brauche Hilfe.«
Gary sieht zu Chris hinüber, als hoffte er, dass Chris mir mein Vorhaben ausreden kann.
»Wann gehst du?«, will Christy wissen.
»Morgen früh.«
Der verletzte Ausdruck in ihren Augen trifft mich selbst in meinem abgestumpften Zustand. Mir wäre es fast lieber, sie würden mich wütend anschreien. Diese stille Hinnahme meines Verrats ist das Allerschlimmste.
Christy schiebt ihren Teller weg. »Ich hab keinen Hunger mehr. Entschuldigt ihr mich bitte?«

»Ja. Warte. Hört zu, ich möchte, dass ihr wisst, dass ich mich wirklich bemühe, das durchzustehen.«
»Aber es ging dir doch schon so viel besser«, sagt Gary.
»Das stimmt. Deshalb hoffe ich ja auch, dass es nicht lange dauern wird.« Die Worte klingen hohl. Das haben sie doch alles schon gehört. Ich klinge wie ein Politiker, der versucht, eine direkte Antwort zu vermeiden.
Christy steht auf und beginnt den Tisch abzuräumen. Woher soll ich nur wissen, was sie denkt? Hasst sie mich? Ist sie wütend auf mich?
Abends beim Gutenachtsagen höre ich mir ihre Gebete an und erkundige mich dann, ob sie mich etwas fragen möchte. Aber sie schüttelt nur den Kopf. Wenn ich doch nur wüsste, was sie denkt! Danach gehe ich zu Gary, setze mich zu ihm ans Bett und frage ihn, was er liest. Aber er hat keine Lust zum Reden. Als ich das Abendgebet erwähne, faucht er mich an: »Heute Abend bete ich lieber allein.« Anscheinend macht er Gott für das verantwortlich, was mit mir passiert ist.
»Daran ist niemand schuld«, erkläre ich ihm.
»Mum, du sagst, dass Gott uns mehr liebt, als wir einander lieben.«
»Das stimmt.«
»Tja, ich habe jeden Abend gebetet, dass Gott dich gesund macht, und er hat es nicht getan. Nennst du das vielleicht Liebe?«
Ich seufze und streiche ihm die Haare aus der Stirn. »Wenn Gott mich nicht geheilt hat, dann hat das einen Grund. Ein gebrochenes Bein heilt nicht über Nacht. Es braucht Zeit. Und wenn man versucht, auf einem gebrochenen Bein wieder zu laufen, ehe es richtig verheilt ist, dann macht man es wieder kaputt. Vielleicht habe ich das auch gemacht – ich habe versucht, allein zurechtzukommen, bevor ich dazu wirklich bereit war.«
Er umarmt mich, und ich küsse ihn auf die Stirn.
»Aber pass gut auf dich auf in Ticehurst«, sagt er. »Es kommt mir vor, als ob es dir jedes Mal schlechter geht, wenn du da hingehst.«

Später, als ich im Bett liege, strecke ich den Arm aus und berühre Chris an der Schulter. Er dreht sich um und nimmt mich in die Arme. Ich spüre, dass er zittert. Ich glaube, er weint. Bestimmt hat er Angst, dass das nie aufhört. Ich liege noch lange wach, nachdem er eingeschlafen ist.
Am nächsten Morgen kommen mir alle meine Gebete sinnlos vor. Die Dunkelheit ist überwältigend. Vergeblich halte ich Ausschau nach einem kleinen Hoffnungsschimmer, aber ich finde keinen. Es ist, als hätte ich mir durch den Entschluss, nach Ticehurst zurückzugehen, erlaubt loszulassen. Mit allem, was ich tue, schiebe ich nur das Unvermeidliche auf. Ich werde sterben.

DONNERSTAG, 3. OKTOBER 1991

Robin Royston

Von Anfang an habe ich bei dieser Einweisung ein anderes Gefühl. Linda hat sich verändert. Ihr Angstniveau ist gleich geblieben, aber jetzt strahlt sie gleichzeitig eine gewisse Härte aus – einen emotionalen Abstand, der weit über das hinausgeht, was ich an ihr von früher her kenne.
Vom ersten Augenblick an spüre ich es. Sie sitzt mit untergeschlagenen Beinen auf dem Bett, in einer alten schwarzen Strickjacke, und spielt zerstreut mit den Knöpfen. Aber in ihren Augen erkenne ich Entschlossenheit und Überzeugung. Sie ist zu einer Entscheidung gekommen.
»Wie haben Sie geschlafen?«
Anscheinend hört sie mich nicht.
»Haben Sie sich schon eingerichtet?«
Sie nickt, geht aber nicht in die Einzelheiten. Ich versuche, das Gespräch in Gang zu halten, indem ich frage, ob sie schon mit Roger und Linda McCormack gesprochen und sich von ihnen das

Neueste hat erzählen lassen. Schließlich wird sie ein bisschen gesprächiger.
»Wissen Sie, warum wir hier sind?«, frage ich.
Sie fröstelt. »Wir müssen uns über den Traum unterhalten.«
»Woran erinnern Sie sich?«
Linda holt tief Luft und blickt auf ihre Hände hinunter. Dann erzählt sie mir eine Geschichte, die viel Ähnlichkeit aufweist mit den Erinnerungen daran, wie man sie nachts aus dem Bett geholt hat. Sie ist davon aufgewacht, dass sich eine Hand über ihren Mund und ihre Nase legte. Sie konnte nicht atmen und hörte ein Rauschen in den Ohren. Dann verlor sie das Bewusstsein.
»Ich wachte auf, und da lag ich auf dem Boden«, sagt sie ruhig. »Der dunkelhaarige Mann zog mich hoch und legte mir den Pelzmantel um die Schultern. Dann steckte er seine Hände hinein … Nein, nein, nein, uh-uh … uh-uh … uh-uh …«
Sie stöhnt und ächzt. Ihre Gedanken rutschen weg.
»Hören Sie mir zu, Linda, bleiben Sie da.«
Sie hat die Hände vors Gesicht geschlagen. »Ich will nicht sterben«, murmelt sie. »Ich will nicht sterben.«
»Sie müssen nicht sterben.«
»Doch, ich muss sterben. Er kommt.«
»Linda, wo sind Sie?«
»Uh-uh, uh-uh, uh-uh …«, jammert sie nur.
Lange Zeit bleibt sie für mich unerreichbar. Ich sitze neben ihr auf dem Bett, den Arm um ihre Schultern gelegt. Sie schaukelt vor und zurück und stöhnt. Als sie endlich zurückkommt, beschließe ich, weiterzumachen.
»Warum hatten Sie diesen Mantel an, Linda?«
»Wegen der Frau.«
»Wegen welcher Frau?«
»Die in dem Blumenkleid. Die Frau, mit der ich zu sprechen versucht habe. Der ich erzählen wollte, was los war. Ich war nicht brav. Deshalb ist er so wütend. ›Aber ich erzähle keine Geschichten. Ich erfinde keine Märchen‹ …«

Wieder dissoziiert sie. Diesmal ist mir noch etwas anderes aufgefallen. Wenn sich in der Vergangenheit Geist und Körper getrennt haben, ist sie in eine Zimmerecke gerannt oder hat sich hinter dem Vorhang versteckt. Jetzt aber akzeptiert sie, was mit ihr geschehen ist, und braucht nicht mehr wegzulaufen.

Am nächsten Morgen ruft mich Roger an. Man hat Linda im Zimmer gefunden, wie sie heftig hyperventilierte. Sie schien im Kopf zu schreien und grub sich die Fingernägel in die Stirn. Dann warf sie sich gegen das Fenster und musste festgehalten werden.

Später hat sie sich mit einer Glasscherbe im Badezimmer die Handgelenke aufgeschnitten. Sie wurde ins Beobachtungszimmer verlegt und bekam den ganzen Tag Spezialüberwachung. Zwischen unruhigen Schlafphasen stöhnte und murmelte sie: »Ich will nicht sterben … ich kann das nicht sagen … Linda erzählt keine Geschichten.«

In ihren wachen Momenten unterhält sie sich mit dem Personal und dankt den Leuten für alles, was sie getan haben. Als jemand sie zur Rede stellt, sagt sie: »Ich sage nicht heute Abend Lebewohl, aber ich sage einfach nur Lebewohl.«

Linda ist überzeugt, dass sie sterben wird. Es ist, als hätte sie gar keine andere Wahl.

Am Freitagvormittag habe ich zwei Gespräche, eines mit Noel, eines mit Linda McCormack. Beide sind überzeugt, dass Linda stark selbstmordgefährdet ist.

Wir alle sind über Lindas emotionale Härte erschrocken. Sie will nichts mehr empfinden. Sie möchte keine Gefühle mehr haben. Ihre einzige Sorge besteht darin, dass andere Menschen sich vielleicht Vorwürfe machen, wenn ihr etwas zustößt.

C. G. Jung verglich dieses Verhalten mit dem einer Schlange. Wenn man an bestimmte Teile des Nervensystems rührt, entstehen keine Gefühle, sondern es wird direkt gehandelt. Schlangen sind Kaltblütler und leben ausschließlich nach ihren Instinkten, ohne irgendein emotionales Band. Ein Mensch in diesem Zustand

tut Dinge ohne nachzudenken, ohne zu überlegen. Er handelt impulsiv und unmittelbar.
Vor vielen Jahren habe ich bei einem psychotherapeutischen Weiterbildungswochenende einen Vortrag gehalten. Zu den Teilnehmern gehörte auch eine ausnehmend hübsche amerikanische Stewardess, die mir als klug und wortgewandt auffiel.
Einige Tage später flog sie nach Amerika zurück und fand ihren Freund mit einer anderen Frau im Bett. Unverzüglich fuhr sie zu einer Brücke, stieg übers Geländer und stürzte sich in die Tiefe. So sieht klassisches »Schlangenverhalten« aus. Die Frau dachte nicht nach, sie überlegte nicht. Sie handelte einfach. In einer solchen Stimmung könnte Linda erfolgreich Selbstmord begehen, ganz gleich, wie intensiv wir sie überwachen. Sie würde einfach abwarten und im richtigen Moment zur Tat schreiten.
Jeden Tag verschaffe ich mir einen genauen Überblick über ihren Zustand. Kann ich irgendwas anders machen? Ist mir etwas entgangen? Ich gehe alles noch einmal durch, was sie mir gesagt hat, in der Hoffnung auf irgendein Anzeichen, dass die Macht des dunkelhaarigen Mannes schwindet. Ich finde nichts. Ihr Schicksal liegt in *ihren* Händen, nicht in meinen.

MONTAG, 10. OKTOBER 1991

Bei unseren nächsten Sitzungen, die zum großen Teil über zwei Stunden dauern, versuche ich, Linda weitere Einzelheiten über den Missbrauch zu entlocken. In fast jeder Therapiestunde spalten sich ihre Gedanken ab. Oft starrt sie mich mit einer Mischung aus Hass und Angst an.
»Wer bin ich?«, frage ich sie dann.
Und sie wiederholt: »Sie wissen doch, dass ich Ihren Namen nie gekannt habe.«
In der heutigen Sitzung ist sie fünf Stunden lang dissoziiert. Die

Belegschaft bewacht sie, bis sie einschläft. Aber als sie aufwacht, gelingt es ihr aufzustehen, sich leise aus dem Zimmer zu stehlen und durch die Seitentür zu entwischen. Erst nach zwanzig Minuten merkt jemand, dass sie nicht mehr da ist.
Ich bekomme einen Anruf und fahre sofort nach Ticehurst, um bei der Suche zu helfen. Obwohl Linda ja schon früher ausgerissen ist, kann ich dieses Mal mein wachsendes Grauen einfach nicht abschütteln. So planvoll und durchdacht hat sie das Krankenhaus noch nie verlassen. Normalerweise gerät sie in Panik und läuft davon, sodass man sie relativ leicht bemerkt. Aber jetzt hat sie sich gezielt weggeschlichen. Was hat sie nur vor?

Linda Caine

Es ist dunkel, und die Silhouetten der Bäume und Sträucher haben etwas Traumartiges. Es ist, als wäre ich wieder in Afrika, nur ist es kalt, furchtbar kalt. Ich drücke meine Wange gegen die Erde und rolle mich neben den hoch stehenden Wurzeln eines umgestürzten Baumes zusammen.
Ich wollte mein Schlupfloch in der Hecke suchen, mein Spezialversteck, aber ich habe es einfach nicht gefunden. Dann dämmerte mir, dass das reichlich albern ist. Die Hecke war in Gwelo! Ich muss meine Gedanken beieinander halten, sonst kriegen sie mich.
Ich höre Lärm und bleibe ganz still liegen. Nach ein paar Minuten hebe ich das Gesicht von der Erde und spähe durch eine kleine Lücke im Baum. Ich erkenne Linda McCormack, die sich von mir entfernt. Ein Teil von mir möchte ihr zurufen, sie soll zurückkommen und mich holen, aber der Schrei bleibt in meinem Kopf stecken.
Die Erde an meiner Wange fühlt sich kalt und feucht an. Meine Augenlider sind schwer. Aber ich *darf* jetzt nicht einschlafen … sonst kommt er mich holen. Ich bin so müde …

Als ich die Augen wieder aufmache, ist es dunkel. Mir ist so kalt, dass ich mich kaum bewegen kann, aber ich richte mich immerhin zum Sitzen auf. Das Mondlicht zeigt mir im Dunkeln eine Glasscherbe. Ich strecke den Arm aus und schiebe sie mit den Fingern zu mir.

Von der Kälte sind meine Hände so steif, dass ich die Scherbe kaum festhalten kann. Ich fange an, mit ihr in mein Handgelenk zu schneiden, in der Hoffnung, tiefer zu kommen. Es blutet nicht genug. Vor lauter Verzweiflung schneide ich mich schließlich in die linke Armbeuge. Der Schmerz scheint in meinem Kopf zu explodieren, weiße Flecken tanzen vor meinen Augen. Mit einem Ruck sind meine Gedanken wach.

Was in aller Welt tue ich hier? Ich habe Chris doch versprochen, so etwas nie wieder zu machen!

Dann sagt eine Stimme in meinem Innern: »Nur zu, das kümmert doch sowieso keinen. Du bist vollkommen unwichtig … ein Staubkorn in einem Staubsturm.«

Ich erinnere mich an die Staubstürme in Afrika – man glaubte zu ersticken, der Staub drang in jede Ritze. Manchmal sausten die Stürme durch die Gegend wie eine Mauer aus Staub, die alles verschlang, was auf ihrem Weg lag. Dann wieder peitschte der Wind »Staubteufel« empor, die über die trockene Erde wirbelten und hüpften, Schutt aufsaugten und wieder ausspuckten. Wenn der Wind dann nachließ, legte sich der Staub wieder.

Der Gedanke an Afrika scheint die mentale Schleife zu unterbrechen, die sich ununterbrochen in meinem Kopf abgespielt hat. Ich lasse das Stück Glas aus meinen Fingern rutschen.

Steh auf, Linda! Geh zurück nach Ticehurst! Es gibt kein Schlupfloch in der Hecke mehr. Du kannst dich nirgends verstecken. Ich versuche aufzustehen und mich aus den Wurzeln zu befreien. Der Mond hat sich hinter Wolken versteckt, ich kann nichts sehen. Während ich mir einen Weg durchs Gestrüpp bahne, zerren die Dornen an meinen Kleidern und zerkratzen mir die Haut. Die Brombeerranken wollen mich nicht loslassen.

Schließlich lande ich stolpernd auf dem von Bäumen gesäumten Weg. Meine Füße sind so kalt, dass ich sie gar nicht mehr spüre und Schwierigkeiten habe, das Gleichgewicht zu halten. Vor mir sehe ich das Hauptgebäude der Klinik.
Eine Frau erscheint am Eingang und kommt auf mich zu. Ich bekomme Panik und erstarre zur Salzsäule. Sie bleibt stehen und schaut mich an. Eine Stimme in meinem Kopf ruft: »Lauf weg!«
»Wohin soll ich denn laufen?«
»Lauf!«
»Aber ich kann nirgendwohin.«
»Lauf!«
Nach kurzem Zögern kommt die Frau auf mich zu. Ich zwinge mich weiterzugehen.
Als sie bei mir ist, fragt sie leise: »Alles in Ordnung?«
Ich will antworten, finde aber nicht die richtigen Worte. Ich kann mich nicht an ihren Worten festhalten.
Ich höre Hunde bellen und sehe vor dem Haupteingang einen Polizeiwagen parken. Da mache ich doch kehrt und versuche wegzurennen, aber ich laufe direkt zwei dunklen Gestalten in neonfarbenen Westen in die Arme.
»Bitte tun Sie mir nicht weh.«
»Nein, wir werden Ihnen nicht wehtun.«
Die beiden nehmen mich in ihre Mitte und halten mich sanft an den Armen fest.
Das Licht im Empfangsbereich erscheint mir viel zu hell. Ich spähe den Gang hinunter zu meinem Zimmer und sehe stattdessen den Korridor, der von meinem und Annettes Schlafzimmer zu dem unserer Mutter führte, in der Maple Avenue 5. Wieder drehe ich mich um und will wegrennen, aber ich schaffe es nicht.
»Bitte, lassen Sie mich gehen. Sie wissen nicht, was passieren wird …«
Einer der Polizisten blickt mich an. Er hat freundliche Augen. »Was wird denn passieren? Erzählen Sie es mir.«
Meine Gedanken verschwimmen. Da sehe ich Dr. Royston auf

mich zukommen. Als er das verschmierte Blut auf meinen Handgelenken erspäht, schlage ich beschämt die Hände vors Gesicht. »Sehen wir zu, dass wir Sie wieder sauber kriegen, dann trinken wir einen Kaffee«, meint er. »Ich brauche jedenfalls einen.« Natürlich versucht er mich aufzumuntern und die Sache auf die leichte Schulter zu nehmen, aber für mich spielt das keine Rolle mehr.
Als man mich wäscht und die Schnitte verbindet, fühle ich keinen Schmerz. Danach nippe ich an einer Tasse Kaffee und tue so, als ob ich Dr. Royston zuhöre. Später erinnere ich mich nicht daran, dass er irgendwann gegangen ist.

MITTWOCH, 12. OKTOBER 1991

Seit ich weggelaufen bin, hat man mich wieder ins Beobachtungszimmer gelegt. Ich werfe mich gegen die Fenster, wenn ich aus dem Schlaf »aufschrecke«, und jedes Mal brauche ich etwas länger, bis ich begreife, wo ich bin. Womöglich komme ich eines Tages überhaupt nicht mehr zu mir. Dann bin ich wirklich in der Maple Avenue 5 gefangen.
Als ich endlich wieder da bin, sitze ich neben Sheila, einer der Krankenschwestern, auf dem Bett, und sie massiert mir den Nacken.
»Linda, wie alt sind Sie eigentlich?«, fragt sie mich.
Ich weiß es nicht. Ich zermartere mir den Kopf. Dann fällt es mir ein. »Ich bin vierzig.« Irgendwie klingt das nicht richtig, aber Sheila scheint damit zufrieden zu sein.
»Sie sollten ein bisschen schlafen«, sagt sie.
Aber ich will nicht schlafen. Ich möchte weit weg bleiben von der Maple Avenue 5. Da wartet er nämlich auf mich …
Ich bin so müde. Bald werde ich den Kampf aufgeben und einschlafen. Das weiß er genau. Dann kann ich nicht mehr weglaufen. Es gibt kein Versteck.

Alle meine Kunstsachen sind im Beobachtungsraum – meine Skizzenblöcke, Bleistifte, Buntstifte, Holzkohle, mein Bastelmesser und ein Block. Meine Augenlider sind bleischwer. Ich zwinge mich, sie zu öffnen. Ich darf nicht zurück … er wartet auf mich.
Ich nehme das Bastelmesser in die Hand und fahre mit dem Daumen vorsichtig über die scharfe Seite der Klinge. Im Griff haben sich ein paar Holzkrümel vom Anspitzen eines Stifts verfangen. Ich blase die Backen auf und puste sie weg. Auf meinem linken Handgelenk sieht man noch die Stelle, wo ich mich mit der Glasscherbe geschnitten habe. Wenn ich noch einmal in die gleiche Stelle ritze, kann ich die Wunde verstecken. Niemand wird wissen, was ich getan habe. Ich kann nicht zurück … er wartet auf mich.
Im Bad setze ich mich auf einen Hocker und spüre das Gewicht des Messers in meiner rechten Hand. Dann sehe ich zu, wie die Klinge sich in mein linkes Handgelenk presst. Die Haut öffnet sich, dann wird der Schnitt rot. Aber mein Kopf wird nicht klarer, also schneide ich noch einmal. Als das auch nicht wirkt, schneide ich wieder, tiefer und länger.
Jetzt habe ich mich schon überall vom Handgelenk bis zum Ellbogen geschnitten, aber ich spüre nichts. Ich versuche es nochmal, bis hinunter auf den Knochen. Blut tropft auf den Boden.
Endlich klärt der Schmerz meine Gedanken. Ich versuche, die Wunde zu schließen, indem ich die Seiten mit der anderen Hand zusammendrücke. Dann wickle ich mehrere Lagen Klopapier um den Arm und sehe zu, wie es sich blitzschnell mit Blut voll saugt. Schnell ziehe ich meinen Pulli an und stopfe knäuelweise Klopapier in die Ärmel. Aber das Blut sickert gleich wieder durch.
Jetzt denke ich klar, und ich weiß, die Lage ist ernst. Ich muss das Blut zum Stillstand bringen.
Noel ist im Schwesternzimmer. Ich strecke meinen Kopf durch die Tür. »Kann ich bitte etwas Desinfektionslösung haben?«, frage ich.
»Warum?«

»Ich hab mich geschnitten.«
Er holt das Desinfektionsmittel, aber statt es mir zu geben, führt er mich ins Zimmer zurück.
»Sehen wir uns den Schnitt mal an.«
»Es ist nicht so schlimm. Ich muss ihn nur desinfizieren.«
»Linda, zeigen Sie mir Ihren Arm.« Seine Stimme ist sanft, aber fest.
Ich seufze und strecke den Arm aus. Noel hilft mir, den Pulli auszuziehen. Inzwischen ist das Klopapier vom Blut völlig durchweicht und fällt unter seinen Fingern auseinander.
»Herr im Himmel!«
Als er zu der Wunde vordringt, pfeift er leise durch die Zähne.
»Legen Sie Ihre Hand hier drauf«, sagt er und zeigt mir, wo ich Druck ausüben soll. Dann geht er zum Erste-Hilfe-Schrank und holt Mullbinden und Pflaster heraus.
»Womit haben Sie das gemacht?«
Ich deute auf das Bastelmesser, das im Bad auf dem Fußboden liegt. Er hebt es auf und legt es samt dem Verbandszeug auf den Couchtisch.
»Das muss genäht werden«, sagt er. »Wir müssen Sie ins Krankenhaus bringen.«
»Bitte, sagen Sie Dr. Royston nichts davon.«
»Tut mir Leid, Linda, aber das muss ich ihm sagen.«
Roger und Linda McCormack kommen herein, als Noel meinen Arm fertig verbunden hat. Ich höre, wie sie sich darüber unterhalten, dass sie mich ins Krankenhaus bringen müssen. Diesmal bin ich zu weit gegangen. Jetzt geben sie mich auf. Jetzt schickt man mich nach St. Augustine.
Das Bastelmesser liegt immer noch auf dem Tisch. Vorsichtig strecke ich den Arm aus, und meine Finger legen sich um das Messer. »Ich muss mal zur Toilette«, sage ich und schlüpfe ins Bad. Der weiße Verband an meinem Arm passt gut zu meinem weißen T-Shirt.
Ich kann mich nicht konzentrieren. Mit dem Rücken stemme ich

mich gegen die Tür, die Arme an der Dusche abgestützt. Ich ziehe das T-Shirt über den Bauch hoch und mache vom Brustkorb einen Schnitt nach unten. Ich will an einer Stelle schneiden, wo es niemand sieht. Den ersten Schnitt spüre ich nicht.
Linda McCormack klopft an die Tür und versucht sie aufzudrücken, schafft es aber nicht.
»Haben Sie das Messer, Linda?«
Ich antworte nicht.
»Was tun Sie da drin, Linda? Wo ist das Messer?« Ich höre die Dringlichkeit in ihrer Stimme.
Die Klinge gegen die bereits vorhandene Wunde gedrückt, schneide ich erneut. Es ist kein langer Schnitt – ungefähr fünf Zentimeter. Das Fleisch öffnet sich.
Roger versucht die Tür mit der Schulter aufzuhebeln. »Linda, wo ist das Messer?«
»Lasst mich in Ruhe.«
»Linda, gehen Sie von der Tür weg. Ich breche sie jetzt auf.«
Meine Gedanken klären sich. Ich beuge mich vor, sodass mein Rücken nicht mehr an der Tür lehnt. Sie springt auf, Roger kommt hereingestürzt und kniet sich neben mich. Ich höre, wie jemand ruft: »Nimm das Messer an dich!«
Ich hebe die Hand, und Linda McCormack entwindet meinen Fingern das Messer. Ich fühle die totale Verzweiflung.
Auf der Notstation im Krankenhaus von Tunbridge Wells werden im Fernseher Mr.-Bean-Videos gezeigt. Roger und ich lachen. Mein Arm und mein Bauch tun weh, die ganze Szene hat etwas Surreales.
Zwei Stunden lässt man uns warten. Dann stellt Roger fest, dass dahinter anscheinend die Absicht steckt, mir eine Lektion zu erteilen, weil ich mich selbst verletzt habe. Roger wird stinksauer, verlangt den Verantwortlichen zu sprechen und beschimpft ihn. Ich bleibe still sitzen und schäme mich, dass ich das ganze Theater hier verschuldet habe.
Endlich kommt eine Ärztin. Sie verabreicht mir eine örtliche Be-

täubung, aber ich spüre den Schmerz trotzdem, als sie zu nähen beginnt. Ich konzentriere mich auf einen Punkt an der Decke.
»Womit haben Sie das gemacht?«, fragt die Ärztin.
»Wie bitte?«
»Womit haben Sie sich geschnitten?«
»Mit einem Bastelmesser.«
»War es schmutzig?«
»Ja.«

Robin Royston

Mit einer Mischung aus Schock und Ungläubigkeit erfahre ich, was passiert ist. Diesmal hat Linda wirklich ganze Arbeit geleistet. Ihre Selbstmordabsichten waren schon immer ernst, aber der Umstand, dass sie oft darüber geredet hat, machte die unmittelbare Gefahr geringer. Sobald sie über ihr Geheimnis sprach, verringerte sich automatisch der Druck, unter dem sie stand. Außerdem habe ich mich oft mit dem Wissen getröstet, dass Lindas Vorstellungen von einem Selbstmord recht naiv sind. Sie meint, wenn sie sich schneidet und das Blut aus ihren Adern fließt, wird sie bald darauf tot sein. Aus verständlichen Gründen habe ich sie in diesem Irrglauben gelassen. Nun aber hat sie sich ganz übel zugerichtet. Ich weiß, dass wir es diesmal mit etwas anderem zu tun haben.
Auf der Fahrt nach Ticehurst muss ich an Chris, Gary und Christy denken. Für sie wird die Nachricht niederschmetternd sein. Als ich zum letzten Mal mit Chris telefoniert habe, hörte er sich an, als wäre er ohnehin einem Zusammenbruch nahe.
»Wird es ihr irgendwann wieder besser gehen?«, fragte er.
»Das glaube ich, ja, ganz ehrlich.«
»Wann? Wie lange wird es noch dauern?«
»Das weiß ich leider nicht.«

Ich spürte seinen Pessimismus. Vielleicht war er ja nur realistisch. Was wird er jetzt sagen, nachdem seine Frau sich Arm und Bauch aufgeschlitzt hat?
Ich treffe Linda McCormack gleich bei meiner Ankunft auf dem Korridor, und ohne dass wir uns groß verständigen müssen, sind wir uns über den Ernst der Lage einig.
Sie informiert mich über die Einzelheiten des Vorfalls und zeigt mir die Einträge ins Krankenblatt.
»Was jetzt, Coach?«, fragt sie.
»Wir liegen im Endspiel ein Tor zurück«, antworte ich ruhig, um die Stimmung etwas aufzulockern.
»Wie viel Zeit haben wir noch?«, fragt sie.
»Momentan Auszeit wegen Verletzung.«

MONTAG, 21. OKTOBER 1991

Linda Caine

Das ist meine letzte Chance. In zehn Tagen ist Ticehurst nicht mehr meine sichere Zuflucht. Ich kann mich nicht mehr dort verkriechen.
»Ich möchte nicht mehr daran denken müssen«, sage ich zu Noel. »Ich möchte nach Hause zurück und die Erinnerungen alle hier lassen.«
»Bei Ihnen klingt das, als würden Sie die Erinnerungen in die Müllverbrennungsanlage werfen«, sagt er mit seinem singenden irischen Akzent. Offenbar hält er es nicht für sehr wahrscheinlich, dass man Erinnerungen auf diese Art los wird.
Die Schwestern haben den Schrank vor ein Fenster geschoben und den Garderobentisch vor das andere. Vermutlich wollen sie mich aufhalten, damit sie rechtzeitig bei mir sein können, ehe ich mich selbst verletze.

Letzte Nacht hat Joseph mich am Fenster abgefangen, nachdem ich schreiend aufgewacht war. In meinen Gedanken jagten sich bruchstückhafte Bilder. Danach habe ich begonnen, sie aufzuschreiben. Ich dachte, vielleicht würde mir das helfen, einen klaren Kopf zu bekommen, wie damals, als ich »Das Kind« verfasst habe. Meine Gedanken glitten aber weg, ehe ich besonders weit gekommen war, aber es ist wenigstens ein Anfang. Ich versuchte einzuschlafen, fuhr aber wieder hoch. Nachdem ich etwas Warmes getrunken hatte, schaffte ich es, bis halb acht zu dösen. Welch Wonne!

Auf dem Korridor höre ich fröhliche Stimmen. Personalwechsel. Linda McCormack hat heute Tagschicht. Ich setze mich wieder an den Schreibtisch und schreibe weiter. Ich möchte genug zusammen haben, dass ich Dr. Royston etwas zeigen kann. Ich weiß, dass die Zeit knapp wird. Jetzt oder nie.

Wenig später höre ich Dr. Royston mit den Leuten im Schwesternzimmer sprechen. Er und Roger haben einen ziemlich ähnlichen Humor und sind ständig dabei, sich zu necken oder Witze zu reißen.

»Guten Morgen«, sagt Dr. Royston, als er hereinkommt. »Haben Sie einen Seelenklempner bestellt?«

»Ja, hab ich.«

»Na, dann bin ich ja richtig hier.«

Er nimmt Platz und lehnt sich zurück, die Hände hinter dem Kopf gefaltet. Er macht immer einen so entspannten Eindruck, als könnte ihn nichts aus der Ruhe bringen.

»Ich glaube, allmählich wird die Sache klarer«, erkläre ich ihm. »Ich habe wieder dieses Gefühl, dass aus den unzusammenhängenden Bildern allmählich ein Film wird.«

»Woran erinnern Sie sich?«

»An die Frau im geblümten Rock.«

»An die Frau, die Sie damals ins Vertrauen ziehen wollten?«

»Ja.«

»Was wissen Sie von ihr?«

»Ich kannte ihren Namen nicht. Sie war wunderschön. Ein freundliches Gesicht … ich habe versucht, ihr davon zu erzählen …« Ich drohe abzugleiten und schaue schnell auf meine Notizen, in der Hoffnung, dort Hilfe zu finden. »… aber sie glaubt mir nicht. Sie glaubt meiner Mutter …«

Robin Royston

Obwohl ich versuche, sie in der Gegenwart festzuhalten, schlüpft Linda wieder durchs Tor der Maple Avenue 5. Sie bedeckt das Gesicht mit den Händen.

»Sie kommen! Sie kommen!«

»Wer?«

Verzweifelt schüttelt sie den Kopf, sie kann kaum atmen. Sie erlebt wieder, was damals passiert ist … wie sie den Korridor hinabgeschleppt wurde, während ihr eine Hand Mund und Nase zuhielt. Das Rauschen erfüllt ihren Kopf.

»Was sehen Sie?«, frage ich.

»Er setzt mich ab, aber meine Beine knicken ein. Er ist wütend, aber er schreit mich nicht an. Seine Stimme ist kalt. Er flüstert mir ins Ohr: ›Sieh mich an. Sieh mir ins Gesicht.‹

Er legt die Hand unter mein Kinn, hebt mein Gesicht hoch, sodass ich in sein Gesicht sehen muss … in seine Augen … ›Ich weiß, was du ihr erzählt hast‹, sagt er. ›Und ich werde dir zeigen, was mit dummen kleinen Mädchen passiert, die Lügengeschichten erzählen … sie werden nicht groß.‹

Meine Mutter steht auf der anderen Seite des Betts. Ich blicke kurz zu ihr hinüber. Sie sieht ängstlich aus. Warum hilft sie mir nicht? Der Mann reißt meinen Kopf herum. ›Sieh mich an!‹«

Einen kurzen Moment blickt Linda zu mir empor. In ihren Augen ist keine Spur des Erkennens, nur nackte Furcht. Dann wendet sie den Blick wieder ab.

»Er hält mein Kinn fest umklammert. Seine Finger bohren sich in meine Wangen, verzerren mir den Mund. Ich spüre, wie meine Zähne ins Innere meiner Wangen schneiden.
Ich will ihm nicht in die Augen sehen. Ich habe Angst vor diesen Augen. Ich versuche mich auf einen Fleck direkt über ihnen zu konzentrieren. ›Du solltest lieber keine Lügengeschichten erzählen‹, sagt er. ›Damit bringst du nämlich ganz leicht andere Leute in Schwierigkeiten. Nur weil wir dich erwachsene Dinge tun lassen, heißt das noch lange nicht, dass du dich einfach so mit Erwachsenen unterhalten kannst. Sieh mich an‹, befiehlt er mir wieder. Aber ich kann nicht … ich kann ihn nicht ansehen … seine Hand quetscht mein Gesicht. Er lässt mich nicht wegschauen. Sein Gesicht ist dicht neben meinem. Seine Augen bohren sich in meinen Kopf … tief hinein. Jetzt kann er mich beobachten. Er beobachtet mich ständig …«
Zwischen Schluchzern ringt Linda nach Luft. Sie ist vom Bett gerollt und kauert sich auf dem Boden zusammen, die Hände schützend vors Gesicht geschlagen.

Linda Caine

Ich höre Dr. Roystons Stimme. »Ich bin noch da, Linda. Sehen Sie sich meine Haare an – sie sind nicht dunkel.«
Das wiederholt er immer wieder. Durch meine Finger hindurch sehe ich ihn an. Er hat keine zornigen Augen. Er kauert nicht drohend neben mir. Wie bin ich auf den Fußboden gekommen?
»Bleiben Sie dran, Linda«, sagt er. »Was ist danach passiert?«
»Ich kann nicht.«
»O doch, Sie können. Was sehen Sie jetzt?«
Aber es ist nicht so sehr eine Frage des Sehens. Ich fühle es. Es passiert wieder. Langsam bewegt sich der Mann hinter mir. Ich wage mich nicht zu rühren. Wenn ich ganz still stehe, lässt er

mich vielleicht in Ruhe. Auf einmal kommt seine Hand um meinen Kopf herum und hält mir Mund und Nase zu. Ich zucke zurück und kralle nach seinen Händen, weil ich keine Luft bekomme. Das Rauschen erfüllt meinen Kopf … bis die Dunkelheit mich umhüllt.

Dr. Royston spricht mit mir. »Gehen Sie nicht weg, Linda. Erzählen Sie mir von dem Mantel«, bittet er mich.

»Ich habe zu viel Angst.«

»Ich helfe Ihnen«, verspricht er.

Die Stimme des Mannes ist leise und kalt. Er sagt mir, ich soll die Augen aufmachen. Zuerst weiß ich nicht, wo ich bin. Er zieht mich auf die Füße und sagt mir, ich soll mich hinstellen. Meine Knie zittern, aber ich darf nicht umfallen. Ich bin nackt und schlottere.

Der Mann nimmt einen Fuchspelzmantel vom Bett und legt ihn mir um die Schultern. Der Mantel ist viel zu groß für mich. Er fühlt sich kalt an, aber weich wie die Decke auf dem Bett. Ich ziehe ihn eng um mich. Eine Sekunde lang spüre ich nur seine Weichheit. Ich rutsche, sinke in das Weiche, weg von dem Mann, weg von dem Schmerz.

»Sieh mich an«, sagt er und umklammert mein Kinn fest mit der Faust. Er zwingt mich, und ich wage es nicht, wegzuschauen.

»Er ist wunderschön und weich, nicht wahr?«, flüstert er. »Spür doch, wie weich er ist.«

Ich senke die Augen, aber er zwingt mich, wieder zu ihm hochzublicken.

»So ein hübscher Mantel … so weich und warm. Streichle ihn mit den Fingerspitzen«, sagt er. Ich zögere. Er packt meine Handgelenke und drückt sie in den Pelz.

»Schade, dass er aus toten Tieren hergestellt worden ist. Kleine tote zusammengenähte Tiere. Nur die Haut, keine Augen. Was für ein Gefühl ist das, in tote Tiere eingewickelt zu sein?«

Mir ist übel. Ich möchte den Mantel ausziehen, aber er lässt mich nicht.

»Spür die toten Tiere«, sagt er und blickt mir in die Augen. »Wenn du nochmal jemandem solche Lügengeschichten erzählst, wirst du sterben. Wenn jemand Fragen stellt, dann sag, dass du Albträume hattest. Wenn du behauptest, dass es wahr ist – dann bist du tot. Denk immer an die kleinen Tiere, tot und zusammengenäht. Denk an den Mantel.«

Sein Gesicht ist nur ein paar Zentimeter entfernt. Seine Augen sind in meinem Kopf. »Denk daran, ich finde dich überall. DU WIRST STERBEN – genau wie die Tiere, nur stecke ich dich in eine Kiste, unter der Erde. Dann bist du an einem dunklen Ort mit lauter toten Menschen, die auch in Kisten unter der Erde liegen. Und dort wirst du für immer bleiben … im Dunklen … tot. *Sieh* mich an! Hast du das verstanden? Wenn du jemals einem erzählst, dass es wahr ist, werde ich dich finden. Ganz gleich, wo du bist. Und dann stecke ich dich in eine Kiste, ganz weit unter der Erde. Ich brauche dir nur ein bisschen länger Mund und Nase zuzuhalten. Dann wachst du nicht mehr auf. Dann bist du *tot*!«

Ich kann mich sehen – zusammengekrümmt in einer Kiste unter der Erde, mit all den anderen Toten. Werde ich merken, dass ich tot bin? Werde ich immer noch Angst haben?

Er bringt mich zum Schrank und öffnet die Tür. Seine Hand gräbt sich unsanft in meinen Rücken und schiebt mich vorwärts. Aber als mir der muffige Geruch entgegenschlägt, zerbricht etwas in mir. Ich kann da nicht mehr hinein, ich halte das nicht aus! Ich weiche zurück und lehne mich gegen den Mann. Jetzt weiß er, dass er gewonnen hat. Er dreht mich um und kauert sich nieder. Seine Hand gleitet unter den Mantel. Ich schreie innerlich, aber ich versuche, mich auf etwas anderes zu konzentrieren. Ich möchte meine Gedanken abstellen, aber alles, was ich fühle, sind die kleinen toten zusammengenähten Tiere … wie sie mich berühren. In meinem Kopf entsteht ein Riss. Auf der einen Seite ist alles warm und verschwommen – wie eine Wattewelt. Ich spüre den Schmerz nicht. Nichts erreicht mich mehr. Ich habe mein Versteck gefunden.

Kapitel 27

Robin Royston

In den Sonnenschein hinauszutreten ist so ähnlich, wie wenn man nach einem eindrucksvollen Film aus dem dunklen Kino ins Freie kommt. Draußen scheint ein ganz normaler Tag zu sein. Eichhörnchen sausen zwischen den Bäumen herum, zwei Krankenschwestern sitzen zusammen auf einer langen Bank und rauchen eine Zigarette, ein Traktor pflügt ein Feld um, Schlamm spritzt von seinen Rädern … Nichts hat sich geändert, und trotzdem fühlt sich die Welt anders an. Bei meiner Arbeit habe ich schon viele schreckliche Dinge gesehen und gehört. Jedes Mal, wenn ich mich wieder einmal ganz auf die Arbeit mit einem neuen Patienten einlasse, muss ich darauf vorbereitet sein, mich auch in den Schlammpfuhl zu begeben. Keine angenehme Aufgabe, aber das Leben ist komplex, und das Dunkel lässt das Licht heller erstrahlen. Doch es ist ein echtes Drama – eine Erfahrung, die weit über das Alltägliche hinausgeht.

In diesem Augenblick bin ich mir der Schönheit des Klinikparks und der ihn umgebenden Landschaft deutlich bewusst. Die idyllische ländliche Szenerie hat sich nicht verändert – aber meine Fähigkeit, sie und ihresgleichen zu würdigen. Vielleicht bin ich einfach dankbarer.

Arme Linda. Kein Wunder, dass sie sich so sehr gewünscht hat zu sterben. Nun habe ich wahrhaftig mit angesehen, was sie durchgemacht hat. Ich war Augenzeuge, wie Linda die Ereignisse noch einmal durchlebt hat, mit dem ganzen Entsetzen, der ganzen Angst, die sie beim ersten Mal gespürt hat.

Wir haben den Augenblick in ihrer Kindheit eingefangen, in der ihr Bewusstsein sich gespalten hat. Wir haben das »Herz der Dunkelheit« berührt, wie Joseph Conrad es vor einem Jahrhundert bezeichnet hat, den Augenblick, in dem Linda sich in ihr inneres Versteck zurückgezogen hat. Deshalb hat Linda die Erinnerungen ausgeblendet: Sie wollte nicht sterben.

Der Pelzmantel war ein brillanter Einfall. Der Mann, der Linda missbraucht hat, wusste, wie sehr sie Tiere liebt. Er brachte sie dazu, die Wärme und Weichheit des Pelzmantels zu spüren – und dann schlug er zu. Er beobachtete, wie sie sich auf ihre typische Art in den Schutz des weichen, warmen Stoffs flüchtete, dann ließ er die Falle zuschnappen, indem er ihr einredete, dass sie gerade hier vom Tod umgeben war – von kleinen toten Tieren.

Genau in diesem Augenblick – nachdem er Linda bis in ihr Geheimversteck gefolgt war – zwang er sie, ihm in die Augen zu schauen, und verschaffte sich auf diese Weise Zugang in ihr Innerstes. Wie es die Glasscherbe symbolisiert, die in Lindas Traum in ihrer Stirn steckte, tat er nicht nur ihrem Körper, sondern auch ihrem Geist Gewalt an. Und er konnte sich darauf verlassen, dass sie ihn nie verraten würde.

Eine solche Bösartigkeit ist mir bisher nicht begegnet. Nie bin ich etwas Vergleichbarem so nahe gekommen. Jetzt weiß ich endlich, warum Linda so erpicht darauf ist zu sterben. Sie hat ja genau das getan, was der dunkle Mann ihr verboten hat – sie hat ihre Geschichte jemandem erzählt. Nämlich *mir*. Tief in ihrem Innern weiß sie, was das bedeutet … der dunkle Mann wird kommen und sie töten. Einmal hat Linda mir erzählt, dass man afrikanischen Kindern Angst macht vor dem Tokolosh, einer Gestalt, die stark an unseren »schwarzen Mann« erinnert. Man darf nicht an ihn denken, sonst kommt er. Der dunkelhaarige Mann ist Lindas Tokolosh. Sie hat es gewagt, seinen Namen auszusprechen.

Ich habe Linda schlafend in Linda McCormacks Obhut hinterlassen. Jetzt stehe ich in der Sonne und versuche mich aufzuwärmen. Ein Teil von mir ist erleichtert, dass wir die Ursache von Lindas Dissoziation entdeckt haben. Es ist auch ein Erfolgserlebnis. Die Traumbilder haben sich zu einem vollständigen Ganzen aneinander gereiht – das Eis, die zornigen Augen, der verrückte Elefant und so weiter …

Doch nachdem wir nun die Einzelteile zusammengefügt haben, wird mir klar, dass wir, statt Linda zu heilen, die Dinge aller Wahrscheinlichkeit nach schlimmer gemacht haben. Wir haben den dunkelhaarigen Mann geweckt. Noch nie hatte ich so stark das Gefühl wie jetzt, dass ein Unheil droht. Kurz entschlossen drehe ich mich um und gehe zurück in die Klinik, wo ich Roger frage, ob ein Zimmer frei ist.

»Ja, die dreiundzwanzig.«

»Ich bleibe heute Nacht hier.«

Roger fragt nicht, warum. Er weiß, dass wir an einem Wendepunkt angekommen sind. Zum Teil möchte ich die Belegschaft unterstützen, denn die Leute hier haben sich Nacht für Nacht um Linda gekümmert, während ich das Privileg genoss, mich zu meiner Frau, meinen Kindern und meinem warmen Bett zurückziehen zu können. Aber meine Entscheidung fußt noch mehr auf diesem Gefühl, dem Gefühl, dass der dunkelhaarige Mann kommen wird. Auch Roger spürt es. Ein Teil von mir möchte am liebsten Türen und Fenster verrammeln, damit er nicht herein kann. Gleichzeitig weiß ich natürlich, dass er keine körperliche Präsenz braucht – er wartet in Lindas Träumen. Gibt es denn irgendeine Möglichkeit, ihn aufzuhalten?

Um drei Uhr morgens fährt Linda hoch und stürzt zum Fenster. Sie zerschlägt die Scheibe und zerschneidet sich die Hände. Ich bleibe bei ihr und trinke einen Kaffee, während sie verbunden wird. Ich weiß nicht, wen ich damit beruhigen will – Linda oder mich. Wahrscheinlich uns beide. Am nächsten Morgen hat sich nichts verändert. Linda sieht aus, als hätte sie aufgegeben. Als warte sie nur noch darauf, dass endlich der Tod kommt. Ich überrede sie, einen Spaziergang mit mir zu machen, und wir sitzen eine Weile auf der Holzbank beim Tennisplatz. Schwaches Sonnenlicht dringt durch die nackten Zweige.

Der Theorie zufolge hätte Linda dadurch, dass wir über ihre traumatischen Erlebnisse gesprochen haben, von deren negativer Energie befreit sein müssen. Aber die Wahrheit, die wir bloßgelegt haben, ist so furchtbar, dass anscheinend das Gegenteil eintritt.

»Ich möchte nur noch sterben«, sagt Linda und fingert an den hässlichen roten Narben auf ihrem Unterarm herum. »Je mehr ich darüber spreche, desto hoffnungsloser fühle ich mich. Es wird einfach nicht besser. Nichts hilft mir.«

Jetzt ist es heraus. Ich habe das Gefühl, wir existieren in Zeitlupe, und eine große Last legt sich auf meine Schultern. Plötzlich begreife ich, dass ich nichts mehr für Linda tun kann. Wir können endlos über diese Dinge sprechen, ohne dass sich etwas ändert. Lindas schwarzer Strudel ist so heftig aufgewühlt worden, dass ich sein Brausen fast hören kann. Mir ist schleierhaft, wie ich diese mächtige dunkle Energie besiegen kann. So sehr ich mir auch den Kopf zermartere, mir fällt einfach nichts mehr ein.

An diesem Abend bekomme ich zu Hause einen Anruf. Linda hat eine Überdosis von zwölf bis sechzehn Temazepam- und zwei Nitrazepam-Tabletten geschluckt. Zwar reicht das nicht, um daran zu sterben, aber ich glaube, das ist Linda nicht klar. Ich diskutiere mit Roger, ob wir sie zur Notfallstation bringen und ihr den Magen auspumpen lassen sollen, kommen aber zu dem Schluss, dass das nicht notwendig ist. Die Leute dort haben sie gedemütigt, als sie sich den Arm aufgeschnitten hat. Und jetzt fühlt sie sich ohnehin schon schlecht genug.

Ich versuche positiv zu denken, aber eigentlich weiß ich, dass Lindas Zukunft jetzt noch viel unsicherer ist als vor vier Wochen.

Psychotherapie ist ein Prozess, in dem wir oft mit Unsicherheit leben müssen. Psychotherapeuten wissen keineswegs auf alles eine Antwort. Genau das ist ja die Essenz des psychotherapeutischen Prozesses: Der Therapeut kennt die Lösung nicht, sondern hilft dem Patienten, seinen eigenen Weg, seine eigene Methode zu finden, wie er mit seinen Schwierigkeiten umgehen kann.
Von Anfang an haben Linda und ich so zusammengearbeitet. Wir haben auf den Prozess vertraut. Solange Linda die destruktive Kraft nicht abschütteln kann, solange sie sich nicht von der Überzeugung befreit, dass sie sterben *muss*, sehe ich keinen Ausweg.
Hat der Prozess also versagt? Nein. Wäre es besser gewesen, wir hätten die Therapie nie begonnen? Wieder ist die Antwort ein klares Nein. Als Linda zum ersten Mal in mein Sprechzimmer kam, war sie akut selbstmordgefährdet. Wir hätten nicht untätig abwarten können.
Die letzten Nächte in Ticehurst sind für Linda geprägt von aus Albträumen aufschrecken, Schreien und extremer Dissoziation. Tagsüber ist sie erschöpft, aber zu verängstigt, um zu schlafen. Ich weiß, dass sie die Klinik verlassen muss, und nehme mir Zeit, um unsere Möglichkeiten mit ihr zu besprechen.
»Was für ein Gefühl haben Sie, wenn Sie daran denken, dass Sie gehen müssen?«, frage ich sie.
»Ich habe Angst.«
»Ich habe Sie noch nie danach gefragt, aber ich weiß, dass Sie immer ehrlich zu mir waren: Haben Sie vor, irgendetwas Schreckliches zu tun?«
»Wenn Sie meinen, ob ich mich umbringen will, habe ich dazu nicht die Energie.«
Ich bin erleichtert und fasse ein wenig Mut. Ich weiß, dass Linda alles tun wird, um für ihre Familie wieder »in Ordnung« zu kommen. Ich kann nur hoffen, dass sich dadurch irgendwann eine Veränderung ergibt.
»Ich hatte einen Traum«, meint sie vage.
»Ja?«

»Ich saß in einem abstürzenden Flugzeug, über dem Meer. Ich sprang heraus und landete im schmutzigen Wasser. Algen schlangen sich um meine Knöchel. Zwar schien die Küste weit entfernt, aber ich begann trotzdem darauf zuzuschwimmen. Auf einmal überrollte mich die von dem abgestürzten Flugzeug verursachte Welle. Ich wurde unter Wasser gewirbelt und nach unten gezogen. Aber statt zu ertrinken, trieb ich plötzlich wieder an der Oberfläche und merkte, dass die Welle mich ein gutes Stück näher ans Ufer getragen hatte.«

Linda kann in dem Traum nichts Positives entdecken. Ihr fehlt die Kraft dafür. Für mich jedoch ist der Traum eine Fortsetzung des Traums mit dem Schlammpfuhl. Hier ist das Zeichen, dass sie doch überleben könnte. Im schlammigen Wasser geht sie zunächst unter und ist überzeugt, ertrinken zu müssen, aber dann ist sie plötzlich viel näher am Land, näher an der Sicherheit. Als ich Linda das sage, scheint sie das wenig zu beruhigen. Nichts, was ich sage, kann ihre Stimmung ändern. Ich kann es nicht ertragen, sie so zu verlassen. Heute ist unsere letzte Therapiestunde, ehe sie Ticehurst verlässt, und ich weiß, dass sie noch nicht bereit ist.

»Mir ist klar, dass Sie Angst davor haben, nach Hause zu gehen«, sage ich, als unsere Sitzung zu Ende geht. »Aber ich werde am Mittwoch im Chaucer auf Sie warten.«

Linda nickt und schenkt mir ein tapferes Lächeln. »Ich möchte Ihnen danken für alles, was Sie getan haben.« Sie ist den Tränen nahe. Rasch verabschiede ich mich und wandere den leeren Korridor hinunter. In meinem Inneren bin ich leer und traurig. Gleichzeitig beziehe ich aber auch Trost aus dem Traum, den sie mir gerade erzählt hat. Zwar ist das Flugzeug abgestürzt, aber eine Welle hat Linda ans Ufer getragen … Ich klammere mich an die Hoffnung, dass sie, wenn sie es tatsächlich dorthin schafft, am Ziel ihrer Reise ist.

FREITAG, 1. NOVEMBER 1991

Linda Caine

Es ist sechs Uhr morgens, und ich bin schon seit einer Stunde wach. Ich möchte früh aus Ticehurst aufbrechen, ehe der Verkehr zu dicht wird. Eine Weile überlege ich, ob ich gleich gehen soll, aber ich muss mich noch verabschieden. Letzte Nacht bin ich zweimal »aufgeschreckt«. Plötzlich fand ich mich zwischen Fenster und Schrank eingeklemmt. Ich versuchte, die Zeitung abzureißen, die über das Glas geklebt worden ist. Da kippte der Schrank, Roger musste ihn festhalten, und das schwere Ding landete auf meinem Fuß. Ich kann von Glück sagen, dass mein Knöchel nicht gebrochen ist.

Meine beiden Koffer stehen auf dem Bett, meine Skizzenblocks und meine Stifte habe ich in einer Mappe verstaut. Chris wollte mich abholen, aber ich möchte lieber allein nach Hause fahren. So kann ich mir mit dem Abschied Zeit lassen. Ich beschließe, Dympna und Linda McCormack damit zu überraschen, dass ich im Aufenthaltsraum einen Kaffee mit ihnen trinke. Dann kann ich auch Sarah Auf Wiedersehen sagen. Ich weiß, was passieren wird. Alle werden nette, positive Dinge darüber sagen, dass sie mich hier nie wieder sehen wollen. Roger wird Witze darüber machen, dass der Glaser die Hälfte seiner Aufträge verliert. Dann werde ich anfangen zu weinen. Na bitte – ich weine jetzt schon! Vielleicht sollte ich mich lieber leise rausschleichen. Ich bin zu emotional, um das durchzustehen.

Also lade ich die beiden Koffer ins Auto und gehe zurück, um meine Kunstmappe zu holen. Als ich den Korridor hinuntergehe, sehe ich Linda McCormack in der Tür zum Aufenthaltsraum stehen. Gott sei Dank hat sie mich nicht bemerkt. Aber als ich um die Ecke biege, laufe ich Dympna in die Arme.

»Wollen Sie sich nicht auf eine Tasse Kaffee zu uns setzen?«, fragt sie.

Ich will antworten, dass ich nicht kann, aber kein Wort kommt aus meinem Mund. Schließlich schüttle ich nur den Kopf und gehe weiter. Wie blöd! Als ich mein Auto erreiche, kommt Linda McCormack mir nachgerannt.
»Bitte, kommen Sie zurück und trinken Sie wenigstens einen Kaffee mit uns. Ich möchte nicht, dass Sie weggehen, wenn Sie so aufgewühlt sind.«
Fast stimme ich ihr zu. Aber ich werde immer aufgewühlt sein, ganz egal, wann ich gehe! Ich sage ihr, dass es mir Leid tut und verabschiede mich rasch. Die ersten Meilen sind die schwierigsten. Durch die Tränen kann ich die Straße kaum sehen. Schließlich gelingt es mir, mich zusammenzureißen und mich zu konzentrieren. Aber ich kann das Gefühl nicht abschütteln, dass ich eigentlich tot sein sollte. Eine weinerliche, selbstmitleidige Reaktion. Ach, ich Arme! Aber ich glaube das wirklich.
Der rationale Teil von mir weiß, dass der dunkelhaarige Mann mir nichts mehr anhaben kann. Es ist alles vor langer Zeit passiert. Wie soll er wissen, wo ich jetzt bin? Aber irgendwo tief in meinem Innern bin ich trotzdem felsenfest davon überzeugt, dass er kommt.

Kurz nach halb zehn treffe ich zu Hause ein. Chris ist im Büro, Gary und Christy sind noch in der Schule. Der Himmel ist blau mit vereinzelten Wolken, die Sonne strömt durch die Fenster von Wohn- und Schlafzimmer. Ich genieße die Ruhe, während ich auspacke und meine Koffer verstaue. Dann wandere ich von einem Zimmer zum anderen. In der Spüle liegen die Hinterlassenschaften eines eiligen Frühstücks. Ich räume die Spülmaschine ein und bin froh, etwas Nützliches tun zu können.
Oben in Garys Zimmer schaffe ich ein wenig Ordnung auf seinem Schreibtisch. Neben dem Computer liegen Papier und Filzstifte. Ich finde es wunderbar, dass er und Christy malen und Gedichte schreiben. Sie haben einen ganz unterschiedlichen Stil, der zu ihrer Persönlichkeit passt.

In Christys Zimmer hebe ich das Nachthemd auf, das auf ihrem Bett liegt.
Auf dem Nachthemd liegt ein Umschlag, der in meiner Schrift an Chris adressiert ist. Es ist ein Brief, den ich ihm geschrieben habe, als wir nach London kamen. Darunter finde ich noch einen zweiten Brief, von mir an Chris geschrieben, während ich in Afrika auf Garys Geburt wartete. Ich lasse mich auf dem Bett nieder und lese die Briefe. Sie sind voller Liebe und Hoffnung: Bald werden wir wieder zusammen sein, in England werden wir ein neues Leben beginnen. Ich habe keine Ahnung, wo Christy sie gefunden hat, aber ich lasse sie unter dem Kissen liegen und ziehe nur die Decke glatt.
Ich ziehe die Vorhänge zurück, lasse die Morgensonne herein und spähe in den Garten hinaus. Wunderschön und friedlich liegt er da. Durchs Fenster des Sommerhauses sehe ich Nibbles Stall. Die Obstbäume … Auf einmal wird es dunkel in mir, so plötzlich, dass ich die Balance verliere und mich am Fensterbrett festhalten muss. Ich bin wieder ein Kind und schaue aus dem Fenster der Maple Avenue 5. Es ist ein schöner Tag, die Sonne scheint auf die Obstbäume. In der Küche klappert Geschirr, der Koch bereitet das Frühstück vor. Zwischen meinen Beinen tut es weh … mein Magen schmerzt … Genauso plötzlich bin ich wieder in Christys Zimmer und blinzele ins helle Sonnenlicht. Ich bin vierzig Jahre alt. Ich blicke mich im Zimmer um und schaudere. Mir kommt es vor, als würde ich Christys Zimmer mit meiner Anwesenheit beschmutzen.
Auf der Treppe stolpere ich und renne in mein Zimmer. Der dunkelhaarige Mann beobachtet mich … er wartet. Ich höre seine Worte in meinem Kopf widerhallen. »Denk dran, ich finde dich überall. Du wirst sterben – genau wie die Tiere …«
Eine Stunde lang sitze ich zusammengekauert in einer Zimmerecke und lausche meinem Herzschlag. Als ich mich wieder einigermaßen beruhigt habe, schimpfe ich mich aus, weil ich mich so idiotisch benehme. Wie kann ich nach so langer Zeit immer noch vor diesem Mann Angst haben?

Ich nehme mich zusammen, gehe nach unten und versuche, meine Gedanken abzulenken, indem ich die Hausarbeit erledige. Ich mache Tacos zum Mittagessen, mit Pfannkuchen zum Nachtisch, Garys Lieblingsessen. Chris kommt schon früh von der Arbeit nach Hause und holt unterwegs Gary und Christy ab. Ich werfe einen raschen Blick auf die Uhr. Sie werden bald da sein. Warum nur bin ich so nervös? Die Narbe auf meinem Unterarm sieht scheußlich aus. Die Fäden sind gezogen, aber eine schmale rote Linie zieht sich vom Handgelenk zum Ellbogen, wie mit Buntstift gemalt. Gary und Christy wissen, was passiert ist, aber ich möchte nicht, dass diese Narbe das Erste ist, was ihnen an mir auffällt. Schnell gehe ich nach oben und ziehe eine Bluse mit langen Ärmeln an.

Plötzlich springt die Haustür auf und Gary kommt hereingesaust. »Juhuu! Ich hab mir doch schon gedacht, dass es hier nach Pfannkuchen riecht!« Er umarmt mich und hebt mich dabei vom Boden hoch.

»Hey, sei vorsichtig mit deiner Mum«, ermahnt ihn Chris. Neben ihm steht Christy. Gary setzt mich ab, als wäre ich zerbrechlich.

Ich versuche ihm die Haare zu zerzausen, aber sie sind steif und zusammengeklebt. »Was ist das denn?«

»Gel«, antwortet er ein wenig verlegen. »Damit sie besser halten.«

Ich verkneife mir ein Lachen, aber Gary fühlt sich offenbar trotzdem angegriffen.

»Hey, hör mal, ich hab Fotos von Dad gesehen, als er in der Schule war. Du kannst dir ja mal anschauen, wie viel Fett *er* in den Haaren hatte.«

»Das nannte man Pomade – Brylcream«, ergänzt Chris.

»Na ja, wenigstens ist das Zeug hier nicht fettig.«

Ich lache. »Da hast du absolut Recht.«

Jetzt kommt Christy auf mich zu und umarmt mich ebenfalls. »Du nimmst das doch nicht etwa auch?«, sage ich und streiche ihr übers Haar.

»Mit dem Gel rutschen die Haare nicht ständig aus dem Pferdeschwanz«, erklärt sie. »Und ich hasse es, wenn mich Haarsträhnen im Gesicht kitzeln.«

»Ach du liebe Güte! Da schaue ich mal fünf Minuten nicht hin, und seht her, was passiert!«

»Das waren mehr als fünf Minuten«, entgegnet Gary, nimmt seine Bemerkung aber gleich zurück. Unbehagliches Schweigen folgt, und ich versuche das Thema zu wechseln. »Warum zieht ihr beiden euch nicht schnell um? Ich setze solange schon mal das Teewasser auf.«

Als Gary und Christy weg sind, legt Chris den Arm um mich. »Die beiden sind so froh, dass du wieder da bist«, meint er.

»Ich weiß.«

»Und ich glaube, sie haben auch ein bisschen Angst, weil sie nicht sicher sind, für wie lange du bleibst.«

»Ich habe auch Angst, aber ich gehe nicht zurück nach Ticehurst.«

Dann sitzen wir alle um den Küchentisch und trinken Tee und warmen Kakao. Gary und Christy berichten die neuesten Neuigkeiten aus der Schule. Christy möchte am Samstag mit mir einkaufen gehen, Gary schlägt vor, dass wir alle bald einmal Badminton spielen.

»Nur langsam«, sagt Chris. »Sie ist ja gerade erst heimgekommen.«

Nach dem Essen kuschle ich mich neben Christy aufs Sofa.

»Ich habe heute die Briefe unter deinem Kopfkissen gefunden«, sage ich. »Ich hab ein bisschen aufgeräumt.«

Christy glaubt, dass ich vorhabe, ihr deswegen Ärger zu machen.

»Nein, nein, das ist absolut okay. Wo hast du die Briefe gefunden?«

»Ich habe in deinem Atelier Hausaufgaben gemacht und brauchte Papier. Da hab ich in einer Schublade nachgesehen und ein Bündel mit alten Briefen gefunden. Ich weiß, dass ich sie nicht hätte lesen sollen. Aber ich hab's getan. Sie sind wunderschön.«

»Warum hast du ausgerechnet diese beiden unter dein Kopfkissen gelegt?«
Sie sieht mich verlegen an. »Dadurch hatte ich irgendwie das Gefühl, dass du tatsächlich zurückkommen würdest, dass wir wieder zusammen sein würden. So wie früher.«
Sie legt den Kopf auf meine Schulter, und ich streiche ihr übers Haar.
»Tja, jetzt bin ich zu Hause.«
»Ich bin so froh, Mum.«

Nachdem Gary und Christy ins Bett gegangen sind, mache ich mich daran, die Wäsche zusammenzufalten, die auf unserem Bett liegt. Als ich die Vorhänge zuziehe, sehe ich den Mond. Er ist fast voll. Ich fühle mich klein und verängstigt. Auf einmal erinnere ich mich daran, wie ich dem Mond gute Nacht gesagt habe, wenn mein Dad wegfuhr. Eine Stimme in meinem Kopf flüstert das Gedicht, meine Gedanken rutschen weg. Der dunkelhaarige Mann wartet auf mich …
Chris steht in der Tür, unter dem Arm einen Korb mit Wäsche.
»Der Trockner war gerade fertig«, sagt er. »Ich hab dir die Sachen raufgebracht. Ist alles in Ordnung mit dir?«
»Ja, ich bin nur erschrocken, weiter nichts.«
Aber er ist nicht überzeugt. Mir ist bewusst, dass er mich genau beobachtet … dass er nach Anzeichen Ausschau hält. Was soll ich sagen? Die Dinge, an die ich mich erinnert habe, werden in meinen Gedanken immer wieder lebendig. Fast so, als lebte ich in zwei Parallelwelten – ich bin Linda Caine, vierzig Jahre alt, und Linda Houston-Brown, fünf Jahre alt. Das macht mich richtig wütend, weil ich dieses Kind nicht sein möchte. Schon vor Jahren wollte ich es hinter mir lassen. Das kleine Mädchen sollte eigentlich nicht mehr existieren.
Ich möchte nicht, dass das Kind zu mir gehört. Ich habe Angst vor ihm. Was für ein dummes Kind! Warum ist es nicht einfach verschwunden? Dann wäre all das nicht passiert.

Später im Bett nimmt Chris mich in die Arme. Ich fühle mich warm und sicher. Aber dann schlafe ich ein und schrecke kurz darauf mit wild klopfendem Herzen auf. Chris hält mich fest.
»Linda, es ist alles gut. Du bist zu Hause.«
Nach ein, zwei Minuten begreife ich, was er sagt. »Tut mir Leid. Hoffentlich habe ich dich nicht erschreckt.«
»Ist schon okay.«
Lange liegen wir beide wach, ehe ich wieder eindämmere. Eine Weile später höre ich ein seltsames Stöhnen. Ich brauche eine Weile, bis mir klar wird, dass es tief aus meiner eigenen Kehle kommt. Ich habe das Gefühl, dass mich eine große Last nach unten drückt. Ich kann mich nicht bewegen. Panik überwältigt mich. Dann wird mein Blick wieder klar, und ich erkenne Chris' Gesicht. Er beugt sich über mich und hält mich fest, aber er sieht bekümmert aus. »Linda! Linda, ich bin es. Du bist zu Hause.«
»Chris«, stoße ich hervor.
Er befreit mich von seinem Gewicht, hält aber meinen Arm fest, während er sich über mich beugt, um die Nachttischlampe anzuknipsen. Wie lange habe ich wohl schon gestöhnt?
»Geht es dir wieder gut?«
Ich nicke.
»Möchtest du etwas trinken?«
Ich nicke wieder.
Mein Herz ist schwer, als ich ihm nachsehe, wie er zur Treppe geht. Wie lange hält er das noch aus?

Kapitel 28

SONNTAG, 17. NOVEMBER 1991

Linda Caine

Heute sind die Tauben zurückgekommen. Ich freue mich über die schönen, sanften Vögel, die so zierlich das Futter aufpicken, das ich für sie auf dem Rasen ausstreue. Anscheinend nehmen sie die Stare kaum wahr, die sich miteinander um jedes Bröckchen zanken. Weil sie nur ans Streiten denken, bleiben sie am Ende hungrig. Dumme Vögel.

Mir geht es nicht besonders. Ich versuche mich auf all die guten Dinge zu konzentrieren, die ich habe. Ich beneide die Tauben. Wie wundervoll es sein muss, so viel Freiheit zu haben. Im Handumdrehen fliegen sie weg und sehen von weit oben auf die Welt herab.

Vor ein paar Jahren habe ich eine Geschichte gelesen, in der Jesus einen gelähmten Mann an einem Teich fragt, ob er geheilt werden möchte. Eine seltsame Frage, fand ich, denn die Antwort musste doch zweifellos »Ja« lauten. Inzwischen aber ist mir klar geworden, dass die Sache nicht so einfach ist. Wenn man verkrüppelt ist – sei es körperlich oder geistig –, dann nehmen die Menschen Rücksicht auf einen. Und man selbst tut das Gleiche mit sich. Der gelähmte Mann wusste, wenn er plötzlich laufen könnte, würde man von ihm erwarten, dass er sich unter die Gesunden mischte und sich seinen Lebensunterhalt selbst verdiente. Sein ganzes Le-

ben würde sich verändern – langfristig gesehen vielleicht zum Besseren, aber erst einmal würde alles seltsam und neu sein. Er hätte keinen Anspruch auf Schonung mehr.
Was würde ich antworten, wenn Jesus mir diese Frage stellte? Ehrlich gesagt, ich weiß es nicht. Momentan lassen mich alle in Ruhe. Keiner erwartet etwas von mir. Wenn ich einen schlechten Tag habe, zeigt jeder Verständnis. Aber was geschieht, wenn es mir »besser« geht? Werde ich mit den Ansprüchen fertig, die dann an mich gestellt werden?
Nach dem Abendessen sehen Chris und ich uns einen Film über Afrika an. Dabei werden wir ganz nostalgisch, weil die Landschaft so wunderschön ist. Trotz allem, was dort geschehen ist, würde ich liebend gern zurückgehen. Aber das Afrika, an das ich mich erinnere, existiert nicht mehr. Ich möchte keine Träume mehr – nur die Realität.

In den nächsten Monaten müssten wir eigentlich etwas von unserem Antrag für den Umzug nach Amerika hören. Ich habe es Chris gegenüber ein-, zweimal erwähnt, aber er ist nicht darauf eingegangen. Als ich das Thema das nächste Mal anschneide, wird er deutlich:
»Sei realistisch, Linda. Wir gehen vorerst nirgendwohin. Wenn wir Glück haben, schläfst du mal eine Nacht durch, ohne aufzuschrecken. In Amerika haben wir keine Krankenversicherung. Wenn du dort krank wirst, verlieren wir womöglich alles, was wir haben … und dieses Risiko möchte ich lieber nicht eingehen …«
Er hält inne und holt tief Luft. Dann lässt er die Schultern sinken und setzt sich. »Tut mir Leid, aber ich kann nicht mal daran denken wegzugehen. Ich habe hier zu viel um die Ohren. Tag und Nacht.«
Ich komme mir vor, als hätte er mich geohrfeigt. Schweigend stehe ich da und versuche den Schock zu verkraften.
Auf einmal jedoch bricht sich die ganze Spannung in einem Wortschwall Bahn. »Na großartig! Du sagst mir ständig, ich soll posi-

tiv denken. Du sagst: ›Sieh nach vorn, Linda, nicht zurück!‹ Und wenn ich genau das tue, dann knallst du mir so was vor den Bug. Du tust so, als wäre unser momentanes Leben sicher und stabil. Na ja – deine Firma zerfleischt sich selbst, deine Karriere steht am Scheideweg. Unser Leben verändert sich sowieso, ganz egal, ob wir nach Amerika gehen oder hier bleiben. Wir sind beide vierzig Jahre alt. Jetzt haben wir noch die Chance umzuziehen, aber die wird nicht ewig bestehen. Wenn wir ein neues Leben beginnen wollen, dann ist jetzt der richtige Zeitpunkt dafür.«

Wütend bietet er mir die Stirn. »Und was ist mit dir?«

»Ich weiß es nicht. Ich wollte, ich wüsste es. Aber du brauchst mich nicht daran zu erinnern, dass es meine Schuld ist. Und du brauchst mir auch nicht zu sagen, dass du es bist, der rund um die Uhr für alles sorgt.«

Damit dränge ich mich an ihm vorbei und laufe nach oben. Als ich geduscht und mich bettfertig gemacht habe, kommt Chris nach.

»Es tut mir Leid«, sage ich und umarme ihn.

»Nein, ich bin derjenige, der sich entschuldigen muss.«

»Du hast Recht, es ist zu riskant wegzugehen.«

»Ich habe Angst um dich.«

»Ich weiß, es ist naiv zu denken, dass ich meine Probleme hinter mir lassen kann, wenn wir weggehen, aber vielleicht hilft es mir trotzdem. Vielleicht ist der kalifornische Sonnenschein, die Weite und ein eigenes Pferd genau die Medizin, die ich brauche.«

Da lacht Chris und sagt, dass er sich gut vorstellen kann, wie ich über die Prärie reite. Dann blickt er mich ernst an. »Momentan gehst du ein- oder zweimal pro Woche zu Dr. Royston. Und obwohl du nicht nach Ticehurst zurück kannst, hast du immer noch die Möglichkeit, mit Roger Smith oder Linda McCormack zu telefonieren, wenn du jemanden zum Reden brauchst. Aber was passiert, wenn wir nach Amerika gehen? Was, wenn es dir nicht besser geht? Dann können wir direkt wieder einpacken und zurückkommen.«

Darauf weiß ich nichts zu erwidern. Die Wahrheit ist, ich weiß es nicht.

DONNERSTAG, 21. NOVEMBER 1991

Am besten und am schlimmsten ist es, wenn Gary und Christy in der Schule sind und Chris im Büro ist. Ich bin gern allein, aber ich kann dann die Zweifel schlechter abwehren, die mich beschleichen.
Manchmal schaffe ich es, etwas zu zeichnen oder zu malen. Inzwischen bin ich fast fertig mit der Schneeeule, die ich auf das Stück Schiefer male, das ich in Ticehurst gefunden habe. Ich möchte sie Dympna zu Weihnachten schenken.
Heute beschließe ich, mich zum Ausgehen zu zwingen. Irgendwo muss ich ja anfangen. Ich treffe mich mit Jenny Walker, einer Freundin aus der Kirche, bei ihr zu Hause. Wir kennen uns seit etwa zehn Jahren, und ich habe sie zwischen meinen Aufenthalten in Ticehurst ein paar Mal gesehen. Jenny ist etwa in meinem Alter und hat zwei Söhne, die beide etwas älter sind als Gary. Sie macht Kaffee, und wir setzen uns ins Wohnzimmer und plaudern.
»Ich habe heute Morgen etwas gelesen und dachte plötzlich, das wäre bestimmt was für dich«, sagt Jenny und holt ihre Bibel. Kurz darauf hat sie die Seite gefunden und liest mir eine Passage aus Jesaja vor: *»Ihr sprecht: Wir haben mit dem Tod einen Bund geschlossen und mit dem Totenreich einen Vertrag gemacht …«*
Mir wird eiskalt. Sie hat Recht. Ich habe tatsächlich einen Pakt mit dem Tod.
Jenny fährt fort: »Ich habe weitergelesen, und da ist mir noch etwas anderes ins Auge gesprungen. *… dass hinfalle euer Bund mit dem Tode und euer Vertrag mit dem Totenreich nicht bestehen bleibe …«* Sie blickt auf und sieht mir ins Gesicht. *»… dass hinfalle euer Bund mit dem Tode.«*

Ich fühle mich, als hätte mir jemand einen Schlag versetzt. Oder als hätte Gott direkt zu mir gesprochen.

Nun stellt Jenny mir eine Menge Fragen über meinen Zusammenbruch, und ich erzähle ihr, dass der Tod schon lange Zeit mein Freund war. Sie nickt und drückt meine Hand. »Hast du jemals von der Lydia-Frauengebetsgruppe gehört?«

Ich nicke. »Ja, flüchtig.«

»Ich bin die Koordinatorin für Süd-Kent. Ich kenne eine Frau namens Lu Sunderland, die früher Vorsitzende der Lydias war. Sie beschäftigt sich in letzter Zeit immer mehr mit bestimmten Heilungsgebeten.«

Jenny erklärt mir, wie Lu ihr geistliches Amt darin gefunden hat, für die Heilung von Menschen zu beten, die unter mentalen, emotionalen oder spirituellen Problemen leiden.

»Meinst du, sie wäre bereit, auch für mich zu beten?«, frage ich und spüre einen Funken Hoffnung.

»Ich kann sie gerne fragen. Viele Leute bitten sie darum, und Lu fragt Gott, mit wem sie beten soll.«

Als ich Jennys Haus verlasse, bin ich so hoffnungsvoll wie lange nicht mehr. In den letzten Jahren ist mein Glaube auf eine schwere Bewährungsprobe gestellt worden, aber er ist immer noch intakt. Ohne Gott hätte ich nicht überlebt. Für mich sind Glauben und Gebet wie leben und atmen.

Ein paar Tage später ruft Jenny an und erzählt, dass Lu sich gemeldet und für den 2. Dezember ein Treffen vorgeschlagen hat.

»Sie wohnt in Bury St. Edmonds. Wir können zusammen hinfahren«, schlägt Jenny vor. Ich bin erleichtert, dass sie bereit ist mitzukommen.

»Lu mag es, wenn die Leute sehr konzentriert sind und es mit dem Gebet sehr ernst meinen«, erklärt Jenny. »Sie möchte, dass man vorher drei Tage fastet und betet. Der Hunger hilft, die Gedanken zu konzentrieren, und er zeigt Gott, dass es einem mit dem Gebet ernst ist.«

Bisher habe ich höchstens schon mal vierundzwanzig Stunden gefastet, aber ich verstehe genau, was Jenny meint. Jeder Hungerschmerz, jedes Magenknurren ist eine Erinnerung daran zu beten.

FREITAG, 29. NOVEMBER 1991

Robin Royston

Heute kommt Linda zehn Minuten zu spät zu unserer Sitzung im Chaucer. Sie entschuldigt sich, dass sie mich hat warten lassen, und starrt dann geistesabwesend aus dem Fenster.
»Momentan brauche ich für alles furchtbar lange«, erzählt sie mir. »Ich habe überhaupt kein richtiges Zeitgefühl mehr.«
Wir unterhalten uns über ihre Schwierigkeiten zu Hause und darüber, dass sie selbst mit den kleinsten Erledigungen zu kämpfen hat. »Ich versuche, mich den ganzen Tag zu beschäftigen. Solange ich die Augen offen habe, ist alles einigermaßen in Ordnung. Aber wenn es Nacht wird und ich müde werde …«
Sie lässt den Satz unvollendet. Sie braucht ihn nicht zu vollenden.
»Sie wissen gar nicht, wie oft ich den Wunsch verspürt habe, Sie anzurufen und zu fragen, ob Sie mich nicht doch irgendwie noch einmal in Ticehurst unterbringen könnten. Ich möchte so gern zurück und mich verstecken«, meint sie und seufzt resigniert.
Ich merke, dass es mir lieber wäre, sie würde weinen. Stattdessen klingt ihre Stimme kalt und monoton. Sie hat das Gefühl, dass ihre Zeit abgelaufen ist und mit ihr die Geduld ihrer Mitmenschen. Immer wieder versuche ich ihr klarzumachen, dass ich auch weiterhin für sie da bin.
»Was ist, wenn ich mitten in der Nacht hochfahre und wegrenne? Was, wenn ich einen Albtraum habe?«
»Rufen Sie mich an. Sie haben doch meine Nummer.«
»Das kann ich nicht.«

»O doch, das können Sie.«
»Und was ist, wenn es zwei Uhr morgens ist? Was soll ich dann sagen? ›Dr. Royston, ich bin's, Linda, ich hatte einen schlechten Traum?‹ Und was sagen Sie dann?«
»Ich frage Sie nach dem Traum.«
Linda lacht. »Das würden Sie tun, echt?« Es ist schön, sie lächeln zu sehen.
Heute hat sie zwei Träume für mich aufgeschrieben. Der erste beginnt so, wie schon sehr viele begonnen haben.

Ich bin im Gang von Maple Avenue 5. Irgendetwas unglaublich Böses lauert auf mich, massiv, schwarz, ohne menschliche Gestalt. Es bewegt sich durchs Haus und macht im Esszimmer Halt. Ich weiß, dass es hinter mir her ist.
Ein Mann stellt sich dem Bösen entgegen. Ich glaube, das sind Sie, Dr. Royston. Er schleppt es nach draußen und knallt es immer wieder auf den Boden. Zuerst denke ich, er hat es besiegt, aber dann merke ich, dass der Mann nur müde ist. Mir wird eiskalt, weil ich erkenne, dass er überhaupt nichts ausrichtet. Das Böse wartet einfach nur ab, bis er erschöpft ist.
Sobald der Mann zu müde ist, um weiterzukämpfen, wird das Böse mir den Garaus machen.
Aber in diesem Moment spüre ich eine andere Präsenz, die noch mächtiger ist als das Böse. Ich weiß nicht, ob sie rechtzeitig eintreffen wird, um mich zu retten. Ich sehe über die Auffahrt zur Straße hinunter, kann dort aber niemanden entdecken …

Um die erste Hälfte des Traums zu interpretieren, braucht Linda mich nicht. Dieser Teil bildet fast haargenau das ab, was mit ihr los ist. Ihre Psyche steckt immer noch in der Maple Avenue 5 fest, bei dem formlosen Bösen. Sie hat das Gefühl, dass sie passiv daneben steht und mich ihren Kampf ausfechten lässt. Aber meine Kräfte sind begrenzt. Deshalb fürchtet sie, dass ich müde werde oder aufgebe. Aber sie muss lernen, für sich selbst einzustehen.

Aber die Idee, dass jemand anderes kommt, um Linda zu retten, ist neu.
»Was glauben Sie, wer das ist?«, frage ich sie.
Sie zuckt die Achseln. »Als ich aufgewacht bin, habe ich mir überlegt, ob es vielleicht Jesus sein könnte. Vielleicht wird Gott mich heilen. Ich habe heute angefangen zu fasten«, fügt sie hinzu.
»Warum?«
»Weil ich mich am Montag mit der Frau treffe, von der ich Ihnen erzählt habe. Sie wird mit mir beten.«
»Wir fühlen Sie sich, wenn Sie sich das vorstellen?«
»Aufgeregt. Nervös. Gespannt. Ängstlich. Alles zusammen …«
Lindas Entschluss, eine christliche Heilerin aufzusuchen, überrascht mich nicht. Der Glaube hat in ihrem Leben immer eine große Rolle gespielt und ihr sicher in manchen trostlosen Momenten das Überleben ermöglicht. Obwohl ich ihre Überzeugungen nicht teile, habe ich doch seit jeher das Gefühl, dass jeden von uns eine Energie durchfließt, die unser Leben bestimmt. In diesem Sinne sind Linda und ich uns gar nicht so unähnlich. Wir glauben beide, dass Hilfe von innen oder von außen kommen kann. In beiden Fällen müssen wir offen dafür sein und bereit, diese Hilfe anzunehmen.
Obgleich ich nicht versuche, Linda das Treffen mit Lu auszureden, beurteile ich die Erfolgsaussichten nicht sonderlich optimistisch. Ich möchte sie vor allzu großer Naivität und vor falschen Hoffnungen bewahren, denn ich bezweifle, dass die Menschen, die mit ihr beten, eine Ahnung haben von der destruktiven Kraft, der Linda in ihrer Kindheit ausgesetzt war.
»Ein alter Freund von mir, der an einem Gehirntumor erkrankt war, ist auch zu einem Heiler gegangen«, erzähle ich Linda. »Ich glaube aber nicht, dass er ein christlicher Heiler war.«
»Und was ist dabei herausgekommen?«
»Eine Weile hat er sich besser gefühlt, aber am Ende hat sich herausgestellt, dass der Tumor schon zu weit fortgeschritten war.«

Linda sieht mich an; ganz bestimmt fragt sie sich jetzt, ob sie das Richtige tut.
»Ich will nicht negativ sein«, erkläre ich. »Im Gegenteil. Ich glaube, es lohnt sich in jedem Fall, so etwas zu versuchen. Die Macht des Geistes ist erstaunlich.«
»Und die Macht des Gebets«, ergänzt sie.
Als Linda gegangen ist, sehe ich mir den zweiten Traum an. Er ist kurz und einfach.

Ich stehe auf einem Schiff und warte, dass es losfährt. Allmählich werde ich ungeduldig, weil nichts passiert, aber da entdecke ich den Kapitän, der sich mit einem anderen Mann unterhält. Vor meinen Augen übernimmt der andere Mann das Kommando, und mir wird klar, dass der alte Kapitän ihm die Verantwortung übergibt. Ich werde ganz nervös bei dem Gedanken, dass ein neuer Kapitän das Schiff steuert.

Noch ein Traum, in dem ein anderer Mensch Lindas Situation in die Hand nimmt. Was immer ich mir für Sorgen darüber mache, was Linda tun könnte, eines ist mir jetzt klar: Ich bin so weit mit ihr gegangen, wie ich konnte; etwas – oder jemand – Neues muss eingreifen, wenn sie überleben soll.

MONTAG, 2. DEZEMBER 1991

Linda Caine

Vor drei Tagen habe ich mit dem Fasten begonnen. Weil ich meine Medikamente nicht auf leeren Magen nehmen kann, esse ich eine dünne Gemüsebrühe dazu. Der dumpfe Hungerschmerz in meinem Magen erinnert mich daran zu beten.
Gestern war ich in der Kirche. Zum offenen Gebet konnte jeder

etwas beitragen. Auf der anderen Seite der Kirche stand ein Mann mittleren Alters auf und sagte: »Gott hat heute eine Botschaft für jemanden hier. Er möchte ihm oder ihr sagen: ›Ich bin bei dir. Ich halte dich an der Hand, und wenn nötig, trage ich dich auch. Was immer in deinem Leben geschehen mag, du wirst es schaffen, weil ich dich führe.‹« Als er betete, wurde mir innerlich ganz warm.

Nach dem Gottesdienst kam der Mann zu mir und stellte sich vor. »Während ich gebetet habe, musste ich dauernd an Sie denken«, erklärte er. »Gott möchte Sie wissen lassen, dass Sie gesund werden.« Ich war überwältigt. Solche Liebe und Unterstützung hatte ich nicht erwartet.

Jetzt biegt Jenny Walkers Auto in die Auffahrt ein. Wir haben Jill Poulson mitgenommen, die mit uns beiden befreundet ist. Die Fahrt nach Bury St. Edmunds dauert drei Stunden. Jenny und Jill sind bester Stimmung; wir singen und unterhalten uns über unsere Kinder und über die Kirche.

In den Gesprächspausen weiß ich nicht so recht, wohin mit mir; einerseits bin ich angespannt, andererseits ganz ruhig. Ich blicke über die Felder und merke, dass mir die Landschaft auch nach all den Jahren im Vergleich zu Afrika immer noch fremd ist. Als wir in Bury St. Edmunds eintreffen, verwandelt sich meine Anspannung in Angst. Was, wenn es nicht funktioniert? »Du meine Güte, Linda, wo ist denn dein Glaube geblieben?«, sage ich zu mir selbst.

»Aber ich bete schon seit Jahren darum, geheilt zu werden. Warum sollte es jetzt plötzlich geschehen?«

»Ich weiß nicht. Vielleicht klappt es ja gar nicht. Alles geschieht nach Gottes Willen. Vielleicht ist heute Sein Tag.«

Mein innerer Monolog wird unterbrochen, weil wir jetzt vor Lus Haus angekommen sind. Ihr Garten ist sauber und gepflegt.

Jenny drückt auf die Klingel, und es erscheint eine weißhaarige Frau mit einem breiten Lächeln. Sie ist etwas älter als ich erwartet habe, mit sympathischen Lachfältchen um die Augen.

»Sie haben aber schnell hergefunden«, meint sie und winkt uns herein. »Sie sind also Linda. Das dachte ich mir.« Es ist, als könnte sie in mein Inneres sehen.

Wir setzen uns in ein offenes, sonniges Wohnzimmer mit Blick über den Garten, Jenny neben mir, Jill und Lu uns gegenüber. Ich spüre, wie ich schweißnasse Hände bekomme, während die anderen Smalltalk machen.

Schließlich wendet sich Lu an mich. »Meine Gebetsgruppe trifft sich heute in einem anderen Haus«, sagt sie. »Sie beten für mich, dass Gott mir Weisheit und Einsicht gibt und dich heilt.« Ihre Augen sind voller Mitgefühl. »Wenn das Telefon klingelt, werde ich drangehen, weil mir die Gruppe manchmal mitteilen möchte, was Gott ihnen sagt«, erklärt sie und drückt meine Hand.

Es ist erstaunlich. All diese Leute nehmen sich den ganzen Tag Zeit, um für mich zu beten.

Lu fährt fort: »Ich möchte, dass Sie mir erzählen, was passiert ist. Geben Sie mir einfach einen kurzen Überblick über Ihr Leben und sagen Sie mir, was Sie momentan beunruhigt. Warum sind Sie heute gekommen? Was erhoffen Sie sich?«

Meine ersten Sätze sind unzusammenhängend, und ich kann meine Nervosität nicht unterdrücken. Aber dann entspanne ich mich ein bisschen und erzähle Lu von meinem Leben. Ich erwähne die Höhen und Tiefen und auch die drei fehlenden Jahre. Ich weiß nicht, wie lange ich brauche. Lu hört sehr aufmerksam zu, stellt gelegentlich eine Frage oder nickt, um zu zeigen, dass sie mich versteht. Ich berichte von meinem Zusammenbruch, den Selbstmordgedanken und davon, wie viel Dr. Royston für mich getan hat.

»Manche meiner Glaubensgenossen haben mich kritisiert, weil Dr. Royston kein christlich orientierter Psychotherapeut ist«, sage ich leise.

Lu antwortet, dass das für sie keine Rolle spielt. »Gott nimmt sich jeden zum Werkzeug. Dieser Mann hat seine Sache gut gemacht. Ihm haben Sie es zu verdanken, dass Sie endlich wissen, was geschehen ist.«

»Aber ich bin immer noch nicht …«

»Ich weiß«, unterbricht sie mich. »Sie sind immer noch nicht geheilt.«

Als ich ihr erzähle, wie mich der dunkelhaarige Mann in den Schrank gesperrt hat, verliere ich plötzlich die Fassung. Der Rest der Geschichte kommt stoßweise zwischen Schluchzern und Tränen heraus. Ich kann Lu nicht anschauen. Ich habe die Hände vors Gesicht geschlagen.

Manchmal nehme ich vage wahr, dass Lu mit mir spricht. Es ist, als wäre ich ein Kind; behutsam streichelt sie meinen Rücken und meine Haare.

»Was Ihnen passiert ist, war furchtbar, aber jetzt ist es vorbei«, flüstert sie.

Dann bittet sie Gott ganz leise, dass er das verletzte Kind in mir heilt. »Herr, ich bitte dich, dieses Kind ins Leben der erwachsenen Frau zu integrieren, damit Linda der ganze Mensch sein kann, der sie nach deinem Plan sein soll.«

Sanft sinken die Worte in mich ein. Ich spüre, wie sie in die dunklen Ecken und in die tiefen Risse sickern, und während sie sich ausbreiten, spüre ich, wie sich das Dunkel aufzuhellen beginnt. Noch immer bedecke ich das Gesicht mit den Händen. Ich starre durch die Ritzen zwischen meinen Fingern und sehe die Textur des Teppichs. Ganz allmählich wird mein Kopf klarer. Aber es ist nicht dieselbe Klarheit, die ich gespürt habe, als ich Christy beim Saubermachen im Kaninchenstall geschlagen habe. Nein, es fühlt sich an, als wäre die Welt bisher verschwommen gewesen und jetzt könnte ich sie plötzlich wieder deutlich erkennen. Die Farben sind leuchtender. Alles wirkt klarer. Was für ein wundervolles Gefühl!

Lu führt mich noch durch einige Gebete, neben mir sitzend, die Hand auf meine Schulter gelegt. »Wenn Sie heimgehen, sollten Sie jeden Tag in der Bibel lesen und weiterbeten«, sagt sie. »Bitten Sie Gott, dass er Sie führt. Aber erwarten Sie keine Riesenschritte.«

Ich nicke und senke die Hände. Meine Wangen sind tränennass.
»Dann rufe ich jetzt meine Gebetsgruppe an und sage Bescheid, dass wir fertig sind«, erklärt Lu und klingt sehr nüchtern. »Danach mache ich uns einen Tee. Nach dem Fasten haben Sie bestimmt einen Bärenhunger.«
Ich schaue zu Jill und Jenny. Sie lächeln mich beide an und rücken die Sessel wieder zurecht. Ich werfe einen Blick aus dem Fenster in den Garten und habe dabei das Gefühl, als wäre die Welt neu erschaffen. Alles sieht so frisch aus. Lu gießt den Tee in feine Porzellantassen. Wie stark ihr Glaube ist! Als hätte sie meine Gedanken gelesen, schaut sie mich an und lächelt auch.
Später, als wir uns verabschieden, nimmt Lu mich in den Arm und küsst mich auf die Wange. »Nehmen Sie sich nicht zu viel vor, Linda, einen Tag nach dem anderen, und vergessen Sie nicht zu beten.«
Auf dem Heimweg machen Jenny, Jill und ich an einer Imbissstube Halt, weil wir immer noch Hunger haben. Auf der Toilette sehe ich in den Spiegel und merke, dass meine Haare ganz fettig sind. Dabei habe ich sie erst gestern Abend gewaschen.
Wieder am Tisch mache ich Jenny und Jill darauf aufmerksam, und sie lachen.
»Lu hat dich gesalbt, als sie mit dir gebetet hat. Hast du das nicht gemerkt?«
»Nein.«
Ich erinnere mich sowieso nur an sehr wenig. Hauptsächlich weiß ich, dass etwas Merkwürdiges und Wundervolles geschehen ist. Ich kann es nicht in Worte fassen, aber es ist schön. Ich fühle mich nicht mehr verfolgt. Ich weiß nicht, wo dieses Gefühl geblieben ist. Ich weiß nicht, ob es wiederkommt.
Das bin ich nicht gewohnt. Es ist, als hätte ich einen Arm oder ein Bein verloren, würde es aber immer noch spüren. Mein Kopf ist klar. Ich möchte dieses Gefühl so lange wie möglich behalten.
Als ich nach Hause komme, ist es schon ziemlich spät, aber Chris ist noch wach; er hat auf mich gewartet. Fragend blickt er mich

an, als ich hereinkomme. Ich umarme ihn und erzähle ihm von diesem unglaublichen Tag. »Ich glaube wirklich, dass es geholfen hat … irgendwas ist jedenfalls passiert.«
Er sieht zufrieden aus, aber ein wenig besorgt. Ihm sind die Gefahren von falschen Hoffnungen und unrealistischen Erwartungen bewusst.
Ohne Angst gehe ich schlafen. Und zum ersten Mal seit Monaten fahre ich nicht hoch und wache auch nicht schreiend auf. Um halb acht Uhr morgens öffne ich die Augen, und die Sonne scheint hell hinter den Vorhängen. Ich bin voller Erwartung. Ein neuer Tag! Ich kann kaum abwarten, dass er beginnt.

Kapitel 29

MITTWOCH, 4. DEZEMBER 1991

Robin Royston

Ich fahre auf den Personalparkplatz, schnappe mir meine Mappe vom Beifahrersitz und betrete die Klinik durch den Haupteingang.

»Hi, Janet. Na, was steht heute auf dem Plan?«

Sie blickt von ihrem Schreibtisch auf und reicht mir einen prallen Aktenordner. »Hauptsächlich Stammkundschaft. Zwei Überweisungen. Soll ich mit ihnen einen Termin vereinbaren?«

Ich werfe einen kurzen Blick auf die Notizen. »Okay, hier können Sie einen Termin machen, aber vereinbaren Sie für Mrs. Davis bitte zuerst etwas bei einem Neurologen. Danke.«

Ich gehe den Korridor hinunter, biege um die Ecke und vergewissere mich schnell, dass in meinem Sprechzimmer alles in Ordnung ist. Den ganzen Vormittag schließt sich ein Termin an den anderen an, alles Privatpatienten. Da ich kein Wartezimmer habe, sitzen sie auf einem Stuhl vor meiner Tür, bis sie an der Reihe sind.

Wie üblich ist Linda schon ein bisschen früher zur Stelle. Sie war in der Cafeteria, um ihre Gedanken zu sammeln. Um zehn strecke ich den Kopf zur Tür heraus. »Hallo, möchten Sie reinkommen?« Schon auf den ersten Blick sehe ich, dass sich etwas verändert hat. Statt wie sonst eine besorgte, düstere Miene zur Schau zu tragen, lächelt sie heute so strahlend, dass der ganze Raum davon hell wird. Ihre Schultern sind gestrafft, ihr Gang beschwingt.

Ich habe bei Linda schon viele Stimmungsumschwünge beobachtet. Es gab auch Tage, an denen sie gelacht hat und das Leben zu lieben schien. Aber heute hat man das Gefühl, dass hinter ihren Augen ein Licht angeknipst worden ist.

Sie nimmt Platz und lächelt.

»Es ist vorbei, stimmt's?«, frage ich.

Sie nickt.

Ich bin erleichtert und gleichzeitig absolut schockiert. Wo ist die ganze negative Energie nur geblieben?

»Wie ist es passiert? Erzählen Sie mir davon!«

Atemlos berichtet sie von Lu und dem Gebetstreffen. Sie kann nicht erklären, was eigentlich abgelaufen ist, und auch mir fällt keine vernünftige Interpretation ein. Aus welchem Grund auch immer – klar ist jedenfalls, dass sich in Linda etwas verändert hat. Irgendwie ist der hypnotische Effekt des dunkelhaarigen Mannes verschwunden. Offensichtlich hat Lu vieles aus Lindas Vergangenheit intuitiv erfasst. Vor allem hat sie erkannt, dass Lindas Persönlichkeit sich als Kind gespalten hat und dass sie zwischen verschiedenen Zeitabschnitten hin und her schwankte. Mich fasziniert das Vorgehen dieser Frau, und ich lasse mir die Details mehrmals erzählen. Lindas Transformation ist beeindruckend.

In dem chinesischen Spiel Mah-Jong, das man – ähnlich wie Domino – mit bemalten Steinen spielt, gibt es einen besonderen Ausdruck dafür, wenn man eine Partie mit dem allerletzten Stein gewinnt. Übersetzt heißt er: »Ich pflücke den Mond vom Grunde des Meeres.« Genau das hat Lu getan. Bei ihrem letzten Versuch hatte sie Erfolg – beim letzten Würfelwurf, beim letzten Schuss aufs Tor –, welche Analogie einem auch immer am liebsten sein mag. Unwillkürlich muss ich an Lindas Traum denken, in dem sie auf das Eingreifen einer Macht gewartet hat, die stärker ist als das

Böse. Alles fügt sich ineinander. Vielleicht habe ich Lindas Rettung nicht vorausgesehen, aber ihre Träume haben sie erahnen lassen. Es ist ein Kontinuum.

Mir war die ganze Zeit über bewusst, dass die Antwort in Linda selbst liegt. Von Anfang an ist sie auf unserem Weg vorangegangen, und ich konnte sie auf ihrer Reise nur begleiten. Genau wie ich es mir erhofft habe, hat ihr Unbewusstes jetzt die Voraussetzungen für ihr Überleben geschaffen. In dem Moment, als alles andere versagt hat, ist Gott Lindas einziger Halt geblieben. Womit bewiesen wäre, dass man die Kraft des Gebets und auch die Komplexität des menschlichen Denkens nicht unterschätzen darf.

Ich habe Linda auf ihrer Reise so weit ich konnte begleitet und dem Sturm die Stirn geboten, aber um das Schiff in den sicheren Hafen zu steuern, bedurfte es noch einer anderen Art von Hilfe. Das hat Lu erkannt. Mir fiel eine Geschichte ein, die Linda mir einmal erzählt hatte – von einem Mann, der in einen Fluss fiel und stromabwärts getragen wurde, immer näher an einen Wasserfall heran. Ein Fischer streckte ihm seine Angel entgegen und sagte: »Halt dich fest, ich ziehe dich raus.«

Aber der Mann antwortete: »Lass nur, Gott wird mich schon retten.«

So trieb er weiter, und ein Stück flussabwärts beugte sich ein Wanderer über ein Brückengeländer und sagte: »Nimm meine Hand, ich zieh dich raus.«

»Lass nur, Gott wird mich schon retten«, entgegnete der Ertrinkende und trieb weiter.

Ganz in der Nähe des Wasserfalls schwebte ein Helikopter über dem Mann und ließ eine Strickleiter herunter.

»Keine Sorge, Gott wird mich retten«, rief der Mann.

Sekunden später wurde er von dem Wasserfall in die Tiefe gerissen und schlug auf einen Felsen auf. Als er das Himmelstor erreichte, sagte er zu Gott: »Hey, hast du mich da unten denn nicht gesehen? Warum hast du mich nicht gerettet?«

Und Gott antwortete: »Ich habe es dreimal versucht. Hast du die Menschen nicht gesehen, die ich dir zur Hilfe geschickt habe?«
Das war es, was Linda gerettet hat. Indem sie auf den Prozess vertraute, lernte sie, die ausgestreckte Hand zu ergreifen.

MONTAG, 16. DEZEMBER 1991

Linda Caine

Seit zwei Wochen bin ich nachts nicht mehr aufgeschreckt. Das ist unglaublich, obwohl ich mir auch nicht zu viel Hoffnung machen will. Genau wie Lu es gesagt hat: Einen Schritt nach dem anderen. Nichts überstürzen. Meine guten Tage sind anders als früher. Sie waren zerbrechlich, als lebte ich mit geborgter Zeit. Jetzt ist mein Kopf klar. Die »Unterströmung«, wie ich es immer genannt habe, ist verebbt und wieder aufgelebt und hat mein Leben bestimmt. An guten Tagen konnte ich sie zurückhalten. An schlechten Tagen hat sie mich mitgerissen. Jetzt ist das grässliche gehetzte Gefühl verschwunden, genauso wie das, dass der dunkelhaarige Mann mich verfolgt.
Noch immer habe ich mit dem zu kämpfen, was in der Vergangenheit geschehen ist. Sicher ist es kein Kompliment für meinen Glauben, wie sehr es mich überrascht und verblüfft, dass meine Gebete erhört worden sind. Danke, Gott. Danke, Dr. Royston. Ich weiß, dass es mir besser geht, weil ich »Das Kind« lesen und akzeptieren kann, was dem kleinen Mädchen passiert ist … was mir passiert ist. Die Bilder beunruhigen mich immer noch, aber sie nehmen kein Eigenleben mehr an. Genau wie Dr. Royston es gesagt hat: Sie verwandeln sich in normale Erinnerungen. Ständig finde ich mich in neuen Situationen wieder, mit denen ich noch vor ein paar Wochen überhaupt nicht zurechtgekommen wäre. Ich besuche Freunde und gehe einkaufen. In der Kirche begrüße

ich Bekannte und unterhalte mich mit ihnen, statt mich im Hintergrund herumzudrücken.
Ich weiß, dass Chris sich meinetwegen Sorgen macht. Es ist fast so, als wäre meine Nervosität auf ihn übergesprungen. Ich sehe, wie er mich beobachtet, wie er darauf wartet, dass ich wieder eine schlechte Nacht habe oder dass die Gedankenblitze wieder einsetzen. Aber ich habe keine Angst mehr, sondern ein ganz seltsames Gefühl des Friedens. Irgendwo tief in meinem Innern weiß ich, dass es vorbei ist. Ich kann es nicht erklären. Ich weiß einfach, dass jetzt alles in Ordnung ist. Auch Gary und Christy spüren das. Es ist wundervoll zu sehen, wie sie sich allmählich wieder entspannen, statt auf Zehenspitzen um mich herumzuschleichen.
Heute Abend fahren wir nach Canterbury, um noch ein paar letzte Weihnachtsgeschenke zu kaufen. Chris und ich haben Gary und Christy versprochen, dass wir in der Crêperie Pfannkuchen essen. Tagsüber hat es geschneit, und die Hecken sind weiß gepudert. Als wir in der Nähe der St. Edmund's School über den Hügel kommen, erstreckt sich unter uns die Stadt Canterbury. Aus dem Weiß erhebt sich majestätisch die Kathedrale, angestrahlt von den Scheinwerfern, ein beeindruckendes Bild. Um uns herum fällt leise der Schnee, es sieht aus wie im Winterwunderland. Diesen Blick habe ich schon immer geliebt, aber wie alles in meinem Leben erscheint er mir jetzt ganz anders. Warum ist das so? Dann dämmert es mir. Auf einmal wird mir klar, warum mir alles so neu und aufregend vorkommt. In der Vergangenheit habe ich von draußen hereingeschaut. Jetzt bin ich mittendrin – ich gehöre dazu.
Ein paar Minuten später parken wir vor Chris' Büro. Als wir auf die Kathedrale zugehen, knirscht der Schnee unter unseren Füßen, und die Kirchenglocke schlägt sechs Uhr. Ich blicke nach oben und blinzle, weil mir die Schneeflocken ins Gesicht fallen wie kleine Sterne. Chris, Gary und Christy sehen mich fragend an. Mitten auf dem Weg bleibe ich stehen und starre in den Himmel. »Ist das nicht wunderschön?«, rufe ich aus.

In meinem Inneren möchte ich tanzen und rufen: »Hier bin ich! Ich lebe und ich muss nicht sterben!« Aber ich lächle nur und lege meine Arme um Gary und Christy. Wir gehen über den Buttermarket, am Kaufhaus Debenham's vorbei, die schmale Straße hinunter zur Hauptstraße. Eine Gruppe Chorsänger gibt »Stille Nacht« zum Besten. Ich möchte gleichzeitig lachen und weinen. Ich bin so glücklich! Offenbar ist das ansteckend, denn wir müssen den ganzen Abend über alles und jeden lächeln und lachen.

In dieser Nacht träume ich, dass ich an einem Bahnhof stehe, als gerade ein Zug einfährt. Aber statt am Bahnsteig Halt zu machen, fährt der Zug weiter und bleibt neben einem Teich mit klarem Wasser stehen. Ich springe hinein und tauche bis auf den Grund. Dort liegen Tausende wunderschöner Kiesel in allen Formen, Farben und Größen. Ich beginne sie aufzusammeln, aber es sind zu viele, ich kann sie nicht alle halten. Ich blicke auf und sehe ein großes Auto, das direkt über dem Teich parkt, so, dass es wie ein Deckel über dem Teich liegt. Ich sitze in der Falle! Schnell schwimme ich an die Oberfläche und schlage mit der Faust gegen den Boden des Autos. Ich merke, wie ich in Panik gerate, aber dann bewegt sich das Auto plötzlich, und Licht flutet über den Teich. Ich bin gerettet. Ich bin frei.

Es ist Morgen, als ich aus dem Traum erwache. Ich ziehe die Vorhänge auf, und die Sonne strömt ins Zimmer; draußen hat ein frischer, heller Tag begonnen. Ich bin voller Erwartung, ich bin so glücklich, wie der Himmel blau ist – ich kann es nicht anders erklären.

Robin Royston

In den nächsten Wochen, in denen wir uns viermal treffen, beobachte ich Linda genau, halb in der Erwartung, dass sie einen Rückfall erleidet. Vielleicht habe ich mir in der letzten Zeit zu viele falsche Hoffnungen gemacht, deshalb fällt es mir schwer zu akzeptieren, dass sich tatsächlich etwas verändert hat. Doch je mehr ich sehe, wie Linda ihre Lebensfreude wieder entdeckt, desto mehr Vertrauen gewinne ich. Was hier vor sich geht, ist nicht nur die Ruhe vor dem nächsten Sturm. Sie ist auf der anderen Seite angekommen. Sie ist nicht mehr so verletzlich. Sie ist auch längst nicht mehr so aggressiv sich selbst gegenüber. Die Härte, die von ihrer Mutter stammt, ist aus ihrer Stimme verschwunden.

»Ich hatte immer das Gefühl, Sie würden sich auflösen, wenn ich Sie berühre«, erkläre ich ihr. »Und wenn wir es wagen würden, zu heftig aufzutreten, würde der Boden unter Ihnen nachgeben und Sie würden in den Abgrund stürzen. Aber jetzt können wir hüpfen und stampfen … und der Boden unter Ihnen hält.«

Linda lächelt. »Ja, genauso fühlt es sich an.«

Diese grundlegende Veränderung spiegelt sich auch in Lindas Träumen. Zwar bleiben die Bilder teilweise die gleichen, aber sie sind nicht mehr so mächtig, und das Geschehen ist positiver. Das Wasser ist klar, sie sitzt nicht mehr in der Falle.

Im Januar kommt Linda mit einem weiteren aufrüttelnden Traum in mein Büro. Wieder ist das Wasser kristallklar und voller Kieselsteine. Wir sind zum Ausgangspunkt zurückgekehrt, nur war es damals ein Schlammpfuhl.

Folgendes hat sie aufgeschrieben:

Ich bin in einem großen Gebäude und helfe dabei, eine Gruppe missbrauchter Kinder zu betreuen. Den Erwachsenen gegenüber sind sie sehr wachsam, und sie betrachten auch mich argwöhnisch. Ich gehe zu zwei großen Flügeltüren und mache sie auf. Licht flutet herein, und ein schöner, sonniger Tag mit blauem Himmel kommt zum Vorschein. Kleine Wellen plätschern an einen steinigen Strand. Ich gehe ans Ufer und beginne, glatte Kiesel aufzusammeln. Dann rufe ich die Kinder, damit sie sich das ansehen. Ein Kind, ein kleines Mädchen, kommt herüber und kniet sich zögernd neben mich. Vorsichtig steckt es die Hand ins Wasser, holt ein paar Kiesel

heraus und zeigt sie mir. Gemeinsam sehen wir uns einen nach dem anderen an, fasziniert von den Farben und Mustern.
Ich fühle mich wunderbar, weil ich weiß, dass das kleine Mädchen anfängt, mir zu vertrauen.

Dieser schöne Traum scheint zu versinnbildlichen, wie weit Linda gekommen ist. Sie hasst »das Kind« nicht mehr, sie will es auch nicht zerstören. Die Wunde heilt, der abgetrennte Teil wird wieder integriert.

MITTWOCH, 6. MAI 1992

Linda Caine

Jedes Mal, wenn ich daran denke, dass wir dieses Haus verlassen, spüre ich ein heftiges Bedauern. Selbst nach allem, was hier in den letzten drei Jahren passiert ist, liebe ich es. Es ist voller schöner Erinnerungen. Die meisten Kisten sind gepackt und stehen bereit, um nach Kalifornien verschickt zu werden. Die elektrischen Geräte bleiben allesamt hier, weil in Amerika eine andere Stromspannung üblich ist, und die meisten Möbel sind zu voluminös oder zu teuer zum Verschicken.
Der Abschied von unseren Freunden und Bekannten war schwer. Letzten Sonntag vor dem Abendgottesdienst haben wir unsere Abreise in der Kirche angekündigt. Zuerst war es ein Schock, aber dann fanden alle es sehr positiv. Natürlich wollen wir in Kontakt bleiben, was bedeutet, dass wir eine Menge Briefe zu schreiben haben.
Inzwischen ist es schon fast vier Monate her, dass man unseren Einreiseantrag genehmigt hat. Anfangs war ich furchtbar aufgeregt, und je näher der Tag der Abreise rückt, desto größer scheint die Herausforderung zu werden. Heute fahre ich zur letzten Sit-

zung bei Dr. Royston ins Chaucer. Das wird nicht einfach, denn wir müssen beide der Tatsache ins Auge sehen, dass es sich um einen Abschied handelt. Schon oft haben wir bei unseren Treffen die Uhr ticken hören, aber noch nie so endgültig.
Um elf ist alles vorbei. »Dann also Auf Wiedersehen, Dr. Royston. Ich werde Sie vermissen.« Wir umarmen uns, und ich spüre, wie mir die Tränen kommen. »Sie müssen versprechen, dass Sie mich nicht vergessen. Und wenn Sie jemals nach Amerika kommen, wissen Sie, dass Sie uns immer willkommen sind.«
Er lächelt. »Nein, ich werde Sie nicht vergessen, und vielleicht komme ich tatsächlich mal rüber und besuche Sie. Ich wollte schon immer mal nach Amerika.«
»Ich nehme Sie beim Wort.«
»Halten Sie mich auf dem Laufenden, wie Sie mit Ihrem neuen Leben zurechtkommen.«
»Das werde ich.«
Solche Worte sind nie genug. Nach allem, was wir zusammen durchgemacht haben, müsste es irgendwie mehr geben. Kein Mensch kennt mich so gut wie dieser Mann, meine dunkelsten Geheimnisse, meine schlimmsten Augenblicke. Wie er es versprochen hatte, hat er mich auf dem »Trampelpfad« begleitet, bis wir an sein Ende kamen. Ich habe ihm so viel zu verdanken, und ich weiß, dass ich ihm das nie ganz werde zurückzahlen können.

Inzwischen sind schon sechs Monate vergangen, seit ich Ticehurst verlassen habe. Seitdem war ich nicht mehr dort, habe aber den Kontakt zu Linda McCormack und Roger Smith aufrechterhalten. Jetzt möchte ich mich von ihnen und auch von Dympna, Noel und all den anderen verabschieden.
Als ich ins Tor einbiege und durch die Bäume die weiß getünchten Gebäude sehe, habe ich das gleiche Gefühl von Wärme und Frieden wie früher. Ich stelle mir vor, dass es so ähnlich ist, wenn man an einen Ort zurückkehrt, an dem man aufgewachsen ist, wo

die Menschen einen verstanden und geliebt haben. Früher hatte ich fürchterliche Angst, Ticehurst zu verlassen. Jetzt bin ich nur zu Besuch hier. Ich möchte mich nicht mehr verstecken.

Als ich zum Empfangsbereich schlendere, blickt Tina hinter dem Schreibtisch auf und lächelt. Sie telefoniert und formt mit dem Mund ein »Hallo«, als ich ihr zuwinke. Ich gehe ein Stück weiter den Gang hinunter und schaue in den Aufenthaltsraum. Dort sitzt eine Hand voll Patienten, ein paar sehen fern, aber die meisten sind eingesponnen in ihrer eigenen Welt.

Mit großen, überraschten Augen blickt Jimmy mich an. »Linda!« Es ist fast, als erwarte er, dass ich jeden Moment die Flucht ergreife und aus dem Aufenthaltsraum renne. Aber ich setze mich neben ihn und erzähle ihm, dass ich nach Amerika gehe.

»Ich bin nur gekommen, um mich von allen zu verabschieden.«

»Sie sehen umwerfend aus«, sagt er.

»So *fühle* ich mich auch. Mir geht es so viel besser.«

Jimmy freut sich für mich, obwohl er fast ein bisschen benommen wirkt. Als er mich das letzte Mal gesehen hat, habe ich Fenster zerschlagen und bin mitten in der Nacht weggelaufen.

»Wie geht es Ihnen denn?«

Einen kurzen Moment wird sein Gesicht traurig. »Manchmal gut, manchmal schlecht. Heute ganz okay.«

Aus dem Augenwinkel heraus bemerke ich eine Bewegung und blicke auf. Am Arm einer Schwester geht Sarah draußen vorbei. Sie dreht sich um und sieht mich an, aber ihre Augen sind leer und ihr Gesicht ist ausdruckslos.

Auf einmal bekomme ich ein schlechtes Gewissen. Sarah und Jimmy sind beide in der gleichen Woche in Ticehurst eingeliefert worden wie ich – vor drei Jahren. Sie sind beide noch so jung, das ganze Leben liegt vor ihnen. Warum geht es mir gut, während diese beiden sich weiterhin quälen müssen?

Ich möchte ihnen gern zurufen: »Bitte, gebt nicht auf. Kämpft darum, dass es euch irgendwann wieder besser geht.«

Linda McCormacks Stimme holt mich aus meinen Gedanken.

»Tut mir Leid, dass ich mich verspätet habe«, sagt sie und nimmt mich in den Arm. »Gehen wir.«

Ich folge Linda auf den Gang hinaus und weiter die Korridore hinunter zur anderen Seite der Klinik.

»Es ist so schön, dich so zu sehen«, sagt sie und drückt meine Hand.

»Ja, es ist erstaunlich! Zuerst hatte ich Angst, es würde nicht anhalten, aber jetzt *weiß* ich, dass es mir besser geht. In den letzten vier Monaten bin ich nur zweimal nachts aufgeschreckt. Und jedes Mal wusste ich sofort, wo ich bin.«

»Hast du denn noch Albträume?«

»Manchmal schon, aber wenn ich aufwache, kann ich klar darüber nachdenken. Ich bin nicht mehr in ihnen gefangen.«

Ich rede wie ein Wasserfall. »Ich weiß nicht, was ich erwartet habe, als ich zu Gott betete, dass er mich heilt. Jedenfalls nicht, dass mir alles so vollständig abgenommen wird.«

Linda McCormack lächelt mich an, kann aber die Sorge in ihren Augen nicht verbergen,

»Du glaubst mir doch, oder nicht?«, flüstere ich.

»O doch«, entgegnet sie sofort. »Ich sehe die Veränderung an dir, aber …« Sie zögert und wählt ihre Worte sehr sorgfältig. »Ich möchte nur nicht, dass du enttäuscht bist, wenn du doch noch einmal Probleme bekommst.« Obgleich Linda mich in meinem Glauben immer unterstützt hat, weiß ich, dass sie ihn nicht teilt.

»Ich sage ja nicht, dass ich niemals wieder Schwierigkeiten haben werde«, erkläre ich. »Ich kann nur sagen, dass es jetzt anders ist. Ich bin glücklich. Ich liebe das Leben.«

In einer Dreiviertelstunde treffen wir uns mit Roger zum Lunch in der Cherry Tree Inn. Vorher muss Linda noch nach einem Patienten sehen.

»Was willst du solange machen?«, fragt sie.

»Einen Spaziergang.«

»Bestimmt rettest du noch immer Regenwürmer.«

»Selbstverständlich.«

Ich überquere den Parkplatz und nehme den von Bäumen gesäumten Weg zum Sommerhaus … *meinem* Sommerhaus. Es macht immer noch einen traurigen und vernachlässigten Eindruck. Die Türen sind geschlossen und quietschen laut, als ich sie aufziehe. Ich öffne sie weit genug, dass ich mich hineindrängen kann, dann schließe ich sie hinter mir. Durch die zerbrochenen Fenster hat der Wind Blätter hereingeweht, die jetzt den Boden bedecken. Spinnweben hängen von den Balken, die Holzbank ist grau und voller Splitter. Für einen Außenseiter sieht es hier bestimmt ziemlich trostlos aus, aber für mich ist es ein Ort der Zuflucht. Wenn ich auf der Bank sitze, spüre ich, wie Frieden mich durchströmt.

Als ich im Cherry Tree Inn ankomme, ist Roger schon da. Er winkt mich zu einem hohen Hocker an der Bar und bestellt mir eine Limonade.

»Na, schau mal einer an, Linda Caine! Du siehst gut aus«, sagt Roger, der ein Bier schlürft.

»Mir geht es auch gut, unglaublich gut sogar.«

Wieder ist klar ersichtlich, dass mein Gegenüber nicht gänzlich davon überzeugt ist.

»Natürlich gibt es noch Dinge, an denen ich arbeiten muss«, erkläre ich ihm. »Manchmal rege ich mich immer noch auf, aber es überrollt mich nicht mehr so wie früher. Ich bin anders geworden. Ich weiß nicht, warum Gott mich ausgerechnet jetzt geheilt hat. Aber ich weiß, dass er es getan hat.«

Roger runzelt die Stirn und sagt mit ernster Stimme: »Nun, ich kenne da jemanden, den wird das ganz und gar nicht freuen.«

»Wen denn?«

»Zuerst einmal den Glaser. Schau dir doch bloß die ganzen Fenster an, die er jetzt nicht mehr zu erneuern braucht.« Er grinst mich an, und ich lache laut los.

Kurz darauf trudelt auch Linda McCormack ein, und wir essen zusammen einen wundervollen Lunch. Irgendwie ist es schon seltsam, hier zu sitzen und zu plaudern wie alte Freunde; ich erfahre einiges über das Leben der beiden. Bis jetzt kannte ich sie nur in der Klinik, wenn sie im Dienst waren und sich um mich gekümmert haben. Nun wird mir schlagartig klar, dass sie ihre eigenen Hoffnungen, Träume und Probleme haben.

Nach dem Lunch gehen wir zurück zum Parkplatz. Ich bin traurig, weil ich nicht weiß, ob ich die beiden jemals wieder sehen werde. Wir umarmen einander, und ich versuche, nicht zu weinen. Einen Augenblick lang bin ich wieder wie ein Kind, das sich an seinen Vater klammert und sich wünscht, dass er nicht weggehen würde.

»Ich liebe euch«, flüstere ich.

»Wir lieben dich auch«, sagt Roger, umarmt mich ganz fest und hebt mich dabei von den Füßen.

»Und melde dich!«, ruft Linda McCormack mir nach, als ich wegfahre.

Ich antworte: »Und passt auf mein Sommerhaus auf!«

Im Rückspiegel sehe ich sie dastehen und winken. Vor mir liegt die Straße. Der Himmel ist blau. Mein Kopf ist klar. Ich gehe nach Amerika, um ein neues Leben zu beginnen.

Epilog

MITTWOCH, 10. OKTOBER 2001

Noch immer hört Gary seinen Wecker nicht. Leider ist er inzwischen zu groß, um Stubenarrest zu bekommen. Er hat drei Jahre bei der US-Marine verbracht – in engen Quartieren, in denen er und seine Kameraden in ständig wechselnden Schichten Dienst hatten –, deshalb schläft er jetzt sogar noch tiefer. Ich frage mich, ob es bei Costco Luftalarmsirenen im Angebot gibt.

Zum Glück hat Gary sehr flexible Jobs; er kann sich die Arbeitszeit so einteilen, dass er seine Vorlesungen und seine vielen anderen Interessen trotzdem unterbringt. Er arbeitet stundenweise als Kriminalreporter für einen Statistikverlag, und stundenweise als Kriminalermittler. Er studiert auf einen Abschluss in Kommunikation und Marketing am City College, aber nächstes Jahr planen ein Freund und er, an eine Uni in Los Angeles zu wechseln. Grund dafür ist, dass er auch noch gerne Schauspieler sein möchte und sich sehr für Musik interessiert, und Hollywood ist immer noch der Ort für Leute, die an der Westküste ins Schauspielgeschäft einsteigen wollen. Der arme Gary. Ständig ist er frustriert, weil der Tag nur vierundzwanzig Stunden hat.

Nach einem schweren Start in Amerika und schrecklich viel Heimweh nach England hat auch Christy inzwischen ihre Nische gefunden. Sie ist diplomierte Massage-Therapeutin und wohnt in der Nähe von San Francisco, wo sie für einen sehr exklusiven Sportclub und eine chiropraktische Praxis arbeitet.

Wenn ich daran denke, dass sie sich zwei Jahre lang mit mies bezahlten Jobs durchgeschlagen hat, um sich ihr Studium zum Teil selbst zu finanzieren, tut mir das immer noch weh. Aber genau wie Chris hat sie die Fähigkeit, sich ein Ziel zu setzen und so lange konzentriert darauf hinzuarbeiten, bis sie es erreicht hat. Sie will in den nächsten zwei Jahren ihre eigene Praxis eröffnen, und ich bin sicher, dass sie auch das schaffen wird.

Finanziell gesehen hat uns der Umzug nach Kalifornien praktisch unsere sämtlichen Rücklagen gekostet, aber wir haben die richtige Entscheidung getroffen. Anfangs mussten wir von unseren Ersparnissen leben, denn Chris studierte auf den kalifornischen Jura-Abschluss. Gleich beim ersten Versuch schaffte er das Examen – ich war soo stolz auf ihn! Ein paar Jahre hatte er dann einen Job in Fresno, um sich in die juristische Praxis hier in Amerika einzufinden. Vor zwei Jahren hat er dann seine eigene Kanzlei eröffnet. Das war eine wunderbare und sehr aufregende Zeit. Gary verließ die Firma, bei der er damals angestellt war, um ein Marketingsystem für Chris auszuarbeiten, und Annette half ihm, das Büro einzurichten und ein Rechnungssystem zu entwickeln. Vor kurzem hat man Chris mitgeteilt, dass seine Firma inzwischen zu den angesehensten der Stadt gehört.

Und ich? Eine Weile arbeitete ich für einen Konkursanwalt, wo ich das Empfangsbüro leitete und mich um die Akten kümmerte. Es war ziemlich Furcht erregend, nach neunzehn Jahren Kindererziehung und Haushalt wieder ein Büro zu betreten. Danach arbeitete ich halbtags für ein Kalligraphiegeschäft in der Bay Area. Jetzt bin ich freischaffende Künstlerin und Kalligraphikerin und stelle meine Bilder und Kalligraphien in den Galerien und Läden in Fresno und Umgebung aus.

Auch was meine psychische Verfassung angeht, kann ich nur dankbar sein. Genau wie jeder Mensch habe ich gute und schlechte Tage. Wenn ich mich plötzlich an etwas erinnere, sei es durch einen Anblick, ein Geräusch oder einen Geruch, tauchen gelegentlich immer noch Bilder von damals auf, aber sie beeinträchtigen mich nicht mehr. Die schlimmen Dinge, die ich erlebt habe, sind natürlich immer noch da, aber ich kann mit ihnen leben. Ich habe gelernt, darauf zu vertrauen, dass das Wasser flach und der Untergrund fest ist. Ich denke, hin und wieder müssen wir alle einmal innehalten und Bilanz über unser Leben ziehen. Wir müssen uns bewusst machen, wohin wir gehen und was wir wirklich brauchen. Und wir sollten nie zu ängstlich oder zu stolz sein, um Hilfe zu bitten.

Als ich anfing, dieses Buch zu schreiben, sah ich mich als schwachen, instabilen Menschen, als jemanden, der es nie schaffen würde, eine gute Frau und Mutter zu werden. Aber nachdem ich nun alles, was passiert ist, zu Papier gebracht habe, finde ich mich nicht mehr schwach. Eigentlich bin ich sogar ein sehr starker Mensch, denn ich habe viel verkraftet, ehe ich dann doch kurzfristig schlapp gemacht habe. Und vielleicht war gerade dieses Schlappmachen das Beste, was mir hatte passieren können. Es hat mich gezwungen, mich eine Weile nicht mehr anzustrengen und nicht mehr so zu tun, als wäre mit mir alles in Ordnung, sondern endlich Hilfe anzunehmen. Dank Gott, dank der Liebe und Unterstützung meiner Familie, dank der Hilfe von Dr. Royston und Lu habe ich alles überstanden. Bei meinen Aufenthalten in Ticehurst habe ich Dr. Royston oft gefragt, warum er so sicher war, dass es mir irgendwann besser gehen würde. Seine Antwort war immer: »Weil Sie sich nicht unterkriegen lassen.« Und er hatte Recht. Ich habe mich nicht unterkriegen lassen.

Noch immer habe ich nur sehr spärliche Erinnerungen an die drei Jahre, in denen wir mit meiner Mutter in der Maple Avenue 5 gewohnt haben, aber ich erinnere mich an so vieles aus der Zeit davor. Die Lücke hat sich geschlossen durch die »Gedankenblitze«, die wie Puzzleteile allmählich an die richtige Stelle rutschten. Es ist erstaunlich, wie oft ich eine weitere Verbindung herstellen kann und ein neues Puzzleteil finde. In den letzten Jahren habe ich ziemlich vielen Menschen erzählt, was mir als Kind zugestoßen ist. Viele reagieren sehr skeptisch, vor allem, was die Idee un-

terdrückter oder blockierter Erinnerungen angeht. Ich habe sehr viel darüber gelesen, und ich weiß, dass sogar die Experten geteilter Meinung darüber sind, ob es so etwas gibt oder nicht.
Ich habe keine Zeugen, die beweisen können, dass das, was ich erlebt habe, real war. Viele Fragen könnte nur meine Mutter oder der dunkelhaarige Mann beantworten. Aber meine Mutter ist inzwischen gestorben und hat ihre Geheimnisse mit ins Grab genommen. Ich kann den Leuten nur sagen, dass ich mit meinen Geschwistern gesprochen und so viele Fakten wie möglich überprüft habe. Vielleicht werde ich niemals genau wissen, wie oder warum mir all das passiert ist, aber ich weiß mit »an Sicherheit grenzender Wahrscheinlichkeit«, dass es wirklich so war.

Wenn die Sonne weiter scheint, gehen wir dieses Wochenende vielleicht am Bass Lake in den Bergen nördlich von Fresno campen. Als Dr. Royston vor ein paar Jahren zu Besuch kam, bin ich mit ihm auch dorthin gefahren. Er war in San Francisco, um bei der Association for the Study of Dreams einen Vortrag zu halten. Es war ein schöner Tag, die hohen Wolken spiegelten sich in der stillen Wasseroberfläche. Barfuß und mit hochgekrempelten Hosenbeinen plantschten wir im Wasser herum. Immer wieder bückte ich mich, um einen glatten Kieselstein vom Grund aufzuheben. Dann hielt ich ihn gegen das Licht und sah zu, wie sich seine Farbe veränderte.
»Wollen wir uns nicht duzen?«, fragte er. »Ich bin Robin.«
»Okay … Robin.«
Anscheinend bemerkte er meinen leicht besorgten Gesichtsausdruck, denn er fügte sofort hinzu: »Natürlich wird Dr. Royston trotzdem noch für dich da sein, wenn du ihn brauchst.«
Ich lachte und ließ meinen Kiesel wieder ins Wasser fallen.
Wir waren beide der Vergangenheit entwachsen. Statt Arzt und Patientin waren wir jetzt einfach zwei Menschen – gleichberechtigte Menschen –, die einen schönen Tag und ihre Freundschaft genossen.

Wir lieben beide die Natur, und so plauderten wir über all die schönen Orte, die wir in unserem Leben schon besucht hatten. Robin erzählte von den Pyrenäen in Spanien, von Wanderungen in den Pennines im Norden Englands, während ich von den kalifornischen Redwoods und den afrikanischen Steppen schwärmte.
Ich weiß, dass der Tag auch für Robin etwas Besonderes war. Im dunkelsten meiner Albträume hat auch er daran gezweifelt, dass ich jemals diesen Punkt erreichen würde, das weiß ich, trotz all seiner optimistischen Ermutigungen und seinem sanften Humor. Jetzt aber bin ich geheilt und glücklich, was ich zum großen Teil seiner Weigerung, mich aufzugeben, zu verdanken habe.
Als wir wieder in Fresno waren, machte Christy ihm deutlich klar, welche Gefühle sie ihm entgegenbrachte. Sie legte die Arme um ihn und sagte: »Danke, dass Sie meiner Mutter das Leben gerettet haben.«
Ich weiß, wie viel das Robin bedeutete, und ich war glücklich, es selbst mitzuerleben. Ich konnte mir die verschlossenen Türen, die strategisch mit Postern verdeckten Löcher in der Wand und die verwirrten, zornigen Gesichter meiner Kinder noch allzu gut ins Gedächtnis zurückrufen, wenn ich sie wieder einmal verließ, um mich in Ticehurst zu verstecken. Sie haben sich so bemüht, mich zu verstehen, aber oft war es leichter, Robin die Schuld dafür in die Schuhe zu schieben, und ich weiß, dass es Zeiten gab, in denen Gary und Christy ihn hassten und ihm zutiefst misstrauten. Sie glaubten, er wäre für mein Leid verantwortlich. Jetzt aber kannten sie die Wahrheit, und Christys Umarmung war wie das endgültige Gütesiegel, dass sie ihn akzeptierte.

Gary war erst fünf Wochen alt, als ich vor fünfundzwanzig Jahren aus Rhodesien geflohen bin. Als das Flugzeug sich in die Lüfte erhob, schwor ich ihm, dass er eines Tages zurückkommen würde. Letztes Jahr war es soweit. Er entdeckte ein neues Land, Zimbabwe, aber es war genauso zauberhaft und aufregend, wie ich es ihm geschildert hatte. Er machte einen Bungee Jump von der

Brücke bei den Victoria Falls und eine Wildwasserkanutour den Zambezi hinunter. Er beobachtete wilde Elefanten und Löwen in Hwange und kämpfende Nashörner bei den Mana Pools. Ich war richtig neidisch auf ihn.

Mithilfe meiner Brüder Brendan und Clive besuchte Gary auch einige Stätten meiner Kindheit, unter anderem die Farm meines Onkels in Bindura und die Schule, auf die Chris und ich gegangen waren. Chris' ehemalige High School ist heute eine Armeebaracke. Außerdem sah sich Gary auch die Maple Avenue 5 an. In einer Regenrinne aus Zement, die mein Vater gebaut hatte, entdeckte Gary zwei winzige Handabdrücke. Vor mehr als fünfunddreißig Jahren hatten wir Kinder hier alle unsere Hände verewigt. Ich kann mir gut vorstellen, wie Gary sich hinkauerte und seine eigenen Hände mit meinen Kinderabdrücken verglich. Jetzt konnte er die Geschichten, die ich ihm aus dieser Zeit meines Lebens erzählt hatte, ganz anders einschätzen. In meiner trostlosesten Zeit in Ticehurst, als ich mir so sehr den Tod wünschte, war ich nicht fähig, Gary und Christy völlig von meinem Schmerz abzuschirmen. Chris erzählte ihnen zwar einiges aus meiner Vergangenheit und versuchte ihnen zu erklären, wie mich meine Traurigkeit plötzlich überwältigt hatte. Viel später, als ich bereits auf dem Weg der Genesung war, erfuhren die beiden auch von der Maple Avenue und was ich dort erlebt hatte. Natürlich war es ein fürchterlicher Schock für sie.

Beim Betrachten meines Handabdrucks fand Gary es noch schwierig, sich mich als kleines Mädchen vorzustellen, aber später, als er zur Selukwe Road fuhr, war die Verbindung plötzlich da.

»Hier ist Linda immer auf Prince geritten«, sagte Brendan und deutete auf ein mit Gestrüpp bestandenes Stück Land zwischen der Straße und den Bahnschienen.

»Da wurdest du in meinem Kopf plötzlich lebendig«, erklärte mir Gary später. »Ich konnte dich dort sehen – wie du auf diesem wilden kastanienbraunen Pferd durch die Bäume galoppiert bist. Du

warst vierzehn, und du flogst nur so dahin. Der Zug hatte gegen dich keine Chance …«
Danach schrieb er ein Gedicht für mich, das ich auf ewig wie einen Schatz hüten werde.

Wo war ich? Elf Jahre noch entfernt,
Als der Wind durch deine Haare strich
Und dein Pferd unter dir
Die Freiheit dir schenkte, die nur du verstehen konntest.

»Prince«, was für ein schöner Name für einen, der die
Prinzessin befreit.
Durch deine Augen stell ich mir vor,
Wie dein Pferd mit dir floh aus einer Welt,
Die dich für diesen Moment nicht einfangen konnte.

Solchen Frieden zu erleben, solche Leidenschaft zu fühlen
Während dein Herz pochte wie wild
Wie die Hufe unter dir.
Wenn ich daran denke, wie du bei Sonnenuntergang über diese
Ebenen geritten bist,
Dann weiß ich, dass du für mich bis in alle Ewigkeit
eine Prinzessin bleiben wirst.
Meine Ratgeberin, mein Vorbild, meine Mutter.

Es ist ein Rätsel für mich, dass du
mir so viel Liebe schenken konntest –
In einer Welt, die dir selbst nur so wenig davon gab.
Es ist eins, etwas weiterzugeben, was man selbst reichlich
empfangen hat,
Doch das zu geben, was man selbst nie bekam,
das grenzt an ein Wunder.
Und dieses Wunder, das bist du.